U0622813

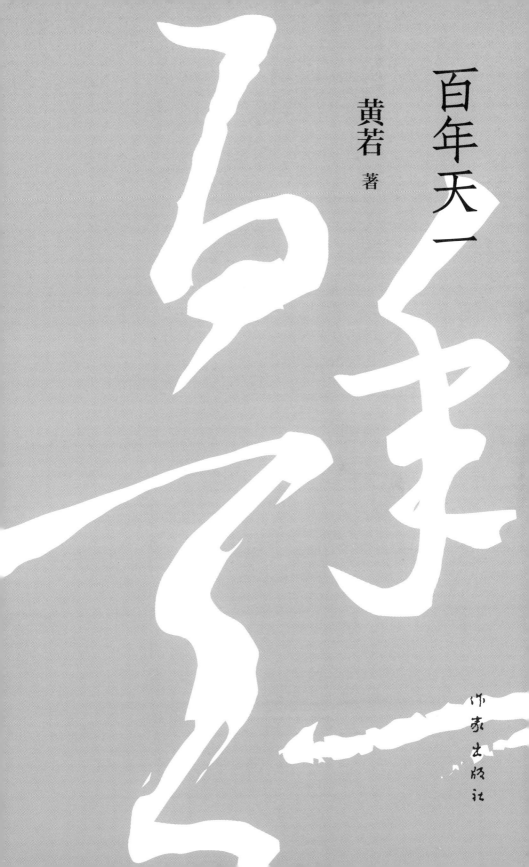

百年天一

黄若 著

作家出版社

谨以此书献给素月女士：

思念未曾逊退，记忆常存心间

序

　　作者的这部小说，历经十年构思，是以家曾祖父、祖父、母亲几代人的经历和故事创作而成。

　　曾祖父郭有品，字鸿翔，1853 年出生于福建龙溪县角美镇流传村一个农民家庭。年幼丧父，由母亲抚养成人。1869 年，16 周岁的郭有品只身下南洋，前往吕宋（今菲律宾马尼拉）当"水客"。他为人忠厚老实，乐于助人，深受乡人侨胞信赖。1880 年在家乡流传村和菲律宾吕宋，创办专为华侨递送信件和物资的侨批信局，取名"天一批郊"，后更名"天一信局"。这是中国近代史上首家民办邮政机构，较清政府的大清邮政早了十多年（大清邮局于 1896 年 3 月 20 日由光绪皇帝批准开办）。

　　天一信局的主要业务是替华侨侨眷代写并收寄传递书信，也兼着为他们捎带各种生活物资回乡，接济家用。侨批"飞鸿"成为华侨、侨眷重要的情感生活纽带，透过一封封信函和一件件侨汇物资，联系着海外华侨与国内故乡亲人的骨肉情怀，展现华侨移民史、创业史的生动画面，也是那个年代我国金融史、邮政史的重要篇章。

　　为了加快流通速度，曾祖父郭有品选择在厦门港设立天一厦门总局，考虑到闽南华侨众多，为便利侨眷取银信，他又在附近漳州、泉州、安海设立分号。每批华侨银信到达天一信局流传总局，天一信局就在楼前升起"天一"旗，旗高数十米，附近几个村庄远远都能望见，侨眷由此得知海外亲人的信函或侨汇物资已到，便互相转告前来领取，未领取的则由天一信局于次日分别投递。

天一信局制定了一整套严格的规章制度，侨民寄批（即信件），信局须发给寄批者"票根"，以备查询。收解侨汇手续正规，定明汇款费率，雇用固定信差。侨眷收到信件后需要在回批（回执）签收确认，遇上不识字的侨眷则托信差代笔并按上本人手印。回执再经信差之手，送回侨批局，最后返回到寄信人手中，寄信人得知家人已如数收到信函或钱物时，这枚带有"往返"功能的侨批才算旅程完结。这样的批信寄发流程类似今天的邮政双挂号或保价快递，只不过时间上早了一百多年。

据《厦门海关十年报告（1892～1901年）》记载，1898年至1901年，进入厦门的外国轮船1086艘，帆船181只，厦门海关共收邮件1018570件，汇票93442美元，近一半的邮件是经由天一信局投递的。

郭有品事业有成后，热心支持孙中山、黄兴、陈少白的兴中会（即中国同盟会前身），为推翻清朝统治，开创共和捐款助力。天一信局还存有黄兴亲笔题写赠与曾祖父郭有品的牌匾"造福乡梓"。小时候我见过这块金字镌刻的黑色楠木横匾，可惜后来在"文革"期间被毁。

曾祖父郭有品于1901年在厦门染上鼠疫不治而亡，享年49岁。后由郭有品二子郭和中即家祖父和他的兄弟，及孙女郭素月即家母两代人协力，秉承先人遗愿，精心经营天一信局事业。天一鼎盛时期业务遍布中国沿海及东南亚各国，分局多达33家，其中国内有厦门、安海、香港、漳州、泉州、浮宫、同安、上海、港尾等9家，国外有菲律宾、马来西亚、印尼、泰国、越南和新加坡等24家。1920年，天一信局当年经手侨汇总额4400万元，占该年闽南地区侨汇总额的三分之二，成为民间侨批银信的旗帜。

天一信局的司训是"以信为本"，这是曾祖父郭有品创办之时明确立下的规矩。在一次由天一信局押运侨汇银信返乡的海运途中，船遇台风突袭沉没大海，全部物资银元顷刻沉没海底，所幸随船人员性命无虞，郭家变卖田地家产，凭仅存的收汇名单款项——照价赔付，郭家损失惨重，但此事在南洋华侨中传为佳话，业务因此更为兴旺。

我小时候随母亲住在流传村天一老宅，后随母亲和五姨到厦门鼓浪屿居住，抗战期间日本军队先是入侵厦门，后来又在太平洋战争爆发后占领鼓浪屿岛，我和母亲等人逃离鼓浪屿，历经颠沛流离，回到流传老家。

天一总局旧址位于龙海流传村，为先祖父郭和中及兄弟出资兴建，旧址现今仍存，建筑中西合璧，有浓厚的南洋侨商建筑特色，是一处重要的商业及文化历史遗址。"文革"期间该址受到严重破坏，许多牌匾、文物被毁，墙壁篆刻雕塑被凿，原办公室改为储物库，所幸整体建筑仍然保留。2006年，天一总局旧址被国务院列为全国重点文物保护单位。

百年天一，岁月见证了郭家几代人的风风雨雨。如今太平盛世，国强家兴，郭家后人健康成长。先人在天有灵，当感欣慰。我年近九旬，经历过岁月变迁的沧海桑田，深感今日信息化快速发展时代，缅怀先人事迹，奉人以诚，经商以信，乃永不过时之本。

天一信局创始人郭有品曾外孙　**秀琼**

2020年10月，于福建龙海流传村天一信局旧址

1
菲律宾，马尼拉

1899 年 12 月 24 日下午，菲律宾马尼拉华埠，天一信局。

"借过，麻烦让一下。"两名厨师模样的男子抬着一个大木桶走进商铺，一阵肉味飘洒开来。商铺一楼聚集着几十号人，正在三三两两交谈着，大家连忙让出通路。

这一楼原本是店铺铺面，现在临时搭了四张大圆桌，东面墙上挂着一幅圣诞老人画像，还有大写的中文楷书"春"字。

信局老板郭有品站在商铺大门前招呼着客人，郭老板是一位四十多岁的中年人，他的祖籍是中国福建龙溪县流传村。三十年前，郭有品十七岁的时候，只身搭船从老家南下来菲律宾闯荡，先是做了几年的香蕉园割蕉工，后转行当了一阵子店铺伙计，再后来，经朋友介绍，干起了水客生意。

所谓水客，指的是穿梭于东南亚各个西洋殖民地和中国福建广东侨乡一带的信使。北方人闯关东，南方沿海乡民下南洋，一直有这个习俗。中国人原本是安土重迁的，外出谋生实在是迫于生计万不得已的事。鸦片战争之后，国难频繁，灾害不断，过去五六十年间，有几百万来自中国沿海的侨民为了谋生，纷纷走水路下南洋，结伴来到菲律宾，马来西亚，新加坡，印尼。这些人大多是年轻小伙子，父母妻儿都在中国，他们年复一年地在海外打工经商，故土难返，与故乡的鸿雁往来成为维系亲情最主要的形式。这时候国内还没有邮政这一说，所有信件的交付缺乏顺畅的路径，水客这个特殊的职业因此而生。至于水客称谓，顾名思义，走水路的客商，信使。水客们往返于东南亚各地和福建侨乡，把南洋的信件，还有华侨捎带给家人用于补贴家用的银元珠宝带回家乡，家里人有信件也通过他们寄给远在南洋的亲人。

当了几年水客以后，郭有品发觉这是一个很好的生意机会，于是，他在菲律宾马尼拉和他的老家福建龙溪县流传村分别开办了专门从事这项生意的商号，取名天一批郊。

天一取名源自董仲舒《春秋繁露·深察名号》中的"天人之际，合而为一"，即"天道与人道，自然与人为合一"，抒发天人合一的寓意。批郊两个字，"批"是闽南语的发音，是函件的意思，"郊"也是来自闽南语的读音，就是交付的意思。所以"批郊"翻成普通话就是信件投递，即信局。后来天一批郊改名为天一信局。天一信局在中国的福建闽南龙溪，菲律宾的马尼拉，马来西亚的吉隆坡，印尼雅加达等地，陆续设立分号，其中规模最大的是位于马尼拉的这家天一信局的菲律宾总部，当地华侨俗称吕宋总部。

总部大约有三十多名伙计，现在天一信局的生意主要由三个部分组成，一是替当地侨胞书写信件，收取三到五毛钱的代笔费，称为润笔，因为在这里的华工们百分之九十都是目不识丁的文盲，他们写给家人的信函需要有人代为书写。第二项业务，就是受当地侨胞的委托，在商铺代收或登门收取侨胞委托他们寄往国内老家的物资，这也被视为侨批的一部分，由信局通过水路运送到国内，再经天一信局国内的伙计交给委托人在国内的亲属，这有点类似于我们今天的快递业务。这个部分的收费按贵重珠宝、生活用品和大件物资不同分类收取代送费，通常是货品价值的百分之二左右。第三项业务，则是负责跑运输的，这些人需要直接跟船，随着运输船回到国内，把信函和物资交付到国内的分支机构再分级交到收件人的手中，有些类似今天的快递员或者邮差。郭有品的三个儿子，长子郭用中留在老家流传村，二儿子郭和中和小儿子郭诚中随父亲在南洋做事。

今天是圣诞节前平安夜的下午，菲律宾的华侨既过中国的除夕春节，也过西洋的圣诞元旦，这会儿，大家都在等待参加天一信局全体员工的圣诞新年聚餐。

马尼拉商号的几十名员工清一色的都是来自中国内陆的华侨，他们自称唐山客，说中文。所以今天的聚餐，郭有品特地交代商号总管给大家准备了丰盛的中式自助餐，有烤乳猪、烧鸭、五香肉卷、炒米粉、海蛎煎、清蒸鲈鱼等丰盛的菜肴，每位员工依据本人的工作年限和职级高低，分别从老板郭有品手上领到了一份丰厚的新年红包。今天算是辞旧迎新年会，按照习俗，吃完这个年会餐就放假了，每人有七八天的休息日，过完元旦以后才回来上班。

几十位员工拿着红包，吃着丰盛的美食，兴高采烈地交谈着。

"各位静一静，现在我们有请天一信局主席郭有品先生给大家致新年祝词。"司仪高声喊了一句，大厅顿时安静下来。

郭有品长着一张憨厚的圆脸，大约一米七的身高，举手投足之间透出那种多年操持忙碌的实干劲，他身着唐装走上讲台："各位乡亲各位同仁，大家新年好。这个新年是一个特殊的日子，一个值得被纪念的日子。一是我们马上就要进入二十世纪，这是一个跨世纪的新年，在场的各位都是跨世纪的见证人。都说二十世纪将会是工业化快速发展的时代，在我的有生之年，我已经看到了时代的变化。特别是过去三十年间，我在南洋生活，目睹了工业发展的飞快进步，我们看到了电灯、火车、汽车，我们看到了规模化的种植园经济，我们的孩子们开始学习新兴的科学和技术。我相信二十世纪的发展进步一定更加快速。"

"第二个值得纪念的原因，"郭有品清了清嗓子，继续说道，"今年是我们天一信局成立整整二十周年。二十年来风风雨雨，大家齐心协力，跌跌撞撞摸爬滚打，摔了一些跤也吃过一些亏，我们一步步成长起来。到现在，我们的生意不断扩张，我们服务的侨胞越来越多。今天在场的许多同仁都见证了天一的发展。二十年是一个里程碑的年份，这就好比一个人的成长，从婴儿到童年到少年，如今他已经成长为一名青壮汉子，生机勃然，有浑身的力气，能挑重担，可以迎接各种挑战。所以我相信，在各位同仁的齐心努力下，我们天一的下一个二十年，一定会有更加辉煌的发展。请各位同仁务必时时刻刻记住天一信局的司训：以信为本。"

郭有品的二儿子郭和中站在人群中专心倾听着父亲的讲话，他是八年前和三弟一起来南洋跟随父亲学习经商的，从一开始当学徒做起。信局的生意表面看上去很简单，其实涉及诸多环节，需要认识客人，与华侨们保持良好的来往，随时了解他们各自家里的情况和汇寄要求，要掌握好托寄信件和物资每个环节的时效性和准确衔接，还得懂得轮船公司的航线以及船期排班，货柜价格，等等。父亲郭有品让郭和中在天一各个部门轮换着工作，这些年下来，郭和中对于天一信局的各项业务早就了然于心，基本可以替父亲当半个家。

这边郭有品结束了他的新年祝词，举起酒杯："请各位端起酒杯，高高举起，以此杯中酒，感谢所有同仁以及同仁们的家庭，祝大家身体健康，新年快乐，预祝我们的生意更加兴隆，干杯。"

"干杯！"众人一起举起酒杯，齐声喊道。

大家交错碰杯，人群里不知谁起了个头，众人不禁齐声哼起了悠扬的小调《太阳花》。

这是一首以闽南芗剧乐谱为基调的民谣，吟诵着福建一带年轻汉子背井离乡，远下东南亚谋生，以太阳为背景，历经海上风浪，忍受户外劳作灼烤，历尽艰辛，不言放弃，心系故土的情怀。

（第一段：闽南语）

日头赤艳艳

水路下南洋

阿母媳妇在老厝

夜夜常思念

漂洋过海风浪急

番客辛苦钱

（第二段：普通话）

迎面向太阳

赤脚闯天下

人说吕宋花鲜艳

夜夜思故乡

豆瓣汗水汇如泉

信仰给老天

……

2

菲律宾，马尼拉华埠

转眼就要到春节了，华埠唐人街张灯结彩，一派喜气洋洋的气氛，中国人不论走到哪里，总习惯于保留自己家乡的习俗，马尼拉华埠是菲律宾华侨华工最集中的商业和文化区，这里从中国餐馆、酒楼、杂货店，到中医诊所、中文书店、学校、佛教庙宇，一应俱全。

唐人街街角的一间茶楼里，郭有品正和一位身着西装的客人喝着茶聊天。客人名叫陈少白，是兴中会的创始人之一。兴中会五年前成立于美国檀香山，是中国民主主义运动先驱孙中山先生所创立的一个革命组织，志在推翻清王朝的封建统治，建立三民主义新中国。陈少白是兴中会的创办人之一，两年前赴台湾设立兴中会台北分会，近期奉孙中山令，准备回香港创办《中国日报》，宣传革命。陈少白和他的革命同仁计划以香港为阵地，积极在东南亚各国华侨界募集捐款，支持革命，与爱国华侨一道，共同策划推翻清政府统治的革命运动和武装起义。在菲律宾有很多华侨响应兴中会的号召，纷纷捐款支持这场新兴的革命运动。郭有品是马尼拉的福建侨商会会长，不久前刚刚筹划举办了支持兴中会的专项募捐，募得十万两大洋交给陈少白。这次，少白先生就是特意过来接受捐款的。

"真是多亏了郭老板的大力支持。菲律宾的募捐活动做得很成功，为兴中会的革命运动补充了不少急需的经费。中山先生特意嘱咐我，要向郭老板表示感谢。"陈少白端起桌上的茶壶，替郭有品把茶杯倒满，充满谢意地说道。

"先生客气了，你们都是我中华民族的有识之士。现在国难当头，需要像中山先生、少白先生这样年轻有为的仁人勇士振臂呼唤，解救国家之危难。我只是一个文化水平不高的商人，尽一点自己的力量，那是应该的。"郭有品操着一口浓重口音的闽南腔普通话，他试图说得慢一些，免得对方听不太懂自己的口音。

陈少白向郭有品介绍了兴中会最近这段时间在香港和广州策划的反清起义进展，和他们正在筹备的《中国日报》，随后他诚恳说道："郭老板，如果不介意的话，我们真的很希望能邀请你加入兴中会。"

"感谢先生的盛意，政治的东西，我真的不懂，怕我在这方面出不了什么力，徒有其名，反倒不好。我只知道现在欧洲各个国家都已经走上民主科技发展的快速道。在民主的推动下，他们的社会进步很快，科技发明接二连三，整个经济也在日新月异地发展。我们中文称呼他们为列强，说明人家的确在一天天强大。可是看我们中国，这些年来积贫积弱，官府腐败，民不聊生。几年前一个甲午战争，泱泱大国被小日本打得全军覆灭，签订卖国条约，赔钱割地。我们在南洋的华侨，受白人的欺负，被称为东亚病夫。幸亏有中山先生领导的革命党，呼吁民众觉醒，推动中国社会的进步，这是一件大好事。只要是能推动中国进步的事，我一定尽我所能全力支持。我想这次募捐只是一个开始，要一起推动中国社会的进步，还有很多事情要做。所以先生千万不用客气，国之兴亡，匹夫有责，这是我们责无旁贷的义务。日后有什么需要我出力的地方，先生随时吩咐。"

在菲律宾的华侨界，以闽南籍为主，这里的近百万华侨百分之六十来自福建南部。从职业分布上，大约有一半人是在香蕉园、橡胶园和各种种植园里做劳工，另外百分之五十的侨民，主要从事商业，做点小生意，或者给商号当伙计。郭有品十七岁来到菲律宾，已经在这个地方待了三十年。对于华侨各界的人情世故非常了解，他本人又一向乐善好施，深得乡人的信任。郭有品十年前被推举为马尼拉福建商会会长，在他的推动下，马尼拉建起三所华文小学，一所华文中学，同时还创办了东南亚的第一份中文报纸：《菲律宾侨报》。郭有品希望通过这些推动华侨子弟的教育和文化传播。

"我明天就要启程回港，很希望郭老板什么时候有时间来香港坐一坐，也让我们尽一份地主之谊。"陈少白礼貌地说道。

"一定的。先生路上多保重，我们随时保持联系。"郭有品站起身来，整了一下身上的中式长衫，与陈少白握手告别。

茶楼门口，郭有品上了在路边等待多时的马车，回到了天一信局。儿子郭和中迎上前去："父亲您回来了。"郭有品的这个儿子长得跟他很像，个头不高人很精干，总是一副精神饱满的样子。天一信局眼下日常的事务，有一多半都是由郭和中帮忙打理的。

"元宵节以后就开始要忙咯。"郭有品走进信局店铺，对他的二儿子说，"今年的侨寄物资，数量应该会比往年多出不少，要尽早多添置一些人手，把准备工作做好。"

"知道了父亲。"儿子和中点点头。

"有你媳妇的信吗？"父亲问道。

"上次来信说马上要生产了，估计这次回去就能见到我新出生的女儿。"郭和中开心地回答。

天一信局的业务基本上是常年性经营，但在一年中间也有生意的淡旺季。年后的第一个高峰期是春节过后，很多华侨要赶在清明节祭祖之前往老家寄东西，接下来就是西历六月份，赶的是农历七月闽南的普度节日，每年的最后一个业务旺季，是在十月前后，为的是给家人过中国春节做准备。随着天一信局业务的扩展，这几年每年收寄的华侨信件和侨寄物资，都比上一年增长三到五成。天一信局接到客人的委托后，安排船期将信件和货物送往国内。其运输也从一开始几名水客身背肩扛，扩展到如今租用轮船的货位，把信件和物资从水路运到厦门港，再由国内天一信局安排人手送到侨眷手中。

天一信局交付轮船运送的货品和信件，都有信局的伙计随船押送回国，保证途中不出差错。在南洋的同行里，像天一这样安排伙计随船全程押送物品的只有他们一家。郭有品一直坚持这么做，体现的是他从创立天一信局第一天起就立下的训条：以信为本。用郭有品的话说，华侨们把信件，把接济家人的物资交给天一运送，这是一份信任。天一最本质的核心，就是要对得起客人的这份信任。赚钱永远是第二位的，哪怕生意赔本，也决不能丢了信任。

新年后即将发往厦门的第一批侨批物资，郭有品准备带着儿子郭和中一起押送回国。一则这次的货物量比较大，他有点不放心。二来他也想回去看看，把老家的业务做一些扩展。郭有品是一个很细心的人，信局上的每个细节他都会时时关注，小到一张托付条怎么归档，物资存放如何分类，客人上门应该怎样奉茶，等等。他经常说，生意场上心细未必能成事，但不细致做事，则一定不成事。天一信局的商道是以信为本，这个信誉不是一两句口号而已，需要每位经理主管和伙计都时刻关注每一个细节，只有这样，才能不负华侨侨眷的托付。在他看来，人家把信件，把贵重的物资交给天一，天一就有责任保证它们的安全送达。早期货物量小的时候，几乎每批物资郭有品都要亲自押送，后来老二郭和中过来，减轻了他的负担，最近几年，押送物资回国的任务，大多时候是由郭和中承担的。

3

太平洋，轮船上

几天以后，浩瀚的太平洋上，一艘客货两用轮船正开足马力由西向东行驶。

这艘客货两用轮船是德国人建造的新式轮船，以烧煤作为动力，它的行驶速度比传统的帆船要快出许多。轮船全长大约八十米，分上下两层，下面一层用于装载货物，上面一层前区供乘客使用，后区有一部分做货物存放。

上层前区的客舱部分是通铺，用木地板左右两溜排开，每位乘客有一个铺盖卷的位置，可以躺下睡觉。因为是客货两用，上面这一层的乘客区域，可以容纳八十位客人，位于船身的前部和中部。后面位置是放置货物的。这艘船上装载的货物，有大米、香料胡椒、咖喱，还有少量的西洋物品，例如很稀罕的脚踏车、西洋镜，等等，这些是侨胞寄给故乡亲人的侨寄物资。天一的物资和华侨信件，放置在下层货舱。

虽说是新型快船，从马尼拉启程到中国厦门港，全程也需要七到八天时间。郭有品和他的二儿子郭和中紧挨着躺着，聊着闲天。轮船上的日子其实很无聊，外面是茫茫无际的大海，每天除了睡觉，客人们只有靠打牌和聊天度日。由于这是客货两用舱，舱后部的货物舱位离他们不远，堆积的香料散发着浓郁的呛人香味，不时地飘进乘客的鼻子。

"父亲，您这次回唐山有什么安排？"郭和中问道。

"哦，就像我先前和你说的，我们要把国内天一总局从流传村搬到厦门。"郭有品回答说。

"这件事我回去就着手经办。"

"你知道我为什么要这么做吗？"郭有品侧过身来，面朝着儿子问道。

"我的理解是，父亲您是考虑厦门有更大市场？"年轻的郭和中猜测。

"厦门是最主要的商业口岸，交通便利很多。我们来往于南洋和厦门，要八天时间。从厦门到流传村老家，货物运输和侨信递送，还要再花好几天工夫。因为内陆没有便捷的交通，除了人力车马车，大多只能靠走路。"郭有品咳嗽了几声，接着对儿子说，"更重要的一点是，做我们这个行业，顾客资源是最宝贵的，流传村是一个大村庄，加上方圆几十里地还有很多华侨家庭。但是比起厦门来，客人的规模还是太小了，如果我们把总局开到厦门，再加上附近设几个分店，一下子就可以把闽南这一带上百万的侨眷家庭都覆盖到。这对公司的业务发展，会有非常大的帮助。"

和中点点头，他知道父亲总是考虑得更为长远。这几年在南洋，他跟着父亲从学徒做起，深深体会到做侨汇生意，争取到足够多的客户群体有多重要，因为侨汇业务连接的是南洋华侨和国内侨眷两端，客人的连续性很强，而且都是同村同乡，互相都有照应。天一的信誉如今有口皆碑，扩大规模是眼下的当务之急。

海面起风了，一阵一阵的波涛起伏，海浪翻滚得越来越厉害，船上的乘客们都被颠得晕晕乎乎的，郭有品父子俩聊着天，渐渐地进入梦乡。

船舱尾部，存储粮食的角落，木头连接的地面露出一条几公分宽的缝隙，这会儿从缝里蹿出几只老鼠。这些老鼠显然是船上的常住客，一只一只都吃得肥头肥脑的。只见有两只老鼠一前一后，往前舱位置刺溜地奔跑，一下子蹿到了客舱铺位。这边有一位乘客睡着了，枕头边放着半包花生，老鼠停下来，吧嗒吧嗒咬了两口，心满意足地继续往前蹿。

老鼠接着蹿到郭有品身边，伸出舌头舔了舔郭有品的手指。郭有品迷迷糊糊地觉得有什么东西，他挥了挥手，老鼠见状立即缩了回去。

4

厦门，商业老街，天一信局

厦门商业街，郭和中正张罗着店铺的筹备，两百多米的店面空间堆满了木架、柜子等陈列用具和各式各样座椅。郭和中与父亲回来后的这几天，他每天都泡在店里。父子俩从菲律宾回到厦门后，把侨函和寄运物资让伙计们雇车送回流传村天一信局，就一头扎到厦门新店的筹备中来，俩人连老家都还没回。父亲郭有品托信给六十里外的老家，请他大儿子郭用中带几个伙计过来，一起帮忙新店准备的事。现在是一月，郭家父子希望天一厦门总局能在中国农历春节后，元宵节那天正式开张营业。老大郭用中到厦门后，负责店铺用品采买，郭和中则主理现场的装修和布置。

和中这边正忙活着，只见郭有品的管家阿炳慌慌张张地跑了进来，一边气喘喘地喊着："二少爷，二少爷，你赶紧回家，老爷病情加重了。"

"什么？"郭和中趋前赶忙问道。他知道父亲回厦门后一直在忙，这几天念叨着身体不舒服，昨晚上还吐了两回。"是什么情况？请医生了吗？"郭和中很着急。

管家说："具体我也不是很清楚，今天上午起来，老爷发烧发得厉害，一直呕吐，吃不下任何东西，我请了西医馆的洋大夫过来看。大夫说，请你赶紧回去。"

郭和中随着管家快步跑出店铺，朝家里奔去。十九世纪末二十世纪初，厦门还是一个很小的城市，商业区、港口和住宅区也就是二十分钟的步行距离。他们两人快速跑着，不到十分钟就回到了住家。

推门进去，只见郭有品脸色潮红地躺在床上，额头上敷着一条毛巾。请来的洋大夫刚刚诊断完，在那边收拾着他的医药箱，郭和中走上前去，跟大夫打了一声招呼。

"郭先生，咱们到前面屋子聊，不影响老先生休息。"洋大夫说着一口流利的中文。

两人来到前厅，洋大夫深吸了一口气，说："郭先生，很不幸，您父亲得的是不治之症。"大夫歇了一下，继续说道，"您父亲染上的这种病叫鼠疫。"

"什么是鼠疫？"郭和中没明白。

"鼠疫是一种传染病。这种病毒通常是通过老鼠传染到人的身上。据我所知，这是一种很厉害的病毒，目前没有任何一种药物能够治疗。就像你知道的天花，也是病毒。"

郭和中回答："天花我知道，我小时候得过，人的一辈子只要出一次天花，闯过去后就终身免疫。如果这一关没过去，那就很危险。"

洋医生点点头："鼠疫的原理跟天花类似，只不过它不是天花，知道的人不像天花那么多。这个病在欧洲，在东南亚一直都有，历史上百分之五十以上的病患最终不治，因为没有可以治疗的药。而且这种病很容易传染给别人。"

"鼠疫，"郭和中似懂非懂，"那我们怎么办呢？"

"我给你开一些退烧药，每天你们经常拿热毛巾给他敷一敷，再坚持服退烧药。所谓的病人发烧，是身体内部在跟病毒做抗争，但是因为病毒太强大，所以人的身体最后抗不过去，病毒侵袭人体所有免疫系统，也就是生命的结束。"

洋大夫本来已经要告辞了，出门前突然转过身来，犹豫了一下，还是开口叮嘱道："这是一种传染病，他可能传播给任何人，我知道你们老家离这里几十公里，估计如果雇一辆马车，赶一点的话半天的时辰就能赶回。中国人都留恋故土，但是我不建议你安排老爷回老家。因为一回到老家，大大小小几十口人一定都会来看他，那么每个人都有可能被感染。"

听到这个消息，郭和中一下子呆住了。想起来以前随父亲在菲律宾的时候，隐约曾听过这种称之为鼠疫的传染病，好像在欧洲和印度都曾经流行过，但是万万没想到这个传染病居然会发生在自己父亲身上。

送走洋大夫后，郭和中想了想，招呼管家阿炳赶紧备马车："我现在要赶回老家去。这边老爷的病情，你赶快到店铺里，跟我大哥说一下，让他这两天照看装修的事。告诉我大哥，我回老家明天晚上就回来。"

当天夜里十点，经过四个小时的路程颠簸，郭和中回到了老家流传村。

流传村距离厦门大约六十里，属福建龙溪县，是一个有七百多户人家的村庄，这个村庄过去几十年间，有许多青壮年下南洋打工做生意谋生，是远近闻名的侨眷村。据乡志记载，流传村本村现有人口七百三十五户，人丁二千七百多人，而从流传村出去，现在生活在东南亚以及澳大利亚、美国的本村侨民，就有大约八百人。流传村的家庭，百分之九十的人家都有亲眷在外谋生。郭有品先生就是三十多年前从流传村出去的。郭有品幼年丧父，母亲把他们几个孩子拉扯成人。郭有品在菲律宾和东南亚经商发展起来以后，回到老家，把自己的老宅重新翻修加盖，命名为有贤堂，前后三个院落，是流传村的第一豪宅。

郭有品有三个儿子，大儿子郭用中留在流传老家，二儿子郭和中和三儿子郭诚中都随着父亲在东南亚经商。这次是郭和中半年多来第一次回到老家。半年多前他随运输侨信的轮船去菲律宾，临走的时候，太太正怀着身孕。

郭和中是五年前在老家结的婚，太太为他生了一个宝贝儿子，名叫郭亮，现在四岁，另外还有个刚刚出生不久的女儿，女儿生下来的时候郭和中正在菲律宾，如今刚刚满月，郭和中还从来没有见过女儿的面。

如今情况紧急，也顾不得那么多礼节了，郭和中直接推开了母亲的房门。

母亲已经睡下，郭和中叫醒母亲，母子俩来不及更多寒暄，郭和中把父亲的病况向母亲大致说了几句，紧接着就来到自己的卧室。

推门进去，只见太太正抱着刚刚满月的女儿在床上安宁地睡着。四岁的儿子郭亮自己睡在卧室侧面的小床上，入门处婢女斜坐着打盹儿。郭和中走到床沿，轻轻拍了一下熟睡中妻子的肩膀。和中太太睁眼一看，是半年多没见的丈夫，惊喜得一下子坐起来。"不是说你要一个礼拜以后才能回来吗？"太太一边披着衣服一边问道。

"啊，事情比较紧急，你先起来，我有急事要和你说。"郭和中深情地望着多日未见的年轻丰满的妻子，忍住心头的冲动，招呼道。

"等一下啊，"和中太太转身吩咐婢女，"你赶紧去给少爷做一点宵夜端过来。"

"好的。"婢女点点头，悄声退了出去。

郭和中拉过太太的手，贴身坐下。"现在事情比较紧急，我长话短说。"他告诉妻子，"父亲病危了。"

"什么？怎么会呢？"

郭和中点点头："是今天上午洋大夫刚刚确诊的消息，而且是传染病，按照大夫的意见，不能让他回老家，这也是我为什么匆匆忙忙赶回来的原因。我想把你、两个孩子还有母亲一起接到厦门去。无论如何，我们要陪伴父亲，希望他能好起来。"

郭夫人点点头。

第二天一早，一辆马车停在郭家有贤堂的大门口。郭和中一家四口，以及郭和中母亲，五个人依次上了马车。啪的一声，车夫松开缰绳，两匹马拉着马车，急速向前驶去。

厦门，郭家住宅。

郭有品这几天连续发着高烧，一直处于昏沉迷糊状态，病人进入这种状态已经持续两天了，管家定期给他服用洋大夫开的药，但是基本上不管用。今天从上午到下午，也就只有中午那一阵子清醒了一小会儿，他向守在床边的管家问了厦门天一商号装修的进展，还问两个儿子都在哪儿，忙什么，管家刚刚回答了一半，病人又再次昏迷过去了。

傍晚时分，郭和中领着太太孩子，还有他母亲五个人在门口下了马车，快步走进大堂。管家阿炳迎上前来："太太，二少爷，少夫人，老爷现在还睡着呢。"

郭和中点点头，领着几个人走到郭有品的卧室，在离卧床前一米处成一列站立，太太一手牵着儿子郭亮，一手抱着刚刚满月的女儿。郭和中把手指在嘴唇上竖着比划了一下，低低发了一个嘘的声音，众人点点头，没有去惊动睡眠中的病人，依次退出。

回到大厅，郭和中说道："母亲，情况您都看到了。看样子很不妙。大夫的药也都吃了，我们这几天大家都轮流守在父亲边上，一会儿大哥回来，他去郊区找一位朋友推荐的老中医，说是有祖传秘方可以试试。真心希望老天有眼，能够让父亲渡过眼前的这一难关。"

郭母点点头，说了一句："和中，你和我两人轮流照顾就行了，还有管家和用人。你太太和这两个孩子不能再进爷爷的那间屋。你想啊，这是传染病，传染病是有传染性的，你太太她还带着两个小孩子，万一传染起来那可是不得了的事。"

这边郭和中太太听了，刚要接口辩驳，郭母伸手止住："不用再争论了，这件事你们几个都得听我的。"郭和中点点头。

一家三代五口人快速安顿下来。这天晚上，正是上弦月的夜晚，银色月光透过窗户，照在郭有品的床上。郭和中母亲坐在丈夫病榻床沿，无声流泪。

郭有品刚刚苏醒过来，看到自己的媳妇就在身侧，赶紧伸出手来，握住太太的手说："真没想到我这次病得这么厉害，你看你，哭成什么样子了。"两人相互握着双手，再无言语。

郭和中走了进来："父亲，您好些了吗？"

郭有品没有直接回答："听说你回老家去了？"

"是的，我把母亲，还有你儿媳妇和孙子孙女都接过来了，但是母亲不让我带他们进来。"郭和中轻声答道。

郭有品点点头："你母亲的做法是对的，我也知道这是传染病，按理说，你们都不应该待在我房间。你们以后进来的话，要自己拿一条纱布或者毛巾把鼻子和嘴巴捂住。"郭有品转了个话题，"和中，见到你女儿了吗？"

"见到了。"郭和中笑着点点头回答。

"这是我的第一个孙女，我都还没见到她呢。"

郭和中母亲在一边插嘴说："二太太还一直等着你回来给孙女起名字呢。"

"和中两口子生下的第一个是男孩，我给他起名叫郭亮，男孩要明亮有志气，他的妹妹，我看就叫郭月吧。月亮纯洁清澈最适合女孩。而且月亮的月和她哥哥郭亮正好相对应。"

"挺好的名字呃。"郭母点点头。

"谢谢父亲，"郭和中高兴地说，"郭月，我女儿有名字了。"

说话间，郭有品又昏迷了过去。

三天之后，郭有品呼吸困难，已经进入生命垂危的昏迷状态。郭和中与他的大哥郭用中，还有母亲三人，一直轮流守护在病人床边。

这会儿，郭有品突然苏醒过来，望着床头自己的太太，睁开眼睛喃喃低声说了几句，太太没听清他说什么，赶紧俯下身子，用耳朵贴在郭有品嘴唇前，郭有品艰难地抬起一只手，轻轻拍打着妻子的肩膀：“我是说，太太，我这辈子挺对不住你的，这些年大部分时间都在南洋奔波，忙生意上的事情，和你聚少离多，你几乎就是过着守活寡的日子。本来想着等到孩子们长大了，把生意上的事情交给他们去打理，我可以回唐山老家跟你安享晚年呢。谁成想这么天不由人，夺我性命。”

“老爷您别多说，您要安心养病，我们都在身边伺候着。”郭母忍住泪水。

郭有品摆摆手，说道：“我自己的病，我心里清楚，前些天那个洋大夫已经告诉我这是什么病。我走了以后你一定不要过于悲伤，几个孩子都已经长大成人，你自己要好好的。”

郭母趴在丈夫胸前，已经是泪流满面，哭泣着说不出话来。

“阿炳。”郭有品喊了一声，候在门外的管家应了一声，赶紧跑进屋来。

“你把我的两个儿子都叫进来。”郭有品吩咐道。

“好的老爷。”

管家阿炳领着长子郭用中和二子郭和中走进房间，郭有品叮嘱管家：“你把房门关上，也把我说的话记下来。”

病人挣扎着坐了起来，管家赶忙在他后背垫上两只枕头。

郭有品一字一句地说道：“老三诚中现在人在南洋回不来了，就请阿炳代为转达一下。我也就是这一天半天的工夫了，天不如人愿，想开些，这是迟早的事。你们都不要太过悲伤。对你们几个孩子，我就交代三件事情：第一，孝敬母亲，你们三兄弟无论什么情况下都不可以做违背母亲意愿的事情，万事孝为先，我走了，对母亲的孝就是你们对长辈的全部，所有的孝都应该给你们的母亲，不允许你们有任何违抗母亲的举动，无论什么事，这是不容商量的。”两个儿子点点头。

郭有品咳嗽了一下，接着说：“第二，生意上的事情，老大从小老实内向，还是多看管好家里的事，老二你要把菲律宾和国内的天一生意统一掌管起来，老三小儿子还没结婚，先让他跟着和中做事。家里的田地，公司股份和每年的红利，分成五份，三个孩子和你们的母亲每人各一份，留一份给我的那些兄妹叔侄，他们都在老家过本分日子，需要我们帮衬。大家记住：天一信局做生意，我们的信条是以信为本，生意可以赔钱亏本，但是信誉不能丢，永远不允许做没有信誉的事情。哪怕实在不行做不下去了被迫要关门，也不做任何亏心事。"

大家点点头，郭有品喘一口气，声音渐渐变弱："最后第三点嘱咐，用中和中的几个孩子，还有你们兄弟仨将来出生的所有孩子们，不论是男是女，一定要让他们上学，要让他们接受新式教育。我虽然看不到那一天，但我相信未来的前途一定是靠科学靠文化去谋生的，没有教育，没有文化，他们就不可能有好的前途。"众人认真听着一边点头，表示明白。

几句话说完，郭有品好像使完了浑身的最后一点力气，又昏睡过去了。

5

龙溪县，流传村

1925 年，龙溪县，流传村。

过去这二十九年，中国的变化不可谓不大，大清王朝灭亡了，孙中山的中华民国阵营，与北方军阀集团形成对立。孙中山发动北伐运动，从广东起势，一路向北杀将过去。北边则是直系，奉系，皖系，各路军阀轮番上阵，打仗成为家常便饭。整个中国都在打，南方与北方打，各个省与省，甚至县与县之间也打。谁拥有武装有军队，谁就能称雄。

流传村附近的厦门港作为南部沿海重要的通商口岸，这二十多年间的商业发展迅速，城市规模快速扩大。而对于六十里外的流传村乡民们来说，生活依旧，乡下人对外部政治变化、权力更迭的事，都不是特别在意，家家户户更关心的是自家每天的生计。下南洋的传统一直沿袭下来，而且这些年出去的人越来越多了，不断有村民靠着家人在南洋谋生积攒下来的财富盖了新房。一栋一栋的小别墅点缀在绿色的稻田和荔枝林间，展示着一幅优美的田园画卷。

流传是全县最早拉电线通电的村庄，一多半人家如今都有了电灯。村道上的公用路灯则是由宗族出资架设的。有了电灯，一到夜里，整个村庄就显得亮堂，小朋友们也有了更多的玩耍空间。村里的郭氏祠堂开辟了一个读书区，里面安装了电灯，配置座椅、书籍，是由郭有品的二儿子郭和中先生捐助的，供全村人免费阅读使用。

天一信局建筑工地。

郭月的管家郭贺正领着主人郭月在建筑工地检查工程的进展。郭月是郭和中的女儿，她现在是郭家天一信局在国内的第三代掌门人。郭月从华侨女中毕业以后，就回到流传的天一总局，从学徒做起，一步步接管郭家的生意。现如今天一信局的所有业务分为国内和南洋两大部分，国内生意交由郭月打理，南洋各地的分局仍然以马尼拉为总部，由郭和中亲自挂帅。

郭月父亲郭和中在国内有一子一女，郭月和哥哥郭亮。郭亮从小就很偷懒贪玩，做什么事情都不上心。郭亮小时候父亲大多时间在南洋，成长过程中没有父亲的严厉管教，渐渐养成了一些坏习惯，成年后就再也改不过来了。父亲很生气，曾多次责骂他，也尝试过切断经济资助的方法，但是都不奏效。按照父亲原先的安排，流传的天一信局是交给郭亮管理的，妹妹郭月只负责厦门的业务，一开始几年也是这么运作的，可是郭亮不用心，流传的天一信局是国内的总局，各地分号的业务都要向总局报告。父亲郭和中长年居住在南洋吕宋岛，心思主要花在东南亚的天一信局经营，没办法分太多心思过问国内生意上的事。去年国内几个分号的盈利情况都还不错，是个好年景。唯独流传的天一总局却出现巨额亏空，归根结底就是管理不善。

郭和中作为天一的董事长，同时还承担着国内郭氏家族各房各室的资金赡养。这件事也是说来话长，天一创始人郭有品二十五年前逝世的时候，把天一的生意安排给二儿子郭和中接管，同时把商号的股份和分红分别给了郭家太太和三个儿子，另外一份给郭府的其他亲戚。五年前郭有品遗孀，郭和中的母亲去世，老太太最疼的是她的孙女郭月，临终前把她名下的那份财产留给了郭月。

天一创始人郭有品逝世二十五年了，二十多年下来，郭家第三代郭亮和郭月都渐渐长大。本来按郭和中的本意，他自己管理天一南洋，流传总局交给儿子，厦门业务交给女儿，堪称完美，可如今郭亮不争气，把一个好端端的流传村总局搞得乌烟瘴气的。实在没办法，郭和中在今年年初决定，把郭亮撤下来，让女儿郭月总管天一国内的所有业务，自己只挂名董事长。同时把属于自己名下的国内天一股份平分给了儿子郭亮和女儿郭月。

郭月今年二十五岁，已经在天一历练了八年，浑身上下透着一股成熟干练年轻女东家的利索劲。

郭月的成长过程也多有曲折。她女中毕业后回到流传村天一信局，做了三年学徒，然后成为客户经理，其间还到南洋实习了半年。二十岁那年，由父亲牵头，郭月与邻村一位英俊后生喜结连理，对方也是华侨家庭出身。结婚后不久，丈夫就下了南洋，不成想在一次意外中被大树击中，当场身亡。当时郭月正怀着身孕，消息传来，年轻的郭月悲痛欲绝，整整七天粒米未进。父亲郭和中特意从南洋回来陪伴女儿，整整待了一个多月，每天陪女儿散步，聊天，慢慢引导郭月走出那段最艰难的时光。父亲离开老家回吕宋岛前，特意替女儿物色了一名管家，帮忙郭月打理内外事务，这就是郭贺。

丈夫去世后，郭月走出思念亲人的阵痛，把女儿生了下来，起名郭玉洁。接下来，她将所有的心思，全部用在打理天一的生意上面。几年前，父亲决定要把老家的天一总局做一次大规模扩建，他让人把郭家老宅附近的地都买了下来，又请西洋设计师做了一套全新的规划图。郭和中决定将原有的郭家老宅，扩建成一个分为三大部分的综合大楼，包括天一办公楼北楼，员工住宿区和郭府住宅楼苑南楼，再加上花园庭院，四位一体。整个建筑大约五千平方米，地上层高两层，外加一层半地下室。这个建筑工程持续了四年，现在已经到了收尾阶段，开始外墙粉刷，铺设屋顶瓦片和安装门窗。

天一信局新建的大楼，北楼为办公楼，一楼是接待区、库房、侨汇物资领取处和会计室，二楼为办公区。苑南楼和名为陶园的中庭花园，供郭家各房各室居住。连接北楼和苑南楼的中间地带，有左右两列厢房，作为天一各地伙计们回总部办事的客房。整座大楼在设计上具有浓重的南洋色彩，是典型的中西合璧式建筑，结构优雅大方，雕梁画栋，古色古香。北楼正门上方挂有"天一总局"青石门匾，后门则有漳州道尹题词"北楼"，上面刻着民国十年字样，表明是1921年奠基开工的。外墙装饰按照西洋设计师的规划，镶嵌有安琪儿、和平鸽、骑车邮差、星星、荷花、菊花、兰花、牡丹、香蕉叶等西洋神话人物，日常生活场景和各种花草图案的雕像。

郭月在郭贺的引领下走进工地，在大门口墙柱的侧面停下来，她仔细端详着这个足足有四十公分厚的墙体，问郭贺："我怎么感觉有点像城墙啊？"

郭贺笑着回答："这就是按照城墙的标准设计的，您看……"郭贺走上前指了指大门墙柱截面的砖块接缝处，"这个围墙有里外三层。外侧是混凝土，中间是钢筋加固，里侧是三层厚厚并排的砖头。为了加固，砌砖的时候，用的是糯米石灰混搅而成。这个墙的牢固程度那可是非同一般。我当过兵，这么给您打比方吧，少太太，"郭贺比划了一下，"您要拿部队的小钢炮轰的话，没有半个时辰都是轰不进来的。"

郭月点点头，她知道附近土匪很多，这些年到处都在打仗，军阀土匪，各方势力不时会来村里抢劫，像郭府这样的大户人家是防范的重点。这次兴建大楼，父亲出于防护方面的考虑，特意交代设计师比照城墙的做法，把整个外墙修筑得有如铁桶一般地牢固。

郭月顺着还没有完工的楼梯，走到二楼。

郭贺指着楼梯边上的房间，介绍说："这个是公用厕所，这次新楼建筑，统一接上了自来水管，因为村里还没有通自来水，所以我们在大楼边上，安装了一个自来水水塔，自行泵水储水，保证每个房间都有自来水供应，客房同时安装了冷热水，几个主人套间还将安装上新式马桶，他们称为坐便器，是从德国进口的。您看……"郭贺指着前面套房的厕所，有两名工人正在安装坐便器，"安装工是从厦门过来的，本地的泥瓦匠不懂得怎么弄。厦门的师傅介绍说，这个马桶是虹吸的，解手以后只要一拉边上的这根绳子，就能把排泄物顺着管道冲出去。我只是听师傅这么介绍，还从来没见过呢。"

郭月点点头，她在南洋的时候用过这种装置，是一个新奇玩意儿，国内刚刚引进，哪怕在厦门这样的大城市，也只有最高级的宾馆才有这种配置。"我喜欢这个庭院。"郭月站在二楼栏杆边上，指了指中间的庭院说道。

郭贺在一旁说："是啊，这是按照设计图纸规划的。董事长特意吩咐，他说整个天一的建筑，采取的是中西合璧。房间的布局结构，外墙上的许多浮雕，包括整个上下水系统都是采用西式的，而这个回形天井，还有在天井中建造的庭院，要按照中式园林风格来规划。您看这个天井，因为是回形的庭院，中间是露天的，太阳可以直射下来。在庭院里就能享受阳光照射。下雨的时候，还可以听到滴滴雨声。天井中间会建造假山、廊桥，种上花草，成为一处后花园。您看，这是示意图。"

郭月接过郭贺递过来的图纸，上面清清楚楚地画出庭院建成后的效果。

两人正聊着，这边工程曹主管跑过来："少太太好，郭总管好。我需要和二位确认一件事情。"

三人在二楼走廊的条凳上坐下，工程曹主管从随身的挎包里拿出一张纸："这是我根据少太太交给我的草图画出来的商号徽标。"郭月和郭贺凑上去一看，只见一张正方形的纸上画着一个圆形的天一标志，中间是一个天字，把这个字做了变体，形成一个弧形，从而构成一个圆形的图案。

郭月说道："我跟父亲提过建议，我们天一应该有自己的徽标，这是公司的一个符号。前些年我在南洋那边工作的时候，看到当地的很多西洋公司，例如什么奔驰汽车公司，花旗银行，等等，都有自己的徽标，所以我想借着这次天一信局盖楼的机会，把我们自己的徽标设计出来。一开始找设计师做了好几个稿子，父亲都不满意，后来我自己就琢磨着涂涂抹抹地画出了一个草图，我觉得还挺能代表我们天一信局以人为本，天下一家，圆圆满满的这个寓意，我把这个草图寄给父亲，没想到父亲竟然很欣赏，说这个图案，比原来设计师那几稿都强多了，他说就定这个稿子吧，所以我让工程的专家设计出了一稿，今天我们一起商量一下，在这个新楼里怎么把天一徽标加上去。"

"这徽标设计真是不错，很大气，而且含意上和天一信局也很贴切。从商标设计的角度来看，好的商标一是识别程度高，二是好看，三是富有寓意。我觉得现在这个图案，这几个元素都有了，真是个好徽标。少太太您还真可以兼职干设计呢。"曹主管赞许着说。

"您这是笑话了，"郭月摆摆手，"其实设计师们比我们懂得更多，只不过他们每天应对不同的客户诉求，而我们自己天天跟自己的公司打交道，更了解公司想表达什么。"

郭贺在一旁对曹主管说："曹主管，您看我们怎么把董事长和少太太定下的这个徽标加进去呢？"

曹主管想了一下，开口说道："我们现在还没有安装门窗，可以把这个徽标篆刻在每一扇窗户以及每一面房门正上方或者侧面，凸显这个标志。我还有一个主意，咱们办公楼二楼屋顶设计上有高出来的一块，类似帽檐。"说着他拿起笔在纸上画了个示意图，"二位看就是这里。我们可以在这个高出的帽檐中间把天一的徽标放上去。这个帽檐高大约两米，我估算了一下，我们如果把这个徽标镶嵌在这个地方，徽标大小可以做成八十公分左右的图形，这样的话过往的行人站在楼下广场，五十米开外就可以很清楚地看到这个徽标。"

"哎，这个主意好，你到底是专业搞建筑的，一说就能想到多大的图形，多远的地方可以看得到。"郭月佩服地说道。

"少太太过奖了。"曹主管转过身来对郭贺说，"郭管家，我还有一点建议，既然徽标已经定下来，我们不仅仅要用到建筑上，还要用在商号日常的商务活动中，例如天一每次侨批物资到达后，都要在门口的旗杆上升起一面旗。这次新楼的旗杆做得很高，大约有二十五米，旗帜上应该印有天一的这个徽标。还有我们每次派发的信函便笺、回执回条，上面也都应该把徽标印上。这不仅仅能够提高我们商号的辨别度，同时也起到一个防伪的作用。"郭贺点点头："这个主意好，我马上安排。"

说完徽标，两个人领着郭月继续往前走，检查工地的进展。一名工人跑过来报告说："曹主管，大楼的门已经运过来了，两扇大门堵在村口，太沉抬不进来，您看怎么解决？"曹主管对郭贺说："郭总管，您在这儿陪少太太继续看工地，我赶紧招呼十几个小伙子到村口去把大门一扇一扇地抬进来。"说罢随着那名工人跑了出去。

郭贺见郭月有些疑惑，连忙解释道："少太太，是这样的，我们这次的大楼兴建，整体上用的是西洋设计师的设计，只有几处的改动是按照董事长的意见和我们这边工程方面的建议修改的，这对大门就是其中之一。现在匪患很猖狂，为了防匪，除了加固外墙，就是您刚刚在楼下看到的，我们还把大门做成防盗钢门，这个大门中间是用坚固的楠木作为门板，里外各有三公分的钢板嵌入，紧紧地把木板夹在中间。这里外钢板做成的大门有十六公分厚，每一扇门估摸有四百公斤的重量。这么重的门，找汽车拉到村口，可货运汽车到村口就进不来了。四百公斤也就是我们说的八百斤重，这样的大家伙，每扇门至少得有十个壮小伙子一起使劲，才能抬得进来。"

郭月点点头，好奇地问道："那这么重的门怎么开关啊？"

"这个在设计的时候考虑到了。"郭贺回道，"您瞧，我们现在正好就在这个大门门框边上。我们的大门不是用正常的平开模式，用的是推拉式，在门框上下装有轨道，加上滚珠轴承，所以再重的钢门，推起来也很轻，任何一个成年女佣都可以开关。还有，通过轴承把门推上关紧以后，门的后面有两道用钢板做的横闩，双双把横闩放上，那就任凭什么人从外面都是无法打开的。"

"还是术业有专攻。"郭月称赞道。

6

流传村，天一总局新楼

历经四年，天一信局流传村总局新楼今天正式竣工。从远处望去，刚刚建成的天一总局建筑群气势宏伟，布局壮观，与周围乡间矮小的一栋栋小房子相比显得鹤立鸡群。这座占地二十亩，建筑五千平方米的大楼是方圆几十里最为气派、规模最大的一栋大型建筑。大楼前面还辟有一个两千平方米的广场，广场中间竖立着一根旗杆，上面悬挂的是天一信局总局的旗帜。旗杆的右侧有一处高约两米的戏台，可以用于各种喜庆庆祝活动，以及供戏班子唱戏用。宽阔广场的地面采用当地盛产的石板铺设而成，后部留有一块几百米的草坪，可供儿童戏耍。

今天将要举办新楼落成仪式，天一办公楼一楼的门厅张灯结彩，一派喜庆的模样。郭月，郭亮，郭月的堂兄郭诚，还有郭府各房的掌门人身着盛装，分头接待前来贺喜的宾客。方圆几十里的乡绅，族长，各村村长，县商会会长，县政府镇政府的代表，还有众多商家老板，都纷纷前来贺喜。管家郭贺领着用人们在门口，迎接招呼着客人。

"这位是陈主任。"郭贺引进来一位身着长衫的客人，对郭月说。"哎呀，陈主任您好。谢谢您今天还特意过来。"郭月赶忙握着对方的手。"恭喜啊，真的是非常气派。"那位叫陈主任的满脸笑容地说道。

"还不是全托了您的福，没有您的支持，我们这个恐怕还建不成呢。"郭月知道对方是乡里的主任，是个地头蛇。她回过头，交代站在身边的一位经理："你赶紧帮忙把陈主任安顿一下，先请到休息室休息。"转过身来，郭月握住另一位老人的手："林老爷爷，您这么大岁数，还特意跑过来，真是太感谢了。"林老太爷是隔壁林村的族长，今年已经七十五岁了。

"我比你祖父小不了几岁，和你祖父算同辈人呢，你叫我爷爷没错。今天啊，我就是要来你这儿凑凑热闹。"林老爷爷拄着拐杖，笑嘻嘻地说道。

"太好了，您老别站着，先请坐一会儿，喝口茶哦。"郭月扶着老人坐下。

"借过借过，请让一让让一让。"只听见门口一阵喧哗声，郭月抬头一看，两个人抬着一块蒙着红绸布的横匾走了进来，后面跟着一位穿中山装的中年人。中年人走到郭月和郭诚面前，说道："郭先生，郭少太太，二位好。我是嘉庚先生在厦门的秘书。嘉庚先生知道天一信局新楼落成，特地亲手写了牌匾，让我们篆刻好，今天送过来，请二位接收。"说完，把那块红绸布揭开。

在场的人都赶忙凑上前去，只见牌匾上面刻着四个大字：爱国爱乡。下面的一排小字是：贺天一信局新楼竣工，陈嘉庚。

"谢谢，谢谢！"郭月和郭诚齐声说道。紧接着，又有几块牌匾被抬了进来，是侨界名流、合作商号和邻近各村送来的。郭月和郭府的几位主人一一做了签收。

郭家主人们这边分头招呼着客人，那边贺喜和送礼的人陆续进来，大厅里人声鼎沸，一派喜庆。郭月瞅着一个空当，上到二楼办公室换了一身红色的中式旗袍，给自己手指戴上一枚深绿色的翡翠戒指，这是父母送给她的结婚礼物，但凡重要场合，郭月总要把这枚戒指戴上。这边刚刚把自己捯饬停当走出办公室，管家郭贺正好从楼梯口走过来，对郭月说："少太太，祝贺新楼建成。这是我的一点心意，下面人多，我没好意思拿出来给您。"说完递过来一个信封。

"这是什么东西？"郭月诧异地问道。打开信封一看，里面是一张二百两的银票。"哦，就是我的一点小意思。您也知道，按照我们这里的习俗，每家每户盖了新楼，大家都要随份子送个礼物。虽然郭家财大业大不在乎这一点小钱，但是这份心意我总是要表达的。您别见笑，就是表一个心意而已。"

郭月笑着训斥说："你和我都这么熟了，我们天天在一起，还走这个俗套。"她把信封还给对方，谢绝道，"这个礼包我无论如何是不能收的。"

"少太太，这是我的一份心意，您必须收下。不然的话我自己都觉得说不过去。"郭贺坚持道。

"那这样你看好吗？郭贺，如果你坚持一定要送点东西表示祝贺的话，我很高兴，真的特别特别开心。这些年为了盖这个楼，里里外外你真是没少忙乎。如今这件事情总算顺利完成，我们都应该庆贺。这样吧，我们换一种方式来祝贺。"说着，郭月伸手把郭贺上衣口袋里的钢笔抽了出来，"你看这支钢笔是你的吧？"郭贺点点头。

"好。这支钢笔在整个工程建设期间，它都陪伴着你，在今天这个特别的日子，你就把这支钢笔送给我，我会把它作为一个珍藏品收藏起来。这代表你的一份心意，也代表着整个工程的一段记载。你看这样可好？"郭月望着眼前这位忠心耿耿的管家。

郭贺点点头，心里佩服眼前的这位少东家总能想出一个体面又让人感觉舒服的办法。

"那就这样，谢谢郭贺，我们下去吧。"郭月收下钢笔，和郭贺一起走向楼梯。

一楼楼梯口，郭亮和郭诚走过来，郭亮问道："妹妹你去哪儿了？刚刚找不到你，是不是可以开始了？"这边郭诚接着说："风水先生给算的良辰是今天上午的十点十八分，现在我们应该往前面走了。"

"好，那我们一起招呼客人过去吧。"郭月点点头，吩咐众人招呼正分散在前厅各个角落休息等候的客人们，一起走出大楼，来到广场的戏台前。

戏台前的空地上，郭家用人们早已布置好了椅子和茶水，来宾们纷纷落座，现场大约有两百名村外来宾，本村的村民们三三两两，站在来宾就座的座椅后头，观看热闹。

郭诚走到台子中央："各位来宾，各位长辈，各位父老乡亲，天一信局总局大楼今天竣工剪彩，感谢大家的光临，谢谢各位不辞辛苦前来参加今天的落成仪式，一起见证这个历史时刻。

"天一信局新楼是天一董事长郭和中先生代表天一信局出资兴建的，这是集办公休息和住宅多功能为一体的新型建筑楼群，采用了西式设计风格和现代化的供电供水系统，而且修建了这么一个几千米的大型广场，可以让村民们更好地休息和娱乐。一会儿我们热诚邀请各位来宾，自由参观，多多给予指导。现在我邀请陈主任，林老太爷，嘉庚先生的秘书陈先生，还有郭家的两位少东家，郭亮郭月一起为新楼剪彩。"说罢，剪彩的五位宾主在身着旗袍的迎宾员引导下走上戏台，用人们展开一条早已准备好的红色绸布，另有五名女佣，每个人手上捧着一个托盘，上面放着一把剪刀。郭月、郭亮和另外三位剪彩嘉宾一同走到台上。郭诚抬起手腕，望着手上的表："各位准备。"接着高声数着："五四三二一，吉时到，剪彩！"

只听嚓嚓几声，红色的绸布被剪成六截，四周早已准备好的鞭炮齐响，啪啪啪啪，清脆的鞭炮声在空旷的广场上响起。两头绸布装饰的雄狮从戏台两侧冲将出来，上下舞动，人群里爆发出热烈掌声。

郭诚吩咐用人们引导剪彩嘉宾走回座位，接着说："谢谢大家，下面有请天一信局中国公司掌门人郭月女士致辞。"

在一阵热烈的掌声中，郭月从第一排的座位上站起，快步地走到台上。上午的阳光斜斜地照在她年轻俊秀的脸庞上，使她显得分外出众。经历过这些年的摸爬滚打，虽然只有二十多岁，郭月已经锻炼成一副非常干练的模样，办事有方法，举止得体，处乱不惊。

郭月在台上站定，微笑着用眼光朝台下几百名听众扫了一眼，待全场安静下来，开口说道："再次感谢大家。天一董事长，也就是家父由于南洋事务缠身没能前来出席今天的典礼，他嘱咐我向各位长辈、各位来宾、各位乡亲表示深深的歉意。各位的座椅下面有一个小小的伴手礼，是父亲特意嘱咐从南洋运过来，今天送给大家的，表示他的一份歉意。"这会儿大家才留意到，每个人的座位底下放置了一个精致的牛皮小包，里面分别装着一支派克牌钢笔，一瓶虎标万金油，还有一张时下很流行的年历卡。

郭月接着说："天一信局自先祖父郭有品先生开创以来，几十年间，我们一直坚持以信为本、服务侨胞、服务乡梓的商业理念。商号的发展，离不开各位长辈、各位华侨侨眷，各位父老乡亲的抬爱和支持。今天借天一信局落成的机会，我代表董事长宣布三件事情，也是三个喜讯。"

喜讯总是吸引注意力的，台下的人有的刚刚还在翻看着伴手礼包，一听这话，每个人都放下手上的东西，抬起头来，聚精会神地听着。

郭月停顿了一下，确保所有人都在专心听讲，这才接着说道："第一，天一信局将在今后三五年间，在国内漳州、泉州、福州、上海等地开设六到八个分号，扩大业务规模，更好地服务南洋华侨侨眷。第二，我代表天一信局宣布，捐款五千大洋，在流传村兴办国民小学。本村所有村民子弟免费上学，其他村庄的孩子们过来，只需每年交付一个大洋的书本费。学校盖成以后，后续的运作资金将由天一信局按年每年捐助。第三，今天族里的族长也在场，郭家捐款一千大洋给郭氏宗族会，希望把村里的祠堂重新做一个翻修，把祖训重新立碑，这是我们祖上几十代人的传统，现在时局动荡，我们更应该坚持祖训。"郭月说完这三件事，台下再次响起了热烈的掌声。

典礼过后，郭贺趁着郭月和客人们寒暄的空当，插过来说："少太太，今天来了三名记者，分别是厦门当地的电台、报社，还有一家香港过来的英国通讯社，他们想一起对您做个采访。您看是不是安排一下？"

"这是好事，借这个机会做一些报道，对于天一是一个很好的宣传，你准备一下吧。记得给每名记者带一份伴手礼。"郭月说着，上楼把自己的旗袍换下，换上一身藏青色套裙，显得很职业干练的样子。她步入二楼会议室，几名记者早已经等在屋里。为首的记者说："郭小姐，我是侨报记者，您这么年轻掌管这么大的一摊生意，有什么感想吗？"

"感想？沉甸甸的，就像肩膀上要扛着这栋楼。"郭月笑着说，"我中学毕业以后，就随父亲在商号里学习做事，从学徒干起。这么些年，无论是我父亲，各位同行长辈，还有我们的很多伙计们，都教会了我很多做生意、做人的道理。我们都说物以类聚人以群分，做人有做人的信仰，做生意也有做生意的规矩。从我祖父创办的第一天起，天一的生意规矩就一直很清楚。"郭月指了指墙上的横匾：以信为本。

"以信为本四个字就是我们的生意经。不管顺风顺水还是身处逆境，不论再大的生意，再小的买卖，以信为本，是我们所有人的坚持。往大了说，以信为本可以取得良好的商业信誉，往小了说呢，以信为本可以让我每天晚上睡觉睡得很踏实。"

"我们听说天一的双回执保障很受客人推崇，能解释一下为什么要做这么一个看上去很麻烦的流程吗？"英国通讯社记者问道。

"是这样，天一的主要业务，是受南洋侨胞托付，给国内家人寄信件和物资，以及替他们在国内的家人——我们称为侨眷，往南洋寄信。我们当地人管这个叫作侨批，批是闽南话信件的意思。由于信件和物资在交付过程中路途遥远，加上中间要经过好几个经办人的手，为了避免物品和信件丢失，同时也便于有明确的责任人交接，我们搞了这么一个双回执系统，体现的是我们一直强调的信誉。所谓信誉，就要对托付给我们的客人有个明确的责任承诺，这个双回执就是实际的体现。具体的操作是这样的，当交付人，例如在马尼拉的华侨把一封信或者一件东西交给我们的时候，天一的经办人会给客人开具一张两联回执，上面有编号，有客人的姓名、收件人的地址和姓名，以及我们经办人的名字、签字或者画押。这个双联的回执，有一联是留在客人手里的。另外一联则由经办人随着物资送往吕宋岛的总局。总局的人收到这件物品以后，他成为下一个经办人，同样要在上面签名画押，再经过海路运输回到国内厦门港，再到国内天一信局，每一个环节，所有的经办人都需要在回执联上签名或者按压手印。最后由信差送到侨眷手中，由收件的侨眷本人写上他的名字，签字或者摁手印。整个流程全部走完后，这张回执的第二联原路返回，交到托付这封信或者这件物资的客人手里，客人在回执的最后一栏签字确认，整个流程才算走完。这样做不仅仅使我们的每一个客人都知道他的托寄物品已经送到家人的手里，而且能够有效地避免责任不清的管理状况。对客人来说，真正体现我们以信为本的经营信条。"

记者点点头："据我所知，这套流程是天一独家发明的。"

郭月回答道："您说的没错，这是我父亲，也就是天一的董事长根据他多年从业经验摸索出来的，在天一已经执行了几年。几年来，我们能够做到百分之九十九以上无差错率。即便出现极个别的差错，因为有了这个双保险，也能很快地找到相应的责任人，及时给予补救。"

另外一个记者问道："听说你们在国内代写侨信的业务现在很发达，为什么会想到做这个业务呢？"

"是这样的，我们很多侨眷都不识字。以前天一信局有华侨来信件时，最热闹的是我们供侨眷们歇息的花园，也就是今天新楼的陶园，很多人都聚在那里请我们识字的信差帮忙读信，还有代写回函。乡间以前很多侨眷要捎话给国外的亲人，只能等同乡有人去南洋时，托一个口信，这种方法时效上没有保证，而且容易有差错。但是，绝大部分的侨眷们又都不识字，即使有天一信局的寄送服务，他们自己也写不了信，根据这个需要，我们就在流传总局专门开辟一个替侨眷代写信件业务，很受欢迎。一下子成了我们国内本地业务量最大的一个生意。您如果了解国内乡村生活的话，就知道以前乡下人如果实在要写信或者书写其他文字材料的话，通常会在村里找一位秀才，或者识字的先生帮忙代写，这样的做法很多时候词不达意，时间上也没保障。现在天一推出这个统一的侨信代书业务，我们每天都安排人接待，乡民们感觉方便多了。您是记者，喜欢用数字说话，流传村有两千多口人，七百多户，还有大约八百人生活在南洋，这样的侨眷数量，五年前从流传村寄到南洋的侨信，一年累计只有不到五十封，为什么？不会写字啊。我们开展了代写业务以后，去年一年，流传寄往海外的信件超过一千封。天一做代写侨信生意，每封信只收两角，这是一个以服务为目的的业务项目。当然了，有了侨信的投递，我们和南洋华侨客户的关系更加紧密了。"郭月当过多年学徒，对于天一的各项业务了如指掌。

记者继续问道："我们今天看到有一位是陈嘉庚先生的秘书参加了庆典，请问郭家和陈嘉庚关系很密切吗？"

郭月回答说："嘉庚先生和我父亲多年来在生意上都有来往，大家都在南洋，又都是从福建出去的同乡，彼此都比较熟悉。嘉庚先生这些年提倡教育兴国，倾其所有，捐款办大学办学院，父亲在吕宋岛的天一商号，对嘉庚先生的办学举动十分赞赏，也有多次捐助支持。论私人感情的话，我从小就认识嘉庚伯，还在他南洋的家里住过一段时间，他是我的长辈。"

"陈嘉庚在老家花钱办了七八所学院，有人说这个想法不务实，太超前了。厦门毕竟还是个规模不大的城市，容纳不了这么多学校。请问您怎么看？"

"我非常欣赏嘉庚伯这种高瞻远瞩的眼光。现在进入民国时代，新式教育刚刚兴起。我们看到西方强国之所以能够发展，无不是在教育、科技方面领先于我们。科技的发展一定来自教育，而教育不是一个明天或者明年就能收效的投资。这也是我们天一决定在流传村捐资兴办国民小学的主要原因。"郭月回答说。

中午宾客在郭家饭厅落座就餐，郭姓族长走过来对郭月说："小月呀，你今天这个做法真的很好，办小学，让村里的娃娃们有地方念书，不然的话，这些孩子们目不识丁，长大后除了种地，就只有下南洋干苦力，别的也没有什么好的出路。"

郭月恭敬地回答说："谢谢族长老伯的支持，这是父亲的提议。俗话说有钱出钱有力出力，捐款只是解决资金环节，办学需要聘请校长、老师，还有课本和招生的事，这些方面族长您还得多费心，尽量动员各家都把孩子们送到学校去。"

"这是当然的。村里办小学，这是每家每户都得益的事，没有不用心的道理。"族长爽快地回答道。

一边，乡上的陈主任问郭诚："听说你们天一还要往外发展？"郭诚说："是的，我们现在只有厦门和流传村两个商号，接下来准备在漳州、龙溪、泉州，还有上海，分别开设分号，把业务拓展开去。"

"不得了啊。"陈主任说，"看样子你们要成为闽南的首富了。"

郭诚连忙摆手："主任笑话了，我们只不过一点小生意而已，主任您是地方父母官，还得请您多多关照呢。"说着悄悄地递给他一张五百两的银票。

"好说好说。"陈主任笑着把银票收进口袋，夹了一块红烧肉送到嘴里，接着拿起面前的酒杯，和郭诚碰了一下，"来，祝你们生意兴隆。"

7

流传村，天一郭府

把客人陆陆续续送走后，郭月来到了郭亮的房间。

按照郭家的规矩，每个郭姓男儿成年后，都可以娶一妻一妾，郭亮也是依着这个规矩。成家后，郭亮的正房太太给他生了一子一女，小妾则无生育。他们一家五口，加上服侍的用人，如今大多时间都不住在流传老宅。郭亮一家人在县城另有宅院，因为他现在不负责天一商号上的事，所以大部分时间，他和他的家人以及用人都常住县城，只是偶尔回老家短暂停留。

郭府老宅二楼的住所，郭亮的套间紧挨着郭月的套间，郭月走进门去，见郭亮和他的太太郑丽慧正在沙发上坐着喝茶。郭月打了一声招呼，在一旁坐下。

对自己的这个哥哥，郭月的感情很复杂，一方面父亲长年在国外，这是她在国内唯一的血脉兄弟，郭亮比郭月大四岁，按理说，男人支撑大半边天，更多的事情其实是需要郭亮来操持的。可是郭亮从小体弱多病，又染上了抽大烟赌博的坏毛病。实在扶不起来，父亲才让郭亮退出，将国内的天一信局生意全权交给郭月管理。至于她的这位大嫂郑丽慧，是县里官宦人家的小姐，属于那种派头十足，动不动要指使别人，自己从来不干活的千金小姐。郭月知道自己跟这个嫂子属于不同的两类人，因此，彼此客客气气的，没有更深的交往。这次天一新楼的筹建，里里外外都是郭月负责，但是在明面上，郭亮还是少东家，所以免不了需要他在场面上应酬一下。郭亮本来都不情愿过来参加今天的竣工典礼，还是郭月再三催促，他才勉强答应了过来。

郭月在椅子上坐下，郭亮开口问道："小妹你今天都在忙，还来不及问你呢，玉洁怎么样，都还好吧？"玉洁是郭月的女儿，今年刚刚四岁。

"哥，玉洁挺好的。两个月前随我去了厦门，住在鼓浪屿，这次回来，因为张罗庆典的事情比较多，我就没带她过来。您和嫂子的两个宝贝孩子都好吗？"

郑丽慧在一旁说："小的还好大的不行。"郭亮和郑丽慧生育有一女一子，大的是女儿，今年八岁，小的是儿子，比玉洁小两岁。

郭月问郭亮："哥，你最近身体怎么样？"

"嗨，还是那样，老是咳嗽。"说着，郭亮又咳了起来。

郑丽慧接过话茬："你哥啊是一个药罐子，一年到头中药就没停过，也不知道哪天是个头。"

郭月替郭亮捶了几下背，让他稍微缓过来后，说道："嫂子，我觉得我哥这个身体是个问题，嫂子您跟他在一起，要多劝劝我哥，别再抽那个大烟了。"郭月其实知道郭亮和郑丽慧两口子都喜欢抽大烟，而且郑丽慧烟瘾还很大，她是故意这么说的。

"妹妹，这个你不懂，抽大烟很解乏，一抽起来，你就什么都不想了。"郭亮在一旁辩解道。

郭月心里清楚，自己这么劝是没有用的，她的这个哥哥从十几岁开始抽大烟，先是瞒着父亲，后来郭府上上下下都知道了，父亲很生气，因为郭家的祖训是不许抽大烟，更不许嫖娼的，而她这个哥哥两样都染上了。俗话说恶习难改，任凭父亲怎么处罚，郭亮就是改不了这个毛病。后来他决定自己搬到县城居住，有一部分原因是为了躲开父亲的监督。

三个人这边正说着话，管家郭贺敲门走进来："两位东家都在，我把今天的账报一下。"郭贺说，"今天的庆典活动招待，不包括董事长送给来宾的伴手礼，总共花了五千六百大洋，都从信局的账号上支出了。另外今天很多来宾都有红包贺礼，总共收到一百二十八份，红包数额最大的是嘉庚老伯送来的，两千大洋，少的也有几十大洋，全部加起来总共是八千六百大洋，这笔钱是不是入到商号账上去？"郭月点点头，转过来问郭亮："我觉得可以，你看呢？"郭亮说："就按小妹的意思。"郭贺得到指令，回答道"好的"，转过身就要离开。

"等等，"一旁的郑丽慧喊了一声，接着对郭月说，"小妹啊，你看我们这边的习俗，贺礼都是私人掏腰包的，别人家如果有红白喜事，我们也要给人家包份子钱。所以这笔钱按理说跟商号的账是分开的，不应该属于商号的钱，应该是私人收入才对，你说是吗？"

郭月有些不解："嫂子，可是这次的新楼是商号的啊。"

"那倒也不全是，"郑丽慧反驳道，"不是还有后面的这个老宅，郭家住宅也是新楼落成的一部分嘛。最主要呢，小妹你看，我们每个人平常都和乡里乡亲们有很多来往。如果说我们收了钱入公司的账，而将来我们给人家包红包，要自己掏腰包的话，我觉得好像不太在理。"

郭月这下明白了她这个嫂子打着什么样的小算盘。整个大楼的兴建用的是父亲汇过来的款项，大约二十万大洋。内部装修，家具摆设，加上刚刚郭贺报告的今天庆典各种应酬，大约花掉两万多大洋，都是从公司的账上支付。但是这些账郑丽慧是不会管的，反正不是她口袋里的钱。她现在惦记的是别人送来的这八千六百大洋礼金，她要切走一块蛋糕。想到这里，郭月对站在一旁的郭贺说："郭贺你先下去吧，我们商量一下再回复你。"

"别啊。趁着你们兄妹俩都在，现在就商量一个决定，好让管家办理啊。这种事最好不要拖到明天。"郑丽慧摆出一副毫不让步的样子。

郭月见状，也不想再一味地退让，她用不容分辩的口吻说："我们可以现在商量，不过这是我和我哥的事，跟郭贺无关，他还有别的事要忙，郭贺你先忙吧，回头我通知你怎么处理。"郭贺点点头，退了出去。

郭亮在一旁听着两人的对话，一直没插嘴。他完全知道太太郑丽慧打的是什么算盘。说实话他也想要这笔钱，但实在觉得这么做不合适。且不说整座大楼建设，从建房、装修、买家具到今天的活动，他可是一分钱没出，一点力气也没使。何况自从不再参与天一管理以来，他就是一个甩手掌柜，所有操心的事都是他这个妹妹独自承担，每年哪怕年景再不好，郭月也都会拿自己的私房钱接济他。要说歉疚，应该是他自己亏欠于这个妹妹。想到这里，郭亮等郭贺离开后，说道："小妹，我看这个事情还是你来拿主意吧，你怎么定都行。现在商号上的事都是你在操持，也很辛苦，你别太为难。"郭亮说的是实话。

对郑丽慧猛然间提出的这个问题，郭月有些反感。她虽然知道眼前的这位嫂子自私贪便宜好计较，但还是没想到嫂子会提出这个礼金分配的问题来。本来这是商号大楼的落成典礼，应酬往来都是走公司的账，可是眼前的这位官家小姐就惦记上了这笔礼金的钱。如果自己坚持不给，得罪她倒是小事，回过头来一定会让哥哥受责，以郑丽慧只占便宜不吃亏的个性，还不定会怎么责备郭亮呢。想到这里，郭月开口说道："哥，嫂，你们看这样好不好，这八千六百元礼金，我哥和我，二一添作五，按对半分开，其中的一半四千三百大洋交给我哥处理，另外一半还是入公司的账。"

郭亮点点头："我看这样也好，我们兄妹俩一人一半合情合理，就按照小妹你的意见。"

郑丽慧见目的达到，连忙在一边解释道："妹子，其实也不是我们惦记着这点钱，你也知道你哥现在不管公司的事，无权无势。我们所有的开销和各种应酬，都得自己花钱凑份子。就像今天过来雇轿子的钱，也是我们自己掏的腰包，实在是手头不宽裕啊。"

郭月决定从侧面敲打敲打这个贪得无厌的女人，她斟酌了一下字眼，说道："嫂子，生意是我父亲的，他老人家怎么安排，我们做晚辈的只有遵从的份。说到应酬，我想每家每户都有应酬上的往来，怎么把握，还得靠自己拿捏。这方面我哥不太擅长，还需要您多费心。"说完也不再理会郑丽慧，转过身对郭亮说："哥，一会儿我让郭贺把钱送过来，你们早点休息吧。"

郭亮有些不好意思："那天一的事情就交给你多操心啊。我和你嫂子明天上午就回县城去了。"

"好啊，代我问候两个小侄子。"郭月说完，起身告辞。

回到自己的套间，郭贺正在外间的椅子上候着。郭月一进门就吩咐道："你把今天的礼金拿出一半，四千三百大洋交给我哥，另外一半入公司账。"

"这不是敲竹杠嘛。"郭贺不服气地说，"真是贪妻万事休啊。"

"你这是瞎说，怎么可以这么说话呢？"郭月训斥道。她虽然心里知道郭贺说的有道理，但她不允许别人这么评论自己的哥哥嫂嫂。

"对不起，我说错了。"郭贺自己知道失言，连忙解释道。

"没事，不去想它了。你帮我看一下郭诚在吗？如果他有空，你请他和经理来我这边，我们一起商量一下商号上的事。"郭月试图驱散这段不愉快的插曲。

不一会儿工夫，郭诚、郭贺、流传天一总局经理郭怀仁三个人走进郭月的套间，大家在沙发上坐下，郭月说："你们几个都忙乎大半天了，不过趁着这会儿，我还是想跟大家一起商量一下，下一步的发展计划。现在总局的新楼起来了，今天我们也接待了许多政商界的要员，还有媒体的记者。有关天一的报道很快会传播开来，我想我们应该借着这个机会，加快我们在各地开设分号的事。我们现在在国内只有两个营业点，一个是流传村，一个是厦门。按照我们先前讨论的计划，接下来要拓展的城市以侨乡为主，包括龙溪县城、漳州、泉州、福州、上海、香港六个分号。我们今天重点讨论一下分号经理的人选问题，资金问题还有时间节点。"

"关于资金，"郭诚说，"以现在公司账上的存款，马上可以支持开两家分号。如果业务运转正常的话，六个月以后，另外三家分号应该可以开出来。也就是说，到了明年秋天，我们应该可以把五家分号都开设起来。"

"那香港呢？"

"香港的情况比较复杂。那边的竞争更加激烈，而且香港现在是英国人统治，有一些英国人的法律，我们还不是很了解，我建议稍微缓一缓，先派人把当地的市场情况摸透一些。而且香港开分号这件事情可能还得东家您亲自出面。"郭诚补充道。

"人员方面呢？"郭月接着问。

流传总局的经理郭怀仁报告说："人手我们倒是足够，现在流传村和厦门一共有四十多名伙计，加上信差总共有一百号人。这些人有一多半在天一商号都已经做了超过五年的时间，他们经验很丰富，对东家对商号的忠诚度也都很高。如果要派到外地的话，除了语言要给大家补习好，我估计别的都没问题。"郭怀仁所说的语言是普通话，因为大部分伙计说的都是当地的闽南方言，如果离开闽南到福州上海开店的话，他们需要学习普通话，民间管这个叫官话。

"这个还多亏你想得周到。"郭月夸奖道，"郭贺你帮着张罗一下，正好村里要办国小，你和学校校长商量一下，请几个国文老师，利用晚上时间给我们的伙计们上国文课，除了识字，一定要教伙计们说普通话。每周安排三个晚上，从七点到九点两个小时，让大家赶紧把识字和讲普通话这两门课补上。记得要给老师额外的酬劳。"郭贺点点头。

郭月对众人说："各位都是公司的核心，都一同见证了天一这么些年的发展。下一步，我们要扩大规模，服务更多的乡亲，做更大的生意。我们一起加油，做一份事业。"大家纷纷点头，经过今天的新楼开业，每个人都感到信心饱满。

8

泉州商业街

泉州，商业街，天一信局泉州分号。

泉州分号转眼间已经开张了三个月，生意一直不见起色。郭诚这几天特意过来帮助料理泉州店铺。

现在的泉州店铺一共有五位伙计，经理和主管从流传村总局调过来，另外三位员工是当地招募的。泉州是出名的侨乡。这一带下南洋的华侨人数有近百万人，主要分布在马来西亚、印尼、菲律宾等东南亚国家。

按照原先的估计，泉州分号开张后，业务量怎么也应该能够赶上流传村总局一半的体量。但是几个月下来，客人数量寥寥无几。一开始分号经理以为宣传方面做得不够，于是雇了十几个本地信差到附近几十里的主要华侨村庄都做了推广介绍，宣传页也发了，但是生意还是没有起色。郭诚这次过来，特地到下面转了两天，他得到的反馈是，大凡当地出去的华侨交办信件或者其他物资，大多还是习惯于找本地原先的几家铺子，因为熟门熟道，彼此也都认识，总觉得放心。虽然天一信局在流传村和厦门一带有很高的信誉度，在泉州还是新来乍到，报纸上刊登广告，做了一些宣传，但是侨眷中看报的人比重不是很高，加上天一信局是大商号，操作更加正规，收费也比当地的一些小信局高一些，这也是很多客人没有下决心转过来的一个原因。

泉州当地大大小小做侨批信汇业务的有五六家，其中生意最大的是一家名号叫华安堂的信局。华安堂店铺离天一泉州分号不到五十米的距离，也坐落在这条商业街上，由一对姓吴的父子经营，吴老爷子几十年前开办了这个华安堂信局，做的业务与天一非常类似，现在吴老爷子已经不怎么管理日常事务，由他的儿子吴公子主持业务。郭诚到这家华安堂信局看过他们的作业流程，很不正规，寄送的信件和物资就这么一麻袋一麻袋地放在店铺的一边，也看不到清楚的归类。以他多年的经验，他判断这种做法会导致很高的失误率，而且一件物品可能要来回好几次才能找到。华安堂是本地商号，又经历过两代人的经营，积攒了许多老客户，所以生意一直比较红火。天一信局为了避免跟同行产生太多摩擦，没有像很多新开业的店铺那样，直接派人走到对手的店铺门前发传单广告，只是把消息传单发到侨眷所在的各个村庄，同时在报纸上刊登广告，现在看来，效果并不明显。

这几天把市场情况细细了解了一遍，郭诚心中有个初步的想法，他跟随郭月多年，对郭月善于根据不同实际情况制定独特的销售方案很是佩服。在两人共事中郭月多次说过，经营的基础原则底线应当坚持不变，例如以信为本这个公司的持家信条，但日常运作的方法措施要敢于打破常规，特别是面对一个新市场，或者要获取额外市场份额的时候，很多人喜欢循规蹈矩，觉得那样做最没有风险，殊不知最大的风险不是别的，是时间成本的风险。眼下泉州侨批生意，如果不能在接下来几个月内找到突破口，让客户数量有一个快速增长，以后再想发展就难了。都说开业半年见分晓，如果不能利用开业初期把生意量推到一个目标水准，很可能将成为一家勉强维持的店铺，这可不是天一信局向外地扩张的本意。郭诚下了决心，此时的泉州天一商号，需要打出一张不一样的牌。

这天下午时光，天一泉州店铺空荡荡地没有客人。

泉州分号经理黄平生，是从流传村的天一协理升职调过来的，郭诚把黄平生叫来，说道："我有一个想法，你看所有的侨信侨汇业务，做的都是老客熟客的生意。按照我们天一的经验，平均一名华侨一年要寄四到六次信件，另外还有大约两到三次侨汇物资托寄。这么算来，一个客人平均一年要跟信局打六到八次的交道。所以当务之急，是我们要让客人有机会接触我们的服务，只要他们用上我们的服务，我们的流程和服务质量让客人放心，就不愁留不住他们。所以我想我们可以采取这么一个策略：从现在开始，所有的客人第一次上门的托寄业务我们都不收费，我们把它称为体验式服务。如果客人体验好了，以后就会继续到我们这里来。"

"那不赔本了吗？"分号经理黄平生不太理解。

"是的，单单就生意来说，这种做法，第一笔生意是要赔本的。可是我们刚到一个新地方，终究要打开局面，宁可把钱赔在客人的身上，也总比整天没有生意要强。我们每天花这么多人工、店铺租金，这都是硬投入，只有生意起来了，才能回本。"郭诚解释道。

"那如果客人每次都换一个名字来找我们，每次都不交费，我们如何是好？"黄平生想到了执行细节。

"这个我也想到了。有两个办法，一、我们这个体验式服务，就做六个月时间，六个月以后恢复正常。二、我们的客人，寄送方确实可以每次换人，可是收件方还是同一个人，这一比对，基本上还是能够排查的。"

听了郭诚的叙述，黄平生明白过来了，他点点头，觉得这是一个好主意。

"我大致估算了一下，"郭诚接着说，"我们现在平均一个月只有三百单业务，按照我们的费用构成，一个月如果能做到八百到一千单，我们就可以盈利。所以每月八百到一千单应该是我们的基础目标，我们不仅仅要给新客人首单免费的体验，还要更进一步，把过去三个月交付的客人的首单费用退给客人，这样的话一传十，十传百，比我们在报纸上花钱登广告，效果要好得多。你想想，如果客人交过钱了，托寄的服务我们也完成了，现在回过头来，我们跟他说：谢谢你的惠顾，我们退还你首次订单的收费，那客人会是什么样的惊喜感觉？"郭诚其实心里有数，因为过去几个月泉州店的生意量不大，累计几百张单子，如果把费用退还给客人，并不是一个天文数字，而它产生的宣传效果要大得多。

"好的，这个主意好，一定会让客人很开心。我这就去安排，我们就把这个首单免费体验服务做成横幅，挂到店门口。我在报纸上发几个广告，再印刷一些传单雇人发到侨乡，应该会有效果。"经理黄平生被郭诚说通了，劲头很大。

果然不出意料，接下来几天，天一泉州分号的生意量逐日上升。最热闹的时候，一天的收件量已经达到了五十多单。郭诚给在厦门的东家郭月捎了信，报告了销售的进展，心里很开心。

由于分号刚刚开始不久，现在的业务主要还是接收国内侨眷往南洋寄发的信件，而南洋那边寄到泉州家眷的信件和物资还要再等一段时间才能建立起来。天一泉州分号按照内部严格的流程，每封信件都实行双回执系统，当一封信件交付到天一手上的时候，天一伙计会根据收件人的不同区域，分门别类在柜子里放好，每个柜子每一格都有清楚的目的地标识，再按固定的发件日期发往厦门装船。

天一泉州斜对面不远处，华安堂。

华安堂过去两个礼拜的业务量急剧下滑。吴公子非常不满地训斥店铺主管："都是一帮吃屎的，我们在这里做了几十年生意，竟然被一个新来的外地客把生意抢走，真是白养你们这批饭桶。"主管在一旁小声回答："他们家大业大，靠免费抢了我们不少生意。"

"这他妈的不是理由，他可以抢我们的生意，你们就不会想办法给他们找找麻烦，让他们在这里待不下去吗？就你们这一群猪，成不了什么事，也不知道当年老爷子怎么看上你们的。"说完把手中的账本甩到桌子上，走出店铺，扬长而去。

这天晚上，郭诚和店铺的经理黄平生以及主管，把这两天的信件重新做了一次分门别类，才算忙完一天的活，回到楼上。

天一泉州分号租的是个临街上下两层楼的铺子，一层是营业厅，用于客人托付的信件以及物资的储存。二楼有一间大办公室和两间卧房，郭诚住着其中的一间，经理和主管住另一间，本地员工，每天打烊后各自回自己家睡觉。楼上三个人各自洗漱完毕，上床休息。

半夜迷迷糊糊的，郭诚被门外喊声吵醒，因为店铺是木质结构的建筑，房子并不隔音，外面的叫喊声，在屋里听得很清楚。郭诚赶紧起身从二楼窗口探头往外看，只见有人在街上大声喊着：着火了快救火。

郭诚连忙冲出房间，隔壁间的两名员工也同时冲了出来，大家跑到楼梯口朝下面一看，只见一楼的铺面，火光冲天，伴随着一股浓烟。"不好，店铺着火了，快救火去。"郭诚大声喊道，三个人不约而同地从楼梯跑下来。

一楼的火势已经很大，黑暗中只见店铺中间烧起一团大火，因为商铺是木质结构，里面有很多木质的桌椅板凳，柜台也是木头的，很容易着火。两名员工忙着要去扑灭柜台上的火焰。"等一下，先把侨批救出来。"郭诚大叫一声。前面两人一听，连忙转过身来，打开立在墙边的两个大木柜，快速把柜子里面的所有信件装到麻袋里，跑出店铺，把这些麻袋包扔到马路上。

街上的左邻右舍听到声音，都纷纷赶过来，拿着脸盆、水桶，一起灭火。前后大概忙乎了半个多钟头，终于把火势熄灭。郭诚和经理主管谢过邻居们，回到屋子，收拾着一地凌乱的桌椅和烧过的柜台。

这会儿灯已经点上了，屋里明亮起来，郭诚拿着一把笤帚打扫着，一眼看到扔在地上的一支火把。他拿起来一看，这是一根绑着纱布的火把木棍。从形状看，火把是从劈柴的斧头手柄卸下来的，上面有明显的斧头嵌入痕迹。郭诚把这个火把捡起来，放到店铺的角落。

天亮以后，天一信局着火的消息传遍了整条商业街，很多人都过来看热闹，也想问个究竟，毕竟这算是商业街上发生的一件大事。"各位放心，昨天的火呢，没有多少损失。我们特别要谢谢各位左邻右舍邻居们的帮忙，没有大家的帮助，可能后果就不堪设想。"郭诚这边正说着，从门口进来了两名警察，为首的那个警察问道："你们哪位是管事的？"

郭诚说："我就是。"

"哦，我们是这条街的巡警，听报告说，你们铺子着火了，所以我们过来看一下情况。"

"谢谢长官，我们这边火都已经灭了，没有多大损失，也不会影响后续店铺开张。就是损失几把桌椅和两个柜子，我们今天就会把新的椅子和柜子补上，两位长官请放心。"郭诚不想当着这么多人的面，把事情说得太复杂。

"火情是要报案的，请问你们要怎么报案，是有人放火吗？"

郭诚看了一眼聚在四周的人群，他看到华安堂信局的吴家父子也在人群中，于是他从墙角里拿起昨天晚上捡到的那根斧头木柄做成的火把，对警官说："警官先生，我想不用报警了，是我们自己的伙计，不小心把烟头丢在这个火把上，火把烧起来了。这是我们自己的失误，请长官谅解。"

"那你们就不立案了？"警察一听松了口气。因为如果立案，意味着他们要增加新的工作量。

"不劳长官费心了。"郭诚回答。

"那好吧，你们自己收拾好。有事说话。"说完，两名警察抬脚走了。

郭诚向聚在店铺的众人再次道过谢，送大家各自回去。等店面安静下来，赶紧吩咐伙计们就近采购新的桌椅和柜台，同时对经理黄平生说："今天照常营业。"

两天以后，郭诚拿着这根用斧头木柄改制的点火棍，走到华安堂，找到了华安堂信局老板吴老先生："吴老板，我把贵号的东西还给您。"

吴老先生故作诧异地问："郭经理，你这是什么意思？"

天一着火后的当天上午，吴老板在现场看到了郭诚接待警官的那一幕，当时吴老板心里就有几分怀疑，回到铺里，他把儿子叫来，厉声追问了事情的来龙去脉。儿子在他的逼问之下，不得不招供。是他花钱请了一个街头混混，拿了华安堂铺里的斧头柄，绑上纱布，点上汽油，扔到天一信局，放了这把火。吴老板臭骂了自己的儿子一顿，他觉得做生意相互竞争敌视，但不能做这种下三滥的事。如今郭诚把这把斧头木柄做成的火棍放在自己面前，他心里已经明白了几分。

郭诚盯着吴老板说："吴老板，在您面前我是晚辈，理应多多尊重您。这件事情就此了结吧，大家都要继续做生意，相互都别太为难对方，更不能使阴招，否则谁也不落好。哪天您这边的生意不做了如果想出手，随时找我。我们天一很想把您的业务接手过来。"

吴老先生说："谢谢郭老板的美意，接手倒是不必了。我们在这里做了几十年，也不是那么容易说倒就倒的。"

"那就好，生意嘛，总有礼尚往来，我们新来乍到，我又是晚辈，还请吴老板多多关照。有什么我们做得不妥的地方，请您多多指教。"说完，郭诚把斧头木柄放下，起身告辞。

9

厦门，天一信局二楼

厦门天一信局二楼，郭月办公室。

办公桌对面，会计正在向郭月汇报着今年的财务情况。"头家，您看……"头家是闽南话东家、老板的意思。会计把翻开的账本递到郭月面前，接着说道："今年的业务好过往年，是我们过去这几年生意最好的一个年头。总局流传村信局的生意今年扭亏为盈，厦门信局的业务比去年增长了百分之五十，其他几个新开的分号也都基本盈亏平衡。总体上说，我们今年是一个好年头。账目都一一列在这里，您可以看一下。除了有一笔还没有追回的坏账，别的都没有问题了。"

会计说的这笔坏账，其实是因为郭月而起。

几个月前郭月的一个同族远房亲戚上门找到郭月，请她帮忙垫款运送一批物资到厦门。天一信局业务扩大以后，为了使海外进口到厦门港的侨汇物资能够快速运回流传村的天一信局，郭月特意置办了两艘蒸汽船。这样一来，可以直接把货物从厦门港卸下后，当即装船运到流传村天一信局的库房，节省时间。以前走陆路通常要花上两天时间，而如今靠自己的蒸汽船走水路，两个多钟头就可以到达，大大加快了运输速度，费用上也更为节省。但是蒸汽船的行驶有一个问题，就是每次厦门往流传村老家的方向都是满载运输，而返程绝大多数都是空舱。为了避免浪费，天一就近招揽一些本村和邻近村庄的零星生意。凡是需要运送当地土特产到厦门，或者转经厦门发往其他地方的，天一信局以很低的价格承揽。不过这个低费用的回程运输，天一信局从来都是现款现结，概不拖欠的，尤其是对于新的客户。

那一天，这位同村的远房亲戚来天一信局大楼找到郭月，说他有一批当地的土产笋干要运到厦门，但是资金一下周转不开，请郭月帮忙通融一下。来人话说得很诚恳，论辈分还是郭月的远房叔叔辈，郭月心一软就答应了。不但许他赊欠了整船的运输费，还交代下面的人，替这位名叫郭三平的客户把货物装船离港的港杂费一起代为垫付了。当时天一流传总部的经理郭怀仁是不同意的，为此还和郭月争执过。郭月觉得自己已经答应人家，加上又是同族长辈，也就没有采纳下面人的劝告，要求他们执行。这是几个月前的事。

货物运到厦门以后，这位同村老乡把货取走，就再无下落，后来打听得到的消息是，这个人把这批物资在厦门变卖了以后，拿到钱买了船票去了美国，从此再无信息。郭月这下明白自己上当了。且不说现在已经找不到对方，就算你能把人找来，双方当时只是口头说定，并无契约或者协议之类的书面约定，这笔费用又该从何处追讨呢？

郭月想了一想，对会计说："这笔账也只好做坏账处理掉了。因为这件事情是我定的，所以这个失误应该由我来承担。作为惩罚，你从账上扣掉我半年的薪水，作为警戒。我也会向董事会做检讨。"

会计抬起头来望着郭月，有些犹豫。

郭月解释道："做错事，需要对当事人问责，这是我们历来的规矩，东家也概不能外，否则无以立信。"

"但是一下子扣除半年的薪水，这么重的处罚，这在商号的历史上还从未有过。"会计辩解道。

郭月叹了一口气："我还年轻，有些时候处世的经验还是不足。其实我当时也知道事情这么决定不太妥，但总是碍于脸面。现在想想，当时其实有很多办法可以把这件事情推脱掉，或者处理得更妥当一些。例如我们可以要求用一部分运输的物资作为抵押，等到把货款结清再把抵押的物资拿走，这样就不会这么被动了。也怪我年轻冲动，所以我给自己罚半年的薪水，就是要让自己记住这个教训。你就这么执行吧，同时要把这个处理意见告诉几位经理，让他们都知道。"

会计点点头，拿笔记下了。接着问道："那么今年的利润分红还是按照原先的处理方式吗？"

"是的，还是按照商号原先规定的，东六伙四的原则。"东六伙四在天一信局执行了很多年。每年的利润，六成由负责管理的东家郭月掌握，一部分留在公司账上用于后续资金发展，其余按比例分配给郭府的各房各室。另外四成则是员工的收益，这是正常薪资以外的部分，按大经理、经理、协理、主事、主管、助理和伙计各个层级对应比例发放。

晚上从办公室出来，郭月交代她的贴身丫鬟招娣不用跟着自己，让她先回家。然后独自走出天一店铺，漫步在商业街头。厦门这些年有很多外商开办的各式商店、餐厅和酒吧，已经是一派很繁荣的新兴都市模样。

郭月漫无目的地走着，不知不觉走到了一处钢琴吧——Piano Haven 钢琴港湾，这是一个犹太人在厦门开办的酒吧，称为静吧。所谓的钢琴吧，就是酒吧里面有一台钢琴，客人如果喜欢，随时可以自己上去弹奏。除此以外，没有其他的乐队表演，也不会播放留声机音乐。这样的酒吧很安静，比较适合郭月的口味。郭月来过几次这个酒吧，通常都是自己一个人来。每次她自己想安静下来的时候，就会来这里坐一坐。

进入酒吧，郭月找了一个僻静的角落坐下，要了一杯咖啡。斜对面坐着一对热恋中的男女，男的穿着西装，坐在对面的女青年则是一身碎花连衣裙，一副青春靓丽的模样。这对情侣低着头说着悄悄话，不时地做出一些亲昵的动作。郭月看到这一幕，忽然觉得心里隐隐有一种刺痛感。"我这是怎么了？"郭月呷了一口咖啡，自言自语道。

今天在办公室，会计说到的那笔呆账的事，让她半天不能释怀。她倒不完全是心疼那笔钱，只是觉得这些年来，风风雨雨都靠自己一个人扛着，身边从来没有一副可以依靠的肩膀。新婚不久，丈夫就去世了，那时候她还怀着身孕。女儿自出生起，就没有父亲的存在。郭月现在才二十多岁，正是春意荡漾的年龄，每当夜深人静，或者如此刻眼前碰到一对青年男女呢喃热恋场面的时候，心里不免会有些酸楚。这几年来，父亲劝她再嫁，也有一些热心的朋友想替她张罗，都被郭月谢绝了。在内心深处，郭月还是一个传统的中国女人，她总觉得如果再找一个新的男人，势必对不起女儿郭玉洁，再说以她现在这种驰骋商海、杀伐决断的公司掌门人角色，也不符合很多中国男人的口味。如果仅仅就是为了找一个男人过日子，郭月觉得这不符合她的愿望，所以这事就一直没有进展。

吧台老板，一个犹太小伙子走过来，跟郭月打了声招呼："hello，郭小姐你好。"因为来过几次，郭月和对方大致认识，彼此有过几次寒暄。不过郭月没有跟对方说明自己是干什么的，更没有透露自己是天一信局的老板。"你好。"对方的问候，把郭月从沉思中拉回来。

"郭小姐，看您每次都是一个人来这边喝咖啡。我这里有一款自己调制的鸡尾酒，我给它取了一个名字叫特拉维夫梦想，今天给您准备了一杯，是我刚刚调好的，您尝尝。"说罢，把一杯鸡尾酒放到郭月面前的台子上。

郭月端起来一看，这是一款由橙色绿色黄色三种颜色构成的鸡尾酒，上面放着一颗樱桃。"谢谢，生意都还好吗？"郭月喝了一口问道。鸡尾酒酸酸甜甜的，似乎没有酒精，郭月觉得挺喜欢。

"生意还好，我在这里开这么一间钢琴吧，其实不是为了生意，我喜欢这种中国南方慢节奏的生活。以前我在香港待过，很不习惯，那里的节奏太快了，快得让人喘不过气来。每天都像是在不停地快跑，根本没有品味生活的工夫。后来我来厦门旅游，觉得这个地方气候好，生活的节奏我也喜欢，于是就待了下来，张罗了这么一间酒吧。您看我这里只有六把椅子，很小的一个地方，一定不是想做成什么大生意的，但是我自得其乐。中国文化里有一种说法，叫作陶冶性情。我一直喜欢这种格调，也想追求这样的生活。"犹太老板在一旁坐下说道。

"那我建议您应该读一读陶渊明的诗，最好呢，能够搬到乡下去。在乡下开一个酒吧，不是更好吗？"郭月笑着建议。

"No，no，乡下不行。慢节奏生活呢，基本的生活便利和需求还是要有保证的。我曾经到过那个乡下，别的都好，吃东西很简单，这个没问题，外出要走路，这个也可以，就是上厕所愁死我了，连个干净的厕所都找不到，那茅坑就是两条石板架着，下面是粪坑，也没有门。"对方显然很熟悉中国的民间情况，中文说起话来也是一板一眼的。

郭月说："我听人介绍说，犹太人有一种很坚韧的精神，你们国家亡了两千年，但是，各地的犹太人都还以一种非常坚强的方式生活着，这是很让人佩服的。"

"其实犹太人和中国人有很多相似的地方，都是古老的民族，都很刻苦，很努力，都相信求人不如求自己，而且都很爱吃。"犹太老板笑了笑，两个人这么海阔天空地聊着，郭月觉得自己轻松了许多。

第二天，厦门天一信局会议室。这是天一所有经理、协理、主管的年度会议，今年年度会议在厦门举办。

郭月主持会议："各位同仁，一年又过去了，今年我们天一的业务发展很好，感谢大家一年来的努力，刚刚我已经请会计把今年的财务状况和商号的收益情况，都跟大家做了介绍，各位应该得到的红利，会后请会计和大家做个结算。两天以后就进入小年了，大家都要回家，开开心心地过个好年。过完年后，明年我们需要更加努力地干活。今年，我们新开了三家外地分号，每家新的分号基本上都能够实现当年开张当年盈亏平衡，这是一个好的兆头，也特别仰仗我们的很多老同事老伙计的辛苦。明年我们要把今年各家新开分号的业务扎实做好，同时抓紧把香港的分号开出来，这件事情我会亲自来抓。"

10
厦门，鼓浪屿，郭家花园

厦门鼓浪屿，郭家花园书房，中午时分。

九岁的郭玉洁躺在书房的沙发上睡得正香。虽然才是五月，闽南的天气已经有点夏天的感觉了。正是午后时分，太阳透过书房前的落地窗照射进来，满屋子散发着阳光铺洒的蓬松味道。书房的一角放着一架打开的三角钢琴，两份琴谱搁在琴架上，显然刚刚被使用过。

郭玉洁是郭月的独生女，四年前玉洁就在她母亲郭月的指令下开始练琴。郭月的要求很严格，每周两次，礼拜六和礼拜天中午一点到三点，被指定为玉洁练琴的时间，雷打不动。为了让她专心练琴，母亲每到这个时段就会离开郭家花园，到巷子下面街角处的一家茶馆喝茶。所以周末中午的这段时间，偌大的郭家花园别墅建筑物里只有两个人：玉洁和她的贴身婢女张小春。小春是两年前郭家花钱买来侍候玉洁的，她比玉洁大五岁，现在也就是一个十四岁的小丫鬟。话说穷人的孩子早当家，小春进到郭府后被调教了几个月，各种家务事都上手得很快。现在她负责照料玉洁的生活起居。这会儿，小春正在别墅书房外面的假山上，倚着凉亭的廊柱做针线活。

郭家花园位于与厦门岛隔海相望的鼓浪屿北侧，是鼓浪屿岛上一座颇有名气的大型庄园式别墅，整座别墅花园占地五亩，建在半山腰上。鼓浪屿是一座面积不到两平方公里的小岛，岛屿上不通机动车，唯一的机动车辆就是轮渡口停放的那辆消防车，用于救火。除此之外，岛上再无其他机动车辆。人们出门都是步行，偶尔有大户人家用人力花轿，或者脚踏车作为出行工具。好在这个小岛屿也就那么巴掌大的地方，从岛屿的这一头走到另一头，当地人步行用不了二十分钟时间。郭家花园的位置，正好居于岛屿西北部的半山腰处，从下面的巷道分出个支岔，有一条石板路往上延伸到花园大门口，除此之外，再无其他通道。

在这座占地五亩的花园中央位置，建有一栋两层楼的洋房别墅，这是一座中西合璧的建筑，白色外墙，绿色琉璃瓦屋顶。别墅的正前方是一片绿油油的草坪。草坪的侧面，靠近院墙大门的地方，依地势建了步道、假山和凉亭。凉亭位于花园的最高处，从这里可以看到郭家花园院墙外的那一条石板路。任何人走过石板路，从这凉亭上都看得一清二楚，而凉亭的侧下方，正好就对着别墅的书房。本来玉洁每个周六周日的这个时辰，是要练琴的，可是小姑娘难免偷懒，练上半个小时以后，她就会趴到沙发上睡觉，这已经成了玉洁小姐的一个惯例。小春知道小姐的这个习惯，她心疼玉洁，从不敢告诉郭太太这个小秘密。所以每次玉洁练琴的时候，小春就跑到上面的凉亭，在这里做些零碎的针线活，免得吵到玉洁。

书房内一角，玉洁斜躺在沙发上睡得正香，身上盖着一层薄薄的毯子。她随母亲郭月已经在鼓浪屿生活了几年，现在正在鼓浪屿的南洋小学上三年级。南洋小学是菲律宾华侨回乡创办的。鼓浪屿被称为万国领地，在这个小小的岛屿上住着许多来自美英法德俄等十多个国家的领事馆人员，商人，自由职业者，牧师，以及那些在厦门和内陆的外籍人士，还有就是当地的政商名流，以及东南亚华侨富商的家人。据说在这里，海外的中国人以及外籍人士占了整个鼓浪屿常住人口的四成。从岛屿的最高处日光岩鸟瞰全岛，错落有致、五颜六色的别墅鳞次栉比，充满亚热带怡然生活的惬意。也正是因为这样的居民构成，玉洁所在的南洋小学实行的是中英双语教育。所有课程一半用中文讲授，另外一半是用英文授课的，就连校长都是来自英国的白人老太太。

　　玉洁这边正躺在沙发上美美地睡着，房外飞进来一只蚊子，嗡嗡地在她的小脸蛋上叮了一口，玉洁飞飞手把蚊子赶走，翻个身又睡着了。不过这一翻身，身上的毯子一下子滑落到了木地板上。

　　噔噔噔，郭家花园外的石板路上忽然传来一阵急促的脚步声，声音传入寂静的郭家花园庭院，显得非同寻常，正在高处凉亭做针线活的小春一抬头，发现郭府的管家郭贺——下人们都叫他郭伯，正领着玉洁母亲郭月急匆匆地往回走，看得出他们两人都走得很急。

　　走在女主人郭月前面的郭贺大约四十岁模样，他是郭月的私人管家，也是鼓浪屿这座郭家花园的总管，这座花园里里外外事务，包括几位用人、门房、婢女，都归他管。郭贺与郭家太太郭月原本是同村人，算是远房亲戚。几年前，郭月的父亲郭和中在鼓浪屿置办了郭家花园，郭贺就随着郭月和郭玉洁母女一起，搬到这里。他负责料理郭氏的家庭事务，深得郭月的信任。不过通常，太太郭月习惯自己出门，很少让郭贺跟随，也不知怎么的，今天郭贺急匆匆地领着太太往回走。看到这里，小春赶紧起身，一路小跑着推开书房的大门。

　　"小姐醒醒，太太回来了！"

　　"嗯嗯。"玉洁翻个身，又睡过去了。

　　"你赶紧醒醒啊，太太回来了。"小春着急地摇晃着玉洁，一边说道，"你现在是练琴时间，别让太太看到你偷懒。"她明白太太对小姐练琴的要求是很严格的。小姐在练琴的时候偷偷睡觉，要是让太太看见，那是要责备的。只不过小春心里不落忍，通常碰到玉洁睡觉，小春都没有叫醒她。这么些天来也从来没见过太太会在小姐练琴的时候回来。太太说过，小姐练琴的时候，所有人都不能打扰，哪怕每天给郭府送菜上门的商贩，都知道周末的中午一点到三点是不能按郭府围墙门铃的。刚刚小春看到太太正往回走，有点慌了，她赶紧拼命摇醒玉洁："小姐，嗨小姐，你赶快起来，赶紧去弹琴，太太马上就进门了"。

　　这边睡得正香的玉洁被小春这么来回摇晃了几次，迷迷糊糊地睁开眼睛，很不情愿地坐起身来。小春赶紧把拖鞋放到玉洁脚下，半推半扶的，让她坐到三角钢琴前的条凳上。

刚刚落座，就听到大门打开的声音。"少太太您请，"大门打开的时候郭贺说了一句，"您先进屋休息一下吧。"

小春透过书房通往客厅半掩的门望过去，客厅里太太刚刚坐下，招娣赶紧过来给郭月端上一杯茶。招娣是少太太郭月的婢女，和小春都是同一个村子的，这里的人讲究相互推荐保举。同村同族，或者远房亲戚，互相知根知底，如果有好的工作都会相互介绍。说来玉洁的婢女小春还是招娣介绍过来的。招娣原本跟着太太在老家流传村，太太领着小姐搬到鼓浪屿居住后，说起需要替小姐找一个照顾她的人，招娣就跟太太介绍了与她同村的小春。经过保人的担保，郭家花了二百块大洋，把小春买下来，进到郭家做用人。郭家给每位用人提供免费吃穿住宿，每个月另外给各自的家人五块大洋，本人每月有一块大洋的零花钱，逢年过节，另有犒赏。这六块大洋，在当时算是很不错的收入了，要知道在码头上当工人一个月下来，大致也就只能挣到两块大洋。

郭贺等少太太郭月在客厅椅子上坐下，喝完一杯茶，才张口说道："少太太，刚刚得到的消息，南洋的侨汇物资翻船了。"

"什么？你再说一遍。"看得出郭月被这个消息吓了一跳。

"是这样，刚刚有电报过来，天一信局这次走船回来，在吕宋岛外碰上大风浪，整艘船翻了。我们随船押送的伙计还算幸运，被附近的渔民救了上来，但是船上所有的东西都没了，连同整艘船沉到太平洋底。"

"那老爷在菲律宾知道了吗？"郭月问道。

郭月所指的老爷是父亲郭和中，郭老先生接手祖父留下的天一信局生意以后，这些年一直住在菲律宾。如今整个天一信局分为国内和海外两大业务，郭老先生坐镇南洋，郭月则是天一信局国内的掌门人，由于如今她常住厦门，老家流传村总局的日常业务由她的堂哥郭诚打理。

郭家的这份家业从祖父郭有品先生创业起，到郭月这是第三代。

从早期以信函为主，发展到现在，生意涵盖信函、侨汇物资、进出口贸易三大业务。天一信局近十年发展很快，仅仅在国内，就拥有厦门、流传村、龙溪、泉州、福州、汕头，以及香港七家分号。在菲律宾吕宋岛和南洋各地，有十八家分号经营。为了保证货物运输的安全，天一信局多年来一直延续由信局伙计随船押送的习惯，这个传统从几十年前创始人郭有品开始，从未间断。信局固定租用洋人的货运大船，从南洋将侨汇物资运到厦门，再由信局的轮机船转运回流传村。这些年来虽然也碰到过一些小的差错，但总体上都是顺利的。每次只要外海船只抵达厦门港，天一的轮机船就已经提前准备停当，直接卸货装船，转运到天一信局的大本营流传村总局。

天一总局在流传村现有三十多位伙计，他们除了为侨胞分发物资之外，还替老家的侨眷家人们代写书信，再把书信通过航运送到南洋，交到当地华侨手中，这项业务比清政府的大清邮政还早了十多年，华侨侨眷们对于天一的汇寄服务使用习惯了，他们与家人的往来通信和物资托运大多还是交给天一信局。流传总局前的广场上有一个高数十米的旗杆，每当侨汇物资送达的时候，天一信局的伙计们就把信局的旗帜升到旗杆上，因为旗杆很高，方圆几十里各村庄的人都能看到。只要这面旗帜升起来，大家就知道侨汇物资到了。各乡各村的人就会结伴赶过来，各自取走他们在南洋各地家人寄回来的信件和物资，这已经成为一种习惯。往往每次侨批物资到达，旗帜升起，就是当地几十个村庄人家赶大集过节日的好日子，热闹得很。那些唱戏的，走村的小贩，还有背着相机替村民们照相的游商，修雨伞的师傅，做衣服的裁缝，都会在这个时候过来凑热闹，整个流传村呈现一派开心热闹的场景。

这天晚上郭月显得心事重重，平常她总是要过问女儿玉洁的练琴情况，今天晚上都没问及此事。玉洁感觉到母亲今天有些反常，猜测一定有大事发生。小姑娘虽然不懂生意上的事，但是从管家郭贺和母亲的神情里看得出来，这件事情一定不寻常，好像和外公在南洋的生意有关。

在玉洁的印象里，外公郭和中好几年没回国了。他在吕宋岛主持天一的东南亚生意，国内的生意早些年是一分为二，老家的天一总局归舅舅管，母亲则负责厦门业务。后来外公把流传村总局、厦门天一信局以及国内各地分行的生意都一并交给母亲，从此母亲就特别忙。

郭家花园早已安装了电话，平常但凡有什么商号上的事情，管家郭贺都是打电话过来，或者差一个伙计送口信，今天两人这么严肃的样子，连玉洁都感觉到空气里充满紧张气氛。

第二天一早，老家流传村天一信局的伙计急匆匆地赶到鼓浪屿郭家花园。流传村离厦门岛大约六十里地，但因为鼓浪屿是一个独立的小岛屿，与厦门岛有几百米的海面相隔，需要从轮渡港口乘坐小船过来。这样算来，天一流传村的伙计想必半夜就出门，才可能这么一大早就赶到鼓浪屿。伙计一进门见过少太太郭月和管家郭贺，恭恭敬敬地叫了一声"头家"，递过来一份六页纸的电报。郭贺接过来打开一看，上面密密麻麻地罗列着大约两百多人的名单，以及各自名下的物品。

郭月知道，这是一份天一信局此次托运物资的清单。按照天一信局的做法，那边吕宋岛快船行驶出港后，吕宋岛的天一信局就会给流传村总局发一份电报，列明本次运送的所有物资交付人的姓名，以及每个人托付的物资细项。流传村的天一总局拿到这份清单以后，会派信使提前通知周围几十里各个村庄侨眷，让他们事先知晓。天一多年来一直沿用这个习惯，亲人从海外捎东西过来，总是一件让人高兴的事情，提前通知侨眷，一家子就有一份期盼的喜悦。

郭月把电文一页一页地读下去，上面的名字和物资，绝大多数她都非常熟悉。从小她跟着父亲泡在信局，后来当学徒那几年一边随信差跑村庄，一边在信局铺面上接待客人，直到现在负责打理国内天一业务，郭月对客户的情况，天一的主要运送物资类目了如指掌。她知道南洋华侨们通常会寄哪些东西，最主要的例如金币银元、玛瑙翡翠、钻石戒指这类细软，再有就是布匹、烟草、各种中草药。在外的华侨们还喜欢给家人寄一些南洋特产如香料、咖啡。最后一类很受家乡年轻人欢迎的物品就是新奇的西洋货，例如脚踏车，缝纫机，小提琴，八音盒，以及钢笔、铅笔、眼镜，这些物件在中国老家相当新奇，很受乡民们的喜爱。说到西洋物件，就连放在郭家花园书房供自己女儿练习的三角钢琴，也是一台德国货，通过吕宋岛的侨汇物资寄回来的。因为钢琴体积大，那天送到时，整整雇了八个人，硬生生地从门外石子路上抬进来，放到了这间书房。

"你赶紧把这份清单上的价值按照现在的银元行情，估一个价格汇总给我。"郭月对伙计说道。

"好的少太太。"伙计拿出他随身带的小算盘在客厅的一角坐下来，开始估算每个细项。

郭月拿起茶几上婢女招娣刚泡好的乌龙茶抿了一口。她现在是流传和厦门两边兼顾着，因为需要陪伴女儿读书，郭月有一多半的时间在鼓浪屿，每个月通常会回去流传天一总局主持几天的工作，日常业务主要交给她的堂哥郭诚负责。流传总局的经理郭怀仁和主要伙计们都入行多年，很靠得住，基本上都按着以前郭老先生，也就是郭月父亲定下的规矩在运作。日常最主要的生意内容，一是代收代写并通过水路传递华侨和乡下侨眷的信函，二是受托运送侨汇物资。按照惯例，吕宋岛那边发船后把物资清单电报过来，国内这边就要安排物资接洽，内陆运输，还要提前通知侨眷，这中间大约有一周左右时间。

郭家经过几十年的生意发展，各房都有了不少积蓄。郭月几年前和哥哥郭亮分家后，她每年自己打理的信局利润，除了按比例分给信局经理和大伙计的分红，属于东家的利润一部分派发给各房长辈，留在郭月自己名下的，郭月主要用于置地，购买房产，以及银行的储蓄。如今，郭月在家乡拥有几百亩田地，雇人耕作，并在厦门漳州泉州拥有六处房产。

郭月很清楚自己面对的是一个难关，侨批生意说到底就是一个信誉生意。人家把宝贵的物资托付给你，付你费用，让你转交，很多时候彼此不相识，时间跨度一两个月，从南洋到国内，这一切凭的是什么？就是信任，人家相信天一信局能把东西平安地送到收件人手里，这就是为什么天一批郊自从创办的第一天起，祖父郭有品就明立公司的四字司训：以信为本。小时候听父亲说过，祖父郭有品这样解读中国文化：仁义礼智信，这五个字代表了中国人的行为规范，郭有品自己对这五个字做了注释，要求郭家所有人遵守：

仁：以仁待人

义：以义助人

礼：以礼持家

智：以智谋生

信：以信为本

这二十五个字的诠释，被郭府视为治家教义，父亲把它做成屏风，在郭月的卧室和餐厅各有一件。

而对于天一信局的经营，郭有品则把"仁义礼智信"五个字的顺序做了一个颠倒。他说过，这五个字的顺序权重，针对的是个人生活，人际相处，而如果运用到商场，生意场，那么最重要的品质，是"信"字，尤其对于天一信局这样的侨批行业。因此，天一信局的司训就是由创始人定下的这四个字：

以信为本

现在，这场意外的灾难，考验的是天一信局如何应对，国内业务的掌门人郭月怎么渡过这个难关。

父亲郭老先生常年居住在菲律宾吕宋岛并负责天一南洋各地业务，国内现在是郭月掌管。本来应该问一下父亲的意见，但时间来不及了，而且郭月从来就不是一个惧怕拿主意的人，这是从小父亲教导她的：碰到什么事情，需要勇敢面对，以你认为最妥当的方法处理，一不要躲，二不能拖。

对于这次的物资沉船，换个人或许会考虑说明情况推卸出去，毕竟这是自然灾害，这个时候国内和南洋的运输大多还没有商业保险，就信局承接货物的交付规定而言，信局的收件说明描述得很清楚：如果在运送途中损坏丢失，由信局等价赔偿，如果因为不可抗力包括沉船、战争导致物品遗失，信局只需退还相当于托寄费两倍的金额作为补偿金，而客人支付的托寄费，大约是物品货值的百分之二。

自打昨天下午得到货船在海上沉没的消息后，郭月一直处于高度的纠结中，这样大规模的货物被毁事件，在天一信局几十年经营历史上还是第一次，没有任何前例可循。她知道有一家别的同行信局曾经有过类似事件，那是一批货物在运输途中被海盗劫持，后来那家信局以约定的托寄费做双倍赔付。虽然这么做合乎规定，但从此它的生意一落千丈，不久后就倒闭了。

郭月很清楚她绝不会采用上面那家同行的做法。从祖父创业开始，天一信局生意由小渐大，靠的就是以信为本的这个司训。这么多年间，信局大大小小信函及托运业务，内部都有非常严格的管理，几乎没有失误。偶尔一两次数量差错或丢失，或者个别的物件损坏，天一信局都照价赔偿，绝不负客人所托。也正因此，信局在国内，在吕宋岛乃至东南亚各国华侨界，声誉优秀，在几百家同行里，天一的业务量可以说是独占鳌头，是行业中生意最好、信誉最翘楚的行业标杆，如今这一大批物资沉入海底，处理不好的话，信局的声誉将严重受损。

可是如果要赔偿，又谈何容易啊，且不说托寄费收入大约只有货值的百分之二，小批量的一咬牙也就赔了，可天一信局这次运送的，足足有四个货柜的东西。郭月急切地等着伙计汇总数字。

一会儿工夫，伙计已经把这批物资的细项价值估算出来。伙计站起来，走到郭月面前："少太太，算出来了。"

"总数是多少？"郭月平静地问道。

"大致是十二万大洋。"小伙计深吸了一口气，回答道。

"你先休息一下，在这里等着。"郭月嘱咐婢女招娣叫管家郭贺过来，自己转身进了书房。

"少太太。"郭贺走进书房，随手把房门掩上，看得出他在等候郭月的召唤。

"情况都清楚了，"郭月把伙计算出来的数字说了一遍，接着说道，"这批侨寄物资从吕宋运输出海的消息我们都已经通知侨眷了，按计划这批货应该下礼拜到达。我们流传村的旗帜到时候就该升起来了，方圆几十村的两百多户侨眷们都在等着来拿托付的物资。我算了一下，满打满算最多只有七天时间。你有什么意见？"

郭贺犹豫着，半晌没有说话。他知道少太太的心思，这的确是一个非常两难的决定，如果不赔付，虽然从法律上，以及从托寄物资的规定上没有漏洞，但终归要背一个缺乏信誉的名声，对于天一信局这个把"以信为本"作为司训和生意指南的公司来说，无疑是动摇企业几十年苦苦维系的声誉根基。可是如果要谈赔付，这次损失的数目太大，根本不是公司现有的能力可以赔付得起的，哪怕把天一信局从总局到分局的所有资金汇集起来，也还远远不足。换一句话讲，不赔，损失了信誉，将来很难再做生意，如果要赔，实际上就等于让公司砸锅卖铁，把所有的家当全部押上去，那势必导致无法展开后续经营。少太太这会儿征询他的意见，说明东家还在思考。

自从昨天下午知道沉船的消息后，郭贺也一直在苦苦想着有什么可以妥善解决的办法，以他对东家的了解，他知道郭月一定不会撒手不管的。现在东家问起，他鼓了鼓劲，说出了自己的想法："少太太，我们是不是可以考虑用欠条的方式，给受到损失的每一户侨眷一个承诺，例如五年为期，补偿对方的损失。"

"这至少是一个聪明的思路。"郭月听到郭贺的这个建议，动了一下心，她赞许地点点头，接着问道，"为什么我们不能不管？"

"换作别的信局，他们不会考虑那么多，但现在出现问题的是天一，不管不顾，少太太自己这一关就过不去。"郭贺回答得很干脆。他在郭月身边服务多年，非常了解这位少东家把信誉看得比多少银子都重。

"同样的，既然不能不管，为什么不做一次性赔付？"郭月又紧追问了一句。

郭贺知道东家说出这句话的时候，既是征询他，也是问她自己。他回答道："信局账上没有能力偿还，即使有，全部用了做赔偿的话，生意就没法做了。"

"嗯，所以你才提出刚刚的那个五年方案。"郭月满意地看着自己的这位贴身管家，她很清楚对方是在通盘权衡考虑后才提出的这个方案，至少相比于上面的两种场景，这个方案有充分的合理性。

两个人不约而同地安静下来，都不再开口说话。

"换作是我，会怎么处理？"郭贺从昨天开始，一直顺着这个思路在考虑解决眼下困境的方法，他刚刚向东家提出的，就是他以设身处地的角度想出来的。

　　郭月走到书房的落地窗前，伫立不语，窗外的棕榈树在上午的微风下轻轻摇曳，有几只黄鸟停在树干上，正轻快地叫唤着。郭贺知道东家这是在做着决定前的最后思考，他跟随郭月九年，很了解这位东家的行事习惯，没做过生意的人都说做东家的有权力很风光，其实更多时候他看到的是郭月做出决定时的权衡和艰难，就像眼前的这份景象。郭贺默不作声，站在一旁静静地候着。

　　"这样，"在窗前足足站了十分钟后，郭月回过身来，对郭贺说，"辛苦你，收拾一下马上回老家，把我所有的地契拿出来。三天之内，把全部的田地都卖了，记住三天之内要办妥，我估摸着因为着急出手，肯定要在价格方面做让步，能有个市价七成左右就可以了，关键是时间，必须现金交割，具体的价格你来把控。抽空也把漳州泉州那几处房子卖了，用同样的方法。我估计把这些都出手，大约能筹到十万大洋。"

　　郭贺一下子明白了东家的想法，这个方法是自己根本没有想到的，东家居然动自己私房钱的主意。他连忙出声劝阻："少太太，这个可万万使不得，那是您十年的积蓄。"

　　郭月看了郭贺一眼，没有马上回复。她很清楚对方的顾虑，这是她多年来最为信任的管家，像是一位贴心的私人助理。郭贺了解自己的所有家底，自己的工作习惯，代她处理众多的日常事务。遇到需要决定的事情，如果郭月觉得有必要，会先征求郭贺的意见，但只要郭月作为东家决定了，郭贺从不争执，这么直接地提出异议，印象中还是第一次。

　　郭月微微笑笑，对郭贺说："我明白你的好意，你是担心我把自己的私房钱都赔进去。可是我从昨晚上开始反复想这个事，必须这么解决。"

　　"那是您个人的积蓄，虽然我明白您是天一的大股东，可这是公司的事，您怎么会想到用您个人的钱款和您的私人物业来填补公司的损失呢，况且又是这么大的一笔数额。"郭贺依然固执地抗辩着。

"郭贺，你刚刚的那个主意是个好思路，的确能帮助缓解现在的困境，你还别说，我昨天开始想过好几套备选方案，都没有你的这个方案来得周全。但是我考虑了一下，这个方案终归还是不合适。第一，侨眷们需要华侨的物资接济过日子，我们让人家延期五年，虽然是出于不得已，但人家眼下的生活需要还是无法解决。第二，按这个方案，我们接下来几年将会背负很重的资金包袱，公司要快速发展，日常的周转资金要是每年都被抽出，那是发展不了的。"郭月这会儿已经下定了决心，说起话来语调轻松了许多，"至于我个人的积蓄，放在那里其实也用不上，反正我有一份薪水，养活玉洁没问题，财富嘛，以后还可以再积累。"

郭贺看出少东家决心已定，站在一旁不再说话，但依然显露出一副不太情愿的神态。

郭月回到了她处理事情一贯的利落劲："天一从我祖父开始，经过我父亲，到我这里，三代人的苦心经营，几十年积攒下来最宝贵的东西，不是那些银两、田地房子，而是信誉。没有信誉，一切都无从谈起。我们都说以信为本，遇到小事情很容易，但碰到现在这种大坎坷，我们敢不敢坚持信誉，哪怕为此赔个精光？生意嘛，还可以从头再来，就算做不成生意了，我们也不能失信于客人，心安才是做人做事最基本的底线，这不是别人要我这样做，而是我自己要这么做。别人的企业我管不了，我的企业，只要不能让我自己心安的事，我一定不会做。更何况都是乡里乡亲的，人家把辛辛苦苦打工节省下来的财物交给我们，这可是几百户人家的活命线啊。"

"那您是不是先请示一下老爷？"郭贺犹豫着，低声问了一句，他指的是郭月的父亲郭和中。

"来不及了。你也知道现在我们需要赶时间，我们先把事情处理好，过后我来向董事长解释。"郭月斩钉截铁地说道。

郭贺点点头，他知道郭月的这个最后决定不会再改变，下一步所需要的，就是决定的跟进，这对于郭贺来说不是什么难事。但郭贺还是被郭月的这个决定深深震惊了，商人求利，那是角色的本性，做企业就是要挣钱的。平常大家喜欢唱高调说不能见利忘义，那最多也只能做到试图获得义和利的两全，现在郭月下决定要做的，是舍利存义的事，而且还是舍个人的利，保护公司的义。他想不出还有什么人能做这样的决定，尤其他所服务的这位东家，是一位年仅二十多岁的女性。都说女人比男人更贪恋私房钱，哪怕乡下的普通农家妇女，都把自己的那点箱底货看得紧紧的，更不用说是富裕人家的女人了。通过这件事，郭贺再次被少东家的魄力打动，看来人的气度与性别无关，更多的是一种人生态度。

郭贺打心底敬佩这位既有胆识又处世大度的女东家，转身走出书房。

11
流传村

流传村，几天以后。

流传村是方圆几十里最大的一个村庄，有七百多户人家，近三千口人。从清朝同治年间开始，流传村兴起了年轻人下南洋的风潮，全村有几百名青壮年陆陆续续到南洋谋生，最远的去到澳大利亚的墨尔本，美国的旧金山。他们出去以后，基本都是从打工当苦力开始，也有的后来转行经商做小生意。他们有了收入以后，大多会汇款回乡，资助家人生活，置办房产物业，这也是中国人叶落归根的情结。华侨兴建的房子和当地乡人盖的房子不同，融合了不少亚热带建筑乃至西洋建筑的色彩，例如宽大的回廊，西式浮雕，等等。流传村人家的房屋有近一半是侨民们借鉴南洋别墅风格盖成的，最典型的特征就是房子的前面有阳台，阳台上有围栏栏杆。闽南这个地方天热，阳台成了很多人家夏天纳凉的好场所。这种中西合璧的小洋楼和闽南乡村飞檐翘角的传统风格很不相同，远远望去十分引人瞩目。

因为要当天赶到流传老家，郭月这天一大早就领着女儿玉洁，还有两位贴身丫鬟早早地从鼓浪屿出发，先乘坐轮渡到厦门，再从厦门乘公共汽车到市郊的镇上，从这里租了两台人力小轿，郭月和玉洁各乘一台。女儿玉洁想到能回老家玩耍，十分开心。

　　主仆一行四人抵达流传村已经是太阳落山时分，稍许安歇，郭月见到了闻讯过来的管家郭贺。"事情办得怎么样了？"郭月问道。

　　"少太太，"郭贺回答说，"按您的吩咐，我把这几百亩地出手的消息回来的当天就散发出去了，本村和邻村十几个大户人家基本都通报了，这两天都在谈价钱办手续，现在能拿到的，大概是六万大洋。这个价格是有点低，按照市价，一亩地至少也可以卖上三百大洋，但因为如今年景不好，我们又要得急。另外那几套房子也售出了，两万大洋。两边加起来一共八万。"郭贺细细说明。

　　这个数字低于郭月原先的估算，她虽然知道急忙出手价格一定不好，但原来以为应该可以卖出十万大洋的。她盘算了一下，对郭贺说："厦门和流传村两边商号里的存款，除去日常开销所需，大约还能拿出两万，那就是还有两万的缺口。"

　　"是我没办好。"郭贺有些内疚地说。

　　"哪里话，你辛苦了。我再来想想办法，我们还有三天时间。"郭月问道，"我哥在吗？"

　　"少东家在家里，我刚刚还看到他的。"郭贺回答说。郭亮住房和妹妹郭月一样，都是套房，位于郭府住宅的二层。

　　"好，我过去找他一下。"郭月叮嘱婢女照顾好玉洁，走出房间。

　　推门进去，只见郭亮正斜躺在他的榻榻米上抽着大烟，原先他抽大烟还避开众人，因为郭家祖训是不许碰鸦片的，后来他不再管理生意上的事，也就不再忌讳了，这张榻榻米成了他的专用烟床。"哥。"郭月叫了一声，这满屋的烟味熏得她直呛嗓子。

　　"哎，你什么时候到的？"

　　"刚到一小会儿，事情你都知道了吧？"

　　"嗯，伙计们跟我说了，真是倒霉。"郭亮熄灭烟枪，坐起来给妹妹泡茶。

"我来吧。"郭月熟练地拿起茶壶，放入桌上的茶叶，用一旁的开水暖瓶把开水倒入茶壶，一边说道，"我们得赶紧想办法把这批损失的侨汇物资折算成现银给人家。"

郭亮吃了一惊："你真打算这么干？那可是一大笔钱，几天之内你上哪儿筹去啊？"

郭月把茶水倒入四个茶杯，拿起一只放到郭亮面前，自己端起另一只呷了一口："我知道这是一个难关，但是父亲在南洋，来不及请示了，我们得赶紧把这个事情处理妥，不然的话，欠人家东西不说，消息传出去，天一的生意就完蛋了。"

"这个咋处理？又不像以前摔个物件少个包裹的，我们都可以补上。这是十几万大洋的损失，怎么个补法？"郭亮有些不以为然。

"我筹集了一下，我把我名下的那些田地和几处房产都卖了，大概凑到八万大洋，商号里还能挤出两万的流动资金，现在其实就缺两万大洋左右。"郭月把细项做了个解释。

"依我看你这是做蠢事。我听说了，你让郭贺替你张罗卖田卖房，我觉得这是一个错误，当然了，财产是你的，如果你要卖，那也是你的事。不过妹妹啊，这些都是父亲留给你的财产，以及你这些年辛苦经商挣下来的。这是你的箱底货，你一个女人家带着玉洁，将来玉洁在长大过程中读书成家，都需要钱。现在这兵荒马乱的，日本人马上就要打过来，如果你手上不留点盘缠，碰上风吹草动，手里头没有点存粮，你怎么过日子？"郭亮试图劝解妹妹。

"我明白，但现在事情发生了，我们总不能不管不顾啊。你也知道天一从祖父开始就立下了规矩，以信为本，这是天一信局的司训和经营标准，没有了信誉，人家以后还怎么敢找咱们呢？这生意以后就没法做了呀。"郭月辩解道。

"道理我当然清楚了，可这是十多万大洋的真金白银。"郭亮回答道。

郭月把身子往前靠了靠，将胳膊肘放到茶桌台上，托住下巴，两眼盯着郭亮，缓缓说道："我决定要把所有人的损失补上，而且我也已经把我的田地房产都卖掉了，现在就差两万大洋，哥你看你这边能不能借我用一阵子？"

"这个，说实话妹妹我帮不了你。你真的是在做傻事，船沉了货翻到海底了，这是一个事实嘛，属于不可抗力的天灾，谁也没有办法。"

"规定是这么写的没错，要较真起来，按照规定在不可抗力情况下的物品损失，我们只需要退赔客人的托寄费。可道理不是这样的，人家把物资交给我们，让我们捎回国内，客人相信我们才把东西托付给天一。父亲不也是一直教导我们，说人家托付给我们的不是一匹布，也不是那几两银子，而是一份信任。只要我们还有一口气，我们就要把人家的这份信任承接下来，把事情做好，不能对不起托付给我们的这些乡亲们。"郭月喝了一口茶，接着说，"最重要的是，天一到了我们这里是第三代，如果因为货物丢失而让天一信局的名誉扫地，我心不安。做事至少求个心安，这是我自己的底线。"郭月说着说着，更坚定了自己处理这件事的决心。

"这些道理你不用跟我讲啊，我当然比你更清楚，我也做了多年生意，我们什么时候亏欠过我们的客人呢？可这次真的是没有办法，那船因为台风沉没了，报纸上都登了，大家也都看见的，规定就在那里摆着的，大家都知道这是不可抗力。当然，现在经营上你在打理，主意你自己拿，赔钱这个方法，我不赞同。"郭亮打了个哈欠，"况且你也知道，我的钱都在你嫂子手上掌控着呢，我根本动不了，而你嫂子那人，你根本别指望她会拿钱出来。"郭亮说的倒是实话。

从郭亮房间出来，郭月走到天一信局办公楼北楼，北楼由两层砖木结构构成，它与郭府住宅楼是前后布局，相互有廊桥连接。"头家好。"郭月走进北楼大厅，几个伙计看到老板过来，赶忙躬身问候。郭月点点头，走进二楼里侧郭诚的经理室。

北楼一层主要用于接待客人，代写书信，会客室，还有物资存储间。天一人员的办公则在二楼，二楼一共有八间办公室，分别是会计室，三间部门办公室，大小会议室各一间，董事长室，现在作为郭月的办公室，还有一间供天一信局的大经理郭诚使用的办公室。

郭诚是郭月的堂兄，算是国内天一信局的二把手，他常住流传村，协助郭月管理总局的日常事务。

"郭诚哥。"郭月走进来问候道。

"妹妹，我正要过去找你呢。"郭诚给郭月让座，一边问道，"玉洁呢？"

"她在院子里玩耍呢，"郭月说，"我还在发愁筹钱的事。"

"我说我要过去找你，也是为的这事。"郭诚说罢，递给郭月一个鼓鼓的大信封，"这是我手头上现有的五千大洋积蓄，你先拿着用吧。"

"郭诚哥你真是帮了大忙了。"郭月接过信封，感激地说。

郭诚摆摆手："我知道你在张罗筹钱的事，你的压力太大了。"

回到苑南楼自己屋里，婢女招娣打来一盆热水，把毛巾拧干递给郭月："少太太您擦把脸吧，看你走了一整天，这一身汗呢。"

"洁儿呢？"

"她还在院里面玩，要我叫她吗？"

"不用了，让她玩去吧，这几天也把她憋坏了。对了，我要自己待会儿。"郭月请招娣去忙她的事，把房门关上，她需要自己静一静。

郭月一个人坐到位于套房外间一角的书桌前。

在自己的房间摆上书桌，这是郭月特意安排的，也是她的习惯。当地女子的闺房通常只有梳妆台，如果是大户人家的套间，会摆上一套龙圈椅，或者茶桌。郭月的套间则不同，外间还设有一张书桌，上面放着文房四宝，几个文件夹，书桌一旁立着几个书柜，上面摆满了她喜欢的各种书籍，有中国古诗，外国小说，传记，还有一些工具书。郭月早年在新式学堂上学，受英文老师的熏陶和影响，读过很多英国的十四行诗，莎士比亚的著作，所以她的书架上立着琳琅满目的欧美文学作品，拜伦的，普希金的，莎士比亚的，雨果的。郭月坐在书桌前一动不动，想着筹钱的事。

半个多时辰过去，门外响起轻轻的敲门声："太太您到饭厅用餐吗？郭总管让我问您一声。"这是招娣的声音。

“我不去了，你和小春招呼好玉洁吃饭吧。”

“那我替您端一份晚饭上来。”招娣跟随郭月多年，知道主人的习惯。她在遇到重大事情的时候，喜欢一个人安静地想问题，也就没敢多说话。

郭月站起身来，在房间走了两圈，进入里屋，走到床铺躺下，呆呆地望着天花板，差一万五，一万五千……

外屋台上的座钟嘀嗒、嘀嗒来回摆动着，固定频率的声响仿佛为思考中的郭月提供了一片空场，她紧皱眉头，脑神经快速地运转着。

咦……

郭月猛然拍了下脑门，一骨碌坐起来，自言自语道：“我怎么把这事给忘了。”她俯下身子，从床头柜最下面的抽屉把角处摸出一串钥匙，把钥匙拿在手上，走到外屋的书桌前面蹲下来。

郭月的套间是木质地板，木地板每块四十公分见方，外屋书桌下面的木地板每一块大小相同，与其他地方的木地板并无二致，郭月把书桌的桌子脚挪开，只见眼前地板上的这块木质地板四周有一道细细的小缝，不仔细看根本觉察不出两样。郭月用拆信封的小刀轻轻从边角撬开这块木地板，里面露出一个埋在地下的保险箱，郭月用钥匙对准保险箱打开，取出里面的盒子。这是她父亲郭老先生早年给女儿留下的一个应急备用的盒子。父亲曾对郭月说：“在万分紧急的情况下打开这个保险箱，里面是父亲给你预留应急用的。”

郭月站起身来把盒子放到书桌上，伸展了一下蹲得发麻的大腿，然后打开盒子。

盒子最上面是一封父亲的手写信：“孩子，这是父亲留给你应急用的，当你打开这个盒子的时候，说明你遇到了危急。千万记住：遇事不慌，沉着应对。”

信纸下面放着几样东西，一张一万大洋的银票，两块百达翡丽手表，一条钻石项链，还有一封用毛笔写的信。信件没有封口，郭月把这封信从信封中取出。

信由两个段落构成，第一段只有两行：月儿，请持此信去找厦门中山路荣盛洋行的陈叔。

郭月想起来了，这个陈叔是父亲的故交，在厦门经营荣盛洋行已经几十年。郭月小时候父亲每次回来，陈叔都要过来喝酒。陈叔很特别，他不喝中国白酒，所以每次父亲回来，总要给他捎来几箱上好的纯麦芽威士忌，郭月记得陈叔喜欢一个牌子叫 Highland Park，是产自苏格兰北部的一款单一麦芽威士忌，因为那瓶子好看，郭月还收藏过几个空瓶。印象中陈叔这几年生意好像也不太好，因为这两年厦门的市场环境越发困难。郭月顺着信笺往下看，信的第二段是父亲写给陈叔的。

"陈兄：见字如晤，小女幼齿，持此函相求定有危难，祈望不吝相助，容日后重谢。"

信的末尾处，是父亲的印鉴和手印。

"知女莫如父啊。"郭月收起信件，感动于父亲的周到。

第二天一早，郭月叫上管家郭贺急匆匆地来到厦门岛中山路荣盛洋行，直接找到陈老板。双方一见面，郭月也顾不上多寒暄，就把父亲的信笺直接递过去。陈叔看了，说道："我从报上读到了翻船的事，放心陈叔这边能帮的，一定尽量帮你。你现在准备怎么解决呢？"

郭月把自己的想法一五一十地跟陈老板说了一遍。"我现在就还差一万五千大洋。父亲这边给我留了一万的银票，我一会儿就去银号兑换出来，剩下的是不是可以请陈叔帮忙？"说完把父亲留下的两块百达翡丽手表和钻石项链一同附上。

"这可是上好的东西，这个牌子的表，怎么说一块也能值个千八百的。可是你父亲留给你这些东西，我想是准备供你在危急的时候逃难用，现在你把它拿出来，等于断了自己的保险啊。"陈叔感叹地说。

"陈叔，您和我父亲交往多年，知道家父经营天一信局，最看重的就是信誉。如今碰上这件事情，如果我们不给乡民们相应补偿的话，那天一信局三代人打造的信誉可就没了。"郭月坚决地说道。

"好，你有这样成熟的想法，是个好后生。这样，你等我一下。"陈老板说完，走出屋子唤来了他的会计，交代说："小月，你也不用跑去兑换银票了，我让会计马上帮你去办这事，钱先从我这里支给你。一万银票的钱加上你要的五千大洋，一共一万五千，现在你先把钱拿走，办事要紧。这几样东西放我这儿，回头我帮你留意着，如果转让出去的钱多于五千，我把剩下的托人送给你，如果少于五千，就算陈叔我支持你的。"

郭月谢过陈老板，拿了钱，和郭贺匆匆踏上了返程。

回到流传村，已经是傍晚时分，这一天郭月来回跑，觉得又累又饿，也顾不上梳洗，就直接奔饭厅去。

天一信局有两个饭厅，北楼的饭厅是给天一信局的员工们就餐用的，而苑南楼老宅的饭厅，位于苑南楼东侧一层，是郭府各房各室主人们吃饭的地方。这个饭厅分前后两间，前面那间有六张桌子，大人小孩都在这边用膳，最多可以容纳六十人。里屋是个小间，只有一张大圆桌和一张两人的小桌子，这张圆桌通常只有逢年过节重要场合各房掌门人聚会的时候才用，而小桌子是特意为郭月准备的，别人通常不用。

郭月走进饭厅，只见前厅已经是杯盘狼藉，大家都已经吃完饭。进了里屋，她看到郭亮一个人正坐在那里喝酒。"哥，我回来了。"郭月一屁股坐下来，喘着粗气。

"哎，你赶快坐下来吃吧。"郭亮起身招呼着郭月，替她倒了一杯水，吩咐用人上菜，接着说道，"你这一来所有的存储都撒出去了，万一有个急需怎么办，你可要想清楚咯。"

郭月喝了一大口水："谢谢哥哥，再有转不开的事我就赖你头上。"郭月喝着用人端上来的地瓜稀粥，吃得津津有味。这是郭月最喜欢吃的一道主食，而且还得是老宅天一厨房的地瓜稀粥最合她的口味。这个地瓜稀粥做法说起来很简单，但是功夫在于把它熬得入味，让地瓜松软甜绵，与当年新收成的大米熬合在一起，熬制成棉絮般的糊状，入口即化，再配上一碟本地咸菜，真是美味。

郭亮望着自己的这个妹妹。郭月比自己小四岁，从小就是独立性很强的女孩，遇到事情不慌张，敢拿主意敢做主，和自己的性格截然不同。这些年国内天一业务由她执掌，在这么一个乱世时期还能经营得井井有条，也多亏了郭月的撑持。对于妹妹的能力和品行，郭亮是打心里佩服的，由于从小病弱的体质和懒散，郭亮明白自己做不成什么大事。对他来说，能平稳地过一天日子，有一天的大烟陪伴，就什么都不琢磨了。

郭亮替妹妹添了一碗地瓜稀粥，苦笑着说："行，小妹只要不嫌我的地方烟味大，我一定收留你。这次玉洁回来，我看她又长高了许多。"

一说到女儿，郭月马上眉飞色舞地："玉洁很聪明，读书一直是整个年级最优秀的，这学期还学会了游泳。小家伙别的都好，就是不够刻苦，总觉得差不多就行了。"

"你不能要求每个人都和你一样优秀，这标准太高了。"郭亮说。

"我哪有什么优秀，玉洁这一辈比起我们条件好得多，至少更加见多识广。只要肯用心，一定能做得更好。"

兄妹俩又闲聊了几句，各自起身道别。

郭月哪里能想到，一场更加严重的危机正向她悄然逼近。

12

流传村，天一信局

流传村，天一信局，三天后，二楼董事长办公室。

这是天一总局办公楼二层最宽敞明亮的套间，原来是专为郭老先生预留的。郭老先生这些年大部分时间都在南洋，几年也难得回来一趟，所以这间办公室就让给了郭月使用。套间的外间是会议室，有一张长条形的原木会议桌，一把主持人椅子和十把参会人员椅子。这十把椅子都是有讲究的，每张椅子后背都有个铜牌，上面分别篆刻着销售业绩最好的五家天一分号名称和五位最优秀的销售代表。这间会议室是原来郭老先生作为董事长，如今郭月作为天一信局中国业务掌门人召集各分号经理们开会的地方。套间的里间，则是办公室兼卧室。

郭月每次回到流传天一信局，大多时候就在这间屋子办公，如果玉洁没有随她回来或者公务忙得比较迟，她有时就在办公室住下。父亲郭和中是华商领袖，在闽南华侨界有着很高的声望。会议室墙上挂着一排不同时期的照片，有孙中山先生的副手黄兴和祖父郭有品先生的合影，有陈少白募捐兴中会时在菲律宾与祖父和父亲的照片，还有父亲与陈嘉庚伯伯的合照。陈嘉庚是南洋华侨最出名的商界领袖，他和父亲郭和中是同乡，又都是南洋华侨商人，彼此很熟悉。当年嘉庚先生号召捐款回家乡办学，提倡教育救国，父亲曾以天一吕宋总局的名义捐献了十万大洋。后来南洋各地创办华侨学校，父亲也多次捐助，两人的关系很密切。郭月从小就认识嘉庚伯，小时候郭月随父亲去过集美嘉庚伯的老家玩过几次，后来她跟随父亲到南洋住过一段时间，也曾经在嘉庚先生的橡胶园和嘉庚的女儿一起玩耍，并且住在嘉庚伯的庄园。郭月印象最深的就是嘉庚伯的别墅前面有一个非常大的游泳池，郭月的游泳就是在那里学会的。这个套间的里屋墙上，另外挂有两张郭月和父亲的照片，一张是郭月小时候父亲带她学骑脚踏车时拍的，另一张照片是父亲正在教郭月打羽毛球。父亲在南洋经商，也随当地人的习惯学会了羽毛球，并且把这个习惯传给了郭月。郭月在鼓浪屿的卧室里，至今还珍藏着两支父亲送给她的羽毛球拍。她总想着等玉洁稍微长大，也要教她学打羽毛球。

这边正想着，流传天一信局的郭经理敲了敲门走进来："头家您要我招呼开会是吗？"

"是的，把他们几个请到这里来吧。"郭月把视线从墙上的照片中移开，回答道。

几分钟后，郭诚，流传天一总局的经理郭怀仁，协理刘宝华，郭月管家郭贺，还有负责侨批物资分发的主事李职，五个人依次走了进来。"我们开个短会吧。"郭月坐到主持人位置，招呼大家坐下。

"这样，我们现在把这次翻船损失的侨批物资折合现银的款项都凑齐了，按照习惯，我们今天中午是不是该升旗了。同时还要加加班，让伙计们通知一下名单上的侨眷们，请他们明天都到前面的广场上来领现金吧，记得要给每户人家准备一份伴手礼，表示歉意。侨眷们都等了这么多天，也该热闹一下了。"郭月吩咐说。

"好的，通知的事我来办吧。"主事李职说，"这两百多户大多是我们的老顾客，而且都分布在方圆几十里地。我下午派几个伙计骑脚踏车出去兜一圈，傍晚时分都能通知到。"经理郭怀仁接着说："明天多安排些人，郭贺你后面的帮工们借过来几个，帮忙搭台子发礼包。""没问题，我也可以上手。"郭贺爽快地应道。

郭月用眼睛扫过众人，缓缓说道："各位，这次的事件对天一来说，是一次意外打击，但我们要把它看成一个机会，请大家再抬头看看这两块横匾。"众人顺着郭月手指的方向望去，会议室正面墙上，挂着两块牌匾，一块是创始人郭有品手书"以信为本"，另一块则是写有"造福乡梓"四个楷书字体的横匾，这是兴中会元老黄兴先生的手笔。是天一信局成立三十年即1910年庆典上黄兴先生书写赠送的。

"以信为本是天一信局的司训和座右铭，历经三代一直传承下来，每家分号的会议室都挂有这么一块木质篆刻的横匾。这不仅仅是一块木牌，它是我们生意的信仰，需要大家在具体的工作中体现，需要我们在困难的时候坚持。"郭月停顿了片刻，继续说，"我们都知道这次的损失很惨重，可以说对天一信局来讲是一件伤及筋骨的劫难，而且事发紧急，也来不及和在吕宋岛的董事长商量。但是我记住董事长多年的教诲，几十年来，我们天一信局一路走下来，都是靠着以信为本这个信念服务乡人。这四个字就挂在这里，字本身不会说话，它需要人的行动来诠释。如今面对难关，考验的是我们的毅力，我们的坚持。我们这次赔大钱，传播的是信誉，宣传的正是我们以信为本的经营理念。再怎么艰难，我们都得扛下来。对外，我们不能对不起那些信任我们的乡亲，对内，我们需要给全体同仁一个榜样。人做事天在看，亏掉的钱可以再挣回来。失去信誉，一切都无从谈起，这是我今天想借这个机会和大家再次明确的公司经营原则。如果说以信为本是公司必须遵守的规定的话，对于我们每个人来说，每天做事，心安才好！"

众人点点头，郭月的这番话，让他们完全明白了东家的用心，大家眼里流露出敬佩的目光，他们大致都知道这次是郭月拿自己的私房钱用来支付给客人们的沉船物资补偿的。

经理郭怀仁开口说："头家，现在信局困难，我愿意放弃今年的经理分红，支持信局。"

"我也和郭怀仁经理一起。"协理刘宝华接着说道。

"这个到时候再看，大家还都得过日子。"郭月最后说，"明天的活动就这么确定了，你们几位安排一下，记得要搭台子，请来戏班子，还要提前把周围的那些小商小贩们都请来。按照惯例，明天晚上有热闹的堂会，把彩灯挂起来，让大家都过一个热热闹闹的大喜庆节日。"

会议结束，众人走出董事长会议室，开始分头忙乎起来。

这边郭玉洁在信局前面的广场上，正和小伙伴玩得欢实。玉洁每次回流传老家都很开心。虽说她在鼓浪屿上的是西式小学，有很多乡下学校没有的体育科目，但是小时候在这里和小伙伴玩耍的趣味性要比城市里强多了，例如踢毽子捉迷藏，还有更野一点的女孩会随着年龄相仿的男孩一起爬树掏鸟窝，做弹弓，夏天还到田间地头抓青蛙，堵老鼠洞。玉洁跟秦山的女儿秦美兰从小就很要好，美兰比她大一岁，现在是高小一年级也就是小学四年级学生，他父亲秦山是村里小学的国文教师，小时候玉洁从秦老师那里学唐诗，那是她最早接触到的中国古诗，也从此养成了她喜欢文学的爱好。每次回到流传村，秦老师总让他女儿捎过来几本中国古书让玉洁借阅，而玉洁也会带几本国外小说给美兰看，《巴黎圣母院》《汤姆的小屋》《安徒生童话》，这类中文版翻译小说是母亲从香港买回来的，在老家乡下轻易见不着。

两人玩了一阵爬树，在广场的台阶上坐下。"你知道吗？"美兰突然对玉洁说，"前几天，日本人的飞机轰炸了村东头，村口的石头牌匾被炸翻了，扔下来的炸弹好吓人，有好几颗直接扔到田里，一爆炸掀起来十几米高的土坷垃。村东郭老八家有两个长工正在地里干活，一个被炸死，一个被炸断了一条腿。"

玉洁说："我听我母亲说过这事，现在厦门也不安宁。学校说，日本人很快也会攻占厦门，他们就在厦门对面的金门岛那边驻守着，现在海外过来的船都要被他们检查。"

"那你们怎么办呢？"美兰问道。

玉洁摇摇头："老师说，我们鼓浪屿是外国领地，叫万国租借地，有很多领事馆和牧师都在鼓浪屿，大人说日本人不敢上来。"

"那你还不回来？在这里上学，一起玩耍多好。"美兰蛊惑道。

"那你帮我跟我母亲说去啊。走，先吃饭去。"

晚上两人一起吃过晚饭，回到玉洁的房间，两个小姑娘挤在一张睡床上，叽叽喳喳说个不停。美兰问玉洁在西式小学都学了些什么，玉洁说到了算术，美兰问道："我听说你们在鼓浪屿的南洋小学上算术课要背诵什么口诀？""你是说乘法口诀？"玉洁回答，"三乘五等于十五，六乘八等于四十八。"

"这是啥算术口诀啊，你们不用算盘？"

"我们没有算盘课，不过母亲请了家教特意教我用算盘，"玉洁说道，"我还带着呢。"说罢从包包里掏出一只精致的小算盘。

"那我们来比比看，谁算的快。"美兰挑战着。

"来啊，输了要钻桌子。"玉洁不服气。

夜渐渐深了，两个小女孩玩过算盘比赛，准备睡觉。玉洁让美兰睡到里侧，自己拿了一条毯子和衣躺下，继续与好伙伴聊着天，不知不觉地，两人都渐渐地进入了梦乡。

流传村，郭家老宅，当天夜里。

漆黑夜幕下，天一老宅围墙外的一片荔枝林。夜色笼罩，今天夜里没有月亮，荔枝林显得黑黝黝的。忽然间，嗖嗖嗖，三个人影晃过果林，借着极为微弱的星光，隐约可见三个身着黑色衣服，脚上绑着绑腿的魁梧男青年。其中一个领头的，手上握着一把手枪，后面那两个人各持一把磨得锋利的匕首。

后面两人中的一人对前面领头的低声问道："老大，这地方没错吧？""没错，记着一会儿进去的时候，把那个涂好蒙汗药的手帕打开，紧紧捂住她的嘴，然后用头套套起来，扛上肩膀走人，要快。"

为首的手枪男悄声说。

"嗯，你放心吧，一个小丫头就那么三四十斤重，我轻松搞定。"问话的人说道。

"还真别吹牛，这可不是一般的宅子，我听说他们院里可是有八个家丁夜里巡逻的。我已经算过了，他们沿着大院外面走一圈，大概是十五分钟，所以我们从进去到出来一定要算好在十二分钟之内。不然的话，要是碰上巡夜的，我们就全完了。人家人多势众，又是自家地盘。"那个被称为老大的叮嘱道。

"该来了吧?"

"再等等。"三个黑影紧紧贴着荔枝林的树干，静静地看着前面不远处天一信局老宅的侧门。

天一信局后院是郭家老宅，左右两边各有一个侧门，主要是供用人们进出及运送家用物资使用。当地这些年匪患不断，为了防止土匪的抢劫，天一信局的围墙建筑得十分牢固，整个院子外围有三米高的围墙，每处围墙里外三层，外侧是混凝土，中间是钢筋加固，里侧是三层厚厚并排的砖头，四十公分厚的院墙一溜铺展开去。所有对外的大门侧门，都是用厚达三公分的钢板镶嵌在十公分厚的圆木上，每扇门都很重。据说当年建成的时候，一对正门重达八百斤，通过上下轨道轴承才能开关，外人根本攻不进去。有传言说这样的围墙就算拿小钢炮往里头轰，也要轰好一阵子才能打开窟窿。

今天晚上，荔枝林里的这三个黑影候在这里，实际上是在等着接应的人。

过了一阵子，巡夜的家丁刚刚走过，后院侧门吱呀一声打开了，从远处可以看见，侧门打开后，走出一个人影，这个人拿起洋火，给自己点上烟，又接着用那洋火连续划了三根火柴，在夜色中可以看到远处门外的火苗一闪一灭地闪动了三次。

"对上了，赶紧走。"为首的话音刚落，三个人刷刷刷地飞速跑上前去。经过点火柴的人身旁的时候，那个点火的人轻轻说了一声："二楼北边第二间。"

"嗯。"三个人手脚敏捷地通过开着的侧门闪进围墙，顺着回廊的楼梯上了二楼。因为他们都绑着绑腿，脚下是黑色布鞋，所以上楼的时候不曾发出一点声音。

来到二楼北侧第二间，只见为首的人一挥手，后面的一个人悄声走上前，在门上弄了几下机关，把里面的门闩打开，门轻轻一推，两人鱼贯闪入，第三人在门外候着。

夜幕下，屋里的床上躺着两个熟睡的女孩，一里一外，睡在外侧的正是玉洁。为首进屋的人打了一个手势，指了指外侧的女孩，另外那人将事先准备好的手帕拿出来，再取出一瓶液体洒到手帕上，迅速朝女孩鼻子上捂过去。女孩还来不及发出什么声音，一下子被手帕捂住，那气味好像有股迷幻作用，女孩一下就迷糊过去了。为首的那人拿出早已准备好的麻布袋，啪的一下套到了女孩身上。布袋口一扎，就势将口袋提起来，边上的人当即默契地蹲下身，让同伴把布袋放到自己肩上，站起身来。两个人轻轻地撤出门外，朝留在门口掩护的人点点头，把事先写好的一封信往地上一放。

三个人从楼上飞奔而下，顺着来时的侧门快速撤出，消失在夜幕中。

13

流传村，郭府大宅

第二天，流传村，郭府大宅。

管家郭贺与天一掌门人郭月是同族的远房亲戚。郭贺年轻的时候，和乡里的许多小后生一样，喜欢习武，拜了一位南拳师傅为师学了五六年。二十岁那年，正好赶上孙中山的北伐军队到村里来征兵，号召参加国民革命，郭贺家里穷，为的就是能找个地方吃饱饭，他回家跟母亲一商量就报名参军去了。他的部队驻扎在广东汕头，参军后郭贺就随新兵连去了汕头，在那里加入新兵营训练，三个月后编入步兵，一路跟随孙中山的北伐军向北打过去。郭贺在部队里认识了一位来自同安县的小伙子，朱茂山，同安和流传村本来就离得近，在部队里大家喜欢认老乡，彼此有个照应，郭贺和朱茂山正好同在一个连，因此走得很近。在一次战役中，他们的阵地被敌军的炮火打中了，朱茂山被弹片削中腹部，继而又被炮弹激起的灰土重重地埋在壕沟里。炮击过后，带队的连长看见郭贺一个人趴在地上，用一双手死命地刨，整整刨了三十分钟，两只手都刨得血糊淋刺的，才把埋在尘土里的朱茂山救了出来。从此以后，郭贺就成了朱茂山的铁哥们儿，双方拜了把兄弟，两个人同吃同睡，同上战场，无话不说。

部队打到江西的时候，郭贺已经是一个步兵班的班长，朱茂山是同班的班副。这一天郭贺突然收到老家的信，说他母亲病危。郭贺是有名的孝子，得到母亲病危的消息，无论如何要往回走，任凭部队的长官怎么劝告都不灵，没有办法，长官只好大手一挥，同意了他退伍返乡的请求。郭贺回到乡里，照顾病重的母亲，前后将近一年的时间。后来母亲病故，郭贺就在村里待了下来，日子过得很拮据。有一次，郭月的父亲郭老先生从南洋回来，跟族里人说起，他想请一位管家帮助照料，跟随郭家女儿郭月，族中老人就推荐了郭贺，因为是同族的远房亲戚，大家彼此知根知底，加上郭贺人长得周正，又有行伍和练功的底子，老先生一眼就看中，就这样郭贺来到了郭府跟随郭月，这一干近十年过去了。

郭府和天一信局在管理上是分开的，天一信局是商务机构，有大经理、经理、协理、主事和助理、学徒，而私宅郭府则是管家和各种服侍人员，包括厨师、司机、壮丁、花匠、婢女、用人、长工等，整个大院的日常服务，统一由管家调配。郭贺因为是郭月的管家，两边的事都需要他照看着。

苑南楼是郭府的住宅楼，一共住了郭府从郭月叔伯姑嫂辈到郭月堂表兄妹的十几个小家庭。总管现在就是郭贺，直接向郭月报告，负责所有下人的调配和管理。郭府各个服务人员，都归郭贺调遣。郭府有膳食厅，包括厨师、帮厨、伙夫、有采购，库房管工，有通勤队，包括马车、脚踏车，和一辆从南洋进口的货车；保卫方面则以苑南楼与天一信局的北楼通用，雇有八名身强力壮的家丁，每天二十四小时轮班负责看守；此外还有一个园丁房，负责院外的草坪、中庭以及各个公共区域的打理，这是郭府统一部分的管理。各个正房太太、小姐则分别有自己的用人或婢女，例如招娣是郭月的婢女，小春是玉洁的贴身丫鬟。整个郭府大宅合计算起来，大概主人有三十多口，而服侍人员有七八十人。

流传村的天一大院，设计上分三大区域。前院北楼是办公区，后院苑南楼是郭府各房各室的住宅。中间还有一个宿舍楼，供外地回来的员工临时住宿。

苑南楼是住宅楼，有独立的卫生间，主人房有淋浴系统，供应冷热水，回字形中间的庭院，还有苗圃、回廊、凉亭、长椅，阳光洒进来，可以在这里晒太阳。建筑总共有三层，储物间、厨房、用人房在半地下层，一层设有客厅、饭厅、放映室、图书室，还有一个供奉佛祖的佛龛，以及家族宗祠。二层是卧室，上下楼梯位于南面正中央，从楼梯上到二层，楼梯两侧分别设有几间厕所、洗衣间、淋浴室。东西两边各有八间卧室，类似厢房，每间卧室大约三十多平方米，这是郭家各房各室的住房。北面是正房，这个区域一共有五个套间，都是外厅内卧的布局，这五个套间除了郭老先生留用一套以外，分别是郭月住一套，郭月的女儿玉洁一套，郭亮还有郭亮的儿子各用一套。里屋是主人房，带私人卫生间。玉洁小时候睡在外屋，把里屋空着做游戏室，后来每次回老家，她还是住外屋，从不让人动她里屋的一地玩具。

每天晚上丫鬟小春服侍玉洁更衣洗漱完毕，有时候留在主人房间的一侧睡觉，以便随时照应，其他时候就回到半地下层的用人房睡觉。昨晚上因为玉洁和她的玩伴聊得来劲，没有让小春留在屋里服侍，早早地就让小春下楼去睡觉。

第二天一大早，小春放心不下玉洁，特意比平常起得早，起床后稍事梳洗，就连忙上到二楼，准备叫醒小姐，侍候她的洗漱。

走到二楼北侧楼道，小春感到有些异样，推门进去，只见小姐平常睡觉的床上躺着玉洁的同学，还睡得正香，可是没有小姐的身影。

小春一下慌了，转过身来退到门口一看，只见门外地上有一张纸条。小春不识字，不明白上面都写了什么，不敢耽误，赶紧跑下楼，找到郭贺："郭大，小姐不见了。"边说着边把捡到的纸条递给郭贺。

郭贺保持着多年习武的习惯，每天清晨他都是所有人当中第一个起床的，起床后就在外面院子练一轮拳脚。这会儿他刚刚练完回来，脸上都是汗。郭贺看着神色慌张跑过来的小春，接过信纸一看，脑袋嗡的一下，差点晕倒。

纸条上只有两行字：

> 赎金五万大洋，三天后备齐，放到羊头山土地庙牌位下的香炉。如有误准备办丧，虎豹寨主。

同一时辰，郭家大宅北面的主人套间。

郭月刚刚醒来淋浴完毕，坐在临窗的桌子上，丫鬟招娣端过来沏好的黑咖啡，一边替女主人梳头。咖啡是自己家的产品，天一信局在吕宋岛有一片自己的咖啡园，也算是郭老先生的一点爱好，产量不大，但所产的咖啡质量上乘，是天一信局供家人自用和商务应酬的，咖啡包装上印有天一招牌，是远近闻名的上好咖啡。受父亲的影响，郭月从小就有喝咖啡的习惯，早上起床洗漱之后的第一件事情便是要喝一杯现煮的咖啡。丫鬟招娣知道这个习惯，每天早上都会在少太太起床之前开始煮咖啡，所以每天郭月早上醒来睁开眼睛，总能闻到满屋香飘飘的咖啡味。以至于后来郭月如果出差换了一个居所，早上起床没有闻到这股咖啡香味的话，总觉得缺了点什么。

这边郭诚敲门进来，给自己倒了一杯咖啡，说道："妹妹，今天是个大日子啊。我们按您的要求，把几百位侨眷的汇寄物资都兑换成现银，每个人一个信封都准备好了，伴手礼也都就绪，通知都发到了。事先伙计们都把事情的来龙去脉跟乡民们做了解释，大家都很感动，觉得我们天一信局真的是守信誉的商号。他们原先也听到消息说是船翻了，东西沉到海里头，那几天大家都挺担心的，还有人悄悄托人过来打听，很多人原以为各自家人寄来的东西这次很可能没着落了。没想到天一信局这么快用折银的方式给每个人足额补偿，这大大出乎侨眷们的意料，所以大家都非常开心，我估计今天的场面一定会非常喜庆。"

"太好了，费心你张罗好，要让大家都开开心心的。这也是村里一个过节的日子，记得要把族里的几位老人请来一起捧场。"郭月叮嘱道。

"这个你放心，我来安排。"郭诚建议道，"妹妹，这件事是你决定的，钱也是你出的，你是不是要到前面的广场上跟乡亲们说几句？"

"我就不去说话了，堂哥，这件事你来张罗就好。"郭月回复道，"要不你跟我哥说一下，看看他要不要上台说几句？"

"我昨天晚上就问了，他说他不去，郭亮哥最近好像大烟越发抽得厉害了，整天基本上都不在家里。"郭诚说着，一副欲言又止的样子。

"没事，有事你直接说。"郭月招呼郭诚在沙发上坐下。

"哎，我听说他在邻村又包了一个唱戏的女人做妾，但是没有带回家来。"郭诚犹豫了一下，开口说道。

这件事情郭月是知道的，本来她哥郭亮娶了一正房，后来又过门了一位侧室，一切都是按照郭老先生的意思安排的。郭家男主人成年后，府上的规矩是可以娶一妻一妾，小妾通常是正房妻子随嫁的丫头，也有花钱买过来的。郭亮妻妾都有了，再找其他女人，郭老先生是不会答应的，尤其是那个女人还是一个戏子，这在郭府是决不容许的。按闽南民间习俗，戏子的地位很低，尤其是大户人家，如果过门一位戏子当妻做妾，很被周围人看不起。郭亮也知道这一关过不去，就在邻村置办了一处宅子，把那个戏子安顿在里面，他时常跑戏子那边过夜，在那里抽大烟、赌博。这件事郭月虽然知道，但没有和父亲提起。一来兄妹各自成家，虽然是兄妹关系，当妹妹的也不好多过问，何况郭亮对自己被父亲从信局管理的位置拿下来，心里还是很憋气。再则父亲身在千里之遥的南洋，也管不过来，让他知道了只会令老人家生气。

"不说这个了，"郭月挥挥手，"既然我哥今天不来，就委托你致辞吧。"

"好的，这种活动我们基本上每两个月都举办一次，都熟门熟路了，不会有差错的。"

"今晚戏台的演出都安排好了是吗？"郭月知道郭诚是个细心的人。信局习惯上在每次发放侨寄物资的这天晚上都会请来戏班子，在天一广场演出，供侨眷和村民们观看。

"安排好了。我们信局下面的这些伙计们都很得力的，他们提前都把该办的事情准备好了，信封、礼物每人一份，客人签上字就可以离开。金额比较大的，我们还提前备好银票，可以直接拿银票走，省得他们携带银元太沉，路上不方便。"郭诚解释说，"晚上戏班子请的是《四郎探母》，这台戏在我们邻近几个村子特别受欢迎，尤其是戏班子新近来了一个角，据说唱腔特别亮。所以大多数人今天都会在村里待一天，有的是准备看戏的，有的相互串门走亲戚。今天是特别热闹的日子，别的村羡慕我们说，人家一年过一次春节，我们村一年有好几次节日，每次发侨批的日子，都像过节一般地热闹。"

"嗯，我们都应该开心玩一玩，"郭月点点头。

这边两个人正聊着，郭月一抬头，见管家郭贺正急匆匆地跑进来，进门的时候，一不小心在门槛上绊了一下，一个颠颤往前趔趄了两步，还好郭贺是个当过兵练过武功的人，要换了别人，那一定是一个狗啃式摔倒，直接趴地上了。郭家的房间门槛比寻常人家高，足足有三十多公分的高度，要是摔下来，免不了乌青一块。"怎么啦？你今天怎么一大早就慌慌张张的？"郭月皱了一下眉头，问道。

郭贺看到郭诚在沙发上坐着，赶紧打了个招呼："郭大经理早上好。"便立到一旁。

郭月看出郭贺有话要跟她说，转过身来对郭诚说："堂哥，那今天前面的事就拜托你了，我这边料理完手头的一点零星事，下午就带着玉洁回鼓浪屿，她明天还得上学呢。我大约两个礼拜后会再过来。这次沉船事件的处理，回头我会写一封信，告诉董事长，你放心好了。"

郭诚点点头，起身离开。

"少太太，大事不好。"这边郭诚刚一离开房间，郭贺就把在一旁侍候的婢女招娣遣出门，随手把门关上，转过来，一脸紧张地对郭月说。

郭贺比郭月大六岁，虽说是主仆关系，很多时候郭月把这个管家当成自己的半个哥哥，因为她自己的哥哥不争气，任何正经事都没法和郭亮商量。郭贺不仅做事干练，而且处事冷静，所以，郭月对这个管家从来都是十二分信任。这些年来，虽然大大小小地出过不少意外事，郭月从来没见过郭贺会这么慌张，打从他一进门把自己绊到门槛上，郭月心里就有一种不祥的预感。"怎么了？"郭月低声问道。

"少太太您先坐下，您一定要挺住。"郭贺坚持先让郭月坐回到沙发上。

"到底什么事？你说吧。"郭月追问道。

"少太太，小姐出事了。"郭贺说完，紧紧咬住嘴唇。

"什么？"哐的一声，郭月手上的咖啡杯摔到地上，发出清脆的破裂声，溅起的咖啡一下洒到郭月的裤子上。

郭贺把那封信从袖子中抽出来，递给郭月："土匪绑票。"

土匪在闽南乡间很猖獗，时常就在路上劫道，抢劫过往行人，商铺物资。附近村民们办红白喜事，一不小心也会被抢，仅仅流传村在过去的一年里就发生过七八起这类事件，大多是送彩礼或者运送物资半道上被劫。天一信局是这一带著名的商号，业务对接来往运输很多，这方面特别小心。每次侨汇物资运到，一定会提前派出自家的家丁押送，而办理侨批物资领取，通常都安排在中午时分，为的就是乘着大白天让大家拿了东西往回走比较安全。天一信局大院，北楼的办公楼和苑南楼的住宅，都是坚固无比的围墙，另外设有专人二十四小时巡逻，出现这种被土匪潜入绑票的事，实在很意外。

这边郭贺把事情的来龙去脉简单跟郭月说了一遍，郭月问："丫鬟小春呢？"郭贺走到门外一招手，小春低着脑袋红着脸走进来："少太太我该死，我没看好小姐，我，我……"丫鬟小春已经吓得说不出话来。

郭贺连忙把小春拉到一边："别慌，当下首先要搞清楚是怎么回事，土匪怎么溜进来的。"郭贺像是自言自语地说，"我们每天晚上都有值班，而且晚上各扇门都是上锁的。天一的新楼，大门侧门都十分结实厚重，这我们都知道。"

郭贺停了一下，对郭月说："少太太，这些都是后话，我以后一定排查清楚，当务之急是怎么把小姐救出来，还有这件事情是不是要先压住，不要让风声走漏出去，尤其是今天。"

"嗯，"郭月从最初始的惊慌中缓过劲来，点点头，"我判断土匪是闻着味过来的。"

郭月把绑匪留下的字条递回给郭贺，对自己的贴身管家说道："你看，他们要的是五万大洋的赎金，三天之内。这事要放在平常时候，他们不敢这么要，哪怕对郭家这样的大户人家，也不可能几天内拿出这么多现银。偏偏这就赶巧了？不对。你想想，前几天你帮我张罗卖田地卖房子，这件事方圆几十里都传开了，大家都知道郭家少太太在卖房卖田，而且要的都是现金，所以这帮土匪们肯定知道我们现在手上有大把现银，借这个机会绑架，狠狠敲一笔，而找玉洁下手，说明他们很了解郭家，了解我的情况，知道从哪里击打我的穴位。"

站在一旁的郭贺听了这番分析，点点头："少太太您分析得对。这么说来，这事还是怪我。"

"怪你什么呢？"郭月不解。

郭贺说："如果我不让卖田的消息走漏得那么远，或许这帮土匪还不会这么快就下手。"

"那是没办法的事，"郭月阻止住郭贺自责的念头，"再说卖这么多地哪有不散发消息的？"

"少太太，"郭贺说，"回头我一定要在内部做一个彻查，搞清楚这帮人是怎么进来的。现在最要紧的是赶紧想办法救出小姐。"

郭贺跟随郭月多年，他很清楚这位年轻的东家这些年经历了多少风雨曲折。她结婚怀孕，丈夫意外去世，父亲常年远在南洋，自己的哥哥不问正事。所有的担子都由她自己担着，女儿玉洁是她的心头肉。郭贺心里很清楚，这件事情对这位少太太的打击有多大。"要不，我们把今天发放侨汇补偿的活动暂缓一下？"郭贺一时想不出更好的办法，提了一句。

"不行，不能这么做。"郭月从沉思中抬起头来，"今天的乡民侨眷物资结算支付按计划来。"郭月挥了下手，示意郭贺和小春退下，"你们让我想一想。"

14

后山，山洞

后山，山洞。

醒过来已经一个多小时了，玉洁感到脑袋就像是灌了铅一样昏昏沉沉的，她知道自己并没有受伤，试着扭动了一下脖子，好好的。昨天晚上睡觉的时候自己还是活蹦乱跳的，怎么现在整个脑子就不听使唤了呢？玉洁试图搞清楚这一切的来龙去脉。她知道自己是被绑住的，双手被反捆到后背，眼睛被一块布蒙住，看不清这是什么地方，玉洁想叫喊小春，嘴巴好像也被一团什么东西塞住了，任她怎么叫唤，就是发不出声音来，最多只有一点点嗯嗯嗯的声音。玉洁想起小时候跟伙伴们玩过家家的时候，有过这种经历，几个小朋友相互把对方绑起来，蒙上眼睛。她似乎明白过来，自己是被绑了。可是为什么被绑，这又是什么地方，玉洁还是没想出个究竟。

今年虽然才九岁，玉洁比其他的同龄人见识多了许多。母亲在她小时候曾带她去南洋住过几个月，她还多次随母亲商务出门，到过广州香港这些大城市，看过香港岛的繁华马路，广州珠江岸边的小吃一条街。都说见识是最好的资本，见识多了，使得玉洁虽然小小的年纪，懂得判断一件事，显得比同龄人冷静。玉洁想起母亲跟她说过，碰到什么事情要记着两个原则：一是不能慌，人一慌就六神无主，不知道该怎么办，再大的事情都不能慌，先冷静下来，把情况尽量弄清楚。第二，要想出当下情况下能做到的最好的解决办法，朝着这个最好的办法去努力。

玉洁这会儿双手被绑，眼睛被蒙住，嘴巴堵着，想着母亲的教诲：

不要慌，找最好的办法。她让自己的呼吸平稳下来，渐渐地整个人变得清醒了一些。她觉得肚子有点饿，想起来昨天晚上顾着聊天，就没怎么吃饭，估摸着到这会儿应该过了多半天的时间，自己没吃过一点东西。玉洁试图不再想肚子的事，想弄清楚自己现在是在什么地方。

她将脑袋偏到右边，再让自己的右肩膀耸起来，使劲拿脑袋往右侧肩膀上蹭，这样来来回回地磨蹭几下，蒙在眼睛上的布条被蹭开了一点点，隐隐约约地右边眼睛能够看到一点光亮。

玉洁把头仰起来，顺着右边眼睛那一点点光线，细细打量着周围。光线很弱，借着这一点的缝隙，看不太清楚，但好像自己是在一个山洞里，她双手被反绑着，丢在山洞的一个角落。山洞前面不远处有一个洞口，洞口好像坐着两个人，背对着她，除此之外，玉洁看不到别的东西。玉洁试图揣测：现在这地方不像在村子里，也不像以前小伙伴们捉迷藏时被捆住的架势。她感觉到自己背上的双手被捆得很牢。她想自己应该是被大人们扔到这里的，可谁会把我绑到这里呢？母亲应该不知道吧？这又是什么地方？玉洁还是没有想明白。

不远处，两名壮汉蹲在洞口，眼睛紧张地望着洞外。这个洞穴位于后山半山腰处，是一处很小的洞穴，洞穴前面是一片灌木林，密密麻麻的，没有通路，如果不是有人把你直接带到这个洞口，你哪怕爬山经过，都根本看不到这里会有一个洞。这两个人蹲在洞口，正在有一句没一句地聊着。"兄弟，我们还要等几天啊？""上头让我们在这里待两天。第三天我们就可以走了，给。"说着这人从腰间掏出一块烙饼递给另外一人。

随手接过烙饼，第一个男子又问了一句："里面那小妞怎么处置啊？"

"这个我们管不着，我们只负责在这里猫上两天两夜，到第三天我们就可以走。只要这两天不被发现，我们就算完事了。小妞的事情上头说了，让我们别管。"

"嗯，但愿别出什么岔子。"

"你想那么多干吗，上面头头们自有他们的安排，我们只管听吆喝。"

"听说流传村今天在发侨批物资，几十个村子的人都往那里赶，可热闹了。"第一个男子咬着烙饼说道。

"嗯，家里有华侨还是好啊，时不时地能有接济。"

两人百无聊赖地闲聊着。

郭府大宅，地下室。

空荡荡的地下室这会儿只有郭贺一人。

郭府半地下室的布局，包括厨房、洗衣房、仓库加用人房。东西两侧各有两间五十平方米开外的用人宿舍，男女分住。每间屋子有十张上下两层的木板床，一间可以住二十个人。从今天得到玉洁出事消息的那一刻起，郭贺心里一直犯嘀咕，这郭家大院如此结实厚重，日夜又有家丁巡逻把守，外人不应该能闯得来的。早年行伍出身和多年的习武经验给郭贺一个强烈的直觉，这事十之八九是有内应。

郭贺把所有用人们都喊到前面广场上帮忙，一方面今天前面信局接待几百家侨眷前来领取物资赔偿，需要人手帮忙，同时他也要抽着空当，把每间用人房仔细查看一遍，试图寻找蛛丝马迹。

用人睡觉的地方都是统一配置：一个铺位，上下两层，架子床底下的地面上，摆着两个木箱，那是给睡在这个床铺的两个人存放个人物品用的。郭贺先从女佣房间查起，接下来到了男佣的房间。这是男佣房的第一间，郭贺走进来细细转了一圈，这房间乍一看没有什么异样，每张床铺都有被子、枕头，门后墙上一溜的铁钉上挂着毛巾。男佣的房间比女佣乱，一些人衣服丢在地上，郭贺走过每个床位，一张一张上下铺仔细打量着，没有发现任何特别的地方，于是他走到门口，准备检查下一个房间。就在郭贺侧身要把房门关上的一瞬间，他忽然发现，左边第三张铺位下面的柜子摆得有些靠外，柜子的一只角斜斜地探出几厘米。郭贺回身走过来，蹲下来细细看了看，这个柜子把手上的蝴蝶扣没有扣好，显然是在匆忙间动过的。

郭贺走到门后，把房间的门从里面闩上，转过来蹲下移出这个木柜，把柜子上盖打开，里面是常见的换洗衣服，一袋烟丝，两包烟纸,一双洗干净的布鞋,一个小布包,装着几枚铜板。郭贺把手伸到柜子底下,箱子底层铺着的是旧报纸,他在箱底细细摸着,手好像碰到了什么硬物,掏出来一看,是一个油纸包,打开这个油纸包,里面有二十个银元。

郭贺拿起银元,想了想,把它放回柜子,再把柜子盖上,只见柜子上方木牌上写着一个名字:郭宝顺。天一用人的床铺和柜子都是主人统一配备的,每件物品都写有人名,便于辨认。

这边,郭宝顺正在天一广场忙乎着,被管家郭贺找人喊了回来,一进房间,看到放在地面的柜子,他一下子两腿一软,跪倒在地上:"郭叔,我该死。"

"你这是闯下大祸了!"郭贺厉声训斥。

"我事先不知道他们要干什么。我看那么多人拿侨汇,心里很羡慕,他们找到我,说只要在夜里把门打开,就可以给我二十个大洋。今天上午我才听说小姐被绑票的事,吓得我直哆嗦,我真是鬼迷心窍!对不起管家,对不起小姐,对不起东家。"说罢,举起右手,朝自己脸上狠劲抽了两下。

"你在郭府干活,应该知道规矩的,这种大逆不道的事,按理说要是送官,你就得蹲大狱,如果不送官按族法处置的话,族里可以直接把你填井。"郭贺狠狠地骂道,脸上露出一份杀机。

"我财迷心窍,犯下大错,我真不知道他们要干绑票,他们只说想拿点东西。郭叔,我现在是追悔莫及,您看您要我做什么都行。"跪在地上的宝顺一脸的忏悔。

郭贺见第一个目的已经达到,便故意冷落宝顺,不再说话,掏出口袋里的卷烟,抽出一支点上。等到把烟抽完,扔掉烟头,郭贺对还跪在地上的宝顺说:"你准备怎么补救?"

"您让我做什么都成,只要别将我送官府。"

"你昨晚开门放进来的那条死狗,还能联络上他吗?"郭贺问道。

"我,我不知道他在哪里,我知道他好像在后山虎豹土匪头子那边当马仔,干抢劫的事,但我不知道他具体在什么地方,听说他们那伙人都没有固定的住所。"

"但你能联系到他对吧？"郭贺追问着。

"能，本来就说好的，今天晚上八点钟要在村头的杂货铺见面，他答应还要送给我一袋大烟。"

"那好，我一会儿放你出去，你还是按照约好的时间去跟那个人见面。他如果问起你，你就说郭府今天一切都正常，见完面以后你沿着原路返回，别的你什么都不用管。起来吧。看你年轻轻的，又还是同族人，初次犯错，给你一次机会。"

宝顺点点头，怯生生地站立起来："郭叔，小姐的事您要抓紧想法子啊。"宝顺显得有些害怕。

"这个不用你管，不该问的事情你别多打听。你就照着我说的办，今天晚上八点到村东头杂货铺去跟那个人碰头，少说话，问起来就说你一天都在忙，不知道详情，你也确实不知道。记住回来路上不要回头张望，径直走回来。我会派人暗中盯着你，你这次要是再敢耍滑头，那就天王老子也救不了你了。"郭贺两眼炯炯的目光死死地盯着对方。

"是是。"宝顺连连点头。

天渐渐黑下来了。

今天是侨汇物资发放的日子，天一信局从中午开始就在大院前面的广场上设点接待，入夜后这里有戏班子演出，广场两旁这会儿摆满了各式小商贩的铺位，卖衣服的，卖雨伞斗笠水盆饭锅的，还有各式餐饮小吃，很是热闹。附近村民们都把自己的小板凳搬过来坐到广场上，等着看戏。小孩子们嬉闹着在人群里穿来蹿去，一点都不消停。

广场外侧，郭宝顺一个人低着头，一路快步地朝村东头方向走去。他尽量地沿着村外围的小道走着，也不看左右，自顾自地往前。

荔枝树是当地的主要种植果树，整个村子的四周，以及流传村每户人家住房的院子内外，都种满了荔枝树。郭宝顺行走路线的斜后方，有个大个子黑影贴着荔枝树林，尾随着宝顺。

郭宝顺走到杂货铺前停了下来。他在杂货铺的门口靠着墙，点了一支烟，刚抽了两口，后面跟着的身影靠了过来，正是昨天晚上溜进郭府打头的那人。"嗨兄弟，都好吗？没被发现吧？"

"没。"郭宝顺接住对方递过来的一袋大烟，快速揣到兜里。

"你怎么神色不太对啊，这么紧张。"大个说道。

"这种事你别再叫我做了，我害怕。"

"嗨，放心，没你什么事。这事也就天知地知你知我知。你们今天没什么异常动静吗？"

"没有啊，今天不是前面信局发侨汇物资吗？大家都在忙着，张罗前面的事。"郭宝顺回答说。

"那你们后面没有任何一点风声？"大个问道。

"没有。中午吃饭后，我们都到前面去帮了半天忙。"

"那好吧，我不能久留了，你多留神，我们回头找机会再联系。"大个拍拍郭宝顺的肩膀，从兜里掏出一盒哈德门香烟递给对方，"你赶紧先回吧。"

"嗯。"郭宝顺点点头，接过香烟，把手上的烟头丢到脚底下，抬脚踩灭了，反身往回走。大个四周打量了一下，因为村西头天一广场那边的戏班子已经开演，全村的人都看戏去了，周围空无一人。杂货铺里看店的老头坐在店铺里正打着盹儿。大个把拿在手上的帽子往头上一扣，朝村外走去。

这边，一个身着拳师装束的黑影紧紧跟着前面的大个子。只见大个走出村庄，没有走向大路，而是一拐弯上了路旁的山道，黑影一路尾随着。大个沿着山道往前走了几里地，到了山路的尽头，接下来顺着山势往山上爬，这种地形和行走路线，如果不是本地人根本不知道。

大个熟门熟路地快速翻过了一座山，进入下一个山坳，黑影紧紧地保持着几十步的距离，大个走得快，黑影也快，大个慢下来，黑影也同步慢下来。

最后，大个走到后山半山腰的一处小庙，停下来。

这正是绑匪纸条上说的那座土地庙。

大个在土地庙站了一会儿，又往后看了看，然后顺着土地庙后面的斜坡继续往上走。

等大个走出大约二十米远，一路紧跟过来的黑影一个箭步跳上土地庙。这土地庙是一个类似凉亭的建筑，四周没有围墙，有四根柱子支撑，顶上是一个斜坡形的屋顶，可以遮雨。土地庙中央有一个土制奉台，上面放着一个大香炉。香炉后边供奉着一尊泥塑，这是土地公。土地公是当地人信奉的祈求风调雨顺、人丁兴旺的神灵，逢年过节，四周的乡民们都习惯到土地庙来拜个平安求个护佑。黑影贴着土地庙的柱子往前面看，只见大个顺着斜坡，快步走到土地庙后面几十米处，那里隐约有一块隐蔽的地方，大个钻进去，人一下子不见了。

黑影回过身来，扯下围在嘴鼻处的蒙脸布，此人正是郭贺。

15
流传村，郭府大宅

当天夜里，流传村，郭府二层，北面正中央的套房。

这是郭老先生的套间，郭老先生的套间是所有房间里唯一纯中式陈列风格的房间，所有的家具摆设一应地都是古色古香的中式格调。郭老先生喜欢中式家具，虽然说在南洋经商多年，很多习惯已经逐渐西化，但他对自己住房的陈列要求，不论是南洋的房子还是老家的卧室，都要求纯中式套间。

这个套间的里屋是一张床和一张书桌，外屋中间布置着中式条案桌，两把主人和主宾的圈椅子，左右两侧各有几把椅子，椅子后面是立柜，上面放一些瓷瓶摆件。

郭家是方圆几十里最早用上电灯的大户人家，每个房间都有电灯，郭老太爷套间客厅，悬挂的是从南洋运过来的意大利产的水晶吊灯。

屋子里坐着三个人：郭月，郭诚，总管郭贺。

郭贺把事情的来龙去脉介绍了一遍。郭月说："辛苦郭贺了，我们只剩下两天的时间。"

这边郭诚说道："对方要的是三天以后在土地庙交割，今天已经过了一天，我们只剩下明天后天两天时间，我盘算了一下，我们可以赶紧去做一个抵押，把我们厦门信局商号跟银行做个抵押贷款，那边的华商银行主任我认识，应该可以贷个五万大洋出来，先应急。"

郭月接过话茬："这个方法我不是没想过，如果用贷款把玉洁解救出来，那我能松口气，可是这就埋下一条祸根。我们在这地盘上做生意，天天进进出出的，一旦开了这个口子，这批土匪，还保不定有别的土匪班子，都有样学样地把我们天一当成一只肥猪，不时地宰你一刀，那我们怎么受得了？我们需要想个两全的方法，既能顺利救出洁儿，又不留后患。"

郭贺站起身来，走到郭月面前："少太太，明白您的意思。您给我一天时间，我明天去一趟厦门，我来想想办法，救出小姐。"

"你要怎么做呢？"

"我现在已经大致知道他们藏身的地方，这两天我想他们不会挪窝，也不会对小姐下狠手。对方要的是钱，在赎金交割约定日之前，他们是不会伤害小姐的，因为他们还指望拿小姐挣钱。所以他们即便要伤害小姐，也要到三天以后过了赎金交割期。现在第一天过去，我们把他们的藏身处摸清楚了，这就让我们有接下来两天的时间来想办法，把小姐救出来。"

郭月点点头，听完郭贺的一番话，她心里感到一丝宽慰，今天一整天信局忙着发侨汇物资赔偿的事，郭月里外应酬着，心里一直忐忑不安。玉洁是她生命中最宝贵的牵挂，她无论如何不能失去女儿，可郭月作为天一的掌门人，这样的事情不宜声张，她还得装着没事人似的，强颜欢笑，接待取汇前来招呼和道谢的客人。对于自己的管家郭贺，郭月可以说是一百个放心，现在郭贺说他要去厦门找人处理这件事，郭月相信郭贺自有他的道理和主张。只是，郭月实在不敢想象如果万一，那会是什么后果。

房间里陷入一片寂静。

郭贺站在一旁半天没有动弹，他明白东家的担心，特别是郭月丈夫过世，女儿是她世上唯一的血脉。他也清楚他将要做的事情会有一些风险，但多年的经验告诉他，这是目前唯一可行的方法。因为就像郭月所分析的，即使付了赎金，且不说以后会不会还遇到新的土匪纠缠，单单这次凭赎金是否就能让绑匪们释放玉洁，大家心里都没数。土匪们拿钱以后撕票的事以前也发生过。那种信守承诺交钱放人的故事，更多只是戏台上的戏文。想到这里，郭贺扑通地单腿跪下："少东家，郭大经理，郭府从郭董事长，到您少太太，郭府各房，都待我恩重如山。没有郭府的提携，我郭贺很可能早已流落田间地头。少太太我这里向您保证：就算我把自己的命搭上，也一定保证小姐平安。"

郭月连忙起身扶起郭贺："郭贺你起来。"

"少太太您让我说完，"郭贺眼含热泪，依旧固执地跪在地上，"这么多年来，您信任我，照顾我，从来没有让我受过一点委屈。别的管家经常会被主人打骂，稍有差错就克扣工钱，这样的事在您身上从来没有发生过。玉洁小姐更是我看着从小长大的。她两岁的时候，我带她去赶集看热闹，她喜欢骑在我脖子上，还往我脖子尿过一泡尿，现在想想脖子上感觉都还有小孩家尿尿的味道咧。"说到这里，房间里的三人都不约地笑了起来。

郭贺继续说："这件事我不敢说有百分之一百的把握，但我是权衡过的，我很明白这么做对于少太太，对于郭府是多么关键。我跟随少太太您多年，很敬重您常说的，百分百的概率只存在于纸上，我坚持让我来处理这件事。第一，我觉得绑匪一定想不到我们动作这么快，我们能够知道他们的行踪，他们一定会想郭家是大户，最多在赎金上讨价还价，或者要求延缓几天，他们一定想不到我们会抄他们的后路。第二，您也知道我算是一个习武之人，退一万步讲，真的到了万一情况最紧急的关头，只要能见到小姐的面，我就是拼上这条性命，也会保证小姐不受伤害。"

郭贺很少这么长篇大论地说话，郭月和郭诚静静地听着，没有搭话。

"少太太，这个世间除了您和丫鬟小春以外，我是最了解小姐的人了。我在郭府这么些年，几乎天天都能看到小姐，我说话的声音，甚至我的脚步声，小姐都非常熟悉。我还教过小姐几个紧急情况下的自我防身术呢。"郭贺仍执着地坚持说。

郭月示意郭贺站起来："我知道。你做事特别牢靠，玉洁也很熟悉你。这样，郭贺你让我再想想吧。明天上午你来我房间，我们最后决定。晚安了，谢谢郭诚，我们先散了吧。"听完郭贺刚刚这番话，郭月心里突然感到一股异样的温暖，在这个性命攸关的关键时候，眼前这位跟随多年的管家，更像是个可以依靠的男人。

众人散去。

第二天，厦门市警察局。

郭贺一身西装打扮，走进警察局大院，不费什么工夫就找到了朱茂山，这位他曾经救过命并且相互拜把子的兄弟，他现在是厦门警察局的一名巡警。

朱茂山在警察局的日子混得并不算好，因为他不善交际，嘴巴也笨，不懂得讨好上司，在警局待好几年了，一直是一名没有官衔的普通巡警，比他进来时间短的都已经升了好几级，他还在原地打转。好在朱茂山也不多想，每天只是干他的活。茂山喜欢喝茶，所以只要一天有几泡新沏的乌龙茶，倒也不再关心别的事情。

郭贺走进朱茂山的办公室，普通巡警是没有独立办公室的，十来个人挤在一间屋子，彼此的办公位挨着，要是大胖子的话，一起身就会碰到边上人的屁股。这会儿别的警察都外出了，偌大的一间屋子就剩朱茂山一个人在泡茶。

郭贺打了声招呼，坐下来喝着茶把情况跟朱茂山大致说了一下，然后说道："兄弟，今晚你得跟我走一趟。"朱茂山大致猜到了郭贺想干什么，问道："就我们两个人？"

"对，人一多，容易惊动那帮家伙。"郭贺回答得很坚定。

交往这么多年，朱茂山对他的这个结拜兄弟是很佩服的，他知道郭贺做事从来都很缜密，就不再多追问细节。"那我们要带什么？"朱茂山替郭贺再斟满一杯茶，问道。

"穿着这身警服，带上你的家伙，别的，你就不用管。"郭贺端起茶杯，一饮而尽。

"要穿警服？"朱茂山不解，"既然是悄悄行动，怎么能穿警服？"

"对，我就是要让你穿警服，到时候自有道理。"

这边两人正说着话，只听见窗户外警局的大院一阵喧哗声，有人高喊："敬礼。"郭贺起身凑到窗台边往外张望，一群人正从大门口走进来，最前面走在中间的是一个五十岁上下的胖老头，穿着警服，但没有戴警帽，院子里的人见到来人，纷纷行礼。"这谁呀？"郭贺悄声问朱茂山。"我们警察总局的局长。""他叫什么名字？""彭局长，彭思源。"

"彭思源。"郭贺自言自语两句，走到朱茂山的办公桌，打开抽屉，见里面有厦门市警察总局的信封和信笺，随手拿了些，揣到自己西装的内口袋。"咦，你拿这干吗？"朱茂山问。

"我自有安排。时间要紧，我就不耽误了，咱们说好了，今天晚上十点见。我在大门口对面等你，记住穿上你的警服，带上你的家伙。"郭贺起身告辞，叮嘱道。

"知道了，放心吧。"因为是曾经一起上过战场的战友，彼此了解。虽然很多年不在一起了，但是这股配合的默契还是有的。郭贺充满感激地拍了拍朱茂山的肩膀，转身走出警局。

当天午夜，十二点过后，后山山坡上的土地庙。

两个身影快步跳上土地庙前的台阶，一左一右地贴着柱子往四周打量了一遍，见没有动静，两人迅速会到一起，是郭贺和朱茂山。

郭贺用手指往前比划了一下，朱茂山点点头，两人顺着台阶走到庙后头，弯下腰来，顺着草丛往上走。大约向前移动几十步以后，两人停住脚步，趴到地上。前面十步开外的地方，是一个小小山洞的洞口。两双眼睛盯着那个洞口，再上下一打量，发现这个小洞口的左上方约几十米处，还有一个山洞。上面的那个洞口偏大，估计能够容纳七八个人的模样，而眼前的这个小山洞面积很小，洞口有微微的一束小火光。

郭贺趴在地上，先指了指上头的那个洞口，示意同伴，接着用食指往前一比划，对着下面的那个小洞口轻轻点了两下。朱茂山点点头，迅速靠到郭贺身后，两个人轻轻站起身来，一前一后地快步跑到小洞洞口的正上方，趴到洞穴顶上，洞顶处是一片大约四十公分高的草丛，两个人匍匐趴在那里，不注意根本看不见这里藏着人。

稍微停顿了一小会儿，郭贺拍了拍身旁的同伴，两人往前挪动了半个身子，探出脑袋往下看。

这个洞口大概只有八十公分，人进出要猫着腰，只见洞口处坐着两个人，一前一后，前面那个人抱着一根铁棍，后面那个人手里好像拿着一件什么家伙，从这个角度看不清楚。

郭贺侧过脑袋朝同伴点了点头，从口袋里掏出两块白色的纱布，再拿出一瓶液体，分别倒到两块纱布上，再把空瓶子往地上一扔，将其中的一块纱布递给朱茂山。朱茂山知道这是一种用中草药提炼的快速麻痹剂，只要往人的鼻孔上一捂，两秒钟之内那人就会晕倒过去，药效大约能持续两三个小时。朱茂山明白他的这位兄弟采用这个办法是不想杀害洞口的那两个人。他们当过兵的都知道，大凡摸哨，如果想把哨岗干掉的话，最简单的办法就是掐住他的脖子，武功强的人把脖子一拧，或者拿刀子往脖子上一抹，悄无声息地这个人就完蛋了。但凡要用这种麻醉的方法使对方昏迷过去的，通常就是不想杀死对方。

只见两个黑影分散开来，一左一右同时一翻身，噌噌从洞穴的顶上跳下，洞口处坐着的两个人原本正有点犯困，半迷糊的状态，听到声响，前面那人睁开眼睛，见有个穿着警服的人影进来，刚想喊叫，就被朱茂山用纱布紧紧捂住了鼻孔和嘴巴，身后的郭贺也用同样的动作捂住后面那个人。几秒钟后，朱茂山和郭贺小心地松开纱布，只见面前的这两个放岗的土匪都已经失去知觉，两人把手一松开，两名岗哨软绵绵地倒到地上。

郭贺顺着山洞的地势弓着身子往里走，里面黑洞洞的什么都看不见，郭贺见状，返回到洞口处拿起放在洞口的煤油灯，再次往洞里走，大约走出几步后，猛地听到有声音，郭贺举起油灯往前一照，一个被捆绑的女孩躺在地面的一角。

这一边玉洁假装闭着眼睛，她是装睡的模样。从洞口传过来的声音虽然很小，但她还是觉察到了。接下来她能感觉到这个脚步声在往自己这个方向移动，她隐约觉得这脚步声很熟悉，但是想不起来，可能是因为昨天麻药的缘故，现在玉洁的脑子还没有完全清醒，脑袋总觉得沉甸甸的。

片刻，玉洁感到这一双脚就站在自己前面，因为洞里很黑，眼睛还被布条蒙着，她看不见。只感觉到面前的这双脚往后移动了一步，接下来那人好像蹲到她面前，捧起自己的脸。随后，眼睛上的布条被来人揭开，玉洁壮着胆子张开眼睛，一看是郭贺伯伯，玉洁一下子扑上前去。

郭贺连忙搂住玉洁，取出塞在嘴巴里的布条，示意朱茂山把玉洁手背上的绳子解开。玉洁显然有些惊吓，她紧紧搂着郭贺的脖子，眼泪汪汪的。郭贺轻声对玉洁吩咐道："没事了，郭伯在这里呢。小姐你先别说话，我抱你出去。"说完弯腰一把抱住玉洁，朱茂山在前面引路，快速离开了山洞。

洞门口，郭贺让玉洁趴到朱茂山的后背，示意后者准备撤离。随后，他从口袋里掏出一个信封，放到昏迷中的两名岗哨身上，转身离开。

刚刚走出洞外，趴在朱茂山后背的玉洁突然转过头来，对郭贺说："郭伯，我想尿尿。"

郭贺连忙贴近上去，悄声问道："小姐，能忍一下吗？"

小姑娘摇摇头，不好意思地说："我憋不住了，今天在洞里被绑着，什么都看不见，觉得好脏，我就一直忍着。"

郭贺明白了，这就是大户人家孩子的讲究，换作是一个普通的农村女孩，她可能不会想那么多，脏点就脏点，先解决了再说，可是像玉洁这样的大户人家小姐，从小就被教育做事要得体，这是一种潜移默化的习惯。富裕人家的讲究，不完全是那份排场，恰恰就是这种日常小动作看出一个人的不同，郭贺在郭月母女身边服务多年，对此深有体会，想必玉洁一直忍着，现在自己被郭贺救了出来，心情放松了，自然的生理排泄需求便冒了出来。

"来，郭伯抱你下来，小心点。"郭贺说着，把玉洁从朱茂山的背上抱下来，指了指山道旁的草地，"你自己慢慢的，不用害怕，伯伯就在边上。"说罢，和朱茂山一起，并肩转过身去，形成了一道人墙屏障。虽然现在是漆黑的夜晚，对方只是一个小女孩，郭贺还是觉得，男女有别，主仆有别，他得这样做才妥当。

没想到就在玉洁蹲下来解手的这一小段工夫，意外出现了。

16
流传村，天一郭府

郭月的住宅套间客厅，郭月、郭诚神色不安地坐在沙发上，气氛凝重。小春在一旁默默地替两位主人泡茶，不敢作声。

桌上的茶水已经换过五六回了，谁都没有心情端起来喝一口。

郭月站起身，在客厅里来回踱着方步，不时地靠近窗口，朝外望去。黑蒙蒙的夜色，没有什么动静，远处天一广场依稀有些说话的声音，断断续续传过来，那是村里的年轻人在玩耍。郭月又看了一眼手腕上的手表，自言自语道："都过十二点了，应当回来了啊。"

郭诚走过来把窗户关上："妹妹，我们再耐心等等，一定不会有事的。"

"一定，一定什么？"郭月转过身来，一改往常不急不恼的模样，大声叫喊道。说完，自己跑进里屋，砰的一声关上房门。

紧接着，一阵低沉的哭泣声透过门缝传了过来。

郭诚对站在一旁不知所措的小春吩咐道："这里不用你了，你到小姐的房间等着吧。"小春点点头，悄声退下，从外面把客厅门掩上。

郭诚叹了一口气，走到卧室门前，轻轻敲了两下门，然后推门而入。

卧室里，郭月趴在床上，背对着门口，眼泪像两行止不住的水流哗哗流着，肩膀一抽一搐的，浑身在发抖。这么多年，郭诚很少见郭月失态地痛哭，她上一次像现在这样泪流满襟，是在接到玉洁父亲去世消息的时候。郭诚很清楚他的这位堂妹是一位坚强的女性，这么些年再大的意外或打击，再困难的局面，她都能从容应付，哪怕几天前发生的沉船事件，从决定做赔偿处理，到筹集资金，那么多外人难以克服的困难，郭月都能冷静应对。当接到郭月决定用她个人的私房钱做沉船赔偿的消息时，郭诚心想哪怕自己身为七尺男儿，如果处在郭月的位置，都不会有她的这份魄力。这会儿，郭月紧绷了多日的神经似乎被划断了，那是她对女儿无限的牵挂。

郭诚走过去，轻轻拍打郭月不住颤抖的肩膀："小妹，你坚强起来，小洁命大，又有郭贺在身边，只要能找得到人，一定能平安回来的。"

郭月点了点头，像一个听话的小女孩，顺从地坐了起来，拿起放在枕头边的手帕，自己擦着眼泪。

见郭月还是低头不说话，郭诚走到洗手间，拧了一块毛巾递给对方："你忘了二伯当年找郭贺来给你当管家，除了人靠得住以外，还有一个重要原因。"郭诚故意卖了个关子不把话说完。

果然，郭月上套了，抬起头来，眨了眨眼睛："什么原因？"

"他的那一身功夫，"郭诚回答得很坚决，"以郭贺的身手，一个人对付三两个土匪没问题。二伯考虑得很周全，他知道你可能会遇到麻烦，身边需要一个有武功的人关键时候能帮忙解围。瞧，这不就用上了。"

"我知道，他每天早上都自己练功。"说完这句话，郭月觉得心情舒缓了些，"郭诚哥，谢谢你，我们还是到外屋喝茶等着吧。"

"好的，我都已经交代了两名靠得住的家丁，让他们就在村头守着，有什么情况能随时接应。"郭诚安慰着自己的堂妹。

后山，山洞外。

玉洁正蹲在山道旁的草地上解手，她可是足足憋了将近一天，小脸涨得通红通红的。

突然，前面几米处传来了一阵脚步声，有两人人影从树丛间闪了出来："喂，给你们送点吃的过来。"原来，是从上面那个大山洞走过来的人。

"嘘，"郭贺见状，连忙蹲下来，一把按住玉洁，生怕她发出声来，"好了吗？"

"我好了，郭伯。"玉洁蹲着提上裤子，望着跟前这一摊水洼，有点不好意思。

"好，我们这边走。"郭贺牵着玉洁的手站起来，指了指山道边的一段斜坡，朱茂山断后，三人快速地隐入草丛中。

"有情况，人被劫了。"只听见刚刚过来送餐的两名土匪中的一个大声喊道。

"在哪？"另外一人闻声凑上前来，拧开了手上的手电筒。

只见洞穴里，原本负责看押的两名守卫软绵绵地倒在地上，没有一点知觉。"不好，人呢？"拿手电筒照射的土匪惊慌地说道。

"应该就在前面，这是刚刚发生的事，你看这地上还有水迹，"另一人指着地上玉洁刚刚撒出的尿液，"我们赶紧追，把家伙拿上。"说罢，两个人返回洞里，借助手电筒的光线，从被迷倒的两名同伴身边抄起木棍和匕首。

走到洞口，为首的手电筒男吩咐道："你先顺着这条道摸过去，他们带着小女孩，走不快的。这是下山唯一的道。我喊人过来支援，分头找。"另一人点了点头，快步从山道冲下去。

"快来人啊，这边有情况。"那个土匪摇晃着手电筒，朝后头上方的山洞高声呼喊着。那个大洞以前郭贺侦察过，离这个小洞穴大约五十步的距离，夜间肃静，喊叫声在原野上听得清清楚楚的。

郭贺他们三人正躲在几米开外的树丛里，朱茂山抄起别在腰间的匕首，准备冲上前去，被郭贺一把拉住。

玉洁紧贴着郭贺，两只小手紧紧地抓住郭贺的裤管。

郭贺用手按住朱茂山，向对方摇了摇头，示意这会儿不能贸然出击。他接着手指往上一指，比了比眼前这个小洞穴的正上方，那是几分钟前他们两个人侦察时趴过的地方。郭贺手掌一抖，做了一个上去的手势，朱茂山读懂了战友的意思，虽然有些不解，还是点了点头。

郭贺一把抱起玉洁，用另一只手在小姑娘嘴上比划了一个不要出声的手势，朱茂山一个箭步冲到前面引路，郭贺抱着玉洁弯腰紧紧跟上，只几秒工夫，三个人蹿到山洞顶部，沿着茂密的草丛趴下。郭贺和朱茂山不愧是经过专业训练的人，这一连串起身，上洞顶，匍匐趴下的动作如行云流水一般连贯，且几乎不曾发出过一点声音。

郭贺把玉洁交给同伴，向前匍匐了半个身子，来到洞顶处最前沿，探头看下去，只见约莫有五六个壮年土匪刚刚被喊叫过来，持手电筒的那人正说着话，隐约听到声音传过来："就几分钟的事，一定没有走远，阿伟已经追上去了，你们分成两路，一路走山道，顺着阿伟的这条路去找，另一路从侧面这个斜坡走，这原本不是道路，可是如果来人是懂得走夜路的，也可能会选这个路线。注意只要碰上，先把小女孩抢回来，那是我们的钱口袋。"众人点点头，刚准备散去，说话的人又补充了一句，"互相都喊起来，这样大家都有个照应。"

"抓人，抓人！"一群人喊叫着，冲了出去。

声音渐渐远去。

洞顶上的郭贺慢慢缩回身子，朝朱茂山低声说："我们走吧，从后面这边翻过去。"

"好险。"朱茂山把握在手上的匕首插回腰间，吐了一口气。

紧接着，三人从洞顶草丛中站起身来，玉洁依着郭贺的吩咐，重新趴到朱茂山的背上。郭贺领头，三个人警觉地从洞顶后方的上坡道向前快速移动。

凌晨两点，流传村，天一信局大楼前面广场。

"谢谢，感谢老兄这次单刀赴会帮忙。"郭贺拍了拍朱茂山的肩膀，充满感激地说道。

"哎，这算什么，我们是拜把子兄弟，你还救过我命呢。"朱茂山摆摆手，"他们要是知道是你干的，可能回头会再来找麻烦，你还得有所准备。"

"我防着这一手呢。记得我白天在你那里拿了几张你们警局的信封信纸？我用信封包了一张两千大洋的银票。今天故意让你穿着警察局的服装，再用你们警察局的信封信纸。就是想暗示土匪们，是警察局过来把这个人救回去的。也借此让对方明白，警察局知道他们的老窝，所以他们最好不要再捣乱。"

"原来你拿我抽屉的信封信纸是做这个用场啊。"朱茂山佩服郭贺想得周全。

郭贺对他的把兄弟解释道："你想啊，他们在暗处，郭府少太太和小姐都在明处，今天我们把人救出来，谁能保证他们过一段日子不会再上门来找麻烦？所以让你穿上警服，再给他一个厦门警察总局的信封，写上你们局长彭思源的名号，让他们明白，这是警察局给他们的警告。这一次我们只是把人接走，不想闹大，大家如果就此打住，相安无事，要是还执迷不悟，我们可是要连锅一起端的。况且我还给他们留下了两千大洋，这也是道上的规矩，对方没有伤人，留点钱表示个意思，大路朝天各走一边。我估计土匪头子，那个叫什么虎豹的，看到这些，应该就知道收敛了，希望这件事情就此了结。"

"还是你厉害。"朱茂山赞叹道，接着像是想起什么似的，问道，"郭贺，那会儿几个土匪追上来，你怎么会想到往洞顶上躲？"

"我们对付那几个毛贼应该没多大问题，可是带着小姐，万一有个闪失，实在无法向东家交代。所以出发前我就想好了，不到万不得已，我们今天不要和对方交手。当时情况紧急，事先根本没想到会惊动这么多人，就那一瞬间，我想到以前在部队上教官曾经说过的：越是危险的时候，越是考验一个人的胆量，而不是蛮劲。我想洞顶那个地方我们刚刚待过，有草丛隐蔽，更重要的是，土匪们一定想不到我们就趴在他们聚合的脑袋上头，听他们布置和训话。哈哈。"

"真有你的，够胆。"

两位好兄弟站在广场戏台前又聊了一会儿，鞠躬道别，各自离去。

17

上 海

天一信局的业务往上海扩展，这件事郭月已经考虑了好几个月。

最近两年，天一已经在广东福建一些重点的侨乡城市开设了五个分号。上海毫无疑问是中国侨汇生意发展最重要的一个城市。但是上海和别的城市不同，作为中国乃至东亚最繁华的大都会，上海的竞争更加激烈，而且天一信局在上海没有任何基础。

天一原先服务的都是广东福建沿海地区在南洋的华侨，以及联系他们的家乡侨眷。从东南亚华侨构成来看，占绝对人数第一位的是说粤语的广东人，第二位是福建人，第三位是潮州人。上海侨民在东南亚，数量方面并不占有优势，但它的构成和广东福建的侨民有明显的不同。广东福建在南洋的侨民以打工和在种植园务农为主，也就是说，劳工阶层是主力。而上海的侨民，更多的是知识分子和小生意人。天一信局要在一个原先没有任何根基的情况下进入上海这么一个大都市，怎么寻找突破口？如何站稳脚跟？从哪里获得第一批客户，郭月心里没想明白。但有一点郭月是清楚的，那就是天一信局需要找到一条新的路径，只有这样，才有可能在短时间内打开上海市场。

也正是因为上海业务的重要性，天一上海分局的筹备业务，一直由郭月本人亲自挂帅。同时，她选派天一流传村的现任经理郭怀仁，担任上海分号的负责人。郭怀仁是天一为数不多的几位能够熟练用英语沟通的管理人员，早年曾在吕宋岛工作过几年，对整个东南亚华侨的状况以及天一业务的流程都十分熟悉。

趁着这阵子有点空闲，郭月领着郭怀仁和郭贺来到上海。他们几个人此行的目的，就是想最后确定一下天一上海信局如何开张，从哪里寻找业务的突破口。

上海侨汇市场的基本情况，郭怀仁经理已经了解得比较清楚了。在上海，现在为本地市场及周边杭州苏州一带提供侨汇侨批服务的商家大大小小加起来有二十多家，他们的运作模式和天一在福建广东的操作形式大同小异，也都是走信件加物资交寄的方式。稍微不同的是，这边侨汇托寄的东西，银两和珠宝比重较小，大家更多的是寄送生活物资。

这已经是郭月为筹备上海分号开张的事第三次来上海了，前两次对于市场规模，竞争动态，她都打听得差不多了，这次来，就是和郭经理最后敲定天一信局上海分号开业的细节。

到达上海的第二天，郭月领着郭贺和郭怀仁来到位于市中心商业街的永安百货大楼。郭月每到一个地方总喜欢逛逛当地的零售商场，她喜欢近距离地去直观了解本地消费者的购买动向，看看人们更喜欢哪些热销商品，因为这些热销品的背后，反映着当地居民的消费诉求。就像在老家商场上，各种布匹布料、衣服鞋子永远是最受欢迎的。同样的，在这些地方天一信局承接的侨寄物资，服装布匹也一直占有很大的比重。

永安百货是一家新型的百货公司，楼上楼下共有五层楼，大楼里面还装有自动电梯和哈哈镜、旋转门等一些新鲜玩意儿。这些东西郭月在香港和马尼拉都见过，倒也不觉得新奇，一旁的郭贺显得很新鲜，这是他第一次坐电梯。郭贺随着东家走进一个方形的铁箱子，箱子门一关，紧接着这个箱子就直通通地往上蹿，一眨眼工夫已经到了四层。走出电梯，电梯口正对面是个哈哈镜，镜子把每一个人都折射出不同形状的模样，引得驻足观望的客人们哈哈大笑。

四楼正中间，永安百货正举办一个主题特卖会，这个展示一下子引起了郭月的注意。郭月走过去一看，原来这里正在举办新型德国产品介绍，展示的产品包括德国产的脚踏车、缝纫机、眼镜、钢笔、咖啡机，还有厨房刀具厨具等。郭月花了三十分钟时间在特卖会的各个展示台前细细看了两遍，她似乎得到了某种启发，招呼郭怀仁和郭贺说："找个地方，我们坐下来聊一聊，我突然有个主意。"

郭怀仁领着郭月和郭贺来到五楼的咖啡厅，三个人找了一张咖啡桌坐下。服务生端来一壶咖啡，三个杯子。郭月说道："你们看，我们天一信局在上海不是一直想找一个新店开张的突破口吗？因为如果我们像在老家的经营那样，仅仅承担华侨的信件和正常的侨汇物资的托运业务，天一新来乍到，人生地不熟，当地的很多侨眷都有自己固定的侨批商家，不太容易一下子让他们把业务交给天一。我刚刚在四楼看到那个德国特卖会，突然有一个想法，我们可以操办一场进口物资订货会。"

"订货会?"郭贺一下子没反应过来。

"嗯，"郭月接着说，"你想上海人比起福建老家的侨眷来，他们更时髦，更喜欢用国外新奇特的，以及更现代化的产品。这些进口产品绝大多数都是西洋制造，而且百分之八十以上的新品，目前在国内市场还是见不着的。我们可以请吕宋岛的天一信局帮我们做一个选品，分成几大类。例如厨房的，餐厅的，卧室的，居家生活的，等等，一共收集那么几百款产品。每种产品我们都让南洋将样品寄过来，由天一信局在上海找一个地方，也可以用我们天一的铺面，把这些样品陈列出来，邀请所有侨眷过来参观。这些样品绝大多数在国内市场还见不着，很新鲜，对大家一定有吸引力。侨眷们只要看中了我们介绍的某一款产品，就可以通过天一提出产品需求，可以是一张纸条，也可以是一封信件，或者干脆我们做一个产品兴趣卡，供客人填写。这个产品兴趣卡由我们天一转给他们在东南亚的亲属们。东南亚的亲属收到这个产品兴趣卡以后，可以在市面上自己购买这件产品，通过天一信局托运回来给上海的家人，也可以委托在南洋的天一商号代为采购。我们采购的价格一定低于客人在市场上零售购买的价格。所以对客人来讲，既节省时间还能够用更便宜的价格买到这个产品。通过举办这个推介会，我们能够获得在上海开展业务的第一批用户。这样一来，就可以争取让上海天一信局的生意一炮打响。"

在一旁的郭怀仁经理听完郭月的介绍，点头称赞："这真是一个好主意。这样做的话，新型的进口物资本身带有新奇性，是一个很好的传播点。大家好奇，一定会相互转告，结伴前来参观。一旦他们下了订单，或者表达了需求的意向，我们就等于把这个客户抓到手里了。"

郭贺插嘴问道："好是好，可是有一个问题，会不会导致这边的侨眷要了某样东西，而南洋那边的家人无法提供呢？"

郭怀仁回答说："这个我觉得我们不用多虑，因为我们只是提供信息的对接和侨汇物资的运送，至于他在东南亚的亲人是不是愿意购买这项产品送给家人，那是每个人的考量。"

郭月补充道："这件事选品是关键，我们一定要挑选最先进，质量最过硬，而且在国内市场见不着买不到的商品，用它们来做进口侨汇物资的推荐。否则就失去这场活动的意义。"

三个人一起商量好了细节。当天晚上，郭月给吕宋岛的父亲拍了一份电报，把这边有意在上海组织一场天一进口侨汇产品推介会的想法跟父亲做了沟通。同时，请吕宋的天一信局准备一份产品清单，经由国内确认后，尽快采购样品发过来。

两个月后，天一信局侨汇进口商品推介会在新开张的上海天一分号铺面举办，为期一个礼拜，上海的郭怀仁经理提前在报纸上刊登了消息。

第一天早上九点刚开门，就拥进来几百位好奇的侨眷们。只见推介会现场，所有的样品按分类依次摆好，每件商品都有详细的功能和使用说明，同时标注价格，以英镑为计价单位，例如这边一辆意大利生产的女士脚踏车六英镑，法国生产的手摇式留声机，标价四英镑，新型插电式咖啡壶，一点六英镑。这些标价基本上是该商品在马尼拉、新加坡等东南亚大城市的零售价格，绝大部分商品都是国内市场上见不到的，即便是国内市场有类似的商品，在价格上这里的标价也要比国内市场低百分之三十到百分之五十。

按照推介会的流程，侨眷们可以现场填写对某件产品的兴趣或需求，产品兴趣卡上有他们在南洋亲人的姓名和详细地址，天一负责把这个兴趣卡寄送到侨眷们在南洋的亲人手中。对方收到这份兴趣卡以后，如果有寄送的意愿，可以选择自己购买该产品，再支付若干运费由天一负责运回国内，送到侨眷手中，也可以选择以这个统一的标价，委托天一信局代为采购。如果是委托天一代为采购的产品，天一不再收取运费。因为天一的标价以东南亚当地的零售价为基础，在实际采购中，天一可以通过批发进货的方式获得更低的价格，这里面的差价可以用来作为商品运回国内的费用补贴。

很显然，这是一个多赢的模式。首先，产品能引起侨眷的兴趣，通过填写兴趣卡，天一信局既满足了顾客的产品需求，也为新的上海分号开发了一批潜在用户。其次，这些产品选择的都是当下最新奇、最知名、最受欢迎的进口洋货，这就省去很多华侨往家里寄东西时苦苦思索不知道什么产品更合适送给家里人的困惑。再有，整个流程可以由天一操办完成，减少了寄送方和收取方的很多麻烦。

一个礼拜的推介会下来，新开张的天一上海分号总共收到了一千张产品兴趣卡，也就是说获得了一千名潜在用户，这是一个巨大的成功。望着店铺里熙熙攘攘的顾客，郭怀仁钦佩地对郭月说："头家，还是您有眼力，我真是佩服您。我们通过这么一个全新的推介方式，一下子就把上海的市场打开了。"

郭月说："郭经理，这只是第一步，接下来后续的用户维护还要靠你们多多努力。天一信局常年为华侨侨眷服务，和他们打交道，以信为本，是我们从第一天起就立下的准则，一定要记住。无论在什么情况下，宁愿我们自己吃亏，永远不能失信于客人。就比如说，现在我们现场给的这个标价，等到南洋华侨们收到信息，决定选购一件产品，那时候估计两个月过去了，市场价格有可能变化。如果到时价格往低的方向走，我们应该以更低的价格收取商品款。如果价格往高的方向走，那我们就应该维持现有的标价。超出的部分，由我们天一自己承担。只有这样，我们才能牢牢地抓住每一名顾客，让客人觉得他占了便宜，就是留住客人的最好方法。千万要记住，不能让哪怕一个用户流失掉。"

郭怀仁认真地点点头。

18

福州，省城

蔡玉芬是郭月在华侨女中的同班同学，两个人在学校的时候是最好的闺蜜。华侨女中是寄宿学校，郭月和蔡玉芬住同一间宿舍，而且是上下铺。整个中学上学期间，两个人吃饭上课睡觉都在一起，几乎每天形影不离。蔡玉芬也是出身于侨眷家庭，父亲在马来西亚经营香蕉园，手下有几百名华工。

中学毕业以后，郭月回老家跟着父亲在天一当学徒，蔡玉芬去了省城，后来嫁给了当时一位仕途正旺的政府官员，姓叶。这位叶姓官员这些年来在官场上顺风顺水，蔡玉芬结婚十几年后，丈夫如今已是福建省省主席，所以蔡少芬也就理所当然地成了省主席夫人。郭月和蔡玉芬一直保持着密切的往来。蔡玉芬每年回老家，都要约好与郭月见面，一起挤一个被窝，说些闺蜜间的家常话。蔡玉芬多次邀请郭月到省城家里做客，郭月一直推辞说生意上的事情忙走不开。其实在郭月心里，她发自内心地不想让人家觉得自己在攀高枝。中国的社会风气就是这样，一个人但凡有钱有势，找你的人就很多，连那些八竿子打不着边的什么亲戚啊，校友啦，同乡啊，也都会自报家门，跟你摆出一副很亲近的样子，无非就是希望能够找一个靠山，得到一些便利，对此郭月是非常不以为然的，她推崇认认真真做事，简简单单做人的处世方法，这在很多人看来不合时宜，但郭月觉得自己心安。所以尽管两个人亲如姐妹，郭月轻易地不去求她的这位闺蜜出手帮忙。

这天郭月收到了蔡玉芬的来信，信中说她的小儿子满周岁了。

先前有一次蔡玉芬回老家，郭月去看她，两个人说着悄悄话的时候，郭月怂恿蔡玉芬再生一个孩子，那时候蔡玉芬已经有一儿一女，郭月对她的好闺蜜说："你如果再生一个儿子，我就当他的干娘。"因为郭月只有玉洁一个女儿，觉得要是能认闺蜜的男孩做干儿子，倒也是件美事。没想到戏语成真，玉芬果然生下一个小儿子。

现在玉芬的小儿子满周岁了。按照习俗，这是认干娘的时候。在玉芬来信诚恳的邀请下，郭月决定带上女儿玉洁去一趟省城。

这一天，郭月，玉洁，小春，三个人一大早从县城出发，坐了一整天的汽车，傍晚时分来到省城。事先已经写信告诉了蔡玉芬，对方说要派车到车站去接她们。郭月辞谢了，说她们自己可以雇车子上门。

在省城车站，三个人下了长途汽车，走出客运大厅，小春招呼了两辆人力车，侍候郭月上了第一辆车，她领着玉洁坐到第二辆车上，朝省主席公馆驶去。

两辆人力车在省主席公馆大门前停下，三个人下了车，小春把费用支付了。一抬头，看到正门横匾上写着"主席府邸"四个大字，吓得伸了伸舌头。说道："乖乖，这不就是戏文里面演的那个总督衙门嘛。"

　　"什么总督衙门？那是哪个朝代的事了？"郭月笑笑，"你这个丫头大概戏文看多了，赶紧去通报一下。"

　　小春这边有点胆怯，她望着公馆大门，正门两旁站着两名持枪守卫的士兵，便低头扯着郭月的衣角："太太，我不敢去。"

　　玉洁在一旁看到，不屑地说了一句："真胆小，这有什么不敢的呢？我去。"说罢自己走上台阶，冲着一名士兵低语了几句，回过头来朝郭月和小春招招手："你们过来啊。"

　　三个人刚刚在大门口站定，只见蔡玉芬从里头的院子里快步走出来，后面跟着她的女佣："嗨郭月，可把你们盼来了。刚刚我在屋里正算着时辰呢，估摸着你们该到了。你看你，偏不让我派车到车站接你，害得我在这儿傻等。"

　　郭月说："我们路上挺好的，一个普通老百姓哪有那么多的派头。"说罢转过来指了指玉洁，对主人说，"我把玉洁带来了，她可是第一次来省城。"

　　蔡玉芬摸了摸玉洁的脑袋，笑着说："有两年没见你了吧？比上回又长高了一个头。"玉洁连忙问候道："蔡姨妈好。"

　　"来，赶紧往屋里走。"说完，蔡玉芬招呼着几个人走进院子，来到了正房客厅。

　　宾主落座，小春在一旁拿出郭月这次带过来的茶叶、郭氏米糕，还有几包土特产交给蔡玉芬："夫人，这是太太带过来的一点老家的特产。"

　　"嗨，你们难得来一趟，又坐着公共汽车，还带这些东西，也不嫌麻烦。"蔡玉芬说着，让旁边的用人把礼物收下。用人随后端上茶杯，给各人奉茶。

　　蔡玉芬说："你们难得来一趟，这次可要多住些日子。郭月，我把房间都给你们安顿好了。在西边那头给你安排了两间客房。郭月你住一间，你女儿跟边上这个小丫头住一间。郭月你那间是大床。我得提前向你打好招呼，哪天我可能会跑过去钻你的热被窝。"

郭月笑笑："你抢我什么被窝，放着自己老公的被窝不钻？"

"他呀，经常晚上是不回家的。他在外面如果忙得晚，就在政府的办公楼那边过夜。"蔡玉芬说罢，吩咐站在一旁的用人，"你去把几个孩子都叫过来。"女佣答应了一声，悄声退下。

不一会儿，用人领着三个孩子走进客厅，打头的是个男孩，大约十来岁模样，紧跟着的是一个五岁女孩，最后头则是奶妈牵着的一个趔趔趄趄的小男孩。"孩子们，来，见过郭月大姨和玉洁姐妹。"蔡玉芬一直让自己的孩子们喊郭月大姨。

郭月连忙站起身来，看了看三个小孩："除了这个最小的我是第一次见，老大和老二，你们可比我去年在老家见到的时候都壮实了不少哎。老大你们上课的时候有打球或者运动吗？"

"有的，大姨。"老大点头回答道。

郭月从自己随身包里拿出了三个红包，分别交给三个孩子。玉芬在一旁说道："郭月你来就来，你看你又是带礼物，又给孩子们送红包什么的。你本不是一个讲究这些礼数的人啊。"

郭月说："这不一样，这红包呢，是让孩子健康成长的，跟你没关系。"说着就把几个红包分别塞到了孩子的手中，小儿子的红包则由奶妈代收了。

玉芬对她的大儿子说道："企儿，你和妹妹带着玉洁姐姐，到后面的院子去玩吧，我们一会儿吃饭，晚饭的时候见。奶妈你和平儿留下一会儿。"两个大孩子点点头，领着玉洁走出了客厅的门。

玉芬牵着小男孩的手，走到郭月面前："来，看看我们的这个小宝贝。"

郭月一把抱起了面前这个刚满周岁的孩子，问道："叫什么名字呢？"小孩显然有点认生，看着郭月涨红了脸，歪过头来看着自己的奶妈。奶妈连忙在一边回答道："回太太的话，小公子叫叶定平，是他父亲给起的名字。"

玉芬解释道："他父亲说，定平，取的是安定平和的意思。"

"到底是书香门第出身的官宦人家啊，起名字都别有含义。"郭月感叹道。郭月和蔡玉芬的丈夫见过几次面。她丈夫是省城的一个书香门第家庭出身，专科学堂毕业以后进入政界干了二十多年，现在是省主席，算是手握大权的地方高官。他比玉芬大十二岁，现在应该是四十六岁。

　　蔡玉芬在一旁催促道："喂，你这个干娘，什么时候走马上任啊？"

　　郭月说："这是我的福分，我早准备好了。"

　　"那就现在吧。"玉芬说完站起身来，牵着定平的小手走到郭月面前，"平儿你跪下。"小家伙有点稀里糊涂的，听母亲在边上这么吩咐，就懵里懵懂地双腿跪到地上。

　　郭月打岔道："嗨，小孩子家的你搞这些稀奇古怪的仪式干什么？"

　　玉芬说："这个一定要的，仪式感让小孩能记得住。"紧接着她弯下腰来对小家伙说："平儿，这位郭月大姨是妈妈最要好的朋友，她从现在开始，就是你的干娘，干娘会像妈妈一样地对你好。你以后不仅要听爸妈的话，还要听干娘的话，以后长大了，记得要孝敬干娘，记住了吗？"小家伙似懂非懂地点点头。蔡玉芬接着说，"好，平儿你现在要给你的干娘磕个头，叫一声干娘。"

　　小家伙顺着母亲的指引，朝郭月磕了一个头，奶声奶气地叫了一声："干娘。"

　　郭月连忙一把抱起叶定平，让他坐到自己的膝盖上，一边从口袋里掏出两件首饰，展示给小家伙："平儿，干娘送你两件礼物，也算是我给干儿子的见面礼。这第一件礼物呢，是一条项链，你现在还小，让你妈妈替你收着，等你长大了，这条项链可以自己戴着，或者将来送给你的心上人。另外一件是一个手环。这个手环呢，你瞧，是由一颗一颗的小珍珠串成的，里面是橡皮筋，有弹性的，你拉一下看看。瞧，可以拉长的。这样你慢慢长大，手环就能一直戴着，至少可以戴到你十岁没问题。这个手环呢，代表着一份给你的平安祝福。"说完郭月把这两件东西交给蔡玉芬。

　　"你想的还是真周到。"玉芬拿着那串有弹性的珍珠手环试着比划了一下。郭月提议道："明天我跟我干儿子拍张合影吧。"

"好建议。"玉芬交代奶妈，"陈妈你让管家明天把摄影师请过来，我们要拍几张照片。"奶妈点点头，领着小家伙走出了客厅。两个闺蜜坐在客厅，闲聊着天。

大约半个小时后，管家过来提醒道："夫人，晚餐准备好了，叶主席已经回来了。"

"好，那我们过去吧。"玉芬挽着郭月的手走出客厅，来到了东面的餐厅。

府邸餐厅是一个中式摆设的房间，郭月走进门，看见一位中年男人已经在餐桌前等候，还有几个小孩也都到齐了。她连忙走上前去和男主人打招呼："叶主席，您好，好久不见。"

男主人握住郭月的手，说道："郭太太，好久不见。我们这是在家里，您就别喊我官衔了，您叫我老叶吧，这样更随便一些，或者直接叫我的名字也行。"玉芬在一旁补充道："郭月，上次见面时就提醒过你，还是忘了？你是我的闺蜜，如今又是定平的干娘，直接叫名字，这样才像一家人呢。"

"那我真是僭越了，好，我就叫您叶先生吧。"郭月笑着回答。

"来，郭月妹妹，快请坐。"男主人吩咐管家上菜，再给郭月倒上一杯酒，"我们一起碰一个，欢迎郭月妹妹光临寒舍。玉芬可没少念叨你，一直说盼着你过来。我上次和你见面，大概是六年前。那时候你女儿玉洁还是个穿开裆裤的小姑娘啊，小娃娃转眼都长这么大了，时间过得真快。"郭月举起酒杯，跟男女主人碰了一下杯子，一饮而尽，然后放下酒杯说道："是啊，时间真是过得飞快，我跟玉芬睡上下铺的情景就在眼前，没想到十多年过去了。今天一见面玉芬跟我嚷嚷说，如果先生不在家的话，要来蹭我的被窝。我还笑话她呢，自己先生的被窝，才是她应该安身的地方。"省主席爽朗地笑了起来："那是你们女人密友间的事。说实在的，我跟玉芬生活这么多年，在自己家里，她还从来没有去别人房间睡觉的先例呢，可见闺蜜就是闺蜜。"

吃过晚饭，郭月和玉洁起身告辞，管家让用人领着母女俩回到客房。小春已经在屋里等着，侍候好郭月洗漱，换上睡衣以后，把门掩上，自己到隔壁房间陪伴玉洁。

　　郭月刚刚在床铺上躺下，只听见门外响起轻轻的两下敲门声，不等郭月回答，门就推开了，蔡玉芬穿着睡衣走了进来。

　　郭月大笑起来："玉芬，你还真要来钻我的被窝啊。"

　　蔡玉芬说道："是的。"说完就跳上了床铺。

　　"先生呢？"郭月让出位子，问道。

　　"他又去政府那边忙事情去了，今天是因为你过来，我特意交代他回家一起吃晚饭，陪着见一面的。否则他今天晚上可能就不会回来。这不，他一吃完晚饭，就叫上秘书到政府那边去了。"

　　"他经常晚上要在外面过夜吗？"郭月看着眼前这位口气有点哀怨的长官夫人。

　　"他如果不出省城的话，每个礼拜总得有那么两三天是要在政府的办公楼里过夜的。他是个夜猫子，喜欢工作到很晚。他知道我晚上睡觉怕吵，所以如果他工作晚的话也就不回来了。你看我这像不像守空房的女人？"蔡玉芬叹口气。

　　郭月把自己脑袋下的两只枕头抽出一只，在玉芬的后脑勺垫好，她记得玉芬的习惯是要有两只枕头。两个人并排躺着，聊着闲天。

　　"怎么，这些年当官太太还当出牢骚了？"郭月笑笑。

　　"日子自然是舒服的，就是各种各样的应酬太多，能推的呢，我都是尽量地推掉，但总有很多场面上必需的应酬。你知道我和你一样，都不喜欢这些热闹，说句让人起鸡皮疙瘩的话，现在想想还不如让他再娶两个小老婆呢，这样我就不用强迫自己去参加那些应酬了。"蔡玉芬努着嘴说。

　　郭月知道对方是新式婚姻，这位省主席大人至今只有玉芬一个妻子。"你胡说什么呢？"郭月忍不住捏了捏躺在旁边的玉芬。

　　玉芬叫了一声闪开："我就说啊，如果他再娶一个小妾什么的，外面那些应酬可以有人陪同，我就落个清闲啦。"

　　"嗯，你是真傻呢，还是跟我装！人家真娶了小妾，就没你什么事了，想得倒是美啊，你就只琢磨着人家帮你应酬，晚上这波柔情还归你。天下哪有这种美事啊？”

郭月知道官场上勾心斗角的事情很多，她关切地问道："你们这位省主席大人应该都应付得挺好的吧。"

"哎，他公务上的事情，我基本上不管。不过你也知道，现在时局动荡不安，虽然名义上他是省主席，但真正的大权掌握在军人手中，而他是文官出身，对大政方向，并没有多少控制权。在这个省城，省主席的衙门地位，其实远远比不上驻军军事长官的官署。从军事长官那边传出来的号令，要比省政府发任何通告管用得多。再说了，这些年军政长官恨不得每半年就换一个，跟走马灯似的，今天是这个军的军长当军政长官，明天被赶出城了，又是另一个阵营的司令坐上军政长官的宝座，所以这个省主席，还有主席下面的整个政府衙门，就得去迎合不同军事长官的脾气和怪癖，说白了，也就是军事长官的一个傀儡罢了。"蔡玉芬叹气道。

"都有一本难唱的经啊，"郭月侧身看着这位多年好友，感叹说，"原来我想只有我们这些做生意的人，才有那么多发愁的事情。你们这些当大官的官老爷官太太们，应该过的是神仙般的快活日子。没想到里面一样有很多烦愁呢。"

"还是怀念我们上学的时候，那日子多好啊。"玉芬在一旁回味道，"你还记得有一次我们晚上躺在床铺上聊天，聊到后半夜肚子饿了，偷偷地跑到食堂里面，去偷大师傅的红薯，那件事你还记得吗？"

"当然记得。"郭月顺着玉芬的话题，"那次是你翻墙进去的，我在门口把风。结果你一紧张，打碎了厨房好几个饭碗餐盘，弄出好大的一阵响声。"

"对对对，后来不是学校的夜班守卫听到响声跑过来了吗？我们两个人就躲在那个食堂墙根脚下，不敢作声，等那个保卫离开以后，就蹲在那里把那两个红薯吃完。"玉芬沉浸在对往事的回忆中。

"还有还有，"郭月的记忆闸门打开了，"那次上游泳课，你刚刚学游泳，一下水游得太猛，被水呛到了，游泳老师把你抱上来，放在游泳池边上，因为你被水呛得很厉害，需要把你翻过来捶你的背，可是那个体育老师是个男的，他不敢做，只好叫我们几个女生围在一起，轮流捶你的后背。好家伙，把你捶了个半死。"

"是的，我记得那次事情后，我后背整整疼了一个礼拜。"

两位小时候的闺蜜躺在床上，从家人，到儿时回忆，不停地说着悄悄话。银色的月光透过窗户洒进来，一片安宁静谧。

19

厦门，鼓浪屿

厦门，鼓浪屿。

南洋小学现在是上课时间。课堂上正在上国文课，老师在讲解流传了几百年的《夏日绝句》，是宋代诗人李清照创作的一首五言绝句。这是一首借古讽今、抒发悲愤的怀古诗，诗人通过歌颂项羽的悲壮之举，讽刺南宋当权者不思进取、苟且偷生。全诗只有短短的二十个字，却连用三个典故，字字珠玑，每个字都透出一股正气。

生当作人杰，
死亦为鬼雄。
至今思项羽，
不肯过江东。

玉洁显得心不在焉，她把上面的四句诗写到本子上，这首五言绝句她以前就读过，记忆深刻。接下来，老师还讲什么，她似乎都没有听进去，母亲出差已经两个礼拜了，这几天每天都是由郭家花园门房的老张头和管家郭贺，轮流接送她上学下课，天天如此，日常生活有小春照料着，一切都按部就班。玉洁从小跟着妈妈去过不少地方，也习惯于母亲出差，她自己一个人待着。日常生活起居都有小春和用人们照料，大家都很尽心。

其实她今天心不在焉的主要原因，是动动，也就是她的那只小猫咪。动动这几天病了，而且病得不轻。动动是一只三岁公猫，正当发情期。上个礼拜有一天，玉洁突然看到动动的后腿有被咬伤的痕迹，看门的老张头说动动这是和别的公猫追逐母猫相互争斗的时候被咬伤的。接下来动动的伤势一天比一天严重，今天一早起来，玉洁发现它趴在自己卧室门口，几乎都走不动路了。听老张头说，猫是很爱干净的动物，如果猫的身上有臭味，或者动弹不了，说明它已经快不行了，而且猫临终前都会自己找一个僻静的角落不让人看见。一听这话，玉洁眼泪刷地流下来。动动跟她在一起几年，几乎天天见面，晚上睡觉的时候，动动经常就赖在玉洁的闺房。每次玉洁出去逛街散步，也都要带上动动。玉洁毕竟还是个小姑娘，接受不了自己最疼爱的宠物离开的事实。虽然大人们劝说了半天，总算把她哄到学校上课，但这大半天下来，玉洁明显地走神。刚刚国文课上，老师连着问了她两个问题，她都答不上来。

中午在学校吃过午饭，玉洁打定主意要回家看动动。她悄悄拿起书包，给老师留了张纸条，借口说肚子不舒服要回家休息，就溜出了校门。

回到家中，玉洁让小春把动动抱过来。这只黑白相间的小猫的后腿现在已经完全不能动弹了，眯着眼睛。玉洁把它抱在怀里，轻轻抚摸着它那柔密的毛发，眼泪不禁哗哗流了下来。

小春在边上看了，很着急："小姐，要不我们请兽医过来看看吧。"

玉洁抬起头来："我怎么没想到这个，快，让门房老张师傅现在就去请。"

鼓浪屿是个方圆不到二十分钟步行路程的小岛屿，很快，岛上唯一的兽医被请了过来。兽医翻了翻小猫的眼睛，查看了后腿被咬伤的伤势，那个地方现在已经腐烂了，隐约可看到底下的骨头。最后，兽医拿起一把尖刀，从猫的后腿轻轻扎进去，试图试探猫的反应，只见尖刀刀锋都已经刺进后腿皮下，猫还是一点反应都没有，这说明这只后腿已经完全没有知觉了。

兽医把猫轻轻放到竹篮做成的小窝里，对玉洁和小春说："很遗憾，已经没有救活的希望了，腿部肌肉被咬伤后导致感染，病毒已经侵入动物体内，我们现在还没有适合给猫使用的抗生素，所以回天无力。"说罢，兽医伤心地摇摇头。

"那还能支撑多久？"小春急忙问道。

"也就是这一两天的事了。关键是病毒入侵后，宠物其实是非常痛苦的。它现在后腿残疾，动弹不得，实在有些像我们老话说的生不如死。"兽医解释道。

送走兽医。小春回到玉洁卧室，吓了一大跳。

只见玉洁光着双脚，跪在地上，面前摆着一个水盆，一条毛巾，显然玉洁刚刚给小猫动动清洗过。玉洁就这么跪着，抱着小猫，号啕大哭。这阵势已经不像过去几天，那时玉洁还只是静悄悄地无声流泪，这会儿小姐大概实在忍不住了，大声哭叫着，整座别墅都听得清清楚楚。

管家郭贺这两天去老家流传有事，家里除了小春，就是厨房师傅、园丁，和门房的老张头。听到哭声，几个下人都围在二楼走廊，又不敢上前劝告，大家都急得不知道该怎么办是好。

玉洁整整哭了一个下午，晚上也不吃饭，小春给她端来饭菜，被她一把掀掉了，小姑娘就这么一直紧紧地抱着她的宝贝小猫动动，不让任何人插手。

郭家花园今天特别安静，每个用人都轻声轻脚的，生怕弄出声音惹了小姐。晚饭后，门房老张头走上二楼，在楼梯口远远地站住，轻声叫了一声小春，说他想和小姐说两句话。小春有点不愿意，这会儿小姐哭成这样，哪有心思听什么话。老张头说是和小猫有关的，小春才让他走了过来。

"小姐，你别伤心。我们老家的大户人家有个偏方，但凡人的肌肉受伤腐烂，毒气攻心，可以用漳州片仔癀这个民间中药丸治疗，非常有效。虽说据我了解，片仔癀是治疗人的伤痛的，但我想小动物也是同理。当然这种药很昂贵，一粒片仔癀市面上要卖到三块大洋，但如果能帮忙治好动动，我想费用对郭府来说不是问题。"老张头说明了上来见玉洁的缘由。

玉洁一听，惊喜地说："真的吗？那小春你赶紧上药房买片仔癀去，这会儿药房还没关门呢。"她抬头看了一眼墙上的挂钟。

"这药我们别墅里有现成的，我这就拿去。"小春说罢，跑下楼梯，很快拿来了一个药箱，从里面取出两粒片仔癀。

"太好了，老张师傅，我们该怎么做？"玉洁像是替动动抓住了一根救命稻草。

"这样，你到厨房找一个小碟，一把不锈钢勺，再拿一些白酒来。"老张头吩咐着小春。

很快小春就把东西拿了上来，老张头在小碟里倒上白酒，再取出一粒片仔癀，掰一半放到酒里，用小勺碾碎了，研成末状，让药粒溶解于酒中。"可以了。"老张头说。

"让我来。"玉洁腾出一只手，用小勺舀了一些溶解的药液，轻轻地把它涂在小猫的后腿上，如此反复几次，和着白酒的半粒片仔癀粉末就都涂到了小猫的腿上。

"好了，我们把它放在竹篮里，让药效自己发挥作用。"老张头说。

"老张师傅，要多久呢？"玉洁忙不迭地问道。

"通常药效发挥作用在二到六个小时，我听说最好每天涂三次，用上两天就会有效果。"老张头说罢，起身给小姐道了声晚安，下了楼梯。

夜里三点，玉洁设的闹钟响了，小姑娘一骨碌爬起来，赶紧走到一旁小猫的窝里探视。这边动动好像睡得很安宁，边上的药粒和小碟都还放得好好的。玉洁把手指头放在嘴里咬了咬，一把拎起竹篮，走下楼梯，打开别墅一层大门，走到院子围墙边的一间小屋，敲了敲门："老张师傅，是我。"

屋里头的老张头一听是玉洁的声音，赶紧起身开门，把玉洁迎进来："小姐，你怎么来了，小心着凉。"说罢，把自己放在椅子背上的外衣给玉洁披上。

"老张师傅，不好意思这时候叫醒你。"玉洁有点歉意，"我想请你帮忙，再给动动上一次药。我不知道那个药丸怎么研成末。"

"来来来，我们一起做。"老张头让玉洁把竹篮放到桌子上，抱出小猫，一老一少两个人一起忙乎起来。

第二天清晨，小春早早地来到玉洁卧室，招呼小姐起床洗漱。玉洁一睁开眼，顾不上其他，光着脚就跑到旁边动动睡觉的篮子里，把小猫抱起来，小猫好像不情愿被打断睡眠，踢了玉洁一下。

"啊，你看你看，快看啊小春，动动踢我了，它动了，它的腿能动了。哈，神奇神奇，快，快去叫老张师傅。"玉洁高兴地大声叫了起来。

20

流传村，天一郭府地下室

流传村，天一老宅地下室。

用人房里几个人围在一起，吃着小春带回来的绿豆糕，叽叽喳喳地说笑着。地下室里，天一老宅的用人数量比先前少了一多半。因为近期生意的不景气，原来统一管理的用人帮工们都分到各房各室，整个老宅基本上是各自为政，由各房各室自行差遣。老宅院落留下来做统一服务的，只剩下两名保安，一名门房和两名园丁，还有一位负责打扫公共区域的用人叫小花。小花原本是跟着郭亮的婢女，后来郭亮搬出去住，也没了盘缠，经常不能按时支付工钱，就把小花放到老宅的公共服务区域，这几个人的费用是由郭月负责支出的。

按照郭家的习惯，所有的家丁用人，按照职级的高低，薪酬各不相同。管家每月有五十大洋，厨师和司机，每月二十，园丁门房，每月十元，杂工清洁工每月四元。婢女的支付方式则有所不同。婢女们都是郭家经过中间保人的推荐保举，花钱买下来的，一次性支付一笔费用，买下十五年的使用权。十五年后婢女可以自由离开，但是有很多婢女一辈子都在郭家待了下来。在这十五年期间，每个月主人给婢女的家庭支付五块大洋，另外付一块大洋给婢女作为个人的零花钱。所有工人和用人的吃住都是由主人家提供的。郭府老宅地下室原先有四个大开间，每间十张上下铺可以住二十个人，男女分开。现在人数减少了，用人的住宿间人员也稀少了许多。原先一间屋住满二十个人的，现在大致只有四五个人住着。

这边五六个各房各室的婢女围坐在床铺前，吃着小春带来的糕点，互相聊着闲天。这边有人说："小春你的运气真好。""就是，"边上的小花接过话题，"郭家各房主人，对待下人最好的就是少太太郭月。"还有人说："你看你现在平常都是住在大城市里，偶尔回来看看大家，风光得很。"

小春说道："看姐妹们说的。我们本来都是穷苦人家。家里人吃不饱穿不暖的，才被父母卖出来。东家肯出钱买我们，供我们吃供我们穿，还给零花钱。我们大家其实比外头很多穷苦女孩的命好了许多，应当知足才是。"

这边小花插嘴道："你小春当然不愁吃穿，不用挨白眼了，我们哪有你的命啊！"小花自从被郭亮重新安排去打扫公共卫生以后，心里总是一股子的怨气。

"说的也是，"这边有一位女孩插嘴说道，"你不知道上个礼拜我被我们家那个主子狠狠痛打了一顿，我忍不住就回骂了一句。结果呢，他抄起一整壶的茶水就往我手上泼，你们看。"说罢撸起袖子，露出胳膊，只见整条手臂布满被茶水烫伤的痕迹，上面有好几处水泡。

另一个婢女说道："你还说呢？说句不怕害羞的话，我们家主人欺负我不说，还咬掉了我的乳头。"

"什么？"小春刚刚吃着一块点心，一下子张大嘴巴，点心都掉到了地上。她知道作为婢女，被主人强迫或者半推半就地伺候主人同房的事并不奇怪，但是把一个姑娘家的乳头都给咬掉了，这也太过了吧。

"我跟你说他就是变态，他每次喝完酒就叫我去做那恶心事。做的时候他总喜欢咬东西。一开始呢，咬我的胳膊咬我的肩膀，也就算了。上一次他喝得大醉，整个人特别凶，一上来脱了衣服，把我整个乳头给咬掉了一截，整整化脓了两个月。"

"那至少他得收你做小妾啊，明儿我们得叫你姨太太。"小花在一边怪声怪气地说道。按照当地的习俗，所有的婢女如果和主人同过房，称为同房婢女，就算上升了一级，如果主人比较有良心，通常会把她纳为小妾，得到一份不俗的财礼，也可以搬到楼上去住。

"咱们姐妹几个难得一聚，别总吐这些苦水了，吐来吐去，把人都吐得郁闷死了。有什么好玩的事儿跟我说说？"小春换了一个话题。

"我告诉你一个好玩的事，你可能没听说过吧。前一阵子啊，村西头的那户人家，叫什么来着？哦对了就是郭四妹，她男人不是下南洋去了嘛，然后她们家养了一匹母马，花钱租了一匹公马过来要给母马配种。你猜怎么着？她配着配着就自己脱光了，跟那匹公马干起来了，结果被隔壁的狗蛋看见了，哈哈。"小花说得眉飞色舞的。

"你们怎么尽说这些黄段子。"小春有点听不下去了。

"真的有这回事啊，村里人都知道了，你不信问问他们几个。哪像你啊，整天待在大城市，怎么样，听不到这些黄段子吧。"小花不服气地回道。

"我不听黄段子，讲点别的事。"小春又打开一盒绿豆糕点心，递给众人。

"我来一段，"这边一位上了年纪的女佣说道，"就村里那个肉铺，那个张屠夫。他儿子在村里的小学读书呢。好像学到一个叫飞机什么的结构，学着学着就着了魔了，回到家里，自己弄了几个薄的木头片，然后把这些片片自己绑在身上，跑到村后头那个小山坡上，说是要试着让自己飞起来，结果怎么着？他站在坡顶上往前跑，跑到尽头就要飞，像鸟那样，结果当然是飞不起来，整个人滚到斜坡上，一路滚下去，滚到山坡下面，正好那坡底有一个粪坑，人就滚到粪坑里去了，哈哈。"

"人没事儿吧？"小春问了一句。

"人倒是没事儿，那个粪坑也不深，就是两尺多的样子。只不过呢，他这一滚身上还绑着木板，在粪坑里扑通扑通地出不来。折腾了半天，还是路过的人帮忙把他老爸喊过来，才把这小子弄出粪坑。那一身臭的啊。结果呢，足足有一个礼拜，没人敢上他老爸那个铺子买肉去，隔着一条巷子都能闻到一股臭味儿。"说得大家哈哈大笑起来。

用人们正说着话呢，就听到楼道里有人喊了一句："叶子，你快去啊，主人叫呢。"这边那个叫叶子的婢女急匆匆地站起来，伸了伸舌头："糟了，我忘了主人这会儿午睡应该醒了，我赶紧走，看样子又得挨骂。"几个人于是各自整理下衣裳，分别忙活去了。

21

鼓浪屿，郭家花园

鼓浪屿，郭家花园。

这天早晨，郭月和玉洁在饭厅里用完早饭，郭贺走了进来，向郭月说道："少太太，我今天去一趟厦门。园丁柱子跟我搭个伴。园林需要一些材料，鼓浪屿没有。我们两个要过去买一趟，头中午的时候走，应该下午三四点就能回来。"

"好的。你们自己路上小心。日本人在厦门岛张狂得很，到处抓人。"郭月叮嘱道。

"放心，我们会注意的。我们每个人都会揣上良民证，也不会再去别的地方，就几家店铺把东西买完了就回来。"

这天正好是周末，一听郭贺要去对面的厦门岛，边上的郭玉洁来了兴致。"郭贺伯伯，我跟你们一块儿过去。我都好久没去厦门了。"郭玉洁说。郭贺有点犹豫："小姐你还是在家待着吧，现在外面风声挺紧的，我怕有危险。"

"不会。我是本地人。怕什么？晚上黑夜我都敢一个人回家。"玉洁一脸满不在乎的样子。

"瞧把你能的。"郭月笑着回了女儿一句，转过来对郭贺说，"她实在想去，你就带着她走吧，小姑娘在鼓浪屿小岛上也憋了很长时间了。她几次都跟我埋怨说，已经有好几个月没看上电影了。"

"就是就是。"玉洁接过话头，"你们去办你们的事，我去看一场电影，等我电影看完了，你们事情也该办完了，我们再一起从轮渡码头回来。时间上不正好吗？"郭贺点点头："也好，不过小姐你今天出门，可不能到处乱跑，我送你到电影院，帮你买好票，你进去看完电影出来，我们就往回走。"

"可以，说定了哦。"这边玉洁很高兴地跑进房间换了一件衣服，随着郭贺、柱子，走出郭家花园。

厦门，中山路。

这是厦门市区最繁华的一条商业街，就在轮渡码头的边上。现在是日据时期，街道明显没有以前繁华。不过马路两旁，商铺大多也还开张着。大华电影院，就在中山路上。

郭贺领着玉洁走到电影院售票窗口，替玉洁买了一张电影票，递给玉洁："小姐，你把电影票拿好。"郭贺看了一下手腕上的手表，"现在离电影开演还有半个小时，你可以先进去。瞧，进门以后左边那有卖冰淇淋的，你可以买个冰淇淋吃。"

玉洁点点头："郭伯伯一会儿见。"

"小姐你记得，看完电影出来以后，我们就在电影院门口这个地方等你。你不能到处乱跑，一定要到这里和我以及柱子会合。"郭贺仔细叮嘱着。

玉洁点点头，拿着电影票，蹦蹦跳跳地朝卖冰淇淋的方向跑过去。郭贺和柱子掉个头，走到中山路的对面，那里有几家卖园艺材料的商铺，两人开始选购，他们今天要买的东西还不少，每个人都背着一个大背包。

现在是日据时期，厦门岛被日本人占领后，由日本军方管理，一海相隔的鼓浪屿属于万国租借地，并不在日本人的统治下，所以鼓浪屿的人过海来到厦门，需要带上身份证明，或者良民证，进出轮渡码头都要验证。因为是战时，鼓浪屿人平常都尽量不来厦门岛，免得惹事。今天郭贺和柱子难得过来一趟，便盘算着想把需要购买的东西尽可能地一次性补齐。

采买完东西后，郭贺招呼着柱子，在大华电影院斜对面街边的一个小食摊坐下，要了两碗米粉汤，一边吃着，一边等着玉洁。

大约过了二十分钟，电影散场了，看电影的人群陆陆续续往外走，郭贺和柱子连忙站起来，走到电影院的门口，不一会儿工夫，玉洁蹦蹦跳跳地走了出来。"郭伯伯。"玉洁朝两人挥挥手。

"电影好看吗？"郭贺拉住小姐的手，问道。

"好看。今天演的电影正好是我读过的小说改编的，还有声音呢。"早期的电影都是无声放映，郭贺在流传村天一信局前面广场看过几次，那是天一用来招待村民，请电影队来放映的，不过都是无声电影。"还有声音？"郭贺问道。

"是的，演员说话都听得可清楚了。不过是英文片，有中文字幕就是。"玉洁很骄傲地抬头看着郭贺，"下次过来，我带你去一起看吧郭伯伯，我可以帮你当翻译。"

"我可看不了那玩意儿，还是听戏好。我们赶紧往回走吧。"郭贺领着玉洁和柱子，一行三人沿着中山路街边的长廊，往轮渡码头走去，轮渡码头距离大华电影院也就五百米左右。

现在是下午时分，码头边马路两侧的行人道上没什么人。前面不远处就是轮渡口，岸边停靠着一艘汽轮，那是来往厦门和鼓浪屿的，每三十分钟一班。郭贺他们三人成一列前后纵队，散着步朝轮渡码头走去，玉洁走在最后边。

走到了离轮渡码头大概二十米的地方，玉洁看见路边有一个卖花生糖的小摊，便走过去蹲下来，想买两包花生糖带回去。郭贺和柱子走在前面，各自背上是满满的一口袋刚刚买的物资。几米外的地方，有两个日本兵扛着枪正在巡逻，郭贺他们没有注意到玉洁停下来，边上的这两个日本兵则看到了。

玉洁现在是中学生，穿着南洋女中的白色校服，梳着短发，一阵海风吹过，亭亭玉立的，活脱脱一副清新少女的模样。"呀哈。"两个日本兵互相挤了一下眼，走到玉洁身后："小姑娘，花姑娘。"玉洁正要掏钱买花生糖，突然听到身后一阵淫荡的叫声，抬头一看，两个日本大兵站在前面，她连忙把钱往地上一扔，撒腿就跑："郭伯，柱子哥。"

其中的一名日本兵紧追在后面："别跑，站住小姑娘！"

郭贺和柱子就在玉洁前面十几步远的地方走着，听到玉洁的喊声，转过身来，一看玉洁正慌慌张张地往这边跑，在她身后五六步远，日本大兵举着枪，快步地追赶着。"不好。"柱子喊了一声，把身上的背包往地上一扔，赶紧迎上前去，郭贺紧跟在柱子身后，两人就在日本兵几乎要追上玉洁的一瞬间迎面赶到，柱子一把抱住了玉洁，一边把小姑娘紧紧搂住，一边侧过身去，把玉洁推到身后。日本兵没想到突然间闯出这么两个青壮男人，一下子从原本嬉笑的模样，变得十分恼怒，忽地一下，把枪栓一拉："八嘎，干什么的？"

"老总。我们是鼓浪屿人，过来厦门岛买东西，马上就回去。"郭贺解释说，他担心碰上麻烦，赶紧掏出自己的良民证，递了过去，并示意柱子也把口袋里的良民证掏了出来。

当头的日本兵接过证件看了一眼。"她的呢？"日本兵指着玉洁。"这是我们两人的良民证。这小姑娘，因为她还小，跟我们过来玩耍，就没带她的证件。不过我可以作证。"郭贺求情地说道。

"没证？没有良民证不能走。"为首的日本兵凶狠地瞪着两眼。

"老总你看，我们都是本地人，就从鼓浪屿过来，现在马上要上轮渡回去了，您就高抬贵手。"郭贺拿出两块银元。

日本兵一把将郭贺递过来的银元打到地上："你们两个可以走。小姑娘的留下来。"说着，一把拉住躲在柱子身后的玉洁。玉洁原本有些紧张，这猛然地被日本人一把抓住，情急之下也顾不上许多，对着抓住她的日本兵手臂咬了一口，日本兵哎呀一声，疼得大叫起来。"你这臭支那！"说着抢起枪托，狠狠地朝玉洁头上砸下去。

刹那间，柱子猛地一伸胳膊，啪的一声，枪托被挡飞了，整支枪掉到地上。

后面的那个日本兵见状，端起带着刺刀的步枪，在柱子的胸前晃动着："你的大大的坏，敢打皇军！"前面的日本兵恼羞成怒，一手捡起掉在地上的枪，另一只胳膊夹住玉洁，把玉洁整个人悬空抱起，恶狠狠地叫道："花姑娘的，往哪跑？"

柱子见势不妙，忽地突然一下蹲下身子，躲过胸前晃动的刺刀，同时伸出右腿，嗖地快速踢出去，一下子踢到了正抱着玉洁的日本兵。这名日本兵猝不及防，一下四仰八叉地倒在地上。玉洁趁机挣脱了日本兵，跑向郭贺。

端着刺刀的另外一个日本兵见此状况，嘴里咕噜叫了一声"八格牙路"，猛地把刺刀往前使劲一捅，柱子正侧对着他，防备不及，刺刀一下子从斜侧刺中，明晃晃的刀尖直接插入后背。

柱子用双手死死握住枪柄，大喊一声："郭管家，快跑。"他用尽全身力气喊出这一句，紧紧缠着眼前的日本兵，不让他抽回刺刀。郭贺一把抱住玉洁，快速往前飞奔，跑上了马路旁的轮渡海堤。

这边柱子捂着被刺刀刺中的后背，倒到地上，鲜血噗噗地往外流。那个被柱子踢倒的日本兵从地上爬起来，捡起步枪，正往前追赶，眼见双方只剩下十几步的距离，郭贺容不得多想，紧紧抱住玉洁，砰的一声跳进海里。

22

流传村，天一信局总局

流传村，天一信局总局。

郭家各房各室，郭月的大嫂郑丽慧是一个另类。

郑家是官宦出身，其实也不是什么大官，她父亲原先在县政府当一名局长。因为父亲的关系，郑丽慧的哥哥在县里当上了警察局的一名领班。郑丽慧嫁到郭家以后，总觉得自己的娘家是当官的，很有一些颐指气使的派头，加上她老公郭亮也有很多毛病，好吃懒做，抽大烟，又在外面包养小妾，大多数的时间都不着家，郑丽慧的脾气也就越发暴躁。要么在郭府朝下人发脾气，要么就往她娘家跑，在娘家一住就是一两个月。郑丽慧的哥哥郑庆文不时地煽乎他的这个妹妹，说以前郭家财力丰盈，还能捞些好处，现在生意也冷清了，老宅那点家底也值不了几个钱。郑丽慧就不再指望这门姻亲能给她带来什么好处了。

郑庆文和他这个好虚荣的妹妹倒是很对胃口。郑庆文从小就是一副官家子弟的派头，喜欢支使别人，欺负平头百姓对他来说更是家常便饭。这次郑丽慧回到娘家，跟她哥哥在闲聊中说起这么一件事，郑庆文一下子嗅到了敲诈的味道。

郑丽慧告诉哥哥，天一信局在流传村的总局日常主事的是郭亮的堂兄郭诚，据她所知，郭诚最近费尽心机进了一批侨汇物资，从菲律宾通过第三方租用日本人的货船，走海路把物资运到香港，然后再从香港通过陆路从广东一路转运回来。郑庆文一听，立马来了精神："租用日本货船，那这可是通敌啊。跟日本人合作，天知道他们给了日本人多少好处。"兄妹俩一合计，觉得这是一个可以狠狠整治郭家的好机会，既为郑丽慧出一口恶气，还能顺带捞一笔好处。"妹妹这个事情你不要出面，你这几天就在我这待着，好吃好喝的，看我怎么去收拾他们。"郑庆文说道。

第二天，郑庆文带上几个警察，开着一辆卡车来到了流传村天一信局，指名要找郭月和郭诚。郭月正在老宅她的房间里整理衣服，郭贺匆匆走过来："少太太，可能有点事。前面来了一队警察。"郭月连忙放下手中的衣服，随着郭贺赶到前院。

这边只见郭诚已经被几个警察捆了起来，正往外走着。郭月连忙走上前去，打招呼道："嗨，亲家，您今天过来了？"

郑庆文其实心里很清楚，郭家真正的老板是郭月。可是郭月在乡里和县上都有很好的声望，他虽然这次来找碴，要替妹妹收拾一下郭家，顺便也想捞点好处，但也不敢太过得罪郭家少太太。于是他停住脚步，向郭月打了声招呼："郭月你好，你别怪我啊，我这个是公事公办。有人说天一的大经理郭诚私通日本人，县上的意思要把他抓回去问一下。"

"您过来先坐会儿吧，别着急走。"郭月转身对郭贺说，"你招呼那几位警察兄弟到边上的会客厅先歇一歇，喝点茶。"随后，郭月把郑庆文领上二楼办公室。双方坐定后，郑庆文把所谓的通日事件，按照他的编排，说了个来龙去脉。郭月也不着急，静静地听完郑庆文的陈述，然后缓缓说道："郑先生，我们是亲家，自然应当互相帮衬。您说的这个事情需要先了解清楚，怎么可以一上来就抓人？"

郭月停了一下，继续说道："您说的这件事情是去年间的事，因为自从战争打响后，东南亚，包括附近的厦门，都被日本人占领，所以航路不通，我们一直收到南洋华侨的请求，希望天一能想个方法，帮忙华侨们送一些物资回乡接济家人。我想您也知道，因为战争，这方圆几百里十多万户的侨眷家庭，都已经好几年没有收到任何物资，他们的生活困难得很。吕宋的天一信局也是为了帮助家乡的华侨家庭，只好租用一艘日本货船的几个货位，把一些物资运到香港，然后走内陆转运回来。那批物资的清单我这还有，可以给您看一下。"郭月从抽屉里面拿出一沓纸，"您看这就是那批物资的清单细项。"

郑庆文瞟了一眼清单，上面列明的是各家各户所收的物资名称、数量，以及寄送的南洋华侨名字，每一列的后面都有签收人签字或者手印。清单上出现最多的，都是民间的生活用品，例如布匹、奶粉、药材，还有虎标牌万金油。郑庆文把清单还给郭月："我们也是收到了举报，说是天一商号这次运送的物资，是通过日本人的渠道，所以我们需要问个清楚。现在是战争时期，我们和日本双方处于交战状态，如果和日本人有瓜葛的话，那就是通敌的事。"说完郑庆文瞟了郭月一眼，压低嗓门说，"好像这次运来的物资，不全都在这清单上吧，还有没列在这个清单上的东西，对吧？"

郭月顿时明白了："兜这么一大圈，原来为的是这个。"她在心里快速地思考着。

这批侨汇物资，除了华侨交付的商品以外，还有一些来自吕宋岛天一信局的货物。在郭老先生的安排下，吕宋天一信局特意给老家寄来了一批用于接济生活的物品，这里面包括布匹、白糖、奶粉、常用药品，还有一箱银元。这些物资没有列在清单上，当时是由郭诚负责签收，再通过郭贺的安排，存放到郭家宅院的地下室库房。这件事情做得很隐秘，郭府上上下下知道这事的就那么寥寥可数的几个人，而大嫂郑丽慧是知晓的。这下郭月明白了：敢情是出了内贼。

眼前的这个人，无非就是找一个名目，实际上是冲这些物资来的。郭月大致想好了对策，开口说道："郑先生，那批物资一五一十清清楚楚的，都写在这个清单里，除了南洋家父寄给我们郭家帮助接济生活的一点东西没有在清单上，要不劳您跟我一起去看看？"

见郑庆文没有作声，郭月接着说："郑先生，丽慧是我的大嫂，我也知道我大哥这些年做了一些错事，有些地方对不住丽慧，但是大家毕竟都是一家人啊，有什么事情都好商量，我也没有什么好瞒着你的。"说罢站起身来，"郑先生，我们一道去库房看一下吧。"

走出办公室，郭月叫郭贺拿上钥匙，带路去老宅地下室。郭贺原本试图劝阻，见东家态度坚决，也不敢再说什么。一行三人走出天一信局，来到了后院的地下室。郭月之所以坚持要这么做，她想清楚了，对付眼前的这个痞子，不放点血是过不去这关的。

郭贺把库房门锁打开，三个人鱼贯走了进去。这间地下室不大，也就二十平方米的面积，地上堆放着六七个箱子。

"都打开吧。"郭月吩咐道。

郭贺把每个箱子都打开，把地上一溜的木箱盖子翻开来，里面装的物品清晰可见，分别是布匹两箱，奶粉、砂糖、药品各一箱，还有一箱银锭。郭月转身对郭贺说："你到门口等一下，不要让人进来。"

郭贺点点头，走到门外，把房门关上。

郭月面对郑庆文："郑先生，您都看到了，这些就是家父寄过来的。所有的东西都一直没动。货物到了以后，我让人就放在这里，而且还特意交代不可以分到各房各室，因为这是留着在紧急情况下救急用的。"郑庆文默不作声，拿起一块布料，饶有兴趣地看着。

"您看这样好吗？"郭月提议道，"按理说呢，这批物资是父亲寄过来给我们的，父亲在大陆，只有我和我哥郭亮两个孩子，另外还有郭家各房各室的亲戚。我原本是想把这些东西统一留着作为家族应急的备用，现在看来还是把它按三等份分开了好。我想我们现在就把这批物资一分为三，我和我哥各一份，剩一份留给郭府各房。我哥呢，现在也经常不着家，家里的事情也没法跟他太多商量，属于我哥的那一份交给我嫂子调用处理，您看这样行吗？"

郑庆文没想到郭月如此实诚，他知道自己再不接话，怕是说不过去了，于是说道："这个我问一下我妹妹吧。"

"好的郑先生，"郭月继续说道，"不过您今天可能不太方便拿走，因为您还带着那些警察同事，让他们看到不太合适，您回头跟我嫂子说一下，哪天再安排人过来，把这些东西取走就行。我会交代管家，先把东西都分好，这一点，您尽管放心。"

郑庆文说："还是少太太慷慨大方也有度量，你哥要有你一半的智慧，那就好了，你不知道这些年我妹妹跟着你哥受了多少苦。"

郭月见这个事聊得差不多了，转而问道："那您看郭诚呢？"

"郭诚还是得带走的，因为这是上头交代下来的，我就这样空手回去，肯定交代不过去。你放心，我把他带走，会先拘留在县警察局的监禁室里，那里面的队长是我的把兄弟，我会交代他单独给郭诚安排一个房间，再安排一个警卒料理，不会让他受罪的。"

郭月有些失望："郑先生，还希望您能通融一些，让郭诚留下。大家低头不见抬头见的，再说我们其实就是一家人，事情做得太过，以后大家难免别扭。"

"放人我做不到。"郑庆文有点不耐烦地说，"我不把他五花大绑，不交到法院审判，就已经给了郭家很大的面子。我能做的就是让他处于监禁状态。至于人放或者不放，那得上面说话。"说着用手指往天上指了指。

郭月见对方没有再让步的口气，知道难以再协商出什么结果，只好把门口的郭贺喊进来："郭贺，你去把郭诚大经理生活上的东西都准备好，再叫上一个人，随郭诚大经理一起过去，全程照料好郭诚。"郭贺点点头。

郭月回过来对郑庆文说："郑先生，希望您能同意我的这个安排。既然只是调查，我们派一个人跟随照料，不算过分要求。"郑庆文犹豫了一下，最后点了点头。

当天，郭诚被郑庆文一伙人带回了县城。

半个月过去了，郭家托人打听到的消息是，郭诚一直被关在县警察局管辖的监禁室里，每天生活倒是正常，既不提审他也没有过刑，但就是不放出来。郭家找人塞了两次钱，每次得到的答复，都说是上面的意思，如果没有上面的点头不能放人，可是谁也说不出这个上面指的是哪个。当时中国的事情就是这样，如果有人想整你，拿上面说事是最好的理由，而这个上面到底是指哪个上面，除非你再花上一大把银子，或者你有通天的本事，不然人家就是不告诉你，把人这样悬在半空中，一来可以不断地敲竹杠，二来当官的可以将自己择得干干净净。

郭月为了郭诚的事，特地来到县城。她让郭贺事先疏通关系，找到县政府的一位黄姓主办，这人虽然不在警察局工作，但衙门之间，彼此都需要相互照应，所谓的不看僧面看佛面，尤其是像县城这样的小地方。郭贺与对方认识很多年了，几次场面上的事黄主办都帮过忙，当然每次郭家都给足了银子。这种做法在县城和乡村很常见，商家平常有什么麻烦事，只要不是特别重大的事件，找到一个说得上话的吃官饭的人，迂回一下，大家给个面子，送点银元，也就过去了。

让郭月没想到的是，刚刚郭贺见过黄主办，对方把郭贺给的一千大洋退了回来，说这件事估计办不成，郭贺追问再三，对方吞吞吐吐地说，是郑庆文授意的，说是铁定了心要整治郭家，让天一吃不了兜着走。黄主办还透露：这个所谓的通日事件，警察局根本没有立案，纯粹就是借口找碴。

"东西该给的给了，不该给的也让给他们兄妹俩了，还不知足，这实在就做得过分了。"郭月听完郭贺的叙述，平静地说了一句。

她决定去找一趟郑丽慧，至少，在对抗之前，把能够和缓解决的所有路径都尝试一遍，先寻求礼让和解，对抗是万不得已的最后一招，这是郭月的做事风格。

来到郑家，郑丽慧摆出一副热情模样："哎哟妹子，你可是少见啊，瞧你还亲自过来。上一次你到我们家，那还是我跟你哥结婚回娘家省亲的时候。"郭月笑笑说："你知道我平常不常到县城来的，也怪我腿懒，真是对不住。你父亲他老人家身体都还好吧？"

"他还好，就是自己天天在后院里打太极拳，要不就是拉二胡。"郑丽慧给郭月沏上一杯茶。

郭月接过茶杯，说道："你看你郭诚哥的这个事情还得请你哥或者你父亲帮帮忙。"

"能帮的我自然会帮助，这事我听了个七八分。其实这不能怪我哥呢，他只是按上头的指令执行公务。我爸爸你知道的，他现在已经退下来，估计也帮不上什么忙。按理说，郭家生意做这么大，有这么多的交际，应该能够找到上面的人帮忙，只要上头发一句话，把人放了，这事很容易就能解决的，你说不是吗？"郑丽慧端着一副十足的官腔。

"真是要找，也是能找到的，嫂子，有劳你了。"郭月瞥了一眼，见到郑丽慧身后地上放着几只箱子，正是几天前她领着郑庆文在流传村老宅地下室里看过的东西。郭月完全看透了眼前这兄妹俩的无耻，好处一定要捞足，还想把别人往死里整，她决定不再指望他们："我今天亲自过来，无非是想，不要把绳子系成死结。"

郑丽慧听出了这句话的分量，她抿着嘴，没有再说话。

离开郑家，郭月沿着县城马路信步走着，郭贺紧跟在后面，他知道东家这会儿要安静思考，便有意岔开五六步距离。县城规模不大，就几条主要街道，郭月现在走着的是一条商业街，也是县城的主街，街道两旁开着各种小店铺、餐馆，斜对面是一家戏院，再往前就是县政府衙门，县警察局，还有县中学。郭月终于停下脚步，等郭贺走上来，开口说道："看来得去一趟省城，你安排一下，我明天就出发。"

郭贺点点头："需要我和您一起去吗？"

"不用，这阵子事情多，你在家盯着，防止再出什么乱子。"

郭贺点点头："看来郑家是想拿郭诚大经理狠狠出一口气。"

"仅仅是出一口气倒也罢了，我们东西给了，礼数到了，他们还这样一直拖着，无非是想看我们的笑话。流传总局这么大一个摊子，郭诚不在肯定是不行的。"郭月回答道。

"欺人太甚。"郭贺愤愤然地说。

"要打就得把他打趴下。"郭月自言自语道。

郭月在省城待了两天，受到闺蜜蔡玉芬的热情接待。两天后回到县城，郭诚被放了出来。郑庆文因为滥用职权，被宣布从警局辞退。

23

厦门商业街，茶楼

厦门如今已完全在日本人的掌控下。

日本统治下的厦门，对进出港口的所有物资都有严密的把控。自从"九一八"事件以来，直到整个抗日战争期间，东南亚华侨一直是捐款捐物、支持国内抗战的主力军。厦门沦陷前，东南亚华侨捐助的抗战物资，有一大批是通过厦门港入境，然后再分发到内地，援助国内各地的抗日武装。自从日本人占领了香港、厦门、广州这些沿海港口之后，这些海上运输路径就被切断，国民政府只能依靠滇缅公路，从缅甸走陆路运输，运送南洋华侨支持内地的抗战物资。除了捐款捐物，东南亚华侨还组织了一个南侨技工服务团，由南洋华侨领袖陈嘉庚先生号召，招募爱国的华侨机工技师，负责滇缅公路的运输，这条路线也成了抗战时期国内接受海外援助最重要的一条运输线。但滇缅公路地处西南边陲，通过这条线路运输进来的物资，大致只能送达到中国的西南部地区，例如四川重庆，沿海省份几乎难以收到接济。

随着抗战进入中日双方的僵持阶段，除了军事物资外，各地的抗日联军最为缺乏的，还是医疗物资。天一信局在菲律宾的掌门人郭和中老先生，是菲律宾的华商领袖，一向热心发动抗日捐助，支持祖国抗战。前不久，福建的抗日联军通过秘密渠道联络到菲律宾华侨商会，希望商会能够设法紧急运送一些抗生素盘尼西林等药品，支持内地抗日联军。

货物很快筹集妥当了，但如何运到日本人占领的厦门港，躲过日本人的检查，这是一个难题。天一的郭老先生想了一个办法，他特意托人带回口信给女儿郭月，让国内天一准备进口一批铁罐奶粉到老家流传村，以这样的形式把国内抗日联军需要的盘尼西林夹在奶粉罐子里运进来。郭月知道这件事情的重要性和风险，所以整个安排都由她本人和郭贺亲自处理，除了他们两人，整个商号没有任何人知道底细，对外就说商号从菲律宾进口了一批奶粉，准备批发给各地的杂货店，用于销售。

这一天，厦门中山路的一间茶楼，郭月见到了郭贺多年的把兄弟朱茂山。朱茂山自从日本人占领厦门以后，就从警察局出来在货运码头当了一名工段长。他是一位坚定的抗日志士，暗地里的身份其实是内地抗日联军在厦门的联络员，这次经由菲律宾天一信局发到国内的这一批医药物资，就是朱茂山对接的。

郭月在郭贺陪同下来到茶楼，他们和朱茂山打了个招呼，三个人在茶楼找了一个角落的位置坐下。朱茂山说："郭东家，我代表云霄抗日联军，谢谢郭东家，谢谢天一的支持。"

"朱先生客气了。抗战是我们每个人的义务，早一天把小鬼子赶走，我们才能早一天安宁。"郭月转而说道，"一直记得朱先生曾经帮过我的忙，是我女儿的恩人，我应该好好感谢你才是。"郭月指的是几年前，朱茂山协助郭贺一起解救被绑架的玉洁的事情。

"您见外了，那件小事不值一提。"朱茂山连忙摆摆手。

郭贺在一旁给两位倒上茶水，说道："按照船期，这批货下个礼拜就会到港。进港以后有很多细节，我们需要仔细地商量好，不能出一点差错。这件事情的底细，整个商号就东家和我两个人知道，茂山兄弟你这边最好也不要把消息走漏出去，以免人多嘴杂。"

"这个你放心，我会特别注意的。"朱茂山点点头。

"好，"郭贺接着说，"让我们来梳理一下。一般常规货物靠岸以后，日本人把守的海关会做一个上岸的例行检查。这个步骤包括各种进口文件，商品的清单，重量数量，等等。然后货物会在日本人的监视下，先拉到我们的库房，贴上封条。第二天，再由日本人带上厦门海关的几个工作人员，有可能还会来几个保安队员，一起到库房验货。这一关最关键，因为验货的时候，他们是要开箱检查的。这一关如何混过去，决定了我们这次运输的货物能不能平安地送到内地。"

郭月问郭贺："我记得这次货物药品的比例大约是三分之一对吗？"

郭贺回答："是的。南洋那边在发货之前，特意在每个箱子外包装上标注了三个不同的生产日期。所以外包装箱统一都是奶粉，只不过会分别有五月七月和八月三个不同的生产月份，朱先生他们要接的这批带有药品的货物统一都放在标示生产日期为七月的这批奶粉罐子里。"

郭月点点头："那就是说，当他们来库房验货的时候，我们要避免让他们抽到有七月生产日期的这批奶粉罐。"

郭贺看到旁边有两位茶客走过，忙端起茶杯，不再接话，低头喝了两口茶水，等边上的人走远了，才继续说："是的，这批奶粉物资总共大约有两千个木箱。按照常规，两千个木箱，他们会抽查三到五个木箱。当我们把货物卸船装入库房的时候，怎么码放是由我们操作的，到时候我会在现场指导工人们怎么堆放。按理说，他们抽个三箱五箱是不太容易抽到我们夹带的这批产品的。更何况为了保险起见，即便是生产日期为七月份的产品，每箱有二十四罐奶粉，分四层堆放，最上面的一层也是没有问题的。所以这里设置的是双保险。第一层保险是我们尽量不要让他们抽到七月份标志的这批木箱。第二层保险是万一抽到这批物资，只要不是每一个罐子都打开的话，随便抽取，上面的奶粉也都是没有问题的。"

"他们是现场验货的，对吧？"郭月试图向郭贺确认流程。

"是的，他们都是当场开箱验货，因为每天要核查的物资很多，所以通常在我们库房只会逗留十几分钟时间。没有特殊情况的话，这就是一个例行公事的检查。"郭贺对于每个细节都了如指掌。

"好的，这一步不仅仅关系到大家辛辛苦苦，从南洋运来的这批物资能否安全地送到朱大哥他们手里，支持内地的抗日队伍，更关系到天一许多人的身家性命，一定要安排好。"郭月深深知道这其中的利害关系。

"少太太您放心，现场那边我会盯着，如果真的出现什么临时意外的话，我会相机处理。"

三人又聊了货物交接运往内地的一些细节，然后起身，分两路离开茶楼。

可是他们谁都没有料到，意外还是发生了。

24

厦门，天一库房

一个礼拜后，厦门，天一库房。

货轮准时到达厦门港，天一商号进口的两千箱奶粉也顺利卸货完毕，运到库房。第二天上午，两名身着海关制服的日本主管带着几个办事员，还有两个保安队的士兵来到天一库房检查。

郭贺提前做好了准备。他让库房所有的工人今天全部放假，只留下库房主事杨师傅。两人迎上前去，郭贺看到走在最前头领着日本人过来检查的，是一位身着西装的中国人，于是便趋前问候道："欢迎太君，欢迎各位先生。敢问先生贵姓？"

"我叫罗金一，是海关的验货主管，这两位日本太君，本田弘先生和端木先生，他们都听得懂中文。"打头的西装男一脸傲慢地说着。

"罗先生好，本田先生好，端木先生好，请各位到休息室喝茶用点早点吧。"郭贺做出请的手势。

日本人摆摆手：不喝茶，直接验货。郭贺点点头，就不再坚持请他们喝茶的事。西装男领着几个人来到库区存货处，指了指前面堆得小山一样高的货物："这就是昨天刚刚卸下来的那批奶粉？"

"是的。"郭贺连忙回答，并把一袋文件递了过去。他昨天特意交代主管要把木箱堆得很高，为此主管还与他争执了几句，觉得货物堆放过高，以后装卸不方便。

那个叫端木的日本人接过文件翻了几下，问身边的罗金一："这个货物以前来过吗？"

"来过来过。"西装男回答,"他们天一是专门做进出口的贸易商,出口主要是茶叶,进口方面,他们会进一些奶粉大米,还有东南亚的香料。"

"嗯,那你上去开箱检查一下吧。抓紧,我们上午一共要检查八家库房。"端木吩咐道。

"嗨。"西装男罗金一脱下西装上衣,爬到了货物的顶部。在上面挪了一下,觉得箱子太沉,就冲站在库房中央的杨师傅招了招手:"这位伙计你上来帮个忙。"

杨师傅一听,赶忙爬到货物的顶部,配合着罗金一挪开了几箱货物。罗金一拿出口袋里的锉刀,撬开了一只木头箱,从里面拿出两罐奶粉放在一边,然后对杨师傅说:"伙计,你把这几箱给我挪开,我要看下面的货物。"杨师傅顺着对方的意思,把顶上的几个木箱全部挪开了,罗金一指着下面的木箱说,"把这一层中间的那一个木箱放到货堆的顶端。"

杨师傅按照对方的指令做好了,罗金一又领着杨师傅,从货物堆顶部走到另外一处,同样让杨师傅把上面几层木箱挪开,再从中间取出一箱放到顶部。等杨师傅把这些都做完,罗金一自己蹲下来,逐一把上面的几个木箱都举起来,掂了掂分量,然后放下箱子,带着两盒铁罐奶粉,从货物堆的顶端爬下来,回到地面,把两罐奶粉递给边上的一个办事员说:"打开试试。"

办事员接过奶粉,拿出随身的小刀,把铁罐边缘的铅条撬开,露出里面雪白的奶粉粉末。罗金一递给站在一旁的两个日本人,端木看了看奶粉点点头:"好,我们去下一家。"

郭贺把几个人送到门口,低声问罗金一:"请问罗先生,货物的出门条什么时候可以给到?"

"我们回头再联系。"说完,一伙人坐上汽车,扬长而去。

郭贺和杨师傅反身走回库房,来到这一批物资堆放区。杨师傅站在旁边松了一口气说:"没想到这么顺利过关。"

郭贺皱了皱眉头:"杨师傅刚刚你在上面,那人掂的那几箱货物,分别是什么日期的,你再去看一下。"

库房主事杨师傅翻身再次上到货物堆放的顶部看了一遍，从上面对着郭贺说："有两箱是五月份的，有一箱是七月份的。"

"五月，七月……"郭贺自言自语念叨了一遍，接着说，"把东西按原处放好吧。"

这天下午四点多，郭贺还在库房里，突然来了一个人。

郭贺一看，正是今天上午带着日本海关主管过来验货的罗金一。这次他是一个人来的，不再像上午那样的西装打扮，换了一件衬衣。

郭月连忙站起身来："罗先生，您看您还特地跑一趟给我们送货物的出门条，真是不好意思。您快请坐。"说着就要张罗泡茶。

罗金一摇摇头，示意郭贺不用忙："你是管事的对吧，姓郭？"

"是的。"

"那好，找一个安静的房间，我要和你单独谈谈。"罗金一瞪着一对冰冷的眼睛。

郭贺心里浮起一丝不祥的预感，他连忙将罗金一引到隔壁的休息室，把门关上，一边沏上一杯茶，端给客人。

"这样，"罗金一说，"你们这批货是有问题的，我今天上午上去的时候就感觉到了。我每天要验收很多货物，有没有问题，我一眼就能看得出来。我对里面是什么东西不感兴趣，反正这里面不会全部是奶粉，因为每个箱子的重量不一样。"

"坏了，"郭贺在心里骂自己，"怎么就没想到重量的问题。"毕竟天一不是干走私的，以前更从来没有干过这种偷梁换柱的事，当时只想到把盘尼西林掺杂在奶粉罐子里混进来，可是没考虑到那些东西跟奶粉的重量是不一样的。箱子与箱子之间分量不同，有经验老到的人一掂量，就知道这里面装的物资不一样。

罗金一见郭贺默不作声，接着说道："我给日本人做事也是迫不得已，所以这个事情我们可以私了，现在这个货物的出门条就拿在我手上。"说完，罗金一拿出几张公文纸，在郭贺眼前晃了晃。

郭贺试图让自己平静下来，刚刚意识到的失误让他吓出一身冷汗，这会儿他明白了，眼前的这个汉奸单独回来，和他一对一说这个事，就是想敲一笔竹杠，而且看样子他没想到这里面装的是给抗日武装用的医药物资，他大概想到的是一些高单价的产品夹杂在箱子中，只是想减少一些进口的关税，这也是一些贸易商在进口报关时候经常使用的办法。想到这里，郭贺连忙顺着对方的话题，说："罗先生，谢谢您的帮忙，实在是做生意费用太多，不得已能省一点就省一点。那您看我们怎么孝敬您一下？"

对方把手伸出来，比出三根手指头。郭贺一看就明白，这表示他想要三根金条。

郭贺从椅子上站起来，来回踱着方步，假装犹豫思考，又从桌子上拿起算盘，拨弄了几下，最后走到罗金一面前，伸出了两根手指头，说道："罗先生，我们以后还会有很多需要您帮忙的地方，来日方长，这次就请您多多宽待一下。"

对方抓住郭贺的手指，将他伸出的手指头往外掰了一根，从两根指头变成三根，然后不再作声，看着郭贺。

郭贺仍然是一副很犹豫沉思的模样，沉默半晌，终于点点头："好吧，就这么定了，明天一早我把东西送到您那里。"

"不用明天一早，今天晚上七点钟我来取货，同时把出门条给你。"说完转身离开。

当天夜里，朱茂山安排了几十辆板车来到仓库，准备连夜将这批装有盘尼西林的货物运走。郭贺在库房等着他的把兄弟。

装好货物，郭贺把傍晚罗金一送过来的货物出门条交给朱茂山说："有了这些出门条，按理路上应该是没什么事了。不过这批货的数量不少，你要怎么运出去才安全呢？"

朱茂山说："我们想了一下，还是走水路更妥当。我在货运码头当工段长，那里有我们的人。我现在就把货先运到码头上，从那里连夜装船走水路往内地送。夜间有保安巡逻，所以这些出门条可以作为备用。"

郭贺说道："总共六百箱货，每一箱最上面的一层都是奶粉，当时是为了防备检查用的。如今这些奶粉随药品一起运走，可以给内地的伤员们做一些营养补充。"朱茂山点点头，说道："你务必要替我谢谢天一的郭东家，这批货真的是帮了我们大忙。现在内地抗日，最缺的除了枪支弹药，就是药材。我们有很多伤员，都是因为缺医少药得不到及时治疗，眼睁睁地看着他们死去。"

郭贺点头应允："我一定转告东家。今天过来之前，郭东家也让我转达她的两层意思，她嘱咐我告诉你，一是抗日是每个中国人的义务和责任，天一能做的事情有限，但只要有用得着的地方，我们一定会竭尽全力。第二层意思，东家一定要我再次感谢你协助救玉洁。"

"那件事你们东家还记着呢。那不就是咱哥俩晚上出去溜达一圈的事儿嘛。"朱茂山说得很轻松。

"那不一样，东家就这么一个女儿，这是她生命的寄托。我知道那件事对她有多重要。"

"你们东家真是不容易。对了，我听说她哥哥挺混蛋的。"朱茂山说了一句。

"这是郭家的事，我原本不该多说。其实东家的哥哥倒还好，就是东家的那个嫂子，还有嫂子的家里人，作恶多端欺负乡里，要不是因为碍着我为东家做事的这层关系，早就想找几个伙计把那个王八蛋给灭了。"郭贺一提到郑丽慧兄妹，就咬牙切齿的。

朱茂山说："天下不平事太多了。当务之急，我们主要针对的是日本人，只有把日本人赶跑了，恢复民族独立，才谈得上重建家园。"

郭贺感叹道："是啊，真是多灾多难。我们年轻的时候，报名参加孙中山的北伐军，说是要打北洋军阀。后来北洋军阀没了，民国政府在南京建都，我也没见着老百姓的日子好过起来。现在日本人打进来，全国都在焦土抗战，生意人的困难就不用说了，我跟郭东家多年，深深体会到她的难处。即便普通老百姓，又有谁能过上太平日子呢？"

朱茂山感叹说："我们中国人这么能干，怎么就总是盼不来太平盛世。郭贺你知道我在警察局那些年，看到警察局每天做的尽是欺负老百姓的事，一碰到日本人就认怂了。现在我为抗日联军当联络员，我从他们的身上感受到了满腔的爱国热情，青春热血和正义感。我相信这些人代表着中国的未来。"

"茂山你怎么一直不成家啊？"郭贺突然想起什么似的，换了一个话题说道，"你也三十多岁了，就这么光棍下去，不行的。"

"前些年嘛，先是当兵，后来去了警察局，忙得顾不上，现在我这身份，也不适合成家。"

"什么话，那抗日的人就都不要老婆啊，你这个想法太偏激。你跟我说说，想要什么样的女人？我们郭家可是有很多丫鬟。按照郭家的规矩，这些丫鬟们和郭家签订的是十年到十五年的契约，到期以后可以说媒婚配。你还别说，郭家的很多丫鬟不仅人长得端庄好看，而且从小被调教出来，待人接物那都是很得体的。对了，我倒是有个主意。"郭贺像想起什么似的，神神秘秘地说，"有一个人挺适合你的。"

朱茂山在一边把话题岔开："你别瞎点鸳鸯谱。不瞒你说，我现在的任务就是把这个联络员当好，给内地的抗日联军输送物资，传递信息，帮助他们把日本人赶出去，除了这个，别的暂时不想。"

"这个我明白，但是我脑子里面有一个人选。"郭贺卖了一下关子不再往下说。

"好吧，郭贺，我们就此别过。我这次会随船押运这批物资回内地，随后在内地待一段时间。希望我们后会有期。"朱茂山望着这位多年的把兄弟，不禁有些惆怅。

"后会有期，你一定要多保重。在这个世上，你是我唯一的兄弟，我不能失去你！"郭贺把手握成拳头状，往朱茂山前胸捶了一把。朱茂山伸出双手，紧紧握住郭贺，两人面对面站着，四目相望。

25

流传村，天一总局

天一信局二楼，郭诚办公室。

郭诚最大的兴趣就是茶叶，他的办公室有一张古色古香的纯木茶桌，四把椅子。这是专门用来泡工夫茶的。墙边的柜子上装满了各式各样的茶叶。郭诚一不抽烟二不喝酒，但是每天都离不开几壶工夫茶。用他的话说，不吃饭可以，但是要他一天不喝茶的话，那就六神无主，日子过不下去了。这会儿，郭诚一个人坐在偌大的茶桌前，沏着茶一边喝着一边发愁。

今年以来，整个天一的生意一落千丈，南洋那边受经济大萧条的影响，很多华人劳工失业的失业，减薪的减薪，天一信局在南洋各地的三十三家分店，已经有超过一半关闭，剩下的大多处于艰难维持状态。再加上战争的风声越来越紧，往返太平洋东南亚到国内的货船运输如今基本中断，这就导致天一今年以来的业务量只及往年的零头。天一赚的就是华侨信件代写递送以及侨汇物资托运的佣金。如今业务量少了，收入自然就同步下降。可是各种开销基本上还和以前一样，包括店铺的租金，伙计们的工钱，和各种日常费用。按照郭月的意思，要把外地的几个分号先关门歇业，渡过眼下的难关，可是郭诚心里总有点舍不得，觉得那几家商号都是刚开张不久，开业的时候费了好大的一番周折，好不容易把店铺开了，刚刚走上正轨，再把它们关掉的话，所有前期的投入就全部白白打水漂了。这是郭诚和郭月半年前讨论的事，当时郭诚不主张关店，郭月也就依了他的意见，没再坚持。郭诚现在想想，自己觉得很后悔："唉，当时就不应该硬撑着。"

这半年来，天一信局除了流传总局和厦门商号还能勉强维持外，其他的每家外地分局都严重亏损。营业最差的福州分号居然最近三个月没有一笔生意，整个就是坐吃山空的模样。

这边郭诚正在想着，有人敲门，郭诚抬头一看，只见泉州分号的黄平生经理走了进来。

"大经理。"分号黄经理点头问候，走到郭诚跟前，说道，"我今天特地过来跟您说一件事。"

郭诚招呼着对方坐下，给他斟上一杯茶。"是这样，"黄平生喝了一口茶，恭敬地把茶杯放回原处，说道，"上次在泉州的时候，我们那个竞争对手，华安堂，姓吴的父子，您还记得吧？"郭诚点点头。黄平生说："他们让我捎话给您，说想把店铺盘给我们，他们出手的价格很低。天一泉州开业时，我们原先商量说可以用一万大洋把这个店盘下来，他们现在开口只要五千大洋。"

"谁都难呐。"郭诚摇了摇头。这么一大摊生意，开口竟然只要五千大洋，这要是在几年前简直不可思议，"你知道我们仅仅泉州店开张筹备就花掉了将近四千大洋。"

黄平生点点头："今年以来做侨汇业务的都非常不景气，我们天一泉州所在的那条街，原来有七八家同行，现在已经关了四家，这个吴家在当地算是最大的一家了，除了我们天一以外，他们家的生意量最大。如果把它买下来，我们倒是少了一个竞争对手。"

"这会儿大家都是泥菩萨过河，自身难保，谁的账上还有闲钱去盘别人家的店铺呢？"郭诚叹了一口气，站起身来，走到柜子前面，取出一袋乌龙茶递给黄经理，"这事缓缓再说吧。平生你难得回来一趟，不忙着走。就在这住几天，也回家看看家里的老人。"这个黄平生是天一信局干了十多年的老员工，从学徒一路做起来的。他的老家离流传村大约五十里路。"代我问候你父母好。"郭诚吩咐道。

"谢谢大经理。"黄平生起身告辞。

送走黄平生，郭诚走到书桌前，拿起笔给郭月写信。现在厦门天一和流传村天一两地之间有自己固定的信差，每天负责传递两个商号之间的文件和小型包裹，正常情况下，当天就可送达。

> 郭月小妹，见字如晤。
>
> 近两个月来天一各个分号的业务状况，每况愈下，没有进账，亏损持续出现上升趋势。依此情况，天一财务恐将陷入危机。半年前您曾提出及时关闭外地分号的主张，我持异议，这是一个错误。
>
> 目前，唯有缩减所有开支，关闭外地店铺，裁减伙计，缓和资金困境，才可能渡过难关。天一泉州黄平生经理回流传村述职，谈到天一泉州的竞争对手吴氏父子有低价转让该商号的意愿。泉州现在的侨汇侨批业务，以我天一及吴氏华安堂为主，各占约百分之三十的市场份额，余下部分则由其

他商号拥有。在此困难时期，我方不宜考虑收购事宜，否则将进一步加重我们的资金困难，但我考虑是否可以把我方店铺以较低价格转让与对方，这样一来可以减少我们闭店的损失，也能收回些资金。您意见如何，盼指令。

郭诚把信纸叠好，放入信封，叫来伙计，让伙计将这封信通过内部信差送到厦门天一信局。

同一天，流传天一总局财务室。

会计领着郑丽慧坐下，泡了一杯茶，恭敬地递上："郭夫人，您别着急啊，您让我问的话，我跟东家，还有郭诚大经理都请示过了。他们的意思是现在天一经营状况不好，恐怕没办法借钱给您，希望您能谅解。"

"他们就会搪塞我。"郑丽慧愤愤然说道。

天一信局从郭有品开始立下的规矩，每年分红按照东六伙四，这是年度利润的分润原则，东家六成，经理和各位伙计们四成。东家年度红利的具体分配比例，则由执掌的郭府掌门人决定。郭月现在的做法是每年把属于东家名下的红利，一半留作公司的发展资金，另外一半则按照比例，分别分给郭月母女、郭诚夫妇、郭亮夫妇和其他各房各室的郭氏后人，当然其中占比最大的还是郭月和郭诚，因为他们两人是负责天一经营的。天一的会计年终算完账后，在第二年三月份按照郭月的指令，把上一年度的利润该留的留，该分配的分配，处理完毕，这一切都是由会计直接经手的。

郑丽慧这次是因为在县城看中了一处宅子，准备买下来，手头资金不够，几天前就跑到流传村的天一总局，她不想直接找郭月，就跟会计说了一下。会计听说她想预支两万大洋，当然不敢做主，把这意思上报给了郭月和郭诚。他们两人一商量，觉得天一信局从来没有对任何一个股东有过提前预借的先例，今年的经营状况不佳，生意一落千丈，账上的资金也很紧张，就没有同意。郑丽慧今天跑过来得到的是这个消息，自然是一肚子的不高兴。

当初嫁到郭家的时候，郑丽慧本想着进入这么一个闽南一带数一数二的大商家，自己可以吃香的喝辣的，享尽荣华富贵。没想到过门以后才发现郭家是一个日常生活控制得很紧的人家，加上丈夫又不争气，除了抽大烟赌博，根本就不想理会商号上的事，这些年变本加厉，常年就在外头和那个戏子泡着。对于他们娘仨完全是一副不管不顾的模样。日常生活方面，郑丽慧和两个孩子的生活开销只能依靠郭家每年发的这一点红利。红利本来是属于郭亮夫妇的，郭亮倒也还算仗义，他把每年分到的红利再分成四份，他取走一份，郑丽慧一份，两个小孩各自一份，他把自己的那份拿走，剩下的三份统一都交给郑丽慧。这些钱换作一个普通人家的日常生活，那是远远足够了，可是架不住郑丽慧手头松，虚荣心很强，喜欢买高档衣服首饰，下馆子大吃大喝，花起钱来从没什么节制。经常就是一年分到的红利，不到半年的工夫就花完了，剩下的时间就是到处伸手借钱，最常见的就是找她自己的哥哥接济。郑丽慧的哥哥郑庆文上次恶意扣押郭诚，受到纪律处罚，被从县警察局辞退。但龙溪是个小地方，架不住他老爸在县城有不少势力，一番周旋下来，又让他进了税务局这个最有油水的衙门。如今郑庆文是县税务局的一个小头目。这个职位不像警察局那样要外出捞钱，坐在办公室随手就能有很多油水。

从天一总局的会计室走出来，郑丽慧往郭府自己的房间走去。她一边走着，一边越想越生气。这么多年来，眼看着天一信局的生意越做越大，可是自己没捞着什么好处，一定要找个机会出出这口恶气。"等着瞧！"郑丽慧咬着牙恶狠狠地自言自语道。

流传，天一信局二楼，郭诚办公室。

第二天傍晚，郭诚收到了郭月从厦门寄来的回信。一算时间，郭诚知道郭月是在收到信的当天晚上就回复的。他连忙打开信件，上面写着：

> 郭诚哥：如晤。厦门这边业务情况大致与流传村及各地
> 分局类似。战争风声日紧，厦门又是沿海设防城市，日本人

控制得很严，各个港口现都已被日本军队占领，原先可以货轮自由进出的四个码头，有三个已被军方征用，只剩一个可供民用。往来的船只明显较往年少了许多。因为军队占领，不少居民陆续撤回内地，现在街上的行人不及往年的一半。

信中提到的关闭外地分店铺号，我支持你的意见，请你全权做主。时局艰难，我们唯有渡过此一难关，争取能够生存下来才是根本。泉州分号的事，关店可以，但我意不宜对外转让。一来天一信局的声誉会因为转让店铺受到影响，二来转让店铺，我们努力争取过来的客源，势必导致流失。在南洋的华侨圈里，大家彼此联系紧密。这种消息一旦传开，对于我们其他分号，其他商铺，包括天一在南洋运营各商铺的后续业务，恐将产生不良影响。我的意见，泉州分号以战争时期业务调整为由关门停业，所有服务的客人全部转到流传村总局，仍然采取原先的客户专员制度，每一位客户专员服务两百到三百客户。这样一来我们可以把这些客户接转到流传村总局，他们如有侨信及侨汇物资往来，我们天一仍然像以前一样从流传村派人处理，虽然会额外产生一些中间转送的路途运输费用等，但以此可以把这些客人维系下来，对天一长远发展是有好处的。

近期事务繁多，多多保重身体。

郭月　上。

四个月后，厦门鼓浪屿，郭家花园。

一楼书房，听到郭月叫唤，小春轻手轻脚地走到郭月面前："少太太，您有什么吩咐？"

"玉洁在干吗？"

"小姐正在书房里写作业呢。"

"让她学习吧，你去把我的账本拿来。"郭月说。小春应了一句，转身离开。

每礼拜要看一回账本，这是郭月多年养成的习惯。

最近这一年天一信局的运营情况变得非常糟糕。日本人封锁海面，东南亚往来的货轮基本停航，华侨寄往家中的侨汇物资也大多中断了。天一信局不得已陆续关闭了国内各个城市的分号，只剩下流传村的总局和厦门分号还在勉强支撑。天一国内各地原先有两百多名员工，裁减后现在只剩下不到三十人。流传村的天一总局如今也是基本处于半歇业状态，侨批侨汇业务几乎都停止了。除了信局业务一落千丈外，郭家的其他收入也非常不乐观，去年闽南地区闹旱灾，郭家名下几百亩田地都没有收成。

近半年来，从商号到郭家基本上没有什么收入进账，各项开销虽然几经压缩，但是信局和郭府各房开销加起来，每个月还至少需要七八千大洋。郭月一直在试图寻找解困的办法。目前战争的局势越发严峻，看不出短期内有任何缓和的迹象，对于靠运送侨汇侨信为主营业务的天一信局来说，航路不通，生意就无从谈起。现今每月亏损，日常运作所需要的花销，都是挪用过去几年积攒下来的老底子。生意场上不怕慢，就怕站，只要连续几个月没有入账，再雄厚的商号也支撑不下去。

虽然周围很多同行都陆续关闭停业，郭月到现在依然没有关掉天一信局的想法，她打心里舍不得。天一曾经是福建侨批业务的一面旗帜，何况自祖父用两条裈裤当水客替华侨在海面上跑腿送信开始，到她这里已经是第三代人。这些年过来，天一服务了几十万侨胞侨眷，养育了郭家上百号人，她实在不愿面对由自己将天一的轨迹画上句号的结局。

26

流传村，天一广场

流传村，天一广场。

这几天，天一总局楼门前广场聚集的人越来越多，都是邻近村庄逃荒的饥民。去年大旱，方圆几百里种田人家几乎都颗粒无收，政府还仍然按照田地征税，村民们饿死的饿死，逃荒的逃荒，不少村庄甚至于十室九空，只剩下那些走不动的老人和小孩困守在家，青壮年们大多外出逃荒要饭，或者打各种短工。

流传村是周围几十个村子里最富裕的村庄，主要是村里绝大多数人家都有亲人在海外，多少有些接济。但是自打日本人入侵，东南亚航道陆续被日本人封锁，所有的侨汇物资完全中断了，连信函都寄不过来，这一来流传村许多人家的外部输入被切断，只能靠家里的那点积蓄维持。都说坐吃山空，大多人家的积蓄也就能够维持三五个月，如今侨汇中断已经两年，再加上去年大旱，流传村人家的情况也好不到哪里去，揭不开锅的人家不在少数。

聚在天一信局门前广场上的这些逃荒的人，就指望天一信局这个大商号能够给一些施舍。按郭月的要求，天一在广场的一侧搭起了粥棚，每天固定有两小时的施粥时间，凡是前来讨饭的，每人一碗供应，过时不候。粥棚已经搭了半个多月。一开始的时候，每天有几十号人，后来消息传开，来的人也就越来越多。现在广场上大约已经聚拢了两三百号人，他们就在广场上安营扎寨，晚上就睡在广场地上，铺个草席或者干脆直接往地面一躺。由于人数越来越多，破草席碎纸片满地都是，很多人大小便就跑到广场边上的荔枝林里解决。几天下来，广场一带已经变得乌烟瘴气，臭气熏天。

搭建粥棚施粥的主意一开始是郭月想出来的，目的就是给无处逃生的乡亲们一点果腹支持。可现在的这个情况，变得不好收拾了。

郭月站在天一信局二楼办公室的窗口，往外望去，黑压压的几百号人有坐着的，有躺着的，有人围着打牌抽烟，更多的人正排着队等着今天中午的施粥。郭月对一旁的郭诚说道："郭诚，我们得想一个办法。也怪我当初只考虑能帮一下乡里乡亲，人家大老远跑过来，我们总得给人家一口吃的，可是没想到这人越聚越多。你看这些人，日子都过不下去了，生存的渴望高于一切。当他们知道在这里可以存活，就把这当成唯一的希望，这个时候你再想把他们赶走，很难做到，弄不好还会搞出人命。"郭月从鼓浪屿回流传村处理商号上的事，这次回来已经住了两个礼拜，耳闻目睹，都是难民逃荒的景象。

郭贺走了进来，小声报告："少太太，郭大经理，我听说今天还有一百多人正在往这里赶，这里聚集的人实在是太多了，要是有人闹起事来，我们可就难办。"

郭诚说道："你把后院的家丁们都调到前面加强一下，防止有些人急红了眼冲击大楼。"

"我这就去安排。"郭贺答应着，准备离开。

"不忙，既然过来了，我们一起商量一下吧。"郭月招呼两人坐下。

"要不我们给每个人发几个零钱，让他们走。"郭诚提议说。

郭贺有点犹豫："郭大经理这个主意好是好，只怕这样一来大家就会把天一信局当成一块海绵，谁都想在这里挤一点水，直到把这块海绵挤得不成样子。弄到最后，海绵里面的水分都被挤干了，还是不落好。"

"我有一个主意。"郭月清了清嗓子，突然说，"我们还是照样施粥，还是每天两个小时发放，但我们把施粥的地点改到村口。"

郭诚郭贺两人不约而同地抬起头来，郭诚赞同道："是的，我们就把这个粥棚放到村口，我们村不是有围墙吗？我们就设在村口的那个石头牌坊前面，凡是邻村几十里地的乡亲们过来讨饭吃，我们都可以给，但是不能进村。"

郭贺在一边补充道："村口那边是一条马路，人群从马路的东头走过来，吃完粥就从西头走，马路上是不能停留的，你如果停下来，就会把路给堵死了，后面人过不来，那排在后面的人肯定不干，这也解决了就地安营不走的问题。如此一来既达到了我们施粥接济的目的，又疏散了广场聚集人员，是一个好主意。"

"如果那些人堵在村口怎么办？"郭月想到了这一点。

"不会的，"郭诚说，"只要他们不进村，就不会对村里的生活造成干扰。再说村口的那条路是交通要道，如果有人在那边堵塞，政府也会出面管理的。"

郭月点点头，吩咐说："记得先向族长报告一声。"

"好嘞，我现在就去安排。"郭贺起身离开。

广场上，郭贺指挥伙计们，把今天的施粥活动做完，同时告诉乡亲们："从明天开始，我们的粥棚改到村口，请各位乡亲们互相转告。"众人拿着粥碗，纷纷道谢。

"还是你有办法，你总能够找到一个最妥当的解决方案，从小你就是一个遇事冷静的女孩。后来二叔带你在商号里当学徒，又去南洋培训，练就了特别强的洞察力和分析能力，这方面我真的是不如你。"屋子里只剩下堂兄妹两个，郭诚夸赞道。

"郭诚哥，你这是抬举我呢。我只是想做最好的，能够在不伤害别人的情况下解决我们的问题。如果仅仅把我们的问题解决了，但别人受到伤害，那一方面我们自己心里会觉得不安，另一方面受到伤害的一定会想办法找补回去。我是想，对这些灾民来说，他们并不想闹事，更不会作践我们的地方，人家只是想有一口饭吃。生意上的事有什么新动向吗？"郭月换了一个话题。郭诚是天一信局的大经理，日常事务大都由他协助郭月管理。

"我们天一在大陆总共有九家分号，到现在为止关掉了七家，只剩下两家还在营业，流传村总局和厦门分号。泉州分号上个月刚刚关闭，那个分号我特别地舍不得，因为泉州是福建最大的侨乡，开张以后我们的业务一直在上升，如果不是因为战事，那家店很有可能在业务量方面超过厦门。"郭诚一脸的遗憾，"人员方面，我们从流传村派往外地的经理主管们现在都回来了，泉州当地员工也都给了遣散费。对了，泉州店的主管他老母亲不久前去世，我们还特地额外支付了一笔安葬费。他们全家人都很感激。"

"那就好。这些撤回来的经理主管们现在忙什么呢？"郭月问道。

"现在他们倒是都没有什么事，一共有十来个人，这些人都是天一的老伙计。"郭诚说。

"这可不行，没事干发一份薪水，费用是小事，把他们养懒了，以后就不好再干活了，这个我们得想想办法。"郭月像是自言自语地说道。

27

龙溪县城

郑丽慧最后还是把她看中的这个宅子买下来了，是她哥哥帮的忙。郑丽慧从小就有一个特点，只要她看中的或者她想要的东西，就一定要想方设法弄到，否则她会寝食不安，到处摔桌摔椅。郑丽慧哥哥郑庆文知道她的这个毛病，当郑丽慧回郭家借钱碰壁之后，郑庆文便出手相助。

新买的宅子里，兄妹俩坐在刚刚布置完的新居客厅闲聊着天。"这回真是多亏哥哥，你一直支持我。"郑丽慧感激地对她哥哥说。

郑庆文回答道："你是我妹妹，这是没的说的。"

"我恨死他们郭家了，这口气非出不可。"虽然房子买下了，郑丽慧心里的那口气还是憋着，她觉得无论如何，要让郭家吃一个苦头，不能就这么忍气吞声。

那天在郭家借钱碰了一鼻子灰回来，郑丽慧就把这件事情跟哥哥郑庆文原原本本地说了。这会儿两个人喝着茶聊着闲天，都在想找个法子好好地整治一下郭家。郑庆文上次诬陷郭诚，本想借机敲打一下郭家，不成想郭月还是挺神通的，不仅打通关系把郭诚放了出来，还让郑庆文自己栽了个大跟头。一想到这，郑庆文就恨得咬牙切齿的。

"倒是有一个现成的机会。"郑庆文琢磨这件事已经有好几天了，见妹妹说起，便开口说道。

"你快说说。"一旁的郑丽慧连忙问道。

"你知道我现在负责税务局收税。税务局的主要收入来源就是各个商号交的税。天一信局是我们县最大的一家商号，它的纳税和征税本来不归我管的，是我们局里的另外一位同事。那人年初调走了，我可以把他的业务接过来，狠狠地敲郭家一把。"郑庆文给自己倒上一杯新茶，说道。

"那你能落到什么好处呢？"郑丽慧好像没有听懂。

郑庆文说："妹妹，这里的道道你就不懂了，我们税务局每个头头脑脑负责一块。每年征的税都是有基础任务的。完成了基础任务，我们就能从征收的税额里面拿到百分之一，作为奖金。如果超额了，那我们可以拿到额外奖励，最高可以拿到百分之五，这可是白花花的银子咧。"

"这么回事啊，难怪有那么多人挤破了脑袋，也要往衙门里钻。都说是清水衙门，外人谁能知晓这里头的道道。"郑丽慧不由得感叹说。

"那是。三年清知府，十万雪花银，不就是这么来的，你以为呢？这就是当官的好处，哪怕当个小官也比那帮乘着帆船，冒着被海浪卷走丢掉小命的危险，跑南洋谋生的华侨们强多了，这才是一个旱涝保收的生意。你想想看，顶着衙门的头衔，挣的是自己的钱，不听话就把你抓起来，关到牢里。你如果听话了，明年我还照样有收入，这是多好的无本生意啊。"郑庆文得意地说。

"妹妹，天一去年的收入是多少？这个你得跟我说一下。"郑庆文换了一副认真的神情。衙门对商号征收的税种有好多样，地方财政税是收入的十分之一，维持税是百分之七，还有道路建设税、剿匪税、印花税，等等，这几项加起来，仅仅官府的口径，就大约占商号年收入的三成。

郑丽慧说了一个数字。天一信局每年的收入报表，郭府各房掌门人是可以调看的。郑丽慧不久前因为想从商号借钱，特意把账本从会计那里调出来看了一遍，所以她对这个数字有印象。她当时多了一个心眼，将各项细账手抄了一份，说着，她拿出这份抄写的记录，递给哥哥。

"啊，还真是不少，怪不得是一块肥肉。"郑庆文点点头，微微闭着眼睛，动脑筋思考着。

"不过我知道今年商号的生意下降了七八成。"郑丽慧补充说。

"这个我们不管，我们征税都是以去年的营业额作为基数的，按去年的收入征税，如果商号不如实报告数字或者不全额缴交，那可就是税务欺骗，可以直接把股东抓起来，或者把商号给封了。"郑庆文恶狠狠地说。

"那你觉得这个事能干？"

"当然能干。这个事情干好了，给你买这栋宅子的钱，就算一笔勾销了。"郑庆文觉得好似有一块肥肉就在眼前晃动，一下子兴奋起来。他心里很清楚，如果按照刚刚妹妹报给他的数字征税的话，他个人可以拿到大约百分之五的奖金，那将是他有史以来获得的最大一笔意外之财呢，而且这是衙门内部约定俗成的，至多只要给县上几个大官们打点一下，外面根本无人知晓。

几天后，流传村天一信局的会计收到了税务局的一份公函，会计打开一看，是天一信局需要缴纳的年度税金，要求在十五天内一次交齐，否则将对商号进行查封。会计看完信件顿时傻了眼，赶紧跑上二楼，也顾不上敲门，直接推开郭诚的办公室："大经理不好了，不好了。"一边说着一边把信件递给郭诚。郭诚接过来一看，顿时觉得天旋地转，下意识地扶了一下桌子角，才没有晕倒。

函件列出了天一信局应缴纳的税金金额，足足比往年多出了一倍。郭诚连忙吩咐备车，他需要立即赶到厦门向郭月汇报。

当天傍晚时分，郭诚来到了天一信局厦门商铺，他一下车，就对迎上前来的郭贺问道："头家在吗？"

"在。"郭贺回答着，把郭诚让进店铺。

郭诚直接上了二楼，来到郭月的办公室，吩咐郭贺从里面把门关上，随即端起桌上的茶杯，咕噜咕噜连喝了几大口。"大灾难来了。"说着便掏出收到的那封信，递给郭月。

郭月把信接过来看了一遍，默不作声地交给站在一旁的郭贺。郭贺看完狐疑地说："他们怎么能把我们生意上的来往底细摸得那么清楚？您看，这里列出每个月的收入，细到每个分局交过来的钱，这上面都写得清清楚楚。"

"我也注意到了，这不应该啊。"郭诚在一旁喃喃自语道。

"这些都不重要，关键是钱我们不交肯定是不行的，随便找一个借口就可以把你的商号给封了，可我们根本就拿不出这么多钱。"郭月有些犯愁。

"摆明了，就是想敲竹杠。"郭贺斟酌着问，"少太太，要不我明天就动身到县城去打听一下，活动活动？"

"先等等，这个事情得全盘地想一想。这样，郭贺，你先把郭诚安顿下来，我要一个人静一静。明天上午八点，我们在这个办公室讨论决定。"郭月说道。

"好的。"郭诚叹口气，摇摇头跟着郭贺走出办公室。

下决定的时候到了。

郭月一个人在办公室来回走着，试图验证自己的想法。这一阵子，关于天一信局的去向，郭月一直在心里盘算着。从中学毕业，随着父亲做学徒开始到逐渐掌管天一业务，郭月已经在天一信局干了十多年，亲身经历了天一这些年来的风风雨雨，伴随天一的成长和扩张，也经历过天一的曲折与挫败。和很多意气风发的同龄人不同，郭月经历过这些年的风雨锤炼，早已成为一名心智成熟、判断准确、思维缜密的年轻女东家。她心里很清楚，在中国做生意，市场大小，服务好坏固然重要，但最关键的是大环境。中国有句俗话说，胳膊扭不过大腿。这些年来，整个大环境恰恰是一年比一年差，前些年说是国民革命军北伐，要打北洋军，部队开支的军饷都摊派到商号的头上。接下来就是省内军方，政府方，强盗土匪……几路人马走马灯似的转来转去，今天谁掌权就发一纸公告，征税上缴。不到半个月，又换了一拨人，前面的税收自然作废了，再重新征一把。最近几年，日本人占领中国，从东北打到北平，再从北平占领南京，占领上海浙江，占领厦门。流传老家一带现在是前线，政府军一方面紧密部署防守，另一方面在做着撤退的打算。这样折腾下来，苦的自然还是商家。生意受影响不说，各种势力都轮番来找你征税。构筑工事，军人驻扎，找商家要钱。政府撤退，衙门转移，那更是趁机要捞上一大把。面对这种场景，郭月觉得天一信局就像一个大水桶，生意减少意味着往水桶里面注入的水少了，而各种税收越来越多，就好比水桶底下凿开的漏洞越来越大。如果注进来的水和水桶底下漏出去的水大致相当的话，这个水桶的运作还能正常维持。现在的问题是，水桶上方几乎不再往里注水，而水桶下面漏水的孔却是越开越大，眼见着水桶的水位不断降低，马上就要见到桶底了。

依郭月的判断，当下的这种局势短时间内是不可能改变的。一方面，在中国各地，日本人长驱直入，战火越烧越旺，民众生活受困，生意自然也就萧条。南洋局势吃紧，也没有那么多侨汇物资来往。另一方面，借着战争，衙门的人变本加厉地利用机会发国难财，他们捞钱的紧迫感随着战事的逼近更为疯狂，生怕现在不狠命捞，明年就捞不着了。以战争的名义向商家摊派的各种税金、税收名目已经多得连会计都记不全了。上次会计在向郭月报告公司财务情况的时候，说到需要交的各种税，当时会计说不上来，郭月还责备过他。后来会计苦笑地掏出他整理的一张税收名目表递给郭月，解释说，这里面有好几个名目，都是上个月才加的。郭月接过来一看，上面林林总总的有几十项，像壮丁税，这种莫名其妙的名目是说商号有多少成年男丁在职，就得按照比例缴纳一定的壮丁税。还有一些名目，郭月根本搞不清楚究竟是怎么回事，例如这个绳子税，会计解释说，所谓的绳子税就是说你商号的货物进出用绳子捆绑，依照使用了多少根绳子就要缴纳一定的税收。当时会计在一边补充道："不仅仅是商家，个人现在的税收也是越来越多了。以养猪作为例子，农民买了一头小猪仔回家养，要交猪仔税。把猪放到竹篮里面，要交篮子税。等到猪养大了，把猪赶到屠宰场找人杀了，要交屠宰税。如果是一头母猪在没有生下小猪仔之前被杀了，那还要交猪母税。一头生猪从买小猪仔养到大，天知道各种税收有多少。这里有多少是真的派上用场，又有多少被军阀官吏贪进了自己的腰包。"

眼下这张收税公函只是冰山一角，这种状态目前看不到任何改变的希望。而现在天一的困局是业务量没了，各地的分号也都陆续关闭，剩下流传村总店和厦门分号还勉强地支撑维护着，今年一定是个亏损的年份。眼前的这张税单用的是去年的生意额进行摊派，按照今年生意下降的比例看，哪怕把天一全年所有的收入一分不少地交上去，也凑不够这个数。

郭月之所以制止郭贺去打点关系，找人疏通，是因为她心里很明白，这不是某个人的问题。今天可能你的商号倒霉，碰上有人故意整你找你的碴，但是从本质上这个衙门的机制支持的就是这种运作。你即便躲过了今天，谁又能保证下个月不会有更大的麻烦找上门来？

关掉吧。一个声音对自己说，关掉是眼下最明智的做法。

其实最让郭月下不了决心的，是天一信局这个牌号。天一从祖父创业开始，如今到她手上已是第三代，多年来服务了千千万万的侨胞，也把天一的信誉做成了国内侨汇业务中响当当的一块牌子。前段时间，英国的报纸还把天一称为中国邮政的鼻祖，因为天一比后来清政府的大清邮政还早了十多年。这么一个几代人辛苦打拼下来的招牌在自己的手上把它关掉，郭月总觉得愧对先人，这也是郭月这阵子一直十分犹豫的主要原因。今天的这份税收函再次把这件事情推到了郭月面前。"是生存还是面子？"郭月自言自语道。

这天晚上，郭月失眠了。去女儿玉洁的房间道过晚安，郭月回到自己的卧室，一直辗转无法入睡，几十年来天一商号曾经历的那一幕幕场景，电影似的在眼前清晰闪过。

终于，她还是下定了决心。

第二天上午，郭诚和郭贺准时来到郭月的办公室。郭月已经在办公室等着。

郭月对郭诚郭贺说："你们二位收拾一下，备一辆车跟我回流传村去，今天中午就走。郭诚哥，你把厦门这边商号的事情跟这里的经理交代一下。郭贺，你回一趟鼓浪屿跟小春交代一下照顾好玉洁，告诉小春我们回一趟老家，两三天以后就回来。"两人点点头，各自安排去了。

中午过后，三个人依次上了轿车，朝流传村疾驰而去。

大约一个多小时的时间，轿车在郭家大院楼前停下。郭月吩咐郭贺："你通知一下，把我大伯、三叔、我哥郭亮一起叫来，包括你们二位，两个小时以后我们在郭氏的家族祠堂见。"

郭诚感觉到可能要发生点什么，但他见郭月没有细说的意思，便不好再往下追问。

下午，郭家祠堂。

郭家祠堂位于天一大楼北楼一层的东北角。正中间的八仙桌上方高挂着郭有品的相片，桌上供奉着郭有品的牌位："郭姓有品之灵位"，在他牌位的右侧，放着一件布质的褡裢。这是当年郭有品做水客走家串户向侨眷发放信件所用的随身布包，作为郭家早期创业的象征被保留下来，放在祠堂牌位边上。郭月和郭诚，以及各房各室的掌门人齐刷刷地一排站好。每人手里拿着三支点好的香火，一起跪下来，朝着郭有品的牌位磕头致敬。

郭月跪在地上，面对墙上的祖父画像说道："祖父在上，孙女郭月率郭府各位叔伯兄弟在此禀报：天一信局自祖父辛勤开创以来，历经数十载风风雨雨，赖祖父神灵护佑，天一和郭府全家可谓在困难中求存。如今国难当头，战事纷起，民不聊生，天一生意一落千丈。更不堪衙门横征暴敛，税负之重，实在难以承担。为保祖父创业立下的以信为本的信条不受玷污，更为了郭家一众人等的平安生活，孙女郭月在此泣拜并禀告祖父，决定即日起关闭天一信局在国内所有业务。天一与各商家客户的往来账款，天一经理及所有伙计的遣散安置，孙女将妥当处理。孙女同时还将把天一信局的旗帜招牌印章保留在孙女身边，时刻小心看护，待时局好转东山再起。孙女不孝，未能将祖父和父亲开创的事业承接永续，请祖父的在天之灵责罚。"说罢，郭月从口袋里拿出一把小剪刀，剪掉自己的一撮头发，恭恭敬敬地放到郭有品的牌位前。

两边跪着的郭家各房各室的掌门人听了郭月对着牌位说出的这番话，都很吃惊。郭月领着众人把手中的香火插到牌位前的香炉里，说道："我们到隔壁房间去说吧。"领头走到隔壁的休息室。

"大伯、三叔，郭亮、郭诚哥，各位叔伯兄弟，这几天我考虑再三，我们只能关闭天一商号，现在的局势在座各位都很清楚。"郭月开口说道。

郭家的各房各室，除了郭诚一人外，其他所有人这些年都没有介入经营，只是每年领一份东家的分红。天一眼下的困境大家也大致了解，各人都没有表示异议。郭月接着说："商号账上的余款，把来往的应付款结算完毕，还有给伙计们的遣散费，余下的我请郭诚牵头造一个册子，用以前规定的比例为基准，把账上所有的余款分给各房各室，分配之前我请郭诚提前把明细交给大家过目确认。我本人一分钱不要。既然天一在我手上停业，无论如何我都负有责任，所以我不参与这次的分账。"

这边大伯拉着郭月的手说："小月，这些年整个商号都是靠你支撑的，其中有多少辛苦，我和你三叔都看得很清楚。我们兄弟三人除了你父亲从小有经商的头脑以外，我是老实本分人家，没上过学，不识字也不懂得生意，你三叔因为身体不好十多年前从南洋回来，就一直在家养着，商号的事情我们没能帮上忙。天一先是由你父亲打理，后来就交给了你。这些年，我们都只是坐收分红，大家手上多少还是有些积蓄的。现在决定关门停业，固然是个不好的消息，但你千万别为难，更不用过于自责。都说每个人生死有命富贵在天，我想商号也是一样的道理。既然你做了这个决定，那就把善后工作做好。"

郭月点点头："谢谢大伯，三叔。"

28

流传村，天一总局

流传村，天一总局。

天一商号现在还有三十多名员工。按照郭月和郭诚商量的结果，留下五个人，分别是会计，从上海和泉州分号回到流传村的两位经理郭怀仁、黄平生，库房主事李职，和一位跑外勤的老信差。这位老信差在天一信局四十年多了，他加入的时候才十四岁，从跟随创始人郭有品开始，一路经历过来。

需要裁撤的人员郭月都按照丰厚的遣散标准做了安排。每个员工今年全年的薪水照发，再根据各人在天一服务的年限以及职位，分别给予一笔安置费。郭月还特意叮嘱郭贺提前给每个人准备好一个礼包，里面包括郭月亲手做的郭氏米糕，还有一些当地的土特产。

现在剩下的这几十位员工大多在天一供职都有些年份，大家依依不舍，对东家准备的这个遣散费用，也都感到满意，陆续收拾好各自的行装，踏上了回家的归途。这天上午，郭月早早地就来到天一信局门口，逐一送别最后一批离开的人。

几天来郭月总觉得心里很不是滋味，一想到大家辛苦创下的这么一块招牌，如今要在自己的手上葬送掉，就感到仿佛无数根针刺在她的身上，钻心地疼。别人都说商家风光，做老板很得意，只有身在其中，才知道心里的这份苦涩。痛心归痛心，郭月心里也很明白，以当前困难的局势，如果再硬着头皮支撑下去，局面只会越发难以收拾。当退则退，才是明智之举。

最后一批伙计们送走后，郭月走进大厅，平常热热闹闹、人员穿梭来回的偌大的一栋办公楼，如今空空如也。郭月让郭贺把各个房间收拾好，除了留下仓库库房、会计室和二楼的两间办公室以外，其他都分配给郭府的各房各室，让他们用作自己的储物间。郭月走到二楼的会议室，望着墙上那块"以信为本"的牌匾，静静地站了好长一会儿。

郭月已经连续好几个晚上失眠，她一直在反省自己的这个决定是否正确。虽然说是情势所逼迫不得已，但毕竟几代人的经营，如今就在自己的手上按下停止键，天一这块曾经被无数人传诵过的中国民间侨汇第一招牌，如今谢幕了。就像送别一个朝夕相伴的亲人，一个鲜活的生命在自己的眼前就此逝去，郭月心中有无限的惆怅和不舍。她搬过来两把椅子，跳到椅子上，轻轻地把"以信为本"的牌匾摘下，抱在怀里，走出会议室，进入自己的办公室，再把这块牌匾挂到正对着自己办公桌的墙上，再一次在心中念叨着："祖父，父亲，原谅我的无能。"

办公桌上摆着几个本子，上面是流传天一信局近些年来经手过的各个侨汇物资递送的客户花名册，郭月拿起来翻看着，一幕幕的景象，一个个熟悉的名字，熟悉的地址，回忆像一片开了闸的水流，缓缓流过她的心间。

这个郭春妹是本村人，郭月小时候的玩伴，她父亲在菲律宾橡胶园当工头，每次寄东西回来，总要给女儿寄上一些玩具。郭月那时还小，每次看到郭春妹的包裹过来，就会跟着商号发放物资的信差，迫不及待地把包裹送过去，因为郭月心里很想看看这次春妹拿到的是什么玩具。

那边陈大发是邻村的一个客户，三兄弟都在马来西亚经营一家中餐馆，特色的商品是肉骨茶。肉骨茶是华侨到东南亚以后，根据东南亚的香料和中国人的饮食习惯研制出来的。陈大发因为是做肉骨茶的，每次寄东西回来，总要捎上几包自己调制的肉骨茶香料，郭月沾了天一的光，有好几次在陈家老宅吃到这最正宗的肉骨茶，那味道可是香飘半里。如今这一切都成了记忆。陈家的肉骨茶以后还怎么寄回来？郭月心里很不是滋味。

决定把国内的天一商号关闭前，郭月曾经写信给父亲，后来又打电话和南洋的父亲聊过。父亲理解她的苦衷，支持女儿的决定。同时父亲也告诉郭月，如果这边没事做，可以带着她女儿玉洁到菲律宾去。但是郭月不想这么做。一来自己故土难离，郭月已经习惯了这片土地上的生活，她不想远赴他乡，客籍在外。同时她也知道父亲在南洋另有妻室，她不愿掺和到这中间。郭月的想法是，把眼前天一商号的事情安顿下来以后，她希望能够专心地陪伴女儿。女儿现在已经上中学了，各方面都需要人照料，她从小没有父亲，郭月刻意地要去弥补这份缺憾。虽然说有婢女和仆人在身边，但那只是生活上的照料，更多心灵上的陪伴，学业上的辅导，那是下人们做不到的。这些年，虽然女儿跟自己一起生活，但是郭月大多的时间都花在商号的经营上，没有多少时间陪女儿。有好几次女儿作业的难题要问郭月，郭月也答应了，但后来实在错不开时间，只好找家庭教师帮忙解决。还有几次学校的家长会，郭月出差在外，也只能缺席。郭月每每觉得对于女儿有一份歉疚，因为母亲的陪伴是天底下无可替代的东西。如今把店铺关了，郭月决心要把大部分的时间留给女儿。

郭月再次拿起桌上客人的花名册，翻到了最后空白页，她从抽屉里取出当年天一大楼落成时管家郭贺赠送给她的钢笔，用正楷写上：

> 天一信局，祖父郭有品先生创立，父亲郭和中先生接手，再转由本人郭月经营。历经五十载，于今天因时局混乱，经济萧条，战乱频仍，郭月决定关闭天一信局，以保天一信诚不受亵渎，郭府家人平安。愿天地知我心。岁月流逝，记载永存，立此为证，是功是过，后人评说。

在这一页的下方，郭月工工整整地签上自己的名字，并拿出印章，盖了上去。

这一页结束了，无论如何，要让自己轻松起来，郭月把桌上的几个本子整齐地收拾好，站起来，伸了伸腰，最后一次深情地看了几眼这熟悉而充满记忆的办公室，把门掩上走下楼梯。

一楼大厅处，一位小伙子蹲在一边等着。见郭月走下来，连忙站起身来打招呼："郭头家好，我是顺子。"

郭月连忙回答："小顺子，你好啊。我记得你。"

"是这样头家，我想在天一留下来。"看样子这个人已经在大厅等很久了。顺子说："我刚刚跟经理打听了，想找您一下。经理说您在办公室，我就没敢上去打扰您，心想就在这里等您。"说完，他从身上掏出一个布包递给郭月，"头家，这是天一给我的遣散费，我不要。我把它交还商号。我是一名孤儿，十六岁来天一做学徒，已经有六七年的时间了，我知道天一现在结束经营，也给了大家遣散费，但是我不想要这些钱。我一个孤儿也无处可去，就想恳求头家能否容我在天一待下来，干一些打杂的活，做什么事都行，我也不要薪水，只需要有一口饭吃，有个地方住就行了。"

"那怎么好？"郭月说，"小顺子，其实是我们商号对不起大家，本来大家在这里做事都做得好好的，如今商号决定关闭，也影响了大家的生计，所以这点钱是给每个伙计补偿用的。"

"我知道商号对伙计们很好，这样的遣散费在方圆几十里所有的商号里从来没有听说过。最近关闭的商号很多，天一给伙计们发放遣散费，这个事情都传开了，大家纷纷夸天一的伙计命真好。哪怕商号倒闭了，每个人都能够拿到一笔钱。不像外面有很多商号，连伙计们的正常薪水都要克扣，更别说遣散费了。"顺子一口气说道。

郭月点点头："谢谢大家的美言，其实我们这也是万不得已的下策。"

顺子接着说："我很熟悉天一里里外外的事情。我是从学徒做起的，各种杂活，跑腿的活我都能干，所以恳求头家让我留下来吧。真的，我再向您保证一遍，我不要薪水，不要一分钱。"

郭月知道眼前的这个人六年前十六岁的时候，来到天一应聘，开始是当学徒，后来做了信差，这两年转到侨汇物资部做助理工作。如今外面乱得很，他是一个外乡人，又是孤儿，真的没什么地方可去。想到这里，郭月说："小顺子，你一定想留下来，这是我的福分。给你的这笔钱，是商号的一点心意，你把它拿好。你留下来的事我跟郭诚大经理商量一下，看看能不能做一些安排。"

"谢谢头家，薪金方面我不要，我不要薪水。"对方固执地说，"只要有一口饭吃就行了，我真的不要钱。"说完以后，朝郭月深深鞠了一个躬，转身离开。

29

鼓浪屿，郭家花园

1941 年 10 月，鼓浪屿郭家花园。

再过两天就是中秋节。本来这是一个很热闹的传统节日，但凡鼓浪屿的大户人家们总要提前挂出花灯，各家店铺也会早早地推出各式各样精致的月饼点心。闽南有中秋猜谜博饼的习惯，岛上的公园，一年一度的中秋猜谜灯节往年都聚集很多岛内赏灯猜谜语的居民们，还有更多人从厦门岛乘渡轮过来凑热闹。不过今年的景观大不相同，大多数人家都不再花心思准备什么花灯，公园的中秋猜谜活动也取消了。近来战事吃紧，整座岛屿弥漫着一股肃杀的气氛。

郭月坐在客厅的沙发上，喝罢咖啡，起身走到墙角的收音机前，拧开了开关。

"这里是中华之音海沧站播报，现在播报新闻。自厦门岛沦陷后，鼓浪屿作为万国领地，日本军队不敢轻易进犯。岛上聚居着大量来自各个国家的侨民，外籍传教士，商贩和西洋退休人士。近期战争风声一天天紧张。据消息透露，日本驻军正在计划占领鼓浪屿。

"本台记者了解到，鼓浪屿市面近期物价飞涨。原来一角钱就能买到一斤鸡蛋，现在涨到三块钱，大米、蔬菜价格都是几十倍地往上涨价。药品严重短缺。

"英国远东军加强对香港的防御。香港远东军总指挥约翰少将表示，英军将加大对全岛各防御公事的修筑，保证港岛能够有效应对可能发生的日本军队的攻击。

"据南京方面消息，国军赴缅甸远征军已经顺利集结完毕。正在向缅甸边境挺进。孙立人将军表示远征军的目的是与驻缅同盟军协同作战，保障中国西南后方的物资供应。据报道，国民政府派遣特使，前往华盛顿协商驻缅远征军军事物资的补充供应。"

郭月把收音机关上，喊了一声："招娣。"

"太太您叫我？"小春应声走进客厅。

郭月这才反应过来，自己已经好几次叫错人了。招娣是十几年前买入郭家当婢女的丫鬟，那时候她才十四岁，一直跟着郭月。招娣和小春是同乡，小春还是在招娣进了郭府几年后介绍进来的，给玉洁当婢女。招娣话不多，和性情开朗的小春大不相同，而且招娣比较贪吃，有时候会偷吃东家的点心、水果，这个事情被管家郭贺发现，罚了她几次，郭贺也提醒过少太太郭月。

大约十天前，招娣说要外出买点东西，去了鼓浪屿菜市场，就再也没有回来。后来菜场的一个卖菜老伯（郭家是他摊位的老主顾），捎了个口信回来给郭府，说招娣跟着一个男人跑了。听到这个消息，郭贺非常生气，当时就要去招娣的老家找中保人。因为像招娣这样的丫鬟是郭府花钱买下来的，立有契约，还有中间人作保。主人一次性支付丫鬟的父母一笔款子，使用期十五年，除非主人让你走，不然的话在这十五年内就得为主人服务，相当于主人家提前支付给丫鬟家庭十五年的费用。这种买卖在民间是合法的，而且都有中间的保人作保。丫鬟如果中途跑掉，主人家可以找到保人，追究对方家人的责任。

郭月没让郭贺这么做。她觉得招娣虽然有些毛病，毕竟跟了自己这么些年，现在兵荒马乱，郭家的生意几乎都中断了，事情也不如以前那么忙。再说招娣二十多岁了，早已经到了嫁人的年龄。当地乡人结婚早，女孩子家十八岁就出嫁是很通常的做法。按照郭贺打听来的消息，招娣跟着跑的男人是菜市场里的一个挑夫，也算是一个归宿吧。现在鼓浪屿被围，很快要被日本人占领。这个时候，招娣自己跑出去，虽然不义，也是人之常情。所以郭月再三阻止了管家郭贺去追究招娣家人的念头。

郭月这边正在琢磨着，郭贺走了进来。他今天上午刚刚去了一趟厦门。"少太太，我得到确切消息，日本人马上就要占领鼓浪屿。"

"我刚听收音机广播，好像风声很紧，你从哪得来的信息？"郭月问道。

"哦，我原来当兵时候的兄弟朱茂山，上次您见过他，他已经从内地回来，现在还是码头搬运队的工段长。听他说最近厦门港新来了两个中队的日本兵，从金门坐船过来的，说是要准备占领鼓浪屿，看来这是免不了的事。"郭贺把他了解到的情况向东家说了一遍。

"我们有几百万的军队，每天都要摊派捐款，这日本人一来，就像一面纸糊的墙，风一吹就倒了，也就是欺负一下自己的老百姓。"郭月不满地说了一句。

"少太太，我们得抓紧打算呢。"郭贺说道，"是不是得计划撤回内地？"

"这几天我也在琢磨这个事，如果要走，这一路能通吗？"

"我打听过了，现在厦门和对岸的集美都是日本人占着的。集美再往前是同安、流传，那里是国军驻守，这是一条路。但沿途要经过日本人的好几个关卡。再有一条路线就是坐小渔船，从港尾那边走，走陆路。这条道可能更稳妥一些。因为鼓浪屿现在还不是日本人的地盘，只要渔船一上岸，到了港尾，就是国军的防区，那边没有日本人。"郭贺把他了解到的路线说了一遍，又补充道，"港尾这条道不用经过日本人的哨卡，只不过走这条路的话会很辛苦，因为港尾那边没有交通，上岸以后都是小路，只能步行。我算了一下，走这条路到流传村大概有八十里地。"

郭月点点头。鼓浪屿郭家花园里的用人们近期基本上都遣散了。目前只留下看门的老张头，郭贺，还有小春，加上郭月母女两人。上次柱子为了保护玉洁，被日本人刺刀刺成重伤，郭家花了大笔银子，才把人从监狱里赎出来，治了大半年伤，现在流传村老家养病。

郭贺继续说道："少太太，如果要走，我们赶紧收拾一下，尽量抓紧。这个院子就交给看门的老张头，他是鼓浪屿本地人，人很可靠。您带上小姐，我和小春跟着，我们最好这几天就出发。"

"那你安排吧。"郭月点点头。

"好的，我明天先去联系好渔船，再让小春把府上的东西收拾一下，趁着日本人还没占领进来，抓紧离开。"郭贺愤恨地说，"那是一帮畜生，禽兽不如的事都干得出来。"

一想起几年前玉洁在厦门码头被日本兵欺负的事，郭月不由得打了一个寒战，终于下定了最后的决心："我们赶紧分头准备，你去张罗外面的事，小春那边我来跟她说。"

两天以后，凌晨时分。

天刚蒙蒙亮，郭家花园走出四个人影，郭贺在前头领着路，郭月和玉洁紧跟着，小春拎着一个包裹，走在最后面。除了小春手里的包裹，四个人每人身上都绑着一个布包，里面装着路上用的凉开水、干粮，和几件替换衣服。

按照郭贺的估算，打从出门的这会儿开始，如果顺利的话，三天以后可以走到流传村老家。十几分钟后，四人走到了鼓浪屿南面的一个小码头。鼓浪屿是一个面积不到两平方公里的岛屿，其鼓浪的名称来自岛屿中部最高处的一块巨石，巨石下面有一个临海空洞，海浪拍打，冲击巨石，在洞中形成巨大的轰鸣声，有如击打一面大鼓，于是称此岛屿为鼓浪屿。鼓浪屿连接厦门有一个主要的码头，位于鼓浪屿的东面，而南面这边的小码头是给渔民歇脚用的，平常没有什么人来往。

走到南面小码头，见岸边海面上停着一艘小帆船。郭贺对郭月说："少太太，现在往港尾的渔船都已经停业了，我找来了这户船家，给了他盘缠，让他用渔船把我们带到港尾去。好在今天风平浪静，我估计有个把钟头就能上岸了。"

郭月点点头，搭着郭贺搀扶的手跨上渔船，女儿玉洁跟在母亲身后，一个跨步跳上渔船。玉洁现在已经长成大姑娘了，她如今是高中生，靓丽迷人，一米六五身高，在闽南这一带算是高个的女孩了。相比之下，丫鬟小春比她矮了十公分。玉洁问道："郭伯，我能划船吗？"

"这丫头还划什么船？这是海，不是你小时候在村子外面的小河。"郭月笑着训了女儿一句。

四个人依次上了渔船。"走吧老大。"郭贺跟船老大打了一个招呼，渔船起锚，向内陆港尾方向驶去。

海边，一个钟头后，船靠上港尾海滩。郭月四人谢过船老大，开始上岸往前走。

30

港尾，逃难途中

港尾这一带是不通汽车的，陆路不好走，一路都是坑洼不平的羊肠小道。一行人刚刚走出二里地，与另外一条小路会合，顿时感觉路上的人一下子多了起来。郭贺对郭月解释说，这些都是从厦门逃难回内地的人，大家都想回内地投靠各自的亲戚。

郭月点点头，拉着玉洁的手一步步往前走。幸好父亲开明，郭月心里想，她们这一代人小时候大多要被强迫裹脚，女孩子到了五六岁的时候，双脚就得被裹脚布裹上，不能自由生长。几十年前人们的观念是大脚的女人将来嫁不出去，所谓的三寸金莲，越是大户人家越重视。郭月父亲因为在南洋经商，思想比老家的乡民们开化得多，所以郭月小时候父亲就不让给她裹脚，加上小时候她有一阵子随父亲住在南洋，也就躲过了她同龄人裹脚的命运。后来清王朝灭亡，民国政府成立，裹脚的风气也就渐渐停止了。到了玉洁这一代，已经基本没有人再做裹脚的事。

虽然这几个女人都不曾裹脚，但走在这坑洼不平的田间小路上，顶着大太阳往前赶路，几个钟头下来，还是把郭月和玉洁累得够呛。

中午时分，四个人走到一个村口，郭贺说："少太太，我们歇一会儿吧。"

郭月点点头，她实在感觉有点透支了。

郭贺领着大家走到路边的一座破庙前坐了下来，各自打开随身的包裹，拿出干粮。小春心细，还特意替郭月预备了一壶咖啡，用不锈钢杯装着。现在打开还是温的呢。"这个好，咖啡最提神了。"郭月喝了一口，感激地对小春说。这边玉洁正低着头，吃着她的郭氏米糕，这个郭氏米糕是郭家祖传的独门配方，用研磨后的米浆，加上砂糖、果仁等蒸制而成，是郭府多年留传的糕点。这次出门，郭月特地叮嘱小春做了足够多的干粮和米糕，保证每个人在路上不挨饿。

吃过干粮，一行四人站起身来继续往前走。傍晚，他们随着逃荒的人群走到一条河边，这是一条小河，河面不宽，大约十米，水很浅，只没过膝盖而已，清清的小河水潺潺流过，岸边是一片茂密的草地，众人走到这个地方，纷纷停下脚步，都想在这里歇脚过夜。

郭贺心想，这边上三个都是女子，安全第一，还是要跟着人群一起移动更稳妥些，免得单独几个人在野外过夜，容易发生意外。于是他跟郭月说道："少太太，要不我们也在这里歇夜？"

"好，我让小春带我去摸鱼。"玉洁一听可以休息了，很高兴，把随身的包裹卸下来，跳着往小溪跑。

整整走了一天，郭月觉得自己的脚都已经起泡了。这一天下来，沿着山路大致走了二十里地。照这个计划，三天可能都还到不了流传村。"我已经提前让人捎话过去了，老家那边会派人在村外十里地的地方等我们。"郭贺解释说，"我们如果能够坚持按这个速度再走两天，应该就能到的。"

晚上四个人随着人群，各自和衣在草地上睡去。

第二天早上，起来吃过干粮，四人随着逃难的人群蹚水过了小河，接着往前走。

刚过小河往前走出不远，突然间人群中有人喊了一句："有飞机。"话音刚落，郭月隐隐听到了机械的轰鸣声，由远渐近，从头顶上响起。

"快趴下。"这边郭贺赶忙喊了一句。玉洁一抬头，只见前面的天空上一排像是乌鸦一样的飞行物，正朝着人群俯冲下来。玉洁连忙跑到路边一棵树下蹲下来，走在路上的几十号人四处散开，阵脚大乱。

"都趴下。"只听边上有人冲着还在四散奔跑的人群高喊，所有人赶紧就地趴到地上，头朝下，闭着眼睛，捂着耳朵，不敢动弹。

啪啪啪……

只听到耳边一排清脆的机枪声响起，是飞机上的重机枪扫射而过。

一分钟后，地面恢复了平静，郭月侧着脸望了天空一眼，日本人的飞机已经远去，她抖动了一下身子，站起来，发现不远处地面上有几个人被刚刚扫射的机枪子弹打中，正往外流着血。"玉洁！"郭月慌慌张张地喊着。

"母亲，我在这。"玉洁从侧面的小树旁站起来，飞奔过来，郭月紧紧地抱着女儿："你没事吧，母亲看看。"还没来得及端详，边上的人群里有人喊道："又来了又来了。"郭月赶紧把女儿一把推到地上，用自己的身体压住。

这次飞过来的是两架轰炸机，只听咚咚咚，从呼啸而过的飞机上扔下几枚炸弹，其中一枚就落在郭月和玉洁趴着的正前方十几米处。炸弹着地，发出嗡的一声巨大爆炸声，掀起几米高的尘土，一下把玉洁和郭月都埋了进去。郭月紧紧地护住自己身下的女儿，不敢动换。就这样过了几分钟，郭月听到有人在喊她的名字，是郭贺。郭月连忙举起一只胳膊："我在这儿。"郭贺走过来，把郭月母女一把拽起来。"你们没事吧？""没事，没伤到。"那边小春也走了过来，四个人互相看了一眼，确认每个人都毫发无伤。

转眼望去，炸弹爆炸的地方，正好砸中一户人家。只见几具尸体，血肉横飞地挂在路边的树上，树梢上面挂着半只胳膊、一截大腿，郭月连忙捂住玉洁的脸，对郭贺说："郭贺，别让小姐看这个，你抱着小姐先走！"郭贺点点头，一把抱起玉洁，从附近的小道绕个弯，钻入树林。小春则跟着郭月，小心翼翼地跨过那片血肉横飞的地面。

虽然飞机扫射和炸弹袭击没有伤到逃荒的这郭府四人，可是这一躲一炸，每个人的包裹都掉了，干粮也丢了。现在几个人都又渴又饿，再也没有任何粮食补充。

郭家主仆四人咬着牙继续往前走。当天傍晚走到一个村庄，已经整整走一天了，郭月觉得自己实在走不动路了。看看玉洁，她的两只脚都已经布满了水泡，鞋子早已经掉了，脚上仅剩下郭贺替她临时绑的一片布条。郭月心想，再这样走下去无论如何是不行的，他们需要找个地方歇下来，补充最基础的粮食。可是他们四个人现在身上既无干粮，也再无分文。原先带在包裹里的那一点银元早已丢失了，连同随身换洗的衣服。郭月让郭贺搀着玉洁慢慢往前走，自己走到路旁的一户人家，敲了敲门。

半晌门打开了，走出一位中年男子。"老乡，我们是路过的，想在你这里讨一口水喝。"那人看了一眼郭月和后面三个人："又是讨饭的，我都还没的吃呢。"说完把门关上。

郭月强忍住眼泪，咬了咬嘴唇，又看着身后几乎完全走不动的玉洁。默默地把自己手指上的翡翠戒指摘了下来，这是在她出嫁时父母送给她的礼物，郭月一直随身戴着，从不离身。郭月拿着这枚戒指，又走上前去敲了几下门。

门打开了，主人不悦地说："怎么还不走呢？"郭月赶紧把翡翠戒指递上去："老乡，帮个忙，给我们一口饭吃吧。我们在您院子外歇一口气，不进屋，就在您的墙根底下歇一晚上，麻烦您了。"那人看了看郭月递过来的戒指，掂量了一下。"唉，都不容易啊。"他开口说道，"你们几位在这里等着，不许进来！"转身把门掩上。

不一会儿工夫，他端过来四碗米饭，一壶热水："这是给你们的。""谢谢老乡。"几个人沿着墙根坐下，端起饭碗大口吃了起来，这可是他们四个人今天上路以来吃到的第一口粮食。

31

龙溪乡下，逃难路上

第二天凌晨，龙溪乡下，逃难路上。

天刚蒙蒙亮，小春迷迷糊糊地睁开眼睛，看到天边刚露出一抹朝霞，连忙坐起身来，侧过身一看，郭月抱着女儿玉洁，正靠着墙边打盹儿，郭贺蜷缩着身子，斜躺在墙根下面。小春站起身，拍了拍衣服上的尘土，从墙根下寻到一个瓦罐，走到不远处的小河边，洗了一把脸，打上一罐子水，端着往回走。

"太太您起来吧。"小春轻轻叫了一句。

"嗯。"郭月睁开眼睛，这么一动弹，玉洁也醒了。

小春从兜里掏出一条手帕，放水里拧了一把，递给郭月："少太太您擦把脸。"郭月点点头，接过毛巾，先给玉洁擦洗了一遍，递回给小春。小春把手帕在瓦罐水里搓揉了几下，再递给郭月。招呼着她们母女俩胡乱地把脸洗了。小春知道少太太的习惯，这么多年来，每天早上她总是要梳洗一番的，今天这是最困难的条件，也真是难为少太太了。

这边几个人收拾完东西，起身正准备继续往前赶路。围墙的大门吱呀一声打开，走出来一个小伙子："几位客人，你们拿上这个。"说完递过来一个布包。郭贺接过来，打开一看，里面是几块烤好的红薯，还有四个鸡蛋。"带着路上吃吧，赶路的时候没有一点粮食是不行的。"

郭月有些不解地看着这个小伙子，她知道眼下所有人家都闹饥荒，这个陌生人怎么会出手这么大方，这几块红薯在今天对他们几个人来说价值连城，胜过几个金元宝了。

"我叫大旺，您是流传村天一郭府的头家吧，我见过您。"小伙子自我介绍说。

看着这个小伙子，郭月一点印象都没有。"您不认得我的。"大旺说，"前些年闹饥荒，我们村子里有好些人跑到流传村去讨饭，天一信局在广场上设粥棚接济饥民，我在那里喝过两碗粥，至今还记得很清楚。"

"哦，是这样，那真的太谢谢了。"郭月答谢道，"感谢大旺兄弟相助。"

大旺摆摆手，说："你们赶紧上路吧，再晚了太阳出来以后，天气会越来越热，早一点走还能凉快一点。"

几个人谢过大旺，启程准备继续赶路。

"哎哟。"刚刚走出两步，只听玉洁尖叫了一声，小春连忙一把将玉洁搀扶住，不让她摔倒。

郭贺把刚才大旺送的包裹交给小春："把这个包裹绑到身上看管好，这可是我们的保命粮草。"随后他抱起玉洁放到路旁，解开她脚上的布条。只见玉洁两只脚底都布满了大水泡。"难怪孩子这么疼呢。"郭贺明白，这是郭玉洁这两天走路走的，她一个大户人家的千金小姐，什么时候走过这么远的土路，肯定受不了的。郭贺对玉洁说："小姐，你趴到郭伯背上，我背着你，这就不疼了。"

这边，大旺刚好要关门进屋，看到这一幕，高声喊叫了一声："几位请稍等一下。"

片刻，大旺从后院里推出来一辆独轮车："这样，请这位太太和这位小姐坐到独轮车两边，我送你们一段。走过这段上坡路，下面的路就会好走一些。"

"这哪行啊？我背着小姐走。"郭贺连忙制止，一边蹲下来就要背玉洁。

大旺摆摆手："这位大叔，我是当地人，这个路况我比你熟。接下来你们走的都是上坡路，而且都是石子路，很颠，你背不上去的。我把你们送到那个坡顶上，我就回来了，你们顺着路再往前慢慢走。"说罢就把独轮车停到玉洁身旁，招呼站在一边的小春帮忙搭把手，俩人将玉洁扶到独轮车的左侧。大旺接着对郭月说："郭太太，小姐已经坐在这边了，您得坐到另外一边，要不然这个独轮车只有一边负重，我是推不了的。"独轮车是闽南民间常用的运输工具，只有中间一个轮子，上面是一个木头框架，左右两边通常用来运载粮食，重物甚至载人，但其左右两边的重量要大致相当，不然的话，这个车子就无法推动。郭月满怀感激地点了点头："真是的，这么麻烦你。"小春扶着郭月坐到独轮车的另一侧。"好咧，那我们开始走喽。"大旺说罢，起身推着独轮车往前行进，郭贺和小春连忙跟上。

　　这会儿还是清晨，路上挺凉快，大伙儿急着赶路也都没有多说话。大概一个钟头左右，几个人总算走过了这段特别颠簸的石子路，来到坡顶。路边陆续有三三两两结伴逃荒的难民走过，老老少少，衣衫褴褛，不时有人饥饿疲劳晕倒在路旁，完全是一幅逃难落败的画面。

　　到达坡顶，大旺把独轮车停下，扶着郭月、玉洁分别下了车，郭月充满感激地说："真是太感谢大旺兄弟了，瞧把你累的。"虽然是一名壮小伙子，但是推着两个人的重量，又走了几里的上坡路，只见大旺额头上成串的汗水正往下流，后背的衣裳也都浸湿了。

　　"没事。"大旺拿起袖角擦了擦汗，"那你们就慢点走，别赶得太急，这位小姐脚上起泡，她是走不快的。"

　　郭贺接过话茬："非常感谢了兄弟，接下来我和小春，我们轮流背着小姐走。没事，我的体力好，再说前面基本上都是平地了，路好走得多。"说罢就蹲了下来，抓住玉洁的两只胳膊往上捞。玉洁显然是累坏了，浑身有气无力的，乖乖地趴到郭贺的后背上。郭贺双手绕到后面扶住玉洁，背着玉洁站起来，对大旺说："这位兄弟，这次真的太不好意思了，这么麻烦你。希望以后有机会能够报答。"大旺满脸是汗地回答道："大叔看您说的，这点小忙不算什么，现在任谁都是最艰难的时候，理当相互照应着点。更何况，太太府上在流传村还帮过那么多人，那是积德的事哩。"大旺爽朗地笑了笑，举起胳膊再次擦了擦额头的汗，"你们走吧，我看着你们走远了，再往回返。"四个人千恩万谢地顺着下坡路往前走去。

路上三三两两的都是逃难的人，一个个衣衫褴褛的。郭家这四个人走在人群里，显得分外突出。特别是郭月，她的气质和行头显得与周围人群格格不入。虽然她也一样地疲惫不堪，不修边幅，但一眼看过去就是大户人家的模样，连走路的姿势都和路上其他人不同。郭月出门之前已经换了一身最普通的服装，玉洁穿的是学校的校服，在这种逃难队伍里，依然显得分外突出。一行四人往前走着，郭月走在最前头，郭贺背着玉洁走在中间，小春在最后头。

也就刚刚走出几十步远，人群中有一个人突然间冲上前，抓住小春背上的包裹一把撕下，将包裹夺了过去，转身就跑。"有人抢东西了，你站住。"小春惊慌地叫喊着。

郭贺回身一看，赶紧把玉洁放下来，起身去追，可是那人跑得飞快，三下两下就钻到路边的果树林里，根本寻不见了。郭贺责怪地对小春说："你瞧你，就这点东西都没看管好！你不知道现在路上的每双眼睛都跟狼似的，人家只要看你包里面装的像是吃的东西，就一定会过来抢。"郭月连忙劝说道："哎，这也怪不得小春，她怎么会知道有人从后面抢劫呢？"

小春被刚才突如其来的袭击吓蒙了，这会儿才反应过来，自责地说："这都怪我，我们接下来这两天就全靠这一点点粮食，这么被我给弄丢了。好不容易人家给了我们一点接济，这下全没了。"

眼前发生的这一切，恰恰被站在山顶上的大旺看到了，他本想目送着郭家几口人走远了以后再往回返，没想到四个人才走出几十步远，就出了这档子抢劫的事。大旺推着独轮车冲下坡来，停在郭月几个人面前。"刚刚的景象我都看到了，这种事这些天时常发生。现在的饥民们都饿得不行了，人到了这个分上，生存的本能，只要看到有一点可以吃的东西，转眼就成了强盗。"

郭月点点头："也怪我们自己不小心，好不容易这位兄弟给了我们一些保命的粮食，就这样丢了。"

"没有关系。"大旺倒是挺开朗的。他接着对郭月说，"太太您如果要从这里走到流传村的话，大概还有五十里地。照着你们几个人的速度这么走下去的话，最快也还得要两天的工夫，更何况这一路上会出什么事也不知道。要不这样，你们先在路边歇息着，等我一下，我回去跟我父亲说一声，打个招呼，我送你们过去吧。"

"那不行，这一来一回的，你得花掉四天的工夫，你家里肯定有事要你照料，这绝对不行。"郭月摇摇头，毫无商量的余地。

一边，郭贺突然想起什么似的，问站在边上还在为粮食被抢而伤心掉眼泪的小春："小春你别哭了，我突然想起，你们村是不是离这不远？"

小春点点头，指了指左手边的方向："就在左边翻过这座山，下坡后再翻过一座山就到了。"

"村子叫什么名字？"大旺问道。

小春回答说："叫紫云村。"

"哦，那我知道。紫云村离这里不远的，大概也就是七八里地。"大旺想了想，拉了拉郭贺的衣服角，两个人走到一旁，点上一支烟，抽了起来，一边低声交谈着。

"少太太，"郭贺和大旺抽完烟，走过来对郭月说，"我刚刚和大旺兄弟商量了一下，您看这样行不？小姐实在是走不动路了，我们现在又没有粮食。正常走路从这里到流传村，一天多两天的路程，我估摸着我们走不到。有一个办法，我们绕道去紫云村，到小春家里歇歇脚，等我们安顿下来，我让小春一个人赶回去，叫府上来几名壮汉，推几辆车过来，把太太和小姐接回流传村。"

"这个办法不错，"大旺在一边补充说，"你们如果从这边走到紫云村的话，从这里走是下坡路，挺顺的。下到坡底，已经有一半的路程。前面那个小山坡不陡，大概一个半时辰应该是能够走到的，而且就这么一点路我可以送你们两位过去，反正我从这里一来一回走得快的话，也就是半天的时间。"

"那真的是太感谢了。"郭月说着从贴身口袋里掏出一枚金币，递给大旺。"我不要这个，我纯粹就是帮忙。"大旺连忙推脱。

"拿着，我知道你不要这个，但我们留着这个在身上也没有用，弄不好还会被别人抢走了。这是我身上仅有的最后一点东西了。"郭月不容分说，把这枚金币塞进大旺的衣服口袋，"昨天日本飞机轰炸，为了躲炮弹，身上带的东西都丢失了。这位兄弟无论如何你得收下我的这点心意，不然我们就不坐你的车了。"

大旺不再推辞，收下金币，把郭月和玉洁在独轮车两侧安顿好，推起车子往前走。一行五人离开主路，行走在路边荔枝园树丛中的羊肠小道上，几个身影很快就淹没在茂密的果树丛中。

32

流传村，郭府老宅

回到流传村，郭月把女儿安顿好，时间上空出来许多。这些天，郭月每天都会陪着女儿做作业，放学以后和女儿聊聊天，这是她刻意要做的弥补。前些年生意忙，顾不上花太多时间在女儿身上，现在有空了，郭月基本上每天晚上就待在女儿房间，和小姑娘一起做作业聊天。白天女儿上学的时候，郭月更多地用来看书。郭月喜欢读书，这是她从小养成的习惯。现在郭月每天能有半天的时间用于阅读，一杯咖啡或者一杯茶，再抱上一本书，在郭家的庭院里一待就是几个小时。除此之外郭月开始练毛笔字。她对中国的传统书法感兴趣，喜欢那种提笔悬空、平静运笔的感觉，郭月觉得，用毛笔写字能够全神贯注，摒弃一些纷争困扰，所以这也成为她如今每天必做的一件事。

流传村距离厦门约六十里路。由于厦门岛和鼓浪屿相继被日本人占领，通往南洋的航运线被切断，天一信局关门以后，郭家与吕宋岛的往来，也就完全中止。郭家现在是节衣缩食的时候，用人帮工从原先的七八十人，精简到现在除了各房的贴身丫鬟和管家以外，只剩下四个人。近来各房的主人们也有不少为了躲避战乱逃往外地，这一来郭府偌大几千平方米，前后三部分的大宅院显得空荡荡的，一派荒凉景象。

郭月年轻的时候喜欢拆拆剪剪，跟着一位老师傅学得一手好的裁缝手艺，现在生意清淡下来了，外出也不方便，她干脆就在自己的套间里摆上缝纫机和操作台，每天做起裁缝来。除了给自己和家人做，偶尔还不时地接一些村里人的订单，一来是打发时间，二来也挣一些日常的生活补贴。郭府各家各院现在经济上是完全独立的，每家各自做自己的饭食，用自己的开销，整个家族的共有财富储备，还是掌握在郭月手中。按郭月的安排，如今根据各府人家的人口数量，每人每月发放二十斤大米和二十块大洋，由各房各室的当家人自行调度。时不时地有国民政府各个部门上门来呼吁募捐，这一点郭月倒是从不含糊的。郭月的原则是只要是用于赈济灾民、救援伤兵的募捐，她都尽可能地响应，这段日子下来前前后后参加过十多次的捐款，小到几百斤粮食，大到几千大洋。老话说瘦死的骆驼比马壮，郭家毕竟多年的家业，有些底子。郭月也因积极响应捐款成为县里有名的抗战爱国模范，多次拿到政府表彰的锦旗和牌匾。

南洋那边，居住在吕宋岛的郭月父亲郭老先生的天一生意也处于极度惨淡维持的状态。自从太平洋战争爆发，南洋各国之间的海上运输航道控制在日本人手中，与国内的货运来往中断，民间侨信寄送也因此中止。流传村半年前有人从吕宋辗转经缅甸，从云南入境逃难回来，老乡说，郭老先生在吕宋岛的仓库被日本人征用了，老人和身边的亲戚仅仅保留着一个小小的店面，就只剩下六七个伙计，因为没有侨汇物资的生意，只能零星做一些当地批发的小买卖勉强撑持，再多的情况这位老乡也不了解。

今天看完书练完毛笔字，郭月来到了大伯的房间，大伯最近这段时间身体一直不好，郭诚是大伯的长子，张罗过几个医生来诊断开药，老人的病况并没有明显的好转。郭月知道大伯得的是肺痨，这种病在民间很常见，缺少有效的药物。中医通常会开一些清肺止痰的药，其中有一味特别重要的成分叫作川贝，是一种产自四川的中药，有很好的止咳化痰作用，但这味中药市面上现在基本买不到。为了给大伯治病，郭月特地通过关系，高价买了一些川贝送给大伯。

在大伯房间，大伯对郭月说："小月，你和我不一样，你是做事业的人，现在虽然市景不好，但是这么一直闲下来也不是个事，白白浪费你这一身的好本事，你现在刚刚四十多岁，正是做事情的最好年华，还是要想办法能够做点事，倒不在乎赚多少钱，而是人一旦有了事情，就有精神头。"

郭月点点头，替大伯垫高了枕头："大伯您安心养病，您说的话我记住了，有时间的话我再跟郭诚协商，这个您就不用操心了，把身体养好。"

郭诚送郭月出门，两个人一起来到了隔壁郭诚的房间，郭月说："郭诚哥，正好今天有空，你拿几盒好茶泡来喝。"

"没问题。"郭诚爽朗地答应着，转身吩咐丫鬟去厨房取两壶刚刚烧开的开水过来。

郭诚从他的柜子里面拿出了两袋茶叶："这是去年武夷山的一个茶商，姓朱的朱老板托人捎给我的。上好的武夷山岩茶，我们一起尝尝。"

"朱老板？"郭月拿起一包茶叶，打开来放在鼻子下闻了闻，"记得以前听你说起过这个人的名字。"

"嗯，最早的时候呢，他是自己种茶，后来就成为茶商。他的茶叶大多销售到厦门漳州泉州这一带。我认识他好多年了，每次他过来总要到我这里来坐坐，顺便送一些茶叶。"郭诚说着，拿起水壶要往茶壶里倒水。

"等等。"郭月突然间想起什么似的，做了一个阻止的手势。这边郭诚正举着热水壶，见郭月这副若有所思的神情，连忙把水壶放下来，盯着郭月。

"你这一提起朱老板，我突然想到，茶叶本身就是福建最出名的土特产，除了国内市场，香港东南亚乃至欧洲都对福建茶叶有需求。我们原先的天一信局做侨汇物资，因为战争华侨汇寄无法持续，但我们对进口出口的手续其实是很熟悉的。刚刚大伯说起希望和你一起找一个生意重新做起来，我想我们是不是可以从这个地方入手呢？何况茶叶方面你又很在行。"郭月像是自言自语地说道。

"这个我肯定有兴趣，"郭诚点点头，"你知道这么多年来我一直喜欢茶叶，对于不同的品种、不同产地、不同成色茶叶的好坏，我是颇有心得的。虽然说只是个人兴趣，但是因为以前天一的生意量大，有不少应酬往来的礼品打点赠送，我们采购过不少好茶。产地的茶商和茶农，我也都认识。这方面的道道，我还是很清楚的。"

"你刚刚说的都是在福建境内的茶叶交易。"郭月插嘴说。

"小妹你的意思是？"郭诚探询地看着郭月。

"我的想法是，我们不要去碰国内市场，这方面已经有很多成熟的商家，而且这个也不是我们的特长。我们如果要做，就做茶叶的外销，把茶叶卖到国外去，卖到香港、东南亚、欧洲。这方面虽然一直有人做，东南亚的华侨里面有一些茶商，香港、广东也有一些出口茶商，但据我所知，在福建这一带专业从事茶叶外销的，目前并没有，这就是机会所在。你看广东香港他们做出口做得比其他地方好，可是广东是不产茶的，中国的茶叶大省，一是福建再有就是浙江。浙江的茶以绿茶为主，福建的乌龙茶和我们这会儿喝着的这个岩茶，都是属于半发酵茶叶，正山小种属于全发酵。据我所知，西洋人是不怎么喝绿茶的，他们觉得那个喝起来像是青草，英国人喝茶都喜欢喝全发酵的茶叶，就是我们说的英式红茶。以前我听说，在英国人们消费最多的是锡兰茶，但锡兰茶其实品质很一般，属于便宜的茶叶。它把大叶片的茶叶搅成粉末状，然后做成茶袋。而我们福建的茶叶都是整片的细嫩叶片，用手工炒制而成，质量上显然比锡兰茶高出很大一截。"郭月分析道。

"是有机会做的，"郭诚点头赞同，"而且我们办公的地点是现成的，人手可以用天一信局留下来的几个伙计先对付着，自从信局关闭以后，他们已经闲了一年多了。如果需要原先的伙计们，他们大部分现在都在家没事干，也可以随时召唤回来。"

"我觉得这个事情值得细细推敲过，郭诚哥你愿意的话，我们两个人一起做。"郭月说。

"那当然好了，整个项目的把控拿主意，总的管理一定是以你为主，我来配合。"郭诚显得兴趣十足，"我确实觉得你今天提的这个想法可行，以前做天一信局那些年，我很清楚妹妹你在商业上的才干，茶叶生意我倒是有自信能够配合你做好。"

郭月点点头："商号的名称我想还是沿用天一，只不过不能叫天一信局了，现在很多做进口的商号都叫贸发行，我们可以起名天一贸发，你看如何？"

"好啊，"郭诚赞同道，"我喜欢这个名字，我们就初步这么定下来，我这边着手准备起来。"

"那就这么说定了，这下可以开始喝你的好茶了吧，我都等不及了。"

郭诚拿起桌上的茶叶："既然我们现在准备做茶叶的生意，我就权当成给你上一门课吧。我今天向你介绍三种福建最典型的本地特产：老枞水仙，肉桂和正山小种。"郭诚滔滔不绝地说了起来。

随后几天，天一贸发行筹备经营出口茶叶的事，紧张快速地推进着。郭诚不愧是一个落实能力极强的人，不到一个礼拜，他就把原先天一总局的办公楼收拾停当，把一楼原来用于做侨汇物资的储存间改成产品陈列室，二楼特地安排了两个洽谈间，办公区也都收拾得焕然一新。留在天一的几个伙计们一听说头家马上要开展新的业务，都很高兴，里里外外地忙乎着。郭诚还托人捎了口信叫回来几个原来天一信局最得力的老员工。

这天下午，郭月、郭诚召集主管和几个主要员工开了个短会，让大家开始分头找福建各地的主要茶商询问价格，请对方寄送样品。郭月还开始着手联系海外的客商。菲律宾，马来西亚，新加坡有几家华侨进口商，是天一信局多年业务往来的老客户，郭月分别给他们拍电报打电话，告知天一贸发行的事情，并请他们协助推荐欧洲的茶叶进口商。

半个月下来，郭月手头上已经有十多家海外贸易商回复表示兴趣。郭月决定组织一场福建茶叶出口介绍会，地点拟定在新加坡，因为现在还处于战争时期，厦门是日本人占领的地方，出国不太方便，郭月把这件事告诉了父亲，请父亲帮忙从南洋的天一信局派几位员工去新加坡张罗这次推介会。老先生虽然自己现在的生意十分惨淡，但对女儿要做的这个事情全力支持，表示他会亲自过去主持新加坡的推介会，以郭和中在南洋华商的影响力，这对于郭月新的茶叶出口项目无疑是一个有力的营销推动。

现在郭月需要的，就是和郭诚一起，抓紧把各种茶叶的样品准备好，连同报价单以及可以提供的供货数量，发包裹送到新加坡。样品和报价单很快就整理完成，郭月和一干人在会议室里检查样品，讨论着下一步方案。

郭诚说："原先这些茶叶都是为内销准备用的，包装比较简单。现在我们要做出口生意，需要修改成外销包装。有两个办法，一是用铁罐装盒，另一个是用锡箔纸包装。铁罐会加大重量，运输过程中的防撞处理也比较麻烦。锡箔纸是一种全新的工艺材料，目前国内没有这个生产能力，要从香港进口，恐怕战争时期，这种新材料引进来会有一些周折。"

"能不能有其他变通的办法？例如，"郭月想了想说道，"中国民间传统使用的油纸不是也可以起到防潮的作用吗？"

郭诚摇摇头："油纸怕是不太好，因为拿到手里会有油渍感，西洋人未必能接受。"

"还有一个办法，"天一的郭怀仁经理说，"我们在报价的时候不做小包装，报价一律做成二十公斤或者三十公斤的大包装，这样的话锡纸的使用量就小得多，我们可以从广州找进口商直接购买，不必自己进口。这样对我们来说，时效性快，费用小。因为是大包装，可以把费用大幅度地降低。大包装茶叶运到南洋或者欧洲以后，客商自己再根据他们的销售需要做分包装。"

郭月点头称赞说："我觉得这个主意好，因为我们刚刚开始，主要面对的还是这些进口商，他们需要的订单量都不会太小，而且进口商在分包装的时候要贴上英文、法文、马来文等各种文字。这些东西要让我们国内来做，比较繁琐。更重要的是，如果我们用大包装的话，可以把供货价压得很低，这样的话在市场上就会更有竞争力。"

众人纷纷表示赞同。

33
流传村，天一贸发行总部

以天一贸发行名义在新加坡举办的茶叶推介会非常成功，这在很大程度上多亏了郭月父亲郭老先生和吕宋岛天一信局的伙计们。为了这次活动，郭月的父亲亲自出马，带上最为得力的几名干将赴新加坡，做足了准备功课，把整整一天的推介会从头到尾安排得完美无瑕，每一个细节都恰到好处。因为吕宋岛是美国殖民地，当地的官方语言是英语，天一信局在吕宋岛的员工们都掌握熟练的英文，与南洋客商和西洋商人打交道也都很有经验，知道分寸的拿捏。郭老先生还提前在新加坡报纸上发布消息，并邀请当地官员和好几家欧洲大使馆的商务参赞出席。新加坡贸易部次长亲自主持推介会，替郭老先生的活动站台。

这场推介会下来，一共给刚刚开张的天一贸发行签下了七张订单，其中两张来自新加坡，三张来自马来西亚，都是华侨茶叶商号的订单，欧洲的两张订单来自英国，英国客人要的是正山小种。

在天一贸发行办公楼里，郭月和郭诚正紧张地忙碌着，他们接到南洋发来的订单后，马上着手准备，眼下的首要工作是要根据客户订单的品种、等级、需求数量以及包装规格抓紧备货。第一步是定样，就是让福建的茶商把样品送过来，双方确认，再分别装在几个小罐里封存，作为以后验货的标准。待样品确认之后，需要最后商定供货的价格、支付条件以及送货的地点和交货日期，双方签订协议。

茶商们从天一贸发行拿到协议以后，就开始按照规定的内容准备茶叶，运到天一指定的库房，再经过双方的入库检验抽检，确保送来的茶叶品质与提供的样品无异，到这一步，茶商的工作就算完成了。接下来天一贸发行专门有一拨人提前与外商协商好装船的时间和交货细节。根据外商的要求，分为离岸交付和到岸交付。如果是离岸交付，天一负责把茶叶运送到指定的码头，交给对方的代理，把货物装上船，整个流程就结束了。如果是到岸交付，天一还需要向轮船公司预订舱位船期，把货物装运上船，通常情况下还要派人押送货物，到达对方口岸交给对方，才算完成整个流程。

在茶叶出口这个行业，贸易商大多买的是期货，也就是说，根据每年春季秋季两个采茶季节，贸易商会提前半年左右的时间收到下一个季节的茶叶订单，然后提前和茶商茶贩们谈妥价格，交付定金，茶商据此与茶农提前收购茶叶。如今天一贸发行生意刚刚开始，首批订单来不及做期货，采购的茶叶都是现货，现货价格比期货大约高出一成半左右，郭月明确要求，天一贸发行沿用的是天一信局的招牌，一定要秉承原来天一传承的以信为本的经营原则，把信誉做出去。具体到今年生意的操作，现货采购高出期货的这一成半费用，由天一贸发行自己承担，不再转嫁给买家。也就是说，虽然天一的采购价比起其他出口贸易商高了一成多，但供应给海外买家的价格，还是与期货价格相当，郭月认为只有这么做，才能保证天一贸发行从一开始就能在行业的竞争中站住脚跟。

忙乎了两个多月，第一批订单交付完毕，所有的货款也都如期汇到公司账上，郭月很高兴，特别交代郭贺安排全体员工聚餐，以示庆祝。餐桌上郭月举起酒杯，对在座的所有人说："来，祝贺我们首战告捷，旗开得胜，感谢各位全力的帮忙，我们总算把天一的牌子重新又竖起来了。"

小顺子在一侧开心地说："我就知道我们天一这块牌子永远是不会倒的。"当时他向郭月恳求留下来，前段日子就一直待在原来天一信局的办公楼帮忙做一些杂活。不久前天一贸发行开张营业，小顺子很自然地就成了第一批员工。

郭月和酒桌上的每个人逐一碰杯，接过小顺子的话说道："今天在座的各位都是天一贸发的元老，期待大家能够一起见证天一贸发未来的发展。"

大旺坐在顺子边上，和大家一起开心地笑着。上次逃难回到流传村后，郭月总念叨着大旺一家人的帮助。这次天一贸发行一开张，郭月就特意让郭贺找了个时间去拜访大旺和他的父母，除了对人家表一份感谢，郭家还邀请大旺入职，参加天一贸发行新的茶叶生意。如今正是战乱时期，大多数人都待在家里无事可做。有郭家这么一份邀请，大旺和他父母自然十分高兴。于是，大旺成了天一贸发行的商务助理。

"开张只是第一步，"郭诚说，"我们接下来还要做的事情很多。天一贸发不能一直靠着东南亚那边给我们接订单，我们要自己去寻找客户。还有，中国的茶叶品种繁多，我们要走出福建，不能仅仅局限于供应福建省的茶叶，像云南的普洱，安徽的黄山毛尖，北方的菊花茶，都有值得拓展的前景。"

郭贺忍不住插嘴道："我年轻的时候在部队当兵，队伍里面有些人来自蒙古，他们说在他们那个地方的游牧民族，和中亚的穆斯林，人们日常都需要大量的茶饼，所以这或许也是一笔不小的生意呢。"

郭诚接过话茬："郭贺提醒得好，中亚穆斯林对茶饼的需求量很大，这方面以前都是通过骆驼运输，从中国的包头、山西那一带走过去的，时间长，费用高。这个生意我们完全可以做，利用海路运输到天津，再从天津走陆路过去。"众人纷纷热议着。

郭府老宅，玉洁卧室。

郭玉洁躺在她郭家老宅卧室的床上，两眼盯着天花板发呆。乡村的日子平静而简单。和鼓浪屿相比，这里的生活一开始那股兴奋劲过了以后，就显得无聊。母亲郭月把玉洁转到邻村的国立中学上课，在他们离开鼓浪屿后不久，鼓浪屿就被日军占领了，小岛上的外籍居民还有很多华侨富商家眷大多逃了出来，留在鼓浪屿的，只有零零星星的，不到原先常住人口的两成。岛屿上的房子大都空着。郭家花园的看门老张头捎话过来说，现在郭家花园还算安好，日本人过来搜查过几次，拿走了一些字画、古董还有客厅的家具，以及书房的那台三角钢琴，说是征用作为战争物资，南洋女中也都停课了。

玉洁现在上的这个当地的国立中学，是男女混校。所学的课程，跟她在鼓浪屿上的大不相同。英语课，物理课，化学课，这些玉洁原先很喜欢的课程，在这里都没有开课，每周主要的课程就是两门：国文和数学，每礼拜一次的体能课就是做操，老师让同学们在学校外面的土坡上排成一队一队的横队，用学校的大喇叭播放留声机的广播操，老师带着大家比划几下，划拉几次手臂，弯弯腰，踢踢腿，就算是体能课。这与玉洁原先在南洋女中，每两天一次的体能课程完全不是一码子事。在南洋女中，她们的体能课科目包括排球、篮球、足球、田径、游泳等多种专业。玉洁总觉得几百个同学排在一起，站在土坡上随着大喇叭的声音做那个广播操，有些滑稽，真是浪费时间。

今天实在不想上课，玉洁找了个借口，说身体不舒服，就在家逃课了。也刚好是女孩子来月经的时候，觉得肚子闷闷地疼，今天的早饭都没吃。母亲还在前面的商号忙着，早上过来嘱咐她喝了一碗中药，让她自己在屋里好好休息，小春在一边忙着整理她的衣服。

玉洁很怀念她在鼓浪屿的书房，那里几个书架上面，有几百本外公寄过来的，以及母亲从书店买来的中外名著。玉洁从小就喜欢读小说，最早开始读的是古诗和中国古代名著，例如《三国演义》《水浒传》，后来慢慢喜欢上外国小说，大仲马的，莎士比亚的，还有维克多·雨果的。可是这次逃难到流传村老家什么都没带，这里就只有那么两三本书，早已经被她读过许多遍。玉洁突然想起来，外公的卧室套间好像有一些历史和地理书，记得还有一套《大英百科全书》，她想过去拿来看看，便从床上坐起来，走到洗手间洗了把脸，换了一件衣服，拿出外公卧室的钥匙走出房门，这钥匙还是外公亲自留给她的。

刚一出门，就撞上了郭亮舅舅的太太郑丽慧舅妈，舅妈的房间和玉洁的卧室都在二层北侧，房门开着，见玉洁从门前走过，迎上来叫了一声："是小洁啊，你今天没去上课？"说着伸手拍了拍玉洁的肩膀。玉洁闻到空气中一股浓重的香水味，这味道是舅妈身上的，和母亲的香水味完全不同，很浓，有点呛人。

两人寒暄了几句，玉洁告辞后走到外公房间，打开门锁，走进去把门关上。

对于这个舅妈，玉洁从小有所耳闻，她是官宦人家出身，她爸和她哥据说都是当官的，都在县政府里面做一个小官。下人们嘀嘀咕咕的话有些传到玉洁的耳朵里。都说这位舅妈——用人们称呼大太太，喜欢华装打扮，总是披金戴银的一身珠光宝气，而且生性比较跋扈，对下人多有呵斥，在整个郭府各房各室的主人家里，这个郭亮太太的凶狠是出了名的，下人们都很怕她。如果哪个用人轮到服侍这位大太太，总是战战兢兢的，生怕出一点差错。郭亮舅舅这些年基本上无所事事，通常也不着家，喜欢抽他的大烟，而且他在郭府老宅原本有一妻一妾，舅妈郑丽慧是正房，还有一个偏房是几年前娶过来的，可是郭亮舅舅在外面邻村又包养了一个唱戏的。郭亮舅舅现在基本上都住在外面，难得回来。舅舅和舅妈郑丽慧育有两个孩子，一女一男，现在都跟着舅妈生活，另有两个丫鬟伺候。作为正房太太，舅妈郑丽慧每天的兴趣，就是穿得漂漂亮亮的四处找人打牌搓麻将，基本不过问孩子的事。本来她多数时间不在郭府老宅，上次天一信局结束营业后，这位舅妈反倒比以前更经常地回来老宅住。

也许是因为丈夫长久地不在家，郑丽慧的雌性荷尔蒙得不到正常发泄，最近这段时间，她的脾气变得异常地火暴。听小春说，上个礼拜侍奉郑丽慧的丫鬟趁着主人午休的时候偷偷吃了茶几上的两块点心，不巧正好被郑丽慧看见了逮个正着。郑丽慧二话不说，拿起桌上的开水瓶，打开瓶盖，直接朝丫鬟的后脖子灌下去，半瓶滚烫的开水一下子浇入丫鬟的后背，小丫鬟痛得在地上打滚，整个后背起了一层薄膜一般的水泡，至今还在地下室的床上趴着，动弹不得。

玉洁收回思绪，信步走到外公书架前，随意浏览着，取出了其中的一本书：《西洋历史三百年》。靠着窗户，翻开读了起来。

正看着书，小春敲门走进来，提醒玉洁："小姐，您今天身子不舒服，不要太多走动呢。"玉洁顺着窗户望下去，太阳明媚，是一个风和日丽的日子。她对小春说："你跟我下到中庭吧，我去看书。"

郭府老宅是一个回字形的建筑，中间有一个几百米见方的中庭，中庭是露天的，光线可以照射进来。中庭有凉亭，花草植被，还有几把休闲的椅子。记得小时候刚开始走路的时候，母亲经常在中庭草地上，牵着玉洁的手，一步一步蹒跚着学步。玉洁随小春来到中庭，找了一把椅子坐下，这边小春把一个加热的垫子用布绳绑到玉洁腰上，说里面有中草药，可以舒缓经期疼痛。"小春，上回在你们家住了两天，我看你那两个哥哥都好帅啊。"玉洁对小春说。

"小姐您取笑我们。"小春笑了笑，她知道玉洁指的是上次逃难回流传村的路上，先是躲飞机轰炸，包裹丢失，后来粮食被抢，玉洁脚上起水泡，临时改道到小春的老家紫云村住了两个晚上。

小春家里有爸爸妈妈和两个哥哥，都是替人种地干农活的贫苦农民。小春父亲是长工，帮村里的大户人家种田，两个哥哥现在也都在村里打短工，是老实巴交的农村人家，当时把小春卖出来做丫鬟，也是她父亲要筹一点钱，预备日后给她的两个哥哥娶媳妇盖新房。这些年小春在郭家当丫鬟，太太对下人还是很照顾的，每个月都按时给钱，逢年过节还会加上额外的过节红包。小春都把这些钱寄回家里，补贴家用，所以小春成了他们家最重要的经济顶梁柱，这次小春带着郭家太太小姐来到小春家，可是把小春一家感动到了，他们觉得这是他们家的荣耀。这样的穷苦人家，从来没有接待过天一信局老板这种贵客。乡下人观念守旧，总觉得主和仆，那是天和地两重世界，主人是高高在上的尊者，仆人永远要任凭主人差遣。上次和母亲去紫云村是临时的主意，事先也没有通知。到了小春家里，小春父母赶紧把自己的房间腾出来给太太和玉洁住，那边就赶着张罗杀鸡买菜，还拿出原本只有过年才用的腊肉招待，几乎把家里所有的家当都翻出来款待郭家母女。小春家的农村房子很简单，就一间房，平常几口人一起睡大通铺，把房子腾出来后。他们一家几口就在小院里搭了个草铺。郭月过意不去，可主人家说什么也要这样安排。小春第二天就奔流传村报信去了，让郭府的人赶过来接人。临走前，郭月让郭贺给小春父母一些钱，可这对老实的农民夫妇无论如何不肯收。用他们的话讲，小春平常在郭府干活，受到郭府主人的很多照顾，这次郭家太太过来，那就是稀客上门，招待客人吃住哪能收钱呢？郭月见拗不过他们，也就没有坚持。

"是啊，我那两个哥哥都在准备娶媳妇呢。"小春说道，"大哥的媳妇早已经定好了，聘金也下了，正在等着选一个吉日办喜事呢。二哥的事我爸正托媒婆张罗着呢。"

"你二哥不大呀。"玉洁看了一眼这个比自己大几岁的女仆，禁不住说了一句，"当农村人也挺好的啊，简单快乐。"

"小姐您这是站着说话不腰疼嘞，农村好是好，可是没吃没穿的日子苦着呢。特别是女人家，一嫁过去，侍奉公婆，没有自己呢。"

这边两人正闲聊着，郭贺走了过来，向玉洁点点头："小姐好。"随后对小春说道："小春你一会儿这边忙完以后，去药铺买几包当归，送到厨房。"

"好的。"小春应了一声。

34

流传村，郭家老宅

流传村，郭家老宅，郭诚房间。

"好啊好啊，这是件大好事，要好好地操办。"郭月朗声笑道。在郭诚的房间里，郭月和郭诚夫妇三个人坐在茶桌前，正轻松地喝着工夫茶。

郭诚的女儿郭玉珠和郭月的女儿郭玉洁是表姐妹，都是属于玉字辈的。玉珠比玉洁大五岁，中学毕业以后，在厦门市里的银行当了一名出纳，玉珠是自由恋爱，她的对象是市立中学的科学老师，从国外留学回来。两人谈了三年的恋爱，现在到了谈婚论嫁的时候了，郭诚坚持女儿的婚事应该回老家来办，郭月很是赞成。"这些年商号的事，郭家的事，都有很多不顺，许久没有开开心心地闹一场了。正好有这么一个机会，我们来大办一场，让玉珠的喜庆冲一下那些晦气。"

郭诚太太说："可惜她叔公来不了了。"郭月说："嫂子，这不打紧的，我们郭家各房各室的人都在，自己招呼起来，婚礼还要请人拍成电影。等到战争结束了，给南洋我父亲寄过去，老先生一定会很高兴的。"

郭诚点点头，接过话茬："婚礼这件事，我看还得郭月你来主持。你是天一的大东家，由你来主持这个婚礼是最合适的。"

"好的，我很乐意做这个事。还有婚礼的操办，我让郭贺帮忙张罗起来。对了，婚礼举办的当天，女方的家长要致辞并且献礼的，这个嫂子你来吧。"郭月问郭诚太太。

"啊，不行不行，你知道的，"郭诚太太连忙摆摆手，"我又不识字，从来做不了那种台面上的事。"郭诚太太没上过学，是一个老实巴交的乡村妇女，她红着脸说。

郭诚附和着说："是啊，这个婚礼祝词和感谢的话，可以由我来说，但是给新人送礼的事，还得郭月你来。"郭诚指的是郭家几代延续下来的嫁女传统，就是每当郭家女儿出嫁的时候，娘家人总有一个长辈出面代表娘家人送给新人三样礼物。郭月笑着应了下来，想起当年自己出嫁的时候，是母亲代表郭家交给她礼物的。

按照当地的传统，婆亲嫁女都要赶早，图的是早过门早生贵子，早过门早有福气。大户人家更讲究这个，很多人家都是天还没亮迎亲就开始了。按照习俗，一大早要由男方的母亲陪着新郎官上门，用轿子马车，或者更讲究的人家用汽车，把新娘接过去，在男方家庭举办婚宴。两位新人洞房之后，第二天自然是要双双回娘家，这需要邀请男方的父母一起过来，在女方娘家这边再办一次酒席，这样婚礼仪式才算完成。

郭月让郭贺把郭府大宅中间的院落，就是原先用于供天一信局各地经理和伙计们出差住宿的客房打扫出来，准备做新人的洞房和招待婆家客人的住处。酒席呢，则摆在天一信局前面的广场。郭家邀请了全村各家各户一起前来喝喜酒。按照计划，酒席要摆上六十桌，可以同时招待六百个人，乡下的红白喜事都是流水席的，辈分高的参加首轮宴席，吃过后撤下碗碟，再开第二轮，第三轮，从傍晚一直吃到深夜。

按照习俗，来吃酒席的人都要送上一份红包随礼，而郭家一向的做法，则是在送请帖的时候特意注明：新人喜事，一起开心，礼谢红包。如果有实在坚持要送红包的人，郭家会把所有的红包汇总起来，做成善事牌，捐给村里的祠堂，作为祠堂的日常经费。

为了把这次婚礼办的更加热闹，郭月特意叮嘱管家郭贺，请来附近最出名的戏班子，准备连着三天搭台唱戏，让郭家和整个流传村都红火热闹起来。

这边，郭家上下，婚礼筹办的一切都在紧张喜庆地忙碌着。玉洁带着小春跟在玉珠的身旁，帮忙做新娘子出阁前的各项准备。"嘿，我那个要娶你的姐夫帅不帅啊？"玉洁问玉珠。

"你表姐夫是属于知识分子型的，不像我们院里的伙计，例如大旺那种帅气的男人。他戴着一副深度眼镜，但是他可博学啦，什么现代科学，西洋历史地理，还有中国新文化运动，以及什么五四学潮，他可是都懂。他还知道怎么算我们村口那条河水潮涨潮落的潮汐周期呢。他曾经带着我，算好潮汐周期到河边去摸鱼，我们摸出来的，可是比别人多出好几倍呢。"玉珠沉浸在对自己心上人的欣赏中。

"那你嫁过去以后就准备专心当太太了吧？"玉洁问道。

"才不呢玉洁。"玉珠对玉洁说，"我们都商量好了，几年之内先不要小孩，他那边忙他的事，我呢也要做一名独立新青年。"

这边两姐妹唠着家常，一边整理着玉珠母亲给她准备的陪嫁箱子，玉洁眼尖，一下看到箱子底下有一把用白色象牙薄片做成的扇子。"这是什么？"玉洁有些好奇，拿起来便要展开来看。

玉珠连忙一把抢了过来："你小女孩家哪懂这个，你别看。等你长大了，你妈也会给你的。"

"就看一下怎么了？"玉洁禁不住玉珠的戏弄，从对方手上夺回扇子，打开一看，顿时羞红了脸。原来这个扇子上面的图画，都是男女做爱的春宫图，这也是民间富贵家庭女儿出阁前，母亲给女儿陪嫁货品的压箱底货。在中国的传统文化中，谈论性是一件很忌讳而难以启齿的事，父母不会直截了当地告诉孩子有关性的知识，而且学校通常也不会讲授这方面的课程。做母亲的通常就是通过这样的方式，悄悄地让女儿在出嫁前，心里有所认知。只见这把象牙扇子上面刻画有七八幅春宫图，形象地描绘了一对青年男女交欢的各种姿势。

玉洁说："我在鼓浪屿上学的时候，我们是上过生理结构课的，这些我早就见过了。"

玉珠惊讶地张大嘴巴。

"是啊，我们上生理结构课的时候，男生的图片，女生的图片都挂在教室里，老师还把各个器官的作用跟我们详细地讲解了一遍。"玉洁不以为意道。

玉珠拿手轻轻地敲了敲玉洁的脑门："你这个小丫头真不害臊，我们上课可从不教这些。"

两个人正说着话，郭月和玉珠的母亲走了进来："你们俩在干吗呢？都准备得怎么样了？"郭月问道。

"都差不多了，姑姑好。"玉珠忙起身问候。

"真快啊，你出生那会儿，每天晚上都爱大声哭叫，吵得大家都不得安宁。吃奶的时候也不安分，咬你妈的奶头，这些事情好像还在眼前呢，一转眼你就成大姑娘了。"郭月笑道。

"姑姑您婚礼上可不许说这个。"玉珠红着脸说。

"好，不说这个。哦对了，你那天可要化妆，好好打扮起来。那两天我们都安排人录影，要拍成电影，回头送到南洋，让你叔公他们好好看看。"郭月说着，递给玉珠两身旗袍，"这是姑姑我专门为你定做的，一针一线都是我自己亲手缝的，这些纽扣也是我自己亲手钉上的呢。"

"谢谢姑姑。"玉珠开心地接过郭月递给她的旗袍。只见旗袍上面的一排纽扣，每一粒用的都是金边镶嵌的翡翠。

"这是我祖母留下来的习惯，"郭月见玉珠端详着那排翡翠纽扣，笑着解释道，"郭家每个女眷旗袍上的纽扣，用的都是这种K金镶嵌的缅甸翡翠。你曾祖母一生最喜欢翡翠，从她开始起了这个创意，就在郭家一直沿袭下来，你母亲，我，还有几位姑姑，小姨，只要是郭家闺女或者是娶进来的正房太太，每个人的旗袍都用翡翠纽扣。"郭诚太太在一旁点点头。

玉洁回想起来，母亲的几件绸缎旗袍也都是翡翠纽扣的装饰。她又一次明白，真正大户人家的讲究，其实就在这些不显山不露水的地方。

35

流传村，天一大院广场

流传村，天一大院广场，下午五点时分。

今天真是一个好天气，秋高气爽，凉风阵阵袭来，天边的太阳正赶着往下落，晚霞映红了半边天空。这边郭府大院的用人们已经把广场四周的汽灯全部都点上，整个广场一片明亮，六十张桌子依次摆好，乡民们穿着喜庆的服装，陆陆续续来到广场就座。广场中间的台子正中央，供奉着郭家祖宗牌位。按照风水先生的计算，今天下午五点零八分是吉时时辰。

广场里的人都安静下来，看着戏台上高悬的大型挂钟。

"时辰到。"主持人喊了一声。一时间，戏台两边鞭炮声响起，噼啪噼啪噼噼啪，接下来是高亢的锣鼓声，新娘子坐着由四人抬着的红色花轿，走到戏台东侧。新郎戴着眼镜，穿着浅灰色西服，扶在新娘花轿的一边，新娘的父母亲则在花轿的另一边。

待鞭炮和锣鼓声停下，郭月走到戏台上："各位来宾，各位乡亲，大家好！万分感谢各位来宾各位乡亲今天前来祝贺郭家小姐与朱先生的新婚大典，这是郭家也是流传村所有人特别喜庆特别开心的一件事。我相信玉珠的婚事能够给我们大家都带来好运。"

"好！"台下几百号人齐声喝彩。

"现在我们有请新人上台，拜天地，拜祖宗，夫妻对拜，祈祷百年好合。"说罢锣鼓声再次响起，一对新人缓缓走上戏台，对着众人一叩首，转身对着祖宗牌位二叩首，最后面对面相互叩首对拜。郭月站在一旁，以娘家主持人的身份，端起酒杯，分别向一对新人，向夫家老人，再向广场的几百位宾客，各敬了一杯酒。

等众人稍微安静下来，郭月朝人群大声说道："各位，现在我代表郭家送给新人三件礼物，这是郭家的传统。"

玉洁坐在台下第一排酒桌，她知道母亲说的郭家传统是什么。听大人说，郭家只要有女儿出嫁，女方的家长要送给新人三件礼物作为祝福，也作为传家之宝。

郭月顿了一下，高声说："这第一件礼物呢，是玉珠的妈妈要送给女儿的。"说完她转身从服务生端着的盘子里拿出一枚翡翠戒指，把它戴到玉珠右手的无名指上，玉洁知道和这个款式一模一样的戒指，母亲也有一只，只可惜那次从鼓浪屿逃荒回来的路上，为了讨得一顿饭吃，母亲把那枚戒指送出去了。

"第二件礼物，"郭月继续说道，"新娘子，这是你要自己亲自动手的。"只见郭月拿出一把小剪刀和一个十公分大小的纯银盒子，对玉珠说道："你呢自己动手，从你父亲的头发上剪下一缕头发，放到这个盒子里。这个盒子你要一直带在身边，它是父母身体的一部分，它会陪伴你，祝福你，保佑你一生平安。"听到这话，玉珠热泪盈眶，强忍住泪水走到郭诚身旁，轻轻地拿起剪刀，在父亲的后脑勺剪了一小束头发，放到盒子里。这边郭诚忍不住紧紧地抱着玉珠。"这位当爹的，请你现在归位。"郭月笑着说了一声。

"好，最后一件礼物呢，是我们郭家的祖训。"郭月从服务生端上来的盘子里拿出一块红色的丝绸手巾，上面用金丝线绣着几行字。郭月捧着手巾，高声念道："以仁待人，以义相助，以礼持家，以智谋生，以信为本。仁义礼智信，这是郭家的传世家训。我现在代表郭家送给你。玉珠，你要谨记郭家祖训，相夫教子，服侍公婆，善待家人。你要时刻记住，不管人生有再大的风雨，再多的曲折，仁义礼智信是我们在这个世界上生活的信念和基础。"玉珠点点头，牵着新婚丈夫的手，一起接过了这块丝绸手巾。

"好，现在请大家入席，开宴！"郭月结束了她的婚礼主持人台词。

36

流传村，村头

流传村。

这一天，正在邻村国立高中上学的玉洁放学回来，和她的好朋友美兰骑着车往回走。刚刚进入流传村，就看到村东头的广场上聚着一帮人，两人好奇，凑过去一看，原来是县上组织的卫生队正在招募。

"借过。"玉洁拉着美兰挤到前面一看，只见一位剪着短发，身着白色大褂医生模样的人正在发表演说："现在国军和抗日联军在前线抗战，每天都是伤员不断。战争只要继续，每天就会有新增的伤员。我们的医院和医护人员远远不够，许多年轻的战士得不到及时治疗。各位乡亲们：爱国商号商人捐助物资，可以帮助我们采买医疗器械和药品，但我们现在更急需的，是护理人员。就在离这里三十里地的同安水头，我们计划设立一个新的野战救护医院，用于收治在前线对抗日本军队的国军伤员。但是我们现在人手不足，每天都有许多年轻的负伤士兵因为得不到及时的护理而丢掉宝贵的生命。"

"日本人！"玉洁牙根咬得紧紧的。上次在厦门轮渡码头被日本人凌辱，导致柱子为了保护她落下终身残疾。接着日本人占领鼓浪屿，更逼使她和母亲流离失所。这些仇恨的往事都历历在目。玉洁低声对身边的好朋友美兰说："哎美兰，要不我们也去加入这个护理队？"

"好啊。"美兰答应得很爽快，"反正现在这个书也没什么好读的，一点劲都没有。再说了，今年读完以后也没地方可去了，我妈又在开始张罗着要给我找一个婆家，我正发愁呢，正想跑外头去见识见识。"

玉洁点点头，朝前走两步，对桌子后面那位负责招聘的人说："我们想报名，需要什么条件吗？"对方回答："只要年满十六岁的女性，有过高小以上的学历，我们都很欢迎。进来以后我们会安排两个礼拜的护理知识培训。这两位小姐，现在是危急时刻，我们真的需要更多的护理人员进来，挽救伤兵的生命。"

郭玉洁和美兰在那个报名册上签了名，当场领到了同安水头野战医院护理人员的识别证。

这天晚上吃过晚饭，玉洁来到母亲郭月房间，小春正忙乎着替郭月剪旗袍的线头，就是把郭月今天做好的两件旗袍的线头剪干净，以便交给客户。自从招娣出走之后，小春就跟着郭月，因为玉洁已经长大了，生活已经基本上能独立料理，不需要太多的照顾，所以，小春大部分时间就跟着郭月。郭月为了培养玉洁的独立能力，从两年前开始就让她自己洗衣服，自己料理自己的生活起居。为此其他房室的太太们还笑话说，怎么会把一个小姐培养成一个平民的模样。

"母亲，"玉洁让小春在外间忙活，领着郭月进了套间里屋卧室坐下，然后开口说道，"我想去当护士。"她把今天在村头碰到的招募的事，大致说了一遍。

郭月静静听完，说："洁儿，你慢慢长大了，会有自己的想法和打算。你既然决定要去做护士，我并不反对，这也是一个很好的锻炼。但是你要做护士的话，为什么不选择到医院呢？你去那种战地医院，艰苦倒在其次，年轻人多一些艰苦的环境是有好处的。但是野战医院靠近前方，时不时地会有炮弹，空袭，那是打仗的地方，会有很多生命危险。你还太年轻，我倒是不主张你现在就去野战医院。"

玉洁依偎着郭月："母亲，县里面的医院，他们现在不需要人，再说了，那都得正规护士学校毕业的才可以。只有野战医院最缺人，而且他们的要求也不高，有小学以上文化就合格，他们还能提供两个礼拜的速成培训。受训以后，我们就可以上岗的，更何况照顾的都是打日本人的中国人，那都是抵抗日本人侵犯内地，替我们保护家园的人呢。"

郭月伸出手来，摸了摸玉洁的脑袋："你是我唯一的女儿，我希望你有更好的发展，有更独立的人格。现在我们都因为战乱受困在老家乡下，但是我总相信，再坏的局面都会过去。今后你自己要走的路还很长，所以你乘着年轻，出去多历练，这是好事。但是现在就把你送到前线医院，我是不能同意的。你外公要知道了，非得把我打死不可。"

"母亲，这可不像你啊，你可一直都是风风火火、敢做敢当的人哦。"玉洁使出激将法，"何况一起去野战医院的女孩子们多着呢，不会有事的。"

母女俩聊了半天，最后还是没达成一致。

玉洁回到自己的房间躺下，久久不能平静。脑海里总是浮现出那个日本兵端着刺刀刺杀长工柱子的画面。这天晚上，玉洁做了一个梦，梦见有一位血肉模糊的伤兵，挣扎着爬到她面前，伤兵满脸都是血，眼睛根本睁不开，伸出双手，死死抱着玉洁的腿不肯松开，玉洁的腿被抱得很疼，挣扎了几下，吓醒过来。玉洁坐起身来，忽然就想起以前上国文课老师曾经教过的李清照的七绝诗句。她打定主意，这是自己决心要做的事。

三天后的早晨，玉洁特意在天还没亮的时候就起床，她轻手轻脚地走到隔壁母亲的套间，把门推开一个小缝，叫过来刚刚起床的小春："小春，你来一下。"小春随着玉洁走到小姐的房间。

小春从玉洁七岁的时候就开始跟着她，看着玉洁长大，两人的感情既是主仆，又像姐妹。那天玉洁在房间里跟郭月说的话，小春也听到了一些。所以当玉洁把她叫过来的时候，小春心里已经明白了几分。"小姐您这是要走？"

玉洁点点头："嗯，我都收拾好了，你帮我把这封信交给我母亲，一定要替我照顾好她。"

"现在外面的局势很乱，你要多留点神。"小春是个听话的婢女，她知道小姐要做的事自有她的道理，不敢多嘴。

"照顾好我母亲的安全。"玉洁再三叮嘱着。

小春点点头："那我这就去把信交给太太。"

"不不，等我走了以后，你再把这封信交给她。我怕如果她知道我要走的话，再把我拦住，那我就走不成咯。"

小春见玉洁一副坚决的模样，也不敢再说什么。"那我帮你再收拾几件衣服吧。"

"不用，衣服我都弄好了，而且我去的地方离这里不远，大概也就是半天的路程。有机会我会捎信回来的，你就放心好了。"说着，玉洁走过来拥抱了小春，"你自己也要好好的哦。"

小春被小姐这么一抱，眼泪哗就流了出来："小姐，你真的就这样走了？我真舍不得你。"

"瞧你，年龄比我大，还这么爱哭。放心，不会有事的。那我走了。"说完，推开房门，径直走了出去。

37

同安水头，野战医院

野战医院位于同安水头村，是利用村里的祠堂临时改建的，大约有八十个床位，两间手术室，以及配药房。这是一个临时组建的野战医院，属于非官方的民间福利机构济慈会倡导成立的，通过募捐和招募志愿人员的方式经营。

玉洁和她的同学美兰来到这里后，经过十多天的速成训练，学习打针、包扎、伤口清创等急救知识，以及手术时作为助理的注意事项，还有一些基础药物的功效及识别，就开始由有经验的护士一对一地带着上工操作了。几乎每天都有新的伤员进来，所以大家忙得不可开交。有了众多病例的实践，几个礼拜下来玉洁已经基本掌握了所有的护理常识，知道什么情况下应该给伤员服药，什么情况下应该替伤员包扎，护理伤员时的注意事项，紧急大出血的止血方法，等等。最让她感到困难的是伤兵的心理疏导。受伤的都是年轻男人，在初始的伤痛过去之后，面对着自己被锯掉一只胳膊，甚至半身瘫痪的状况，很多人心里都无法平静。看一个大男人号啕大哭的景象，玉洁心里总是酸酸的。

这天中午，吃过简单的午饭，十几位护士正围坐在祠堂外墙歇息，护士长急匆匆跑过来："哎，姑娘们，赶紧起来，马上有一批伤员要送过来，我们赶紧动起来。"玉洁和美兰一听，赶紧站起身拍了拍屁股上的灰尘。"玉洁，还有你，"护士长指着玉洁和美兰，"今天你们俩到大门口，就负责一件事，快点。"说着就拉着玉洁的手往祠堂大门走去。

来到大门口，护士长交代说："一会儿过来的伤兵比较多，所以你们两人要做初步的识别，这个操作以前培训的时候教过你们的，但今天是你们第一次做，别怕，就按照训练时教的，相信你们自己，按照你们自己的判断来做。"护士长问两人，"都带着口红吧？"玉洁点点头，从兜里掏出口红。

"对，就用这个。"护士长说，"按照我们以前培训的时候教的，你们两个站在这个院墙的大门口，一左一右。伤员进来的时候，你们要快速地看一下情况，做出判断。能够治疗的就在他的额头上画一横道，让他们往里边走。如果是那种伤得特别厉害，你们估计救下来的希望不大，就在他的额头上画一个竖道，后面的护士们就会根据你们的标识做区别处理。凡是画横道的，会引导他们到祠堂里面安排做手术。画竖道的，我们只能先把他安顿到院子里，给他们一些止痛药。"玉洁记得很清楚，刚刚来到野战医院培训的时候，护士长培训时说过这个紧急处理方案，是用于伤员人数太多，医院处理忙不过来时候的应急方案，因为这是战地急救医院，如果遇上大量的伤兵突然涌进来，医院就那么几个医生，救助能力肯定不够，所以这个时候必须做出选择，尽量优先救治那些存活希望比较大的伤员，这就是所谓的画横道竖道的隐义。玉洁没想到今天她被护士长安排在这么一个以一支口红决定一条生命生死的岗位上。"护士长，我，我怕我判断不好呢。"玉洁有些害怕。

"现在情况紧急，我们顾不上那么多了，玉洁，勇敢点。"护士长说，"我们现在只有两名外科手术医生。正常情况下，每个医生一天能做三到四台手术，所以我们每天通过手术能够救治的伤员人数，你是清楚的。刚刚通报的消息说，会有几十个伤兵被抬进来。如果不加筛选的话，导致的情况就是，该治疗的人员反倒安排不上。"说罢，护士长转身走了。

玉洁看着她的同学美兰，只见美兰也捏着手里的那支口红，一副沉重的神情。

两个人就这么呆呆站了几分钟，不远处传来一阵急促的脚步声，抬头看去，只见一伙人有的抬着担架，有的用后背背着，正把一批伤员往这边送。首先进来的是一名躺在担架上的伤兵，肚子被炸开了，一条绷带紧紧地捆着腹部，能够看出肠子都已流了出来，玉洁赶紧走上前去，在他的脑门上画了一个横道，催着往里送。接下来，一位被人背着的伤兵，右边整只胳膊被炮弹给炸断了，鲜血淋漓的，美兰忙不迭地在他额头上画了一横。

接下来抬进来的这个人更加恐怖，他的半边脸已经被炸飞了，只剩下一只眼睛，半边嘴巴。玉洁惊恐地闭上眼睛，只好把口红在他剩下的半边脸的额头上，画了一道横线。

伤员们在玉洁和美兰的引导下一个一个往里走，突然间，玉洁身后传来护士长的叫声："玉洁，你下来。"玉洁转身一看，护士长正面对着她喊着，"你干不了这活，到后边忙去吧，把口红给我。"玉洁无可奈何地将手里的口红递给护士长，转身跑进祠堂。

她知道护士长是对的，刚刚放进去的十几个人，玉洁画的都是清一色的横道。她心里清楚，如果这么多人都往里送的话，这个野战医院，这么一点医疗能力根本救治不过来，可能导致更多的生命无法得到及时治疗。可是她面对着的，是一个个鲜活年轻的生命，玉洁无论如何下不了那个决心，去往任何人的额头上画竖道。这不是她有没有能力和常识去判断伤员受伤的情况，而是她心里实在承受不了，仅仅靠这一道竖道，就要把一个鲜活的生命送往死亡的悬崖。

祠堂里一片空前紧张而忙碌的模样，两间手术室每间都分别安排了两张手术床位，手术医生一刻不停地紧张忙碌着，两位志愿者手术医生，每人都要同时处理两张手术台，治疗两名伤员。左边手术台，刚刚把伤员大腿的弹片取出，趁着护士帮忙做清洗和包扎的当口，手术医生立即走到右边的那张台子前，开始救治另一位伤员。

整整忙到晚上八点钟，才把中午时分送进祠堂的二十几个伤兵大致处理妥当，两位手术医生和十多个护士稍稍松了一口气。玉洁抽空上了趟厕所，正好在厕所门口碰到护士长。"护士长，我，我没做好。"

护士长是一个三十多岁模样，略微发胖的女人，一看就是在这种战地护理行业做了多年有经验的人。"你呀，要是在平常呢，我也不怪你。十多岁的小姑娘，而且我听说你还是大户人家出身，肯定没有见过这样的阵势。这几个礼拜下来，你已经做得很不错了。但是今天你犯了大错。你觉得你在试图挽救每一个生命，可你不明白的是，如果我们只能救二十个人，而你却让四十个人同时进来，导致的是连二十个人都救不活。"

玉洁知道对方说得对。"护士长，道理我是明白的，可是，可是……"玉洁欲言又止。

"可是什么？"

"可是我实在无法面对。我从今天下午到现在，都不敢到院子里面去。"玉洁指的是在院子里躺着的那几十位生命垂危的特重号伤兵。

"我一会儿会安排几个人过去看一看，只要我们这边的两位医生还有能力手术，我们一定会再想办法多抬几个人进来。你还是先去歇一口气。"护士长忙着走开了。

这天晚上，玉洁翻来覆去地睡不着觉。一闭上眼睛，眼前闪动的，都是一个个血淋淋的伤兵模样。

几天后的上午，玉洁正在祠堂摆满的病床前忙着，门口有人喊道："玉洁，有人找你。""好的，马上就来。"玉洁把手上的活交给美兰，转身往门口走去。

走到祠堂院门门口，见到来访的人是大旺。"大旺哥，你怎么来了？"玉洁高兴地叫了一句。上次在从鼓浪屿回流传村老家的逃荒路上，郭月母女多亏了大旺帮忙。后来，在母亲的安排下，聘请大旺到新开业的天一贸发行做事。大旺是一个非常踏实肯干的年轻人，不仅人很勤快，做事也十分严谨，自从来到郭家，大小事交他办理，至今没出过一次差错，所以郭月和管家郭贺对这个小伙子都很满意。

"你好小姐。"大旺迎上来问候了一句。

"什么小姐，你叫我玉洁，不能再叫我小姐了。"玉洁笑着回了一句。

"是，小姐。"大旺赶忙回答道。说罢，自己都不好意思地笑了。"是这样的，太太让我给你送点生活用品过来。"说着他递过来一个背包。

玉洁打开一看，里面有换洗的衣服，牙膏牙刷，两本书，几盒巧克力糖果，还有玉洁特别喜欢吃的母亲自己做的郭氏米糕。"好棒。大旺哥你等我一下，我把东西放下，一起出去走走。"玉洁开心地说道。对于这位比自己大五六岁的年轻小伙，玉洁打心里敬佩，不仅仅是因为在那次逃荒路上大旺帮过母亲和自己，而且自从他来到天一贸发行以后，母亲多次夸赞。在玉洁的心目中，这就是一位靠得住的大哥哥。

"家里怎么样呢？"玉洁领着大旺走出祠堂，在水头村周围的乡间小道上散着步，开口问道。自从她离开流传村来到战地医院当护士，玉洁已经有两个多月没回家了。"都好，没什么大事。"大旺说道，"听小春说，小姐离开的那天，太太伤心了好久，后来还是小春提醒太太要做裁缝，才让太太静下来。商号的事也都正常。"

玉洁想象得到自己的不辞而别一定给母亲沉重的打击，心里充满了歉意，她试图转移话题："原来信局的那些客人还有联系吗？"

大旺说："信局那块生意停止后，零零星星的有一些侨眷把他们手头上的物资拿来，找到我们想变卖，但我们没有这块业务。因为战乱，许多侨眷的生活现在都没有着落。"

两个人说着话，不知不觉已经走到了村外。"大旺哥你这次会住下来吗？"玉洁问道。

"这次出门前，头家交代说商号那边最近没有特别要紧的事，让我可以多待几天。要不你们这边有什么需要帮忙的，我也帮着干一点体力活？"大旺反问道。

"好啊，我去跟护士长说说，你就在我们男员工的宿舍里住几天。我们这里真的缺像你这样的壮劳力呢。"

没想到，大旺来得还真是时候。

38

同安水头，野战医院

第二天，野战医院突然来了一队保安团。水头村这个地方名义上还是国统区，但这里和厦门岛只有一水之隔，而厦门岛如今是日本人的管控，所以水头这一带是军事前线，有很多碉堡和驻军防线，管理上也是多方势力交错复杂。除了国军驻守部队，地方上的管理名义上有国民政府的乡镇机构，但实际上还有一个被日本人控制的保安局，这个保安团，就是属于保安局的地方武装。

十几个人进入祠堂，不容分说抓走了过去几个月一直在这里做手术救治伤员的两名外科医生。为首的保安队长恶狠狠地对围上来的护士长说："这两人本来是厦门市医院的医生，偷偷跑出来，没有经过皇军的同意。他们到这边来做手术，这是通敌行为。日本太君下命令要把他们抓回去。"说完，十几个荷枪实弹的保安团士兵，把两名外科医生押走了。

大旺正好在祠堂院子里劈柴，看到了整个事情的来龙去脉。

保安团的人刚刚离开，玉洁急忙跑到大旺跟前："大旺哥，你看到了吗？"

"嗯。"

"你看这怎么办？我们这里现在只有三名医生，其中两名手术医生是从厦门来的，另外还有一个是内地过来的，两天前刚到。他们都是志愿人员。现在这两个人被抓走，我们这个医院根本就没有能力再做什么救治手术。"

大旺点点头："这里其实是日本人和国民政府交错的地方，日本人不敢直接过来，就让这帮汉奸出面，一群混蛋！"

"小日本，就是一帮禽兽。"一提到日本兵，玉洁就恨得咬牙切齿。

"你在这先等一会儿，我去打探一下。"大旺放下斧头，抬腿往外走。玉洁跟在身后说道："我跟你一起去。"

"人多反倒不太方便，我就一个人出去先看看，你等我的消息。"大旺止住玉洁，一个人快步出了祠堂院门。

大约一个小时后，大旺回来，拉上玉洁找到了护士长，说道："护士长，刚刚玉洁让我去打探一下。我了解到了，我们医院的那两名医生被关在林家村的一个牛棚里。我都悄悄侦察好了，好像说他们把两个人先关起来，在等日本人的指令呢。"

"哦，那怎么办呢？"玉洁问道。

大旺看了护士长一眼，说："护士长，其实我们是可以把这两名医生救出来的，但就算把人救出来，以后放哪呢？"

护士长说："我们刚刚已经通过济慈会，跟当地的保安局提出交涉，这家医院是民间医院，不带有任何政府的色彩，他们这样公然把医生押走，这是违背战争公约的。"

"那好，今天晚上，我去想办法把人救出来，只要能把这两名医生的后续保护做好。"大旺表示。

护士长说："谢谢小伙子，如果能这样是最好的，我们也已经请到了国民政府，他们会派一个班的士兵，明天就会赶过来，保护这个野战医院，我们这里的手术和救治不能停。"大旺点点头："那今晚我来想办法。"

"大旺哥，我跟你去。"玉洁随着大旺离开护士长工作台，来到空旷的手术室，说道，"你这次一定要带我和你一起，因为我有秘方。"

大旺很惊讶地看着这位大小姐出身的女孩："你有什么秘方？"

玉洁从手术室立柜里拿出一个包包，里面装着玉洁的私人物品，玉洁从包里掏出一个药瓶，递给大旺，解释说："这个就是当年，郭贺伯伯救我的时候用的那个迷魂药。他们当兵的一定会有看守，我们用这个迷魂药往他的鼻子上一捂，他两秒就晕过去了，这样我们就可以从容地把人救出来。我知道这药特别管用，是郭贺伯伯放在我包包里应急用的。"

大旺点点头，收下了玉洁的药瓶。

当天夜里，两个人趁着天黑溜出水头村，来到隔壁的林家村，大旺下午已经侦察好了这个牛棚的位置。

今晚没有月亮，牛棚四周一片黑暗，两人在离牛棚十来步的地方蹲下来，看着眼前的动静。牛棚门口只有一名团丁，端着枪把守。所谓的保安团，其实就是附近拉来的壮丁，没有经过多少正规训练。大旺看到这名团丁抱着枪，坐在牛棚门口，斜靠着后面的木头矮墙，正半迷糊地打着盹儿呢。

大旺朝身边的玉洁比划了一下手势，两个人箭步冲上前去，大旺一把摁住团丁，将他压在地上，玉洁敏捷跟上，随手用那个蘸好迷魂药的手帕，紧紧捂住被压在地上的这名团丁。几秒之内，团丁挣扎了一下，一声不响地昏迷过去。大旺一招手，两个人打开牛棚大门，见到两位医生被反捆着双手，扔在牛棚的一角。两人赶紧把医生的绳索解开，带着他们快速逃了出来。

第二天，水头村的野战医院来了一队国军士兵站岗防护，大旺告别护士长和玉洁，踏上回流传村的路。

39

流传村，天一贸发行

流传村，天一贸发行。

这一天，郭月正在流传村天一总局的办公室里忙着，大旺走进来说："头家，邻村的田嫂要找您。"

"快把她请进来。"郭月说道。

田嫂随着大旺走了进来："大妹子你好啊。"

"哟，是田嫂啊，快快请坐。"郭月起身招呼道。

这田嫂是邻村的，她丈夫和哥哥都在菲律宾经营药材批发生意。他们家的生意做得不错，这些年每年都定期往老家寄钱寄侨汇物资，是天一的多年老顾客。郭月拿起开水壶，把茶桌上的茶壶烫好，放入茶叶，斟了一杯工夫茶，递到田嫂面前："您喝茶。"

"不用忙，不用忙，我就想来跟大妹子您这位天一的头家说点事。"田嫂说道。

"您先喝茶，我们慢慢聊，不急。"

"是这样的。"田嫂从她随身包里，拿出了几样东西摆到茶几上，"您知道这些年因为日本人侵占，南洋那边的侨汇物资呢，已经断了很长时间，没有东西寄过来。我呢一个女人家带着公公婆婆还有三个孩子生活，日常费用有点周转不开了，所以呢我想，把一些值钱的东西拿来，头家您帮我看一下，看看能不能变卖点现金，好接济日常的家用。"她指了指茶几上那几样物品。

郭月拿起来端详了一下，这是两对翡翠手镯，一枚钻石戒指，一台相机，还有几块布料。郭月知道这些物件都是她的家人经由天一信局捎回来的侨汇物资。"田嫂，您这是？"郭月问道。

"哦，我就是收拾一下，把家里面一些比较能拿得出手的东西拿过来，请您看看，能不能把这些东西折算成现金，看看您这边有没有人要收购的，我想把这些东西变卖出去。"田嫂说出了她的目的。

郭月说："可是田嫂，我们商号不做这个买卖业务呢。您知道我们原先的天一信局一是帮忙侨眷写家信，再有就是帮忙南洋华侨把侨信、侨汇物资送到家人手里。现在我们的贸发行主要做出口商品，您这个东西还真的不在我们的生意范围呢。"

"这个我清楚。但是我想，你们生意做得挺大的，您也见多识广，像我们平常人家有一些零零星星的，还算值点钱的东西，如果能有什么路径把它变卖出去，或许能够帮我们撑过这一段。您知道这一家老小六七口人，要吃饭过日子，实在是过不下去了。钱多钱少呢，您看着办，只要能够帮我们渡过这一阵难关就行了。"田嫂说着说着，眼泪就流了下来。

郭月认识田嫂很多年了，也曾见过田嫂丈夫两面，这是一户很本分过日子的乡下人家，这些年像他们家的情况不少，大多是青壮年劳力下南洋打拼，剩下老人妇女小孩留在老家，平常都靠南洋接济生活，家里人没有多少自我谋生能力，如今侨汇一断，日子一下子没了着落。

　　郭月替田嫂再续上一杯茶，说道："田嫂您放心，我一定帮您问问，可是一来呢，这也不好说多长时间能够脱手。二来我得知道，要是有人喜欢的话，您要什么价钱呢？这个您得拿个主意，我好心里有个数啊。"

　　"钱多钱少，不瞒您说我倒是不太在意。现在我比较着急，能变换一点钱补贴家用，去买米买油，这是最重要的。家里实在已经揭不开锅了。"田嫂一脸的愁戚。

　　"那您容我想一想。"郭月站起身来，在屋子来回走了两圈，然后停下来对田嫂说，"您看这样好不好，我这边呢，让账房先给您支一百大洋，您先拿着家用。这两件手镯呢，您还是拿走。因为这东西容易摔碎，再有呢，我记得这个翡翠手镯是当年您成亲的时候，您先生从南洋买了特意送给您的。我还记得我参加过您的婚礼，所以我有印象。毕竟是您的成亲礼物，就这样卖出去终归不好。所以您把这两只手镯收起来，剩下的东西您先放我这儿，您告诉我一个您想卖的价钱，我帮您张罗着。如果能够找到想买的人家，我就扣掉今天给您的这一百大洋，剩下的钱，我托人交到您手上。当然我也不太懂行，但是我初初看过去，您的这几样东西怎么说也能够卖个五六百大洋，您看这样行吗？"

　　"那太好了，太好了，头家啊，这样的话呢，就解决了我的燃眉之急，真的是太谢谢您了。"田嫂站起来感激涕零地说道。

　　"哪里话，都是乡里乡亲的，我们就不用客气了。现在是战乱时期，我也知道大家都很困难。能帮忙做一点，也是我的福分。"说罢郭月走到门口喊来大旺，"大旺，你领着田嫂去贵重物品保险库，把这几样东西做个登记，请田嫂按个手印，给田嫂一张天一的二联单。然后你再领田嫂去会计那边，先预支一百大洋给田嫂。"

　　"好的，田嫂您这边请。"大旺领着田嫂走出了房间。

　　郭月思考了一会儿，走出房间，来到二楼另一侧的郭诚办公室，敲了敲门，走进去。

"哎，小妹，我正在泡茶，这可是正宗大红袍，你来得正好。这包茶叶呢，是一个朋友带过来的，一起尝尝。"郭月点点头，在郭诚的对面坐下："郭诚哥，我想跟你商量个事。"

郭诚打断说："先不忙说事，我们先好好地品这茶叶。喝茶是很讲究的，尤其是武夷山的岩茶。"郭月知道郭诚对茶叶颇有研究，只要遇上好茶，他总是特别兴奋。

"你知道吗？大红袍虽然很多，但是正宗的必须是三坑两涧种出来的茶叶，才是真正的老坑岩茶，那可是难得一见的。老坑茶叶的味道醇香，颜色金黄，回味无穷。抿一口，你能够品得刚刚入口时的那股子香气，略带一点苦味，然后它的中香扩散开来，让你的整个胸腔弥漫着浓浓的一股子茶香。清朝乾隆皇帝评价说'就中武夷品最佳，气味清和兼骨鲠'。晚清名人梁章钜先生在游武夷时夜宿天游观，与道士静坐品茶，将武夷岩茶特征概括为'香、清、甘、活'四个字。"郭诚说得眉飞色舞的。

郭月耐着性子听他谈论茶道，按郭诚的指引细细品了几口，果然不错。

茶水喝过三遍，郭月把杯子放下，说道："我们来说说正事吧。刚刚邻村的田嫂过来。"郭月把过程大致说了一遍，接着说，"现在陆续有很多有这种需求的人找我们打听变卖物资的事，很多人因为战争断了侨汇，日常开支都接续不上。这些人家呢，家里都或多或少有一些值钱的东西，他们很想把这些拿出来变现，但是苦于没有一个很好的流通渠道。如果他们把东西拿给那些上门收购的二道贩子，就被当成破铜烂铁，几块钱打发了，简直就是暴殄天物。那些黑心的贩子往往乘人之危，恨不得一只价值五百大洋的钻石戒指只给你三块钱，所以这个变现渠道不是个办法。"郭月顿了顿，接着说："我在想，我们现在的茶叶出口刚刚开始，业务量还不大，天一老员工还有不少人手闲着，是不是可以利用我们的伙计，加上我们这些年天一信局积累的侨眷关系，做一个侨汇物资的寄售业务呢？"

"你的意思是我们开一个当铺，把东西买下来，我们再后续卖出去？"郭诚问道。

"不不不，我们不能做当铺。一来呢，你知道当铺绝大部分都有点黑心窝，乘着人家急着用钱，把价格压得很低，然后高价卖出，暴利豪夺，我们不做这种事。再者呢，如果开当铺，一定会积压不少资金。当铺的东西少，你铺子排面展不开，但是东西多的话呢，资金周转是个问题。所以才有当铺三月不开张，开张吃半年的说法。我琢磨着我们可以采用一种寄售的办法。"郭月打磨着自己的思路。

"寄售，咦，这个词倒是挺新鲜，怎么做寄售呢？"郭诚来了兴致。

"这种业务我在新加坡的时候看见过。"郭月拿起田嫂留下的相机说，"就好比这个相机吧，全新的大概要三百块大洋。眼前这个相机差不多有九成新，我估摸着市值怎么也得有二百块大洋左右。如果有人要把这个相机拿去当铺当货的话呢，当铺收的价格，也就是五十块六十块，但是我们做寄售，就可以让这个想卖相机的人，定一个他期待的心理价位，例如一百五十块大洋。当然了，这个价格我们的伙计可以跟物件的主人一起商量，给他提建议，但最后要卖多少钱，是由这个物件主人来定的，我们不决定售价，这是原则。谈好售价以后，这件物品就放到我们店面展示。如果这件东西卖出去了，我们只收一成，也就是百分之十的佣金，我们暂定以三个月为一个寄售期，如果一件物品寄在我们这里，三个月还没有出手的话，我们的伙计就要联系这件物品的主人，问一下他们是不是愿意调一下价格，降降价，或者他也可以随时把东西拿回去。只要寄售的人把东西拿回去了，或者这件东西最后没有卖成，我们分文不收，所有的保管费什么的我们都不收，只收卖出去以后的销售提成。"

"这主意有点新鲜，对大家都好。"郭诚赞许地点了点头，"因为这一来的话，对于寄卖东西的人来说，他没有任何额外负担，只要东西没卖掉，他随时可以拿回去，或者他不想卖了，中途也随时可以撤回。一旦卖出，他付一点佣金，大家都乐意接受。"

"这里头最关键的是直接销售，没有中间环节，也就节省了过手费用。这样一来，对卖东西的人来讲，通过寄售拿到的价钱会比给商贩或者当铺低价收购要高出许多，而买东西的人直接和卖东西的人交易，价格一定会更合适。对于我们天一来说，我们没有资金积压的风险，也没有货物库存压力，我们只需要训练好我们的伙计，做好服务，把东西介绍出去，替卖方把物品卖出去，这个我们应该是有条件的。我们天一的人都是做服务出身的，很多伙计经常接触华侨托寄的珠宝洋货，对这些物品有些了解。"郭月细细地道出她的想法。

"嗯，我觉得这个方式能行得通。"

郭月继续说："而且你也知道，我们这一带几个县，包括整个福建南部都是侨乡，很多人家里其实都有不少的闲置物品。金银财宝就不用说了，还有很多人家里存的布料布匹，各种西洋物品，脚踏车，儿童玩具，八音盒，甚至还有从南洋寄过来的钢琴，很多物件侨眷们拿到以后基本上没什么用，这些其实都是浪费，如果能够设立这个业务的话，把这些东西周转起来，是一件好事。"

"你说得对啊，我记得那个县城中学，去年他们想要添置一台三角钢琴，还特地找我，让我问问有没有侨眷想把家里的钢琴转手卖给他们的呢。"郭诚回忆道。

"郭诚哥你琢磨一下，想想一些细节，如果你觉得可以的话，说干就干，我们抓紧把第一家寄售店铺开出来。"

"这店铺吧，不能选在流传村。流传这边是乡下，人员流动少。我们的第一间店可以考虑开到县城。县城离我们这里不远，几十里路，我们这边的伙计都可以过去把事情很快张罗起来。我们的人手都是现成的，县城那边常住人口有五六万，加上周边的乡镇，算起来大概有二十万人的规模，是一个比较集中的商业集散地，商品容易流通起来。"郭诚是个很善于执行的人，这方面他与郭月有很好的互补。

一个月后，天一珍品寄售店在县城开张。店面有几百平方米，分成四个区域，第一个是珠宝陈列区，主要是黄金、钻石、翡翠、玛瑙，以及各式各样的首饰。第二个是洋货区，这里主要陈列例如脚踏车、相机、八音盒等，还有几台钢琴、小提琴。第三个是布艺区，展示的都是盛产于东南亚的亚麻类纺织品，例如流行于印尼菲律宾的纱笼布艺，此外还有成品的西装、旗袍。最后一个区域是洽谈交易区。但凡客人看中某件物品，如果寄售的主人能够来现场，那就双方直接签字画押完成交割，如果物件的主人不能前来，寄售店的伙计可以受物主的委托代为办理。

寄售店开张之前，在揽收物品过程中，伙计们还碰到其他类型的各种物件，店里有人主张一并办理寄售，例如中国的瓷器、古董，还有家具、太师椅什么的。郭月坚持不要把生意做成一个大杂烩。她觉得业务如果做得太杂，首先显得不够专业，再有就是各个类别的商品都不丰满，东西的类目一多，每个类目只有那么三两件地摆着，客人很难比对挑选。这些年的经商经验积累下来，郭月很注重针对性，要想清楚到底是做什么人的生意，以及主要做的是什么生意，不能什么都想卖。一旦明确主营方向，商号在这个领域上需要具备足够的专业技能。客人上门，人家问的问题店铺的伙计能回答得上来。人家要的东西基本上能在铺子里找到，尽量让每一个上门的客人都能乘兴而来满意而归。这是这么多年郭月做生意一直坚持的原则。很多生意人总喜欢抱怨客人太少，而郭月更看重的是怎么让每个登门的顾客都成为有成交的客人。

天一珍品寄售店开张后，没想到生意出奇地好，方圆几百里一传十十传百，每天都有很多人赶过来。他们有的是把手里的闲置物品拿来做寄售，更多的人则是来这里逛逛转转，选购自己喜欢的物品。这里的许多东西在当地其他店铺轻易见不到，很多人感到稀奇，再者寄售的价格总是比较优惠合算的。有趣的是，很多来这里的客人，一开始是奔着寄售卖东西的想法来的，但是到了店铺以后，很容易被里面陈列的许多物件所吸引，不知不觉也成了购买的客人，导致同时在店铺里既寄售卖东西又花钱买东西的客人比例不少，对于天一珍品寄售店来说，这样的客人很牢固，同时也给商号带来了可观的收益。一时间，天一珍品寄售店人头攒动，成为县城人气最旺的一家店铺。

都说树大招风，此话一点不假。

40

龙溪县城，天一珍品寄售店

龙溪县城，天一珍品寄售店。

天一珍贵品寄售店在县城开张一个多月了，生意一天好过一天，这大大出乎所有人的意料，连郭月也没有想到这项生意会如此地红火。

龙溪原本就是重点侨乡，各乡各村很多人都有华侨关系，手头自然都会有一些在南洋的家人寄回来的物件，很多时候一件东西拿到手觉得很新鲜，用了一阵子新鲜劲过了，也就放到一边。例如相机、八音盒、脚踏车，等等，可是免不了又对别人家的新鲜物件感兴趣。如今珍品寄售店一开，很多人可以把家里闲置的东西拿出来卖，用这笔钱再去选购自己所喜欢的东西。寄售店开在这么一个侨乡，也真是适销对路。

俗话说人怕出名猪怕壮，在中国做生意尤其如此。这一天，店铺走进来两个流里流气的男青年，为首的那人自报姓名，说他就是阿山。阿山是县城有名的小混混，专门干一些欺压老实本分人家，以及从商家那边找借口揩油的勾当。

阿山走到柜台前，对伙计说，他想寄售一件商品。说着就把一块石头放到了伙计面前。接待的伙计知道这个人是街上有名的混混，不敢怠慢，连忙给两位客人各沏了一杯茶，拿起石头端详。

细细看了几眼，伙计看出这其实是一块很普通的石头，地摊上花几个铜板就可以买得到的。伙计苦笑地说："这位大哥，您这个东西怕是不合适在我们这寄售呢。"

"啥，怎么不合适？我这是一块宝石，别人的宝石在你们的店铺里可以寄售，为什么我的就不行？"阿山高声嚷嚷。

伙计连忙解释道："先生您别生气，我们这里的珠宝寄售，主要承接的是钻石、翡翠、黄金和玛瑙，像这种奇石不在我们寄售的项目范围，这种石头，我怕是不好卖出去。"

"好不好卖出去，那得看运气。我这块奇石碰上懂行的就会喜欢。"

伙计心想，别得罪面前的这个街头混混，于是改口问道："敢问先生，您准备以什么样的价格寄售呢？"

"就按一千大洋吧。"阿山回答得很干脆。

"一千大洋！"伙计不由得倒吸了一口气。他心里很清楚，这块破石头在马路边的地摊上就是两个铜板的价钱，现在对方居然开口一千大洋，分明是来找碴的。"我这个石头是有特色的，你看这上面还有纹理。能不能卖出去，看的是缘分。碰到懂行的人，那他就愿意花钱买下来。"阿山一副胸有成竹的口气。

伙计说："这位先生，这事恐怕我们做不到，因为没有这个行情的。"伙计指了指柜台上陈列着的几件翡翠和钻石，"您看我们这里的珠宝，最贵的寄售价格也才四百大洋。"

"他卖他的四百，我卖我的一千，你们是寄售店，我又不管你要钱，你怕什么呢？我就是要你们把它摆出来，注明这是我阿山寄售的商品。"

伙计看出对方不是善茬，连忙到后头向店铺经理报告："陈经理，您看这事怎么处理？"陈经理大致问了一下情况，他心里很清楚，这个人就是来敲竹杠的。于是走到柜台前，请伙计先忙乎别的事，向眼前的两位客人打了个招呼，接着从自己口袋里掏出一包香烟，给两位点上。"您是阿山大哥吧，久闻您的大名。我们只是做一点小生意，如果大哥有什么需要的地方，尽管吩咐。您看您的这块宝石呢，确实不在我们的寄售范围，如果您对店里的哪个物件感兴趣，我们可以帮您跟寄售的主人商量一下，给您打一个折，我们再把销售的佣金贴给您，您看这样好吗？"陈经理赔着笑脸，希望能息事宁人。

"你少跟我绕圈子，我对你们店里的这些东西不感兴趣，我就是要卖我的这块石头。就这么点事你们来来回回倒了半天，你到底做还是不做我的买卖？非得要让我找人砸你的场子是吗？"跟在阿山后面的那个光头男拿起手中的三节棍，在空中挥舞了一下，发出哗哗响声。

"哪里话，您误会了。"陈经理赔着笑说道，"阿山先生，我知道这条街上，很多商户都很敬重您，我们没有及时孝敬，是我们的不对，还请您多多包涵。"说着从柜台下面的抽屉里拿出两条骆驼香烟，"给二位消消遣。"

"哼，看来你真是敬酒不吃吃罚酒。"阿山用手把递过来的香烟一挡，"我今天也不为难你，给你一个礼拜的时间。下礼拜的今天我再过来，如果你们让我把这块宝石在你们的店里寄售，咱们什么事没有。如果你还要驳我脸的话，那就别怪我不仁义了。"说罢，朝后面的光头挥了挥手："走！"两人转身离去。

说来也巧，这个周末恰好郭贺带着大旺从厦门赶到龙溪县城。郭月正琢磨着想把寄售生意开到厦门，所以请县城天一珍品寄售店的陈经理过去帮忙几天。同时郭月让郭贺带着大旺在店里顶一下，因为店铺不能没有个主事的人，而且郭家在县城和郑庆文有过几次过节，不能不有所提防。

陈经理接到郭贺的口讯，很快准备好行囊，准备动身。临走前他把店铺的事情向总管郭贺做了交代，也特地提到有一个小混混阿山过几天可能会来找碴。郭贺点点头："放心吧，这事交给我来处理。"

一个礼拜后，中午时分，阿山领着上次来的光头男，再次走进天一珍品寄售店，还是拿出上回的那块石头，找到接待的伙计说道："去，把你们经理叫来。"伙计一看来人，连忙向郭贺通报。

郭贺从店铺一侧走过来，说了一句："这位先生，陈经理不在，您有什么事可以跟我说。"

"不在？他还真是想躲，真他娘的没胆，那就跟你说吧。"阿山说着，把上回拿过来的那块石头往边上的柜台一放，"我要寄售这块石头，一千大洋，请你给看看。"

郭贺看都不看那石头，从口袋里掏出一张一百大洋的银票，紧挨着石头放在柜台上："这位先生，我的伙计上个礼拜已经跟您说过了，您的东西我们不能做寄售，因为奇石不属于我们寄售的经营范围。既然您今天辛苦过来一趟，我们把这件事做个了结。这是一百大洋，您把钱连同您的石头一起拿走，算是我们商号对您两次过来辛苦的一点表示，以后请不要再来打扰我们。不然……"郭贺停住话头。

"不然要怎么着？我看你们一个个都像茅坑里的石头，又硬又臭，看样子不给你们一点颜色瞧瞧，你们还真不知道我阿山在这片地面上是个说一不二的老大。"说罢他对站在身后的光头男挥了一下手，"给我砸。"光头男从腰间抽出三节棍，在空中舞了两圈，朝眼前的玻璃柜台甩过去。

站在柜台后面的店铺伙计吓得连忙后退了两步。

说时迟那时快，郭贺猛地抬起胳膊一挡，三节棍在半空中正要落下来，被郭贺的胳膊改变了方向，一下子回弹，不偏不倚地正好打到光头男的脸上。"哎哟！"光头一声惨叫，倒在地上。阿山见此状况，拔出他腰间的三角铁，朝郭贺猛刺过来。

郭贺早已经料到了阿山的这一招，侧身一闪，让过阿山手臂的力道，再顺势往阿山的腰部猛一击掌，阿山一下子趔趄倒退了几步。地上的光头男脸上流着血，一边捡起三节棍，趁着郭贺不注意，嗖的一声向郭贺大腿处猛扫过去。

眼见着三节棍就要打到郭贺的大腿，他收腹向上一跳，让过扫将而来的三节棍，在空中一个双脚凌空踢腿，踢中了正向前扑过来的光头男，将对方踢翻在地。接着，郭贺把一只脚踩到倒地的光头男身上。阿山在一旁挥舞着拳头朝郭贺冲过来，郭贺也不避让，直接面对着阿山，双臂在胸前平举，挡住了阿山扑过来的拳头，接着将两只手臂向前一挥，直接把对方猛击个后仰，就在阿山将要仰头倒地的一瞬间，郭贺一把抓住阿山的衣领，提溜着靠近自己，挥起另外一只手，啪啪啪，左右开弓在阿山两侧脸颊上，连着抽了六下。这一来只见阿山的鼻孔和嘴角，鲜血直流。

柜台后边的大旺看到郭贺和两个年轻人打架，正准备冲上前来，郭贺一眼瞧见，叫了一声："大旺你别过来。"紧接着，郭贺用刚刚扇过阿山脸的那只手，一把拎起趴在地上的光头男，左右两手一左一右地把光头和阿山两个人的脑袋往一起撞，咚咚咚，好像敲钟一样，两颗脑袋一撞一开，发出阵阵响声。两人都想挣扎，可是两颗脑袋被郭贺钳子一般的手臂握着，根本动弹不得，只有任凭郭贺敲打的份。来回这么撞击了十来下，郭贺把手一松，两个人同时倒到地上，抱着脑袋，痛得哇哇大叫。

郭贺轻蔑地说道："就你们这德行，还他妈敢说混天下。"说罢，抬起右腿就要往前踢。"大哥饶命，大哥饶命啊。"阿山眼见郭贺的大腿马上要踢将过来，连忙跪着在地上高声求饶。边上的光头也一个劲哆嗦着往地上磕头。

郭贺收住了半空中踢出去的大腿："饶命可以，但是要你们长点记性。"话音刚落，郭贺一把拽起跪在地上的光头，手臂一使劲，咔嚓一声，只听见光头男的一只胳膊当即被拧断。"哎哟，我要死了，要死了。"光头杀猪一般地大喊起来。

"不作不死。"郭贺说罢，拿起放在柜台上面的一百大洋银票和那块石头，丢到阿山面前，训斥道，"你今天来的时候，我就准备要花这一百块钱。本来呢，你要好好说话，这一百大洋是你的茶水钱。结果你好好的敬酒不吃，偏偏要自讨苦吃。现在这一百大洋我还照样给你，让你自己去治伤痛。拿上钱和你的破石头滚吧。"两个人连忙起身要往外走。"记住！"郭贺从后面叫住，两人惊恐地站着不敢动弹。"你们在别的地方闹事我不管，但是天一的铺子从此不允许你和你的鸟人们再来。你要是胆敢再来，来一次我就打断你一条胳膊，胳膊打完了卸你的大腿。记住了。"郭贺厉声说道。

"是是。"两个人慌不择路地逃了出去。

店铺里的几个伙计看到这一幕都有点惊呆了，只有大旺知道郭贺的身手。大旺自从来到天一以后，私下里拜郭贺为师，正在跟郭贺学习南拳功夫呢。"师傅。"大旺低声叫了一声，这是他们俩私底下的称呼，只要有其他人在，郭贺通常不让大旺这么叫自己。"您刚刚为什么不让我上去帮忙？"郭贺回答说："练习拳脚功夫是用来强身健体，不是用来打人的，实在迫不得已必须和别人拳脚相向，介入的人越少越好。"紧接着，郭贺招呼在场的伙计："好啦，大家赶紧打扫一下，别影响我们做生意。"

还好这会儿是中午时分，店铺里面只有两位客人在。郭贺连忙吩咐伙计们给在场的两位客人端上茶水糕点，压惊道歉。先前接待过阿山的那名伙计瞅着一个空当，走近来悄声对郭贺说："郭管家，您太威武了。您刚刚往柜台上放一百大洋银票，您真的准备给他们吗？"

郭贺点点头："是的，我们做生意，能息事宁人最好。轻易不要惹是非，能用一点小钱，把一件麻烦事摆平是上策。但凡事都有个分寸，不惹事，同时也要不怕事。刚刚我把钱放在柜台上，心里就做好了两手准备。如果他只是想要点好处，把钱拿走，大家也就各自平安两不相碍。但这个小混混不知足，摆明了要挑事端，这就不能再忍了。对付这样的人，一旦你决定和他对抗，就必须将他彻底打趴下了。结结实实收拾一顿，让他对你心存惧怕，也就不敢再来招惹。我最后还是把一百块钱丢给他，让他去疗伤，在情理上我们就不欠他。你放心吧，像他这种人，都是欺软怕硬，只会捏软柿子，我料他再也不敢过来的。"

伙计充满敬佩地看着郭贺："郭管家，您真厉害。"

厦门，天一珍品寄售店。

接下来，郭月和郭诚商议着把珍品寄售店开到了厦门市，因为厦门是一个大城市，客人来源更广。

很快珍品寄售店在厦门开了三家分号，每一家的生意都很兴旺。寄售模式经营的成本低，流通性强，而且不积压商号的资金，更重要的是能够及时撮合买卖双方的需求。最近这段时间，每个月下来，去掉房租人工和各项开销，都还能有可观收益。

在原先寄售业务的基础上，天一珍品寄售店最近还新增加了一项业务：租赁。

当地人但凡办理红白喜事，都喜欢弄一个气派的排场，可是很多人家财力有限，一下子要置办场面上的那么多高价值物件，捉襟见肘，不少人因此欠下巨债。而且这种场面上用的东西，往往喜事办完以后就再也派不上用场，只是放着招惹尘土。寄售店开张后，有客人找上门来询问，能不能租用寄售店里的珠宝、衣服，供婚礼使用。伙计们拿不定主意，就把这个意见告诉了郭月。郭月和郭诚一商量，兄妹俩都觉得这是一桩可以做的买卖，但是在操作过程上两人有分歧。

郭诚的意见是，定好每件物品出租的租金，由商号向需要租赁的客人收取租金，全程负责跟进，所收取的租金归商号所有。郭月不同意，郭月觉得，既然天一珍品是做寄售的生意，本质上是撮合流通买卖的中间方，不应该直接介入交易或租赁。在郭月看来，人家寄售在店铺的物品，物权是归属于寄售的卖方客户所有的，天一珍品寄售店只是保管方，如果从中把人家寄售的物件拿去出租，很难向卖方交代。

郭月认为这个租赁业务如果要开展的话，就应该还是坚持由需要租借的一方向提供物品的卖方直接租赁，只不过关系从买卖双方调整为出租方与承租方，天一珍品寄售店的角色没有变化，还是充当促成交易的中间方角色，收取交易佣金。按郭月的设想，租赁物品由寄售方自己提出申请，天一伙计确认成色，款型符合要求后展示出来，一件物品用于租赁和用于寄售可以同时进行。租赁执行统一的出租条件与价格，例如每次物品租赁时间以五天为一个周期，每件物品一个周期的租赁费是这件物品寄售价格的百分之五左右，具体可根据实际物品略作调整。如果需要续租，后续费用仍然按五天一个周期计算，租赁费减半。由双方签订租赁契约，而天一珍品寄售店依然只收佣金，但由于涉及较多的人工处理，天一收取的租赁佣金为两成。

讨论下来，郭诚同意了郭月的主张。租赁业务陆续在厦门各店铺展开。

租赁模式很快使得天一珍品寄售店的生意量拓宽了许多。因为不少婚庆用的物件，在民间其实未必是长期需要的，更不用说很多人一下子付不起那么多的钱。以前很多人家操办婚礼，苦于如果抠抠搜搜的话让人笑话，如果为一时排场买一堆物品，则日后欠债难还。现在这问题解决了，一户人家如果要操办婚事，可以提前到天一珍品寄售店选取他们中意的婚礼用品，例如珠宝、旗袍、西装，还有租借脚踏车。脚踏车是一个很时兴的玩意儿，以前民间传统的迎亲队伍，用的是花轿，轿夫抬着，一行人走在轿子两旁。现在呢，年轻人喜欢新潮，一队小伙子骑着脚踏车去迎亲，一下子显得很洋气很壮观，特别招惹路人注目。人们还喜欢把彩礼捆在脚踏车的后座上，再用大红绸布系着。现在天一推出可以租赁脚踏车的选项，办婚礼成本大大降低。试想如果要购买脚踏车，最多也就是买一辆两辆，而且很多农村人家平常也用不上。如今有这样的租赁服务，很多年轻人一下子就租上十几辆脚踏车，迎亲队伍气派极了。

对西式婚礼感兴趣的年轻人，还可以到天一珍品寄售店租用寄售在店里的西式婚纱。这种西式婚纱在当地还是一个很新鲜的玩意儿。以前那个田嫂曾经到郭月这边寄卖过珠宝和相机，是她的需求最先启发了郭月做这个珍品寄售的想法。近日赶上田嫂要嫁女儿，特意交代准女婿来店铺租赁结婚用的物件。他们选了一对新娘耳环，一条钻石项链，还有一顶用纯金丝线制成的新娘头盖，再加上八辆脚踏车，两套婚纱，两套西装。用田嫂的话说，这么一来啊，操办婚事的用品丰富了许多，费用上更是节省了一大半。

41

香港，尖沙咀码头

香港，尖沙咀码头，中午时分。

厦门与香港间几年前开辟了固定的客轮航线，每周一班。正常情况下，从厦门启程两天便可抵达香港。这一天正是厦门客轮靠岸的日子，尖沙咀码头挤满了迎接乘客的人流，熙熙攘攘的。

码头外驶过来一辆灰色的奔驰轿车，远远看过去奔驰的三角徽标在阳光照耀下一闪一闪，显得分外突出。奔驰车开到码头廊桥前停住，车门打开，走下一位穿着棕色西装的高个子男士。

这人名叫乔治陈，是一位在香港出生和长大的英华混血。乔治的父亲来自英国的纽卡斯尔，年轻的时候当水手来到香港，喜欢上这个地方，就在这里待了下来，娶了一个广东女子，生下乔治。乔治从小在香港长大，说着一口地道的广东话，也懂得闽南话、普通话和英文。他从奔驰车前排的副驾座下来，绕过车头走近驾驶座，对司机叮嘱了一句，让司机把车开到边上等着，不要熄火，说完就径直往码头走去。

乔治如今是香港天一贸发行的经理，负责打理香港业务。天一信局在国内的业务中止后，郭月新近开设的天一贸发行，主要做进出口贸易，目前分别在流传村老家、厦门和香港三地设有铺号，乔治负责香港业务，向郭月报告。这会儿，乔治是来码头迎接从厦门乘船来港的天一贸发行东家郭月。

国内的天一贸发行开张后不久，郭月就把香港公司张罗起来，用的还是原先天一信局的班底，新建立的香港天一贸发行与国内直接产生业务对接。香港这边主要出口茶叶、丝绸、中国石雕和手工艺品，同时也通过吕宋商号经营当地盛产的香料、咖啡、橡胶、大米，将它们售往国内。近期香港被日本人占领，香港天一贸发行的许多大宗商品都发不出去，积压在库房里。天一贸发行在香港有一栋自己的写字楼，还有两个仓库用于物资的储存。几个月前郭月来香港，就是为着扩充库房的事，当时因为运输量大，库位不够，特意租用了一个离外海码头不远的库房，没想到这几个月水路运输被日本人封锁，一下子货物周转几乎停止。乔治相信，这次东家过来，就是要解决这个问题的。

乔治是一年多前经由在香港经商的闽南老乡推荐，郭月面试录用的。香港这个地方现在是英国人治理，商务交往多使用英文，所以郭月特意选一个具有良好英文基础的人出任经理。郭月上学的时候学过英文，有一定的英文基础，两人沟通起来，往往英文中文闽南话一块儿上，经常让伙计们听不懂他们在说什么。

乔治站在码头的廊桥尽头等着，一会儿只听见呜呜几声汽笛声，一艘大型客轮缓缓驶进码头，乔治赶忙往放置下船扶梯的地方走了几步，挤到迎接人群的最前头。

船熄火靠岸，水手们麻利地往码头上甩出绳子，这边码头上的工人接过来胳膊粗的麻绳，将绳子在钢桩上绕圈系牢，随后一个箭步跳上船侧，放下踏板，并在踏板两侧，分别拴上两条绳索，供下船旅客做扶手用。按照惯例，客轮靠岸后下船是有顺序的。先是头等舱，接下来是二等舱，然后才是普通舱位的乘客。只见客轮上层楼梯口打开，几个穿着华丽的客人在侍应生引导下缓缓走下来，走在最前面的两位客人，正是郭月和郭诚。"郭太太好，大经理好，好久不见。"乔治迎在踏板一侧，屈身上前问候道。

郭月把手提箱交给乔治，一边回答道："乔治你好。这趟船颠得得厉害，我们一路都没怎么吃东西，饿坏了，有吃的没有？"

"Of course，"乔治点点头，"还上荣星饮茶？"说罢，领着两位客人来到奔驰车前，打开车门，让郭月和郭诚坐进后座，自己则打开前排副驾座，司机一踩油门，车子一溜烟开出了码头。

五分钟后，一行人来到了荣星茶楼，这是香港一家著名的粤菜馆，位于尖沙咀中央道上，临海而建，是一栋三层楼建筑，二楼包间面对着海，对面就是香港岛的中环。这家餐馆的广式点心尤为精致，是荣星的点心师傅自己加工的，郭月几乎每次来香港都喜欢光顾这家茶楼。三人在包房圆桌前坐下，侍应生备好广式香片茶壶，替每人面前的茶杯满上茶水，退到一旁。点心是用滑轮车推进来让客人自选的，郭月叫了几样点心，拿起筷子夹起来吃了一口香菇虾饺，赞叹道："味道还是和从前一样，这手艺真的是独一份。"郭诚则把两包糯米鸡一口气吃了个干净。乔治在一旁张罗着，不时替两位客人添茶。

"说说吧，最近的业务怎样？"郭月呷了一口香片，问道。

"近期生意整体很不好，您知道我们香港天一贸发是做进出口买卖的，我们这里出口的业务占七成，进口业务占三成。出口业务里，尤其以出口内陆的茶叶丝绸和各种草编以及石雕园艺为主，但现在是战时，风声越来越紧，航路不通，我们的这些物资都是属于需要靠轮船运输的，这航路一不畅通，物资就运不出去，库存积压，资金吃紧。上次郭老先生来信给我们，要我们抓紧把进口的这条业务线做起来，特别是要加大各种西药往内陆的进口，这件事情我们在做，但是现在面临的问题是资金。我们的资金都被库存压住了，没有周转，拿不出太多资金采购西药。现在香港整个商界大多面临资金周转的问题，银行的信贷收得很紧，所以目前西药进口这条线也没有太大的起色。"乔治汇报着。

"现在商号有多少雇员？"郭月问道。

"香港贸发行总共有三十二个人，业务人员二十二人，库房四人，加上三位司机两位保安一位看门的老爷爷，这些人的工钱开销每个月就差不多三万港元，这是一笔不小的开支，我也想今天请示一下老板，近期是不是考虑做一次裁员。现在经济不景气，先把人裁掉一半，看看情况再说。这件事就等着您过来的时候跟您报告，取得您的批准。"乔治又替郭月添了一杯茶，说道。

"裁员不是好办法，"郭月摇摇头，"开源节流，首先是开源，如果我们不能把生意做起来，你就哪怕裁得只剩下一个人，也还是费用。"

乔治点点头，他佩服东家的这个思路，一般商号的老板们碰到生意萧条，首先想到的多是裁减人手，眼前的这位东家显然看得更远。

"其他人家怎么样？"郭月继续问道。

郭月所说的其他人家，是指和天一贸发行有业务往来的同行们。商家们经手进出口贸易，不管进口或者出口都需要有相应的承接方，例如出口茶叶，最主要的下家即下订单给天一的商号，目前有三家，一家是新加坡的闽发行，一家是香港的陈怡商号，还有一家是澳门的普兴茶庄，这几家商号都是专门做茶叶批发的。"他们的情况比我们好不到哪里去，"乔治说，"新加坡的闽发已经有半年多没有订单过来了，因为航路不通，上一次的货是去年秋天发过去的，结果到了半路碰到海上大战，货轮过不去，只好临时改停到马来西亚码头，那批货也就下落不明。澳门茶庄他们本来做的是赌场的生意，但现在赌场的客人越来越少，他们在赌场开的几家茶叶铺子好像也都经营不下去了。香港这家稍微好点，他们的零售摊点也还都支撑着，但是如今要货量只有以前的五分之一左右。"乔治回复道。

"库存还有多少？"郭月转而问道。

"我上个礼拜刚刚盘了一下，知道您来了一定会问到这些数字。两个仓库加起来，现在的库存金额，按进货成本价计算，大概是八十万港元，其中最大宗的就是茶叶，还有泰国进口过来的稻米，这些物资接下来几个月再不处理，我担心质量会有问题。您也知道香港这地方潮湿得很，虽然我们库房做了一些干燥处理，但终究敌不过整体的气候。"乔治流露出一脸的顾虑。

对这些郭月心里是有数的，做进出口批发业务讲究的是流通。这种生意每一单利润都很薄，需要依靠进出数量，加快流通来获得利益。如果货物流通不起来，积压在手里，不仅影响资金的周转，更重要的是这些货物的储存一旦不慎，极有可能贬值甚至报废。"走，去公司吧。"郭月拿起桌上的纸巾擦了擦嘴，郭诚替郭月把外衣披上，跟在乔治后面，走下楼来，上了轿车。

轿车往尖沙咀商业街开过去，郭月坐在汽车里，看着车窗外道路两旁三三两两行走的人们，从行人的衣着打扮看，比起以前郭月来香港几次看到的要简朴得多，她特别注意到很多人的脸上毫无光彩。

42
香港，天一贸发行

香港的天一贸发行是一栋三层楼的临街铺面房，一层底商是商号的陈列大厅，洽谈接待室和办公区在二层，三层除了一个大会议室，剩下的空间是留给郭月的，作为她在香港的办公室和卧室，每次出差到香港，郭月都喜欢住在自己的商铺。楼后面有一个小院，院里停着两辆车子，一辆卡车和这辆刚刚驶入的奔驰轿车。

郭月走进会议室，坐在会议室等待的二十多人刷的一下整齐站了起来："郭太好。"

"大家好，请坐。"郭月挥手示意，坐到面前长形会议桌前的主持人位置，大家等老板落座就绪，才依次坐下来。

"我今天刚到香港，刚刚在二楼办公室走了一圈，和几位同仁简单聊了一下，见到大家都很平安，这是值得高兴的。"郭月开场说道，"现在整个局势不稳定，南洋的战事吃紧，我们这边业务受到很大的阻碍，相信各位同仁心里都很着急。我这次来首先想告诉各位：天一贸发行，包括香港公司在座的各位，还有我们库房的同事，一律不裁员，这一点请大家放心。我们大家在一起做事，就好比一个大家庭，困难的时候我们都要相互帮衬，一起渡过难关。"郭月这个开场白说完，人群中原本那股紧张的气氛一下子轻松下来。刚才通知说老板要开全员大会，在这么一个生意不景气的节骨眼上，许多人心里忐忑不安的，担心会不会是降薪裁员这类的坏消息，毕竟在天一贸发行打工的这几十号人，绝大多数都有家室，在环境动荡生意不景气的时候，很多商号都在陆续裁员，这种时候如果丢了饭碗，几乎没有可能再找到合适的工作，那就意味着一家子的生计没有着落了，所以大家心里最在意的，是能不能保住这个饭碗。

郭月说完开场白，故意停了一下，她想掌握好今天这个会议的节奏，让大家有个信息消化的时间。但凡善于主持会议的人都明白，如果你今天要传递的信息不止一个的话，那么当你把一个信息送出之后，最好有一个停顿。这就好比任何一篇文章都需要标点符号，除非只是一个单词。标点符号起的就是一个停顿的作用。当一个信息传输出去后，有意地制造一种停顿，能够让大家更充分地去吸收这个信息，接下来再传递第二个信息。如果把几个信息毫不停顿地一股脑倒出来，容易导致信息的接收者难以真正消化每一条信息，顾此失彼。这个节奏掌握的技巧，郭月是从小跟着父亲学习商务，一点点地积累的。父亲还告诉她，好消息放在会议的最开始说，坏消息则留到最后说。

"谢谢公司，谢谢郭太，"人群里一名戴眼镜的男士说道，"只要能保住饭碗，需要我们多做一些什么，公司随时吩咐。"这是商号负责本地茶叶业务的专员。"我们一起来想办法。"停顿了一下，郭月端起放在眼前的茶杯喝了一口，开始陈述今天会议她要传递的第二个信息：

"各位都知道，天一贸发行是做进出口贸易的，我们做的是批发进出口和代理业务，这是我们的本行。但是现在因为战争的影响进出口变得越来越困难，我们的生意受阻，库存积压，可是大家想过没有，进出口批发现在做不了，但是零售终端的消费并没有停止，所以我们现在要做的第一件调整就是在香港本地拓展一些自己的零售网点。我们有这么多的物资，我们有来自上游供应链的直接渠道，我们具备强有力的商品品质把控能力，这是别的零售商根本不具备的。我建议就从我们楼下开始，明天就把楼下的这间一千多英尺的产品展示厅改为零售大厅，我们把香港仓库里面的所有物资直接以零售的规格售卖，价格仍然用最小量的那一档批发价，用批发价做零售。一开始销量可能不会很大，但只要我们坚持价格优惠，坚持优质的服务，打出批发价直让这个口号，相信会很有市场吸引力，局面很快就会打开。"说到这里，郭月停顿下来，望着众人。

会议桌四周，众人纷纷低声交头接耳，大部分人都在点头。

"是的，"有人说道，"我住的大铺岭那一带，原来的很多茶叶店都关了，因为老板怕战乱，带着老婆孩子跑回内地躲战乱去了，所以我们现在左邻右舍买茶叶，真的没有以前方便，而香港人每天都是要喝茶的。"

"没错，"另外一个人说，"最主要的是我们的茶叶，质量是最好的，现在我们直接面对零售，我们的价格一定能够做得比别人低。"大伙儿对这个提议显得很感兴趣。

晚上，三楼休息区。

休息区位于楼梯口的另一侧，从楼梯上到三楼，需要拐一个过道，过道尽头特意装了一扇门，与前面的会议室隔开。

这个休息区是专门留给郭月的，偶尔父亲郭老先生来香港，也用这个地方。里面包括一间书房，一间客厅，一个小小的厨房和一间卧室。郭老先生每次来香港的时候，会见客人大多在这里进行，有些时候搞一个小型的宴会也会安排在这里。上次来香港检查商号业务，郭月还把女儿玉洁带了过来，晚上郭月和商号的主管们谈事，玉洁自己躲到卧室看书。郭月总是尽可能地带女儿出门，她似乎感到，只要女儿在身边，她自己心里就安定许多，郭月也知道这是自己的一点心理作用，但这份感觉总是那么地强烈，尤其是像现在，客居异乡，夜深人静的时候。

这栋楼是郭月创办天一贸发行后自己做主买下来的，用的是她的个人积蓄。在筹备香港商号开张期间，有足足两个月郭月带着玉洁一直住在三楼，所以她对这栋楼有一份特殊的感情。三楼这间卧室墙上，挂着郭月最为熟悉的那张照片。那是玉洁刚刚满月的时候，郭老先生回到流传村，特意请摄影师到老宅拍摄的。照片上三个人，郭月的父亲郭老先生坐在太师椅上，郭月站在父亲身边，手里抱着刚刚满月的玉洁。那次回老家郭老先生足足住了一个半月，就是为了照顾郭月坐月子。父亲知道郭月的丈夫在郭月怀孕几个月的时候因事故身亡，对郭月打击很大。郭老先生是个不苟言笑的人，但这次破例，无论如何再大的事情也都放一边，回老家陪女儿。那是郭月特别温馨的一段时光，这么多年来，很少有机会能这么长时间地和父亲相处，一起聊天说闲话，互相下棋对弈，如果不是因为坐月子的缘故，郭月还想和父亲打羽毛球呢。墙上这张郭家三代人的合影，就是那次在流传村老家照的。这张照片在鼓浪屿的郭家花园卧室墙上，还有流传村老宅自己的套房，也都分别挂着一张。每次看到，郭月心里总会升起一股对亲人的浓浓思念。

父亲的形象在郭月心中，亲切而又遥远。她知道自己很多做生意的习惯，思考问题的角度，大多是从父亲那里学来的。而且父亲让她从小接受西式教育，这在当时，哪怕是比较开化的华侨商界，也是不多见的。大部分华侨虽然常年生活在东南亚，甚至美国、澳洲、欧洲，但基本上自为群体，除了工作关系和生意往来，华侨很少与当地人有思想文化上的交流，教育方面遵循的还是中国的四书五经，三从四德那一套。郭月的父亲则不一样，他早早就提倡男女平等，男孩女孩都一样对待，也一再坚持自己的孩子要接受西式教育。他觉得中式教育华而不实，不如西式的教育能够教给孩子更多科学、技术等实用的东西，例如物理、数学以及天文地理等。父亲认为，中国人天资聪明勤劳，但中国的传统教育，制约了孩子的创造性和独立探索能力。中式教育以背诵记忆为主，极少注重开发孩子的自我思考，他曾经这样说过：中式教育教会孩子们的是一个个点，背几百首诗是一个点，记住多少个成语是一个点，但认知转化为知识的价值，更多的在于这一个一个点的背后所构建的一条一条线，线性思维才是真正具有生存价值的东西，而它恰恰是中国传统教育最为缺乏的。在这些方面，郭月受益于父亲许多。

但同时郭月又觉得父亲很遥远，因为父亲百分之九十五以上的时间都在南洋，他住在吕宋岛，在那里有自己另外一个家。平常商务方面碰到什么事情，绝大多数都需要郭月自己去解决。原先国内家里还有电话，能偶尔跟父亲通通话，但是最近这段时间由于打仗，电话已经不通了，往来的书信也总是不及时。上次在流传村老家发生的绑票事件，还有那个沉船赔偿，事出紧急，没法联系到父亲，都得靠郭月硬着头皮自己拿主意。别人都说郭月能镇得住，只有她自己心里明白，她实在是不得已而为之。中国本来就是一个男性统治的社会，商场上尤其如此，但凡商务聚会，几十个老板，往往只有她一个女的，又是年轻女子，虽然郭月一直给人的印象是端庄稳重，豁达干练，也免不了有些大腹便便的老板们心怀色意，不时地想着钻缝隙占便宜。男人就是很奇怪的动物，这些男老板们大多有一定身份，随便找几个年轻貌美的，花几个钱自然不在话下，可他们偏偏就喜欢那种自己轻易得不到的。对此，郭月也只有尽量回避，例如商务聚餐，她通常都安排在午餐。如果是晚餐或者夜间活动，郭月都以需要回家照顾女儿为由，基本上都推开了，由郭诚或者郭贺代为应酬。

郭月望着卧室墙上这张三代人的照片，走过去把相框取下来，拿手巾轻轻擦去相框上的灰尘。对着相框自言自语道："父亲我该怎么办？该怎么破局？"郭月心里很清楚，天一贸发香港商号目前面对的是极大的困难，好比处在黑洞洞的隧道。虽然今天说到的业务调整，或许有一处光线，但这个光线还在隧道尽头很远的地方，能不能和团队的几十个人爬到有光线的隧道口，这还是一个未知数。

开拓零售业务能够缓解一些压力，但零售的销售数量毕竟较小，短期内能够出手的商品总量是有限的。以郭月这么多年的经营经验，她知道，现在香港库里积压的这些大宗物资没有办法仅仅依靠零售解决，而现在资金压力巨大，如果不能在今后几个月把这批物资盘出去的话，香港商号就很难再继续维持。郭月望着照片上刚刚满月的女儿，又想起玉洁上次被绑票的事。自从上次事件以后，整整有三年郭月特地让管家郭贺安排了一名家丁护卫，每天女儿上下学都由管家或者这名家丁轮流护送。为了避免绑票案给女儿的心灵造成太多的恐惧和负面影响，郭月还特地编了一个故事，说那天晚上是有一位远房亲戚伯伯喝醉了酒，本来想抱自己的女儿回去，结果抱错了，把玉洁给抱走了，事情发现以后，是郭贺伯伯把玉洁抱回来的。九岁的小姑娘还是懵懵懂懂的，对那天发生的事不是太清楚。郭月特意交代郭贺，嘱咐好郭家其他各房各室和用人，都用这样的故事去解释，哪怕玉洁未必完全相信。她特别交代不许任何用人在任何场合再提绑票的事，如有违反，一律开除。好在玉洁是个开朗的女孩，事情过后，女儿的心情似乎没有受太多的影响，还是照常开开心心地又闹又跳，每天上课，周末弹琴也都一切如故，这让郭月稍微放了一点心。对于郭月来说，在这个世界上，父亲是她最为敬重的人，而让她最牵肠挂肚的，就是女儿玉洁。

想着这一件件过往事，郭月抱着相框躺到卧室沙发上，迷迷糊糊地睡着了。

43

香港，天一贸发行

一周后，香港天一贸发行一楼。

按照郭月的安排，经理乔治和员工们很快把一楼改造成国货零售店面，因为商品是现成的，公司的人也都有做贸易的经验，很快地就把商铺搭建起来。开张前两天销售状况大大出乎意料，每天进店购买的客人很多。天一贸发行所在的这个位置，位于九龙的中心商业地带，过往的人川流不息，加上天一贸发行在香港是一家知名商号，如今自己做零售，本来就有商号的招牌作为背书，经营的商品质量好，价格又便宜，而且天一贸发行为了提升销售，还特意设定了两个价格阶梯，凡是购买店内任意商品五件以上的，结算时都可以享受九五折优惠，这也吸引了更多人相互结伴一起前来购买。

除了零售，香港本地一些商家也纷纷上门，洽谈付费合作开零售店铺的机会。这天中午来了一对中年夫妻，原先是做高档酒楼的，因为战事的干扰，如今高端酒楼的生意一落千丈，这对夫妻盘算着要把酒楼的面积拿出一半来转而经营国货零售，这会儿正在二楼和乔治他们洽谈供货合作流程。郭月走过去跟他们打了声招呼，然后转到员工写字间，和正忙碌着的员工们寒暄几句。

这几天郭月心里一直在做着下一步筹划，她很清楚，眼前的这个零售业务可以缓和一些资金周转，但是要从根本上解决库存清理的问题，同时为贸发行的批发业务寻找一个新的出路，仅仅靠这一点零售是远远不够的。她走上三楼，回到自己的办公桌前，翻开会计交过来的来往账本，一项一项细细看着。过一会儿，郭诚走了进来。

"到午饭时间了，您下去吃饭吧。"郭诚说道。

"我不出去了，你让门房李伯帮我买一份送过来吧，还是老样子。"郭月没有抬头，顺口回答。她所说的老样子，就是日常在香港公司上班时自己最常点的午餐，炒米粉或者炒面，青瓜肉丝和春笋煲鸡汤。郭月一旦忙起工作来，不喜欢被吃饭这类的事情打断，所以在公司午餐，有一多半都是叫外卖，而且她可以同样的食谱每天重复，连续吃上一个月也不觉得腻味。用郭月的话说，上班时候吃饭，只是一个任务，无须什么讲究。

吃过午饭，账本也看完了，郭月走到二楼乔治的办公桌前，乔治刚刚把那对酒楼夫妇送走，这边也正吃过午饭，坐在他的位置上抽烟。见郭月走过来，连忙站起身来："郭太，您请坐。"

郭月在乔治办公桌的对面坐下，问道："这几天有多少洽谈的单子？"

"这礼拜到今天已经谈下来的有五家店铺准备开业，专门经营我们天一贸发行的货物。还有七到八家正在洽谈当中，我已经安排了人手一对一跟进。"

郭月点点头，说道："我有个建议，决定你来拿。现在外贸业务基本停止了，是不是可以考虑把更多的人撤下来分成几个片区，让大家主动出去跑一跑？这比我们坐在写字楼里等着客户上门，推进速度会快得多。"

乔治点头同意："好的，我下午就安排。"

说话间，郭月瞥见乔治办公桌上放着一个英文字样的红色请柬，请柬的左上角，印着一面英国国旗。"那是什么？"郭月问了一句。

"哦，这是昨天他们送来的一个驻港英国俱乐部的酒会，"乔治把请柬打开递给郭月，"郭太您要是有时间的话，要不要去散散心，也换换空气。"

"你先跟我说说。"郭月说道。

"是这样郭太。香港呢有几千名受雇于英国官方机构和英资商号的英籍雇员，他们每个礼拜五都会举办周末酒会。参加这个酒会的，基本上都是在香港的英国商人，领事馆，还有港府一些部门的负责人。酒会是由香港的英国俱乐部和香港马会轮流坐庄。就是每逢单周是英国俱乐部负责筹办，每逢双周由香港马会组织。这次是单周，所以是英国俱乐部筹办的，地点在维多利亚港固定的一艘邮轮上，如果双周马会承办的话，地点就在香港铜锣湾的马会会所。酒会都是凭请柬进出，每一张请柬可以有两个人出席。"乔治解释道。

郭月拿着请柬仔细看了好一阵子，像是在琢磨什么，末了，她把请柬递回给乔治："那好，这个礼拜五，你带我一起去看看吧。"

"那太好了，到时候我安排好车子接您过去。"乔治能请到老板去参加酒会，是一件很有面子的事，他显得十分高兴。

郭月转身上了三楼，小春正在替郭月熨烫她的旗袍，郭月对小春说："你下午找时间，让门房的李大爷带你到街上走走，帮我选几份伴手礼，体积要小，但是包装要精致，我这个礼拜五要用。"

"好的太太。"小春点点头。

周五晚上，维多利亚港英国俱乐部邮轮。

这是一艘两层结构的开放式邮轮。邮轮前部是一个面积约为篮球场大小的露天甲板，现在已经被改造成一个露天宴会厅，间隔分布着十来张高脚吧台，甲板的最前方是一个小型的乐池，乐队正在奏着爵士乐，侧面是一溜的长方形桌子，铺着白色桌布，有各式自助餐和饮料，上面摆满了各种西式冷食，从火鸡腿、烤羊排、炸鸡翅、炸鱼，到多种蔬菜色拉，还有一些中式点心，蒸鱼炒菜一应俱全……邮轮中部的室内空间，被改造成一个英式酒吧。昏暗的灯光，留声机播放着轻柔的钢琴曲，吧椅和四周座椅上都坐满了人。楼下是台球室、壁球室和棋牌桌，还有一个小型影院。

郭月和乔治上船的时候，这里已经有大约一百多人。郭月站在甲板上看过去，出席的人百分之八十是英国人和其他欧美人士，华人大约只占百分之二十。男士都一式的夜礼服西装，女士的着装则风格多样，有穿旗袍的，有穿露肩夜礼服的，还有零星几个华人穿的是中式套裙。看得出，这是典型的西式社交场景。

乔治好像认识的人不少，这边忙着张罗向郭月介绍着："Hello, This is Mrs. Grace Wilson, Mr. Wilson is the Head of Commercial Business at HSBC."（这位是格蕾丝太太，她先生是汇丰银行的商务部主任）"Mr. William Bolson, The UK General Consulate in HK."（这位是英国驻港总领事威廉先生）郭月上学的时候学过英语，后来随父亲在吕宋岛当学徒，日常和客人的沟通也是英汉两用，所以在英文交流方面没有太大的障碍。她一边打着招呼，一边跟周围人应酬着。

不一会儿，乔治好像被两个英国小伙子拉到吧台去喝酒了，郭月在甲板上转了一圈，走到前甲板侧面，找了一把面海的椅子坐下。因为是西式酒会，周围的椅子并不多，人群大多举着酒杯，倚着高桌三三两两地聊天。郭月顺着眼前的维多利亚港眺望，对面岸上，夜幕中的香港岛华灯齐放，一片璀璨的灯海，灯光映在维多利亚港平静的水面上，折射出一幅水彩画般的都会美景，那一排排香港岛高楼的建筑轮廓倒影，在海里随着微微的波浪起伏折射，充满迷幻感。

"哈喽你好。"郭月正欣赏着夜景，突然听到身后有人打着招呼，回头一看，面前站着一位身穿英军制服的官员。郭月细细地打量了一下来人，大约四十岁左右，身体已经有一些发福。从他佩戴的军衔来看，应该是一位少校衔的军官。"你好。"郭月站起来伸出右手。

"小姐你好。"没想到对方说一口流利的中文。"等一下哈。"来人转身走出几步，从侍者手中拿过两杯香槟，递给了郭月一杯："我叫Daniel，中文名字丹尼尔，在英国驻港领事馆工作，请问小姐贵姓？"

"鄙姓郭，是天一贸发行的东家，你好，很高兴认识你。"郭月笑着回答。

"天一贸发行，是原来的天一信局吗？"丹尼尔有点意外。

"是的，那是以前家父和我经营的商号，如今在香港的天一贸发行是个新铺号。"郭月回答。

"那是有名的商号啊，我以前在马来西亚领事馆任职的时候就知道，天一在吉隆坡有分号，生意好得很。"丹尼尔回忆着说。

"谢谢，那是家父的生意。"郭月轻轻回了一句。

丹尼尔端起手中的香槟杯和郭月碰了一下："可以和小姐聊聊吗？"郭月点点头，丹尼尔挨着郭月在长椅上坐了下来。

"先生的中文很好哦。"郭月试图寻找话题。

"是这样的，我在英国上学的时候就学过中文，"丹尼尔很健谈，"后来参军，被派到亚洲来，先到马来西亚新加坡，后来转到香港，已经在香港待了三年。中国古文是我很感兴趣的一个东西，我一直在学习古文。会说中国话是一回事，但是看懂中国的古文又是另一回事。我现在在读唐史，到现在，也没看懂几个字。"

《二十四史》，郭月想起，在老家父亲的书房里有这一套书。"中国古文的确不容易理解。"郭月表示赞同，"有些古文书籍，我也读不懂。"

"太难了，不仅仅是文字语言，字可以看懂，但字面所要表达的意思，让人揣摩不透，我到现在也没办法把握中文古文里的很多含义。都说中华文化博大精深，我学了古文才算体会到了。我们平常说的这些话其实很容易懂，也容易写，但是一碰到中国古文，你比如说古诗词，我就完全被搞晕了。你记得那首唐诗，叫作'飞流直下三千尺，疑是银河落九天。'哇，我是琢磨了一个礼拜才慢慢悟过来的，那个意境多美啊，十四个字就把一个激浪横流的画面刻画得那么形象写意，这比西洋油画的意境好多了。"

"那是李白的诗。"郭月笑了笑，深有同感地说，"中国文化和西洋文化有一个很大的不同点，西洋文化更擅长直接表述，像西洋的油画、西洋的哲学都是如此，因为西洋文化强调的是实用性，而中国文化很多时候讲究的是暗喻，也就是我们经常说的，只可意会不可言传。就像李白的诗，这几个字读起来其实没有什么，飞流，千尺，这些词本身其实很普通，只要识字的人谁都认识，但是呢，这几个字连贯在一起构成的意境，那种画面感就美妙无穷了。不仅仅写诗的人要有对当时自然景观很强的把控力，还要求读这段诗的后人，能够进入诗人的意境当中，去体会和品味，进而以无形画面还原诗人所要表述的场景，这真不是件容易的事，但是一旦你感悟到了体会到了，走进去了，你就会觉得这里奇妙无穷。"

"是的是的，郭小姐，我很同意您这个说法，而且这也是我一直很喜欢中国古文学的最重要原因。"

"先生是军旅出身，没想到对古代文学的东西这么感兴趣。"郭月有点佩服对方。

"嗨，当军人只是一个饭碗，谋生的工具，兴趣才是生活的意义所在。"丹尼尔笑着回答。

不知不觉中两个人就这么聊着中国古文学，又从中国古文学一路聊到了莎士比亚的十四行诗。半个多小时过去，乔治走了过来。"hi Danial，你在这呢？好久不见。"乔治和对方握了握手，说，"这是我们老板，郭小姐，郭老板是南洋大商号天一信局董事长的女儿。"

"嗯，我知道了，我们都已经认识了，还聊得很投缘。乔治你最近都好吧？"丹尼尔握着乔治的手，问候道。

"都还好，你今天很精神咧。"乔治开玩笑说。

"二位知道吗？今天是我的生日，一会儿他们会给我切生日蛋糕。"丹尼尔双手合十，开心地说道。

"这么好的日子啊，生日快乐。"乔治拍了拍丹尼尔的肩膀，大声祝贺道，"一会儿吃你的蛋糕。"

"生日快乐！"郭月想了一下，从随身手包里拿出一个盒子，递给对方，"正好赶巧了，我这里有一份伴手礼，送给先生作为生日礼物吧，请你笑纳。"

"这可是大惊喜啊。"丹尼尔高兴坏了，"我原以为能够和郭小姐聊聊中国古文学，已经是我今天很大的一个收获了。没想到我还从郭小姐这里拿到礼物，太棒了。"乔治高兴地接过礼盒，打开礼盒精美的包装，只见里面是一只精致的景泰蓝茶壶，还有两只景泰蓝茶杯。"太好了，这可是我喜欢的礼物。你知道吗？我喜欢喝茶。"丹尼尔说道。

"茶叶是个好东西，我们天一贸发就是主营茶叶的。"郭月补充道。

丹尼尔把礼物包好，对他们两人说："再次感谢，这个生日很愉快。我去把这个礼物收好。很抱歉，我得先过去一下，他们那边要把我的生日蛋糕推出来，我去张罗一下，你们先聊，一会儿见。"说完，道谢离去。

望着丹尼尔的背影，乔治转身郭月说："郭太，这位老兄呢，是驻港英国领事馆的商务参赞，他的实际工作，是替东南亚的英军部队采购生活物资。"

"嗯。"郭月回忆着与丹尼尔刚刚的交谈。

那边有人大声喊起："各位女士，各位嘉宾，请大家安静一下，我们晚会马上就要开始了，今天有两位来宾生日，生日蛋糕一会儿推出，下面我们请乐队演奏华尔兹，各位尽情跳舞吧。"

这边乐队开始演奏华尔兹舞曲，甲板上的人成双成对地纷纷步入舞池，整艘邮轮甲板上响起阵阵欢笑，伴随着酒味、香水味，和男人们雪茄烟草的味道，在海面的上空久久萦绕。

44

香港丽华饼屋

香港丽华饼屋。

天一贸发行的门房李伯领着郭月走进生产操作间。郭月让郭诚前些天找到李伯，请他帮忙联系一家当地知名的饼屋，说老板想看一下饼房加工的制作间，李伯不知道郭月为啥要看这么一个做糕点的生产操作，似乎这和天一贸发行的进出口生意没什么关系，不过他想老板总归有她的道理，正好他有一位远房亲戚在丽华饼屋做点心师傅，于是就搭了条线。

这边郭月和李伯一前一后走进生产车间。这是一间宽大明亮的制作车间，摆着七八台机器，两张长长的木质操作台，十几个人正在忙乎。点心师傅看到李伯进来，连忙迎上前去打招呼。李伯把郭月介绍给点心师傅："这是我们老板郭太。"

"师傅，给您和各位添麻烦了，"郭月从随身手包里拿出一个红包，"添麻烦了，请师傅们喝一杯茶。"

"这怎么好？"点心师傅有点不敢接。

"收下吧，我们老板的一点心意。"李伯示意道。

"那就代表伙计们谢谢郭太。"点心师傅感激地收下红包。

"我今天过来要麻烦您呢。想看看制作月饼、糕点、点心的大致过程。我一直很喜欢吃点心，但从来没看过制作车间，今天难得有机会，想见识一下。"郭月礼貌地说道。

"没问题，郭太您跟我来。"点心师傅领着郭月，"我先给您介绍一遍。"三人边走边看着。"这个是我们做月饼的部分，月饼皮是用米浆做成的，"点心师傅说道，指了指前面的一个大桶，"这是调馅用的，我们分别有豆沙馅、花生馅、莲蓉馅。您看这，这个是我们制作的米糕，我就是做米糕的师傅。"

郭月停下脚步，仔细看着眼前工人的操作，米糕就是把研磨好的米粉，加上白糖和水调制，用手工揉搓以后，再加上花生，坚果，葡萄干等，最后放到前面的蒸笼里蒸熟，再晾干包装。"这种东西保质期短，有什么办法延长保质期吗？"郭月问道。

"如果不加任何处理，米糕的保质期只有三到五天，在东洋日本，现在开始有商家使用真空包装，我们香港还没有这个技术。要延长保质期，比较好的办法，是要彻底风干以后再包装，包装的时候不要用塑料纸，塑料不透气，如果用荷叶包裹，可以保持半个月不会坏。但特别重要的一点是，一定要等到蒸熟的米糕凉透了，并且风干以后才能包装。"点心师傅很热心地介绍道。

郭月随着师傅的介绍，前前后后转了将近一个小时，致谢离开。

几天后，香港，荣华酒楼。

临海的一张桌子，丹尼尔和郭月分坐两端。"谢谢您的赏光。"郭月说。

"郭老板，您客气了，上回跟您聊得很好，还记得我们聊到那个飞流直下三千尺吗？我回去又认真读了好几遍，果然是好意境。"丹尼尔今天穿的是西式便服，看上去很随意。

"世间很多东西，从精神到物质，都是需要用心去细细品味的，就像这壶茶，乍喝起来只是一股香味，但是细细品下去，能够喝出它有松柏的味道，还有一点苦涩。这也就和你们西洋人解释说香水有前香中香后香一样的道理。"郭月说道。

丹尼尔点点头："是这个道理，任何东西如果要说到它的意境，那是需要慢慢品味的，这就好比女人。成熟的女人是让人品味的，只有小姑娘才是解渴的白开水。"说完自己都笑了。

郭月换了个话题："我知道您负责英军物资的采购，方便介绍一下吗？"

"当然可以，这也不是什么军事秘密。我负责的部门主要采购供驻守远东地区英国部队的生活物资。我不负责武器装备，那种杀人的事情，我不干。我可是一名非常虔诚的新教教徒呢。"

"主要都有些什么物资呢？"郭月全神贯注地听着。

"种类很多。这么多军队日常所需要的东西，有一部分从英国运过来，例如威士忌、啤酒、罐头、服装靴子，但更多日常物资我们还是就地在香港和东南亚采购，例如咖啡、茶叶、面粉、大米，等等。"丹尼尔介绍说。

郭月从她放在椅子上的随身包包里拿出一个纸袋，小心地把纸袋打开，里面是两块用荷叶包裹着的膏状食物，类似年糕，打开后切成几小块放到对方面前："来，丹尼尔，您尝尝这个，这可是我在家里亲手做的。"

"好啊，能够尝到郭老板的手艺，那真是荣幸。"说着，丹尼尔拿起面前的刀叉叉了一小块放到嘴里，咀嚼着，半晌没有说话，随后点点头，又尝了一块，赞许地说："好吃，我好像没吃过这种东西，看上去像中国传统的年糕，可是吃起来有一点像苏格兰曲奇。"

"是这样，"郭月说道，"这里面的基础原料是米浆，加上黄油、砂糖、花生和果仁。苏格兰曲奇是烘焙而成的，我这个是蒸煮的。这原本是我们家族祖上几代人传下来的家庭糕点，通常都是逢年过节制作的，我把原来的配方和制造流程来来回回调试了十几次，做成带有西式口感的米糕，这是我的第一批成品，今天您是我改良版的郭氏米糕的第一个客人。"

"您再把成分说一遍？"丹尼尔很感兴趣。

"好的，这个产品最主要的原料和中国年糕类似，是米粉，也就是我们福建人说的米糕。用大米加水，在石磨上碾碎，成为糨糊状以后装到布口袋里，上面压上石头，让水分滤出，这时候需要把膏状的米浆加以搓揉，让膏体均匀，再加上配料，只不过内陆人吃米糕大多数放的是花生葱头和猪油，我把配料调整了一下，放进黄油奶粉，再加少许的白糖、坚果。这样一来口感就变得西式了。"郭月自己叉了一块放到嘴里，一边说道。过去一个多礼拜，她天天都琢磨这事，对每个细节了如指掌。

"嗯，真是不错。我可是第一次知道中式的米糕还可以做成这种口感。"

"除了口感，我这个郭氏米糕还有一个很大的优点，就是保存时间长，通常可以保鲜半个月到二十天。你看这东西如果用来供应给驻守的军方，是不是也是一个辅助食品呢？"郭月说出了她的目的。

丹尼尔点点头："这个可以评估一下。"

"您看，"郭月决定趁热打铁，"你们英国人的饮食呢，主食以面包为主，不像东南亚一带主要吃米饭。可是面包需要电力，需要烘焙，部队在外驻扎，我想不是每个地方都随时有烘烤设施的。再有呢，面包保存的时间很短，士兵携带也不是很方便。所以我想，或许这款郭氏米糕，能够作为一个备用物资补充给驻扎的军人们。"

"这个主意我想是不错的，郭老板愿意给我们供应吗？"

"实不相瞒，天一贸发行一直是做进出口贸易的，我们主要做大宗物资的批发，例如茶叶、稻米，以及中国工艺品。茶叶我们主做福建武夷山的正山小种，它的口感和英国人喜欢喝的红茶很接近。喏，今天我们喝的就是小种。"郭月给丹尼尔续上一杯新沏的红茶，说道。

"小种我知道，我也挺喜欢的。"丹尼尔点点头。

"今天您品尝的这个米糕就是用我们进口的大米研成米粉制作而成的。我想如果有机会的话，天一经营的茶叶和这个米糕，我们可以合作。"郭月说出了她的想法。

"那好啊，我们现在的物资需要量比以前大了许多，能够和天一贸发行这种有名的大商家合作，我们的物资供应保障也会更加牢靠。"丹尼尔表示有兴趣。

郭月说："我知道你们现在处于战时调配状态，估计经费也比较紧张，你们军需采购的同仁们都很辛苦。如果我们合作的话，第一批供应的货物，除了提供最优惠的价格给您，我们还愿意额外送上等值的商品作为劳军的捐献物资。例如如果你们第一批订单订五吨茶叶，那么除了按最优惠的价格结算这五吨茶叶以外，我们再送上另外五吨作为捐赠。"

"太好了，郭老板真是一位慷慨的大老板，看事情看得久远。"丹尼尔看出来郭月的这番诚意，而且他也知道眼前的这个东西确实能帮助驻扎在各地的军士们缓解在外驻守的粮食充饥问题，就一口应了下来，表示回去后就跟进此事，争取下礼拜就发出订单。

"谢谢丹尼尔，合作愉快。"郭月把一个精致的小盒子递给对方。丹尼尔接过来打开一看，是一套精美的紫砂壶、茶杯和茶盘。"您上回送我的那个景泰蓝的茶壶，我可是很喜欢。放在家里我的书桌上，只要周末在家，我都要拿它泡茶喝。"丹尼尔说。

郭月解释道："这个是紫砂壶，是用上等优质陶土烧制的，紫砂壶特别适合于冲泡红茶，红茶有桂圆味道，松烟味，和熟地瓜的香味，这些香味通过陶壶来冲泡，口感会好很多。"

"您太客气了，那我收下了，回头我送您两瓶上好的威士忌。"丹尼尔收下了礼物。

"whiskey 我可不怎么喝，不过我一定转送给家人。"郭月想起了父亲的老朋友，厦门荣盛洋行的陈叔。陈叔最爱喝威士忌了，这次来香港前，郭月还特意去看了陈叔。

郭月和丹尼尔说着笑着，气氛越发地显得融洽。

45
龙溪县城

龙溪县城，1945 年 8 月。

郭月这一天起得比平常晚。昨天她带着小春和郭贺一起从流传村来到县城，有一位浙江过来的茶商要洽谈业务，本来是要直接去流传村见面的，因为对方要从这里去广州，时间比较紧，电话里商量说是否可以在县城见面，节省一天的时间。郭月同意了，昨天特地从流传村赶到县城，和茶商见了面，双方洽谈了下一批货的订货细节，一起吃了晚饭，回到客栈已经将近午夜了。

郭月在旅馆客房里刚刚起床，小春侍奉着女主人把衣服穿好，正要出门吃早饭，只听见房间门砰的一声被推开，郭贺兴冲冲地闯将进来，甚至都来不及敲门。郭月愣了一下，郭贺跟自己这么多年，做事都是有规矩的，从来没见过他这么冒冒失失过，以前哪怕再怎么危急的事情，他都一定要先在门外敲门，打过招呼才往里进的，今天这是怎么了？

郭月连忙把刚刚穿上的外衣扣子扣好，只见郭贺冲进房间，顾不上寒暄问安，兴冲冲地说："头家，您马上随我下楼，快点快点，天大的好消息，小日本投降了。"

"真的？"郭月一听，禁不住抱着小春就地蹦了起来，全没了往日的那份矜持。

"千真万确。"郭贺在一旁也像小孩一样地比划着，"我们快点，楼下有广播呢。"

郭月几人急忙忙跑到客栈楼下，只见楼下的大厅已经挤满了人。收音机正在一遍遍地重复播报："中央社最新消息，日本天皇于凌晨宣布，所有日军向盟军无条件投降，中国战区总司令，国民政府蒋委员长将代表中国政府接受日本军方投降。最新消息最新消息，日本天皇宣布日本无条件投降。"

"太好了，太棒了，小日本完蛋啦！"人群中爆发出雷鸣般的吼叫声。郭月随着人群冲出门外，走到大街上，只见县城的这条商业主街挤满了庆祝的人群。右侧的一家商铺门前已经架起了一面大鼓，两个大汉光着膀子，抡起鼓槌，敲得鼓声震天。这边街道中间突然闯出来一队舞龙的队伍，只见一条金黄色的巨龙，在红色龙珠引导下冲将出来，大家纷纷散开，让出一块空地。长龙在前面滚动龙珠的引导下忽高忽低忽左忽右地飞舞着，龙首的嘴巴不时张开来，做出吼叫的模样，龙尾巴跟着两个放鞭炮的小伙子，一串接着一串地点燃鞭炮，噼噼啪啪，鞭炮声伴随着烟雾响彻整条街的上空。"打倒小日本！"只听人群中有人振臂喊了一句。郭月忍不住跟着众人一起抬起手臂，高声喊着："鬼子滚出中国！""中国万岁！"郭月拉着小春的手，情不自禁地冲到马路中间，随着众人欢腾起来，人群爆发出阵阵的呼喊声，喝彩声和掌声。陌生的人们挤到一起，高呼着口号，扭动着身子，每个人都大声叫着，仿佛是要把这十四年来淤积在心头的积怨、苦闷和愤恨，都透过这些欢呼声吼叫声全部释放出来。

"快来啊郭贺。"郭月朝站在一旁的郭贺招了招手。

"总算盼到这一天了，高兴啊。"两位从浙江过来的茶商也夹杂在人群中，郭月朝他们喊着："过来啊，一起跳舞。"

"郭老板，好兆头啊。"浙江茶商回应道，"昨天刚刚谈妥合作，今天小日本就滚蛋了，好兆头。"郭月觉得自己完全进入了一种忘我的释放状态，这些年来沉积的多少痛楚、委屈，从国家的沦亡，到自己生意的凋零，从逃荒流浪，到女儿被逼无法正常上学。郭家和千千万万的中国老百姓一样，整天过着提心吊胆的日子。如今这个扫帚星终于被扫出国门了，从此可以过上太平日子，所有的憋屈在这一瞬间都清扫一尽。郭月顾不上自己还没有吃早餐，根本忘记了还饿着肚子，和街上越来越多的陌生人一起，尽情地跳着、扭着高喊着，仿佛是一个十几岁少女那样地忘怀投入。

街上狂欢的热潮一浪高过一浪，没有一点停歇的意思。郭月跳着唱着，亢奋了一个多小时，才意犹未尽地随着郭贺和小春一起走回客栈。郭月叮嘱郭贺："你赶紧叫一辆车子，我们马上回流传村老家，好好地在村里庆祝一番，真是一个大喜的日子。"

回到流传村已经是当天下午，只见天一大楼前的广场上聚满了村民，情景和县城并无两样，大家聚在一起唱歌跳舞，欢呼着。有人把家里的脸盆炒锅炒勺，都拿到广场上来了，敲锣打鼓声，夹杂着鞭炮声，欢呼声，在广场上空久久回荡。"拿鞭炮，拿鞭炮，赶紧的。"郭月一进村里，就一头扎进广场狂欢的人群中，一边招呼小春找人把附近铺子里所有的鞭炮全部买下。"今天放个通宵，还有焰火，非得玩个开心不可。对了，多找几个人去附近村子，把能买到的鞭炮焰火都买了。"郭月从一大早得到日本投降的消息，就一直处于高度的亢奋状态。

夕阳西下，人群的喧闹声依旧，村子里郭姓宗族的族长和各姓老人也陆续过来，加入到欢庆的人群中。郭月看到族长，连忙走上前去，跟族长说道："族长大伯，这么开心的日子，我们得好好庆祝一下。"

"那是必须的，我们总算盼到头了。"族长点点头。

人群太吵，郭月贴着族长的耳朵大声喊道："我提议，今天晚上，我们就在这个广场摆上两百张桌子，把全村的两千多口人都请来，大家一起聚餐，闹个不醉不休。"族长说："可以啊，让各家各户自己把他们的拿手菜烧了端过来，一起聚餐。"

郭月说："好的，我们这就安排。"她让郭贺通知郭府厨房和所有伙计们，现在就安排杀几头猪，再抓紧联系一下，把邻村的戏班子请来，热热闹闹过一个开心的节日。"真是太高兴了。"郭月交代完后，又对郭贺叮嘱道，"你到地窖里把我祖父当年留下的那两箱陈年的高粱酒拿出来，晚上大家一起喝好了。"

"那可是好东西。"郭贺知道郭月说的陈年高粱酒，那是天一的创始人郭有品先生在世的时候存下来的，已经有几十年没有动过了。

晚上，流传村全村老老少少，几乎无一例外地全部汇聚到天一广场，加入这个热闹欢庆的开心时刻。

整整这一天，郭月觉得自己像个小姑娘似的，在欢乐的人群里高声大叫，举杯畅饮，和陌生人拉手跳舞，没有了平常那副矜持的模样。积压在心里的这口闷气憋得实在太久了，她要尽情地释放出来。唯一的遗憾是，女儿现在还不在身边，虽然有消息传来说，玉洁在南安水头的野战医院一切平安，过几天就回来。但要是女儿这会儿能够在身边跟她一起跳舞该多好啊。

广场上欢乐的人群一直喧闹到午夜时分，才渐渐安静下来。老人和小孩们渐渐散去，年轻人一个个喝得醉醺醺的意犹未尽，于是有人跳到刚刚演完戏的台上，扮起痛打日本鬼子的段子，只见他们扎了几个草人，草人头上贴着日本膏药旗，一伙人围着草人拿着棍棒，一边喊叫一边拼命地击打，一解心头的恨和气。

郭月和郭诚郭贺从广场走出来，回到天一贸发行办公室，郭月还是觉得意犹未尽，对郭诚说："郭诚哥，再开一瓶酒，我还要喝。"郭贺在一旁看着眼前这个与平常状态截然不同的郭月，有点担心："少太太，您今天可是喝了不少了。"

"你别管，十四年一次，我就是今天喝得烂醉，也要喝，总算把小日本赶跑了。"郭月说着突然哭了起来，"你还记得柱子吗？"

"当然记得。为了他保护玉洁，日本大兵光天化日之下，用刺刀从柱子后背刺穿进去，那个场景永远都忘不了。"郭贺低声回答，眼睛也有些湿润了。那天情急之下郭贺抱着玉洁跳入海中，亏了郭贺水性好，游到对岸，躲过一劫。而柱子在码头前面的马路上被日本兵刺穿后背，后来经过郭月请来医生精心调养，总算保住了一条命，但是从此他再也没有办法干重活了。天一把他养下来，每年固定发放生活费，照料他和他母亲的生活。"你想想啊郭贺，有多少个柱子被这班禽兽杀害，有多少个像玉洁这样的姑娘被日本兵的炸弹炸死。骂他们是禽兽，我都觉得玷污了禽兽的名声。郭诚哥，快点拿瓶酒来，我要喝酒。"郭诚见郭月兴头正起，知道拗不过她，便转身从柜子上拿出了一瓶白兰地，再取出三个杯子把酒斟上。"啊，不不，郭诚哥，你把伙计们都喊来，再加几个杯子，大家一块儿喝。"郭月高声喊着。

"好嘞。"郭诚转身到门口喊了一嗓子，楼下的几个伙计儿听到声音都兴冲冲地跑上来，郭诚又拿出了几个酒杯，一一把酒斟好，大家端起杯子。郭月把杯子高高举起，对着众人说："等等，大家一起喊——祭日本天皇，去死吧！"说完仰起脖子，一饮而尽。

几天以后，玉洁回到了流传村。郭月事先知道女儿要回来，早早地就和小春在村口等着。

不一会儿工夫，只见远处的路上走过来两个身影。大旺领着玉洁，一前一后地往这边走来。郭月看见了，大老远地就挥动着手臂："玉洁。"

"母亲。"玉洁一边叫着，一边快步跑过来，母女俩紧紧拥抱。

"洁儿你受苦了。"郭月心疼地说。

"母亲，我都好好的，您看全身没少一块肉。告诉你吧，这几天，我带了几个身体好一点的伤兵跑到日本人的兵营里，拿棍子将他们的厨房砸了个稀巴烂。"玉洁神气地说。大旺在一旁补充道："幸好我在边上跟着，拦得及时，不然小姐真要拿着木棍往那个日本哨兵的脑门上敲。"

"就该敲死这帮混蛋。胜利了，团聚了，回家了！"郭月挽着玉洁的手，很久很久，没有这么开心了。

46

新加坡，客轮码头

从马尼拉过来的五月花轮船缓缓靠岸，乘客们各自拿着行李，依次沿船舷下船。接人的队伍里，玉洁一眼看到有个人举着一块牌子，上面写着："唐山郭玉洁小姐。"玉洁走过去，跟那人打了一声招呼："先生您好。"

这是一名中年男子，四十多岁，身体略胖，穿着南洋热带短袖的花格子衬衫，他一手接过玉洁的行李箱，一边自我介绍道："郭小姐，您好，我是陈嘉庚先生的司机，陈老先生嘱咐我过来码头接您，请随我来。"

玉洁随着司机上了汽车。中年男子发动汽车，缓缓驶出码头，沿着海边的林荫道向前驶去。

玉洁从野战医院回来后，依照母亲的建议，申请并拿到了英国伯明翰大学的录取通知，主修护理专业，学制三年。母亲特意让她在去往英国之前绕道菲律宾，见一下外公，然后从新加坡前往英国。新加坡去年刚刚开通从新加坡飞往伦敦的国际空中客运航线，这一下子比原先乘船走水路节省了很多时间。当然这种越洋的长途空中航班，票价极高，能坐得起的都是富贵人家，票款是外公支付的。

玉洁在马尼拉住了一个礼拜，见到了多年没有碰面的外公。外公现在年纪大了，处于半退休状态，他前些年在南洋又娶了一位当地女子为妻，并和这位南洋女子育有两个儿子和一个女儿，算是母亲的同父异母弟妹，玉洁管他们叫舅舅和小姨。外公的两个儿子都已经长大成人，都在外公的商号里，帮忙打理商号事务，现在已经成为商号的主要管理人员。天一信局在战争结束后迅速转型，如今主要经营橡胶和咖啡这两个菲律宾当地主要种植物的原料交易和加工。在马尼拉郊区，外公还有一片几十公顷的种植园，主要种植胡椒和香蕉。在这个种植园的后面，是外公自己的一座乡间别墅，外公最近几年大部分时间就住在这个别墅里，已经不怎么去位于马尼拉的公司。

玉洁在菲律宾的那个礼拜，除了在马尼拉待过一天，剩下的时间都是在乡间别墅跟外公一起度过的。外公早上起来还是习惯吃地瓜稀粥，晚上总要让厨师做一些海鲜，再喝两杯小酒。外公喜欢听戏，别墅里放了几台留声机，上面的唱片都是从新加坡、台湾、香港各个地方买过来的各种福建歌仔戏、芗剧，大多是根据中国古代题材改编的，例如《穆桂英挂帅》《包公断案》等等。外公与居住在新加坡的闽南华侨领袖陈嘉庚先生有多年的老交情。从二十世纪初捐助中国民主运动的同盟会，支持国内共和运动，到不久前抗日战争募捐，支持国内抗战，无数次外公都在嘉庚先生的号召下发动菲律宾华商积极参与。外公是菲律宾闽南华商协会会长，各项捐款活动的倡导、组织乃至参与，外公都耗费了许多心血和资金。在这栋乡间别墅里，玉洁看到外公收到的各种捐款证书、奖章、勋章以及中国国民政府颁发给外公的表彰状，还有同盟会黄兴的题词，陈嘉庚先生的谢函，以及中国国民政府主席蒋中正给外公六十大寿的贺寿电报。

这是玉洁长大以来第一次比较长时间地跟外公待在一起。祖孙俩聊着一些家乡近来的变化，外公已经有十多年没有回唐山了，很喜欢听玉洁介绍家乡发生的那些事，对于流传村的每件小事，类似谁家儿子娶了媳妇，谁家盖了新房，外公听玉洁介绍时都津津有味。玉洁则通过和外公的交谈，更多了解家族在南洋起家的故事，生意的演变，还有菲律宾东南亚各地的风土人情。这祖孙俩每天几个小时在一起，散步喝茶聊天。玉洁从外公的介绍中，大致知道了这几年在南洋天一生意的发展情况。太平洋战争爆发后，天一原来在东南亚的三十几家分号全都被迫关闭。日本人投降后，近一年刚刚开始恢复生意及经营转型，目前拥有五个分号，侨汇侨批的业务量大大缩减，不及战前的五分之一。好在外公公司拥有橡胶种植园和树胶贸易生意，随着战后经济快速兴起，国际市场对橡胶的需求量十分旺盛，天一及时转型经营乳胶出口，正好赶上了市场处于快速发展时期，在很大程度上弥补了天一原有业务下降的生意缺口。

玉洁离开菲律宾经新加坡前往英国，这也是外公亲自安排的，老人家特意让玉洁住到新加坡的陈嘉庚府邸。他还亲自给在新加坡的陈嘉庚先生拍发了一封电报，并请玉洁随身带一封信交给嘉庚先生。

车上，玉洁望着窗外快速闪过的绿色棕榈树，想念起远在厦门的母亲，这是她第一次将要长时间地与母亲分别。

二十多分钟后，车子拐入一条山路，随后缓缓驶上一条小道，顺着小道开了几百米，玉洁乘坐的汽车来到了一栋白色的西式洋房前，司机把车停好，打开车门招呼说："郭小姐，我们到了，请您下车。"

玉洁顺着正门台阶往上走，刚迈入门厅，只见有一位管家已经在那迎候："您好，唐山的郭小姐是吗？鄙姓田，府里的年轻人都叫我田叔，我是嘉庚先生的私人管家，负责管理嘉庚府上内外的日常事务，郭小姐您请进。"玉洁随着管家走进去。

管家把玉洁领到二楼东侧的一间卧室，转身对玉洁说："郭小姐，这是给您安排的卧室。想必路上辛苦了，您先休息一会儿，嘉庚先生特地嘱咐说，晚上要设家宴招待郭小姐，他还把他在新加坡大学念书的两位孙女都叫回来，晚上要和郭小姐见面一起吃饭呢。"

"谢谢您，田叔。"玉洁连忙说道。

"不客气，郭小姐，那您先休息一会儿，我让人给您送一壶茶过来，有什么需要的话，您随时叫我们，这是呼唤铃。"田管家指了指床头柜上一个红色的按钮，"这个呼唤铃直接联通到楼下的用人房，我的办公室就在一楼，一听到铃声我们就有人马上上来。而且这个呼唤铃还有对讲功能，您可以按住上面这个红色按钮，直接说您需要什么，我们都会马上给您准备妥。"

"好的，谢谢。"玉洁还是第一次见到这种带有对讲机功能的呼唤铃，觉得很新奇。

当天晚上六点多，田管家过来敲门，对玉洁说："郭小姐，嘉庚先生请您下来用餐呢。"

"好的，我马上来。"玉洁披上一件外套，随着田管家来到一楼的餐厅。

这是一间正方形的餐厅，一张大圆桌，六把椅子，正中间端坐的，正是陈嘉庚先生。在他座位的左侧，是两个与玉洁年龄相仿的女孩。玉洁走上前去，亲热地叫了一声："陈爷爷好！"

"玉洁，哈，我可是好多年没见你了。上一次在菲律宾和你外公见面，你外公还给我看了你的照片，那是你在唐山参加抗战救治医院的照片，好漂亮。"陈嘉庚先生爽朗地说道。

玉洁记得在这之前，她随母亲和陈嘉庚先生见过一次，那是在她七岁的时候，当时她随着母亲来东南亚旅游，在吉隆坡和外公，还有母亲一起见过嘉庚爷爷。对于这位著名的福建华侨领袖，郭玉洁一直有耳闻，他倾尽所有个人财产在家乡创办集美学村和厦门大学，同时带领南洋华侨为抗日战争捐款捐物，号召南洋的华侨有钱出钱有力出力，支援祖国抗战，这些事迹玉洁早已熟知。这次在菲律宾，当外公说让她来新加坡住在陈嘉庚府上，玉洁特别开心，心里十分期盼着见到这位心目中非常崇拜的长者。

玉洁把外公的信递给陈嘉庚："陈爷爷，这是外公让我转交给您的。"

"好好，哎，我先给你介绍一下。"陈嘉庚指着坐在他身边的两位女孩，对玉洁说，"这是我的两个孙女，她们都在新加坡理工大学上学。我今天晚上特意招呼她们回来，你们姐妹见个面，都是同龄人。"

陈嘉庚招呼玉洁坐下，接着说："今天晚上呢，我们就是家宴，不是什么正规的场合，玉洁你别拘束，随便点。"随后他招呼两个孙女和玉洁聊天，自己在一边打开玉洁刚刚交给他的信件。信是玉洁外公用毛笔写的：

> 嘉庚兄：如晤。槟城一别，已历半载。想先生近来贵体康好。从报上新闻得知先生倡导创办南洋华文大学一事，心中甚为高兴。我等从唐山远渡来南洋谋生，下一代人的教育至为重要。能确实增设华文教育机构，使得南洋各地的华侨子弟们熟读中国文化，熟悉唐山历史而不至数典忘祖，当为幸事。先生倡导此事，实乃一件功德无量之善举。
>
> 小孙玉洁此次经新加坡赴英国留学，多有打扰，先此叩谢。

晚餐是典型的福建家常菜谱，有福建炒米粉，海蛎煎，春笋炖排骨，芋头烧鸭腿。陈嘉庚起身从酒柜里拿出了一瓶厦门产的高粱酒，给自己倒上一杯，玉洁感觉有点好奇，因为她知道外公也喜欢喝厦门高粱。便开口问道："陈爷爷您也喜欢老家的高粱酒？"

"是的，你是不是看你外公也这样？"玉洁点点头。陈嘉庚抿了一口酒，说道，"那些洋酒我还是喝不惯。在南洋这么多年，我还是保持着喝福建茶叶和老家高粱酒的习惯，你看我每天就只喝这么一杯。"

言谈中玉洁从陈嘉庚的两个孙女这边了解到，陈嘉庚对于自己家里晚辈人的要求是，每个人在中学之前一定要接受华文教育，所以两个孙女的中文水平都很棒。

第二天，陈嘉庚特地辞掉外面的公务，说要陪玉洁在新加坡好好走一走。一老一少两个人上午先去了新加坡的总督府，陈嘉庚领着玉洁在总督府里里外外转了一圈，然后去了牛车水，这是新加坡的唐人街，各种中式杂货糕点、衣服用具都可以买到。接下来陈嘉庚带玉洁参观新加坡植物园。

新加坡植物园在东南亚一带是非常有名的。两人在植物园门口下了车，只见有十几个人在门口的售票处排着队买票，玉洁扶着陈嘉庚站到了队列的最后头。

门票很便宜，上面写着成人两先令，十六岁以下小童免费。两人随着排队购票的人流往前移动着，差不多过了七八分钟，眼见着快要轮到玉洁购票了，突然前面来了两个白人，穿着休闲装，直接就走到窗口插队购票。玉洁感到这二人很无礼，刚想上前制止，站在一旁的司机把玉洁拉住了。

"凭什么他们不排队？"玉洁不解地问。

司机悄声解释道："他们是英国人，在新加坡，英国人是享有优先待遇的，这里的电影院、公园、餐厅，大多数的公共场所，如果有排队等候的话，他们是不用排队可以优先买票或者优先入座的，这是新加坡英国政府的明文规定。"

"那明摆的不就是对亚洲人的一种歧视吗？"玉洁愤愤说道。

陈嘉庚点点头："是的，这样的规定明显不合理。所以我们需要你们这一代人努力学习更多的科学技术，将来报效祖国，让祖国早日强大。只有中国强大，洋人才会发自内心地尊重你。现在我们国力弱小，中国人在海外被歧视受欺负的事每天都在发生，将来你到英国上学也会时常碰到这种事，即便你跟他抗争，就算赢了一场，也无法改变我们被称为东亚病夫处处受气的命运。国家强，中国人才能扬眉吐气啊。"陈嘉庚先生对玉洁说道。

47

伯明翰，英国伯明翰大学

伯明翰大学，学生宿舍。

玉洁对于这里的大学生活，倒是很快就适应了，这也得益于她从小接受的就是中英双语教育，比起其他的亚洲学生来说，玉洁的英语水平要强得多，同时她有过几年护理工作的经验和在外面独立生活的经历，对她来说，在英国大学上学，住宿和生活倒不是什么难事。

大学课程比她想象的要艰难得多，主要是有大量的阅读，除了上课，更有没完没了的课外阅读任务，这和国内的教学不一样。每次讲师讲完课以后，都会布置一大堆的阅读材料，要根据阅读材料写读书笔记。玉洁虽然有比较好的英文基础，但是护理学药剂学的很多专业词汇，对于一个非母语的中国学生来讲，还是要费很多额外精力的。好在玉洁从小就是一个比较文静的女孩，所以她把大量的时间都泡在图书馆里，或者在寝室里抱着一本又一本厚厚的教科书，一章一章去啃。

伯明翰大学有几千名在读学生，但基本上都是本国白人，亚洲学生全校也就是几十位，大约有一半是华裔。来自中国大陆的学生，总共就只有三位，除了玉洁以外，有一位来自广州的女孩叫齐湘秀，还有一位来自上海的刘一鸣。学校的亚洲学生们不知不觉地走得都比较近，成立了一个亚洲华裔同乡会，基本上都在周末或者逢年过节的时候，大家聚一聚，吃一些亚洲餐，热闹一番。

郭玉洁住的是学生公寓，两人一间。和她同寝室的是一位英国女孩，名字叫Christine（克里斯丁）。克里斯丁来自纽卡斯尔，父亲是一家汽车制造厂的工段长，母亲是家庭妇女，家里有五个兄弟姐妹，克里斯丁排行老三，她是一位有点胖的快活妞，很阳光，做什么事，说什么话都是快人快语。克里斯丁只要一回到寝室，除了睡觉，她的嘴巴几乎不停，要么跟玉洁叨叨说同学间各种各样的事儿，要么就不停地吃各种零食。克里斯丁正和一位本校义学系的学生谈恋爱。她几乎每个周末都外出约会，所以一到周末，就是玉洁最为安静的时光，玉洁正好利用这个时间来整理一周来的各种课堂笔记。

这天又到了周末晚上，玉洁盘腿坐在床铺上，床铺的四周摆满了这个学期的教科书。当地的英国学生，除了家庭就在附近的周末回家，其他人大多是要外出放松的。要么去酒吧，要么约上男朋友女朋友外出派对，学生公寓一到周末晚上就静悄悄的。

玉洁整理好一周的读书笔记，从床铺上下来，伸了伸有些发麻的腿，坐到书桌前打开抽屉，拿出母亲送她的绣有"太阳花"图案的手绢，细细端详着。这是玉洁上小学的时候母亲为她准备的，她一直带在身边，上面的绣花图上，一轮高挂的太阳，一艘航行在茫茫大海上的帆船，几个男子身影的人正奋力拉扯着风帆，画面展现的是闽南民谣《太阳花》的故事。

玉洁拿起纸笔，给母亲写信。

母亲，距离上次给您写信，又过了半个多月。我在这边一切都好，英国现在开始入冬了，天气有点冷，不过我们学生宿舍和教室都有暖气，所以保暖不是问题。这里的气候总是阴天居多，都说英国的太阳和金子一样珍贵，我现在开始体验到了，但凡碰上一个大太阳的日子，连老师都会憋不住地让所有同学一起搬到室外草地上讲课，可见大家是如何地期盼阳光。

这边的饮食自然是以西餐为主，中国人在西方生活，比起语言、气候、文化，更加难以适应的是中国人的白粥咸菜胃。每天都吃西餐，感觉很没有胃口。尤其英国式的西餐，就是炸鱼片加薯条，还有胡萝卜炖牛肉那些，就是吃饱肚子而已。好在我从小在家里经常接触西餐，在国内上中学的时候，学校食堂也时常有西餐供应，还不至于完全地不能接受，至少比其他亚洲学生好一些。不过话虽然这么说，实在还是很想念中餐。我们的亚洲同乡会有二十多华裔同学，大家聚会，总会买一些中餐材料来，大家一起动手。

很想念母亲的郭氏米糕，等我下次回家的时候，您可要教我一下如何制作，我可不想让郭家的这个独门手艺失传。

母亲您那边都还好吧？小春还好？郭诚舅舅和郭贺伯也都好吧？我很想念你们。知道您一定很忙，公司的很多事需要您操心，您一定要多保重身体，要注意安排劳逸结合的锻炼，例如游泳，散步。

接下来要过圣诞节了，这边学校开始有很多圣诞树和圣诞灯饰的布置，我们学校再过两个礼拜就开始放假了。我的室友克里斯丁想邀请我到她们家过圣诞。我准备去她那里住几天，也借这个机会看一看英国的乡村。记得在国内读过林语堂的书，林语堂先生说过英国最美在乡村，我也想借这个机会好好地见识一下。

提前祝母亲新年快乐！

小女玉洁敬上

写完信，叠好放入信封。玉洁走出宿舍，到公共洗漱间洗漱完毕，回房间上床睡觉了。

第二天上午，只听得房间门砰砰几声，玉洁睁开蒙眬的眼睛，见克里斯丁兴奋地站在床前，大声喊道："洁，你快起来别贪睡了，我们打球去。"玉洁揉了揉自己的眼睛，说道："克里斯丁，你昨天晚上一晚上没回来？"

"周六晚上是happy时光，哪能够就泡在床上睡觉了，多浪费啊！起来起来，快去洗一洗，我们去打球吧。今天我约了好几个同学一起打篮球，你不许说不。大礼拜天的别赖在床上，出去动动。"说罢不由分说地把玉洁拽下床铺。

两周以后，学校开始放假了，克里斯丁要回她老家纽卡斯尔，应她的邀请，玉洁收拾好简单的行李，跟着克里斯丁坐上了前往纽卡斯尔的火车。

48

克里斯丁家，纽卡斯尔

克里斯丁父母的家位于纽卡斯尔市郊一个安静的小镇 St James（圣詹姆斯）。两人在车站下车，一前一后步行二十分钟，就来到了克里斯丁家，这是一座普通人家两层楼的联排住所，有一个小小的后花园。一进门克里斯丁介绍道："这是我母亲玛丽·史密斯，这是我父亲托马斯·史密斯。"

"史密斯太太，史密斯先生，你们好，我是克里斯丁的同学，叫玉洁·郭。"玉洁连忙笑着问候，并迎着史密斯太太的脸，按当地习俗亲吻了一下脸颊。礼毕，玉洁从随身包里拿出一个礼物，递给史密斯太太："这是一盒中国的茶叶，是我从中国带来的，二位品尝一下。"

"谢谢，中国茶叶一定很好喝。"史密斯太太高声道谢，引着玉洁往屋里走。

进到屋里，玉洁快速打量了一下，这是一个典型的英国中产阶层人家的住宅。楼下是客厅，餐厅和厨房连通，另外有一间太阳房。客厅里面有一个烧木材的壁炉，几把沙发，墙上挂着一幅画。客厅再往前走就是厨房和餐厅，房子后面是一个大约七八十平方米狭长形的后院，后院不大，但是整理得井然有序，看得出女主人是花了不少心思。"你就和我住一个屋吧，跟我们在学校时候一样。走，我先领你上楼。"克里斯丁招呼着玉洁走到楼上卧室。

纽卡斯尔是一座工业城市，克里斯丁的父亲托马斯所在的汽车制造厂，位于纽卡斯尔郊区，是纽卡斯尔最重要的一家公司。听托马斯介绍，他已经在这家工厂工作了二十多年，最早是从学徒工做起，慢慢学会各种机器的操作，后来成为工段长。他所负责的是车架焊接车间，他们这家工厂以生产卡车为主，在二战期间，工厂主要承接军队的订单，专门生产各式各样的军用卡车。战争结束后，整个生产的重心刚刚从军用转为民用。目前他们厂主要生产民用的大型运输车辆，整个工厂有两千多名工人。

晚上克里斯丁母亲史密斯太太准备了一大锅牛肉炖土豆和胡萝卜汤，史密斯夫妇和他们的五个孩子，加上玉洁八个人围坐在一起用餐，很是热闹。克里斯丁有两个哥哥两个妹妹，都在本地。两个哥哥都已经工作，但都还没成家，所以几个孩子加上他们的父母常住人口六七个人，每个房间都放满了东西。

接下来几天，玉洁随着史密斯太太外出购物，不时地也会自己骑着一辆自行车四处转转。这一带很安静，小镇一共就三四条街，每条街的两边都是一排一排的小别墅，有不少是刚刚建成的。据说二战结束后，整个英国掀起了盖房子的高潮。史密斯太太对于自己的住家很自豪，她向玉洁解释说，自己嫁给托马斯后，和丈夫一起用十年时间才攒足了这套房子的首付款，通过银行按揭的方式买下这栋两层楼的房子。"听说中国的住房很落后，都没有浴室更没有自来水，女人上厕所得到马路外面的荒地里。"

女主人话中带有居高临下的自豪感，这样的说话口气，玉洁来英国以后遇到过很多次了，甚至还有人问她在中国是不是没有见过电灯。对此，玉洁通常不多计较。她从小不论在流传村老家，或者鼓浪屿郭家花园，用的都是最先进的居家设施，反倒不觉得这些有什么值得炫耀的。

这天史密斯太太领着玉洁来到镇上的主要商业街——高街。街道两旁各式各样的商店一字形排列开来，大约有二三十家商店。史密斯太太带着玉洁去了杂货店，水果店，面包店，把全家需要补充的物品都买齐了，最后从花店买了几束花，满满的两箩筐。玉洁发现进出商店的英国主妇们买东西手上都拿着一张小条，她很好奇，就问史密斯太太："夫人您看，这里大家买东西都要拿清单吗？""对啊，不然的话会记不全啊。我们这边的习惯就是每个礼拜会有一次主要的购物，每个家庭女主人会把家里这个礼拜欠缺的东西事先写下来，面粉啦，牙膏啦，香肠啦，等等，然后一次性买齐，如果临时缺点什么东西，那就是临时性的补充。但是大宗商品都是一周一次地采购来。而且呢，我们这里有一个叫 shopping day（购物日），每个礼拜四，这一天是购物日，商店都要延长开门时间。"

玉洁觉得很新奇，问道："为什么是礼拜四呢？"

"哦，因为这边的每个工厂呢，都是每周发一次薪水，称为周薪。按照习惯呢，都是每周四发薪水。发完薪水，大家有钱可以买东西了，所以周四就成为购物日。镇上大部分店铺平常只开到晚上六点，而周四这一天会延长营业到晚上八点钟。"史密斯太太解释道。

周薪，这个名词玉洁听上去很新鲜，因为她知道，母亲的公司以及中国所有的公司，都是一个月发一次薪水的。像是建筑工人，还有学徒这样的工种，甚至都是每年年底才一次性发放一年的薪水。玉洁向史密斯太太介绍了一下，对方眼睛睁得好大："一年发一次，那还不早饿死了。"据史密斯太太说，在这里，劳工阶层都是每周发薪水的，白领通常是两周发一次，只有高管，高级职员例如律师行、银行的经理们，才是每月发一次。

"为什么要每周发一次薪水，那不会增加很多工作量吗？"玉洁还是没有明白。

"哈哈，这事回头你可以问 Thomas（托马斯），他是工段长，他手下有七八十号工人，他应该比我更清楚。"

晚上吃过晚餐，一家人在餐桌前闲聊，玉洁把今天的问题提了出来。托马斯·史密斯解释说："首先为什么要每周发薪水，如果不是周薪的话，会有很多人揭不开锅，生活支撑不下去。"史密斯先生接着对玉洁说，"我听说在亚洲社会，工厂的工人都是每个月发薪水的，这个在我们这儿可不行。"玉洁说："不仅仅是每个月，像我们老家的很多学徒，都是一年才统一发一次薪水。"

"这个在我们这里是完全不可思议的。"克里斯丁哥哥插话说道，"你知道每家每户都得过日子，大家拿到钱都要买面买油，支付账单，以及给孩子们的零花钱。再有太太们要去做头发，买衣服，一个礼拜已经够大家熬的了。如果说一个月的话，那多数人有半个月的时间就得饿肚子。"克里斯汀哥哥说着，做了一个晕倒的姿势。

玉洁来英国以后已经接触了很多东西方文化的不同，她知道西方人在消费观上不像中国人善于积蓄，懂得计划。中国人拿到钱以后，习惯上总是先拿出一定比例放在一边以备应急之用。西方人呢，更习惯于拿到钱花了，如果有剩下的再说积蓄的事。

"那为什么是周四发呢？周五不是更好？"玉洁不解地问道。

"哈哈这个就是学问，来，中国姑娘，我来给你解释为什么周四发薪水。"史密斯先生给自己倒了一杯威士忌，端起来喝了一口，说道，"我们这边是每周上五天半的班，就是周一到周五全天，周六半天，所以周四发工资呢，能够最大程度地激发工人的工作热情。你看，周四发工资，所以这一天大家的工作劲头肯定是最足的，因为有工资拿嘛，拿到工资以后周五周六这一天半呢，工人的工作状态也都比较好，刚刚拿到钱，又马上要周末休息了。回过头过了一个周末，周一上班，刚休息过，大家的工作还是有干劲的。周二那就是最困难的，也是像我这样的工段长最麻烦的一天，你看，人家眼见着钱也花完了，下一次发薪还有两天，难熬啊。所以这一天产能最差，也是最多人请假的一天。任何一个车间，任何一个工段的生产曲线统计，周二这一天永远是一个礼拜之中最低的一天。到了周三，情况就会稍微好点，为什么？明天就要发工资了，咬咬牙，再挺一天就有钱到手了。"

"是这么回事啊，这是实际经验，我从您这里学到了。"玉洁若有所思地点头称谢。

几天后，史密斯夫妇和克里斯丁一道，热心地把玉洁送到纽卡斯尔火车站。史密斯太太还特意在玉洁离开前送给了玉洁一瓶香水，说是要让这个中国姑娘体验一下。玉洁执意推辞，对方说什么也要塞给玉洁，拗不过，只得收下。玉洁对于香水有些过敏，所以她从小就不用任何香水。但面前的这位英国太太把这东西作为其认知的高贵生活的一种象征，玉洁也不便驳拗主人的一份热心。

坐着来时的火车，玉洁回到了伯明翰大学，在这里度过了她来英国后的第一个新年。

49

厦门鼓浪屿，郭家花园

郭月把女儿玉洁送到英国上学以后，让堂兄郭诚主要负责打理老家流传村的天一贸发行，自己搬回鼓浪屿的郭家花园。

回到厦门，郭月首先想做的就是重新装修郭家花园。郭月很喜欢这座园子，这是爷爷在世的时候买下的，后来和哥哥分家的时候，父亲留给了她。郭月在这里住了十多年，女儿玉洁有一多半时间都在这个别墅生活，这里的一草一木，对郭月来说有着特别的感情。前几年日本人占领鼓浪屿，这座郭家花园荒废的荒废，物品被盗的被盗，已经是乱七八糟的，面目全非。

管家郭贺帮她在厦门找了几位室内设计师，郭月想趁着这次装修，把别墅建筑格局连同花园整体重新设计，里里外外做一次新的规划布局。在郭贺托人推荐的几位室内设计师中，郭月比较满意的是一位名叫张浩天的设计师。这位张浩天三十多岁，原籍台湾，从厦门东南大学毕业以后去美国波士顿理工学院攻读现代设计，后来回到厦门，在市区开了一间设计师事务所。主要承接宾馆酒楼和富裕人家别墅的室内设计和装修监理。郭月看过他过往的装修方案，感觉比较合胃口。张浩天的设计偏西式风格，线条简洁，注重整体素雅，不像传统的中式装修，更多的是大红大绿。郭月特别喜欢他好几个设计方案以明亮高雅见称，而且适当加入一些热带雨林的元素，很适合地处亚热带的厦门地区的生活场景。

这一天，在鼓浪屿的郭家花园，郭月亲自带着张浩天把花园里里外外都看了一遍，双方坐下来，张浩天说："郭小姐，您的这个别墅的装修方案，我的意见是分两部分来构造，一个是户外的花园，假山，包括院墙，另外一个是室内部分。我先说说室内部分。这个部分，我想把一进门的楼梯打掉，将楼梯移到客厅的后方，改造成从中间上下、左右两边各有十八级的之字形楼梯。这样就会使得整个一楼的客厅显得更加宽敞明亮。初步想法是，别墅一楼，一进门是一个大的过厅，右侧书房保留，书房后面是一间琴房，一间茶室。左边的会客厅和会客厅后面的那个房间打通，靠窗的这一面装上落地玻璃，形成一间宽敞的正式会客室。厨房和餐厅之间现在有一堵墙分开，我想把那堵墙拆掉，做成餐厅和厨房一体式。靠右边后面的那个位置是太阳房，这个位置正好处在茶室后面，阳光是最好的。一楼正中间的楼梯后面那里做一间正式的宴客厅，可供十二个人就餐。这种宴客厅通常使用的频率不高，所以往楼梯后面的位置布置，边上有一个小的楼梯，往下面走是酒窖。至于用人房，我准备在一楼后面小门边上做一个加盖，那样比较不受干扰，并且和洗衣间、储存间相通。二楼是四间卧室，加上一间图书室。每间卧室都重新装修，各自配备厕所、淋浴室和洗漱台。郭小姐和您女儿的卧室各加一个浴缸。您的卧室做成里外套间，您看是这样的结构。"说着，张浩天拿出了自己手画的草图。

郭月探身一看，只见几张草图上每一间房间的尺寸、层高、立面结构、窗户位置高低大小，都标注得清清楚楚，用的是十分工整的钢笔字一一手写而成，不由得赞叹道："张先生可是有一手绘图的好功夫啊，您这个字也写得好。"

张浩天笑道："小时候被父亲强压着，每天一定要写五张工整的正笔小楷，不然就不能睡觉，这算是一项收获吧。至于画图，这是我们学设计的人必需的基本功，老师要求一道线用手画下来，必须能达到笔直如尺子一般，才算合格。"说罢，他把草图翻过来，拿起钢笔在草图的背面，从上往下画了一条线。郭月一看，果然如同尺子一般笔直。"好惊奇哟。"郭月不由得赞叹道。

双方接着沟通了一些装修上的细节，张浩天起身说："郭小姐，我就不再多打扰您的时间了。我到外面，把花园的尺寸丈量一下，等下次过来，我再向您报告外面花园的装修方案。"郭月点点头，喊了一声小春："小春，你带张先生到花园走走，他有什么需要随时服务好。"

"好的，张先生请。"小春在一旁引路。

郭月送客人走到别墅门口，问道："张先生晚上是否有空？如果可以的话，请您吃顿便饭。"

"谢谢郭小姐。"张浩天点点头。

"鼓浪屿有一家很不错的法餐厅，叫红磨坊，是法国厨师自己打理的。就在轮渡码头边上，挨着海边，我们晚上七点在那里见？"郭月说。

"好的，我一定准时到。"张浩天说罢，随着小春走向花园前院。

望着设计师张浩天的背影，郭月忽然心里有一丝异样的感觉。

郭月结婚不久，丈夫就因为事故过世，那时候郭月还怀着玉洁，所以玉洁是一个遗腹子。郭家从祖父郭有品开始创业，到了父亲这一辈，几个叔伯都无力经营，生意上的事先是落到父亲头上，后来又传承给了郭月。郭月父亲常住吕宋岛，国内各项商务上的事情，都靠郭月定夺。这些年来，商号的生意，还有郭府里外的许多事，都由郭月操持，场面上要张罗的事情不少，虽然有郭诚、郭贺和伙计们帮忙，出入也都有用人跟着，但是每到夜深人静的时候，一股无法遣散的孤独感总是伴随着郭月。尤其是女儿玉洁到英国上学以后，身边就没有一个让她感觉特别亲近可以倚靠的亲人。

郭月很疼女儿，某种意义上说，她把自己作为一个女人所有的爱和寄托都倾注在玉洁身上。郭月现在刚刚四十多岁，是最有韵味的少妇年纪，加上她很注重个人保养，身体健康，浑身散发着一股大家闺秀的风韵和少妇丰盈迷人的神采。郭月有着一副很好的身材，胸部丰满，小腹扁平，身材修长，难得的是她有一身特别有弹性的肌肤，小春每次替郭月梳洗，总是禁不住赞叹少东家粉润 Q 弹的胳膊。郭月的皮肤很白，属于白里微微透红的那种肤质。不论她往哪里一站，周围人一眼能看出这是一位保养得当、气度不凡的大家闺秀。

这些年来，郭月与周边的异性几乎没有私密关系的接触，打心底里她还是一个比较保守的中国女子，生意上虽然免不了很多场面上的应酬，郭月都是待人客客气气，礼尚往来而已。各种酒会宴会，社交场合，郭月更多的都让郭诚出面，她本人对于灯红酒绿的排场不感兴趣，实在躲不开了需要她出席，也是点到为止。有一次菲律宾吕宋岛的商务部长来访，点名要见天一老板，郭月拗不过，带了四五名经理和主管一同赴宴，酒宴开始后，郭月举杯敬了对方一杯酒，借口说家里孩子小需要哄孩子入睡，就提前离开了，弄得那位部长很尴尬。好在天一上上下下都了解头家郭月的脾气，场面上的事都能应付下来。

　　这个张浩天按理说至今才见过两次面，却让郭月有一股莫名的亲近感，好像忍不住地要和他多说说话，甚至于刚才听张浩天介绍装修方案的时候，就近闻到对方身上那股隐隐散发的男性荷尔蒙气息，郭月下意识地深深吸了一口气。"他有一股沁人心脾的男人阳刚气呢。"郭月脑子里闪过一个画面，接着连忙捏了一把自己的脸，试图驱赶这股迷乱的思绪。

　　晚上七点，红磨坊餐厅。

　　郭月特意挑选了一套淡青色的套裙，外面加上一条白色羊绒披肩。平常郭月出来赴宴，小春大多是要跟着的，今天郭月特地让小春不要跟出来，她自己从郭家花园走来。

　　郭月的这身打扮高雅华贵，又不张扬，手上戴着父亲送给她的劳力士金表，除此之外，再无其他装饰。但出门前，郭月还是用心地在自己的脖子和耳后根处涂抹了几滴香水。

　　走进西餐厅，只见张浩天已经坐在一张靠海的桌子前等候，张浩天换了一套灰色西装，很明显他在参加今天的晚宴之前回家洗漱过，和白天工作时候是两种穿着，这给了郭月很好的印象。郭月不太喜欢晚上赴宴还穿着白天工作服装的人，在她看来除非万不得已，这是一种没有品位也不尊敬对方的表现。"不好意思让您久等了。"郭月走上前打了个招呼。

　　张浩天起身说道："哪里话，郭小姐您没有迟到啊，而且男士赴约，总是要比女生先到的。"说着一边把对面的椅子往外拉了拉，照料郭月坐下，转身对侍应生说道："请给我们来两杯冰水。"

　　喝了一口水，郭月接过侍应生递过来的菜单，对张浩天说："这家餐厅我算是常客，他们的厨师是法国过来的，做的法式菜还是挺地道的。"

"好啊，我是第一次来，挺喜欢这家餐厅的装修。"张浩天不知不觉地就说到了他的设计老本行，"您有什么推荐吗？您是常客。"

郭月笑着说："都说法国餐呢，是吃蜗牛吃鹅肝，不过我倒觉得他们家的海鲜做得特别好，这个蒜蓉烩淡菜，还有这款黄油煎扇贝，都很值得尝尝。不仅原料新鲜，更重要的是调料都是厨师自己调制的。"

"好的，那我就按照您的推荐来。"张浩天点点头，指指菜谱对侍者说，"我们就要这几样东西，麻烦您安排一下。"侍应生答应一声，轻步离开。片刻，餐厅的侍酒师走了过来，跟郭月打了声招呼。郭月说："我们今天要一瓶红酒吧，你给这位先生推荐一下。"张浩天笑着说："葡萄酒我着实不懂行，郭小姐您来定吧。"

"那好，就拿那款金丘的黑皮诺吧，黑皮诺和我们今天点的菜，也正般配。"

"好的，二位稍等。"侍酒师点点头，摆上了两个勃艮第酒杯。

两人一边吃饭，一边聊着闲天。从谈话中郭月了解到张浩天是台湾人，来厦门上完大学以后，去美国攻读了两年现代设计，然后再回到厦门开事务所。厦门与台湾风俗相近，气候饮食习惯也都基本相同，但是厦门的经济比台湾发达得多，所以有不少台湾专业人员都在厦门工作，张浩天开的这个设计所也是其中之一。"天一的牌号我早有所闻，可是真没想到生意做得这么大的老板，竟然是位这样年轻秀丽的小姐，真是令人佩服。"张浩天一边喝着酒，一边说道。

"见笑了，天一信局原先是祖上的老业，几年前因为不堪税负，被迫关门。近几年我和堂哥利用原来的一点基础，试着转行做一些进出口，还是新手。"郭月抿了一口酒，低声说道。

"现在生意难做啊，这些年厦门的生意每年关门倒闭的十有七八，能够生存下来的，一定是靠着自己的本事，郭小姐真是商界的女中豪杰。"张浩天赞叹道。

"张先生真是谬夸了。"郭月被对方说得有些不好意思，试着换一个话题，"我女儿刚刚去英国留学，这方面张先生一定有很多经验的。"

"嗯，现在到国外留学的人比较多了，大部分都是美国、英国、法国和意大利，特别是二战结束后，全球经济文化复兴，正是各国都急需人才的时候。"张浩天说道，"在外面生活增长见识，学习专业，对中国学生来说，这些都是难得的机会。我觉得可能最大的障碍就是过不了胃口这一关。因为中国人嘛，还是习惯吃中餐。我认识很多出国留学的，出国之前也都接触过洋人的东西，但是真的说要一天三顿都吃西餐，几乎每个中国人都很难过这个关口。就比如说吧，法餐很好吃，我也很喜欢，但是偶尔为之可以。我每天早上起来，还是宁可地瓜稀饭的，那是典型的闽南人的胃。"

郭月笑笑："是啊，就说我吧，现在一个人在厦门，一日三餐乍一看简单，但实际上还是个问题。总不能每一顿都在外面吃吧。原来女儿在的时候，我们请了一个厨师，现在家里只有一个人，一张嘴的菜没法做，就把厨师转给公司用了，那边至少能派上用场。偶尔家里来客人需要备餐，再让他过来帮个忙。"

"一个人在外，一日三餐的确麻烦，这一点我这么多年很有体会。"张浩天深有同感，"我平常就是自己瞎张罗，怎么简单就怎么来。"

郭月点点头："那张先生的家眷都不在本地？"话刚出口，觉得有点冒昧，连忙端起水杯抿了一口。

对方好像没有察觉，随口说："我是单身，父母都在台湾，他们在台中有一家小的杂货店，我有一个弟弟和一个妹妹，弟弟在台湾的铁路局做事，妹妹还在台湾上学。我每年都会回去几趟，看望一下家里人。台湾被日本人占领五十年，现在刚刚由民国政府收回，建制上新老交替，有点混乱。"

饭后，张浩天和郭月走出餐厅，沿着海边林荫道漫步，两个人天南地北地聊着，直到接近午夜，张浩天才护送着郭月走回郭家花园。

皎洁的月光下，双方在门口互道晚安，握手告别。

50

厦门，鼓浪屿，郭家花园

鼓浪屿，郭家花园别墅。

这阵子郭月心绪有点迷乱，对于郭月来说，这是一种很不寻常的感觉，郭月明显地感到自己不时会莫名其妙地发呆。好像怀里揣了一只兔子，时不时地觉得心嘣嘣地乱跳。

这种感觉是从未有过的，郭月能够感到自己的体内好像有一股暖流在涌动，晚上躺在床上的时候，不知不觉地会觉得胸口发热，身上有一种躁动不安的情绪，仿佛体内有一把燃烧的火焰。

郭月对于男女之欢有过短暂的体验。丈夫是父亲推荐的，结婚之前她跟对方见过几次面，谈不上有太多的接触。婚礼是在老家流传村举办的，就像无数的新婚夫妇一样，小两口缠绵的一个多月，也就是郭月由少女成长为女人的蜕变。郭月从那个男人那里，第一次品味到了男欢女爱，缠绵在床的那份荷尔蒙迸发的激情，还有最初性爱的朦胧和性生活的欢愉。那时候郭月才二十来岁，虽然说生长在一个侨商家庭，比起绝大多数的中国女子要开放得多，郭月从小就在画册上、小说里接触过不少异性的描述，但是当自己以一个处女之身面对一个男人的时候，郭月还是很羞涩的。新婚的那段日子在郭月的印象中十分地甜蜜缠绵，她的男人有一副不错的身材，而且也很体贴，那男人话不多，但不是那种传统的大男人，每次的床第之欢，他还是很在意郭月的感受。男人显然在婚前有过性方面的经历，知道怎么去引导自己新婚燕尔、略带羞涩的女人。记得有一次小两口兴致盎然的时候，她男人抱起郭月，郭月虽然被激情的欲火燃烧着，但在固有的观念里接受不了这种体位，死活不乐意，那男人呢，也就不勉强，依着郭月的喜好，两人面对面相拥欢愉，完成了一场酣畅淋漓的性爱，也就是那一次，郭月怀上了玉洁。

可惜好日子持续不久，一个多月以后，丈夫回到南洋，从此直到他意外事故身亡，两人就再也没有机会见面。丈夫身亡后，这些年郭月一直守身如玉，从来没有再触碰过任何异性的身体，眼下这位设计师张浩天的出现，第一次撞击着郭月那颗多年来闭紧的心扉。很多时候，郭月试图驱散自己的这个不安分的想法，却总是不知不觉地依然想到他，想象着他的身影，他的笑容，一吸鼻子，仿佛能够闻到他身上的那股好闻的男性荷尔蒙味道，甚至，昨天晚上，郭月居然就在梦中梦到自己与玉洁父亲的床笫之欢，就在流传村老家的卧室，只是，男主的脸，变成了张浩天。

这会儿已是晚上十点多。郭月斜躺在床上，还是不由得想到张浩天，忍不住又把他留下的设计草图拿在手里看着。也不知道为什么，这几天每天晚上睡觉前，郭月总是禁不住地要把张浩天留下的这些草图一页一页地来回翻看，觉得像是止渴的甘露。好几次郭月都很冲动地想要一张张浩天的相片……

张浩天有一副很好的体魄，结实健壮，用他自己的话说，搞室内设计的其实也是半个装修工，需要有强壮的身体，因为经常要在工地爬上爬下。"你不觉得我身上有一股油漆味吗？"有一次，张浩天笑着问郭月。"没有啊，"郭月说，"我觉得倒是有一点青草味。"张浩天没反应过来。

郭月知道自己说漏嘴了，有点不好意思地说："哦，可能是你在花园草丛里走过的味道。"其实这是郭月作为一个女人的情愫。女人对男人的想象往往跟青草连在一起，至少在郭月的概念里面是这样的，她觉得那股青草的草香味跟男人的气息很契合，她心目中的男性应该有一股青草的味道，而张浩天的身上恰恰就有这么一股子青草味。

这边郭月斜躺在床上，看着张浩天的草图，胡乱地想着，一直无法平静心绪。索性披衣下床，走到二楼户外的阳台上，望着夜色中的花园，眼前这片花园刚刚被张浩天重新改造过，原先的那一块假山被重新设计为一个六角形的西式凉亭，凉亭四周铺设花岗岩条石，光滑透亮，在月色下反射着银白色的亮光。郭月仿佛觉得张浩天就站在不远处的凉亭上向她张望。

愣了半天神，郭月笑了笑，轻声对自己说了一句："我发什么傻啊？"

回到卧室外面的套间，郭月从酒柜里拿出一瓶 XO 白兰地，打开瓶塞，给自己倒了一杯，再走到阳台上，继续着她那驱赶不散的臆想。作为一个成熟女人，郭月知道自己在想入非非，但她似乎很乐于让自己沉浸到这个迷幻的世界里，闭上眼睛，享受这份幻象给自己带来的快感。她感到自己的周身正在被点燃，血液循环加快，脸颊潮红，止不住地想叫喊出来。

鼓浪屿郭家花园的重新装修宣告竣工。按照当地习惯，装修和乔迁之喜一样，要搞一次庆祝宴会。郭月特意跟郭贺做了交代，这次是私人宴会，不要邀请外面的商务客人，只把郭府家族里各房各室的人请来。公司里的伙计除了厦门分号经理和大旺，其他人就一概不邀请了。

这是一个晴朗的周末，下午五点，西斜的阳光暖洋洋照射在郭家花园草坪上。草坪临时搭了三张桌子，来了二十几位客人，大家在四周随意站着坐着，有的聊着闲天，有的跟随郭贺参观刚刚完工的别墅。郭月把设计师介绍给大家，说着："你们如果喜欢这个装修设计风格的话，那完全就是张先生的功劳。"

瞅着一个空当，大旺拿着一包东西走过来跟郭月说："头家给您道喜了。"说着打开他的那个包包，里面是一对精致的迷你型小石狮子。

"呀，这个我好喜欢，哪来的？"郭月一眼看着这雕琢细致的石刻，赞叹道。

大旺笑着解释："我们村里，有一个有名的老石匠，他的专长是雕石狮子，雕工很细很精致，村里的大户人家都请他雕刻石狮子。我请他雕了一对小号的，送给头家作为装修落成的小小礼物。"眼前这对石狮高约三十公分，最适合作为客厅的摆件。郭月笑着招呼小春收下。"你有玉洁的消息吗？"郭月问道。她知道玉洁和大旺一直有来往。

"有的，上个礼拜还收到小姐的信呢，她说她在那边上学都挺好的，生活也都能够习惯，一切都没有问题，就是不太习惯每顿吃西餐。"大旺回复说。

果然如张浩天所说的。郭月心底嘀咕了一句。

"对了头家，我想给玉洁寄过去一些闽南肉松，花生糖，您看可以吗？"大旺在一旁问道。

"这是你们自己的事，你自己看着办就好了。"郭月回应说。

花园草坪中央，郭贺在招呼大家聚拢，说要一起照一张相，众人纷纷停下各自的交谈，走了过来。郭月对张浩天说："设计师，你是今天的主角啊，应该站到这中间的位置。"说罢就要把张浩天往人群的中间拉。张浩天连忙推辞："郭小姐这可不行，郭家花园您是主人，您理应站到中间，我是凑热闹的，我就站在最后排的边角上。"说着便往边上走。

郭贺连忙说道："二位看这样行吗，少太太您还是坐在第一排中间，张先生有劳您站到少太太身后第二排的正中间，就贴着第一排站。其他各位贵宾都是自己人，大家分两列左右坐好站妥。"这就是一名好管家的能力，懂得主人的心思，又能用一种很妥帖的方式把事情料理好。

大家依着郭贺的意见，很快地排列好队形，摄影师架好相机，拍好了几张合影。接下来二十多人分别围着花园里摆好的三张大圆桌落座，开始用餐。

餐后，有人提议在花园里放电影，几个小孩高声附和。郭贺招呼着家丁们架好放映机，从图书室拿出几盘胶片，是《卡萨布兰卡》，这部获得年度奥斯卡奖的美国电影是郭月父亲从南洋寄回来的。放完电影已经是晚上九点多了，客人们陆续离开。郭月送别各位亲戚，张浩天走在人群的最后面，大家相互在门口站住，逐一道别。这边郭月正与一对长辈叔叔婶婶话别，张浩天站在院墙外门廊一侧，郭月反身要送别下一拨客人，经过张浩天面前时，轻轻低语了一句："张先生您先等我一下。"张浩天点点头，闪到一旁。

把客人都送走以后，郭月对郭贺和小春说："你们找人抓紧把院子都收拾妥当，大家也都累了，早点休息吧。"几个人点点头走开。

门口处，这时只剩下郭月和张浩天两人。郭月望了望花园中的月色，对张浩天说："先生如果方便的话，还想请你喝一杯呢。"说这话的时候，郭月眼睛仍然望着远处。

"好啊，我很乐意。"

张浩天随郭月走入别墅。对于这栋重新装修过的郭家别墅，张浩天比郭月还要熟悉，因为这楼里的每一个布局，每一处结构，每一面墙的装修，都是他亲手督办的。

偌大的别墅，晚上住在里面的其实只有两个人，小春住在一层的用人间，二层的四间卧室，郭月玉洁各有一间，另外两间是客房。管家郭贺和几个园丁家丁和工人们，住在别墅后面的一栋小平房，他们那边有自己的小厨房和厕所，所以晚上用人工人们通常也不会到别墅里来。花园别墅院子的围墙入口处，有一个门房，看门的老张头就住在门房里。

郭月招呼着张浩天走进门厅，轻声说道："我突然有点想吃汤圆。"脸上透出一股少女般的婀娜。"不喝酒了？"张浩天笑道。

"改主意了。"郭月一脸耍赖的神情。

"好啊，那我来打下手，也借机请郭小姐参观一下您的新厨房。"

"叫我郭月好吗？"

"OK，那你也该叫我浩天。"

说着两人就来到重新装修过的厨房，这边郭月手忙脚乱地翻开柜子找寻东西。后屋里小春听到声音赶紧从用人房走出来："少太太您需要什么？"

"小春我记得家里有汤圆，在哪里呢？"郭月问道。

"有啊有啊，就在这个柜子里。"小春说着，熟门熟道地把柜子里的一袋汤圆，还有煮锅都拿了出来。"太太我现在帮您做上吧。"说着就把火点着。

"不用，我知道怎么做，你去休息吧。"小春点点头，不再多问，轻手轻脚地退了出去。

郭月用电炉烧上一锅水，等水开了以后，把汤圆放进去，再加上一勺冰糖，桂花片，很快地汤圆做成了，她把汤圆分盛到两个骨瓷碗里，端到桌子前，招呼着张浩天坐下："张先生，你尝一下，这个汤圆是小春磨的米浆，自己做的，味道应该还不错。"

　　"怎么又忘了，你叫我浩天就行了。"张浩天拿起汤勺，尝了一口，赞道，"口感真是很不错。"

　　两个人面对面坐着，吃着各自碗里的汤圆，都不说话，空旷的餐厅安安静静的，顶上水晶吊灯柔顺的光线照射下来，映出郭月那俊秀的脸庞。张浩天突然伸出手来，横过餐桌，轻轻地握住郭月的手："我好像这阵子总是会想到你，郭月。"

　　郭月有些害羞，想把手抽回来，但只是轻轻地缩了一下就不再动作，她的那只手依然在张浩天的手掌中握着。

　　张浩天站起身来，绕过餐桌，走到郭月坐着的椅子后，轻轻地搂住郭月的肩膀，俯下身来，把自己的脸颊贴在郭月的头发上，狠狠地吸了一口，呢喃着说："好香的女人。"

　　郭月这边感受到一股热烈的男性气息透过后脖子直接穿入后背，一下子把持不住，突然间站起身来，转过去一下扑到张浩天的怀里，两人紧紧地拥抱在一起。

　　张浩天用手轻轻地托起郭月的脸，灯光下长长的睫毛，满怀期待的水灵灵的双眼，和这轮廓分明微微张开的嘴唇，呈现在他的面前。张浩天深深地吸了一口气，俯下身去，用他的嘴唇紧紧贴住郭月炽热的双唇，两人温热的嘴唇贴到一起，不约而同舌尖交织着狂吻起来。郭月双手环绕，从张浩天的后背紧紧搂紧对方，不顾一切地把舌头探入对方嘴巴深处，忘情地吻着张浩天，仿佛要在这一瞬间释放积压在心底二十多年的那份激情，那份被岁月尘封掩埋，却依然色彩斑斓，毫不褪色的女人风采。

　　张浩天用他有力的双臂，紧紧抱住眼前的这位脸色潮红的女人。郭月被抱着有点喘不过气来，她仿佛浑身被火烧得通红似的，一把拉住张浩天的手往楼梯走去，她的嘴唇始终紧紧贴着张浩天的嘴，不曾放松。

两个人走在楼梯上，张浩天把嘴从郭月脸上移开，伸过手去，搂着郭月。郭月觉得心里很期待着什么，她这会儿思绪完全迷乱了，但又有点害怕。

　　楼梯铺着地毯，两双脚在上面走着，毫无声音。两个人走上二楼，来到了郭月的卧室套间。张浩天轻轻推开房门，拧开电灯，刚刚装修过的崭新卧室映入眼帘：浅黄色小牛皮沙发，纯木的弹簧床，梳妆台，一张小巧的立柜，两把靠背椅，还有两个书柜。梳妆台上放着两张照片，一张是郭和中、郭月和玉洁的合影，郭月抱着女儿，还有一张是玉洁中学毕业的毕业照。台上还放着几张草图，张浩天一看就认出了那是自己留下来的装修草图。

　　张浩天把卧室的门掩上，拥着郭月躺到床上。郭月只觉得自己浑身有一股正在燃烧着的火，周身的热血都在沸腾，无法扑灭，也不想去扑灭，她仰卧着，任由这股猎猎火焰在她的体内一次次循环燃烧。

　　这会儿郭月闭着眼睛，她不敢把眼睛张开，生怕这美妙的时刻会因为张开眼而消失。郭月隐隐感觉到对面男人顺着她的脸颊从额头到耳根、脖子，轻轻地吻着她，她真真切切地感受到了这个男人身上的味道，他的那股略带青草味的气息，他的呼吸，还有他脸上短胡须刺入自己柔润肌肤的那一点刺痛感。

　　郭月还是不想动，不想睁开眼睛，她只想闭着眼，尽情地享受这个时光。张浩天的手顺着他移动亲吻的嘴唇往下滑动，解开郭月衬衫的纽扣，再把手轻轻地伸到女人后背，摸索着后面文胸的挂钩，显然有点不知所措，郭月顺势抬了一下肩膀，配合着对方完成了这个动作。郭月觉得，在这一瞬间，自己的身体在颤抖，她强咬住牙关，才没让自己叫出声来。

　　郭月一对丰满坚挺的乳房呈现在张浩天面前，张浩天轻轻用手抚摸着，慢慢地加重了力气。郭月躺在那里，微微张开了一下眼睛，看到的是张浩天伏在自己胸前的头部，脸正对着她的乳房，她觉得体内一股热流，电一般闪过，赶忙又闭上了眼睛。

　　张浩天侧着身子，让自己的嘴唇贴在郭月柔滑的肌肤上，尽情地亲吻着，这边郭月终于忍不住了，下意识地轻轻呻吟起来。这是郭月二十多年来，第一次被异性抚摸亲吻，那份快感已经被彻底地挑逗调动起来。

接下来，张浩天让自己的双唇像是一道山泉，顺着郭月的身体往下流淌。流过高耸的双峰，来到了郭月平整的腹部。郭月一直保持着很好的身材，她的腹部几乎没有一丝赘肉，张浩天在郭月的腹部平原上贪婪地亲吻着，同时那温暖的大手向下滑动。郭月猛地打了一个寒战，身体缩了一下。张浩天很体贴，他让自己的手指停下来，就是刻意地放慢节奏，让郭月身体中的燃烧的激情能够彻底释放出来。

郭月双手一直绕在对方的后背上，这会儿，她腾出一只手，轻轻抓起张浩天的手，放到自己胯部的一侧，这是一个开门的暗示。张浩天终于再也忍不住了，猛然间停止了他手上的抚摸，整个人扑将上去，紧紧地咬住郭月的嘴唇。

两人如同两团燃烧着的火，紧紧地贴在一起。

……

第二天早上，小春来到二楼，轻轻推开郭月的卧室房门，平常郭月的房门是不上栓的，为的是便利小春早上起来招呼她起床。因为整座别墅晚上时候，前面的大门和后门都是锁住的，只有郭月和小春两个人住在里面。小春正要招呼，蓦然间看到一堆凌乱的衣服散落在地毯上，床上有两个人正相拥而眠，小春不再作声，悄悄地退了出去，把门轻轻地带上。

51

厦门，天一贸发行

郭月这几天就像换了一个人似的，像极了情窦初开的少女，每天总是面带微笑。

郭月一向是个比较矜持的女人，现在呢，走起路来步履轻盈了许多。在郭家花园别墅里，如果没有其他人，郭月会情不自禁地自己扭动腰肢，走起路来一摇一摆的。最先发现这个变化的是小春。少太太照例是每天按时起床，洗澡梳理，只不过以前郭月每天早上的梳妆打扮都比较简单快捷，在梳妆台前大约就十分钟的工夫。现在每次出门前，用心了许多。她还好几次到百货公司给自己添置了一大堆新衣服。每天郭月从来都是准时到公司，下班后直接回家，绝大多数的商务应酬都由郭诚，厦门贸发行的经理，或者郭贺代劳，除非有实在推不掉的，郭月才破个例参加。这么多年来不管在流传村，还是在厦门，她都保持着晚上回家吃饭的习惯。现在可不同了，郭月每个礼拜总有那么两三天要到外面去吃饭，基本上都是和张浩天一起。郭月深深地陶醉在与这个男人的两人世界里。

张浩天在厦门的设计室是一个很小的工作间，只有他一个人办公。郭月如今每个礼拜都要跑到那边待上两三回，她不太想让张浩天到天一的公司里，因为那边人多嘴杂，见面总有许多拘束。

这天下午，郭月提前把贸发行的事情处理完，早早地离开商行，叫了一辆洋车，直接来到张浩天的办公室。进门后郭月把房门一关，飞一般地扑到张浩天身上，两人紧紧地抱在一起，接吻拥抱，活生生的一对恋爱中情人模样。"小月，你这个周日有空吗？我带你游泳去。"张浩天邀请道。

郭月少女时代在南洋学会了游泳，鼓浪屿四面环海，到处都是沙滩海洋，随处能找到下海游泳的地方。周日下午，张浩天领着郭月，来到菽庄花园附近的一块海滩。"这里人少，而且沙滩很平缓。"张浩天脱下上衣，露出他健硕的身材，"走，下水去。"郭月顺从地把披在身上的浴巾放到沙滩石头上，露出穿着的一身新式游泳衣，随张浩天向海里走去。"好冷。"刚一入水，郭月被海水刺激了一个激灵。

"来，把海水往身上先搓揉一下就好了。"张浩天说着，弯腰用手捧起一捧水，泼到郭月身上。

"冷。你坏死了。"郭月笑着骂了一声，不甘示弱地也捧起一捧水，朝张浩天头上直接浇下去。对方冷不防地被这么劈头盖脸地一泼，两只眼睛睁不开，一下子摔到水里。郭月扑上前去，从后边抱住张浩天，湿漉漉的泳衣下，胸前那对嘣嘣跳动的小兔子紧紧贴着眼前这个男人肌肉发达的背脊。

郭月的水性明显地不如张浩天，后者在海里随意变换各种泳姿，如鱼得水。郭月只懂得蛙泳和自由泳。张浩天说要教郭月学习蝶泳，两人找到一块脚下沙滩最为平缓的地带，张浩天托举着郭月的腰部，让郭月趴在水上，练习双臂同时摆动。郭月不适应两支手臂同时挥动的技巧，好几次手臂一挥，直接打到张浩天脑袋上。接下来又是平衡没掌握好，呛了一大口水，忙不迭地抓住张浩天的脖子，像是猴子上树一般地紧紧抱着眼前这个男人。

两个人在海里一边游泳一边嬉闹了一个多小时。回到岸上，郭月一屁股坐到沙滩上："累趴了我。"

西边太阳正落入地平线，火红的晚霞在海面上铺展开来，像一幅巨型油彩画。

"再待一会儿吧，我还不想回去。"郭月迷恋地说。

"瞧我准备了什么？"张浩天从他的帆布包里掏出几样东西，放到沙滩上。"啤酒，牛肉干，你哪来的？"郭月欣喜地叫道。

"我们来一个夕阳野餐。"张浩天打开一瓶啤酒，倒进两个玻璃杯，递一杯给郭月，"周末愉快！"

郭月接过酒杯喝了一大口，放下杯子，忍不住扑到张浩天身上，紧紧拥吻。两人默契地躺倒在沙滩上，张浩天抱住郭月做了个侧身滚动，这一来两个人面对面地侧躺着，双方的嘴唇依然紧紧胶合在一起。

郭月再一次觉得自己的身体在燃烧，她把自己的胸部往前靠了靠，紧紧贴住对方那健美的胸肌。虽然还穿着湿漉漉的泳衣，郭月还是能感到对方下半身那个火炭一般的燃烧物，紧紧地抵着她的腹部。

张浩天把手上的沙子抖了抖，试图从郭月的大腿外侧探入泳衣。郭月把嘴唇轻轻移开，有些担心地说："浩天，这是海滩。""不怕，这会儿都没人了。"对方安慰着说，加快了手头的探险。

"啊！"郭月感觉到一阵眩晕般的电流穿过，连忙咬住牙根，才没有让自己大声叫出来。

52

厦门，鼓浪屿

厦门的台风季节，只有当地人才知道它的厉害。

台风季节通常在每年七月份到九月份之间，这种由热带风暴形成的强烈气流变化带来的猛烈旋风，会以突如其来的方式席卷全岛。台风所到之处，掀翻屋顶，树木连根拔起，路上的行人被吹得站不住脚。每年几次大型台风来临的时候，整个城市的所有活动都会停止，鼓浪屿往返厦门岛的轮渡停航。

这一天广播报道说，新的台风今天下午将会从厦门附近的海岸线登陆，所有的商家和行人都早早地做好了准备。店铺关门，行人匆匆回到家里躲避。郭月也在中午时分就提前结束了办公室的工作，赶在轮渡停航之前，乘坐最后一班渡轮回到了鼓浪屿的郭家花园。

回到别墅，郭月睡了一个午觉，刚迷糊入睡一会儿，就被巨大的狂风暴雨吵醒了。郭月从床上侧身往外看过去，只听见窗户外面一浪高过一浪的飓风发出呜呜呜的高分贝响声，倾盆大雨被风挟裹着，排山倒海般地扑将过来。花园里的树木都被吹弯成九十度角，花园入口处，已经有两棵陈年老树被大风连根拔起。郭月卧室的窗户已经早早关好，但是透过窗户的玻璃，仍然能够看得见一阵一阵扑将过来的倾泻雨柱。郭月叫来小春，问道："花园里面没什么事吧？"

小春湿漉漉地站在卧室门前，显然，她刚刚从外面跑进来。"少太太，工人们都安全，院里有两棵树被大风刮倒了，别墅东侧屋顶的瓦片被风掀起来一部分，那个地方现在已经漏雨，我正张罗着让几个工人在房间里拉上油布。"小春指的是另一侧的卧室。

"商号那边的情况怎么样？有消息吗？"郭月追问了一句。

小春摇摇头说："这会儿电话都已经断了，没有消息过来。"

话音刚落，只听见楼下有人大声喊着："小春，小春，你在吗？"

"哎，我在这呢。"小春回答了一句，转身走到别墅二楼中间的扶梯口，往下一看是大旺。她连忙朝下喊着："大旺哥，我在这呢，你怎么过来了？"

大旺高声问道："头家在吗？"

"在，你等等。"小春转过身过来向郭月说，"少太太，是大旺在楼下。"

郭月已经听到了两人的对话，连忙从床上起来，披了件衣服，随着小春急忙忙走下楼来："大旺，这么大的台风天你怎么过来的？"

楼下门厅，大旺浑身都被雨水浇透了，站在那里直往下淌着水滴，他很着急地说道："头家，不好了，库房漏雨，里面存放的茶叶被泡湿了。"

"什么？怎么会出这个状况呢？"郭月有些诧异。

大旺说："我们库房是铁皮屋顶的仓库，这次台风实在太大，风来得太猛，居然把屋顶的铁皮给掀开了一个角。雨水顺着屋顶往下灌，一下子措手不及，放在库房里面的茶叶都被淋湿了。"

"有多少？具体是什么东西？哪一批货？"郭月急忙问道。

"我是接到库房主事杨师傅的通报，赶紧跑到库房看了一眼。具体的情况，还来不及详细了解。我看这个事情很严重，就连忙渡海过来报告头家。"大旺回答道。

郭月说："小春，你赶紧去把郭贺叫过来，这是大事。"话音刚落，只听见身后有一个声音回答道："少太太，我在这呢。"郭月回头一看，郭贺正站在自己的身后。"咦，你什么时候进来的？"

郭贺说："我一听说大旺过来，就知道事情不妙，赶紧跑进来了。刚刚大旺说的我都听见了。"

"那我们赶紧到厦门岛去，一起想想有什么办法。"郭月说罢就要往外走。小春赶紧拿几件雨衣过来，分别递给几位。

郭贺说道："少太太，我跟大旺想办法过去吧。这么大的风雨，您就别去了。"

"那不行。这么大的事，我必须在现场。"郭月不由分说地穿上小春递上来的雨衣，转身冲进如瓢泼的暴雨中，郭贺和大旺见此情形，连忙紧紧地跟在后面。

三个人很快来到了轮渡码头边。郭月问："怎么过海？"

这会儿台风雨越下越大，就像老天爷往下泼水似的，一盆接着一盆往地上倒，加上狂卷的飓风，吹得人都站不稳，几个人身上早已浇透，相互扶着才不致被狂风吹倒。大旺大声解释道："轮渡早已经停航。我刚刚过来的时候，是找了一个小舢板，额外给他钱，让渔夫摆渡过来的。这会儿风更大了，怕是不好再过去了。"

"不好过也得过，库房出这么大的事不能等。"郭月坚定地喊道。

郭贺朝大旺大声喊道："大旺，你去找找刚才带你过来的那个小舢板，我估摸着他这会儿应该还在岸边。"

"哎。"大旺应了一句，冲向海边。

郭贺见面前穿着雨衣的郭月淋得湿透，说道："少太太，无论如何，我和大旺会想办法渡海过去，但是现在这个台风实在太大了，不管怎么说你是个女人，这么大的风雨在海里确实不安全，而且也不太方便。"

"不管那么多了，"郭月的回答没有商量的余地，"我必须和你们一起过去！"

"少太太，您听我的。"郭贺拉住郭月的手大声说道，"交给我吧。带着您，我们谁都过不去海！"

郭月有些吃惊地看着眼前的这个比自己大六岁的男人。自从郭贺当了她的管家，这么多年不管什么场合，只要郭月决定的事情，郭贺从来不会反驳，像今天这样毅然驳回郭月主意的，还是头一次。郭月顿时愣住了。

"少太太相信我，我一定能把这个事情处理好，您现在待在鼓浪屿不仅更安全，而且我们两个人渡海过去，速度更快。现在我们要抢的是时间，别的以后再说。"郭贺脸上一副严肃的神情。

在这一瞬间，郭月突然有一种由别人决定，而自己处于一个服从者位置的轻松。"好吧，那就依你的意见，你们快走吧。"话音刚落，大旺从海岸边跑过来，对郭贺说："舢板和渔夫都找到了。"

"赶紧走，赶紧走，你们就别管我了。"郭月一把推开郭贺。

"好，那您从这里原路返回，路上注意安全。"郭贺说罢，和大旺一前一后冲了出去，两个人很快消失在大雨茫茫的雾色中。

当天后半夜，台风渐渐停了。台风就是这么一个怪现象，来得快，去得也快。风停了以后，整个天空一片蔚蓝，像是刚刚被水洗过一般。

第二天一早，郭月乘坐头班渡轮，急匆匆地来到了位于鼓浪屿对岸的天一贸发行库房。一眼看去，只见整个库区一片狼藉。天一的库房分为里外两间，里间的商品基本上是完整的，没有受到损坏，外间的屋顶被掀起一个角，几百平方米的库房完全被雨水浸透了，靠外侧堆放着的那一堆码放整齐的茶叶，用木箱装着，这会儿还在往下滴着水。

郭月走进库房，郭贺、大旺和库房主事杨师傅三个人迎上前来。郭贺报告说："里屋没什么问题，外屋的这批货基本上报废了。"库房主事杨师傅补充说："昨天幸亏郭管家过来，把商号的伙计都喊来了，领着我们几个人，把下面几层的茶叶紧急疏散到里屋去，算是抢救了一半库存。"

"这批是什么物资？"

库房主事杨师傅回答："这是计划运往法国马赛的一批红茶，总共有六吨，现在大概有三吨被抢救过来，被水泡的一共有七十几箱，估计三吨左右。"

"这是什么时候要发的货？"郭月问道。

大旺在一旁说道："糟就糟在这里，这批货应该是下个礼拜三装船发货的。"

"下礼拜三，"郭月停了一下，"也就是说，我们只有一个礼拜的时间。"

"是的。"众人异口同声回答道。

郭月心里很清楚，天一贸发行目前经营的茶叶出口业务，主要是与外商打交道的，合作方对发货的日期、数量、品质都有严格的要求，一旦误了船期，将要面临巨额的罚款。更重要的是，这会严重影响天一贸发行的信誉。想到这里，郭月自言自语道："一个礼拜的时间，再怎么组织货源也是来不及了，这样，大旺你赶紧把几个采购经理叫到这里来。"

"我一大早就通知他们了，大概半个小时以后，他们就都会到。"大旺一脸倦容，显然是一夜没有合眼。

"头家，您吃点早点吧。"库房主事杨师傅给郭月端来了一碗豆腐脑，郭月接过来咕噜咕噜一口气把豆腐脑喝下去，问一旁的大旺："这些茶叶我们还有备用的吗？"

大旺摇摇头："这是一批客商用于供应当地杂货店的红茶，是普通级产品，库里面目前没有其他的存货。"

郭月一下子没了主意，她最不能接受的就是无法按期交货，天一在她的管理下，一直是一家把信誉看得比天还大的商号。

一旁，郭贺吩咐库房主事杨师傅："你们过去把会议室准备一下，一会儿采购经理要过来，我估计他们都没吃早饭，把早饭给他们准备好吧。"库房主事杨师傅和大旺两人点点头，转身离去。

现场只剩下郭月和郭贺，郭贺往前走了一步，贴近郭月轻声说道："少太太，可能有一个办法。"

"你说说。"郭月抬头望着郭贺，她知道郭贺把其他人支开，想必有话要单独对自己说。

"我们在资金上一定会有所损失，但是要保证船期按时交货的话，只能从本地其他茶叶商号那边去收购一些同一等级的茶叶，我们抓紧改包装，按客户要求的规格重新包装，时间上应该来得及。"郭贺提出了他的建议，这样决策性的意见，他通常不会在有第三人在场的时候说出来，作为贴心管家，他懂得什么话应该在什么场合说。

"嗯。"郭月点点头，她很佩服郭贺在这么一个紧急关头，还能有如此清醒的头脑。

郭贺补充说："我估算了一下，如果走这一步的话，我们可能要额外损失三千到五千大洋。"

"该损失就得损失，这是一个可行的办法。一会儿等采购经理们过来就按照这个意见布置下去，让他们分头抓紧行动。最重要的一点是，质量上不能马虎，一定要按照合约规定，达到客户要求的质量标准。"

"这个您放心，我们会控制好的。"郭贺应允道。

"那好，一会儿采购经理们过来，开会的事我就不参加了，你跟大家说一下。我现在得赶紧赶到公司，先联络一下几家跟我们有往来的茶商，请他们把库里的商品给我们留下来。如果今天能先买下两吨货，接下来也好安排。"郭月说出了她的计划。

"好的，"郭贺点点头，"少太太您尽管放心去，这边的事情交给我来办。"

53

英国，伯明翰大学

英国大学本科的课程由选修课和必修课构成，玉洁所读的是护理学专业，作为全职的海外学生，每个学期需要攻读四门学科，这个学期的两门必修课，分别是泌尿系统结构和创伤的紧急救治，选修课玉洁选的是病患心理学和英国文学。对英国文学玉洁从小就有兴趣，借着这个机会，她很想全面进修一下。在伯明翰大学，每门课的传授都由两个部分构成。教授上 lecture 即大课讲座，助教上 tutor 即小型辅导课。大课在阶梯教室，通常有一百多人，同样一门课可能会有两到三个教授主讲，学生可以根据每个授课人的风格选择上自己所喜欢教授的课程。辅导课是由年轻的助教组织的，十多个人组成一组。两者的区别，讲座讲的是这门学科的基本原理，学术构成，而辅导课更多的是案例讨论，疑难问题解答，和对阅读中出现的问题分析。在玉洁看来，讲座有点像高高在上，站在神坛上布道的牧师，说的都是一些大道理。每个礼拜两次的小型辅导课则让所有人都可以畅所欲言，讨论各自碰到的疑难问题。这时候你既可以把学习中的不解拿出来请教，也可以和辅导员互相辩论，所以玉洁觉得对于学生来说，上辅导课更有收益。

伯明翰大学一年一度的校园嘉年华临近了。

这是伯明翰大学延续了几十年的传统，在每年五月份的第一周举行。这一周，整个校园都被装点得五彩缤纷，充满节日气氛。林荫道上摆满各种各样的表演摊位，还有许多吃的用的小摊。每天都有体育对抗赛，例如足球赛，橄榄球赛，篮球赛，有的是本校各院系之间的对抗，更多是邀请其他学校的校队前来比赛。在嘉年华举办的这个礼拜，学校的教职员也一改往常西装革履的着装，换上各种奇装异服上课或上班。例如校长先生今天就穿了一件骷髅头图案的上衣，戴一顶吸血鬼的帽子，刚刚在校园步道上迎面撞到，把玉洁吓得够呛。而这会儿上课的这位老师呢？则穿着一身苏格兰长裙，肩膀上斜挎着一支风笛，站在课台前眉飞色舞地讲解着。你要是不了解真相的话，还以为进了游乐园。

礼拜五晚上在大学会堂的才艺表演，是年度嘉年华最为出彩的压轴戏。参加才艺表演的都是各个院系的学生，观众除了本校师生以外，还向伯明翰市民开放。每年都有数百名伯明翰各界人士前来观看。

克里斯丁今晚登台表演的节目是变魔术，她说这是小时候从父亲那里学会的一门技巧。只见克里斯丁穿着宽大的黑色裙装，面向观众双手摊开，示意大家手上空无一物，接着一双手往上一个旋转，三百六十度转了一圈展开，两手各自变出一枚鸡蛋，在台下观众的惊呼声中，克里斯丁手臂一挥，把鸡蛋顺手朝观众人群中扔了过去，观众尖叫着，躲闪不及，前面第五排的几位观众大叫着伸手接过扔过来的东西，拿到手上一看，是一包糖果。

接下来轮到玉洁上场。玉洁今天的节目是钢琴独奏，贝多芬的《月光奏鸣曲》。玉洁五岁时开始被母亲要求学习钢琴，前前后后学了十年，已经达到准专业级的水平，各大钢琴家的名曲，基本上她都能够弹奏自如。玉洁今天特意穿了一身红色的中式旗袍，走到台上。玉洁在舞台中间站住，向观众深深鞠了一躬，随后走到放置在舞台一侧的钢琴前坐下，屏住呼吸，开始弹奏她今晚表演的贝多芬《月光奏鸣曲》。

这首曲子玉洁很熟悉，最早是从国文课本里看到它的创作故事，玉洁很受感动，便把它找来练习，此后多年，这一直是她最喜欢的一首曲子。

相传有一年秋天，贝多芬外出旅行演出途中来到莱茵河边的一个小镇上，这天夜晚，他在幽静的小路上散步，听到断断续续的钢琴声从一所茅屋里传出来，弹的正是他所作的一首曲子。贝多芬走近茅屋，琴声忽然停了，屋子里有两个人在说着话。一个姑娘的声音说："这首曲子多难弹啊。我只听别人弹过几遍，总是记不住调子，要是能听一听贝多芬自己弹的，那有多好。"另一个男人的声音说道："是啊，可是音乐会的入场券太贵了，咱们买不起。"女声说："哥哥，你别难过，我不过随便说说罢了。"

贝多芬听到这里，推开门走了进去。茅屋里点着一支蜡烛，在微弱的烛光下，男的正在做鞋，窗前有架旧钢琴，钢琴前坐着一位十六七岁的姑娘，面目清秀，可她是一位盲人。鞋匠看见进来个陌生人，站起来问："先生，您走错门了吧?"贝多芬说："不，我是来弹一首曲子给这位姑娘听的。"贝多芬坐到钢琴前，弹起盲姑娘刚才弹奏的那首曲子。盲姑娘听得入了神，等曲子弹完，她激动地说："弹得多娴熟啊，您不会就是贝多芬先生吧?"

贝多芬没有正面回答，他问盲姑娘："您喜欢吗? 我再给您弹一首吧。"

一阵风把蜡烛吹灭了，月光照进窗子来，茅屋里的一切好像披上了银纱，显得格外清幽。贝多芬借着清幽的月光，继续忘情地弹动琴键。兄妹俩静静地听着，眼前的这位钢琴师仿佛面对着大海，月亮正从水天相接的地方升起，微波粼粼的海面上洒遍了银光。月亮越升越高，穿过一缕一缕轻纱似的微云。忽然海面上刮起了风，卷起了巨浪，被月光照得雪亮的浪花，一个接一个朝岸边扑将过去……鞋匠看着他妹妹，月光正照在她那异常安静的脸上，照着她睁得大大的眼睛，她仿佛也看到了，看到了她从来没有见过的景象，那片在月光照耀下波涛汹涌的大海。

兄妹俩被美妙的琴声陶醉了，等他们从音乐中醒过来，贝多芬早已离开了茅屋。他回到客栈，把刚才弹的《月光奏鸣曲》写了下来。

这个美丽传说一直在玉洁心里牢牢铭记着，每次弹奏这首曲子，她总能够在眼前浮现出那对茅草屋里兄妹俩体验过的月光下大海的场景。奏鸣曲一开始，随着琴声那冥想的柔情，细腻地抒发作曲家心弦的波动。紧接着进入热情而又不可遏制的沸腾和煽动，犹如激烈的狂怒。临近结束时以连续的八分音符，斩钉截铁般的节奏，表现出热烈的情感和坚强的意志。在尾声中，沸腾的热情达到顶点时，突然沉寂下来，但汹涌澎湃的心情并没有就此平静。这是一首没有停顿，乐章错综复杂，凝聚高潮迭起的奏鸣曲。随着玉洁十指的跳动，忽高忽低的琴声回荡四周，整个会场一千多名听众鸦雀无声，完全被带入那片月光下的蔚蓝色海洋。

演奏结束后，玉洁站起身来，转过身来面对观众，再次深深鞠了一躬，全场观众起立，雷鸣般的掌声经久不息。玉洁走到台后，喘着粗气拍了拍扑通扑通跳动的心脏。那边掌声依然没有停下的意思。克里斯丁走过来说："不行啊，观众不让你走。"说罢她挽住玉洁的手，再次来到台前，向观众鞠躬谢幕。台下的掌声更响了，一点都没有停歇的意思，两个女孩在台上站了有足足两分钟，不知道应该怎么办。克里斯丁对玉洁说："看来你得加弹一首，否则你今天是下不去台的。"

玉洁接过主持人递过来的话筒，清了清嗓子说道："各位女士，各位先生，各位来宾，非常感谢大家的鼓励，钢琴并不是我的专业，但是我从小就在母亲的教导下学习钢琴，喜欢钢琴那优美的琴声把我带入一个陶醉而理想的世界。今天我是一名护理系的学生，我们学护理的很多时候都要面对冷冰冰的器械，面对病痛中的患者，在我学习之余，每周能够弹上两次钢琴对我来说是一个很好的调节。再次感谢大家，下面请允许我向各位献上一首由我的祖国中国老家民谣改编的钢琴曲：《太阳花》。这是我母亲最喜欢听我弹奏的一首曲子，以此献给我母亲。"说罢，玉洁回到钢琴前坐下，弹起那一首熟悉的曲子——《太阳花》。这首曲子是当年玉洁在厦门鼓浪屿刚开始学钢琴的时候，她的第一任钢琴老师教给她的，曲子根据闽南一带的民谣改编，表现了一群青壮年远渡重洋到东南亚谋生，一路上经历风暴，在海上多日漂泊，以太阳为背景，勇往直前不屈不挠的精神。

玉洁的演出获得巨大成功，晚会结束时，坐在观众席第一排的伯明翰大学校长特意和他太太一起来到化妆间，找到玉洁。校长把玉洁介绍给他的太太，然后说，孩子，你的钢琴弹得真棒，真为你开心，你给我们今天晚上的晚会增加了无限光彩。玉洁谢过校长夫妇，收拾好物品往外走。

这边刚刚散场的观众们正陆陆续续从会堂大门走出来，玉洁和克里斯丁走在人群外侧的小道上，两个人边走边交谈着，忽然听后面有人叫了一声："抱歉，二位小姐。"玉洁回头一看，只见面前站着一位四十多岁的英国人，那人自我介绍说："我叫 Richard Davison（理查·戴维森），我是一名会计师，您二位看这是我的名片。"说着拿出两张名片分别递给玉洁和克里斯丁。玉洁接过来一看，名片上写的是 Davison Accounting（戴维森会计师行）。

"是这样，刚刚听这位小姐演奏的两首曲子，弹得真好，祝贺祝贺。"英国人说道。

玉洁点头致谢，对方接着说："很冒昧地想打听一下，二位是伯明翰大学的学生吧？"克里斯丁和玉洁同时点点头，戴维森说，"是这样，我小儿子今年九岁，刚刚开始学钢琴，也和刚刚您在台上介绍的情况相似，他母亲和我都希望能让孩子从小有学习钢琴的机会，但我们一直苦于找不到一名合适的钢琴老师，能带孩子学好钢琴。我是伯明翰大学的校友，今天本来是来观看学校同学才艺表演的，刚刚听到您的钢琴演奏，我突然间有这么一个愿望，不知道能否请这位小姐做我孩子的钢琴老师。您看我家就在伯明翰郊区，离这里就差不多五公里的距离，骑自行车的话也就是二十分钟的时间。"

一旁的克里斯丁接过话茬，对玉洁说："洁，我觉得这个提议不错啊，你正好不是也想勤工俭学嘛，对你来说，这正好是一个机会呢。"

戴维森接着说："我知道您是在校学生，有很多功课要上。钢琴教课的课程时间，我们完全可以按照您的要求机动安排，例如周末或者下午四点以后您没有课的时间。孩子上小学，他们三点以后就放学了。"

玉洁说："谢谢戴维森先生，或者找一天我过去面试一下？"

"哦，不用面试，我刚才已经听过您的表演，那绝对就是最好的面试。只不过还是需要您和我太太还有孩子见个面。对了，怎么称呼您？"

"玉洁·郭，我是伯明翰大学护理系二年级学生。"玉洁笑着回答。

"那好，我把家里的地址和电话留给您，看看您哪天有时间，提前打个电话，您叫我理查德就可以了。"说罢，戴维森先生掏出钢笔，在他名片的背面写下了他家地址和电话号码。

这个周末，玉洁如约来到了戴维森家。

戴维森先生家位于伯明翰郊区，是一个乡村小镇，镇上有大约两三百户人家，他家是一栋独立式的双层别墅，典型的英国风格。别墅前院有一大片草坪，后院则是供孩子们玩耍的空地，还有做烧烤用的户外烤炉。玉洁走到门前，按了一下门铃。

一个小伙子打开房门："是玉洁小姐吧，快请进。我父亲还没有下班，他说您今天要来，让我代为接待。对了，我叫怀特，是他的大儿子，要学钢琴的是我的小弟弟，他叫亚瑟。亚瑟你过来，这位是父亲给你介绍的钢琴老师。"话音刚落，只见一位小男孩走了过来，大约一米三身高的样子，还有些害羞。

言谈中玉洁了解到戴维森一家一共五口人，夫妇俩人加上三个孩子，老大叫怀特，今年二十一岁，在他父亲的会计师事务所做实习会计，老二是个女孩，叫郝丽，正在上中学。而眼前这位小儿子亚瑟今年九岁，上小学二年级。三个人正寒暄着，戴维森太太走进来，给玉洁沏了一杯英国红茶："听我先生夸你钢琴弹得好，没想到人还长得这么漂亮，小亚瑟的钢琴就拜托你了。"戴维森太太一副慈祥母亲的模样，让玉洁感觉很温馨。

寒暄过后，玉洁让亚瑟在钢琴前的琴凳上坐下，请他试着弹一首曲子，对方想了想，弹了一首《祝你生日快乐》。玉洁听得出来，他还只是最初级的会弹几个音符的水平，连入门都谈不上，这样的教学应该从对音节的把控开始。玉洁心里有数了，转身对戴维森太太说："夫人，那我们就下周开始吧。我的建议是每周两次授课，每次一个半小时，然后我也希望亚瑟你自己能够安排至少每周有两次的练琴时间。"亚瑟点点头。

这边大儿子怀特看着玉洁和他弟弟交谈着有关练琴的事，只见玉洁手把着手帮忙亚瑟在琴谱上不时地做标记符号，又领着弟弟在琴键上试着校正音符。下午的阳光从窗户射进来，照在玉洁那张秀丽的东方姑娘脸上，怀特的眼神渐渐地变得柔和起来。

54

英国，伯明翰郊区

无论从哪个角度看，怀特·戴维森都是一位白人帅小伙子。怀特兴趣广泛，除了他所从事的会计行业，他对于文学，户外运动，艺术，很多领域他都颇有些兴趣和特长。怀特是公路自行车专业级选手，去年还获得全英公路自行车一百公里大赛的第三名，在他家里各种款式的自行车有七八辆。

按照约定，郭玉洁每周来戴维森家两次辅导亚瑟弹琴。每次过来，怀特总是很热心地招呼着，等玉洁上完琴课后，他都要邀请玉洁到后花园小坐，一起喝茶聊天。怀特了解到玉洁这一学期有一门课是英国文学，所以他们聊天的话题时常围绕着英国文学。从莎士比亚十四行诗，拜伦到狄更斯。狄更斯是玉洁最喜欢的英国作家，特别是他写的反映马内特一家生活的《双城记》。恰好怀特当年曾经去过狄更斯的老家朴次茅斯，他说找一个机会可以带玉洁去参观作者的故居。怀特也喜欢和玉洁聊中国的古文学，他告诉玉洁，自己读过的中国《水浒传》《三国演义》的英文版，但是里面有许多典故，类似三顾茅庐，七出祁山，这些故事的历史背景，他不是很懂。玉洁能想象得到，她明白这就是翻译的局限。就好比中国人读莎士比亚的十四行诗的中文版，只是觉得文字很优美，但是文字后面的那些韵味就不是翻译以后还能原汁原味保留下来的了。

这天下午，两个人在后院交谈着，不知不觉天色已晚，怀特邀请玉洁一起晚餐，玉洁站起身来说："不了，我回去还有作业呢。"就推上她骑来的自行车要告辞。怀特说："那我送送你。"说着走到别墅库房，推出了一辆自行车，两个人并肩地骑着车，沿伯明翰大学校园的方向向前慢慢骑行。

正是夕阳西下时分，乡间小道上几乎没有什么车辆，不远处的乡间别墅错落有致，若隐若现，一幅恬静的田园生活景象，玉洁想起了林语堂的那句话，对怀特介绍说，中国有一个文学家，曾经来过英国，他写过很著名的一句赞美英国的话，叫作英伦风情之美，尽在乡村。怀特说："这的确不假。都说英国人绅士，其实我更觉得英国的田野才是这个国家真正的特色，我们做事的节奏总是比较慢的，这个和欧洲大陆，例如德国人荷兰人大不相同，大家好像都不会急匆匆地去赶一件事情，去完成一件任务，这就好比我们每天的下午茶。"

"你说这个下午茶，据我所知，也就在英国很流行。在外人看来，每天工作时间就那么几个小时，中间还要停下来二十分钟喝茶，会不会很浪费时间？"玉洁问道。

"但是在我们英国人看来，工作和生活的享受是两不耽误的，哪怕上班再怎么紧张，总是要停下来喝几口茶，吃两片饼干，给自己放松一下。"怀特很有兴致地解释道。

玉洁骑着车和怀特聊着天，这会儿话题说到下午茶，玉洁突然就想起了母亲的郭氏米糕，一份怀乡的思绪涌上心田。

"哎，你怎么不说话？"怀特骑在玉洁的右侧，看玉洁有几分钟默不作声，忍不住问了一句。

"哦，没什么，我突然想到我母亲做得一手好点心。"

"洁，你一个人只身在外，离家有几千公里远，也真是不容易。你父母是做什么的呢？"

"我父亲在我出生之前就过世了，母亲在我的老家打理一点自己的生意，送我到英国来念书也是她的主意。"玉洁使劲蹬了两下脚踏板，快速朝前冲去。

两个人边骑着车，边说着话，不一会儿就来到了伯明翰大学校园，两人在学生公寓楼前停下。"好啦，谢谢你送我，我们下周见。对了啊，亚瑟得提醒他多练习，这几个礼拜下来他的手法已经有很大的进步。他还是很有天分的，乐感也很好，就是需要多练练。"玉洁从自行车上下来，把车子推到门边支起车架放妥，对怀特说。

怀特点点头，望着玉洁，忽地把自行车横在她面前。"怎么啦？"玉洁有些诧异地问道。

"什么时候可以约你出去走走呢？"怀特一字一句地问道，灼热的目光直射过来。

玉洁连忙低下头，避开了他的目光："以后再找机会吧，那我走了啊。"说罢，一转身跑进公寓。

回到宿舍，室友克里斯丁神秘地朝玉洁挤挤眼，问道："那个小帅哥是谁？"

"你问谁？"

"就是刚刚门口的那个，我从窗户看都看到了，还把你送到楼下，含情脉脉的模样。"克里斯丁饶有兴致地品评道。

"嗨，你别瞎说，你不记得上次有一位先生请我去教他小孩弹钢琴吗？那是小孩他哥。"

"他哥，嗯挺好的。"克里斯丁站在卧室中间，双手环绕比划着一个拥抱的动作。

"你个死妞，瞎说什么呢？"玉洁抢起床铺上的枕头，朝克里斯丁扔了过去。

55

英国，伯明翰大学图书馆

郭玉洁正抓耳挠腮地坐在阅读区的一张书桌前，她需要完成一篇五千字的作业，题目是关于少年病患的心理分析。从昨天开始，玉洁在图书馆已经整整泡了一天半的时间，找遍了各种参考书，还是一直找不到从何处下笔。病患心理学是一个大的概念，但具体到成人男性，女性，老人，少年则各有不同。关于少年病患心理学，玉洁总觉得自己还没有抓住其核心要点。

这边正在沉思着，玉洁觉得背后好像有动静，转身一看，怀特正站在她的身后。"咦，你什么时候来的？"玉洁很意外地问道。

"我跟你说，"因为图书馆里有很多同学正在看书写作业，怀特压低声音轻轻说道，"你不是喜欢狄更斯吗？自然博物馆今天开始展出狄更斯小说的手写稿，要不要一起去看看？"

"好啊，有这样的好事，我很想去看。不过，"玉洁有点犹豫，"我这个作业还没做完呢。"

"哎呀作业永远是做不完的，考试也是永远别想得满分的。再说今天是周六出去透透气，或许你还能找到更好的灵感。"说完，怀特拉起玉洁的手，不由分说地往外走。

两人搭乘公交车来到自然博物馆二楼展厅，这里是狄更斯手稿陈列区，显然怀特已经做足了功课，他向玉洁介绍狄更斯生平，这些书稿的来历，以及狄更斯小说情节的创作来源，两个人足足在陈列室待了一个多小时，随后怀特又领着玉洁参观了自然博物馆的其他展室。从博物馆出来，怀特说："我请你吃饭吧，上回邀请你，你没答应，这次不能再不给我面子了哦。"

"那我们还是 AA 吧。"玉洁点点头。

"你是学生，我是挣薪水的，等你毕业了，我们再说 AA。"怀特推荐道，"这边上有一家意大利餐厅还是不错的，我们去那里吧。你知道英国本土没有好的饮食，我们的本事就是把世界各地的好吃的菜肴都引进来，在伯明翰，你可以吃到法餐、意餐、墨西哥菜、印度餐、中餐和日餐。"

晚餐后，两个人沿着小道漫步走着，怀特向玉洁介绍他的自行车爱好和骑车参加职业训练及比赛的生涯，怀特介绍说，他从十岁开始学习骑车，不是把自行车当成代步工具，而是当成一个专业爱好。他每个礼拜都要有规律地给自己四次高强度训练，时间雷打不动，早上六点半到八点，每周四天风雨无阻。一说到自行车，怀特就很眉飞色舞。他对玉洁说："自行车不仅能够锻炼体能，还考验你的耐力，以及在对抗比赛中与自己心理承受的博弈能力。"

说着话，两人走到一处街边公园，选了公园的一处长凳坐下，边上有三三两两的年轻男女，私语呢喃。玉洁坐在长凳上，静静地听着面前这位年轻帅气小伙子的介绍，心中不由得升起了一份好感的情愫。怀特见玉洁默不作声，忽然就问道："洁，你是我认识的第一个中国女孩，我有点好奇，你们中国女孩是怎么谈恋爱的呢？"

玉洁脸一红，回了一句："谈恋爱还分哪国的女孩哪国的男孩吗？难道你们英国人就和法国人不一样？"

"倒也不是，只不过我从来没有接触过你这样的东方女孩，感觉好像跟我们的英国女孩有很多不同。"

"怎么不同呢？"玉洁坐直了身子，有些好奇。

"你看你很漂亮，这不是我说的，我想几乎所有的男人都会觉得你很漂亮，但你又不像那些英国女孩们，动不动就疯疯癫癫的。你总是懂得把握分寸，从不失态。该聊天时聊天，该上课时上课。在我看来，你同时拥有多个角色，你教我弟弟弹琴的时候让我觉得你像是一个老师，在图书馆看到你的时候呢，又是那种很专心啃书本的女学生，而今天我们一起参观博物馆，我们散步，我又觉得你是一个充满青春气息的美少女。"怀特很认真地说道。

"瞧你说的，可能我比其他的同龄人经历的更多吧。"玉洁若有所思地回答。

"你来英国上学之前不就是念中学吗？"怀特问道。

"并不止这些。你知道几年前欧洲有对抗轴心国的大战。在中国，日本人也打到了我的家乡，我做过几年野战医院的护理，这也是我后来决定选修护理学的一个主要原因。"玉洁把自己在野战医院的经历大致介绍了一下。

"哇，这么精彩的经历啊。"怀特有听完不禁赞叹道，说着他侧过脸来，突如其来地把嘴唇贴近玉洁，在她脸上轻轻吻了一下。玉洁心里一慌，赶紧站起来。怀特见状，连忙道歉着说："哎呀对不起，对不起，我太冲动了。对了，今天是礼拜六，我们到酒吧去喝两杯吧。"说着不由分说地拉起玉洁的手，朝前面的酒吧走去。

56
厦门，天一贸发行

这一段时间，茶叶出口成了天一贸发行一项最主要的经营业务。原本的茶叶出口，主要是销往东南亚，后来在郭月的拓展下，天一贸发行通过香港分行和菲律宾天一的关系，开始往欧洲出口茶叶。欧洲人喜欢喝红茶，而且他们的喝茶习惯，是茶叶和牛奶混在一起饮用的，所以他们对茶叶的需求，更多地以深度发酵的红茶为主。福建的岩茶，特别是当地称为肉桂的茶叶，还有正山小种，成为销往欧洲的主要茶叶品种。

天一贸发行销往欧洲的茶叶，主要是和西洋的进口商接洽的。最近生意往来较多的是一家英国洋行，叫瑞德洋行，它的大本营在伦敦，亚洲则在印度和香港分别设有机构。过去这段时间，天一跟瑞德洋行陆续做了几笔生意，数量都不大。不久前，瑞德洋行下了一个比较大的订单，要货量是十吨茶叶。为此，天一贸发行专门安排了十几个伙计，到福建闽西一带收购茶叶。按照客户的要求，做分级包装，然后按照客户指定的每包十公斤的规格，分别包装好，贴上英文标签，从厦门装船运往英国。这批货走的是离岸交易手续，也就是说，客商装船之前在厦门港验货完毕，由天一贸发行交付给客商，然后客商提前租好货轮的货柜，请天一贸发行协助安排码头工人装运上船运往英国。

这批货从下单确认交付定金，到安排收茶，分拣包装，入库验货，前前后后用了三个多月的时间。郭诚负责张罗这件事情，装船完毕，对于天一来说，这笔生意就算结束了。可是没想到，这天上午，天一贸发行突然收到香港的法院传票，瑞德公司起诉天一贸发行，要求全额赔偿。郭诚觉得很意外，赶紧做了一番打听。后来才知道，客商说，这批茶叶运到英国以后，从轮船上卸货下来，发现茶叶受潮，不符合货物的标准，对方于是诉诸法律，要求天一照价赔偿。蹊跷的是，对方事先并没有和天一贸发行沟通过这批茶叶受潮的事，直接把状纸递到香港法院。

这件事情摆到了郭月的办公桌前。郭贺对郭月说："少太太，这是明摆着对方想讹诈。这批货我们跟客商协议的是在厦门港装船之前验收，这是书面规定了的。验收完以后，责任就转移到买家的手上，整个航运过程是由买家租赁的船公司负责运送的。既然说好了在厦门港交付，那么厦门港验收合格后，所有的事情就跟天一无关。但是现在客商却以货物到了英国，茶叶受潮作为理由要求索赔，这明摆的是想欺负我们。"

郭月问道："那么在这批货交付之前的验收情况是怎么样呢？"

"我问过这事。是瑞德公司的人到我们厦门仓库来验收的。当时库房主事杨师傅在场，我们有对方的签字，所有的产品都没有问题。"郭贺回答说，"我觉得这些洋人吧，就有一点仗势欺人。"

"合同是怎么规定的呢？"郭月继续追问着细节。

"哦，合同在这，您可以看一下。这上面清清楚楚地写明交货的时间地点和验货要求。"郭贺愤愤不平地说道，把合同递给郭月。

郭月接过合同，翻看了一下，这是一份中英两种文字的合同，郭月注意到最后一页的一段话，上面写着：如果发生纠纷，双方将以香港法律作为适用标准。郭月心里明白了几分，她对郭贺说："这就是我们东方人跟西洋人不一样的地方。我们东方人凡事呢，都是尽可能地息事宁人，这就像我们所信奉的佛教，讲究的是修身养性，自我塑造。西方人不这么想，他们崇尚的是基督教，从中世纪的十字军东征开始，他们的理念就是要征服别人，先下手为强。所以不管这个事情哪一方占理，他先摆出一副攻击对方的模样，让我们处于守势，反正哪怕结果再差，他们也不会吃亏。"

"我觉得这件事情有一点麻烦，因为合同上载明的是纠纷适用香港法律，而香港现在又是英国人的统治。据我所知，这家瑞德洋行在英国，以及在香港都有很大的势力。如果在香港打起官司来，我估计我们会比较被动。"郭贺有些担忧。

"事情已经发生了，我们抱怨也没有用，总归是要想办法解决的，你容我想想。"郭月把合同放入了自己的公文包。

第二天郭月把郭贺叫到办公室，叮嘱他一件事："你去抓紧打听一下瑞德洋行在中国内地，还有一些什么业务？"

"少太太，您的意思是？"郭贺一下子没明白过来。

郭月说："他们这么大的一家公司，买卖肯定不止我们一家。我知道他们是做茶叶和丝绸出口的大贸易商，我想了解他们在内地的其他地方都还有什么买卖，我们必须摸清对手的底细才好商量对策。"

"好的少太太，那我抓紧去办。"郭贺点头退下。

几天过后，郭贺回报说，经过打探了解，瑞德洋行在中国的好几个地方都在大量地收购茶叶。眼下就有一批从安徽收购的绿茶，品种是黄山毛尖，这批货物瑞德公司收购的是湿茶。即在当地通过中间商人，直接从茶农手上收购未经烘焙的湿茶叶，把这些湿茶从安徽用火车货运到上海，再从上海装船运往香港。在香港经由瑞德洋行自己的加工厂把这些湿茶加工完毕后运往英国。

"有多少量呢？"郭月问道。

郭贺在一旁回答："我了解了一下，他们现在购买的这一批货，应该有几十吨的样子，我估摸着怎么也需要八到十节火车货运车厢的运载量。"

"等等。"郭月站起身来，在办公室里踱了两圈，然后站到郭贺面前，问道，"你是说他们要通过火车运往上海？"

"是的，因为数量太大，只有通过火车货运这个交通工具，而且因为他们收购的是湿茶，湿茶是不能搁置太久的，时间一长就会发生霉变，时效性很重要。"郭贺一板一眼地回答道，他还没弄明白头家为什么这么关心对方运输的这个细节。

"嗯，这样的话，我们可以……"郭月缓缓地自言自语道，显然她在思考。

静默片刻以后，郭月走到郭贺身边，趴在后者的耳朵旁耳语了一番，对方听完后点点头："好的少太太，我明天就动身。按您的指示打他一个措手不及。"

三天后，安徽安庆火车站，这是一条刚刚修建不久的通往上海的铁路。

火车站的办公室里，高分贝的争执声在候车大厅都可以听见。室内，只见有三个人正在大声说话，两个客商模样，其中一个是西洋人长相，另外的一个中国人坐在办公桌后面，身着铁路制服。

站着的那个中国人对穿着制服的办事员说："不可能，我们公司租用火车车皮运货已经很多次了，从来没有碰见过这种事啊。"

穿制服的人不紧不慢地说着："这位先生，我都已经给您解释过了，所有的货运车厢，今后两个礼拜都已经被预订走了，我们没有多余的车厢给到您。"

边上的洋人抽着雪茄，用一口流利的中文厉声斥责说："你知道我们是瑞德公司的，我们在这里做生意，需要你们的支持，你们怎么能够说没有运输的车厢呢？那么我们这么多茶叶，这么多货物，急等着运往上海。你知道这都是新鲜的茶叶，是不能等待的。你告诉我们说，这个礼拜和下个礼拜所有的车厢都没有位置，都没有空位了，那你说我们怎么办？"说着，恶狠狠地用手指着对方。

穿制服的人不紧不慢地说："这位洋先生，我们这边发往上海的货运火车，每个礼拜有两趟，我已经跟您说过了，这个礼拜和下个礼拜所有的货运车厢都已经被别的客户订走了，所以我没有办法给您安排。"

"是谁订走的？"那位站着的中国人问道。

"哦，这个客户要求保密，所以我不能告诉您更多，我们现在也不知道这个客户用来装载什么货物，您请另外想办法吧。"

"Fuck.（他妈的）"洋人生气地骂了一句，接着说，"我要见你们站长，我要投诉你们。"穿制服的人冷冷地看了一眼："找站长，您可以自己去找。投诉，您也可以去投诉。但是不管谁来，同样的情况就是，所有的车厢都已经被订走了，没有车厢给您，您看着办。"说完把前面的本子合上，不再理会眼前这两位愤怒的客人。

二十分钟后，火车站站外餐厅，郭贺和车站站长，以及刚刚穿着制服的人，三个人一起吃着午饭，郭贺站起身来说："谢谢两位兄弟了，这事真的给两位添了麻烦。一点心意，不成敬意，二位多多担待哈。"说罢，从口袋里取出两张五百大洋的银票递给对面两位。"哎，郭先生，您客气了。其实也没帮什么忙，我们货运的车厢都是公开预订的，先来先到，这也是公平的。"郭贺让对方把银票收下，端起桌上的酒杯，说道："话虽然如此，二位是地头蛇，多亏了你们的关照。来干杯！"话毕，三人一干而尽。

原来，按照郭月的安排，郭贺提前赶到安庆，把接下来两个礼拜发往上海的所有货运车厢都用预付款的方式提前包租了下来，因为郭月了解到瑞德在当地采购湿茶要运往上海，便判断对方只能通过火车运输，这是唯一的通道，而湿茶是不能等候的。

席间，郭贺对制服男说："我估计今天下午他们还会过来，还得麻烦您一下，您就装着不经意间让他们知道是谁订走了这些车厢。"

"好的这个您放心，我会不露声色地把这个信息露给他们。"

果不其然，当天下午，这两个人又来到了安庆站台。两个人提着两瓶威士忌酒走进来，洋人开口说道："这位先生，今天上午我们的态度不好，是我们的不对，特地来跟您道歉，也希望先生能帮我想想办法。"

制服男说："你们要的数量太大，如果说要一两节车厢，我或许可以跟货主们商量一下匀给你们一节半节的，可是你们一下子要八个车厢，这个我真的是帮不了你们，也请你们多多包涵。"说完站起身来，显得很客气地走到办公室门外走道的柜子前，要给客人沏茶。这时候桌上的那个登记册打开着，就在制服男起身到门外沏茶的这个工夫，瑞德的两人赶紧趁机瞟了一眼桌上的册子，只见上面预订货运车厢的货主栏位里，写着天一贸发行几个字。

第二天早上，郭月刚刚走进厦门的办公室，就有电话打过来，是香港瑞德的总经理："郭小姐，您好。我是瑞德的格雷，好久不见，近来都好吗？"

　　"我挺好的，好久不见格雷先生。听说前几天我们收到你们那个法院的传票，我还很吃惊，这个事情是从哪说起呢？有什么事你应该提前给我打个招呼啊。"郭月不紧不慢地说道。

　　话筒里面传来格雷的声音："是是，郭小姐，我就想跟您说一下这个事情。这里面可能有一些误会，是误会啊。"

　　"我想也是。因为我们这批茶叶的交割地点在厦门。既然我们在厦门都已经完成这个手续，那么运输途中所有的一切与我们天一贸发行就没有关系了。怎么可以说货物到了英国，发现茶叶有潮湿，要来找我们索赔呢？这种事情要赔偿的话，也是你们这边跟船公司的事啊。"郭月一副轻松的模样。

　　"您说的对。这个事情怪我了解得不够详细。"格雷说，"听说郭小姐你们在安庆有业务？"

　　郭月诧异地说："我不知道呢，你有什么需要？我帮你问问。"

　　对方当然知道郭月在电话里装糊涂，于是直接说道："我听说你们在安庆那边有很大的业务啊，把最近两个礼拜的火车货运车厢都给包揽了。"

　　"哦，有这事吗？我还真不太清楚。你看我这边呢，日常的事情都是下面的经理们在办的，我除了出口的事情，内陆的贸易还真的了解不多，怎么格雷先生有什么需要我帮忙的吗？"

　　"哦，是这样，我们呢，有一批货急着从安庆运往上海装船运到香港来。现在那边找不到火车运输的车厢，说是所有的货运车厢都被预订了。我们了解到天一贸发行包了不少货物车厢，所以想跟您商量一下。"

　　"那这样，你让我了解一下，我看看情况再回复你，只要有可能，我让他们自己想其他办法，把车厢转让给你，你看好不好？费用方面你就让下面的经理们对接。"郭月答应说。

"郭小姐那就麻烦你了。另外我想跟您说一下，那个香港法院传票关于上次那批货物索赔的事，就是一个误会，我这就安排撤诉。"格雷表态说。

"那就麻烦你了，希望我们以后合作愉快。"

郭月说罢，放下电话，叫来了一位伙计："给郭贺发电报，安庆的车厢，加价三成，转给瑞德。"

57

英国，伯明翰大学校门

"大旺哥。"玉洁开心地叫了一句，朝这边跑过来。

大旺站在伯明翰大学校门口，望着跑过来的玉洁，开心地迎上前去。

两年不见，玉洁长得越发地水灵了。以前她扎小辫子，现在剪成短发，显得更加清爽干练，浑身洋溢着一股青春气息。正午的阳光下，眼前穿着一身藏青色连衣裙，外面套着一件米色毛衣的女大学生显得那么地楚楚动人。

两个礼拜以前玉洁收到了母亲郭月的来信，信中提到大旺会随货轮过来，天一贸发行通过货轮从厦门海运出口一批茶叶到英国，大旺负责随船押运来英国。

"我是昨天到的伯明翰。"大旺说着，把一个包裹递给玉洁。

玉洁打开一看，里面是母亲特意捎过来的郭氏米糕，几件衣服，还有两盒茶叶。米糕是玉洁写信特意向母亲要的，她很想念母亲做的米糕的味道。"太好了，我想吃这米糕想死了。"

茶叶是大旺送的，玉洁谢过大旺："大旺哥，能在这里见到你真是太好了，我好开心。你这次大概能待多长时间呢？"

"我昨天刚刚过来，今天去把货物清单交给英国的进口公司，接下来等这边海关的手续都办妥提货，我估计会有五六天的时间，然后我随货船回去。"大旺说道。

"好啊，正好我后天开始就放假了，我有时间可以陪你到处走走。伯明翰说是一个城市，其实小得很。城中心转几圈就差不多了，不过这里还有个唐人街，可以买到一些中国食品。要不我带你去伦敦玩一趟吧。"

"这个不好吧，你在这边上学，怎么能走得开？"大旺有些担心。

玉洁说道："没事，我们后天就放假了。从这边坐火车过去，几个钟头就到伦敦了。你难得来一趟，而且我又是假期。伦敦可是有不少很出名的景点呢，你也应该好好地看一下。对了，你住哪？"

"我住在码头边上的一家客栈，坐公交车到这里，大概四十分钟。喏，这是人家给我标的地图。"说罢大旺递过来一张手写的纸条，上面标明到伯明翰大学公交车沿途路线和停靠站点。"我发明了一个好办法，就是记住第一个字母，凡是英文地名，街道名，站点名什么的，我只记第一个字母，例如我要下车的这个站名是以 B 开头的，它的前面一站是 G 开头的，这样我既能记得住，又不会坐过站。"大旺分享着他的认路技巧。

自打与母亲从鼓浪屿回流传村逃亡的路上碰到大旺，后来大旺来到天一贸发行当伙计，再到野战医院送东西，玉洁在过去几年与大旺来往挺多。在少女心中，她对大旺有一种说不出的依赖和亲切感。这种感觉很奇怪，哪怕两个人已经好久没见面了，一旦相见，玉洁依然觉得与对方很亲切，很熟悉。玉洁曾经无数次自己躺在床上胡思乱想，甚至构想着自己碰到各种危难的场景，要么是遇到坏人纠缠，或者是在森林里迷路，画面里总能出现大旺挺身而出，保护玉洁转危为安的场景。这种对一位年轻异性深深的依赖感，在玉洁的记忆中从未有过。玉洁最为敬佩的人是自己的母亲，但那更多的是一种对长辈的崇拜和景仰。而对于大旺呢，玉洁有着年轻女性对青春男性的那份说不清道不明的渴盼和依赖。她说不出这是一种什么感觉，因为自己到现在还从来没有恋爱过，更谈不上和大旺有什么超乎寻常的接触。但在她的心里，一直有这么一个特殊位置，被眼前的这个伟岸的男人占据着。

"小姐。"大旺叫了一声，把郭玉洁从幻想中呼唤回来。

"你别叫我小姐了，叫我玉洁好了。"

"那怎么可以？尊卑有序，这是规矩。"大旺说。

"大旺，这是在英国，我是一个学生，就别那么多规矩了，你听我的，就叫我玉洁，说定了啊。"

"好的，小姐。"大旺挠了挠脑门，应诺着。

"什么小姐，玉洁！"郭玉洁大声笑着，"大旺哥，我领你到校园走走。"说着拉起大旺的手，两个人沿着校园信步走去。

两天后，伯明翰开往伦敦的火车上，大旺和玉洁面对面坐在车厢里。大旺今天特意换了一身西装，显得很精神的样子。玉洁依旧是一副学生装的打扮。只不过外面天气渐冷，她披了一件米色风衣。

车窗外，路旁的农舍、田园、树林在眼前飞速晃过，大旺盯着窗外的景色，看得出神。玉洁起身走到车厢连接处的服务台买了两杯咖啡，端过来递给大旺一杯："大旺哥，我给你介绍一下我们这次去伦敦我推荐的行程。我们要去看大英博物馆，那里有很多中国最有价值的文物。我们要看伦敦桥，那座桥每天下午四点固定时间可以朝上打开让河里的轮船通过。我们要看西敏寺教堂，那里有很多名人的墓。对了，再带你去看看伦敦监狱，那是以前国王关犯人的地方，据说里面还有一个偷情软梯。"玉洁做了个鬼脸，"说是有一个王子被关在里面，然后他就设法从监狱高墙窗户外面放一个筐子下来，接他的情妇，那女的每天晚上来到墙根底下，坐进筐子，王子就拉着绳子把女的接上去。"

"我都听你的安排，这些东西我都不太懂，以前都是在老家干活，最远也就去过厦门，这次可是我第一次出国呢。"大旺说道，"不过他们国家是比我们发达得多，我看街道都很整齐，商店里东西很多，火车四通八达，城市里面都有公共汽车，去哪里办什么事都很方便。他们吃的东西我不习惯，说的话我也听不懂，不过就觉得这里很热闹。"

玉洁说："英国呢是老牌的资本主义国家，他们称自己为日不落帝国。"

"日不落帝国？"大旺没明白。

"哦，就是说在他们的国土上，太阳永远是掉不下来的，国家永远没有黑夜，太阳永远掉不下来。"

"那不对啊，我看英国一样有白天黑夜呀。"大旺反驳道。

"你看，当它这里是黑夜的时候，英国在海外的殖民地，例如以前的美国，现在的澳大利亚，还有印度马来西亚都还是白天。所以日不落帝国的意思呢，就是说他们的国土面积很大，不管什么时候，他的国土上总是有白天的时候。"

"哦，是这个意思啊，我听说过日不落帝国，我在来英国的货船上听他们说过，英国是日不落帝国，我还不明白什么意思，以为说在这里太阳就掉不下去，可是来这里一看呢，不也是一样有白天黑夜吗？"大旺笑着说。

"你们这一趟路上走得怎么样？"玉洁关切地问道。

"嗯，还行，就是有一段海面遇到大风浪，货轮为避开翻船的危险，在大西洋一个小岛上靠岸等了三天。其他的都还好，最难受的是每天三餐。"大旺对玉洁说。

玉洁明白大旺的苦楚，大旺这次乘的是英国货轮，船上的海员水手和工作人员绝大多数都是西洋人，他们在船上的饮食习惯基本上都是面包、香肠、啤酒，这对大旺来讲确实是一个考验。"我还是喜欢这个。"大旺说着，从他的口袋里面摸出一个玻璃瓶，商标上写着厦门高粱酒。

"你还把这个都带来了啊？"玉洁有些惊讶。

大旺笑着说："我出门的时候，郭管家给了我六瓶，让我带在身上，解解闷，这可是管大用了，我每天呢就喝那么一点点。瞧，这是最后一瓶了。"

"那你在船上吃饭怎么办呢？"玉洁饶有兴致地问道。

"吃饭呢，我自己背了一袋米上船。我跟厨房说了，让他们每天给我煮一锅米饭。有了饭就好办呐，他们那个西餐里面不是有什么牛排吗？我就把那个牛排切成小块，蘸上酱油，有了米饭吃起来就还凑合了。"大旺解释着自己西餐中食的经历。

玉洁大笑起来："都说中国人在国外最习惯不了的，就是我们的胃，我也一样。不管你说什么话穿什么衣服，语言可以说法文西班牙文，服装可以西装晚礼服，可是这个胃归根到底还是中国的。"玉洁宽慰着说，"别说是你，就是我也有这个习惯，改不了。我们学校里面基本上都是西餐，这里的华裔同乡会呢，隔三差五地就组织聚一聚，只要一聚会呢，大家一定要吃中餐的。"

两人你一句我一段地热聊着。

"大旺，我母亲生意上的事情都好吗？"玉洁换了个话题。

"嗯，少太太身体倒是挺好的。"大旺一副欲言又止的样子。

"大旺哥有什么事，你要如实地告诉我。"玉洁着急地问道。

"你看，现在不是国内在打仗吗？那些衙门的，军队的，隔三差五地就要来摊派。不久前，流传村老家来了一拨军人，有当官的带着，说是战争时期要征用物资，把少太太存在老家所有的银元物资，还有粮食通通都征收走了。厦门这边，单单今年就摊派了三次。最近这一次是我走的时候，驻军的一个什么团办过来征税，一次就要二万两银票。小姐你知道，现在打仗时期，年景很不好，我知道少太太在厦门的贸发行商号一年的收入也不过就是几万两，这二万两银票的征收，今年整个商号可就亏空了呢。本来少太太不让我跟你说这些，她怕影响你在这边的学业。"大旺觉得自己说漏了嘴，有些不知所措。

"没事，我大致也都能想象得到，那现在厦门那边的商号都还开着对吗？"玉洁问。

"商号倒是都还开着，不过买卖清淡了许多，因为打仗，到处都在封锁，很多产品无法运输。生意现在大不如从前，我这次押送过来的这批茶叶，算是今年最大的一笔买卖。可是一方面，英国这边的买家压价，另外一方面，出口的时候呢，为了办这些手续，又被国内海关勒索了不少。我虽然不知道细项，但我大致也能够估算出来，这一趟跑下来其实是基本没有利润，也就是维持一个收支平衡罢了。"大旺无奈地说道。

火车匀速朝伦敦开去，斜对面一对当地的年轻情侣相拥着。女的倚靠在男的肩膀上，男的则不时地侧过脸，轻轻吻着女孩，大旺收回了目光，说道："西洋人可真开放呀。"

玉洁悄声问道："大旺哥，你找媳妇了吗？"

"还没呢，我爸倒是在老家请媒婆说了几家，可是我想这都什么年代了，我还是想自己做主。"

玉洁听了，心里扑通一跳。心想：大旺哥，你看得上我吗？

郭玉洁从小一直跟母亲一起生活，父亲在她出生之前就过世了。像她这种没有父亲的女孩一路成长过来，对于得到异性保护的渴望远远超出常人。自从认识大旺以来，表面上看，他是目前商号里的伙计，与自己保持着类似主仆的关系，但玉洁总觉得大旺是那么地靠得住，每次碰上什么事情，他总能挺身而出，玉洁心想，自己一定要找一个像大旺一样能够让她安心、放心，为她遮风挡雨的男人。

"小姐，哦，玉洁。"大旺开口说，"你这边上完学以后是要回去呢，还是留在英国？"

"我是要回去的，我要回到我妈妈那里，也就是明年年底的事了。对了大旺哥，你还没告诉我你要找什么样的媳妇儿呢？"玉洁故意拿话题试探。

"我，我没什么要求啊。"大旺摸摸脖子，笑着说，"我就是一个乡下人，运气好遇到了少太太，有一个好工作。我想找一名本本分分踏踏实实过日子的女孩，孝敬父母，传宗接代。我有的是力气，能够干活养活老婆孩子，这个倒是不用担心。"

"你还是一个大男子主义呢。"玉洁斜了他一眼。

"我没这么想。"大旺一副诚恳模样，"我想如果我把一个女人娶回家，那我就要好好待她好好养她，让她过上吃穿不愁的日子，这是我的本分。"

"那我给你介绍一个英国妞怎么样？"玉洁顺势开起大旺的玩笑。

"小姐您别开这个玩笑哈，我才不想找老外呢，听说她们和野人差不多。"大旺努了努嘴，示意对面坐着的一位双臂布满茸茸短毛的女人。

两人说话间，火车已经缓缓驶入伦敦，停靠在帕丁顿火车站。玉洁拿上自己的行李包，大旺跟在身后，两人一前一后走下火车，走出了火车站。

"时候还早，我们的行李也不多，我们先去看伦敦桥吧。"玉洁提议道。

"好的，我听你的安排。"大旺伸手接过玉洁的行李包。

玉洁领着大旺上了无轨电车，朝泰晤士河开去。

58

英国，伯明翰火车站

玉洁和大旺两个人在伦敦足足玩了三天，然后回到伯明翰，双方在伯明翰车站分手，大旺要去货物的进口公司，把最后的手续交割完毕，明天下午就要启程跟着货轮回厦门了，玉洁说她要先回趟学校，把行李放下。两个人相约晚上一起外出。

这天晚上，玉洁特意邀请大旺来到伯明翰市中心的一家四川餐馆，一起吃重庆火锅。吃过晚饭，玉洁看时间还早，对大旺说："大旺哥，你明天就要走了，我带你去你那位英国客户介绍的酒吧坐一会儿吧，我想应该有些特色，那种地方我一个亚洲女孩平常也不太敢去，今天就借借你的胆。"玉洁辨别着街道方向，领着大旺拐了两个弯，走进了一家水手吧，这是几天前大旺的英国进口商同行推荐的地方，大旺给过玉洁地址，但一直没来过。

这家酒吧很小，就在不起眼的街角处，酒吧中间是一个吧台，四周有五六张桌子，侧面墙上立着两个飞镖，屋里的陈列富于英国酒吧风格。

玉洁是第一次走进这种很男性的酒吧，一进门就闻到一股异常浓烈的烟草味，混杂着威士忌的酒味。大旺走在前头，到吧台前挪开一把椅子，请玉洁坐下，然后向吧台侍应生比划了几下，要了两杯黑啤，递一杯给玉洁，然后举起自己的那杯，说道："明天我就回去了，干杯。"

玉洁拿起酒杯碰了一下，畅饮了一口："大旺哥，你就不能再多待几天吗？"

"不行啊，国内那边还有不少的事。再说我需要搭同一班货轮回厦门，不然找船票的事情也挺麻烦的。我明天就走，你有什么事要交代我捎给少太太吗？"

玉洁取出一封信："我下午回学校写的，麻烦你把这封信交给我母亲。"

"好的。"大旺小心翼翼地把信件收好。

"大旺哥，"玉洁从口袋里取出一个盒子，"我送你一块手表，这是我自己挣钱买的，花的是我自己的钱。"

大旺打开盒子一看，是一块欧米茄手表。"这可是个好东西，郭管家就有一块，我在西洋人的船上看好几个老外水手也戴着，可是我这个粗人用得上吗？"

"什么粗人不粗人的，看你总喜欢乱讲。你整天在外奔跑，有一块手表可以更好地掌握时间。"玉洁笑着说道，把手表替大旺戴上。

"你还自己挣钱啊？"大旺很惊奇。

"是啊，我做家教。我在这边每个礼拜有两次家教，教小朋友学钢琴，按小时收费，积少成多，这个钱也不少嘞。"玉洁把她当钢琴老师的事向大旺叙述了一遍。

"我回头说给少太太听。少太太一定很高兴。"

两个人这边正聊着天，突然间，有三名当地的白人青年围上前来。"嗨，小妞，陪我们喝两杯？"领头的那个人显然喝得醉醺醺的，流里流气地说了一句。

玉洁一看来人不善，赶紧站起来拉着大旺："大旺哥，我们走吧。"

"干吗走呢？我们坐在这里喝酒，又不招惹谁。"大旺不以为然。他一下子就明白了，这几个人是来找碴的。可他这些年风风雨雨见得多了，根本就没有把这几个人放在眼里。他一把按住玉洁，让她坐下："别理他们。"

大旺说的是中文，边上那几个人听不懂，但他们知道这是两个亚洲人，在他们的印象里，亚洲人都是比较文弱怕事的。领头的那个白人小伙子把手搭到了玉洁肩膀上："小姐，我们干一杯。"说着就把手中的酒杯往前凑过来，大旺见状，挥起右手往上一扬，啪的一下子把那个人的酒杯打掉了，酒杯摔在地上，哐当一声，啤酒洒了一地。

"这只黄狗，你想打架！"对方嘴巴不干净地骂道。

大旺也不作声，站了起来，把他的外衣脱下，放到椅子上，这会儿他身上只剩下一件蓝色短背心，露出异常结实的胸大肌、三角肌和背肌。大旺走到屋子中间，只见地上陈列着一颗摆设用的实心炮弹，炮弹边上挂着一张纸条，上面写着：190磅（约合九十公斤）。大旺蹲下身子，一把抱住这颗炮弹，站起身来，脸不红气不喘地对着三个白人小伙子："Come come.（来呀）"玉洁看着大旺，他的英文一点都不流利，只会说几个单词，可是他这边 come come 招呼着，一下子把那三个小伙子吓坏了，对方没想到这个中国小伙子能够一把将接近二百磅的铁家伙抱在手上，一下子吓破了胆似的，赶紧散开。大旺把炮弹放回原处，招呼玉洁："坐下，没事，我们继续喝酒。"

"大旺哥你真棒，我刚还想我们得跑开呢。"玉洁一脸崇拜英雄的表情。

"这种事不用怕的，这帮老外呢，其实就是咋呼，胆子小得很，要说打架，他们就更不是对手了。"

两人喝着啤酒聊着天，玉洁突然像想起什么似的："大旺哥，我们到山上去好不好，在后面山上可以看伯明翰全市的夜景，还可以看到港口，我还从来没在夜里上去过呢。"

大旺有点犹豫："现在？"

"对啊，你明天就走了，晚上一个人爬山，我可不敢去，今天有你在，我才不怕呢。"玉洁催促道。

"好，我们走。"大旺拿起桌上的啤酒，一饮而尽。

两个人顺着路往前走，一会儿就来到了山脚下，开始往山上爬。夜间山道上黑黢黢的，路上空无一人。两人用了差不多一个小时的时间，才爬到山顶上。

站在山顶高处望去，伯明翰城市的灯光，马路夜景，远处火车站错综交织的轨道尽入眼帘。右侧不远处，伯明翰港口顺流而下，港口上停泊着的几十艘轮船依稀可见。玉洁和大旺并排地站着，她忍不住地向侧面靠了靠，身体一多半的重量斜压在大旺左侧。大旺觉察到了，刚想退缩，但他马上意识到对方的重量几乎不设防地靠着自己，如果自己一撤，对方肯定摔倒。这下子大旺不敢动了，站得直直的，像是一根插到地里的木桩。

玉洁倚靠着大旺，隐约能够闻到这个男人身上的那股子汗味，听得到他的喘气声，这个味道和气息让她十分着迷。她记得自己在睡梦中有几次梦见和这个男人手牵着手，背靠着背，与这个男人紧紧依偎着呢喃，对方紧紧地握着她的手。可是每次，梦境都在进行到一半的时候中断，让玉洁觉得那只是梦境，并不现实。现在玉洁大胆地靠着大旺，终于找到一种完全真实的感觉。

这边大旺同样感受到了玉洁的气息，她头发的香味，身上好闻的清香，还有那股少女沁人心脾的体味，但是大旺心里很清楚，他是郭家的一名伙计，而眼前的这个女大学生是东家的独生女，他们两个分属于不同的阶级，两个人可以很友好，彼此信任，但是横在他们面前的是一条无法逾越的鸿沟，所以大旺虽然站得笔直没有退下来，但是他不敢往别的方面去想。两个人就这么僵僵地站在那里，玉洁倚靠在大旺的肩膀上，也不说话，就这样静静地待了十几分钟。

一阵大风吹过，玉洁不禁哆嗦了一下，大旺说："玉洁，天有点凉了，我们要不要下去？"

玉洁点点头，活动了一下身子，跟在大旺后面往山下走。

路很黑，大旺在前面探索着，右手牵着玉洁。玉洁一步一步地跟在大旺后面走着。快到山脚的一个拐弯处，只听见哎哟一声，后面的人影一下摔倒到地上，大旺回头一看，只见玉洁整个人已经摔在山坡小路中间。"怎么了小姐？"大旺情急之下，一把抱起玉洁。

"哎呀，疼！"玉洁叫了一声，"我好像踩到一块鹅卵石滑倒了。"大旺把玉洁放到地上，蹲下来举起玉洁的脚，顺着微弱的月光看过去，只见玉洁的左脚肿了一块。大旺顿时明白，刚刚玉洁走路的时候，因为天色太黑没看清楚，左脚踩到一块滚动的鹅卵石上，一骨碌滑倒了，左脚显然是扭到了。大旺把玉洁扶起来，坐到一块大石头上。接着他蹲下身来，在玉洁左脚脚掌做了几下按摩。"来试试看。"大旺挽着玉洁站起来。"呀不行。"玉洁的左脚刚刚着地，就感到一阵刺疼，她惊叫起来。

"看样子扭得不轻，我们不能在这里待太久。来我背你下去吧，你把手给我。"大旺蹲下来，让玉洁趴到自己的背上，双手绕到后面托住玉洁，一使劲站起来，迈步往山下走去。

玉洁软绵绵地趴在大旺背上，她想起来，上一次被人背着，是几年前从鼓浪屿逃荒回老家流传村的路上，是郭贺伯伯背着她。那时候她还是一个中学生，背着她的人既是母亲的管家，也是她从小依赖的长辈。而今天她趴在大旺后背，心里感觉到的，则是一股情意缠绵的温暖，虽然脚上还胀疼得厉害，可这一颠一颠的每一步起伏，玉洁都觉得很舒服，大旺喘着大气的呼吸声，更令她着迷。

好在路途已经不远，走出几百步，就来到了山脚，大旺叫来一辆出租汽车，扶好玉洁上车，出租车开到伯明翰大学医务室，医务室已经关门了，大旺走上前去按了几下门铃，值班医生过来开门，大旺把玉洁抱进医务室，医生替玉洁做了几下热敷，拿纱布包好，再让她服了两片止痛药，交代玉洁必须卧床休息，三天以后再过来复查，玉洁点点头。

大旺挽扶着玉洁从医务室出来，回到宿舍，他招呼着玉洁躺下，然后说："小姐你现在赶紧休息吧，伤筋动骨其实不是什么大事，就是需要静卧，你不能再太多走动，不然的话恢复得更慢。"

玉洁说："那你今天晚上还怎么回去呢？都怪我，耽误你的事。"

大旺看了一眼玉洁书桌上的时钟，已经是夜里十一点多："这会儿公共汽车是没有了，我走路回去，也就是一个多钟头。"

"不行，这么晚了，走路没有两个钟头，根本走不到，再说这么晚你又不认路。"玉洁不同意，"我的室友放假回家不在，你就在我房间里凑合一晚上吧。"

"那，那怎么行？你是东家小姐，又是女生啊。"大旺连忙摆手。"要不这样，"大旺停了一下说，"玉洁你借我一条毛毯好吗？"

"借毛毯干什么？"玉洁有些不解地问道。

"我刚刚看到你们这一层的学生公寓有一间洗衣房，我到那个洗衣房去眯一会儿，就几个钟头，天一亮有公共汽车我就可以走了。再说了，你好好休息一下，到天亮，我也好看看你崴的脚是不是好一点。"大旺说道。

"你这个人真固执。"玉洁知道说不过他，就指了指床铺下面的木箱，"这里面有毛毯。"大旺低下头来，打开木箱取出毛毯："好了小姐，那你赶紧睡觉，晚安。夜里如果有什么不舒服的地方，随时叫我。"说完，轻轻地把门带上走了出去。

夜里三点多，玉洁翻来覆去地睡不着，脚上的疼痛经过刚刚的热敷，好像已经和缓了许多，她不由自主地想着不远处的大旺，自从自己那一年逃荒路上认识了这个小伙子，这些年来大旺一直是玉洁心目中印象最深的异性，她有一种很复杂的感情，一方面知道大旺是个粗人，没什么文化，也谈不上有多少品味。但另一方面，她又觉得这个男人是那么地靠得住，像今天晚上，不论在酒吧遇到有人挑衅，还是在山上她摔倒了，这个男人总是在第一时间站出来，毫不犹豫地替她挡风遮雨。想到这里，玉洁不由得坐起来，活动了一下受伤的左脚，起身下床，穿上衣服，打开房门，轻轻地沿着楼道一瘸一瘸地走到洗衣房。

洗衣房昏暗的灯光下，玉洁看到大旺正斜坐在洗衣房的一角，背靠着墙，披着玉洁给他的毛毯睡得正香。玉洁轻轻地走过去，在大旺的正对面蹲下来，斜斜地望着这名来自家乡的男人，心里念叨着，大旺哥，我就觉得有你在身边就很安全，一边情不自禁地伸出手去试图抚摸大旺。

玉洁这边轻轻抚弄着大旺的头发，一不小心把大旺惊醒了。大旺看到蹲在眼前的玉洁，连忙问道："小姐你不舒服吗？"

玉洁摇摇头："没事，就是想看看你。"说罢，顺着墙根坐下，靠在大旺的肩膀上，"大旺哥，我就靠在你肩膀上睡一会儿吧。"大旺连忙打开身上的毛毯，拉出一多半，盖在玉洁身上。

第二天下午，公寓里的一个女同学找到玉洁，交给她一个信封，对她说："洁，那个中国小伙子走之前托我把这个交给你。"

玉洁谢过对方，回到寝室把门关上，打开信封，里面是一张信纸，还有一枚戒指。信是大旺的字体：

郭小姐，玉洁妹妹，你看我都不知道该怎么称呼你了。你是东家的千金，是我的主人，我和你是主仆关系。同时你又是让我很牵挂的妹妹，有一种骨肉般的情感。

玉洁小姐我回唐山了。这几天感谢你的款待，我过得很开心，你在这边上学，学习任务很重，在外一个人生活，凡事一定要多加保重，如果碰上不开心的事情，不要想不开。任何不快的事情都会很快地过去，这是我的体会。

你的脚崴伤了，需要多静养几天，千万不要逞强过早走动，不然反倒会好得慢。

随函附上的这枚戒指是那一年太太在我们家借宿时留下的，现在我转赠给你，这是你母亲的东西，相信它能够给你带来好运。

大旺拜别。

玉洁拿起这枚戒指，她很熟悉，这是母亲结婚的时候，外公外婆送给母亲的结婚礼物，那一年，在逃难途中，母亲拿它换得一顿晚餐，当时是给了大旺的父母。如今，这枚翡翠戒指又完好无损地回到了她的手上。

59

英国，伯明翰大学操场

新年过后，新的学期开始了。这个学期，伯明翰大学来了一位中国学生魏建平。魏建平是转学过来的，他在伦敦医学院攻读医学学位，英国的医学学位，学制比其他专业都要长，一共需要五年，学制前三年学习的是医学的基本理论，后面两年则是根据每个学生的专业做深入进修。魏建平主攻的是心脏外科专业。心脏外科是一门新的尖端学科，在英国各大院校的心脏外科教师里，伯明翰大学的这位教授最为知名。魏建平申请做这位教授的门徒，被录取后就转学来到了伯明翰大学。他将在这里完成后面两年的专业学习，将来由伯明翰大学和伦敦医学院两个学校共同颁发学位证书。

这个周末，伯明翰大学的华裔同乡为了迎接新生，决定搞一次party。聚会地点就在医学院教学楼后面的一块操场。大家准备来一个BBQ（烧烤）。伯明翰大学的华裔学生人数不多，总共只有二十几个人，分别来自台湾、香港、菲律宾、马来西亚、越南和中国大陆。中国大陆原先一共有三位学生，今年新进来两名，加上魏建平一共有六个。二十几个同学聚在一起，有说有笑的。玉洁负责同学会的财务。按照规矩，每次聚会都是 AA 制。所有参加聚会的每个人找到玉洁，各自缴费。主持人宣布聚会开始，逐一介绍新来的几位同乡，大家开始三 三两两地吃着烤肉，喝着啤酒攀谈起来。

"你好，我是魏建平。"魏建平走到玉洁面前打了一声招呼，"初次见面，我一下子就留意到你。"

"哦，你好，我叫郭玉洁，我又没上台啊。"玉洁客气地回答。

"你知道漂亮的女生总是在人群中分外突出，不论她是不是躲在一个角落，都会很容易被认出来。"

"是吗？"玉洁不以为然，"你们男生和女生搭讪都这样的吗？"

"也不全是，一个人的外貌特征，如果明显地与众不同就容易被记住。例如有个人长得特别漂亮或者她今天穿的衣服特别奇特，都容易被人注意到。"

玉洁笑了笑，没有反驳对方。

"是这样，我正式自我介绍一下。我叫魏建平，从伦敦医学院转学过来，在伯明翰大学医学系主修心脏外科，我原籍中国宁波。"魏建平自我介绍道，同时伸出了右手。

"我叫郭玉洁，护理系的，来自中国福建。"玉洁伸出手与对方相握。

"太好了，我们是半个同行。"

玉洁知道在伯明翰大学各个院系里录取分数最高的，一是医学系，二是法律系，这两个专业毕业以后的薪资收入远远高于其他行业，所以录取的条件也高出许多，竞争最为激烈，能够进入这两个系的学生都是顶尖的高才生。"你也住校吗？"玉洁随口问了一句。

"哦不，我和几个本地学生合租了房子，住在校外，离这里走路十分钟的距离。"魏建平递过来一听啤酒。

就着这个工夫，玉洁得以细细地打量这位新来的老乡，身高一米八的个子，这在南方人里面算是高个，长得很结实，看得出对方一定是有着运动兴趣的人，长形脸，两道眉毛很粗，棱角分明。"郭小姐有什么兴趣爱好呢？"魏建平问道。

"我读书啊，这是我的第一兴趣和任务。"玉洁喝了一口啤酒，回答道。

"我明白，这个我们都是一样的。除了读书呢，我听说郭小姐弹得一手好钢琴。去年的嘉年华才艺演出，郭小姐的钢琴表演惊艳四方。"

玉洁摆摆手，说道："那是一点小时候的业余兴趣罢了，上不得台面的。"

"我喜欢篮球。"魏建平自我介绍道。

"是吗？这个爱好我跟你有一点类似。"玉洁来了兴致。她小时候在鼓浪屿上学，就是学校女生篮球队的队长，很可惜这几年几乎没有机会再打篮球了。

"那赶巧了，请问小姐你是打什么位置的？"

"我是后卫，我个子矮。"

"后卫是一场球赛的组织者，我们都说缺什么都行，就是不能没有后卫，我是中锋。"说完魏建平比划了一个投篮的动作。玉洁看得出对方确实是一个球员的架势。"可惜啊，我都好几年没摸球了。"玉洁叹气道。

"哎，咱们学校不是有好几个篮球队吗？"魏建平说。

"哦，我没什么时间，而且跟他们也不熟，所以很少去凑热闹。"玉洁回答道。

"那我们回头找个时间一起去打球吧。"

"你们两个在这边嘀咕什么呢？把大家都给抛下了。"另一位中国学生张一鸣走过来，笑嘻嘻地对着玉洁和魏建平说道。

"哦，我就是跟魏先生闲聊几句，你们聊，我去招呼一下那边的烧烤。"玉洁转身要走。

"哎，你别走啊。"张一鸣一把拉住玉洁，转身对魏建平说，"建平，我们几个商量了一下，正好上一届的华裔同学会会长已经毕业，我们想推荐你担任新一任的会长，可以吗？"

"合适吗？"魏建平诧异道，"我是新来乍到的，人也不熟。"

"当然合适了，你看这又不是当官，只是同学会需要有一个人组织。你虽然刚到伯明翰，但是你在英国已经足足待了三年的时间，比我们谁都长，对这边的情况，你比我们更了解。论年龄呢，你也比我们大两三岁，所以你来当这个组织者是最合适不过了，你说是吧玉洁？"

接着，张一鸣清了清嗓子，高声对人群说道："各位同学，各位同学留意一下啊，我们伯明翰大学的华裔同学会今天聚会，一方面是欢迎几个新来的华裔同乡。同时呢，我们也要对同学会新一年的工作做一个讨论，我们原来的会长毕业了，我提议请魏建平同学担任我们新一届的会长，同意的同学请举手。"只见众人纷纷把手举过头顶，一鸣把玉洁的手臂也举了起来，"好，谢谢大家，那我们这件事情就算通过了，虽然说我们的人数不多，但是呢，我们是一个开心的小团体，大家都漂洋过海来到英国，就我们这些人来说，能一起说中文，吃中餐，就是一份怀乡的幸福。我们应该多聚一聚。那就拜托建平同学多多费心。"

魏建平向前走了两步，大声说道："好突然，承蒙各位同学的错爱，我真的是没有想到。我新来乍到，很多情况都还不熟悉，不过既然是华裔同乡的组织，大家都是联络感情互相帮助，我接受这个任务，一定给大家服务好。谢谢大家。"

这天玉洁在图书馆查找资料，正好碰到魏建平。双方相互打了声招呼，玉洁说："我正在查一个有关血管修复的资料。"

"哦，这个恰好是我的专业，看看我能不能帮上忙。"魏建平领着玉洁来到书架的一角，随手从上面拿出一本书，"你看这本书是专门讲述人体的血管分布以及不同血管的特点的，你所要的问题在这里边应该都能够找到。"玉洁充满感激地看了魏建平一眼："你读过这本书啊？"

"对，这是去年我老师推荐的一本书，写得很好，对于各个血管的解释都有插图，特别容易理解。"魏建平说道。

"哎，那你们心脏外科这个专业怎么实习呢？"玉洁有些好奇地问。

"对这个感兴趣啊？"魏建平回复了一句。

"我是护理系的嘛，按理说我们是配合你们的啊。"

"心脏外科手术是最近这二十年刚刚兴起的一个新的学科，主要是研究人体心脏出现问题的时候，如何通过外科手术的办法挽救病人的生命。"说到专业，魏建平马上一副认真的神情，解释道，"实习医生呢，一般都要从观摩实际手术开始。而我们学生平常练习更多的，一个是靠各种模型，再有呢，就是利用一些动物的标本，例如牛羊这类动物，拿来作为练手的参考。"

"哦。"玉洁伸了伸舌头，不由得想起了几年前她在同安水头参加抗日战地救护的时候，碰到那些战场上下来的伤兵，眼前闪现出伤兵们胸腔外翻，被子弹或者炮弹弹片打得血肉模糊的场景。

魏建平接着说："心脏手术和其他科的手术一个比较大的不同，是心脏手术的时间会比较长，一个正常的手术没有五六个钟头下不来，所以就要求心脏外科医生必须要有强健的身体，如果你的身体体质不够好，那是顶不下来的。"

玉洁点点头。

"对了，我们上次说过一起打球的事，你哪天有空呢？"魏建平问了一句。

"今天。"玉洁脱口而出。

"好，约时间不如凑时间。"魏建平说，"我们把资料查完，你去办一个借书手续，我们这就走。"

两人说好了时间，玉洁回公寓换好衣服，就来到了校园南区的篮球场。只见篮球场上学生们围着篮筐，三三两两地正在投篮。玉洁、魏建平加入进去，很快地大家分成两队，开始打起了对抗赛。魏建平和玉洁分在同一支球队。

这边魏建平接过队友的传球，快速运球，一个假动作晃过防守，带球切入篮下，脚步一沉起跳腾空，一个漂亮的三步投篮，得分。接着对方底线发球，运球来到玉洁的防守区，对方是一个胖胖的女生，带着球跟跟跄跄地往前冲，玉洁瞄准了她的路线卡位，等对方试图冲撞过来，稍微侧身让过，对方没想到玉洁来了这么一个躲开防守，一下失去重心扑倒在地，球也滚到场边去了。最后比赛结束，玉洁这边的队伍险胜对方。

"好久没打得这么痛快了。"玉洁拿起扔在球场边上的外衣往回走，魏建平抱着篮球走在她的右侧："今天我也打得特别过瘾，主要是双方的实力都差不多，这样打起来就更带劲。"

"好久没打了，觉得还是体能下滑得厉害，我整个下半场几乎就是气喘吁吁的，跑都跑不动了。"玉洁有些不好意思地承认。

"没有呢，双方都是三个男生，两个女生，我看场上的两边加起来的四个女生当中，你的基本动作是最标准的。"

玉洁擦了一把额头上的汗："你是什么时候学的篮球呢？"

"我是从中学的时候开始学的。我是浙江人，父亲在香港大学教书，我中学是跟着父亲在香港上的学，从那里学会了篮球。"

"你在香港待过？我也去过香港呢。"玉洁说道。

"是吗？"魏建平说，"我在香港生活了十年。那时候不是抗战吗？日本人占领了浙江。我父亲本来是要带着母亲和我们两兄弟一起躲到香港去的，后来我母亲跟着当地的一个保安团团长跑了，把我们几个扔下，父亲只好把我们两兄弟都带到香港，所以我和弟弟都是在香港上的学。"

"那老家还有人吗？"玉洁听对方这么介绍，觉得相互的距离拉近了。

"有啊，我爷爷奶奶都还在老家，只不过母亲那边，后来她跟那个团长跑了以后就再也没有消息了。"魏建平回答道。

看来在这个动荡的年代，很多家庭都是残缺破碎的，玉洁不禁想起自己从小没有父亲，而眼前的这个帅小伙子在他的成长过程中，则没有母亲，大家都是一个缺憾。

两个人走着说着，路边突然听见一阵急促的车笛声呼啸而过，玉洁和魏建平停住脚步，只见一辆救护车呼啸着开过去。魏建平说："所以我们现在从事医疗这个职业，算是救死扶伤，也是一件美事。每次回到故乡，看到家乡战乱，百姓缺医少药，心里总不是滋味。我祖父本是大清朝官宦人家出身，也是看不惯中国官场的腐败，才让父亲从小读书做一名学者，教书育人。"

玉洁不禁想起了来英国之前路过南洋时外公的教诲："孩子，学好文化掌握新兴科技，只有这个才是立足之本，也才能真正地报效祖国。"

"我听说最近国内内战打得很厉害？"玉洁知道建平是一位消息灵通人士，就开口问道。

魏建平告诉她："中国国内，内部是国民党和共产党打得一塌糊涂，外部有美国人和苏联红军给各自撑腰，苏联人支持的共产党军队已经占领了东北，打一场仗就伤亡一百万。唉，问题就是没有一个好的体系，什么事都容易走极端，诉诸武力。"

玉洁点点头，心里对这位新来的同乡会会长多了几分敬意。

周末上午，玉洁正躺在床上睡着懒觉，只听见门口有人咚咚咚地敲门。玉洁赶忙问了一句："哪位？"

"是我，建平。"门外有人答应道。

玉洁起身把外衣披上，打开寝室的房门。"赶紧起来吧，周末呢。"魏建平穿着一身运动装，在门口对玉洁说道。

"这么早，我还想睡一会儿呢。"玉洁揉了揉眼睛。

"不能睡，你不是以前在学校参加过篮球队吗？你们篮球队是怎么训练的？哪有一大早睡懒觉不训练的道理。快点起来，我在楼下门口等你跑步。"魏建平转身跑下楼。

玉洁只好把门掩上，换了一套运动装来到户外，尾随着魏建平慢跑到操场。

"来玉洁，今天我们一起做基础体能训练，我们慢跑五公里，然后做三组深蹲起，再来五十次摸高，最后练习投篮。"魏建平像是一位专业教练，很有计划地把他的想法说了出来。两个人沿着学校操场开始了他们计划中的训练。"我已经报名参加了伯明翰大学篮球队，下礼拜我们有一场比赛，你要过来为我加油。"魏建平边跑边说。

"好的，我一定去，我帮你做后勤小跟班。"玉洁气喘吁吁地奔跑着，一边回答。

跑步中的郭玉洁哪里想得到，大洋另一边，母亲辛苦创办的天一贸发行即将面临又一场严峻的考验。

60

厦门，商业街

厦门，商业街，天一贸发行。

在当时中国做生意，商人们最担心最害怕的不是年景不好，也不是流氓地痞，而是官府。规矩是它定的，要什么手续，收多少税，都是官府说了算。而规矩又随时在改。你以为它要这些手续，好容易跑断腿，塞了好处费把手续办全了，下个月它又说，你还要再办这个，补办那个，让你根本无所适从，你觉得该交的税都已经交了，接下来，官府说还有两个新的税项要征收。至于在台面底下的各级官员，要这个好处，那个回扣，那就更加不计其数了。

因为中国如今处于内战时期，天一贸发行各个分号所在地，实行的都是军政府管制，每隔几个月都会有新的赋税摊派下来。名目各式各样，正常的税收就不用说了，新的名堂听起来都匪夷所思。有的叫防御捐款，有的叫剿匪基金，还有什么劳军费、联保费、安防预征，现在都已经提前征收到三十年以后了。不论什么名目，清一色的都是摊派。这种摊派几乎都由当兵的上门执行。派来几个大兵，端着枪，给每个商号发一份布告，几天之后上门来收款，如果你不交就把人抓走，把商号贴上封条。再严重的直接把你的物资查抄。天一贸发行厦门总行所在这条街上的一百多家商号，今年以来就已经大大小小地交过不下十回税收。

这一天，管家郭贺刚刚来到商行，伙计就递给他一张条子，上面是市军事执政廖长官签发的城市防卫捐款通告。大致的意思是说，军事长官处将在厦门岛四周建立防御堡垒，用于保护这座城市不受外来军事力量的攻击。为此，向全市所有的商号募捐，款项则根据商号实力大小分摊。通告的文字是以统一的制式印刷的，下面有手工填写的两行字，一行是商号名称——天一贸发行，第二行是捐款数额——征税一万五千大洋，最后注明须在三天之内备齐，由军政长官处的副官上门收取。

这几天东家郭月去香港巡查，郭诚大经理现在流传村老家，厦门这边日常管理由几位经理打理，但郭贺总体负责。这也是多年的习惯了，只要郭月外出，总局的事务郭月都交代给郭贺统筹处理。

看到伙计交过来的征税条，郭贺一下子火冒三丈："还他妈有完没完了。"他狠狠骂了一句。这已经是这个月以来第三次征缴了，以厦门商铺现在的资金量，如果要按照这上面要求的资金额度缴付，现金根本不够，再说，每个礼拜采购茶叶和其他物资，都得有正常支出。站在一旁的伙计见郭贺一副愤怒的样子，连忙问道："郭总管，您看要不要给东家去个电报？"

郭贺果断地摇摇头。如果这是经营上的难题，理应告诉东家，但现在这种三天两头找上门的征税，只会增加郭月的烦恼。他知道这次郭月去香港，主要是处理香港商号生意上的事情，也不想再让东家分心。

想了一会儿，郭贺决定这次不再做一只绵羊，他打算先找其他商家看看，有什么对策。

中午过后，郭贺拿着征税函，走出商号。

天一贸发行店铺的右手边是一家做绸布生意的老字号。"王老板，找你喝茶来了。"郭贺晃了晃手里的函件。

"我也正为这事发愁呢。"对方说。

两人正坐在茶桌前说着话，周围几个商铺的老板们闻声赶了过来，大家手里都拿着一张类似的征税函。

"怎么办？"郭贺替几个人把茶杯满上，开口问道。

"我反正是交不上。"

"干脆把店铺关了，回老家种地。"

"今年到现在都已经七八拨了，收税的次数比女人来例假都勤。"

绸布庄的王老板抬了抬手，示意大家安静下来，然后对郭贺说："老郭，天一是这条街上的大商号，你说说怎么办才好？"

众人默不作声地抬起头来，等待郭贺的意见。

郭贺想了想，说道："各位老板，看来这个征税函是一道鬼门关，躲是躲不过去的，商铺就在这条街上，我们和当兵的没什么道理可讲，人家派几个兵就能把你的店给封了。可是按照这个数字摊派的话，我们天一贸发是交不上的，估计在座的各位也都有困难。"大家纷纷点头。

郭贺接着说："我看现在也只能有一个办法，少交。可不可以这样，我们大家都用一个统一的口径，那就是我们先交一部分，例如交百分之二十，当兵的上门来，我们就说实在交不出更多了，先拖一阵看看有什么反应。"大家都觉得也只有这个办法可以应付。

"如果要这么做，那么我们这条街上所有的商家，都得统一口径，否则被军政府各个击破，那就没作用了。"众人散开前，郭贺又补充了一句。

郭贺没有料到，这个主意，让他吃尽了苦头。

三天以后，军事执政廖长官的副官带着几个士兵开着车过来了，走进天一贸发行，郭贺迎上前去："各位长官请坐。"

"不坐了。"来人说，"几天前我们派发的捐款函你们都收到了？"

郭贺点点头，正要解释。对方摆摆手，"我们军务在身就不多停留了，请你们按照捐款的要求把银票交上来。"

郭贺连忙从抽屉里拿出一张银票递给这位副官。副官看了一眼，这是一张三千大洋的银票，他很诧异地问郭贺："我说这位先生，我们捐款要求的数字可不是这个啊？"

"长官先生，请您多多体谅，因为店铺里实在没有那么多的现金，我们把所有柜台上的现金，还有银行里的存款都汇集到一起，才凑到这一些。长官你就容我们一段时间，等我们经营好一点以后，后续还会继续支持各位长官的工作。"郭贺赔笑着说道。

"呸，你这个滑头。"副官厉声骂道。

这当口只见门外匆匆跑进来两个士兵，其中一人趴在副官的耳朵上耳语了几句。副官瞬间脸色一变，提高了嗓门，指着郭贺的鼻子，恶狠狠地说："你这老小子，我听说整条街都是被你串通煽动的，都只交两成。明摆着要对抗军政府是吧。"

"长官您误会了，别人家的情况我们的确不知道，我们真的是把账上所有的现金都兑换成银票给到您了。"店铺经理这会儿闻讯从楼上下来，迎面撞上这个场景，赶紧在一旁打岔，"长官您看，我们一直是模范经营的商家呢。"说着特意指了指墙上挂着的好几张奖状。

"少拿这狗屁东西吓唬人，我们只听廖长官的。没有捐款，谁他妈替你们守城啊。你以为我们当兵的就得给你们白干？"副官骂骂咧咧的。

"话不是这么说，衙门，军队，都是爷，都来我们这薅羊毛，这头羊早已经成为一只没有几根毛的秃羊了，就剩下一个骨头架子。"郭贺一反平常凡事息事宁人的做法，冷冷地回应了一句。

"好，你这混蛋，你敢小看军政府，还鼓动商户闹事。我下面的人在这条街上所有商铺收下来，都跟你们一样的口径，而且整齐得很，每家都拿两成来应付。老小子，我还真不相信制服不了你！"说罢，副官对那两个刚刚跑进来的士兵说，"你们两个在这里盯着，今天下午五点之前，除非这家商铺把钱交齐了，不然把这个人给我带走。"说完拿出腰间别着的手枪，朝众人舞了舞，扬长而去。

一整天，天一贸发行商铺的门前站着两个士兵，过往的行人觉得有些奇怪，一些本来想进门洽谈商务或者购物的客人，见到这情景也都纷纷躲闪开去。店铺内，郭贺把自己办公桌上的文件一一整理停当，叫来了厦门分行的两位经理协理，还有大旺。郭贺对他们三人说："这些都是需要回头呈报给头家郭太太签批的文件，我现在交给大旺。我走后，你们几位要当心，商号的事情按部就班推动下去，不要停顿。"几个人点点头。

郭贺又把大旺单独留下，吩咐道："下礼拜东家回来，你把这边的情况转告她，你务必把我意见转告东家，我的意思是，这次的捐款不能再交，那是一个无底洞，今天我们一跺脚给他们一万五千大洋的保护费，几天以后他还会再来向你要三万。这样下去我们商号一定是承受不起的。"

"那师傅您怎么办？"大旺有些担心。

"没事，那么多大风大浪都经历了，该来的，你躲也躲不掉。"郭贺一副很坦然的样子。

说完，郭贺站起身来，和大旺握握手，走出店铺大门。"我跟你们走吧。"郭贺对门口的两位士兵招呼道。

大旺赶紧走上前去，往两个士兵的手里分别塞了一百块钱："两位请多多关照一下我家郭先生。"

当天晚上，郭贺被关押到军政府的地牢。

一个礼拜后，郭月回到了厦门。

刚刚下船走到码头外面，只见大旺急匆匆地赶了过来，远远叫道："头家您可回来了，商号出大事了。"说着就把军政府募捐摊派，郭贺被抓的事快速陈述了一遍。郭月一听，也顾不上多想，快步坐上商号的汽车："走，快回店里。"

郭月这下是真的着急了，郭贺跟随自己这么多年，从郭府家里到商号的各项事务，很多都是由他主事替自己分担的，他处事一向稳妥谨慎，怎么这次表现得这么莽撞。郭月想无论如何，首先是要设法把人救出来。

一进入商号，郭诚已经在门口等候，郭月把他和几位经理，以及大旺一起叫进办公室，请大家把发生的情况细细说一遍。待大家介绍完，郭月开口问道："郭贺一向处事冷静，怎么这次犯糊涂。什么事能值得把命搭进去？"

大旺回答说："郭管家临走前特意交代我转告您，说这是一个无底洞，这次的捐款不能再交。"

"郭贺糊涂，"郭月有些生气地回答道，"这不是连人带钱一块儿损失了吗？"

经理在一边着急地插嘴："听说他们每天都给郭贺用刑。"

郭月停顿了一下，吩咐道："大旺，你今天抓紧先安排人给郭贺送些东西过去，牢里那边马上找关系，让几位经理和你对接一下，该打点打点，尽量跟狱卒疏通好，少让他受苦。"大旺点点头。

郭月接着说："郭诚，待会儿你彻底算一下，现在我们厦门总局还有外面的两个分号，铺子上总共还能拿出多少现金，让会计把我们存在银行的几个账号都汇拢一下，今天晚上告诉我数字。"

"嗯。"郭诚点点头。

"实在不够的话，先从香港那边把款子调过来，救人要紧，其他的都往后拖拖。"郭月又补充了一句，众人点头离去。

张浩天闻讯赶了过来，走进郭月办公室。这会儿，房间里面只剩下郭月和张浩天两人。郭月站在窗口，望着窗外发呆。张浩天走过去，轻轻地抚摸着郭月的头发，郭月心里一阵酸疼，把脸贴到张浩天的胸前，整个人忍不住颤抖起来："做生意再怎么难我都不怕，我都经历过，但是就是这种没完没了的，蛮不讲理的官家欺诈，实在让人受不了。"

张浩天叹口气，抚摸着郭月乌黑的头发："我看你是真难呐。想想和你比起来，我那几个官家设计费的欠款根本算不了什么。"

郭月平静了一下，开口说道："还是先把眼前的事情处理妥当，这才是最要紧的。郭贺在里边一天天受苦，我这心跟刀剐似的。"

地牢里，副官披着一件呢子军大衣，走进幽暗潮湿的牢房，士兵把房门打开，将郭贺脚上的铁链解开，仍然留着手铐，扶着他坐到房子中间的固定木头椅子上。自从被关进地牢后，每天都有人轮番审讯郭贺，问他为什么要聚众抗税，后台老板是谁，还有哪些人是串通好的同谋。郭贺对于所有的审讯，都一概地沉默不予应答，所以每次都被上刑。

副官在郭贺正对面站住，眼前的这个人脸上满是血迹，有一只眼睛已经被打肿了睁不开。副官点上一支烟，猛吸了一口朝郭贺脸上吐过去："你个老小子还很硬嘛，你真觉得我就对付不了你？"郭贺瞟了副官一眼，几天来第一次开口："年轻人，不要太过得意，整天做这些伤天害理的事，总有一天你会遭到报应。"

"去你妈的！"副官抢起桌上的皮鞭，一鞭子甩过去，顿时，郭贺前胸被抽出一道深深的血印。副官叫喊道："给我狠狠地揍这个混蛋。"身边的几个士兵举起枪托，朝郭贺一阵猛打。郭贺被打倒在地上，昏迷了过去。

61

厦门，军政府监狱

三天以后，厦门，军政府监狱门口。

天一贸发行司机开着车，领着郭月和大旺来到监狱门口。车子刚停下，大旺立刻打开车门，跑到监狱大门边的一扇小门前面，敲了敲门，从小窗口递进去一张纸条。

过了一会儿，小门打开，郭贺衣衫褴褛，趔趔趄趄地走了出来。刺眼的阳光照在郭贺脸上，他一下子睁不开眼，迷糊着站在那里，摇摇晃晃地根本站不稳。大旺赶紧一个箭步冲上前去扶住郭贺。

郭月就在离郭贺十米处的地方，她清楚地看到郭贺脸上、胳膊和腿上到处都是伤。有一条腿好像被打断了，走起路来一瘸一瘸的。郭月连忙迎上前去，和大旺两人，一左一右地扶着郭贺上了车。

车上没有太阳照射，郭贺这会儿才勉强睁开眼睛，见到面前的郭月，试着直起腰来："少太太，我没有把事情办好。"

"别说话，先回家。"郭月关上车门，让大旺扶着郭贺在汽车后排坐下，自己坐到了前排副座。

这几天郭月四处筹集，好不容易凑足了剩下的一万两千大洋，把款交齐了，军政府才答应放人，但没想到郭贺已经被摧残成这个模样。回到天一贸发行，郭月让大旺把郭贺安顿到楼上卧室。

夜里，郭贺躺在床上，发着高烧，迷迷糊糊地说着胡话："洪儿，洪儿。"大旺在一旁守着，听到叫声，连忙下楼问值班的郭诚："郭大经理，郭管家在喊洪儿，谁叫洪儿啊？"郭诚连忙随着大旺上楼，只听见郭贺还在断断续续地喊着："洪儿，你在吗？"

郭诚突然想起来了，郭贺所说的洪儿，应该是指他在老家的儿子应洪。这些年郭贺跟着东家忙乎厦门天一贸发行的事，很少回自己家，每年也就回去两次。他在老家有一个媳妇，两人生了一个儿子，今年大概十五六岁。大旺猜到了郭贺的心思，连忙叫醒铺里新来的一个伙计，对他说，你赶紧回流传村去，把郭贺伯的儿子和他老婆叫过来。伙计点点头，连夜出门赶往老家。

两天下来，郭贺的病情愈发严重，身上多处外伤，还有腿上的骨折导致感染，高烧一直不退，大多时间他都处于迷糊状态。医生说，恐怕回天无力，也就是接下来这一天半天的事儿。这会儿郭月来到郭贺的房间，郭贺媳妇和他十五岁的儿子应洪昨天刚刚赶到，两人见头家进来，连忙站起身行礼。郭月摆摆手，请大家都坐下。

郭月走到郭贺床前，摸了摸郭贺的额头，额头还是滚烫滚烫的。郭月在床边坐下来，捧起郭贺的手，放在自己的两只掌心上揉搓着。这么多年，郭月和郭贺是亦主亦友的关系，一方面他是郭月的管家，里里外外的大多事情都由他来操办，同时在心目中，郭月又觉得她把郭贺当成自己的哥哥一样，如今看着眼前这个命悬一丝的病人，郭月心里感到无限的悲痛。

这当口郭贺睁开了眼睛，看到坐在床沿的郭月，连忙试着坐起身来："少太太。"

"哎，你躺好。"郭月赶紧一把按住郭贺。

"真是对不住，少太太，这次的事情我没料理好。"郭贺费劲地说道。

"你说什么呢？这次是多亏了你。你是拼尽全力地想保护天一的经营，却把自己搞成这个样子。"郭月心疼地说道，眼眶都湿润了。

郭贺说："这帮人跟他们是没有道理可讲的。"

"讲道理？我们商号也好，个人也好，都不过是一个普普通通的老百姓，在他们的眼里就是一块肥肉，他们什么时候想吃，想怎么吃，完全就随着他们的兴致来。你别多说话，先休息好。"郭月往郭贺的后脑勺垫了一个枕头。

"少太太，我的病，我心里很清楚，我年轻的时候学过拳脚功夫，对于伤痛生病的事情也略知一二。我心里很明白，这次这一关怕是过不去了。我走了以后，你自己一定要多加小心，大旺这个孩子呢，很可靠，人也聪明，以后少太太多锻炼锻炼他，有什么事情可以试着让他多学习处理。"

郭月点点头："你放心，我们都好好的，你还是安心养病，都会闯过去的。"

郭贺伸出另一手握着郭月说："少太太，这么多年，我从来没有对您说过，今天我得说一句：我和我们全家受郭老先生和您的福，您给了我们这一片天，让我们一家三口有一个生活依靠的来源。我下辈子还想服侍您呢。"

"你这是怎么啦，怎么想起说这些了？"郭月望着眼前挣扎着说话的郭贺，眼泪忍不住掉了下来，"郭贺，我们都已经是亲如家人的关系了，干吗要说这些呢？"

郭贺紧紧地握着郭月的手说道："少太太我想求您一件事。"

"什么事，我一定办到。"郭月忍住泪水，看着痛苦挣扎的郭贺。

郭贺紧紧捏着郭月的手，说道："我这一走就剩下他们娘俩了，我媳妇不识字，就是一个农村妇女，只会待在家里。儿子呢，倒是有一身的力气，但他才十五岁，而且我也看得出来，他不是一个做生意的料子，只要老老实实地替人家打工干活，能够养活自己，料理好他母亲，那我就放心了。所以斗胆地拜托一下少太太能否关照一下他们娘俩。"

"你想到哪里去了？你还这么年轻，不需要操心这些无厘头的事。"郭月试图宽慰对方。

郭贺摇摇头，坚持着说："少太太，这么多年，我从来没有求过您一件事，今天就算我破格的请求，您是否能答应我？"

郭月看到对方一副严肃的神情，连忙说："我一定答应你，你完全可以放心，不管出现什么情况，对他们娘俩，我一定会照顾好，我会把应洪当成自己的孩子。"

"那就好，那就太谢谢了。"郭贺说完转过脸去，叫了一声儿子应洪，"洪儿你跪下，给少太太磕头。"

应洪和他母亲正坐在一边的长凳上，听父亲这么一叫唤，赶紧走过来，双膝着地跪在床前，面对着郭月磕了三个响头："郭太太，父亲的叮嘱我都记下了，我把您当成自家的长辈，谢谢您的照料。"

"快起来，"郭月连忙扶起应洪，"我和你父亲是同村同姓的远房亲戚，论辈分，我应该叫你父亲哥哥。所以从现在开始，你喊我姑姑吧。"

"哎，姑姑。"应洪懂事地叫了一声。郭贺抬起左手，牵过儿子的一只手，放到郭月的手掌上，再把自己的另一只手压在郭月的手背上，三个人四只手紧紧地握在了一起。

当天夜里，郭贺去世。

三天后，天一贸发行披麻戴孝，商号停业一天，为大管家郭贺出殡。出殡队伍由三个部分构成，走在最前头的是郭贺的儿子应洪，抱着郭贺的遗像，他母亲，郭贺的结拜兄弟朱茂山，以及他们家的几个亲戚紧紧跟随在后面，都是一身的白麻孝服。送葬队伍的第二部分是郭贺的灵车，由一辆两匹马的马车拉着，灵车两侧走着请来的乐队，吹奏着哀伤的曲调。走在灵车后面的，是天一各个商铺的经理、主管、伙计，郭月、郭诚和大旺走在送葬队伍的中间。

灵车沿着商业街缓缓前行，经过街道两旁的各个商铺，都有各店老板或经理点香叩拜，灵车在祭拜时停顿下来，供叩拜的人们添香撒纸，很多商家的伙计们手持小小白花，默默上前别在郭贺灵车两侧。不时地有人加入到送葬队伍中。

　　送葬的人群飞撒着圆形铜板形状的黄色纸钱，一片悲哀，在忧伤的乐曲声中灵车向前行进着。送葬的队伍越走越长，从一开始出门时候的数十人，到最后走出城外，已经是几百人的队伍，延绵近一里地。

　　按闽南的习俗，祭拜死者的亡灵讲究头七超度，头七即身亡七天，头七之后，天一贸发行才将店铺两旁悬挂着的挽联和白花卸下。

　　头七这天，郭月和天一的伙计们，由请来的法事僧侣领着，在楼上郭贺的灵位前再次做了超度。郭贺媳妇和郭应洪身着麻布白衣，站在遗像两侧，众人逐一上前叩拜，将一支支点燃的香插入灵位前面的香炉中。

　　超度仪式完毕，郭月换了一身服装，自己独自出门，步行来到商业街上的一座茶楼，要了一个小包间，坐下来等候客人。她已经提前让大旺把朱茂山约到这里见面。

　　不一会儿，朱茂山在茶楼伙计的引导下走入包间，郭月和来人问候了一声，关上门，说道："朱先生，多年前您曾经帮助过我女儿，我一直记着。今天我想请你再帮我一个忙。"

　　"郭太太您说。"朱茂山虽然在这之前只见过郭月一面，但上次天一协助运送盘尼西林帮助抗日联军的事，让他一直对这位天一的女东家心存感激。

　　郭月把一张两千大洋的银票放到茶桌上，说："郭贺是被军政府那位副官折磨死的，不管什么代价，那混蛋必须偿命。还需要多少费用请先生直接告诉我。"郭月咬牙切齿地说。

　　"明白了，他害死我兄弟，这个仇我一定要报！不过这钱我不能收。我这是替我的兄弟报仇，不能拿您的钱。"朱茂山说着，把银票推回给郭月。

　　郭月一把制止，解释说："朱先生您别误会，我没有别的意思，更不是要花钱请您。做这种事情我不懂，但我估摸着要置办家伙，打探行踪，免不了需要些费用的。我请您帮忙，目的就是要替郭贺报了这份仇。"

"懂了，郭太太放心，交给我办。最多十天，我让那小子上西天。"朱茂山发狠地说。

一周后，报上登出新闻：市军政廖长官的副官被不明人用麻袋捆着，扔进筼筜港，尸体在海水里浸泡后浮出水面，散发出一阵恶臭。

62

厦门，天一贸发行

福建是一个产茶大省，厦门又有港口的天然便利，所以天一的茶叶出口，主要是以厦门为基地，同时把香港作为接受海外订单的中转点。天一出口的茶叶品种繁多，只要客户有需求，他们都能提供，不过其中数量最大的，还是福建的岩茶和正山小种红茶。此外，天一也出口从浙江安徽江苏等省份收购加工的绿茶和白茶。从茶叶出口目的地看，销往欧洲的主要是红茶和半发酵的福建岩茶，而绿茶、白茶以及福建安溪的乌龙茶则主要销往东南亚，供当地华人消费。

这一天，茶商蔡福民前来厦门天一拜访。

蔡福民原籍福建崇安县，这里是武夷山岩茶的产地，他本来是自己做茶园种植的，有几十亩茶园，几年前和天一贸发行合作以后慢慢就成为当地的茶商。天一的武夷岩茶，这两年一多半都是经由蔡福民采购的。天一在生意合作上有一个惯例，那就是尽量维护多年合作伙伴的生意往来，轻易不更换合作对象。如果有新的合作伙伴，一开始总是从小批量做起，慢慢双方彼此了解了，再逐步加大业务量。所以蔡福民几年前开始和天一合作的时候也经历过这样的一个过程。由于他做事牢靠，守时，注重信誉，每次都能按时交货，质量上也有保障，所以天一通过他采购的茶叶量逐年递增。这次蔡福民过来，是和天一贸发行的采购经理们商量下一个采茶季各个等级茶叶的具体需求量以及采购价格。

茶叶的价格由多种因素决定，除了茶叶的品种，采摘季节，还有烘焙工艺，制作流程把控以及包装材料等。每个采茶季开始之前，各地的茶商们会提前约好时间，来到天一贸发行，和天一的采购经理们具体敲定下一个季节的进货数量，每个等级要货量的分布，以及包装规格等具体要求，当然还需要双方敲定供货价格，这个价格一经商定，任何一方都不得再调整，盈亏就靠各自对下个季节的预判能力。天一贸发行采取的是竞标定价，就是同一等级的茶叶，由几个合作商分别用信纸写好它们的供货价放到信封里，再由采购经理们汇总比较以后报给郭月，由郭月决定与哪家茶商合作。

一旦确定价格和采购数量，天一会向茶商预付三成的采购款，供茶商调配使用。茶商们拿到天一的预付款，再加上自己的一部分垫付，向茶农们采购茶叶，在完成一系列制作过程后，最终把成品按天一的要求送到天一的库房里，验收合格，整个流程才算结束。

做出口批发生意的茶商们都知道如果要使生意取得更快发展，除了利润多少以外，更重要的还是资金周转。茶叶采购涉及多方的利益平衡和时间成本，从开始向茶农预订下一个季节的茶叶，到最后成品制作完成，前后要经过大半年的时间，预付款的多寡在很大程度上决定了生意的规模。

茶商蔡福民现在正为这事发愁。

过去几年，他把生意上的精力都集中在与天一贸发行的合作上面，双方的合作大致都很顺利，蔡福民也挣了不少钱。可是最近两年天一的要货量迅速增加，蔡福民明显感到自己的资金周转跟不上，所以他很是发愁。一方面不想丢掉更多的订单，因为订单量大，意味着挣钱的机会也同步增加，而且按照天一的习惯，这些订单如果让别的茶商拿走，以后再想争取回来，难度很大。但另一方面呢，订单量越大，就意味着他这边所需要的资金周转款的需求量也越大，蔡福民有些力不从心。

这会儿，蔡福民坐在天一办公室，和经理们喝了两个小时茶。他特意带来两盒极品大红袍，请大家品茗，最后还是没能谈成一个好的结果。按照蔡福民的本意，他很想承接二十吨的茶叶，这个采购任务比去年多出五吨。可是按照这个数量的价格测算的话，他明白自己还有不小的资金缺口。和天一贸发行的采购经理磨了一个多小时，对方表示，三成的预付款是天一统一的标准，不可能因为某位客商去调整这个标准。蔡福民也知道各家有各家的难处，况且向天一供货的茶商不止他一家。如果把预付款往上调的话，别的厂商也会有同样的要求，这就不好收拾了。

午休过后，蔡福民敲了敲郭月办公室的门："您好郭太太。"

"啊，蔡先生好，快请坐。"郭月正坐在办公桌后查阅会计的账目，一看是蔡福民进来，连忙站起身来招呼道。

"郭老板，您来尝尝我带来的茶叶。"蔡福民熟练地走到茶桌前，拿出他随身带的大红袍冲泡起来。

郭月与蔡福民彼此熟悉，双方已有多年的合作关系，每年郭月都会去崇安县的主要茶园出差，而蔡福民一年至少有三四次到厦门来。郭月很满意这位合作伙伴，因为他做事总是很严谨，从不拖拉。天一贸发行做的是出口生意，涉及外洋轮船的开航排期，与洋人做买卖遵守时间是至关重要的。如果延误不仅会面临巨额赔偿，还很可能整批货会被拒收。所以对于产品的品质和时效性，郭月和天一贸发行一直是非常重视的。双方坐下来寒暄了几句，蔡福民说："郭老板，我今天敲您办公室的门可是下了很大决心，实在是有事要请您帮忙呢。"

郭月已经从伙计那里听到了蔡福民的大致情况，微笑着说一句："蔡大哥您说，只要我们这边能帮得上的，一定没问题。"

蔡福民清了清嗓子，开口说道："郭老板，按理说呢，这件事情从商业上说我还有点开不了口。您也知道这么些年，天一贸发行对我们一直是很关照的，承蒙天一各位贵人的关照，天一给我们的订单逐年增加，我这边的小生意做得还算顺利。今年呢，我从几位经理那边得到消息，天一的采购量会比去年多出三成，我很开心，当然希望能够跟着天一贸发行，一起把生意做大。但是现在我的资金周转实在是不够了，所以我上午跟经理们请求，能不能今年额外给我们一成的预付定金，我可以支付利息，你们的经理们表示有难度，这个我当然也理解，因为茶商不仅仅我们一家，可是我又不想白白地丢掉这个生意。"蔡福民说得很诚恳，一脸的无奈。

郭月喝了一口茶，接过话题说道："我明白蔡大哥的难处，我们也希望跟蔡大哥有更多的合作，这样我们也更省心，你让我想一想吧。"郭月放下茶杯，走到办公室窗前。这是她多年养成的习惯，每当思考并决定一个重要事项前，郭月喜欢一个人对着窗户发呆，眼光发愣般地直射远方，脑神经高速运转，进入她自己思维的世界。

屋里十分安静，郭月还在窗户前站着。这边蔡福民有些紧张地望着郭月的背影。他知道这是一个难题。他想如果自己处在对方的位置上，也只能做出和天一贸发行的采购经理们一样的决定。现有的三成预付运行多年，谁也不敢破这个规律，正所谓的爱莫能助。生意场上朋友归朋友条件归条件，这个道理他心里很清楚。蔡福民有点后悔自己的莽撞，他不禁担心郭月会不会因此对与自己的合作有所顾虑。正准备开口解释，郭月缓缓地转过身来，走到距离蔡福民两米处站住，问道："蔡大哥，您的缺口是多少？"

蔡福民赶紧站起来回答说："按照我们今年供货二十吨的估算量，我这边还差大约两成的货款，我自己可以紧一紧，把家底都掏出来，大概还差一成。"

郭月脑子里快速盘算了一下，走到茶桌前招呼蔡福民坐下："蔡大哥，您看这样行吗？预付三成是公司定下的规矩，我不好破这个例。而且这个规矩对所有的合作商家都是一视同仁的，如果给您一家提高预付款的额度，对于别的商家来说就不公平。"蔡福民点点头。

郭月接着说："我们大家合作这么些年，蔡大哥的为人我很敬佩。我们生意人需要抱团取暖，碰到困难，总需要互相帮助一些。我刚刚考虑了一下，关于您周转资金方面的缺口，您看这样好吗？"郭月故意停顿了一下。蔡福民紧张地坐直了身板，竖着耳朵等待对方的下文。

郭月端起桌上的茶杯抿了一口，缓缓说道："这一成的缺口呢，大概是两万块大洋的样子。我以私人的名义借给蔡老板，为期半年，这就和我们公司没有关系，算是我和你的私人情分。"

蔡福民听到这话有些激动，赶紧站起身来说道："郭老板，您这真是帮大忙呢，只要资金一到，我就能够保证今年给贵公司的供货任务按质按量按时完成。您看我应该付您多少利息？"

郭月摆摆手："说利息就见外了，其实我只是把它当成朋友之间相互帮一点忙。如果我收你利息的话，那就变成是一个买卖行为，这个不合适。"

蔡福民使劲摇头，说道："可我用您的钱是做生意的，我如果到银行借款，没有任何抵押物，是贷不到这么多款的，就算能贷到，我也要向银行付利息啊。"

郭月笑着说："你当然要向银行付利息。银行跟你做的是买卖，可是你今天来找我，我提出这个方案，就是把你当成一个朋友，是朋友之间的互相帮助，跟买卖完全是两回事。所以利息我们不谈了，半年之后，你把这两万块钱还给我就行。"说罢，郭月起身走到门口，叫了一声："郭贺。"

大旺正在楼下忙乎，听到郭月的喊声，连忙跑上楼来："头家，您找我？"

郭月一时语塞。

这么多年来，碰到事情，她总是习惯于喊郭贺，眼前大旺一声答应，她才猛然意识到，郭贺已经不在了，郭月感到心头一阵堵塞，足足停了两分钟，才缓过神来，说道："大旺，你跟会计说一下，从我个人账上帮我取出两万大洋，一会儿交给这位蔡先生。"大旺答应一声，转身下楼准备去了。蔡福民走到郭月面前，深深地鞠了一躬。

"郭老板，您的这份情意，我蔡某人一辈子不会忘记，谢谢，谢谢！"说完，千恩万谢地走出了办公室。

郭月回到书桌前坐下，这些年在商场上，资金周转不灵的情况时有发生，通常她是不会让步的，尤其是不允许商号在制定的规则面前让步，哪怕因此丢掉一些本来可以获得的生意也在所不惜。在郭月看来，这么坚持的第一个理由是要强调商号的原则，原则不仅仅是给商业上的合作伙伴看的，更是给自己商号的伙计们立一个榜样。中国人习惯于制定规则是一回事，但执行的时候又是另一回事。要想把规矩破了，总是能找一大堆理由。从郭月创办天一贸发行的第一天起，她就一直坚持原则不可以有例外。这么做的第二个理由则是规避风险。因为做出口贸易的交易金额巨大，而利润率则很薄，这行业有一种说法，叫作干一百单抵不上丢一单。就是说只要丢掉一张订单的货款，那九十九张订单的工作也就全都白忙活了，所以对资金的回笼和货期交付品质的把控，这几个关键环节郭月都特别在意。

今天少有的这个例外，除了郭月比较相信对方的人品外，郭贺的去世对郭月的影响很大。一个那么熟悉而鲜活的生命就这样悄无声息地在她眼前结束，她觉得身外之物的东西，再怎么在意，终归都只是过眼烟云。

这些天来，郭月总是忍不住地想起郭贺。

这边正一个人梳理着思绪，张浩天突然闯了进来。"浩天，你怎么来了？"郭月见到几日未见的男友，心情顿时好了不少。

"我忍不住了，想要过来看看你。"张浩天关上门，一把抱住郭月。

郭月处在热恋中，她其实每天都想和张浩天待在一起，只是因为商号上的事，无法抽出更多的时间。而且郭月觉得公司上上下下近百号人，她不想让手下的伙计们过多知道自己和这位设计师的私人关系，所以一般情况下都是她去张浩天的工作室，很少让对方来天一贸发行找她。"我找你有好事呢。"张浩天紧紧搂住郭月，送上自己的嘴唇，与郭月深深热吻。一边用手在郭月的胸前抚摸着。

郭月有点慌，连忙把对方的手拿开："这是办公室。"她担心被公司的其他人看到。

"是，老板。"张浩天放开郭月，在椅子上坐下，说道，"今晚市音乐厅有一场演出，是美国波士顿交响乐团的。我在美国的时候就听过他们的演出，这次他们来亚洲巡回表演，先是香港，接下来广州，厦门，下一站是上海。在厦门，他们只演奏今天晚上一场。票可是不容易搞，我弄到了两张票。怎么样，我们一起去听音乐会？"

"好啊。那我把办公室的东西收拾一下，回去洗个澡，换件衣服。"郭月高兴地说道。

"那我陪你回家吧。"张浩天说。

两个人走下楼，在门口叫了一辆人力车，朝轮渡码头驶去。

鼓浪屿，郭家花园别墅二楼，郭月的卧室。

郭月在卫生间洗澡，因为和张浩天说好了今晚要去听音乐会，郭月赶回家来洗澡化妆，准备换上晚礼服出门。这边她站在淋浴间正用香波洗着头发，满头满脸的泡沫，浴室门被推开，张浩天猛地扑将过来，从后面紧紧地抱住她。郭月转过头微微睁开眼睛，隔着泡沫圈看到张浩天那高大的身躯，结实的胸部，对方把一双手臂从郭月的后背绕过来搂住，两只手在她的胸前疯狂地搓揉着。"哎，你捣乱，看这满头的泡沫。"郭月被挠得浑身发痒，叫唤起来。

"我不怕，我就是要和你分享这一堆泡沫。"张浩天一使劲，把郭月扭过身来，面对面抱住她。郭月脸上头上的香波泡沫，一下子渗透到了张浩天身上。张浩天任凭花洒水龙头的水往下流淌，两只手滑过郭月的后腰，轻轻地揉捏着郭月那对浑圆的屁股，一边微微闭着眼睛，低下头来，吻着郭月胸前那一对挺拔的乳房。郭月被对方拨弄着，像是有一股热流在体内流淌，她斜斜地靠在墙上，双眼紧闭，任由对方在这片肥沃的土地上耕耘。

张浩天忘情地亲吻着郭月，温热的自来水不间断地往下流动着，像是一个连续的加热器。接下来他慢慢地蹲下身子，嘴唇像是耕地的犁，一点一点地探索着，翻转着这片沃土。顺着亲吻的方向，张浩天的一双手慢慢向下探寻，平坦的腹部依然被一堆泡沫覆盖着，在水流的冲击下，向下流淌着几股清流。

郭月依然闭着眼睛，两只手不知方向地胡乱抓挠着张浩天的头发，觉得自己的喘气声越来越重了。张浩天没有一点停下来的意思，他那温热的嘴唇这会儿仿佛变成一只探险的小舢板，从她的胸部划到腹部，再往下继续着。郭月的呼吸变得越发地急促，她感到体内有一股热流正在翻滚。郭月靠在浴室侧面墙上，把双腿微微张开，享受着热水冲淋和眼前这个男人拥吻的快感。

张浩天拥吻着郭月陶醉着，片刻，他站起身来，调整了一下郭月脑袋的角度，替她把脸上的泡沫冲洗干净，两个人就在淋浴喷头下嘴贴着嘴紧紧地亲吻起来。头上花洒的水从上往下倾泻，像一道雨帘，把两颗脑袋紧紧覆盖住。张浩天的双臂紧紧环绕着郭月的后腰，他那结实的胸部恰好就顶住了郭月胸前那对丰满的乳房，把郭月的乳房挤得像两只在压力下膨胀的气球，向两侧平摊开来。郭月紧紧地抱着眼前的这个男人，她再次把自己的舌头往前探，和这个男人的舌头交织在一起，像蛇一样地缠绵着，欲火中烧。张浩天感觉到了对方的信号，下身往前一挺。"啊！"郭月忍不住叫出声来。

　　卧室内，洗完澡的郭月拿着浴巾把自己擦干净，一边穿着内衣一边对张浩天说："你骗人，你说你要带我去听音乐会呢。"

　　"我没骗你啊。"张浩天坏笑着说道，"我们这叫同时办两件事，讲究的是效率，互不耽误。你看现在才五点，音乐会七点开始，我还有时间再吃你一顿点心呢。"说完，一把拉起郭月，往边上的床铺滚去。

　　窗外，一片夕阳的晚霞，红透了半边天。

63

厦门，鹭江宾馆

　　英国人丹尼尔在鹭江宾馆二楼的西餐厅等着郭月。

　　丹尼尔曾经是英国驻香港领事馆的商务参赞，二战结束后，他从政府部门退役，定居于新加坡，在那里开了一家洋行，主要从事亚洲和英国的贸易。天一贸发行的香港公司和厦门公司与丹尼尔的新加坡洋行都有常年的业务往来，这次丹尼尔特地来厦门拜会郭月，一是生意上的洽谈，另外他还有一个新项目的想法准备和郭月协商。

　　上次在香港尝过郭月的郭氏米糕，后来由丹尼尔介绍给了驻守东南亚的英军作为野战应急辅助食物，很受欢迎。对这款有特色的米糕，丹尼尔一直念念不忘。他觉得这个产品如果在新加坡推广开来，应该是一个不错的生意，而且英国人喜欢喝下午茶，这个米糕可以介绍到英国，联系当地的食品加工厂生产，作为下午茶的茶点推向英国本地市场。

郭月走了进来，她今天穿一身藏蓝色的旗袍，裁剪得很得体，恰到好处地衬托出她那丰满的身材和优雅的气质。郭月很注重穿衣的搭配，为了今天的这身旗袍，她特意换了一条钻石项链，在餐厅明亮的灯光下闪闪发光，显得分外地楚楚动人。"好久不见，丹尼尔。"郭月走过来打了个招呼。

"郭老板，您真是一位东方美人。"丹尼尔不由得赞叹道，起身与郭月亲了一下面颊，拉出对面的椅子，请郭月入座。

"听您这么夸奖，我是不是晚上就不用吃饭了。"郭月笑着说道。

双方落座，侍应生递上菜单，郭月要了一份意式肉酱面，一盘哈密瓜沙拉，对侍应生说："麻烦再给我来一杯苏打水，谢谢。"丹尼尔直接要了一份牛排，一盘烤香肠，一杯啤酒。他笑着对郭月说："我还是肉食动物。"

郭月宽慰道："你们男人家体力强壮，需要的能量多，不像我们女人有一份面条、一盘水果就足够了。"

宾主双方在就餐过程中，除了一些简单的寒暄，并无过多的交谈。这也是西餐礼仪的常见规范。西餐和中餐不同，商务招待如果请客人吃中餐，通常一顿饭要吃上两个钟头。每上一道菜，大家都要说半天话，等菜都凉了，主人招呼吃两口，又是你一言我一语地说个不停。西餐不一样，西餐在用餐的时候彼此很少说话，吃饭的时间也短。如果要交谈，那就是饭后喝茶喝咖啡，或者喝酒，那才是谈话的时间。

这边两人很快用完餐，侍应生撤去碗碟，递上来餐后酒单。丹尼尔要了一杯威士忌，郭月对侍应生说："麻烦给我来一杯朗姆酒吧。"侍应生点点头，从吧台上给两个人分别倒上各自点的餐后酒，端过来放好，悄声退下。

"郭老板，我惦记您的美食来了。"丹尼尔笑笑说。

"哈哈，这个我记得。"郭月说着，从她随身带的手包里拿出来两个精致纸盒，递给丹尼尔。里面装的是郭氏米糕，每次见面的时候郭月总要给他准备几盒。

丹尼尔接过来，打开一盒，用手掰了一小块放到嘴里，然后小心翼翼地把盒子收好，放到自己随身的手提箱里。"郭老板，我这次过来，除了和天一贸发行正常的商务会谈以外，主要是想跟您商量这件事。"他把自己的大致设想跟郭月说了一遍，"我特别看好郭氏米糕这款产品的市场前景，您知道我是做军需物资采购出身的，对于美食我很在行，我相信自己的判断，这款产品只要我们做足了功课，推向市场一定会有好的反响，说不定还会成为一个畅销品呢。所以这次来，我就想跟郭老板商量一下，我想买您的郭氏米糕的配方，用于加工生产。"

郭月大致明白了对方的用意，接过话题："这个其实是我祖母传给我母亲，我母亲传给我的，算是一个家传秘方吧，也从来没有做过什么商业用途，无非是家族里聚会，逢年过节的时候做出来一批，让大家尝尝，再有就是送一些给朋友和客户。上次在香港供应给您做驻军食品，算是第一次的商业化尝试。"

"是的，我知道，所以我觉得这么好的产品，如果不做进一步的商业开发，实在是太可惜了。"丹尼尔接着说。

郭月回答："您如果想做这件事，我全力支持。因为食品加工不是我们的主业，我对这方面也不在行，还是专注于做我的茶叶生意。"

"好，那我们就直接进入正题。"丹尼尔招招手，向侍应生又要了一杯酒，然后说道，"我特别想和您合作做这件事。具体的方式，可以有两种形式：一种是买断您的配方，再一种就是您授权我们使用您的配方，我们用于商业销售，支付您一定比例的 royalty 也就是授权使用费。在英国，这种制度已经延续很多年，是一种专项权利的使用费，它可以是一个品牌，一种发明，也可以是一项配方。我觉得您的郭氏米糕从名称再到具体的配方和制作工艺，都很适合于这种 royalty 授权使用费的模式。您倾向于用哪种形式合作呢？"丹尼尔问郭月。

"两种方案都可以，但我同意您的建议，更倾向于用授权使用的方法，因为一次性买断的话，你们面对一个全新的产品，有很多的未知数，所以这个买断的价格很难商定。而授权使用费是基于销售的百分比支付的，双方的合作会更为紧密。"郭月表示道。

丹尼尔点点头表示同意。

"哦，对不起，我去一下洗手间。"郭月取下围在胸前的餐布，放到桌上，向丹尼尔打了一个招呼，起身离开。郭月想借这个机会梳理一下想法。郭月明白，对方是一个有实力同时具有商业管理能力的人，他如果出面做这件事情，应该有比较大的成功概率。这郭氏米糕是祖传的配方，郭月从小跟着母亲学习制作，感情上有些不舍。但她知道，如果能够通过丹尼尔的这个建议把郭氏米糕推出去会有一份不错的收入，况且在制作过程当中还可以做一些改良，使整个生产更加程序化，也是对郭家祖传秘方的一个发扬光大。

从洗手间出来，郭月心里大致有了一个主意，回到座位上，丹尼尔望着郭月，似乎在等她的最终答复。郭月笑着对丹尼尔说："好啊，我同意您的提议，我们按照授权使用费的方式来合作。"

"好的，那我说一个具体的数字，"丹尼尔抿了一口威士忌，说道，"授权使用费通常是以销售收入的百分比支付给产品、品牌或制作工艺的拥有方。我参照了一下英国市面上的大致行情，我建议我们采取阶梯式的方式。具体地说，就是以每年的销售金额为基数，年度销售在两万英镑以内的我们支付您销售款的百分之五，两万英镑以上的部分，我们支付您百分之八。打个比方吧。如果一年下来我们总共的销售额是十万的话，那就是两万的百分之五是一千，另外八万的百分之八就是六千四百，我们需要总共支付您七千四百英镑。郭小姐您看这个方案可以吗？"

郭月沉思了一下，说："好的，我基本同意您的方案，只不过我想把百分比对调一下。"

"对调一下什么意思？"丹尼尔有些困惑。

"是这样，我的建议呢，还是用您提议的阶梯，把阶梯定为两万。两万以内的，你们支付我百分之八，两万以上只需要支付我百分之五。还是以您刚刚的例子为例，如果说年销售十万的话，那你们支付两万部分的百分之八就是一千六，另外八万的百分之五，那就是四千，总共是五千六百英镑。"郭月解释道。

"可是这样一来，您这边的收入反倒是少了啊。"丹尼尔有点不明白。

郭月说："是这样，这件事情要做的话，就要把它做大，做成规模，才值得您这边巨大的前期准备和投入。我把我们的这个授权使用费，按照阶梯递减的方式来设定，其实能够最大限度地鼓励你们把生意的规模做得更大。道理很简单，如果你一年只做两万，你要交给我百分之八，而一年你如果能够做二十万销售的话，那么你后面的十八万部分只要交付百分之五。对于你们来讲，这里面的利润点就更加明确。"

丹尼尔琢磨了一下，明白过来了："嗯，郭小姐您不愧为生意上的高手。您这一对调呢，给了我们更多的利润点，但是也对我们销售提出了更大的压力。好，我赞同您的方案。回头我就请律师赶紧准备协议文件，争取这两天就把它签下来，等我回新加坡，就可以着手开始了。"说完，端起桌上的酒杯，对郭月说，"来，碰一下，干杯！"

郭月拿起杯子和丹尼尔轻轻碰了一下，双方起身道别。

回到郭家花园，小春已经在大厅等候，她招呼着郭月洗完澡，换好衣服，又帮郭月做了二十分钟的脚底按摩。郭月对小春说："辛苦你了，你去休息吧。"小春点点头，退出卧室，从外面把房间门掩上。

郭月走到书桌前，打开抽屉，拿出纸笔，开始给玉洁写信：

洁儿：

　　近来都好吧？念念。

　　你上回寄来的信件还有几张照片都收到了，看得出你比半年前又胖了一些，这是好事。在外保重身体是第一位的。

　　上次托人捎过去的那些中药、物品和内衣都收到了吧。

你一个人出门在外，母亲也没有办法更多帮到你，凡事需要多加小心。这边我们都还好，厦门和香港生意上的事都还在正常运作，我呢也是老样子，每天就是忙公司里的事。今天碰到了我上回跟你说过的那个英国军需采购，他想跟我们合作做郭氏米糕，我答应他了，这是从你曾祖母、祖母，再传到我的独家配方，能够让他介绍给更多的消费者，对于安息的亲人来说也是一份宽慰。希望在不久的将来，你就可以在英国当地商店里买到郭氏的这款独家产品。

小春时常念叨起你，这丫头真的很懂事，不过她岁数也不小了，找机会得给她寻个好人家。

大旺从英国回来后我开始让他参与一些商务洽谈的事，我想应该逐步地去培养他，让他将来能够独当一面。

郭月想了想，还是决定先不把郭贺的事情告诉女儿。她接着写道：

你外公来信寄来了你在菲律宾和新加坡的照片，上面还有几张和你跟嘉庚爷爷的合影，他说照片也已经另外冲洗一份直接寄到英国给你了。外公在外面几十年，总是有一股浓浓的家乡情怀，只要是来自故乡的消息都会让他特别开心。如今你自己生活在海外，是不是也有类似的感觉？

你上次来信的时候提到这个学期阅读量很大，很多参考书有点啃不动，我想这是一个很正常的过程。每个学生都会碰到的，特别是一名海外生。母亲相信你一定能够克服这一关。很多时候，当一个人面对困难的时候，觉得困难是一座大山，但是一旦迈过去了，就成为一段让人印象深刻的记忆。就像我曾经和你讲过的故事，人的一生就像小河里潺潺流动的河水，碰到有障碍物挡住了，如果不去疏通这些泥沙石头堆成的障碍物，而是图省事在边上挖一条小涧，水固然还能继续流动，但方向变了。下回再碰到泥沙阻碍，依然如法炮制，又沿着河边再挖一道，几回合下来，本来应该往前流动的河水就变得很扭曲，不知不觉离终点的偏差越来越大。正确的做法是，不管怎么困难，都要把堵塞的泥沙疏通了，把石块铲平了，让河水能够沿着它原本的河道顺利流过去。随着你生活经历的增加，我相信你能够逐渐明白这个道理。你是一位出色的女孩，母亲对你有足够的信心。

好了，不能说得太多，否则你又该嫌母亲唠叨了，祝你一切都好。注意保暖。

爱你的母亲

郭月小心地把信纸叠好，装入信封，同时附上了一张郭月抱着玉洁，和外公一起合影的照片，这是玉洁特意嘱咐要寄给她的。岁月如梭，不知不觉当年抱在怀里襁褓之中的那个女婴，如今已经出落成一位风华正茂的大姑娘，郭月看着照片中的女儿，脸上洋溢着一份母亲的甜蜜。

64

龙溪县，角头村

通往角头村的小道，走过来一台小轿，小轿前后各有一名壮年汉子抬着。里面坐着郭月，小春在轿子左侧紧紧跟着。

角头村是郭贺媳妇的老家，郭贺在世的时候，他媳妇和儿子都住在流传村，郭贺过世以后，媳妇便搬回到自己的娘家，和儿子在娘家安顿了下来。角头村离流传村大约十多里地，是一个比较偏僻的村落，也是方圆几百里有名的贫困村。郭贺去世以后，郭月一直盘算着怎么照料好他们娘俩的生活。本来，从天一贸发行每年支出些费用，照料他们母子俩，算不了什么问题。但是郭月心里明白，所谓的救急不救穷，接济只能是一时的应对，不是长远之计。郭月了解到郭贺媳妇是一个非常本分的乡下女人，他儿子从小没读过书，也不喜欢外出，本来郭月考虑过等他长大一些，可以让他来天一贸发行当学徒，后来想想不合适，一则这样未必适合这个老实巴交的农村小孩，再者他也需要在身边照顾身体不太好的母亲。于是郭月就让大旺经手，在角头村买下两亩地。以当地人的标准，每家每户平均耕地面积六分地，也就是零点六亩，所以拥有两亩地的人家，在当地应该可以算是殷实户了。

郭月这次特地过来就是要安顿好郭贺媳妇和他儿子郭应洪。自从郭贺出事被抓，随后被折腾至死，郭月心里一直很歉疚，觉得对这个跟随自己多年的管家心怀歉意。她知道自己必须做点事情，一是要替郭贺报仇，出这口恶气，二则要把他们母子俩安顿好，才对得起郭贺的在天之灵。上礼拜传来消息，那个毒打郭贺的军政副官被发现用麻袋扔到海里，尸体被海水泡烂，死了三天后才被捞出来，臭气熏天的，从报上看到这个消息后，郭月便决定动身来角头村。

这边小轿进了村，很快来到一间破旧的瓦房前面。小春招呼着轿夫把轿子放下，付了盘缠，让轿夫回到村头等候，一边领着郭月走进瓦房。

屋里，郭贺媳妇已提前接到信息，说郭东家今天要过来，早早地就把房间收拾得干干净净，和她十五岁的儿子正在房间里等着。见小春领着郭月进来，赶忙迎上前去问安："少太太，您来了。路上这么颠簸，您看您还特地跑一趟。"

"嫂子您这就见外了，我来看一下你们，也是换换空气。说实话，这一路是挺颠簸的。我们一大早坐公共汽车来到镇上，再从镇上换当地的小轿子走了十多里路。到最后，我都已经被颠得腰酸背疼的。"郭月接过应洪递上来的茶杯，咕噜喝了一大口。

放下茶杯，郭月仔细端详了一下四周。这是一座家徒四壁的小屋，她们几个现在所在的这一间是厨房客厅兼饭厅，厨房是土坯砌成的锅灶，上面摆着一口铁锅。吃饭的桌子就是一片木头，摆在四根用泥砖砌起来的柱子上。整个房间仅有两张条凳，既是餐椅也是喝茶用的。郭月刻意从门厅与卧室之间的门洞望过去，只见里屋的卧室有两张用土坯支起来的床铺，一正一侧呈L形摆放。上面的床铺有一层木板，木板上铺了一些稻草。当地穷苦人家都是以水稻草作为垫子，把稻草铺在木板上面，会稍微地松软一点，同时也有一些保暖作用。

按理说郭贺在天一当管家多年，每年还是有一些薪水的，但郭贺是一个远近闻名的孝子，那年他母亲生病，郭贺直接从部队辞了回来照顾老人。结婚后他的老丈人和丈母娘又都是药罐子，整整有十来年的时间，所有的医疗和药费，都靠郭贺支撑。郭贺这个女婿每年的收入，多半都用在这两位老人身上，直到两年前两位老人过世。这些事郭贺从来没有和任何人提起过，连郭月也是在郭贺的葬礼上听郭月媳妇的弟弟说起，她才知道的。

郭月回过身来，让小春把随身的点心和地契拿出来，对郭贺媳妇说："嫂子，这次来呢，我就想跟您商量一下，这是置办了的两亩田地，用的是郭贺今年的那份年底分红，我再少少地贴补一点，就自作主张，用嫂子您的名义把两亩地买下来了。"郭月故意把买地花钱的事轻描淡写带过，"我想大侄子干活，有的是力气，马上就成长为一名壮小伙子，有这么两亩地让他自己去打理收拾，既有一个正经事可做，也可以支应一下家里的开支。"

郭贺媳妇接过地契，眼泪一下子流了出来："东家呀，您，您怎么可以这么破费呢？我老公真是哪辈子修来的福分啊。菩萨保佑。"说罢拉着儿子的手，两个人齐齐跪下，向郭月磕了个响头。"快起来，快起来。"郭月赶忙俯下身扶起郭贺媳妇和应洪，"咱们千万不要说这些见外的话，这点小事是我应该做的，而且郭贺临走之前也再三交代，要把你们俩安顿好，他才会放心。我承诺他了，所以我就要做到。"

"对了，还有件事商量一下。"郭月自从进了这屋子，心里头一直盘算着。她拉过郭贺媳妇的手问道，"嫂子您别多心，我问一下，这屋子好像很久没有整修了？"郭月指了指屋梁上透入的光线："这下雨天的可要遭罪。"

郭贺媳妇答道："以前他爸在世的时候，我们娘俩都住在流传村，刚刚搬回来不久，这房子好多年没住人了，所以到处都是漏风漏雨的。"

"您看这样好吗？"郭月用商量的口气说道，"商号会给郭贺发放一笔抚恤金，大约是二百大洋，如果您同意的话，让应洪张罗着，用这笔钱置办些木料、砖瓦、洋灰，把房子好好整一下。"郭贺媳妇在一旁点点头。

郭月叮嘱站在一边的郭应洪："应洪大侄子，这事你来操办，费用你找天一贸发行的大旺支取，我会提前交代好。你要尽职尽力地把这件事办好，也把你妈和你自己居住用的床铺、座椅，一并更换了。"

郭应洪认真听着，不时地点点头。

郭月看这个孩子是个老实巴交的农村少年，心里有些喜欢，又补充说道："应洪啊，除了忙地里的农活，照顾好你母亲以外，我想你有空时候，不妨多学一门手艺，例如木匠。你可以从这次家里翻修的手工活做起啊。"郭月拍了拍自己坐着的条凳，"例如你可以学着做把椅子，下回我过来的时候让我坐上你亲手制作的椅子。要知道在农村，家家户户都需要木匠活，学好这门手艺，农闲的时候你可以自己找点事情干，既是一份收入，同时呢，也不至于闲得发慌。"应洪回答说："姑姑，我记住了。"

郭月从随身包包里拿出一支钢笔，交到应洪手中："这是你父亲的遗物，当年天一流传村大楼落成时你父亲送给我的，我一直留在身边，今天转赠给你，要记住父亲的教诲。"小伙子认真地点头应下。

几个人又接着聊了一会儿，郭月站起身来，对郭贺媳妇说："嫂子，这快到中午了，那我就先告辞。"

郭贺媳妇连忙摆手："别啊，这都已经是吃午饭的时候了，随便吃点午饭再走吧。"郭月说："不了，我还得赶到流传村，那边学校下午还有事。再说小春也替我准备了干粮。我们还是赶路要紧，在路上吃一点干粮就行了。"郭贺媳妇见郭月态度坚决，也就不好强留。几个人走到门口，小春早已经跑去村头，把等待的轿夫叫了过来。

郭月上轿正要启程，郭贺媳妇突然像想起什么似的，叫了一声："东家您等等。"说着一个箭步冲回屋里。

两分钟后，郭贺媳妇拿着一个布包，跑到郭月面前："东家您看这是什么？"见郭贺媳妇一副高兴的样子，郭月打开包裹一看，面前是一件红色的小衣裳，袖口上还绣着一个英文字母G。

郭月想起来了，这是她女儿玉洁满月的时候，玉洁的外婆特地给外孙女做的满月衣裳，袖口的G就是郭家姓氏的第一个字母。后来玉洁长大了，很多小衣服穿不了了，按照当地人的习惯，穿不了的小孩衣裳都会送给乡里乡亲。一来避免扔掉浪费，二则民间有个说法，那就是穿百家衣，孩子长得更健康。所以玉洁小时候在老家，每隔半年左右都会有一批衣服淘汰下来，然后转送给附近的亲戚朋友和乡亲们。郭贺也经手过几批，拿回去交给他媳妇，让转送给有需要的人。

郭贺媳妇解释说："这件衣裳呢，是有一次郭贺拿回来的，那一批有十来件，说是小姐穿不下了，要转送给村里的新生娃儿。我呢按郭贺的交代，就都给送出去了，唯独这件红衣裳，我当时觉得特别好看，就没舍得拿出去，一直放在我屋子里。今天少太太您过来了，我就想起来这件衣服。我把它交给您，小姐不在身边，也是一份念想呢。"郭月很开心地把这件小衣服收了下来，与郭贺媳妇道别。

两位壮汉抬着轿子走出角头村，走到村头小道尽头，一拐弯往东北方向走去，前面十多里，就是流传村。

郭月乘着到角头村的机会，当天下午要赶到流传村，参加流传村小学的校董会。流传村小学是郭老先生二十年前发起资助创办的一所村民小学，除了一次性的开办费以外，前些年每年都由郭月父亲以个人名义，定期资助维持学校的日常开销。后来太平洋战争爆发，南洋汇款中断，郭月按照父亲的意思，把这个资助项目接了过来，现在每年由厦门天一贸发行，或者香港天一商号供应学校的日常开支。村小学实行免费教育，本村孩童入学学费和书本费全免，邻村儿童过来念书，也只需要缴纳书本费。学校通常一年开一到两次的校董会，郭月是校董会主席，这次趁着来角头村看望郭贺媳妇的机会，郭月事先通知学校，今天下午开一个校董会。

进到学校以后，郭月来到会议室，只见几位校董都已经在房间里等候。校董们都是本村名望较高的老人，包括郭姓族长，一位七十多岁的老秀才，村里两位大户人家的户主，还有学校校长。除了校长以外，剩下的几位都是六十岁以上的花甲老人。郭月一进屋，连忙向几位前辈鞠躬问候，一边抱歉地说："让几位前辈等久了。"

校长招呼着给每个人沏上一杯茶，然后说："各位校董，那我们就开始吧。"校长站起身来，报告说："流传村小学现在有初小高小六个年级的学生一共三百四十八名，其中有两百六十名学生来自本村，剩下的八十多名学生是邻近各村的孩子们。学校现有授课老师二十八位，职工十五位，厨房门房后勤勤杂人员十二位。我们现在开设的课程包括国文、算术、毛笔、珠算、科学、体能等六门课程，预计今年高小毕业生四十名。这四十人当中，目前预估约有十五人到县城完成中学教育，剩下的二十多人回到乡里。"

郭月一边听着一边记着笔记。她知道以当地乡下的文化标准，小学毕业称为高小毕业，就算是一个文化人了。很多村庄的会计文书都是招收高小毕业生。这边的习惯，高小毕业回到乡里几年后，等到年满十六岁就可以成为文书或会计。

这边校长继续说："过去一年，我们主要新建了一栋两层楼的教学楼，而且把旧教学楼一层东侧的两间教室打通，按照原先郭老先生的提议，准备在这个位置开设一个图书馆。现在的问题是，图书馆室内改造都已经做完了，书架座椅也都有了，但很缺图书。"

这边老秀才校董插了一句话："校长说的是实际情况，我知道学校派人去县城和厦门采买图书，但是到现在好像只买到了两百多本，都是以国文为主，其他学科例如工业、科学以及数学这些方面的图书几乎没有。"

郭月抬起头对校长说："麻烦校长您把所需要的大致科目的书籍回头列一张清单给我，我看看托人从香港采买一些，直接运过来。"

校长高兴地点点头，接着说："学校目前的经营情况都还正常，老师们也都很用心，我们替每个老师都安排了宿舍，凡是非本村的老师都可以在学校的宿舍免费住宿。同时我们给所有的老师免费提供三餐。"

"有什么大的问题需要报告的吗？"郭月问了一句。

"需要报告的问题就是今年年初的时候，学校被军方征用，我们停了一个半月的课。"校长解释道，"年初过后刚刚开学不久，附近的驻军来了一个通知，说要征用学校的教室和操场训练新兵，前前后后有一个月的时间。在那个月里，所有的学生都放假在家待着，教师也被清理出宿舍。当兵的住在教室，宿舍给教官们住，操场则是他们搞训练的地方，好不容易等到他们离开了，我们再重新整理一番，把课桌椅都补齐了，总算是应付过去了。但这个学期孩子们的学业就被耽误了一大部分。"郭月想起这件事情，以前在学校寄过来的简报里提起过。她不禁想起自己在厦门经商无数次遭受官家骚扰的经历。郭月摇摇头，叹了口气，没再说话。她知道在中国这种事情除了叹气，似乎也没有其他更好的办法。

"对了，有一件特别开心的事情。"校长脸上一阵喜悦，告诉校董们，"我们流传村小学第六届有一位毕业生，大概十年前从这里毕业。后来呢，他上了县城中学，再考上上海交通大学，今年被美国哥伦比亚大学录取了。一个月前，他还特地回来母校看望了母校的老师们呢。学校的孩子们围着这位大哥哥，听他讲自己读书的故事，可开心了。"

"哥伦比亚大学？"族长董事问道，"哥伦比亚不是欧洲人吗？"

"您说得也对，族长老伯。"校长说，"哥伦比亚大学在美国的纽约，听说它是美国最著名的，叫什么常春藤大学联盟，是美国一流的顶尖大学。"

"他学的是什么学科？校长您知道吗？"郭月问道。

"我问过他本人了，说学的是铁路工程。"

"这个好啊！"众人露出笑容。"我们就是缺这样的年轻科学家，"这边有一位校董插话说，"应该把这个同学的照片挂到教学楼的墙上。"

"好主意。"族长赞许道，"我提议我们现在开始立一个规矩，凡是在本村小学毕业以后上大学的校友，都应该有相片挂在办公楼的墙面上，这是一份表彰，也是对以后孩子们的一个鼓励。"

"同意。"在座每个人纷纷点头。

当天晚上，郭月回到流传村老宅。老宅现在的人气已经少了很多，前面的天一贸发行只是用了以前天一信局的部分房间，一多半还是空着，后院各房各室居住的宅院，很多人都搬出去了，二楼郭月和玉洁的两个套间，倒是都按时收拾得很干净。

郭月分别到几位长辈亲戚的房间里拜访问安，回到她自己的房间，洗漱后躺下了。

乡村的知了叽叽叫唤着，像一曲摇篮曲，很快将奔波了一天的郭月带入梦乡。

65

流传村，天一办公楼

天一贸发行以出口批发为主，附带少量本地零售，现在一共有三家店铺，老家流传村商号，厦门总号，以及香港贸发行，同时还保留有龙溪县城和厦门的三家天一珍品寄售店。天一贸发行和天一珍品的主要股东是郭月，郭诚占了百分之十的股份。郭月父亲郭老先生在菲律宾经营的天一系业务转型做了橡胶贸易，后来改名为天一实业。天一实业和天一贸发行是各自独立的公司股权。天一实业由郭老先生和郭月在南洋的几位同父异母兄弟管理。郭月的哥哥郭亮，这些年一直是游手好闲，抽大烟打麻将，听戏下馆子，原先父亲分到他名下的几十亩田地，早已经被他挥霍一空。郭亮的太太郑丽慧带着儿子常年住在县城，基本上不回流传村，他们两口子现在已经不来往了。郭亮前些年包养的那个唱戏出身的小妾，叫宋水灵，和郭亮在邻村的一个宅子里住着，平常也不过来。郑丽慧自然是一百个看不起戏子出身的宋水灵，两个人争风吃醋的故事都可以编成戏曲了。郭亮一开始不管不问，后来郑丽慧越闹越凶，他索性不再回流传村老宅，而郑丽慧也住到县城去，这两口子就算彻底分开各过各的了。

宋水灵原本是穷苦人家出身，跟了郭亮，一开始还尽心劝导郭亮，让他振作起来，做点正事，后来架不住郭亮的诱使，也染上了吸大烟和好赌的习惯。他们两个人烟一抽，牌九一打，哪还顾得上其他呢。先是变卖房产变卖田地，到后来变卖金银细软。有一次烟瘾发作，郭亮把自己结婚时父亲送给他的欧米茄金表都给贱卖出去了。

这一天，郭亮走到流传村天一信局大楼一层，郭玉坤经营的杂货铺，打了声招呼："大侄子你在忙什么呢？"郭玉坤回头一看，连忙放下手中的活，叫了一句："大伯您过来了。"

郭玉坤是郭诚的小儿子，他哥哥随着父亲在天一干活，而自己则利用老家天一空下来的房间，开了一间杂货铺，也好就近照顾家人，他去年结婚，刚刚有了一个大胖儿子。

"嗯，大伯今天要请你帮个忙，你能先借我一百块钱吗？"郭亮问道。

郭玉坤知道眼前的这位大伯是怎样一个状况。他现在已经把所有值钱的家当都当完了，基本上身无分文，每隔两三天都要找老家的亲戚借钱，郭亮找到郭玉坤这边来哭穷借钱也已经不是一次两次了，少则几十块，多则几百元，没有一次见他归还过。郭玉坤说："大伯，我现在这个小铺子生意不好，手头也紧得很，你如果需要抽烟的话，要不您拿两盒烟走？"

郭亮哼了一声："我才不抽这种烟呢。"他又问道，"那不行的话，二十块也行，你先给我二十块，我下个礼拜就还你。"郭玉坤叹了一口气，从身上拿出二十块钱递给了郭亮："大伯，您可要小心点，我大姑回来了。"

"郭月回来了？我怎么不知道，怎么就没人告诉我呢？"郭亮抬起脚，赶紧往后院走去。郭亮心里对自己的这位妹妹一直有几分惧怕，他可以和郭府上下所有人大喊大叫，却从来不敢公开顶撞郭月。

郭月昨天回到流传村来参加学校董事会，她准备利用这个机会在老家待几天，好好休息一下。

这边郭家老宅二楼，郭月美美地睡了一个大懒觉，刚刚起床洗漱完毕，小春招呼着把早饭端过来，郭月正在房间里吃早饭，只听见门外脚步声响起，郭亮走了进来："妹妹你回来，怎么也不跟我说一声？"

郭月连忙招呼郭亮坐下，说道："哥，我这次是来参加村里小学的校董会，准备就住几天。你平常也不在老宅住着，就没想惊动你。怎么你今天过来了？"对郭亮的事，郭月知道得很清楚，她也实在不知道该怎么做才是好。这些年来，兄妹俩走上了两条截然不同的道路。这位哥哥整天除了抽大烟、赌博就是闲逛，什么正经事也不做，坐吃山空。他那个老婆郑丽慧，自从上次和她哥哥合谋过来强征硬抢郭家物资以后，郭月对这位嫂子完全失去信心，再也不和她来往。

郭亮平常喜欢在郭府上上下下摆谱，但是对于这个妹妹，他倒是一直很敬重，从来不敢大声说话。按理说兄妹之间，都是哥哥在照料妹妹，可是他们俩反过来了，从来就是妹妹在照顾他。这些年但凡任何经济上的困难，郭亮也只能找郭月救济，包括去年水灵生了一场大病，前前后后治疗花了几千大洋，费用也是郭月帮忙支付的。

"哥，你今天气色怎么这么不好？"郭月望着眼前这位仅仅比自己大四岁的兄长，脸上布满皱纹，脸色蜡黄，微微驼着背，他虽然才四十多岁，看上去已经是一个近六十岁的老头模样。"嗨，能活着就不错了，想那么多干吗。"郭亮拿起桌上的茶杯，给自己倒了一杯茶，接着说，"玉洁呢，她在英国怎么样了？"

"玉洁她挺好的，还在英国上学。"说着，郭月从桌上的手包里拿出一张玉洁的照片，递给郭亮。

"哈，越长越像你了。"郭亮看着相片说，"我估摸着还有一年多时间就可以回来了。"

郭月回答说："明年秋天就能回来。"

郭亮把照片还给郭月，他自己也有一儿一女，自从孩子们被郑丽慧带到县城以后，郭亮已经有两年多时间没有见到自己的孩子，郑丽慧不允许郭亮去看他们。

郭月从自己钱包里面拿出二百块钱交给郭亮："哥，你还是抓紧把那个大烟戒了吧。"

"会的，会的。我马上就戒。"郭亮点点头，好像怕对方变卦似的，赶紧接过两百块钱，站起身来，"妹妹，那我就不多打扰你了。"转身离开。

郭月目送着哥哥的背影，深深叹了一口气，接着把小春叫过来，吩咐道："小春你一会儿安排一下，给我哥哥在边上村子的那个宅子，送过去一些米面油。"小春答应了一声："好的，我今天就办。"

这边郭亮一身轻松地走到村东头的一间屋子，推开房门，大声喊道："赶紧的，把牌桌码上。"

房子主人闻声从床铺上爬起来，说："嘿，郭亮，今天怎么来得这么早，这人都没到齐呢。"

"没到齐咱们就先玩起来，有几个算几个，赶紧招呼。"郭亮迫不及待地说，"今天我非得赢回来几把不可。"

天一信局大楼一层的杂货铺。郭玉坤正趁着没人的这当口在盘着货架上的货品，小春走进来，说道："玉坤少爷，太太想要两百斤米，一百斤面，二十斤精油，我就在你这里买了，你帮忙准备一下。我下午就让工人过来取，行吗？"

郭玉坤高兴地说："哈，这对我来说可是一笔大生意，又是送给那个鸦片鬼吗？"小春回答道："主人家的事，我不能多嘴的。"说完，提前把货款支付了。

郭玉坤打心里佩服自己的这位姑姑。什么事她都能张罗得有条不紊，处理起事情来也一向有礼有节。郭府是一个大户人家，从曾祖父创业开始，几代人下来，郭家各房各室良莠不齐，真正还在认真做事的没有几个，而他的这个姑姑，一直是自己心中的榜样。

66

厦门，天一贸发行仓库

天一贸发行的仓库位于厦门湖里村，这边离货运码头只有不到一公里的距离，装卸货物很方便，当时选这个地方，图的就是运输上的便利。

库房主事杨师傅陪着郭月和大旺正在检查库房。仓库里堆满了大大小小准备装船的各种出口物资，其中绝大多数是茶叶。郭月接过杨师傅递过来的表格看了一眼，上面列着各个交易客商的商号名称，送达港口，国别以及装船日期。从这两张表格上看，库房里大约有十几批物资分别要发往意大利、法国、英国、新加坡、越南和泰国。郭月一个货位接着一个货位地巡查过去，不时停下来，请工人们把货物打开，取出里面的商品抽样检查。这是郭月多年的习惯。天一生意从当年的天一信局到现在的天一贸发行，秉承的都是以信为本的经营原则。而信誉就是细节中每一个环节的遵守，每一道质量关的把控。在郭月看来，信誉的体现首先是产品的质量可靠，交货准时，其次才是服务。很多时候，人们往往把信誉挂在嘴上，但是落到实处就完全走了形。最近几年天一贸发行的出口生意发展很快，新进的伙计也多，郭月一直担心这个信誉为本的经营原则是不是真正地贯彻到每一个伙计，每一处细节。

郭月领着仓库主管、大旺、采购经理和库房员工一群人走着检查着，一个多小时过去了。郭月亲自抽查了十几批货物，每批货物都是从货物堆的中间部分，随意取出两到三件打开，看品质闻味道，再取一小撮茶叶冲泡品鉴。这一圈走下来，抽查到的每一批次的产品都是符合要求的。

天一贸发行对所有采购物资的进货有严格的把控。交割时候验收人员签名确认，运输途中有专人押送，入库的时候再确认登记，每批货物都有专门的采购经理作为第一责任人，出了问题，则是由第一责任人承担。这个制度运转以来，一直能够保证产品的质量和严格按照计划交割时间交付。为了保证货物品质达到要求，每批货物装船交货前都还要做一次交叉检查，即张三检查李四经手的产品，这种检查采取的是匿名制，在做交叉检查的时候，检查人并不知道这批货物是由哪位采购经理经手的，只有到最后汇总比对的时候才把名字写下来报给郭月。

这边郭月和一群人转着检查着，所有的货物都查完了，走到仓库的后场。

这里基本上是摆放残次品以及包装材料的地方，郭月见到后场的角落堆着一堆货品，好奇地走过去看了一眼，是一批从江西采购过来的茶叶。"按照发货计划，这批货物是要发往新加坡的，怎么会放在这里？"郭月问库房主事杨师傅。

杨师傅在一边回答说："这是采购张经理昨天交代要放到这里的，说是这批货还不着急发出。"

"不对啊。"郭月听了感到疑惑,她对每批货物的装船发货时间大致是清楚的。郭月拿起手上的货物清单,找到了这批货物。"按照上面的这个排期,应该是在两个礼拜以后装船的。"正常情况下,仓库发往港口的货物,每个礼拜走一批,两个礼拜以后的货物虽然不是排期最靠前的,但也不是最后的,按理说,这批货物不应该孤零零地放在后场。后场区域本来就不是堆放验收完毕准备出口货物的地方。郭月隐约感觉不妙,对大旺说:"大旺你亲自上去,从中间抽几个罐子出来,我要检查一下。"

大旺答应了一声,爬上货物的顶端,移开了最上面的两层,用工具撬开中间的木箱,取出三罐铁盒,翻身下来递给郭月:"头家,您看。"

郭月随手接过来,这是铁罐装的江西绿茶一级品,每罐二百克。从包装上看,中规中矩的并无异样,商品的品名、产地、制造日期和出口商号,用中英文标识都写得清清楚楚。郭月打开铁罐盖子,倒出了一些茶叶,放在手掌,用另一只手搓了几下,把手掌里的茶叶摊开来,仔细看了,再放到鼻子下闻了一闻,微微皱了皱眉头。

"你们过来,"郭月把几个人领到库房墙壁正对着窗户的一侧,这里的光线更充足,她把手掌摊开来,问道,"你们看看,这个茶叶的成色和片状是不是都不太对?"

众人借着明亮的光线仔细看了几眼,大旺说:"这个看上去应该达不到一级品的标准。"

郭月吩咐道:"把茶叶倒到茶壶里泡一下,另外再找两包,从靠下面的那几箱取。把罐里面的茶叶全部倒出来,摊到桌子上。"

几个人爬到垛子上头,取出了几罐茶叶,再把茶叶从铁罐中倒出来,平展展地摊开在桌子上。这下子大家都已经看得很清楚了,这批茶叶乍一看没什么大的问题,但是细细端详茶叶叶片的整齐度,茶叶的色泽,和一等品是有差距的。做茶叶的都知道茶叶的等级是有讲究的,最上等的称为特级,再下来依次就是一等二等和普通茶叶,什么是特级?什么是一等?什么是二等?专业人士经过训练和多年操作经验,一眼都能看得出来。今天在场的这些人常年和茶叶打交道,一眼都能看出来，这批茶叶充其量也就是二等的标准。

仓库主管把泡好的茶水端过来，郭月拿起一杯闻了一下，又抿了一口，最终证实了她的判断。她问仓库主管："做过交叉验收了吗？"

库房主事杨师傅回答说："老板，这批货前天刚到，还来不及做交叉验货，按照排班应该是下礼拜。"

郭月又看了一遍手中的表格，上面写着：重量四吨，经手人张顺发。郭月知道这个名字，是一位从蒲溪过来的小伙子，去年入的职。郭月转过身来对库房主事杨师傅说："你亲自动手，把这批货封起来，没有我的指令，谁都不能动。"

"是的老板，我马上安排。"库房主事杨师傅见郭月面色严肃，不由得紧张起来。

从库房出来。大旺替郭月打开车门，让她先上了轿车后座。然后自己坐到副驾驶座上，吩咐司机开车。一路上郭月一句话都没说，大旺本来想说点什么，几次回头，都看到郭月一副脸色凝重的样子，也就不敢言语。

天一贸发行店铺门口，汽车刚刚停下，郭月自己开门走下车来，门口的伙计看到东家回来了，赶紧迎上前问候："老板您回来了，商会的几位会长在楼上办公室等着您呢。"

"哦，他们都在这？那我赶紧上去。"郭月顾不上别的，直接走到二楼。

"郭老板你好，我们可是等你有一阵子了，好在你这里的茶叶好喝，再加上有这么好的糕点点心，就不觉得无聊了。"会议室里，三四位商人模样的人正坐在那边喝茶，为首的一位五十岁开外的人笑着说道。他姓胡，是这一带的商会会长，主要从事祖传的药材生意，屋里的另外几位都是这条商业街上著名商号的老板。

"胡会长，您好，真是失敬，不知道您今天要过来。"郭月连忙道歉道。

"没关系，我不是说了吗？你这里有好茶喝，刚好你不在，我们趁机把你的好茶叶都喝一遍。"胡会长打趣地说道。

"好啊，我这里正好有一批刚刚到的极品铁观音，各位都尝一尝。"说罢，郭月从她办公桌的抽屉里面取出了几盒茶叶，给在座的每人面前放上一盒，同时叮嘱站在一边的伙计："来，给各位老板换上这茶叶尝尝。"

"郭老板，"趁着伙计倒茶的工夫，胡会长开口说道，"今天我们几个过来，是想一起商量一下，今年中秋节这条商业街上活动的事。你也知道中秋节是很热闹的，除了闽南人中秋博饼的习俗，很多人家都会借这个节日买买东西，置办物品，再大吃一顿，热闹一番。我们想，洋人不是有什么嘉年华吗？这也是我最近刚刚学会的一个新词。我们这条街今年的中秋，是不是也搞一次嘉年华？"

"好啊，这个我非常赞成，会长有什么指示？"郭月替几位把茶水续上。

"那什么，只是我的想法哈。我想我们也来办这么一个嘉年华。整条街上，张灯结彩，挂上灯笼。中秋那天晚上，街面上各家商铺摆上茶桌，月饼糕点，还有博饼的骰子，名为百善茶桌，供所有的顾客品茶吃糕点。然后我们在商业街中间那个关帝庙前面，搭一个戏台子请戏班子来唱戏。再有就是我们提前一个礼拜的时间，所有的店铺全部九折优惠，吸引更多的客商。"胡会长把他的设想说了一遍。

"好啊好啊，我很赞成。所有的这些糕点茶叶，我们天一贸发承包了。"郭月热心附和道。

边上有一位老板说："你们天一承包茶叶就行了，糕点的事我来，我是做糕点的，还有花生瓜子这个也归我了。"

胡会长接过话头："戏台子搭台和演戏的费用，我们中药铺来承担。"

"嗯，这样搭起来的戏台子备不住有一股中草药味道。"边上另一个老板笑着说了一句。

郭月插嘴道："各位老板，我有一个主意，当地人家除了博饼以外，还喜欢在中秋节的日子猜灯谜。我们就在各家铺子的前面贴上各种各样的灯谜，小朋友们只要猜中谜语，都可以获得一份奖品，哪家店铺门口的灯谜猜出来以后，就由哪家店铺来承担这奖品。"

"哎，这个主意好。"有人插嘴道，"这一来呢，这条街一定会非常热闹。"大伙儿七嘴八舌热烈地议论着。

胡会长举起双手，示意大家安静一下，他高声说道："各位的意见真的都太好了，这样一来，我们这条商业街今年的中秋活动一定很热闹，附近的居民还有顾客们能玩得开心，我们的生意也会增长许多。我回头就让伙计联系一下报社，提前打出广告来，把这个消息扩散开去。"

大家聊得兴致勃勃的，嘉年华是个洋名称，这个新概念引到商业街来，每个人都觉得能带红火今年中秋的销售。

67

厦门商业街，天一贸发行商铺

郭月下楼送走几位老板，回到自己的办公室，刚刚坐下来，大旺敲门走了进来。

大旺知道今天上午库房的事情，老板一定会跟进的。"大旺，你去把那个张经理张顺发叫过来。"郭月知道进来的是大旺，便头也不抬地说道。

"是。"大旺不敢多问，转身走了出去。

不一会儿大旺领着张顺发进入郭月的办公室。

"张经理，这批茶叶怎么回事？你给我说说？"

张顺发已经从伙计那边得知今天上午发生在库房的事，他慌忙说道："老板，这批货是我经手的，可能是我粗心，验货不严格。"

"仅仅是你粗心不严格吗？"对方的态度让郭月顿时愤怒起来，"你把我当小孩耍是吧！"郭月砰的一声，重重地敲了一下桌子。

大旺很少看到郭月对伙计发这么大的脾气，一下子不知道该怎么是好，呆呆地站在一旁。

张顺发额头上冒出冷汗："老板，我能单独和您谈几句吗？"郭月点点头，示意大旺先退出去。

大旺转身退了出去，把门从外面掩上。

屋里，张顺发面对郭月，双腿扑通跪下："老板，这回是我做错了，这批货验收的时候，质量上不合格，达不到一极品的标准。江西那边的茶商白老板一再向我求情，又给我塞了五百块钱，我一糊涂就把这批货签收了。"说完，张顺发从口袋里掏出五百元，放到郭月桌上，"郭老板，我知错了，我再也不敢了，求老板原谅我这一回。"

"原谅你？你想想这批货如果不是今天被检查到的话，稀里糊涂地装上了船，导致的是什么后果？不仅仅是一批货物的问题，你砸的是我们天一贸发这么多年来的信誉。我们的招牌是以信为本，这个公司的司训你应该没忘记吧。"郭月冷冷地说道。

"没忘没忘，都是我做得不对。"张顺发跪在地上，脑袋着地不敢抬头。

"你居然还把货藏到库房后区，想蒙混过关。"郭月今天真是气坏了。这么些年天一贸发行虽然也有过一些小差错，但这么公然地违反验收标准收受贿赂，以次充好，勾结茶商的事还是第一次发生。

郭月从张顺发的脚前走开，没有理会他一直跪在地上，说："这件事情太严重，你先出去吧。我想一想，再把决定告诉你。"

跪在地上的张顺发连着磕了几个头，颤巍巍地退出办公室。

今天发生的这件事震惊了郭月，她突然意识到，以信为本这句话执行起来是多么地困难，特别是这两年新进的员工多了，这方面的教育大不如从前。以前小时候听父亲说祖父起家的时候一再叮嘱，以信为本只是四个字，但这四个字要让所有的伙计，大到经理小到学徒，每天背每天记，把它像铅一样地牢牢灌到每个员工的脑子里，焊住了。这两年，这件事情确实有些松懈了。

郭月决定马上行动，她叫来了郭诚，大旺，还有厦门天一贸发行的经理和负责采购的主管，几个人在办公室会议桌前坐下，郭月严肃地说："今天发生的事情，想必你们几位都已经知道，这是一件非常严重的事。不要把它仅仅看成是一批货的问题，而是关系到整个商号的信誉，以及我们这么多年坚持的以信为本的生意宗旨。这件事情不仅当事人要严肃处理，更重要的是我们怎么举一反三，彻底避免这种事情再发生。"

郭月停了一下，接着说："我刚刚很仔细考虑过了，现在宣布几个措施：第一，当事人开除，登报通告，对于这种从业人员贪污受贿行为，我们绝不能姑息，我们如果纵容他，将来他还会害别的商家。第二，相关人员，厦门商号的经理和采购主管每人扣发一个月的薪水，我作为公司的总经理，管理失误，自罚半年薪水。第三，江西的这个姓白的茶商天一从此不再和他有生意往来，同时要把这件事情通报给跟我们有生意交往的所有客商及友商，起一个警醒的作用。

"从现在开始，以信为本这四个字所有人每天上班前必须高声背诵三遍，每天下班的时候也必须高声背诵三遍，从我做起，不得有任何人例外。要把它当成一个内部打招呼的语言。开会之前，大家必须先一起朗诵以信为本的司训。所有桌椅，座位，每个人办公用的包包都必须刻上或印上以信为本四个字。每个月发薪水的信封，逢年过节的红包也都印上以信为本的字样。要让以信为本这四个字像刀刻一样，刻在每一个人的心坎上，记在脑子里。

"还有，我们现在所有的店铺，除了天一贸发厦门商号这个会议室之外，郭诚大经理负责，检查一下所有我们经营的店铺和办公地点，如果没有挂上以信为本这四个字的牌匾，本周之内要把它补齐挂上。"郭月一字一句地布置着。

会议结束，郭月请大旺把会议记录通知给流传村和香港两家商号经理，以及厦门和龙溪四家天一珍品寄售店的负责人，要求各店立即执行。

当天晚些时候，张顺发让大旺领着，第二次走进总经理办公室。"郭老板，我不敢下班。"

郭月这会儿心绪平静了一些，她缓缓说道："张先生，你今天犯的是大错误，我不能以妇人之心让你轻松过关，否则就是对不起商号，对不起所有的同仁，对不起我们的客户。我的决定是，公司要正式开除你，同时要在报上登报宣布。我明人不做暗事，今天先把这个决定告诉你，让你心里有数，你今天已经把受贿的五百块交上来，那么该给你的工钱，商号一分钱不少你，今年到现在为止，你作为采购经理应该分的红利，我会交代会计核算清楚，明天就发到你手上，你明天下班之前就能拿到。你还年轻，希望你能吸取这个教训。"

张顺发听了，红着脸问："老板，能否不要开除我？"

"如果不开除不登报的话，我们怎么能够保证你这种行为以后不会损害到别的商号？我们怎么跟天一贸发这百来号员工交代？又怎么能让你吸取教训？"说完，郭月朝大旺挥了挥手，"请你安排张先生办理手续吧。"

接下来这几天，公司的事情比较多，郭月每天在办公室都待得比较晚，有好几天晚饭都在公司叫伙计买来外卖，就在办公室里吃饭。大旺这几天也是一反常态，每天都在楼下等着郭月。等到郭月出门要回家的时候，大旺总是执意地要陪郭月一起，护送郭月到轮渡码头。

天一贸发行的办公室距离码头也就一公里，天气好的话郭月都会走着过去，除非碰上雨天或者特殊情况，她才会让司机送或者叫一辆人力车。而这几天不管是走路也好，叫人力车也好，大旺都一直坚持要陪郭月到轮渡码头。郭月知道他的用意，但总觉得大旺有些多虑了。她觉得那个张经理不至于那么胆大包天，可是在这个事情上，大旺自有他的想法，固执得很，他反复对郭月说："狗急还会跳墙呢，像这种本身就没人品没底线的人，什么事情都做得出。"郭月也就不再和大旺争执。

这天因为忙中秋节活动筹备的事，郭月又在办公室待到很晚，好容易把手头的事情忙完，走出办公室的时候，已经是晚上十点多了，大旺依然在楼下大厅候着，他陪郭月走出店铺，上了锁，郭月说："今天我们不坐车，走走吧。"

大旺答应了一句，随着郭月往路边人行道走去，两人在夜色中走出几百米，从商业街拐到一条小巷。穿过这条小巷，下一条路就是通往轮渡码头的大路了。

刚刚在小巷走了几步，大旺低头对郭月说："老板，可能有人跟着。您先别回头。"

"那你准备怎么办？"有大旺在身边，郭月倒是没觉得太紧张。

"这样，左前方十米的地方，有一个烟铺，您看到了吧。我假装到那边买烟，您就径直地往前走，我就不跟着了。您放心，我会在后面盯着。我倒是想看看，后面的人是什么个模样。"

郭月问："你行吗？"

"老板您放心，我本来就有一副好身手。前些年还跟郭贺郭老伯学了一些拳脚功夫，对付两三个人不在话下。"说着大旺就停下脚步，在烟铺前做出要买烟的模样，郭月继续往前走着。

大旺向烟铺老板买了一盒烟，抽出一支，借了一盒火柴划着，点上香烟。顺着店铺玻璃的反光，大旺看到刚才跟在后面的两个身影尾随着郭月。大旺稍微停顿了一下，等到那两个身影走出大概有二十米远，才将烟头掐灭，把衣服上的领子往上一竖，两手揣在裤兜里，尾随着两个身影。

往前走出去几十米后，只见前面的两个身影突然加速跑了起来，追上在前面走着的郭月，大旺紧随着两个身影，不远不近地跟着。

那两个身影一左一右跑到郭月的两侧，其中一个人喊了一声："娘儿们，你站住。"

郭月心里其实已经有预感，她刚刚站住脚步，只见左边的那个身影拿着一把刀子比划着，正要抱住郭月，突然间后面有个声音厉声喊道："小子别动。"

两个人影往后一看，一个壮汉立在面前，正是大旺。

"妈的，跟了你好久了，你找死呢。"大旺从口袋里面掏出一把手枪，"今天你们两个是活腻味了。驴脑袋也不想一想，这么一个大老板，出门哪能没有保镖。笨到你们这分上，也实在是猪脑袋了。"说罢举枪做瞄准状。

两个穿黑衣服的影子一看明晃晃的手枪，枪口正对着自己，吓得把匕首一扔，两脚一软跪在地上："大哥饶命，大哥饶命。我们也是受，受人之托。"

"我就知道有人他妈的给了你们几个破铜板，这就不要命了啊。说，是不是那个叫张顺发的王八蛋？我正要废了他呢。"大旺厉声喝道。

"是是，是张老板交代的。"黑影中小个子回了一句。

"还你妈的张老板呢，小瘪三一个，告诉我你叫什么名字。"大旺比划着手里的枪，问道。

"小，小的叫，叫……"

"叫什么？不回答的话，我他妈一枪崩了你。"大旺把枪口对准小个子的脑袋。

"别别，大哥，大哥。"小个子哆哆嗦嗦地从口袋里面掏出了身份证。

大旺举着手枪仍然对着他，他朝郭月看了一眼说："老板你帮我看一下他的身份证。"郭月拿过身份证，就着微弱的街灯读道："陈十发，住址：高米村。"

"小子，你的名字、村名我可都知道了，老老实实地给我滚，不再惹事我就饶了你，但凡让我再看见你一次，明年的今天就是你的忌日。"大旺训斥道。

"谢谢大哥，谢谢大哥饶命。"跪着的两人一听，拿上身份证，顾不上捡起地上的匕首，趔趔趄趄跑开了。大旺拾起地上的匕首，对郭月说："我们还真不能小瞧了这个张顺发。"

郭月回过神来，望着大旺手上的短枪，问了一句："我知道你有一些武功底子，什么时候也有枪了？"

"嗨，吓唬吓唬人的。"大旺做了一个鬼脸，"这是我从店里的一位伙计抽屉里翻出来的，他不是有个半大小子吗？买了玩具枪耍着玩呢。"

"玩具枪，你的胆够肥的。"郭月深深吐了一口气。

大旺说："这种小瘪三，基本上你一吓一个准。再说了，真要动起拳脚来，他们那副瘦鸡模样也肯定不是我的对手，只不过在老板面前跟人家打架总是不好嘛。"说完，大旺把那支玩具手枪放进口袋，捡起陈十发丢在地上的匕首，对郭月笑笑，"头家这事您就别操心了，我来处理，您安心回家吧。"说罢护送着郭月走到轮渡码头。郭月登上渡轮，在大旺的目送下，渡轮离开码头，朝鼓浪屿驶去。

大旺看着渡轮消失在夜色中，转过身来，朝另一个方向走去。

不一会儿，大旺来到了张顺发的住所，一脚把门踹开。

屋里，张顺发正躺在床上抽着烟，一见大旺怒气冲冲地闯进来，知道大事不好。连忙起身招呼："哎，大旺兄弟，这是?"

"是我，我明人不做暗事。"大旺手上拿着刚刚陈十发慌忙中丢下的匕首，厉声说道，"东家开除你，是你有错在先。该你的工资一分钱不少你。你小子居然敢找人暗算东家，我看你是活腻味了。"说着拿起匕首直接上前，咔嚓一下，割下了张顺发右边的小半截耳朵。

张顺发还没明白过来，只见面前刀子明晃晃地一晃动，耳朵边一阵发麻，接下来一股鲜血喷涌而出，他连忙用一只手捂着，痛得在地上打滚。"疼，疼死我啦!"

"啦什么啦! 我给你一天时间滚出厦门岛，再也不能回这个地方。但凡让我知道你再回到这里，来一次我割你一次，割完耳朵剁你的手，对付你这种人办法多得很。"说完大旺扯过枕头上的一条枕巾，扔到张顺发的脸上，"自己擦吧，赶紧今天晚上就给我滚蛋。"说完头也不回，扬长而去。

68

厦门港，国际客运码头

国际客运码头刚刚重新装修不久，日本人投降后，原先在厦门的五个码头重新做了规划，两个专门用于货物运输，一个是往返鼓浪屿的轮渡码头，另外两个有一个主要停靠来往内陆的客轮，眼前的这个则是国际客运码头。这几年，厦门进出的国际旅客迅速增多，陆续开通了厦门港开往香港、马尼拉、吉隆坡、新加坡和台湾的航线。

国际客运码头接待室里，郭月，郭诚，小春和大旺都在椅子上等候着，今天是玉洁回来的日子，她从香港坐轮船回来。

很显然，这几个接客的人来得有点早，整个客运大厅没什么人。按照预定时间，玉洁还要一个多小时以后才能到达，但是郭月等不及了，早早就催着大家出发。她已经有整整三年没见到女儿，自从知道女儿返程的消息，这几天她就天天盼着。过去两天，郭月更是每天都要收听收音机的《天气预报》，生怕海上起大的风浪，影响女儿的船期。玉洁在英国整整上了三年的大学，刚刚从伯明翰大学护理系毕业，拿到了学位证书。

整整三年没有见到女儿，郭月心里实在是想念，对她来说，玉洁是这个世间唯一的骨肉亲人，她对玉洁总是充满牵挂，只不过郭月不像传统的中国父母总是要干预孩子的生活以及他们的人生规划，郭月更喜欢让玉洁从小就自己去拿主意，做决定，自己去探索。这次在英国上学，读什么专业，以及学成以后应该回国发展，还是留在当地，郭月都尊重玉洁的意见。玉洁来信告诉她，学业结束后，自己决定要回国，回到厦门跟妈妈一起生活。郭月当然心中无比地开心，但另一方面也有一点替女儿的前程担忧。

目前国内的局势很动荡，前几年好不容易日本人投降了，结果国内的内战又打了起来，而且越打越凶，市面上乱得很。厦门虽然暂时还没有枪炮声，但从报纸上，从收音机里，整天读到听到的都是打仗的消息。东北、华北都在打仗，一场仗打下来双方死伤几十万人，而且现在都是中国人和中国人打。郭月虽然不懂政治，也不怎么相信官方的宣传，但是有一点郭月心里很清楚，她不喜欢现在的这个政府，无能加腐败。好不容易抗战胜利，从日本人手里解脱出来，谁成想这几年社会更为混乱，更加民不聊生。中国如果能有一个好的政府，或许对民众是一件好事。玉洁回来怎么规划她年轻人的事业和生活，郭月想等见到女儿后好好地听她说说。

以郭月的本意，倒是不希望玉洁再进入商界。这些年来她苦苦支撑着这摊生意，觉得很累心。本来是想把天一贸发行当成一番事业来做的，可是林林总总碰到各式各样官府衙门的刁难，让这种事业感就像一株难以破土的嫩苗，无从成长。就好像柏拉图式理想中的画面，你希望它长成参天大树，可是总是有一股巨大的力量从上往下压着，让这株嫩苗不能挺拔地往上长，最多也就是从两旁冒出几根不像样的枝杈。女儿现在拿到国外专业文凭，有自己的专业知识，郭月更希望玉洁能够往专业领域发展。

这边郭月正在椅子上想着，小春走过来说了一声："太太，船好像快要到了。"

"哦。"郭月连忙站起身来，随着小春走到客运大厅外面的码头边，远远望去，只见一艘白色的大型客轮隐隐出现在地平线上，正朝着他们的方向缓缓驶来。郭月快步往前，挤到了等候人群的最前头，小春等几个人紧紧跟随在后面。

也是接客的这几个人心急，客轮驶近，靠岸，熄火，这么些过程下来，差不多又过了二十分钟，才见客轮的工作人员放下舷梯，乘客陆陆续续地往外走。

"哪呢，哪呢?"郭月自己叨叨着，伸长脖子在陆续往外走的人群中寻找女儿的身影。在她后面，小春眼尖，一眼看到了一左一右两只手各拿着一个皮箱，正走在舷梯上的玉洁。"郭小姐!"小春高兴地朝前面挥了挥手，一边叫着，一边冲入下船乘客的人流，朝玉洁奔去。

玉洁走在密密麻麻的乘客人群中，听到远处有人喊她的名字，抬头一看，见到母亲就在迎接人群的第一排，连忙把箱子往地上一放，两只手举到空中，高兴地挥舞起来。这边小春已经迎了上来，一下子拎起两只箱子，领着玉洁往外走。玉洁也顾不上那么多了，拨开人群使劲往外挤，一下子扑到郭月怀里："母亲!"

郭月站在舷梯旁，紧紧地抱住扑将过来的女儿。两个人就这么紧紧地抱着，半天都没有松开。

这边小春拎着两只大皮箱走了过来，放到了一群人的脚下。

几个人这会儿都在边上站着，看着这一对分别多年的母女拥抱在一起，谁都没有说话，都不想打扰她们两人。

半晌，玉洁松开环抱在郭月脖子上的双手，转过来招呼道："郭诚大伯，大旺哥，小春，大家好!"

郭诚望着眼前身着白色连衣裙的玉洁，说道："玉洁你站好，让我们好好看看你这位洋学生。"郭诚上下打量了玉洁一番，"嗯，比三年多前走的时候气色好很多，真是一个漂亮的大姑娘，你看你现在水灵灵的，一看就是当年你母亲的模样。"

"大伯，您这是夸我呢，还是夸我母亲？"玉洁笑着回复道。随即向大旺伸出右手："大旺哥，都还好吧？"

"还行，"大旺连忙礼节性地握住玉洁的手，"你路上怎么样？没怎么颠簸吧？"

"挺好，这次路上倒是都挺顺的，我也休息得挺好。小春你什么时候也剪头发了？"玉洁接着问小春，她从小和小春一起生活，虽然是主仆，但两人关系密切得很。

小春笑着说："嘿，我那个长辫子，每次梳洗太麻烦，后来我就跟太太说，我想把头发剪了。这发型是太太给我推荐的，好看吗？"小春把脑袋晃了一晃。

"好看，这个发型现在可流行呢。"

几个人站着说话，不知不觉间，下船的人群渐渐稀疏下来，接站的各种人力车、轿车、三轮车也陆续散开，而这边刚刚团聚的几个人还围在码头岸边说个不停。玉洁说："我可想你们了，整整三年，要是以后有飞机能够直接飞到厦门就好了。母亲你知道吗？现在从英国到美国已经有可以直接飞过去的飞机了，原来坐轮船的时候大概需要十天时间，现在坐飞机只要十个小时就能到达。什么时候厦门也能这样，那就太方便了。"

"我看轮船就挺好的，我们郭家几代人都和水上航运打交道。"郭月笑着说。

"哎，对了，我给你们都带了礼物，来，小春你帮我打开。"说完玉洁就要蹲下来开箱子。

大旺在一旁连忙说："小姐，太太，要不咱们先往回走吧，回家再继续聊。"

"对对，你看我们光顾着站在这里聊天，这边上人都走得差不多了，一会儿码头怕也是会关门的。走，咱们回家，回家。"郭月说着，挽起玉洁的手往码头外面走去。大旺连忙跑过去把轿车开过来，小春放好行李，一行人上了车。

鼓浪屿，郭家花园。

老张头把花园的大门早早地敞开准备妥当，大门前面的那片花岗岩石板铺成的地面，也被他打扫得干干净净。郭家花园的大门平常是不打开的，日常进出，走的是大门侧面的一扇小门，只有在重大节日或者迎接重要贵宾的时候，才会把左右两扇大门打开。也没谁刻意地立下这个规矩，但多少年来，一直就形成了这么个习惯。

郭月郭诚玉洁几个人从轮渡下来，走在鼓浪屿石子路上，一路上有说不完的话。玉洁走在人群的最前头，来到郭家花园门口。"呀，这是新装修的大门吧，好漂亮！"郭家花园装修的时候玉洁在英国读书，所以这是她第一次看见装修后的样子。

老张头连忙迎过来问候道："郭小姐，你回来了。"

"哎，老张爷爷，你好，"玉洁亲热地走上前去拉住老张头的手，"我的动动还在吗？"她指的是自己以前在家养的那只猫。

"在，它好着呢。这会儿正在屋里睡觉。"玉洁去英国之前，特地把她的宝贝猫咪动动交代给老张头，让老张头替她照顾。老张头说，"它现在整天都在我屋里睡觉，一会儿你就可以看到它了。"

"它的腿没事吧？"玉洁不太放心地问道。

"没事，一点事没有，长得可好嘞。"老张头说着在前面引路，把一群人让进了郭家花园别墅。

"小春你快领我转转。"一进门玉洁就叫道。

小春笑着回答："小姐，您跟我来。"说罢就领着玉洁楼上楼下参观起来。

别墅门厅，现在只剩下郭月郭诚和大旺三个人，借着这个工夫，郭月对郭诚说："郭诚哥，玉洁如今也回来了，我想过一阵子带上玉洁，我们一起回一趟老家，跟族人聚聚吧，你是不是安排一下，大家也都很久没见面了。可能的话，把我哥的两个小孩，还有你儿子都邀请一下，让他们晚辈的互相多走动走动。"

郭诚点点头："好的，我来安排，只是郭亮的两个小孩那边怕是不好联系上了。"

郭月知道自从郑丽慧离开流传村的郭家老宅，把她和郭亮的两个孩子都带走，基本上就不再跟郭家有来往。郭月说："郭诚哥，你还是把信息捎到，希望他们能过来，可以跟郭家下一辈一起聚一聚相互活络起来，如果他们实在不想来，我们至少在礼数上做到了。对了……"她转过身来对大旺交代道："等郭诚这边把聚会的时间地点定好了，你记得要通知一下郭贺的儿子郭应洪，还有柱子，让他俩也过来一起聚聚。"大旺在一边点点头。

这边小春领着玉洁在别墅楼上楼下转了一圈，回到客厅里。玉洁蹲下身把皮箱打开，从里面拿出了几个包裹好的礼盒，分别递给郭诚、大旺和小春。"包得真漂亮。"郭诚赞叹道。

小春接过礼盒，迫不及待地问："小姐，我可以打开吗？"

"当然啦。"玉洁说道，"西洋的习惯是，人家送你礼物，你拿到的时候一定要当面打开。"

"我等不及了。"小春说着，一把撕开了礼盒的包装彩纸，打开一看，是一条白色项链，"真好看，谢谢小姐。"大旺收到的是一只纯银的打火机，郭诚这边，玉洁送给了伯伯一支万宝龙钢笔。几个人谢过玉洁，郭诚起身说道："小洁，你和你母亲这么多年没见，好好地絮叨絮叨，我和大旺先回商号了，那边还有一些事要忙。"说完就和大旺一起离开。

"母亲，您快和我说说这装修的事。好新奇，和原来的风格大不相同，好像变了一座新楼。"玉洁拉着郭月的手，坐到客厅的沙发上。小春赶紧张罗着给两位主人泡上咖啡。

"这个装修吧，做了有一年多了，整个风格跟原先是不太一样，怎么你喜欢吗？"郭月问女儿。

"喜欢喜欢，我刚刚转了一遍，整体显得更加通透了，比较简洁，是那种美国风。"玉洁评论道。

"还有什么美国风英国风的吗？"郭月喝了一口咖啡，故意逗女儿。

"有的，母亲我告诉你啊，欧洲人的住所，房间比较小，所以都比较注重每个局部的结构和装饰，例如壁炉上面可能会有图案，客厅和餐厅合在一起，用长沙发或者背柜做空间区隔，餐桌中间喜欢摆一个蜡烛高台。而美国式的就不讲究这些细节。美国式的房间很大，宽敞明亮，布局简洁明快，所以我看得出我们的新装修是一个更美式的设计。"玉洁评论道。

"看来我女儿这几年不仅学的护理学，对美学审美也有了很多见识。"郭月赞许地点点头。

"那当然，"玉洁得意地朝母亲扬了扬下巴，"对了，我给您看一样东西。"说着玉洁从皮箱里拿出一本相册，倚靠在母亲身边，一张一张地翻着介绍起来，"这是我的舍友克里斯丁，这个是我们同学会烧烤时候的合影。哦对了，看看这个小男孩儿，他叫亚瑟，是我勤工俭学教钢琴的学生。"

"让我仔细看看，"郭月拿过相册看了好一会儿，"是个小帅哥嘛。"郭月以前从玉洁的来信，知道女儿在英国兼职当钢琴老师。"你如今回来了，人家的钢琴学业怎么办？"做母亲的不禁有些担心起来。

"没问题，"玉洁笑着回答，"我教了他两年多，现在他基本上可以自习弹琴了。走之前我向亚瑟父母推荐了我们大学艺术团的一位校友，他会接着教亚瑟弹琴。"

"这人是谁啊？"郭月指着一张篮球比赛的照片，上面是一位穿着红色球衣，与玉洁站在一起的华裔模样青年。

"他叫魏建平，在伯明翰大学读心脏外科，主攻心脏外科手术，我没跟您说过吗？他祖上原来是清朝时期当官的，到了他父亲这一辈做了学者。他和我同一年毕业，在英国待了下来，现在正在一家当地的大医院做住院医师。"

当晚，玉洁和母亲郭月在郭家花园吃完晚饭，一溜烟跑到门房老张头那边抱起了她的猫咪，然后对郭月说："母亲我们去散散步吧，我好久没在鼓浪屿走走了。"

"好，今天做什么事都随你。"郭月披了件外衣，母女俩走出花园，顺着石子路散着步。

"你下一步有什么打算呢？"郭月问玉洁。

"我还没完全想好，不过我想去当老师。"玉洁倚着郭月走着，一边回答道。

"当老师是个不错的选择，有什么更具体一点的想法吗？"

"我知道东南大学新开了医学系，去年刚刚成立的。这个系因为刚刚开始不久，师资比较缺，我想先跟母亲商量一下。如果母亲同意的话，我想把自己的简历寄给他们，看看他们需要不需要聘请教师。"

"这个我支持，"郭月领着女儿在路口拐了一道弯，"你口才好，也喜欢钻研，是一个当老师的好材料，教师可能是最适合你的职业。"听到女儿的这个打算，郭月心里顿时觉得松了一口气。她本不想让女儿再进入商界，如今玉洁的这个打算，很合做母亲的心意。

从外面散步回来，母女俩又泡在一起，箩筐话说个没够。玉洁来到母亲的卧室，看到母亲梳妆台上的几张照片，那张显著的郭月、玉洁和外公三代人的合影，还有她小时候和母亲的几张照片，玉洁拿到学士学位证书拍的戴学士帽的毕业照也摆在上头，这是最近刚刚从英国寄给母亲的，没想到母亲这么快就把它放到梳妆台上。"今天怎么没见到郭贺伯伯？"

郭月被女儿这一问，脸色一下沉了下来，她拉起玉洁的手，坐到床沿，把郭贺的事前前后后说了一遍，玉洁低头听着，半天没有说话。

69

厦门，商业街

把女儿接回来，郭月心里踏实了很多。

又到了中秋节。这一年，商业街比往年热闹了许多。按照商会的统一部署，各个商家提前做了很多节日活动的准备。街道两旁张灯结彩，每个商店都打出了特惠迎宾的促销活动。天一贸发行一楼的商铺也装点出一片节日的气氛。

天一贸发行主要做出口业务，零售并不是其主业。但是郭月一直坚持要把零售业务做起来，她的想法是通过零售，可以更及时了解行业的信息，市场的价格变化，供需关系的波动，同时扩大天一的影响力。天一贸发行零售供应的茶叶品种繁多，统一都用天一商标，即所谓的独此一家别无分号。因为茶叶的质量好，包装精美，很受当地消费者欢迎。

中秋节这一天，大旺和伙计们早早地就把铺门打开，提前布置好了中秋茶点，准备迎接今天过节热闹的客人们，店铺还组织了一个抽奖活动。同时，天一和别的商家一样，在店铺门口贴满猜灯谜的谜面，逛街的客人猜中灯谜后不仅可以获得一份奖品，还能拿到一串号码，在这个号码条的背面写上自己的名字，投入商店的抽奖箱。今天晚上天一贸发行将有一个抽奖活动，由天一东家从抽奖箱随机抽出一二三等奖，一等奖的奖品是一辆崭新的脚踏车，这辆从德国进口的脚踏车现在正放在店铺入口的显眼处。

傍晚时分，商业街上的人群陆续多了起来。郭月领着玉洁来到商业街，随着赏灯的人流在街上闲逛着。玉洁今天换了一身休闲装，不时停下脚步，看着各个商号门口张贴的灯谜谜面纸条做沉思状。每当她猜到一个谜底时，玉洁就撕下谜面，走进店铺告诉伙计她所猜的谜底，一旦猜对了，店里的伙计就会把谜面做一个已经被猜中的标识，同时送给玉洁一份奖品。母女俩这么逛逛停停地沿着商业街走了一个小时，只见玉洁手上已经抱着大大小小的一堆奖品。这会儿走到天一商铺门口，玉洁高声喊道："大旺哥，快来帮我拿着，累死我了。"说着就把怀里抱着的这一堆奖品交给大旺。

大旺忙不迭地接过来，笑着说："小姐你今天可是发财了。"

郭月在边上插嘴说："这孩子鬼精灵的，她猜谜语猜得准，拿到的奖品也就多。"接着她指了指门外贴着的谜面纸条，对玉洁警告说："你可不许猜我们自家店铺的谜语啊，这是留给客人的。"

"好吧。"玉洁伸了伸舌头，说，"那我再到别家猜一会儿，回见啊。"说完就走出门去了。

郭月问道："今天的生意怎么样？"

"今天的生意很不错。到现在为止，我们店铺的零售成交，已经比平常日子翻了两倍，晚上应该还会有更多的人过来。"大旺在一旁报告着。

"嗯，对我们来说就是图个热闹。"郭诚在一边插话，"玉洁上次从英国寄回来的那些茶叶样品，我们以那些为基础，推出一套有英国图案的英伦红茶系列，放在一个小小的麻布袋里，设计很特别，受到许多顾客的欢迎。很多人觉得这种袋泡茶包装，跟我们中国人原来泡茶的方式不太一样，很新鲜。"说着递过来两袋袋泡茶给郭月，"这是我们制造的第一批产品，上个月刚刚投放零售市场，几天就卖完了，又紧急追加了一批，今天的销路也很不错。"

郭月接过茶袋，仔细看了几眼说道："上次顺子提的建议很好，看看能不能把这种袋泡茶做成一百小袋一盒的大包装，供应给餐厅和宾馆，这应该是一个新的卖点。"

郭诚点点头："我们准备在节后就跟进落实。原来我们的茶叶业务，以出口为主，本地的餐厅和宾馆基本上都是跟茶商直接要的货，不过这种袋泡茶概念很新鲜，使用起来更加简单。我想餐饮行业会喜欢的。不过我担心的是，一旦投放市场，很快就会有别的商家模仿。"

"这个我们再找时间专门议一下。"郭月说道。

几个人说着话，这边玉洁又抱了一堆礼物走进来，很显然，她又猜中了好多个谜语。郭月连忙说："看来要把你禁止了，你这么猜下去，这整条街的谜语有一半都被你猜到了，别人还怎么玩？"

大旺在一边替玉洁帮腔："可是猜谜语不就是谁的本事大，谁猜中的多，谁拿的礼物就应该多吗？这是公平竞赛啊。"

"还是大旺哥仗义。"玉洁把一堆礼物推给大旺，说道，"这些礼物一会儿送给我们店里有小孩的伙计吧。"

店铺里的人渐渐多了起来，三三两两的顾客走进来，一边品尝着糕点喝着茶，一边选购天一商铺的各式茶叶。人群中有一个中年妇女突然走到郭月他们几个人面前，停下来低声问道："请问这位女士，您是天一的郭东家吗？"

"是我，您是？"郭月连忙问道。

"哦，郭东家您不认识我。十多年前那次翻船赔偿事件，您还记得吗？"中年妇女说。

"记得，当然记得，那是十几年前的事了。"郭月回答道。

"是的，那次赔偿的里面就有我们家一份，我先生在南洋，积累了一些银两寄回来要接济我们在老家的生活，不幸翻船了，后来天一如数赔付了我们，一分钱不少。这份恩情我们一直都记着呢。听说天一信局关门了，我还很是可惜了一阵。"

郭月给客人递上一杯茶："天一的信条是以信为本，这是应该做的。您先生还在南洋吗？"

中年妇女说："我们家那口子啊，在太平洋战争打起来之前就回老家了，现在我们一家几口人都在老家。我丈夫用他在南洋学会的修理钟表的手艺，在老家开一个钟表维修铺子，过我们自己的小日子。"

"真好，替您感到高兴。"郭月接着说，"记得我们楼上办公室墙上的那个挂钟，前几天好像坏了，我正琢磨着要找人修呢，回头我让伙计联系一下，把挂钟送过去，还得请您那位当家的帮忙给修修。"这是郭月的习惯，大凡是服务过的客人或者商业伙伴，她总是尽可能地把相关的业务交给对方，这样不知不觉间彼此的关系就更加紧密。

"那敢情好。今天我们是听说这条街有中秋节的庆祝活动，我特意带上我儿子过来瞧一瞧，路过天一贸发行，我一看这个招牌啊，心想这应该和原来的天一信局是同一个东家，就走进来瞧瞧，没想到在这里碰上郭东家了，真是开心。"

"妹子，怎么称呼您？"郭月替对方续上一杯茶水，问道。

"他们都叫我五妹，这是我儿子陈福强。"五妹将站在边上的一个半大小伙子介绍给郭月，"他正在县城中学读高中呢。"

"好样的，小伙子，将来的下一代人需要有文化有知识。"郭月说道。

这边几个人正聊着天，门外边锣鼓声锵锵响起，大旺解释说："那边的戏台在敲鼓，晚上的戏文演出马上就要开演了。"一旁的郭诚提议道："哎，我们何不趁着这个机会把今天的抽奖举办了呢？也是给大家助助兴。"

"好啊。"郭月点点头。

郭诚走到屋子中间，招呼道："各位贵客，请大家安静一下。各位贵客各位乡亲，请大家安静一下。"众人静了下来，"天一商铺，恭祝大家中秋快乐，现在，我们请商号的头家郭月女士为今晚的活动抽奖。今天我们准备了丰厚的礼品。"

郭月走到郭诚身边，大声说道："各位好。今天，天一贸发行为一等奖的幸运儿准备了一辆德国进口的脚踏车，我现场再追加十块银元，大家高兴高兴。"说罢，郭月从抽奖箱里摸出了一张条子，递给郭诚。郭诚接过纸条看了一眼背面的名字，大声宣布："陈各庄陈福强。"

"啊，是我儿子！"站在人群第一排的五妹大声叫道。

五妹的儿子陈福强腼腆地走上前去，郭月亲手把银元和摆在抽奖箱一旁的崭新脚踏车交到他手里，众人一起鼓掌欢呼起来。

抽奖活动后，郭月和玉洁从天一商铺走出来，母女俩挽着手。玉洁说："母亲，今晚的月亮这么好，又是中秋节，我们去爬日光岩吧。"

郭月赞同道："好啊，我也有年头没上去了。"

随后两个人坐上渡轮，回到鼓浪屿。

皎洁的月光如水银般洒落在安静的小岛上，郭月和玉洁从轮渡码头沿着石子路往山顶上走，不一会儿的工夫就爬到了鼓浪屿的最顶端日光岩。举目望去，只见对面厦门岛灯光璀璨，一轮明月高悬天空，月光洒在一望无际的海面上，仿佛铺洒开一片无际的银色画卷。"真美！"玉洁倚着母亲的肩膀，感叹道，"在英国，我最想念的是两个故乡的景观，一个是我们流传村老家荔枝园，再有就是鼓浪屿的这一片海洋。"

郭月轻轻地用手拍着玉洁，没有说话。她发现玉洁越发地像自己了，从长相到性格。郭月是一个内心世界极为丰富，有着强烈感知力的女人，这点女儿和她太像了。不过玉洁比自己更为幸运，这么年轻就系统接受了西方的教育，显得比当年的自己更加成熟，更为睿智。

母女俩就这样静静地倚靠着，望着眼前夜幕中的大海。

玉洁想起来上次登高望远是在伯明翰，她倚靠着大旺的肩膀，她意识到自己在这个世上最亲密最信任的，就是母亲和大旺这两个人。大旺，你应该清楚我的这份少女情意啊。

日光岩下，海浪拍打着岩石，发出一阵阵如同击鼓一般的巨响。

十多分钟后，郭月打破了沉寂，对玉洁说："天色晚了，这地方有点凉，我们下去吧，别着凉了就不好了。"玉洁点点头，两个人从日光岩走下，回到了郭家花园。

在楼道里道过晚安，母女两人各自回到房间。

走进自己的卧室，玉洁好像意犹未尽，换了件睡衣，光着脚溜进了母亲的卧室。郭月正在卧室的衣帽间换衣服，玉洁朝衣帽间喊了一声"母亲，我用你的卫生间啊"，一脑袋扎进了郭月的卫生间，把门掩上洗澡去了。

郭月这边刚刚换好衣服在梳妆台前坐下，玉洁从卫生间的门缝里探出半个脑袋："母亲，晚上我要跟你睡，你去帮我把被子抱过来好吗？"自打从英国回来，隔三差五的，玉洁总是要跑到郭月的床铺上耍赖，和郭月挤在一张床上。

郭月笑了笑，走出卧室，来到隔壁玉洁的房间，准备把女儿的被子抱过去。她刚刚把被子折叠好要抱起来，猛地发现玉洁的枕头底下有一枚戒指。郭月停下了手上的动作，拿起这枚翡翠戒指仔细端详着。

这是一枚郭月再熟悉不过的戒指了。当年在她的婚礼上，父母亲手戴在她手上的结婚礼物，后来逃荒的路上，为了求生，郭月把它拿出去换一口饭吃，没想到这枚戒指今天转到了女儿手上。

郭月心里明白了几分，她把枕头依旧放好，将戒指放回原处，抱起被子往自己的房间走去。

70

厦门，东南大学医学系

东南大学医学系系主任是一位有着一头花白头发的老头，正陪着玉洁走在办公楼里，把玉洁介绍给科室的同事。一圈转下来，两人回到主任办公室，系主任对玉洁说："郭老师，再次欢迎你加入。我们医学系是东南大学新开设的学科，刚刚开办一年多。现在师资还比较缺，很多课程还没法开讲，郭老师的加入，一定能大大丰富我们的教学内容。"

"主任您太客气了，我年轻人刚刚开始，没什么经验，需要您多多教诲。"玉洁礼貌地说道。

主任摆了摆手："我和你一样也是留洋回来的，只不过比你早回来了三十年，是中国最早留洋的那批学生。当年我们这批人回来的有四十多人，大多在国内各个大学当教授，国内大学的校长系主任们有不少是我们那一批的校友。"

"是的，我听说了，"玉洁恭敬地回答，"您这一代人支撑了中国现代教育的半壁江山。"

主任说："属于我们的时代已经过去了，现在中国的教育发展更多需要像郭老师这样年轻有专业知识，又愿意回国服务的新一代人才。"老主任停顿了一下说道，"例如郭老师用英文开讲护理学基础知识，这个在我们系里是开天辟地头一次啊，不仅讲护理知识，更重要的是用英文授课。据我所知，东南大学各个院系，除了英语系以外，其他科系能够由中国籍老师直接用英文授课的，我们这是第一个，连校长都非常重视这件事。他还说，明天上午您讲授的第一堂课，他要亲自过来旁听。"

玉洁伸了伸舌头："主任，您这么一说，我还真很紧张啊。"

"不用紧张，只要记住：学术不是一个论资排辈的行业，东南大学更没有传统的辈分等级。我们倡导的是把更多的知识传授给学生，这是我们从事教育行业的人责无旁贷的使命。"

回到办公室自己的座位，玉洁和前后两边的同事打声招呼，就埋下头来准备第二天的讲课稿。

第二天，东南大学医学系阶梯教室，密密麻麻地坐满了一百多人，除了医学系的学生以外，还有大约二十几名来自其他院系的学生，包括英文系以及商学院的学生，大家听说开设了一门由中国老师用英文上的专业课，都很感兴趣，所以报名上这门护理学基础课程的学生人数，比预计多了百分之三十。为此，医学系特地调换了这间大型阶梯教室。

玉洁身着一身米黄色的套裙，手上拿着讲义，很干练地走到讲台上。她从讲台上望去，只见东南大学的老校长，医学系的白头发系主任，还有几位教授，都坐在阶梯教室的最后一排，她朝后排的听众席点了点头，开口说道："各位前辈，各位师长，各位同学，今天是我作为东南大学的讲师上的第一堂课。对我来说，这是一个将会让我记忆终身的特殊日子，特别感谢几位前辈特意抽时间过来替我助阵。我很期待各位前辈各位同学，对我的教学随时提出建议、批评和意见。好，那我们现在就正式开始上课。"玉洁用中文说完上面的这段话，接下来开始转用英文授课。

"我们这堂课是护理学基本原理，基础护理学是自然科学和社会科学相互渗透的一门综合性的应用学科。护理学以基础医学、临床医学、预防医学、康复医学以及与护理相关的社会、人文科学理论为基础，形成其独特的理论体系、应用技术和护理艺术，为生老病死这一生命现象提供全面的服务。护理是人类谋求生存的本能和需要。远古人在与自然的搏斗中，经受着猛兽的伤害和恶劣自然环境的摧残，自我保护成为第一需要。古代社会的分工，男子狩猎，妇女负责管理家庭和宗族内部事务，照顾老幼病残，护理象征着母爱。

"近代护理是在中世纪之后生物医学发展的基础上起步的。比利时人维萨里医生解剖尸体，通过他的直接观察写出了第一部《人体解剖学》；英国医生威廉·哈维以实验法发现了血液循环，随后细菌学、消毒法、麻醉术等一系列的医学发明和重大突破，为建立近代护理学奠定了理论基础，提供了实践发展的条件。

"近代护理学与护士教育的创始人南丁格尔为护理成为一门科学、一种专业，做出了重大贡献。南丁格尔在克里米亚战争中救护伤员，她的卓越成就和牺牲精神，直接启发了现代红十字会的开始。为表彰她的功绩，1912年，国际红十字会决定设立南丁格尔奖章，作为奖励世界各国有突出贡献的优秀护士的最高荣誉。人们为了纪念她，将她的生日5月12日定为国际护士节。南丁格尔以其为护理事业奋斗不息的献身精神，成为全世界护士的楷模。她是近代护理学的奠基人。

"在我国，近代护理学是随西医的传入而开始的。1887年，美国护士在上海妇孺医院开办护士训练班。第二年，在福州开办我国第一所护士学校，首届只招收了三名女生。那时医院的护理主任、护校校长、教师等多由外国人担任，护士教材、护理技术操作规程、护士的培训方法等都承袭了西方的观点和习惯，形成欧美式的中国护理专业。1914年6月在上海召开第一次全国护士代表大会。在这次会议上，与会者认为，从事护理事业的人是拥有学识的人，应称之为'士'，与中国几千年的士大夫精神相呼应，故而将英语中的'nurse'译为'护士'，这是一个意译和音译的结合，十分准确传神地诠释了nurse这个外来词的含义……"

玉洁有意放慢自己讲课的语速，她知道，用英文听课对于在座的许多中国学生来说，不仅要吸收专业知识，还有语言听力的问题。为了让学生们更容易理解英文传授的知识，玉洁还事先把今天讲课的主要大纲，以英文手写的方式刻在蜡纸上，再把蜡纸交给系里的印刷工，提前印好今天讲课内容的单页，课前发给每个学生，这样大家听起来就不那么费劲。与中国传统的授课方式不同，玉洁缩短了自己的授课时长，特意留出二十分钟问答时间，供学生们提问。这样一来，不仅可以活跃气氛，更有助于老师随时掌握今天授课内容的传授情况。

首堂讲座获得了圆满成功。下课后，系主任陪同校长特地走到讲台旁，向玉洁握手祝贺。玉洁送走众人，回到办公室，把教案讲义往办公桌上一放，顾不上喘口气，就一溜烟地跑到学校的大操场。

说好了大旺今天要在这里和她见面。

刚走进操场，玉洁看见大旺已经在看台上坐着等她，玉洁连忙快步跑过去，叫了一声："大旺哥。"

大旺站起来，望着眼前这个跑得气喘吁吁的年轻女教师："今天上课挺好的吧？我刚才偷偷过去瞄了一眼，看到教室里好多人呢。"

"那你怎么不进去坐一坐呢？"玉洁深情款款地问道。

"我哪听得懂啊？我就是看着人挺多，挺好的。看你在那个高高讲台上，真是有一副老师的气派呢，了不起！"大旺伸出了大拇指。

"哈哈，这是我当老师的第一天，所以我要你过来，让你陪我一起见证我这个特殊的日子。"

"应该庆祝庆祝。"大旺高兴地呼应道。

玉洁拉起大旺的手，说道："一会儿你请我吃饭吧。"

"好啊，你想吃什么？"

"我要吃海蛎煎，还有炒米粉。"

大旺知道玉洁说的是哪一家。那个街边小炒摊位，大旺以前带玉洁去过几次，就在大学附近不远的一条小巷子里。玉洁用手拽着大旺："我们散步走走吧。"说着领着大旺走出大操场，来到后面一片棕榈树步道。

步道就在操场后边，是一条林荫小路，秋日的阳光透过宽大的棕榈树叶，不规则地洒落在石子道上，玉洁和大旺两人并排地走在石道上，半晌都没有说话。

眼见着两个人都走到了步道的尽头，折返回来，玉洁打破了沉默："大旺哥，你想什么呢？"

"我在想着第一次跟你见面的场景，那时你是读高一吧？时间过得真快啊，现在你已经是一名大学老师了。"

"是啊，"玉洁点点头，"那次我不是脚上起泡了吗？你推着独轮车送我和母亲，你还替我们准备了干粮，好可惜路上被劫了。"一转眼六七年的时间过去了。

"玉洁你现在回来了，又有了一份你喜欢的工作，真是替你高兴。"大旺一脸诚恳地说道。

"嗯，还有呢？"玉洁停下脚步，转过身来，眼睛直盯着大旺。

大旺连忙把脸转开，避开玉洁射过来的炽热目光。"头家那边也很开心啊。"

"这我知道，还有呢？"玉洁一副不依不饶的样子。说着话她朝前迈出一步，直接面对着大旺，再次用眼睛直勾勾地盯着大旺。

"还有，还有什么？"大旺略为发呆地回问了一句。

"你是真笨呢？还是故意跟我装糊涂？"玉洁干脆把双手绕到大旺脖子后头，"你不喜欢我回来？"

"我，我当然高兴你回来啊。"大旺被玉洁这么一绕手围住脖子，有点不知所措，脸瞬间红了起来。

玉洁现在这姿势正好与大旺直接面对，她长长的眉毛下一对扑闪的眼睛水灵灵地仰头望着面前这个健壮又略带窘态的男人，甜笑着说出那句她筹划好久的话："大旺哥，你难道没觉察出来吗？我一直喜欢你。"说完，长长地舒了一口气。

大旺站在那里，一动不动地没有出声。

对玉洁来说，眼前的这个男人过去几年在她脑海里留下过无数的幻想和渴盼。今天的这个情景，她更是已经预演过无数场。面对着一声不吭的大旺，玉洁把自己的双臂放下来，握住大旺的手，放在自己的嘴唇上亲了一口，说道："大旺哥，这句话憋在我心里已经很久了，从我最早随母亲在逃荒的路上见到你，那时候我还是一个中学生，懵懵懂懂地就对你留下深刻的印象。我觉得男子汉就应该是你这样的，体贴人，敢担当。这些年来，不管是在中国还是在英国，我无数次地想到你，我喜欢你，我希望能和你一起生活。"

大旺试图把自己的手从玉洁的手里抽出来："小姐，哦不玉洁，我其实也很喜欢你，我在心里也无数次地幻想过。但是我总觉得我和你是两个阶级的人，我不可能配得上你的。"

"你说什么话呀？这都什么年代了，还讲究什么出身，什么门当户对的，再说我们也不需要依靠谁啊。我们都还年轻。你不是曾经说过你要追求自己喜欢的爱情吗？那么，既然你也喜欢我，就没有什么力量能够阻挡我们在一起的。你是我的了啊！"玉洁正色说道。

"这，这有点太突然了，你让我想想好吗？"大旺猝不及防。

"不许你想，我就跟定你了，认定你了，从现在开始，你就只能属于我郭玉洁！"玉洁踮起脚尖，在大旺的脸上轻轻地吻了一口，"好，现在可以带我去吃我喜欢的小吃了。"说罢，玉洁紧紧地挽住大旺，蹦蹦跳跳地朝前跑去。

71

厦门，美丽华酒楼

天一贸发行成立这几年，最主要的业务是茶叶的出口生意。在销往欧洲的茶叶订单中，大约有三分之一是根据客户需求加工的袋泡茶。

所谓的袋泡茶，是用很薄的麻布做成一个个小袋子，把茶叶研磨成碎末后放到小袋里。这样做的好处是便于冲饮，不过它不太符合中国人的喝茶习惯，所以在国内一直没有流行开来。厦门是一个家家喝茶，人人喝茶的社会，但人们喝茶，还是讲究茶叶要整片的叶片。

天一贸发行替海外客户加工制作袋泡茶的数量庞大，难免会有一些尾货剩余下来。不知不觉间积少成多，在仓库里堆了几十箱的袋泡茶包。天一惯常的做法，是把这些库里留下来的袋泡茶包，还有一些零星库存的茶叶尾货，作为员工福利发给大家。再有多余的，也会在逢年过节时送一些给老家流传村的乡亲们。但袋泡茶包在中国民间显然还不普及，所以无形中出现了剩余袋泡茶包的积压。

这一天正赶上顺子休息的日子，孤儿顺子在天一信局遣散的时候向东家郭月求情以后留了下来。后来天一贸发行进入厦门，顺子就来到了厦门商号，成为一名茶叶采购助理，并兼任品质检验。郭月对品质检验这个岗位特别重视，她一直强调，天一贸发奉行以信为本的经商原则，每一批产品务必要求达到客商的要求，所以产品的质量检控，郭月一直坚持采取交叉检查制度。顺子每次参加茶叶检查，态度都特别认真，一丝不苟。几年下来，顺子对于茶叶方面的知识，已经掌握了许多。

上次趁着休息的空当，顺子拿了两大盒公司发给他的袋泡茶包，出门去拜访几家他认识的餐厅老板。顺子观察到，餐厅酒楼，还有许多客栈宾馆，习惯上都会向客人提供茶水。在通常情况下，客人对茶水的等级要求并不高，商家更需要的是速度，能够迅速地沏上一杯茶给客人端上。很多时候，客人只是喝了一口，或者象征性地放在那里。如果每次都要更换茶叶的话，对商家而言显然是一种浪费，但如果使用给上一拨客人泡过的茶叶再来招待新客人的话，又显然不礼貌，顺子觉得这可能是推广袋泡茶包的机会。

上次几家餐厅跑下来，老板们对于顺子展示的袋泡茶包这个新颖的包装和冲泡方式很感兴趣，再一打听，这个价格要比传统的一壶一壶的茶叶冲泡成本更低，就有些动心。顺子于是借势做起了袋泡茶的推广。他给几个老板们每人都留下一盒袋泡茶包，每盒有一百袋，让他们先试用一下，喜欢的话，可以考虑由天一供货。这是两个礼拜前的事。

今天他特意抽出这个休息日出门，就是想落实一下上次拜访过的几个商家的反馈。

这边顺子走进美丽华酒楼，这是一家海鲜餐厅。现在是下午三点时分，酒楼里没什么客人，老板正坐在大厅的一张椅子上看报纸，见顺子进来，连忙起身招呼："顺子小兄弟你过来了。你上次留给我们的那个袋泡茶，我两天就用完了，还是很受欢迎的。"

顺子高兴地说："那好啊，您觉得好用吗？"

"不错，因为是茶末，泡起来不费时间，茶叶一下子就能够在开水里溶解开来，十秒钟之内就可以把一杯茶搞定端到客人面前，我觉得很好。我正在等着你呢，准备试着跟你们合作进一批试一下。"

顺子拍了拍对方的肩膀："太好了，那您把需要的种类和数量告诉我一下，我回去跟头家禀报一下，给您一个特别优惠的供货价。"

老板说："那就乌龙茶、岩茶和红茶，每样先给我们要五千包吧。"

从美丽华酒楼出来，顺子又去了其他几家餐厅、酒楼和客栈转了一圈。上次他留下的那些给客户推广用的袋泡茶，今天这一趟再跑下来，大概有一半的客户都表示有兴趣下订单。顺子一脸的开心。

　　第二天回到天一贸发行上班，顺子把他昨天拿到的初步需求大致汇总了一下，走到二楼，敲了敲郭诚办公室的门："大经理，有件事跟您报告一下。"顺子把这两次袋泡茶的摸底情况大致说了一遍，"我虽然跑了只有七八家，但是有一半的客户都对这个产品感兴趣。我觉得我们可以考虑做这个生意。"

　　郭诚以他多年来在生意场上摸爬滚打的经验，一下就嗅到了这里面的机会："好样的顺子，你这可是立了一大功呢。走，我们一起去跟头家说一下。"说完就领着顺子来到隔壁郭月的办公室。

　　郭月听完两人的陈述，对这个事情也很有兴趣。郭月知道，在厦门各个酒楼茶馆餐厅，大到高档的宾馆俱乐部会所，小到路边的小摊，生意人每天对茶叶的需求量是很大的，如果把袋泡茶这个概念推广开去，是一个很可观的数量。

　　三个人一起商量着怎么开拓这个全新的生意。郭诚说："袋泡茶就不要再做分级的了，就按照茶叶的种类不同分别推出，例如乌龙袋泡茶，红茶袋泡茶，绿茶袋泡茶，等等。但重要的是，每一款茶叶袋泡茶都要打上天一的商标，因为这个在国内是头一份，我们借这个机会，把天一在袋泡茶上的声誉打出去。"郭月表示赞同。

　　顺子在一边问老板："袋泡茶怎么定价呢？"几个人都意识到，这是一个全新的问题。国内茶叶销售，通常是按照不同的等级来定价的，那么如果天一的袋泡茶没有等级的话，这个定价的依据是什么？

　　郭诚思考着说："如果根据我们进货和加工成本，再加上一定比例的利润来定价，这是以前的老方法。可是袋泡茶不像以往的茶叶，都是按照等级来的，那就行不通了。再有，因为我们做的是外销茶叶，每个季节的价格都不一样，每个批次的价格也有浮动，这样的价格变动，如果换算到袋泡茶，会不会影响到客户对我们的订单。"

　　"如何计价倒是其次，"郭月接过话题，"更重要的是，袋泡茶这个概念只要一推向市场，必然有别的厂商也会跟进。那么如果我们价格定低了没有利润，定高了别人可以用低价把我们辛辛苦苦找来的这批客户抢过去。"

"来，先喝茶。"郭诚见大家都陷入困境，提议道。对郭诚来说，喝茶是一剂可以解开一切问题的万能药。

三人在郭诚的招呼下冲泡了一壶正山小种，各自拿茶杯喝着，半天都没说话。

"我有一个想法。"郭月突然一个激灵，说道，"我们可以这样来做袋泡茶的生意：我们只按照成本价供货，不挣一分钱。"

"不挣钱？"郭诚疑惑地问道。

"对，我们不挣钱不加价，每次采购的袋泡茶，原材料的成本，加工的成本，运输到我们库房的成本全部算一起，一袋茶合计下来多少成本就直接按照这个成本价供货，因为是针对本地的酒楼餐厅，我们可以设一个起订量，例如三千袋起订，由客户自行上库房提货。"郭月解释道。

"上门提货这个没问题，可是如果不加价的话，那我们怎么覆盖商号的各种费用呢？"顺子在一边不解地问道。

"我们把它做成一个服务项目。"郭月顺着自己的思路往下说，"这个是你们刚刚在介绍的时候，我脑子想出来的一个方法。你看既然每个批次的价格都会有变动，价格加高加低难免会面对竞争，而且不管怎么说，这个不会是我们的主营业务。我们希望通过这块业务给自己多带来一些生意，更重要的是能够把我们天一的品牌在当地铺展开来。那我的意见就是把它作为一个服务项目。天一袋泡茶不加价。"

"具体怎么操作呢？"郭月喝了一口茶水，解释道，"我们成立一个厦门袋泡茶供应会。任何商号、酒楼、餐厅，只要是这个供应会的会员，就可以以我们的成本价格向天一订购袋泡茶，运费自理。但是，每个会员每年需要缴纳一笔服务年费。我们不要搞得太复杂，就设成两档，一年十万袋以上进货量和一年十万袋以下进货量，分别设两档服务费。例如一千大洋和两千大洋这么两级。"郭月在描述这个服务费主意的时候，她脑子里浮现的是很多年前，在东南亚看到的西洋人经营高尔夫球场的做法，那里用的就是收取服务费的概念。她觉得，可以把这个概念借鉴到眼前的袋泡茶项目。

郭诚和顺子两人在一旁听着，试图消化郭月的意见。他们知道这位东家总是能够提出超前而富有可操作性的解决方案。

郭月接着说："我们可以算一下，在一年之内，我们有可能发展多少个供应会会员？他们一年的大致需求量是多少？按照各自的需求量，以百分之十左右的服务附加值来反推每个商家所应当交付的服务费。"

"我明白了。"郭诚接过郭月的话头，"这样的好处，一是可以使我们的价格在市场上处于绝对有利的位置，同时能够牢牢地捆绑住这些客人，因为他一旦交了服务费，再不订购的话，那么就反倒吃亏，生意人大家都会算账。"

郭月点点头："就是这个意思。"

顺子突然问了一句："可是对于一些小老板们来说，你一开始要让他交出一笔服务费，他会不会不愿意啊？"

"这个好解决。"郭月补充道，"我们可以针对比较小的商家，推出前三个月免收服务费的优惠。三个月后，如果人家觉得从我们这里拿的袋泡茶符合他的要求，能够替他节省成本的话，那他就交服务费，继续享受天一袋泡茶供应会的进货优惠。"一旁的郭诚和顺子同时点点头。

郭诚说："如果按照这个设想，我脑子里刚刚快速算了一下，厦门有可能成为我们供应会的各式各样的酒楼摊点，客栈餐厅宾馆，还有舞厅歌厅，加起来怎么也有大几千家，这是一笔挺可观的收入。"

"这里还有一个重要的考量。"郭月补充说，"我们原来主要做的生意都是跟外商合作。货款支付方面，我们有合同，有外商的银行担保，同时在国际贸易上，大家还是比较信守合约的。但是如今要做内贸生意，我们必然会碰到账期问题，这是最为头疼的。"郭月想起了张浩天的遭遇。张浩天的室内设计事务所在厦门所承接的设计项目，九成以上都是公家单位和商号的订单，例如政府大楼，学校，汽车站，还包括餐厅影院等。按照行业惯例，设计费都是完成以后再支付的，可是在当前的社会境况下，有一多半的应收款根本就收不上来。如果是商号的订单还好办一些，多催几次还有收回的希望。要是公家单位，对方有权有势，你就只有不断地鞠躬作揖，祈求人家恩准。所以有一句话说，现在做生意，欠钱的是爷讨债的是孙子。想到这里，郭月更坚定了自己构思的服务费运作模式。因为如果是以供货的方式向这些商号提供袋泡茶的话，按照行业通常做法，对方都会要求每月月底结算上个月货款，也就是所谓的账期，这势必导致回款压力和现金流周转影响。如今以服务费的方式，就可以理直气壮地要求现款结算。

事情大致商量妥后，郭诚马上安排厦门的伙计们分几路人马，在全市对潜在的客户做了一次地毯式的全方位覆盖拜访。一个月下来居然签到近八百家客户，这些客户都预交了年度供应会的服务费，首次订单意向超过两百万袋袋泡茶。

这天晚上，郭月特地吩咐在美丽华大酒楼订下庆功宴，犒劳全体员工。在晚宴上郭月当着所有伙计的面郑重表扬了顺子，同时送给他一块劳力士手表和一个现金红包。郭月动情地对大家说："现在的局势虽然很紧张，但是只要用心，机会总是有的。顺子替天一贸发行，替我们大家找到这么一个新的业务发展机会。我们要感谢他为我们每个人的饭碗增加了一块肉，更重要的是，我们要学一学他这种善于寻找机会发现机会的精神。很多时候，机会是客观存在的，它就摆在大家面前，但是百分之九十九的人对它熟视无睹，只有百分之一的人注意到，并把这个机会变成属于自己的收获。这不是幸运，这是一种努力的回报。顺子的行动再一次证明了这点。"众人纷纷鼓掌，举杯向顺子敬酒。

顺子从来没有在大庭广众之下这样被表扬过，有些不知所措，涨红着脸，忙不迭地向众人鞠躬致谢。

从美丽华酒楼出来，今晚的天色还好。郭月叫了一辆车子来到了张浩天的住处。

郭月知道张浩天最近心情不好，本想多安慰安慰他，但是一段时间的接触下来，她发现对方是一个心高气傲的人，如果自己劝说太多的话，反倒会让对方更加地不高兴，于是就刻意地不再多过问他设计上的事。"哎，你来了。"张浩天打开房门，让郭月进屋，自己一脸愁容地坐在椅子上，托着腮帮子不再多说话。

郭月在张浩天的对面坐下，伸出双手拉住张浩天："浩天，你有什么可以跟我说说的吗？"

"唉，都是一些糟心事。前几天我设计的汽车客运站候车大厅，说是外墙的涂料被雨淋了，他们以这个作为借口，拒绝付我设计费。"

"涂料，怎么回事呢？"

"我在外墙设计的那个涂料，需要至少二十四小时才能完全干透。你知道这个季节通常是不会下雨的，也就是在这个施工季节，我才决定用这么一款新型的涂料。这个涂料的优点，是色彩特别鲜艳，比传统的涂料在色彩还原上要好得多。哪成想那天刚刚把涂料涂完，不到两个小时就来了一场雷阵雨，结果这个涂料被雨水浇花了，现在需要重新来过。"张浩天一副委屈的模样。

"那你在施工的时候提醒过他们吗？"郭月问了一句。

"我跟他们说了，我特别交代说，为了保证这个涂料在施工的过程中不会碰到雨水，要求他们做两件事情，第一把整个涂料的施工拆成五到六个不同的部分来进行。第二，一定要在清晨的时候上工，因为上午的太阳大，涂料干得快，即便下雨也不至于完全不可收拾。谁成想，他们一下子就把所有的墙面都一股脑地涂上涂料，而且是下午的时候作业，你知道闽南傍晚时分是最容易下雷阵雨的。"

"没事，别难过。"郭月拍了拍对方的手，"这不就是其中的一次意外吗？就像我经营商号也总有失败的时候，下一个项目就好了。"郭月试图给眼前的这个男人打气。

张浩天望着自己喜欢的女人，发自内心地赞叹道："月，你总是那么冷静，处事不慌。我听你的，抓紧把自己调整过来，叹息是没有用的，需要寻找突破。"他站起身，走到墙边的角柜拿出一瓶干邑白兰地，倒了两杯，递一杯给郭月，说道，"有件事想问问你的意见。两个月前，我看到报纸上有一家美国洛杉矶的设计院计划在厦门开一个设计事务所，他们登报说想找一位懂中文的亚洲设计师做合伙人，我把我的简历寄了过去，没想到他们聘请我了。"说着，他把桌子上的一封英文信推到郭月面前："我还没想好要不要接受呢，郭月你的意见？"

郭月看得出对方对于这个位子是动心的，她问道："你犹豫的地方在哪呢？"

张浩天一仰脖子，把杯中酒喝完，说道："自己做事务所，太多杂事干扰，不能专心干我喜欢的专业上的设计。可是加入人家的事务所，就得看别人的眼色。还有，这家事务所要求入职后在美国洛杉矶总部先实习六个月，这就意味着我将有半年的时间见不着你，这也是让我舍不得的。"

郭月向前走了两步，伸出右手轻轻在张浩天脸上摸了摸，她喜欢眼前的这个男人，他们有着浪漫的激情，他们在情感的沙漠中相遇，温暖和调动对方，品味没有拘束的快感与欢愉。他们两人各有自己事业的轨迹，彼此更需要去支持、理解和成全对方。郭月说道："浩天，我的意见是你应该接受这个机会。自己做老板其实是无数工种当中的一个，不可能适合任何人。做老板需要考虑方方面面的事情太多太杂，对于你这种专业人才来说未必最为适合。至于要去美国半年，我也十分舍不得，现在我只要一周没见到你心里就觉得空荡荡的，六个月时间好漫长。不过既然是一个机会，总是有得有失，我们都忍一忍，很快就过去了。"

张浩天点了点头，紧紧地抱住郭月。两人紧紧依偎着，不再说话。

72

流传村，郭府老宅

圣诞节前，忙完了下一个季度的商品订货，郭月决定抽时间带女儿一起回流传村老家。

先前她就跟郭诚说过，希望能够找机会让年轻辈聚一聚，这样好让家族的关系在下一代人的身上得以维系。这些年时局动荡，大家都不安定，彼此间的联系不像上一代人那么密切，玉洁更是有好几年没有见过她在老家的伯伯叔叔和堂哥表妹们了。

这天郭月和玉洁乘车回到了流传村，郭诚事先把同辈的一些堂表兄弟姐妹都约好了，包括郭诚自己的儿子女儿，还有三叔，大姨二姨小姨等郭月兄弟姐妹的孩子们都提前赶了过来，郭贺的儿子郭应洪也请来了，按照郭月的叮嘱，还请了柱子，可惜郭亮的两个小孩都没有过来。郭月特地交代人捎去了两次口信，对方都没有回复，只得作罢。

郭家老宅的餐厅里，席开两桌，老辈的郭月郭诚，郭月的大伯三叔，还有几位姨妈，几个人坐在一桌。玉洁，郭诚的两个儿子郭玉坤和他哥哥，在厦门的郭玉珠，还有其他几个晚辈围坐在另外一张桌子。郭家很久没这么热闹了，大家吃饭聊天，几个男人们还借着酒劲，猜拳划酒令，开开心心地度过了一个团聚的晚上。玉洁见到很多年未见的柱子，特别高兴。柱子现在回老家生活，经过这些年的调理，基本上可以生活自理，郭月让人替他张罗了一家烟酒店，就在自家门口经营，如今已经娶妻生子，看到柱子生活有了着落，玉洁一直悬在心上的一块石头总算稍稍落地。她打心里感激母亲周到的安排。

"玉洁，你在英国都有些什么新鲜事？快和大家说说。"郭诚儿子郭玉坤很感兴趣。

"说说我们的大胡子老师吧……"玉洁聊起了她在英国的几段经历。
……

晚饭后，郭月扶着大伯，把老人家送回他房间。大伯现在年纪大了，腿脚不利索，走起路来，一瘸一拐的。

郭月接着把三叔和婶婶安顿好，才回到自己的房间。这边玉洁正在郭月房间候着，见郭月进来，忙着给母亲沏好了茶。"我看大伯公现在的身体可是越来越差了。"

郭月接过茶杯喝了一口，接着说道："是啊，他比你外公大十岁，都快八十了。"

"郭诚伯伯的小儿子郭玉坤，他经营的小店铺做得挺好的呢，我今天下午跑去转了一圈，很有点样子。"玉洁在一旁说道。

"喔，你看到他那个小媳妇了吗？"

"看到了，长得可俊了。"玉洁夸奖道。这姑娘从小就是个开朗的女孩，从不忌讳称赞别人。

"那小媳妇啊，是有名的村花呢，是很漂亮，他们结婚的时候我来过。"郭月把茶杯放回到桌上，招呼玉洁，"哎，闺女你坐这边来，母亲和你说几句话。"

玉洁看到郭月的这份神情，知道母亲有重要的事情要说，连忙贴着郭月坐下。郭月在一边开口说道："我想说说你和大旺的事。"

"母亲怎么知道的？"玉洁有些惊异，"我没跟您说过啊。"

"我连女儿的这点心事都猜不透，还有资格做母亲！"郭月回复道，"来，跟母亲说说。"

玉洁把脑袋斜靠在郭月的肩膀上，轻声说道："才刚刚开始嘛。那天，就是我在东南大学讲课的第一天，我把大旺约到学校了，我跟他说，我喜欢他，把他吓了一大跳。"

"这孩子，你以为是英国啊，你这么直通通地开口，肯定得把人吓到。"郭月拍着玉洁的手，缓缓说道，"大旺喜欢你，心里有你，这我是知道的。"

"您怎么知道的？"

"这几年你不是在英国吗？每次只要有你的信过来，大旺总想打听你的情况，又不好直接问，经常就旁敲侧击地跟我绕圈圈。有一次在我办公室里，我看到他支支吾吾想问又不敢问的样子，就把你写的信给他看了一眼，你那封信不是写了说你很想念大旺来着嘛，说你的脚那天崴了，是大旺当晚把你送回学校的。你在信上说你自己在床上躺了一个礼拜，天天在想着人家，有这回事吧？"郭月戳穿了女儿的一个小秘密。

"母亲您怎么能这样？"玉洁不好意思地说，把脑袋深深埋进郭月的胳膊肘。

郭月抚摸着女儿一头乌黑的头发，说道："洁儿，大旺是个好孩子，人特别可靠做事干练。这些年跟着我锻炼过来，很有点当年郭贺伯伯的那股子劲。你的眼光没有看错，不过呢……"郭月停顿了一下。

玉洁的脑袋埋在郭月的胳膊肘，听母亲这样夸奖大旺，心里美滋滋的，见郭月说了一半停下来，连忙把头抬起来问道："母亲您想说什么？"

"你知道老辈的人呢，说到谈婚论嫁的时候总要说门当户对。"郭月斟酌着字眼。

"母亲，您也信这个？"

"我当然不会完全相信这些，我也不是一个专制的家长。你的大事应该由你自己做主，更何况你看中的大旺也是我很喜欢的一个小伙子。但是洁儿你要知道，所谓的门当户对并不仅仅讲究双方各有多少财富，有什么地位，这些都不是问题，两口子将来要一起过日子，情投意合彼此相爱，这个才是最重要的。"玉洁认真听着，点了点头，她从小到大，一直非常佩服母亲的见解。

"但是呢，门当户对还有另外一层意思，就是双方的学识见解要基本匹配，能够沟通。你们这一代人跟祖辈们不一样，祖辈们一个女人家，嫁鸡随鸡嫁狗随狗，替男人生儿育女，灶头厨房家里的那点事，就是女人的一生。而你不一样，你是新一代的青年，你有自己的专业知识，有自己的见解和对事情的认知。在这一点上大旺和你是有差距的。虽然大旺也经历了一些事，人也很聪明，但他毕竟没有上过多少学，没有多少文化。你喜欢英国文学，你说起狄更斯，谈起英国工业革命，大英博物馆收藏，这些你都能够讲得头头是道。这些方面大旺和你的差距是存在的，要有这方面的思想准备。"郭月试图拿捏好分寸，怎么才能把意思准确地表达到，又不能浇灭女儿心中的这团火。

玉洁低着头说："认识这些年，我心里一直很喜欢他。好几次在我碰到危险的时候，他都是第一个冲上来保护我，给我一种可以依靠可以信赖的感觉。这种感觉我在其他男人身上找不到。别的男人可能做起事情来有板有眼，甚至很多人更加地风度翩翩。但是我每次看他们，都觉得跟自己没有什么直接的关系，最多就是一个同学、同事或者朋友，只有大旺能让我觉得可以依靠，心里有委屈可以毫无顾忌地倾诉。"

"那就好。玉洁，就像我多次跟你说过的，这是你自己的终身大事，你自己做主自己拿主意。但是你一定要记住，想好了，就要坦然地接受这个决定，接受一个人的全部。将来不管碰上什么样的曲折，风风雨雨，踏实地把日子过下去。要知道人的一生说长不长，说短不短，难免有两口子拌嘴吵架的时候，每个人不可能都那么尽善尽美，各方面都合你的意。决定爱一个人，就要接受对方的全部。"郭月循循诱导着。

"决定爱一个人，就要接受对方的全部。"玉洁重复着郭月的叮嘱，"母亲，我记下了。"

"好，那这个话题我就说到这里。"郭月顿了一下，说道，"再有啊，今天借着你在的机会，我也跟你唠叨唠叨。现在你已经安顿下来，长大成人了，也有了一份自己喜欢的工作。母亲这边生意上的事情可能慢慢地要准备收摊了。"

"为什么呢？"玉洁有点意外。

"你知道的，在中国做生意心太累。我本来就不是一个很物质的人，这些年一直把这个摊子撑下来，无非两个原因。一方面是你曾祖父你祖父遗留下来的这份产业，得有人继承下去。你大伯不善经营，你父亲又早早过世，只能我来撑场。另一方面也是为了我们娘俩的生计，现在你已经长大了，我的生活怎么着都没有问题。再继续这样每天强迫自己四处堆笑脸，每天应对各种衙门的勒索，强迫自己做那些并不开心的事情，我觉得太累了。"

玉洁静静地听着，她知道这些年母亲生意上的事很辛苦，但母亲很少和她细细地聊这些，今天这么放开了说，她觉得母亲是把自己当成一位成年人对待，更像是一番推心置腹的倾诉。

郭月顿了顿，继续说道："你还年轻，刚刚走向社会，很多事不能强求你现在能明白，母亲也就是和你说一些自己走过来的体会。人这一生，说白了无非两个需求，一是谋生存，二是谋发展。在谋生存这个环节，每个人的想法大致都是一样的，能靠自己的本事活下去，不管是做生意，还是当伙计当农民，首先都是要养活自己养活家人。而一旦到了谋发展，各人的志向就大不相同了，有为权力不顾一切的，有为财富铤而走险的，哪怕做学问的也有一门心思就想沽名钓誉往上爬的，说穿了无非是想证明自己有多厉害，自己能够拥有多少，占有财富，金银，社会地位，女人。你看看那些当官的当老板的，大多要给自己弄上十几房姨太太，几十间屋子的大院，他自己根本用不了，但摆在那里，就是一种显示和一份占有的满足。我没有这种强烈的物质占有欲，我结婚几个月就丧夫，经历过天一信局的关闭，任何身外之物，只要是超出生存所需的，本意无非就是对自己能力的证明，证明了自己的能力，这个过程也就足够了，至于那些物质的东西如何发落，在我看来并不重要。"

玉洁从郭月的倾诉里，似乎读懂了母亲的这份人生观，母亲身上的这份从容，其实源自于她内心的豁达。

"将来我老了，有一个自己的小院，能够读几本书，喝喝咖啡品品茶，晒晒太阳也就心满意足了，要是哪一天赶上你替我生一个小外孙或者外孙女让我帮你带着，那我就别无所求了。来，晚上就在我这睡吧。"郭月拉着玉洁起身站了起来，两个人一左一右地钻到了被窝里。

"想当年你小的时候睡在这张床上，可是没少尿炕哦。"郭月回忆道。

"是这张床吗？"玉洁瞪大眼睛问道。

"就是这张床，老家的这张床。这是当年我和你父亲结婚的时候，你外公从南洋托运回来的。这么些年，别的家具都换一茬又一茬了，唯独这张床我一直留着，这就是你出生的地方，你就是在这张床上出生的呢。"

两人喃喃地说着体己话，渐渐进入了梦乡。

73

厦门，长途电话局

从流传村老家回到厦门，郭月收到了新加坡丹尼尔的来信。丹尼尔在信中说，郭氏米糕的筹备进展顺利，第一批产品已经在新加坡上市，反应甚好，他们准备把配方根据西洋人的口感做些改良，计划明年就正式在英国推出。信件的末尾，丹尼尔提到："郭老板，我听说你在香港的生意准备停业，我对在香港口岸做亚洲进出口生意的中转站很感兴趣，如果你准备停业的话，可否考虑将这个生意转让给我们洋行？"

郭月放下信笺，走到办公室的咖啡壶前，给自己倒了一杯咖啡。她准备停止香港的业务，这件事情已经琢磨了好几个月。最主要的原因是精力顾不上来。而且就像那天晚上在流传村老家跟玉洁说的，现在女儿已经长大了，有了一份自己的工作，能独立生活。郭月觉得肩上的担子已经卸下了一大半，她想让自己能够稍微地轻松一点。

在外人看来，把一个经营正常的商号关掉是一个损失，但对郭月来讲，她本来就不是一个十分追求物质的人，这些年张罗生意，是为了一份生活的需要，仅此而已。

郭月想了想，决定给丹尼尔拨一个电话，她喊来大旺，吩咐叫上一辆车。"我要去一趟长途电话局。"

天一贸发行里有电话，不过这电话打不了国际长途。郭月乘车来到长途电话局，从柜台拿了一张电话单，填上新加坡奎斯洋行，丹尼尔，递给柜台后面的工作人员，就在电话局大厅的长椅上等着。

大约二十分钟后，电话接通了。郭月走到电话间，拿起话筒："喂，是丹尼尔吗？"

"郭小姐，你好。"话筒里传来丹尼尔的声音。

"你好，你的信我收到了，祝贺你啊，没想到你的动作还是很快的，希望郭氏米糕能够成为一款畅销品。"

"一定会的，我们都很有信心。"丹尼尔爽朗的男中音透出十足的自信。

"这样，我今天给你打电话，是想和你说说你信里提到的事。"郭月故意停顿了一下，接着说，"是的，我想把香港的商号关了，实在没有精力。"

丹尼尔说道："我听说了，所以我就想问一下郭小姐，如果你确实要关的话，是不是可以考虑转让给我们奎斯洋行？"

"你接手以后准备怎么做呢？"

丹尼尔说："还是做进出口业务，只不过我们可能更多地会把它做成一个通过香港向内地出口的贸易中转站。"

"那好，如果你确定要做的是进出口贸易的话，我可以把这个商铺转给你，这样我们就省了很多事，而且商号的员工们都是熟手，你用起来很方便。"郭月表示同意。

"那费用方面呢？"丹尼尔在电话里问道。

"费用我想清楚了，我不需要你支付我任何转让费，只有一个条件。"郭月又停了一下。

"什么条件？"对方问道。

"条件就是你必须承诺三年之内，现有的二十几位员工，从经理到库房的伙计，原则上不能裁员。保证他们至少有三年的工作，他们的薪资不能降低。这是我唯一的条件。"

"这个我想没有问题，反正我们也需要员工。"丹尼尔表示同意。

"好，那我们就这么说定了，我就只有这个条款。天一香港商号的物业是我名下的，你如果要继续使用，那我们就定一个合理的租金，不用的话我直接收回，其他没什么了。如果你同意的话，你抓紧拟一个协议，我们着手办理交接。哦对了，这个事情，我还没有告诉香港那边的经理，所以请丹尼尔这边，先帮我保密。"

"这是一定的，谢谢郭老板。那我们这边抓紧。到时候约个时间我们在香港见。"

"好的。"郭月说完，放下了电话。

74

鼓浪屿，郭家花园

厦门，鼓浪屿，郭家花园。

眼下的局势越来越恶劣了，这一点连普通老百姓都能够感觉得到。内战已经打了三年，战争规模越打越大，老百姓最直接的感受就是物价飞涨，税收增加。原先日本人占领厦门期间，市场流通的是日币，抗日战争结束，政府从日本人手上接管过来，用国民政府颁发的法币取代，成为官方统一的流通货币。最近这几年，市面上法币贬值得厉害，一开始的时候是两三个月贬值一轮，到了近期，每个礼拜都有一次贬值。眼下这当口，每一天法币都在贬值，今天这堆法币还可以换一斤鸡蛋，过了一天，可能连一个鸡蛋都换不了了。更不用说各种税收说征就征，名堂众多。天一贸发行所在的商业街，现在几乎成了税收的供养场，有人开玩笑说，如今在这条街上来往最频繁的不是顾客，而是各种收税的。穿着制服来收税的人，最多的时候一天来两三拨，代表的都是不同的政府衙门，税务局军政府这就不用说了，还有什么联防办事处，警察局，水务局，是个衙门开张条子就敢上门收税。荒唐的是，有些税收是以预收的名义进行的，最多都已经预收到三十年以后。

这天是周末，郭月在鼓浪屿的郭家花园吃着早餐，收音机正播报当天的新闻：

"中央社消息，中央社消息，古都北平被共军占领。共匪首脑毛泽东率共匪头领昨日进驻北平。国民政府蒋委员长部署长江防线，决定与共军划江而治，南北分立。"

"中央社消息，第三战区司令长官……"玉洁走进厨房，顺手把收音机关掉："母亲，咱们别听这些乌七八糟的鬼话。"

"孩子，局势一天天地恶化，不听也不行啊。来，跟我说说你们学校有什么有趣的事。"郭月问道。

"嗯，不是打仗打得厉害吗？我们系里有十几个男生报名参军，去了部队。军队来学校征兵，我们医学系是他们重点征召的对象。"玉洁说道。

"学生们不好好读书，这当口上凑这个热闹，闹了半天书没读好，别的也帮不上忙，这不是两头耽误嘛。"郭月感叹地说。

"学校和系里倒是一直反对学生在这个关头去当什么出头鸟，可是架不住那些当兵的过来一通许诺，还是有人受不住诱惑的。"玉洁替郭月倒了一杯橙汁。

两个人正坐在餐桌前边聊边吃着早饭，门口突然响起了一阵急促的脚步声，门房老张头领着一个女人走了进来。郭月抬头看了一眼，觉得来人有点面熟，但又记不起来了。"你是……"

"郭太太，我叫水灵。"

水灵？郭月想起来了，这就是她哥哥郭亮后来包养的那个唱戏出身的女人。上一次她大病了一场，郭亮找到郭月，是郭月帮忙支付的医疗费，当时郭月还到县城医院看望过她一次。只不过那时病人正睡着，相互没有正式地介绍过。

水灵顾不上过多寒暄，急忙忙地说道："郭太太是这样，我今天匆匆忙忙跑过来，是有一件很紧急的事。"

"您请坐。"郭月招呼着，玉洁连忙把客人引到餐桌前另一把椅子坐下，给客人倒了一杯茶水。

这个叫水灵的女人拿起茶杯，咕嘟咕嘟一口气喝下去，然后抹抹嘴说："郭亮的两个孩子要被他太太带到台湾去了，今天就从厦门坐船离开。我昨晚上得到消息，有一点着急，又不知道应该怎么办。想来想去，就连夜跑这里来跟郭太太禀报。"

郭月一听，忽地站了起来："这可不行，孩子是郭家的血脉。我父亲现在在南洋，怎么能够不打招呼，就把孩子带走呢。我们赶紧到码头去，想方设法把孩子拦下来。"说着招呼小春上楼拿外衣，急匆匆地往外走。

郭月、玉洁还有水灵，一行人来到轮渡码头。这天是周末，渡轮的班次比平常少了许多，三人在码头足足等了四十分钟，才等到渡轮开船。船一靠岸，几个人急忙忙跑上码头，玉洁叫了辆出租车，上了车朝外海客运码头赶去。

车子飞快地驶入码头，郭月刚要下车，只听见前面传来呜呜呜的汽笛声，郭月打开车门，飞速地跑到岸边，玉洁和水灵紧紧地跟在后面。

几个人还是来晚了一步，轮船刚刚离岸，就在离她们站立的登船码头大约两百米处，鸣着汽笛，加速向远处驶去。

郭月一下子仿佛要瘫倒似的，扶着岸边的栏杆，半天说不出话来。玉洁在一边伸手扶住郭月。水灵喘着气说："我是听县城里的熟人说，郭亮的太太郑丽慧和她大哥郑庆文，把县城的房子都变卖了，收拾好细软要搬到台湾去。他们兄妹俩把各自的孩子也都一起带走了。"

"来晚了一步，这是郭家的血脉啊，我怎么跟父亲交代？"郭月坐在岸边的石凳上，皱着眉头自言自语地说道。她接着问道："我哥呢？你跟我哥说了吗？他怎么不管呢？"

"郭太太是这样，"水灵在一边解释道，"我是昨天晚上得到的消息，就赶紧告诉你哥，他自己坐在屋里喝着闷酒，听到我说的消息，就说管不了那么多了，爱怎么着怎么着吧。"

"嗨，哥哥你真是糊涂啊，你怎么着也得让你老婆把孩子留下来啊，这是我们郭家的后代。"郭月喃喃自语道。

一群人垂头丧气地回到了天一贸发行，郭月被女儿搀扶着走到二楼办公室，一屁股坐在沙发前，眼睛呆呆地望着天花板，半天没说话。玉洁在边上陪着，不敢吭声。

过了一会儿，大旺端着几个包子走了进来："太太您好像还没吃完早餐，先吃一点垫垫肚子吧。"说着，把包子放到办公桌上，朝玉洁努了努嘴。

"哦，放着吧，那个水灵呢？"郭月发呆地问道。

"我让她在隔壁会议室休息呢。"大旺回答说。

"你叫她过来。"郭月交代道。

几分钟后，大旺领着水灵走了进来。"坐吧。"郭月指了指面前的椅子，然后对站在一旁的大旺和玉洁说，"你们两个年轻人先出去一下。"玉洁和大旺点点头，一前一后地走出了房间，把门掩上。

"这样，你叫水灵是吧？"郭月开口问道。

"是的，太太。"水灵有些紧张。

"我知道，这些年呢，我哥都跟你生活在一起，你们的事不该我管。如今出了这档子事，孩子被带走了，我哥哥再怎么糊涂，他心里是有数的。这件事情一定对他的打击很大，你看他嘴上说管不了那么多，但是他心里难受。我现在最担心的是他接下来会酗酒，酗得更厉害。你跟他在一起，别的做不到，一定要帮他把酒量控制好。哪怕不能戒酒，但是应该控制他的酒量。至于抽大烟，无论如何要马上戒掉，这一点没有商量的余地，就从今天开始。"郭月说着，慢慢恢复了她杀伐决断的风格。过去多年郭月每次都留有余地不想过多干预她哥哥郭亮的事，怕触及他的自尊，现在情况不同了，郭月知道必须用一个狠办法把郭亮的大烟戒掉。

"你回去转告我哥，说是我说的。从现在开始，他必须戒掉大烟，只要他再抽大烟，一旦被我知道，我会派人把他绑起来，捆到柱子上。我说到做到，告诉他我是认真的。"郭月一脸严肃的神情。

"哎。"水灵在一边点点头，她虽然以前没有见过郭月，但早就听说郭亮的这个妹妹是一个叱咤风云的女强人，心中对于郭月是很惧怕的，而且她也知道，郭亮现在这么不成器，能够帮忙他们俩的，也只有眼前的这个郭老板。

郭月停了一下，把说话的口气放缓下来，接着说："水灵妹子，你跟我哥也已经一起生活了不少年头了，互相之间都要有个照应。我哥现在这些臭毛病越来越厉害，和你一直惯着他，是脱不了干系的。我不在乎什么出身不出身，但一个女人家，既然和我哥生活，就要照顾他，把他往好的方向引，不能一直看着他又抽大烟又嫖娼，还赌博加酗酒。你自己要先把自己的毛病改过来，我知道以前你也是和他一起抽大烟的。从现在开始，我们一点一点来，抽大烟的毛病，现在就戒掉。酗酒喝酒的事，你每天控制他的饮酒量，这个由你来安排。"

说着，郭月从钱包里拿出两张银票："这是两张十万法币，现在的法币不值钱，你先拿着，回去置办一下两口子日常生活的基本物件。我会安排人每月送一笔生活费过去。之所以不敢一次性给你们，是怕你们一拿到钱，就去赌馆赌博花光了，所以还是按月给的好。我会交代商号上的会计，每个月固定把钱发到你手上，这个你不用担心。外面的局势很乱，到处都有抓壮丁的，当兵的也四处抢东西，你们还是老老实实在家里待着，不要到处乱跑。我那两个侄子这一走，就剩下你们两个人了，互相抱团取暖吧。"

水灵在一边不住地点头："谢谢太太，谢谢太太。太太的吩咐，我都记住了。其实水灵我本是穷苦人家出身，吃苦算不了什么。"

郭月点点头，她知道水灵的来历，年轻的时候唱了几年戏，后来被郭亮包走了，她是一个头脑很简单的女人，这些年郭亮不成器，也怪不得人家。

送走水灵，郭月喘了一口气，走到楼下，见大旺和玉洁都在铺面上候着，连忙说："大周末的，你们年轻人别待在屋里啊，我这边没什么事了，你们出去玩玩吧。我要在办公室再待一阵子。"

大旺有些犹豫："现在铺里的事情比较杂，我还是留下来照应着吧。"

"不用，你们难得一个周末，去吧，带玉洁出去玩一玩。"说着就把两个人轰出了店门。

75

厦门，天一贸发行

郭月在办公室处理完几份文件，抬头一看墙上的挂钟，已经是中午时分了。她也不想出门，就让伙计给自己叫了一份外卖，在办公室草草吃了。

用过午餐，郭月在沙发上躺下，准备睡一个午觉。

刚躺下不久，郭诚领着一个人推门进来，郭月睁开眼睛一看，是蔡玉芬，赶紧坐起身来说："咦，你怎么都没提前打个招呼就跑来了？"

玉芬坐到沙发上，急忙忙说道："我今天特意抽时间过来，就五分钟时间，跟你说两句话就走。"郭诚刚想退出，被蔡玉芬叫住了："你是郭月的堂哥吧？"

"是的，夫人。"郭诚礼貌地回答。

"那你不用走，把门关上。赶紧的，我这边司机还在楼下等着呢。"郭诚连忙过去把办公室的门关上。

蔡玉芬把他们两人叫到面前，低声说道："赶快安排，把手上的法币有多少算多少，全部用掉，一分钱也别留。"

郭诚一下子没反应过来："政府有消息说，过几天要推出新的金圆券来替代法币，不是吗？"

"你都听说什么了？"省主席夫人蔡玉芬问道。

"消息上说让大家安心。通告上讲接下来政府会推出新的一个货币，叫金圆券还是什么的，说是以一比一的比例兑换法币。"郭诚把市面上的消息复述了一遍。

"你想什么呢？大哥。如果一比一，我还大老远地跑来，冒着危险给你们透露这个消息。"

郭月在一旁也顾不上那么多了，拉过玉芬的手："你赶紧说啊，别跟我们捉迷藏。"

"一比二百，我的老板们。"玉芬直瞪瞪地望着郭月，说道。

"一比二百？那不就是贬值二百倍啊！"郭诚在一旁呆住了。

郭月接着问道："这将是什么时候的事？"

"也就这两三天了，你们一定要抓紧，要不就彻底完蛋了哦。"玉芬补充了一句。

"简直是比强盗还恶的政府，这一来整条商业街上所有的商铺都得破产完蛋。"郭诚愤愤地说。

"我要赶紧走了，我是偷偷跑出来通告你一声的，还有，"玉芬起身离开之前，回头叮嘱了一句，"千万千万，这个消息只能是你们一家知道，要是让别人知道了就要吃不了兜着走了。郭月，如果我没机会再跟你见面的话，我们就后会有期了。"

郭月把蔡玉芬送下楼，在门口问道："你准备怎么打算？"

"我可能下个月也会过去台湾那边吧。现在国民政府陆陆续续地把一些官员们往台湾那边迁移。国库里面的金银财宝和值钱的古董，也都打包运往台湾，你这边要早做打算。"说完，蔡玉芬钻进门口等着的黑色轿车，飞驰离开。

郭月送走玉芬，叫来铺面上的一个伙计："你想办法赶紧把大旺和玉洁叫回来，我不知道他们去了什么地方。"

伙计说："大旺哥上午走前有交代，他怕您有急事找他，他说他和小姐去植物园。"

"哦，那你赶紧过去把他们给我叫回来。"

伙计应了一声，跑出门去。

"终于来了，这倒也好，快刀斩乱麻，一了百了。"郭月在心里对自己念叨了两句。就这几分钟工夫，她已经打定了主意。

走到楼梯口，郭月对郭诚说道："郭诚哥，我睡一会儿，差不多一个小时以后在会议室，我们开一个紧急会议。把会计和厦门总行的经理都找来吧。"

"好的。"

郭月回到自己的办公室，在沙发上躺下。她已经想好了下一步要怎么做，就像一艘远洋航行轮船的船长，面对即将来临的风暴，事先看清楚了这场风浪，规划好了船只的航向。这会儿，郭月觉得自己的心情已经平静下来，抓紧时间午睡一会儿，让自己的身体保持充足的体能。

一小时以后，郭月走进二楼的会议室，只见郭诚、大旺、玉洁，还有天一贸发行会计，以及厦门商号的罗经理，都已经在会议室里等候。郭月回身把会议室的门关上，从门后面把门栓闩住，走到大家面前。

"各位，今天我们在这间会议室要说的所有内容，除了在座包括我在内的这六个人，不允许向任何人透露，包括你们各自的家人，或者最要好的朋友。"郭月清了清嗓子，以平静的语气说道。

众人感受到了这个开场白的分量，纷纷点头。

"好，现在请大家站起来，面对着墙上挂着的公司创始人，也是我祖父郭有品先生的遗像，集体发誓：绝不泄露今天所讨论的内容！"郭月说着，带头站起身来。

　　会议室每个人都一脸严肃地站起来，对着墙上的遗像跟着郭月发誓。

　　郭月招呼大家坐下，开口说道："我们现在即将面临中国几十年来，也是天一从我祖父创办以来最大的一场危机，这就好比一艘在大海上航行的轮船，前面即将面临一场无可想象，万劫不复的风暴，它所引发的滔天巨浪，其凶险程度，超过了我们以往的任何经历。这次的风暴无可避免，海面上所有的船是一定要翻的，在这场即将来到的风暴灾难面前，再好的舵手，再坚固的轮船，都不可能挺过去。我们现在唯一的选项，唯一的任务，是如何保证在翻船的时候不至于粉身碎骨，能够把船上这些人的命保下来。"郭月刚刚在楼上办公室午休的时候，已经想好了怎么开始今天的这个会议，如何让所有天一的核心人员明白将要采取的行动至关重要性，郭月同时也已经想好了将要实行的主要应对措施。

　　说完上面这番话，郭月停顿了一下，注视着众人。听众里除了郭诚外，其他人事先没有得到一点消息，他们从郭月的眼神里看到了东家从未有过的严厉，知道一定是一件比以往任何事情都更为重大而关键的事要发生，但还不知道是什么。

　　郭月故意让凝重的空气持续了大约两分钟，才接着往下说：

　　"我们刚刚得到的消息，法币，这个政府颁发的官方流通货币，马上就要作废，取而代之的将是一种新的货币，叫作金圆券或者什么的，这个新币叫什么不重要，关键是这个新的货币将会使我们现有的法币一文不值。而且更糟糕的是，我们不仅仅手上有许多法币现金，我们还在银行里有不少法币和外币存款。接下来政府的强制规定，不管是手头的现金，还是银行里存的法币，甚至于外币，都一概要以新的金圆券兑换。我们现在账面上还有多少钱，把数字报一下。"郭月问会计。

　　会计回答说："我们现在楼下商铺里大概有六百万法币，再把各家分号，包括流传村老家手上的货币全部汇聚起来，我估算着大概是一千万，这是我们手头的现金。商号存在几家银行，包括本地银行和外资大通银行的存款，按今天的换算价，大约有两千万法币。"

"也就是说，我们现在所有的现金加在一起，大约是三千万法币。今天的市价是多少？"郭月问。

"以大米作为例子吧，"厦门商号罗经理说，"市场上大米的市价大约是三百法币一斤。"郭月在脑子迅速换算了一下："也就是说，一担米大概三万法币。"

"是的，这是今天的行情，现在每天都在变。"罗经理解释说，"今天的法币购买价格比昨天大约涨了两成。"

"那就是说，我们现在手头上的所有资金，本币和外币加起来，大约可以买到一千担大米。"郭月追问了一句。

"这不好说，我刚刚说的是今天上午的行情，估计到明天，就剩下七八百担。"

"库房的情况怎么样？"郭月问，"我们的存货呢？"

大旺说："我昨天刚刚去过库房。现在库房除了客商已经付款安排今后两周要发货的部分，剩下的属于商号名下的茶叶和其他物资加起来，大约……"大旺停了一下，显然在默算数字，"十五吨茶叶，还有其他一些零零星星的竹筐竹篮草编等等。"

"还有什么补充的吗？"郭月望着会议室的每一个人。

郭诚插话说："再有就是几家商号铺面上的这点东西，零零星星的加起来，我想大约有那么五百万法币的货值吧。"

"好，我们现在分四步走。第一步，请李会计今天下午把各个商铺里所有的现金全部取出来，交给厦门的罗经理，由罗经理负责，到市场上采购大米，有多少买多少，不管什么价格，不议价直接收购。能够把这一千万都变成大米最好，如果市场上一时能采购到的大米数量不够，可以买一些别的东西，例如面粉、黄豆、红薯，只要是粮食类的，可以吃饱肚子的，都可以买。"

"好的。"罗经理高声应答。

"第二步，郭诚和李会计，你们今天负责去银行取钱。因为要取好多钱，如果银行刁难，你们该给人家一点回扣，或者好处费，不要舍不得。我给你们一个底线，百分之十。只要用于打点的费用不超过百分之十，你们自己做主。总而言之，就是要把钱今天关门前全部取出来，不管用什么方法。钱取出来后，由郭诚交给伙计们，和大家提前说好，就说老家需要采购物资，赶紧外出把大米买下来。今天把钱取出来后，明天一早，到附近县城，乡镇，分几路去采买。好在我们一直是做出口的大商家，以前也采购过大米，我们大批量地采购物资，大家不会有那么多的怀疑。"

"第三步，"郭月把脸转向大旺，"你立即联系库房主事杨师傅，库房里面的这十五吨茶叶，你提前跟库房主事杨师傅打个招呼，就说我们准备出手这批库存。同时请郭诚大经理协助你，把所有的采购经理全部叫回来，让他们帮我们找买家。不管什么人，只要需要茶叶，能够用银元采购的，不问价格，立即出货。"郭诚在边上听着，因为他中午时听过省主席夫人的话，心里明白了几分，但还是忍不住插了一句："头家，现在市面上流通的都是法币，如果我们要白银的话，价格会被压得很低。"

厦门罗经理解释说："白银兑法币，市面上公布的比例大约是一比五百的样子，就是一块白银等于五百块法币。可这是官方公布的兑换比例。在实际流通中，因为法币贬值得很厉害，没有人愿意拿银元来采购物资的。如果在黑市，兑换比例已经是官价的五到十倍。"

郭月摆摆手："这个我知道，不用管兑换比例。我再说一遍，不管什么价格，哪怕是一块大洋十斤或者十块大洋一吨茶叶也成，最晚明天必须交割完毕这十五吨茶叶，记住：只要银元。"大旺点点头："好的没问题，我一定按时把这个事情处理好。"

"第四件事呢，还要拜托我们的郭诚大经理和厦门的罗经理。"郭月继续布置道，"这几天铺面上的货，尽量地不出和少出。我们不要哄抬物价。只要我们一抬价的话，就会有人找上门来调查，不要自找麻烦。店面上要做的事情呢，是一方面不要哄抬物价，同时防止大宗的购买，把铺子上面的商品尽可能多地撤下来，只在柜台上零零星星地摆一点，支撑日常的门面就好。要跟所有的伙计们说清楚，这几天不考评大家的销售业绩，销售做得越少，越有奖励。可以找些借口，例如说我们正在盘点或者别的托词，比如新的货物中途运输耽误等。总而言之就是一句话：不卖大宗销售，零售也是能不做就不做，考虑临时把柜台撤掉几个。"

郭诚和厦门罗经理点头记下。郭诚提议道："各个商铺可以考虑先贴出告示，说是盘点停业两天。"郭月点点头，表示赞同。

看见大家都已经清楚各自要做的任务，最后郭月把谜底抛了出来："好，我现在告诉大家为什么要这么做，因为法币马上要作废。新的货币会在几天后推出来。新的货币和现有法币，按照原先政府发的公告是一比一，但现在的真实情况是，等到几天后推出来，是一比二百的关系，所有外币存款也将被冻结，只能以新的货币支取。"

"一比二百！"房间里除了郭诚，所有人都倒吸了一口气。"那就等于要贬值几百分之一啊。"李会计张大嘴巴叫了起来。

"那当然。"郭月对李会计说，"就像你刚才算的账，今天我们的资金还能购买近一千担的粮食，可是等到新货币出来，这些钱也就够我们换几担米了，大家分头去做。千万千万记住，你们都发了誓言，这件事情不能泄露出去。一旦风声走漏，不仅事情办不成，大家可能还会掉脑袋。"

众人齐声回答："记住了。"

76

厦门，商业街

三天后，政府正式公告，即日起所有法币作废，政府发行新的金圆券作为流通货币，依法定的官方兑换比例为一比二百。

虽然公布的一比二百较先前承诺的一比一，整整贬值了二百倍，但是由此引发出更为严重的市场大恐慌，导致法币如同废纸一般地被抛售。正如郭月所预料的那样，整个市场，以及生活在这座城市及其周围的每家每户，都掀起了一股前所未见的惊恐潮抢购荒。所有银行门前排着长队，人们争先恐后地试图将手中的法币兑换成新的金圆券，各家商铺门前更是挤满了无数的人群，那些手中还有法币的人见到东西就买，不问价钱，不问商品的品种。粮食，糖果饼干，茶叶，药材，五金配件甚至纸笔文具都成了热销货。所有人像疯了一样，见着什么买什么，街上的人都是抱着或背着成捆成捆的纸币，这时候已经没有人数钱了，买卖都是拿一杆秤用来称法币的重量，论斤作价。二十斤的法币只够换一小篮子鸡蛋。

郭月提前做足了文章，把前两天采购下来的几百担粮食分开存储。一部分运往流传村老家，一部分放到天一贸发行厦门的仓库，连自己在鼓浪屿的郭家花园也放了几十担大米。所有在天一打工的经理主管伙计，以及郭府上下的家丁园丁用人，分成三个等级，按照每人三十斤、六十斤和一百斤大米的标准，提前分发下去。大小百十来号人，每人都分到了相应份额的大米，包括郭家花园看门的老张头也分到了三十斤大米。

天一贸发行的一楼是零售商铺，这半天时间所有柜台都被人群挤了个稀巴烂，摆在柜面上的茶叶茶壶，还有一些糕点都被洗劫一空，商铺的地面上堆满小山一般的法币。郭月站在商铺里，望着地上成堆的纸币，叹了一口气，吩咐伙计把这些废纸扫到一边。"回头找个地方扔了吧。"她知道眼前这堆小山一样的法币充其量也就是几块钱的价值。

这边库房主事杨师傅急匆匆地跑进来，报告说："头家不好了，库房被抢了。"

"怎么回事？"大旺正好站在郭月边上，连忙追问了一句。

"是这样的，今天中午时分，先是一伙维持治安的保安队，由一名队长领着过来，说是库房里有粮食，他们要征用粮食。他们硬往里冲，我们拦不住，库里的粮食被抢去一多半。附近人群听到风声，也都争先恐后地过来抢，有用肩膀扛，有拿袋子装的，还有的人就这么两只手捧着，有的把衣服脱下来，拿衣服扎成一个布口袋装上大米。库里的粮食就这么被抢走了。现在库房里只剩下我藏在后面地洞里的

—— 397 ——

那十几袋没被发现。其他的全部被抢光了。"库房主事杨师傅带着哭腔报告说。

郭月听了，并不觉得意外。天下没有不透风的墙，这几天天一贸发行安排人四处采购大米的事情，虽然做得很隐蔽，但总是有人知道。今天这法币作废的消息一传出，人们都急疯了，谁还顾得了那么多。"工人们都没事吧？"郭月问了一句。

"有两个工人被保安打伤了，别的都还好。"

"嗯，你不用自责了，这也不是你的错，怪不得你的。"郭月安慰着这位耿直的库房主事，转身对郭诚说，"郭诚哥，这边的事情你照料一下，我跟大旺去库房看看。"说着就领着杨师傅和大旺走出店铺。

大街上满眼破败萧条的景象。只见街道两旁所有的商铺，无一例外地都是满地踩烂的鞋子，四散的麻布袋，碎裂的玻璃柜台，还有撕开的各种商品包装。街道上四处可见一堆一堆的法币丢在道路两旁，随风飘起，纸币在空中飞舞着，像极了民间送葬时散发的冥钱。郭月叹了口气，加快步伐往前走。

一行人来到库房，只见库房的大门早已被挤垮，两扇门歪歪斜斜躺在地面上。走进库区，原本整齐有序的库区现在已经成了满地废墟，货架四处倒塌，木质的栈板横七竖八，混乱无序地散落在地上各个角落，原先堆放的几百袋大米消失了，地上一只一只被打开的空麻袋，四处还散落着零星的米粒。玉洁听到消息，直接从学校赶过来，正好和郭月、大旺碰上。

郭月几人走进库房的操作间，见几个工人垂头丧气地蹲在操作间的墙角，一位受伤的工人，胳膊上还流着血，躺在地上。郭月走过去看了看，问库房主事杨师傅："怎么没请大夫过来治疗呢？"杨师傅回答："去找了，现在外面很乱，人家不肯过来。"

"再去，给他银元。"郭月从随身的包包里掏出了十块银元递给库房主事，"找人赶紧再去请一趟，无论如何要把大夫请来。这是外伤，只要及时包扎处理，再打一针，不会有太大的问题。"

玉洁走过来，在伤员的面前蹲下来说："我来帮你。"说着挽起袖口，对边上的工人说："给我找一把剪刀，一盆热水。"说完就开始忙乎起来。

"头家您跟我来。"主事杨师傅交代一个工人，把银元递给他，让他赶紧去请医生。交代完事情后，领着郭月往库房后面走。

郭月和大旺两人随着杨师傅来到库房后区的角落，这里存放的是包装用品，地上堆满了麻绳麻袋，还有空的木箱。杨师傅利索地把包装材料挪开，地面露出一块约一米宽两米长的木板。他招呼大旺搭把手，两个人蹲下去，把木板拉起来，露出了几级台阶。

杨师傅拧亮手电筒，领着郭月顺着台阶往下走。郭月有点惊讶："我都不知道有这么一个地方。"

杨师傅说："这个库房是当年日本人占领的时候建的，当时为了躲避日本人的搜查，特意在这里建了一个地库。我们天一租用这个库房几年，这地库一直没用过。那天粮食运到的时候，我心想万一有个意外，就让几个可靠的工人们在底下藏了十几袋粮食，喏，您看……"顺着主事的手电筒，郭月看到地库里面整整齐齐码放着十几麻袋的粮食。

"好主意，总算保住了一点东西。"郭月赞许地点点头，她默默想了一下，开口问杨师傅："你是同安人对吧？"

"是的，头家，我是同安杨家村的，离这里大概三十里。"

郭月说："四个小时的路程？"

主事点点头："头家说得没错，走得快的话，大概三个钟头。"

"好，那这样，一会儿吃过晚饭，你安排几个工人，借几辆板车，趁着天黑把这些粮食转到你家里去。"郭月布置道。

"这，头家，这些现在可是比金子还金贵的东西啊。"杨师傅有些意外。

"我知道，所以我要你亲自押送，叫上几个工人，带上家伙，无论如何要平安地把这批粮食运到你老家。我想乡下是比较安全的。我们留着以后应急用。"

杨师傅点点头："那倒是，我们村是一个小村庄，就几十户人家。外面的人是不会去的。"

"好，那就这么处理，你一定要保证把这些粮食妥善安置好，除非你家里有急用，不然的话，这一点家底就是我们这几十口人最后的应急物资了。"郭月以托付的口吻说道。

"这个我明白。"主事说，"我已经领到了商号发给我的六十斤粮食，都已经捎回家了，家里一时半会儿吃饭没问题。头家这个请你放心，我用生命担保，无论如何会保住这批粮食。"

"这个我完全相信。"从地库里出来，郭月走到库房工人们前面，安慰了大家几句，说道："这阵子辛苦大家了，不管发生什么事，天一不会丢下大家不管。这一点请大家放心。非常时期，各位有什么困难，随时跟主事杨师傅，或者跟大旺说。"

"谢谢头家。"工人们纷纷点头。

"好，那你们忙吧。"郭月向库房主事杨师傅挥了挥手，领着大旺和玉洁走出了库房。

不远处就是海滩，一望无际的大海在几个人的眼前展开，海浪有节奏地一浪接着一浪翻滚着，拍打着岸边的岩石，激起阵阵浪花。郭月走到海边，像是自言自语，又像是对着身边的两位年轻人，呢喃道："结束了，一切都该结束了。天地轮回复始，希望你们年轻人能够迎来更加开明的社会。"郭月伸出两臂，一左一右地挽着大旺和玉洁："走，陪我散散步。"

夕阳下，三个身影顺着海边沙滩缓缓向前移动，落日的余晖斜斜地照着三个人，将他们身后的影子拉得好长好长。

77

厦门，鼓浪屿

鼓浪屿郭家花园。

吃过晚饭，郭月把小春叫上，两人走出郭家花园，在石子路上散步。

郭月默不作声往前走了几十步，才开口说道："小春，你在我们郭家已经十多年了吧？"

"可不吗？太太，我记得我是十岁的时候来的。那个时候，小姐才四岁。"小春回答说，"现在小姐都大学毕业当老师了。"

"不光是玉洁长大，你也长大了。我记得你刚来的时候还是一个很瘦小的小女孩，皮包骨的，而且都不敢抬头看人。现在瞧瞧，你已经是一个漂亮有型的大闺女。"郭月拉过小春的手，挽着手朝前走着，继续说道，"小春，你是知道郭家的规矩的，通常婢女在郭家服务十年到十五年以后，契约期就到了，婢女就有了自由身，可以自己安排今后的生活。你有什么打算呢？"

"太太，我就想跟着郭家，跟着太太和小姐一直过下去。"小春直截了当地说。

"傻丫头，你是一个女孩子家，终归还是得找个人嫁了，过自己的小日子。"

"我不想离开太太。我知道我们很多下人们在郭家做上十几年，接下来要么就找个人嫁出去，但是也有很多人就在郭家一直待下来。太太您要不嫌弃的话，我就想一直跟着太太。"小春话说得有些着急。

"我当然喜欢你啊，这么多年你先是照顾玉洁，后来帮着照料我的生活。这些年风风雨雨你出了很多力，也正是这样，我一直想着要把你安顿好。"郭月说完，停顿了一下，接着说，"小春，我想问你，有个人你有印象吗？"

小春眼睛吧嗒吧嗒地看着眼前的女主人："谁呀？"

"朱茂山，有印象吗？"郭月问道。

"朱先生啊，有，我有印象。郭贺管家还在的时候，他来过我们郭家几次。还有小时候玉洁小姐被土匪绑架那件事，也是这位朱大哥帮了很多忙，所以我一直记得这个名字，有印象。"

"那就好啊，"郭月缓缓说道，"小春你听我说，郭贺在世的时候，跟我念叨过朱茂山。郭贺和朱茂山是结拜兄弟，这个我们都知道。朱先生一直是单身，郭贺想从我们郭家的婢女中物色一位介绍给朱先生，他以前和我提到过，说你和这位朱先生应该比较合适。这个朱大哥我也见过几次，人很靠得住，虽然年纪可能大了一点，我想他今年应该有四十多了吧。朱先生早先跟郭贺一起当兵，后来去了警察局，抗日战争那会儿他替内地的抗日联军当联络员，曾经有一次，我们天一帮助运送支持抗日的药品，就是通过这位朱先生送到内地的，当时我们对所有人保密，如今抗战胜利了，这件事我可以告诉你。朱先生现在在云霄内地，离我们这里不远。你已经到了该出嫁安顿的年龄，我想起郭贺曾经跟我提过的这个建议，觉得或许你跟这位朱先生会是很合适的一对呢。"

小春低着头，挽着太太郭月的手，和郭月并排走在石子路上，没有说话。

郭月接着说："前些日子我找了一个机会跟朱先生联系过，说起你的事儿，他好像并没有反对的意思。所以我觉得这个事情是可行的，今天特意和你说一下，看看你的态度。"

"这太突然了，太太，"小春说道，"我从来没有想到过要离开太太。"

"你的这番心意我明白，但你不可能永远留在我身边一个人孤单单的，那我就对不起你了。再说，现在玉洁已经长大，我自己的身体还好，自己都可以料理好自己的生活。生意上的事情呢，我基本上想好了，准备放下来不做了，所以我这边也不会有太多事。上个礼拜我让大旺往你家里送了两担大米，这两担米我想够你父母大半年的生活了。今天和你说这个事，就想让你考虑一下，你如果同意，可以安排一个时间，你去一趟内地云霄找朱先生，大家先接触一下，如果你觉得合适，可以考虑和他一起生活。当然了，如果不合适的话，也不要勉强，你随时可以回来，我这边什么时候都欢迎你。"

郭月说着，从口袋里拿出准备好的一个盒子："我还替你准备了两件小小的礼物，算是代表娘家人的嫁妆吧。"说着郭月打开盒子，里面是一只翡翠手镯，还有一条钻石项链。

郭月把盒子放到小春手上："小春，你算我的半个闺女了，真的希望能够看到你幸福。我当然不想让你走，但是你还年轻，你应该有你自己的生活，所以我觉得这样安排是对的。"

小春望着这位自己陪伴了十几年的女主人，想着很可能不久的将来就会离开，一下子激动起来，扑到郭月怀里，大声哭了起来。"嗨嗨，你这丫头怎么了？我们说的可是一件开心的事，怎么哭起来了呢？"郭月用手抚摸着小春的头发。

"太太，您说的道理我都懂，我会按您的吩咐去做的，但是我，我……我就是不想离开太太。"

"我也不想离开你，放心。你去那里找这位朱先生，先接触起来，日子过好了你就待下来。不舒服的话你随时可以回来，这里永远是你的娘家。"郭月紧紧地搂着小春，动情地说道。

78

流传村，天一总部大楼

一个礼拜后，天一贸发行在报上刊登公告，宣布从即日起天一贸发行正式终止所有的业务。同一天，厦门商业街上的天一贸发行，天一珍品厦门各分号，龙溪县城分号，以及流传村老家的天一贸发总局同时贴出布告，闭业关张。

这天上午，在流传村的天一总局一楼，天一的员工们聚集在一起，他们都在等候东家郭月的最后一次员工大会。郭月从二楼走下来，眼前的场景似曾相识。六年前因为日本人入侵，加上地方政府的横征暴敛，天一信局被迫关门，如今转了一圈，天一的命运几经周折，又回到原点。不同的是，上次是内忧外患加在一起，而这一次完完全全就是被自己的官府整垮的。

郭月走到大厅中间，对众人说："各位伙计，我想情况大家都知道了，天一从先祖父开始，历经了风风雨雨近百年的历程，两次创业，两次关张。天意如此，人力难留。中国人都说这是命，我一向是不相信命的，我相信我们大家都有一双手，只要努力干，都能够做出一番事业。但是我们也必须接受事实。眼前我们面对的这个事实，大家都应该坦然接受，就跟几年前我站在这里和大家说的那番话一样，好在大家都健康平安，这是最为关键的。"

"要说的话很多，我就拣重点的说这么三点。"郭月显然对今天的讲话做足了准备。

"第一，我代表家父，也代表郭府的所有东家们，感谢各位伙计这么多年来的支持和努力。没有大家的全力帮助，我们不可能在短短几年里做出这么好的业绩。第二，无论发生什么事，保住自己的健康，保住家人的平安，这个是再多的钱，再好的荣华富贵都换不来的。第三，我想说一下对大家生活上的安排。"显然，这是在场所有人最为关心的话题。郭月说完这句话，特意停顿了一下，整个大厅鸦雀无声。她让安静的气氛持续了三十秒，接着说道：

"在场的各位跟着天一，跟着我这么多年，今天在这里的伙计们，最早的在商号已经做了四五十年了，有一半的人都是原先天一信局的老员工，后来我们二次开张做天一贸发请回来的。剩下的一半伙计们是这几年陆续加入的，也都做出了很多贡献。现在公司停业了，想必大家生活就一时没有着落。现今世道很乱，什么时候能够太平下来，谁也不知道。各位从这里出去后能不能找到工作，能不能有一个饭碗，谁都不敢保证。所以我有责任和义务尽我的所能把大家安顿好。

"商号剩下的所有钱财，我决定这样处理：除了前几天给各位发放作为临时救济的每人几十斤大米以外，我决定将商号余下的所有钱款分成十等份，留给我女儿玉洁一份，留给郭诚一份，拿出三份分别用来接济郭府的各房各室，这里面包括我大伯，我三叔，我的几位大姨小姨，你们都知道我的叔辈姨妈人数比较多，还有我哥郭亮。上面这些加起来是五份。再有一份呢，我要拿出来照顾那些过往这些年因为工作受伤的伙计们，和他们的家人，包括上次被日本兵刺刀捅成残疾的柱子，郭贺媳妇和他儿子郭应洪，还有两三位受伤在家不能劳动的老员工们，这些加起来总共六份。剩下的四份，我准备发给在座的所有员工，按照每人的职级，在商号工作年限，还有每个人家庭的实际情况，具体我请会计一会儿把账算完以后将准确的数字告诉大家。

我估算了一下，以在座每个人的年俸作为衡量的话，最少的应该能够拿到相当于两年的年俸，最多的可以拿到十年的年俸。"

众人都知道东家从不亏待员工，但这会儿郭月说出的这个分配安排和数字，还是大大超出了大家的预期。

郭月显然说着说着动了感情："钱多钱少，这是我们所有的家当，也是我作为各位的东家，最后一次能够替大家做的事。请大家不要嫌弃。这次给大家的这笔钱是供各位保命用的，千万要珍惜好，一定不要随意地挥霍掉。不要像乡里有些人，分到钱就去赌博酗酒，一下子就花光了。从今以后我就不再是各位的东家了，但我们都亲如家人，是一起过命的兄弟姐妹，希望以后大家多走动，有能够互相照应的地方，也请大家多多费心。"说到这里，郭月再也忍不住了，两行眼泪哗哗地流下来。

人群鸦雀无声，这里面有在天一信局干了四十多年的老员工，他们最早从跟着郭月祖父郭有品做起，接着是郭月的父亲郭和中，后来又跟着郭月，三代掌门人，见证了天一旗号的生意起伏。很多老伙计们这么多年，从来没见过眼前这位坚强的女东家流过泪。人群里有一位姓钟的老员工，是在郭月出生的那一年来到天一的，在郭月父亲手下从学徒做起，现在大约六十岁了，他还是第一次见到郭月流泪。钟老伯从人群中走上前去，一把扶住郭月颤抖着的身体："头家，您别难过，我们都万分地感谢天一，也一定会按照您的吩咐，您自己务必要好好的。"郭月顺从地点点头，忍住泪水，强忍着不让自己放声大哭出来。她拍了拍钟老伯的肩膀，说了声谢谢，一转身从楼梯跑上楼去。对于郭月来说，关闭商号是她深思熟虑的决定，但面对这几十位跟随多年的伙计们，想到所有人的生活从此变得没有着落，这才是最让她难受并终于止不住流泪的原因。

大伙儿都还站在原地，半晌一动不动，整个空气仿佛凝固了。虽然大家都已经知道天一停业的消息，但正式宣布出来，还是让人难受得很，尤其是那些从天一信局一路过来的老员工们。刚刚听了郭月的介绍，大家很清楚东家给了最好的财务安排，但这里的人，都已经把天一看成家一样的归宿，现在突然面对这个消息，就好比一个热闹的大家庭，突然就要散开了。

过了好长一阵子，郭诚说道："请大家都先休息一会儿，会计请按照东家的吩咐，把细账算出来，给大家一个具体的数字，再次感谢大家。"说完深深地朝着人群鞠了一躬。

一个礼拜后，郭月领着大旺和玉洁，来到了离流传村二十里外的一座山头。这里有一处私人墓地，里面埋葬的，都是方圆百十里的名门望族。

郭月等人在山腰处下了车，三个人与墓园的门房打了个招呼，走过围墙，朝山上走去。司机把车停好，拿了一把铁锹跟在后头。

几个人顺着山道往上爬着，不一会儿，来到了高处的一个开阔地。只见前面是一处用花岗石砌成的墓穴，墓穴正前方立着一块石碑，上面刻着：先考郭有品先生之墓，右侧一行楷书小字，第一行刻着孝子郭用中郭和中郭诚中，在这行字的右边，还有另一行更小的字，上面刻的是孙子辈的名字，依稀可见郭月的名字刻在孙子辈第二排的中间处。

郭月领着玉洁整理了一下墓前的乱草，各自点上一炷香，朝墓碑跪下来，磕了三个响头，然后将手中的那炷香插到墓碑前的香炉上。

站起身来，郭月示意司机在墓穴的右侧土坡上挖了一个小坑。随后，郭月从大旺手中接过一只精致的楠木盒子，里面装的是天一信局的旗帜。这是天一信局最早的一面旗，是创始人郭有品当年亲手在流传村的天一信局大院升起的。郭月两只手平端着装有天一这面旗帜的楠木盒，毕恭毕敬地走到刚刚挖开的土坑前面，再次双膝跪下，把盒子轻轻放到坑里，然后拿起一边的铁锹，铲土埋上，并在上面轻轻拍打了几下。

郭月对着坟墓，虔诚地叩首说道："祖父大人，孙女不孝，没能把这份家业传承下去。今天，我把当年您亲手升起的这面天一旗帜埋在您的坟墓旁，让这面旗帜伴随您天堂安息，也希望天一的这面旗帜永远不被玷污。我的女儿玉洁已经长大，她会有属于自己未来的人生，这一点让我很欣慰。愿祖父的在天之灵保佑小女一生健康，一生平安。"说罢，郭月朝着坟墓重重磕了一个响头，随后站了起来。

郭月往前走了几步，来到墓穴前的空地上，这是一片开阔地，视野极佳。往远处望去，右侧是无垠的大海，海面上微风吹拂，映射着点点波光。正对面是一片绿色森林覆盖的山涧，左侧则是高耸入云的峭壁。一阵风吹过，面前的森林随风舞动，绿色帷幔在风的摇曳下起伏翻动。自然界像是一张巨大的天网，把郭月和她身边的几个人紧紧地裹在这没有纷争，没有污染，没有人为喧闹的世界里。郭月深深地陶醉其中，她仿佛看到祖父的身影在眼前飘动，向她招手。

十天后，厦门解放。

图书在版编目（CIP）数据

百年天一 / 黄若著 . -- 北京：作家出版社，2020.11
ISBN 978 – 7 – 5212 – 1155 – 9

Ⅰ. ①百… Ⅱ. ①黄… Ⅲ. ①长篇小说 – 中国 – 当代
Ⅳ. ①I247.5

中国版本图书馆 CIP 数据核字（2020）第 204818 号

百年天一

作　　者：黄　若
责任编辑：赵　莹
装帧设计：意匠文化·丁奔亮
出版发行：作家出版社有限公司
社　　址：北京农展馆南里 10 号　　　邮　　编：100125
电话传真：86 – 10 – 65067186（发行中心及邮购部）
　　　　　86 – 10 – 65004079（总编室）
E – mail: zuojia@zuojia. net. cn
http: // www. zuojiachubanshe. com
印　　刷：唐山嘉德印刷有限公司
成品尺寸：152 × 230
字　　数：382 千
印　　张：26
版　　次：2020 年 11 月第 1 版
印　　次：2020 年 11 月第 1 次印刷
ISBN 978 – 7 – 5212 – 1155 – 9
定　　价：58.00 元

作家版图书，版权所有，侵权必究。
作家版图书，印装错误可随时退换。